京华烟云 上

Moment in Peking

林语堂 著

张振玉 译

CNS

湖南文艺出版社

HUNAN LITERATURE AND ART PUBLISHING HOUSE

博集天卷

CS-BOOKY

献 词

全书写罢泪涔涔，献予歼倭抗日人。
不是英雄流热血，神州谁是自由民。
——林语堂

／本书英文原著自民国二十七年八月动笔，于民国二十八年八月完稿／

目录

中卷　庭院悲剧

下卷 秋季歌声

·著者序·

“小说”者，小故事也。无事可做时，不妨坐下听听。

本书对现代中国人的生活，既非维护其完美，亦非揭发其罪恶。因此与新近甚多“黑幕”小说迥乎不同。既非对旧式生活进赞词，亦非为新式生活做辩解，只是叙述当代中国男女如何成长，如何过活，如何爱，如何恨，如何争吵，如何宽恕，如何受难，如何享乐，如何养成某些生活习惯，如何形成某些思维方式，尤其是，在此谋事在人、成事在天的尘世生活里，如何适应其生活环境而已。

林语堂

关于《京华烟云》

我站在这个地位很难写书评，女儿批评父亲的书，似乎从来未听见过。那又何必写呢？因为好像话藏在肚子里非说不可。可不要说我替父亲吹牛，也不用骂我何以如此胆大，因为我要用极客观的态度来批评，虽然情感也不可无。我知道父亲每晨著作总是起来走走吃吃水果，当他写完红玉之死，父亲取出手帕擦擦眼睛而笑道："古今至文皆血泪所写成，今流泪，必至文也。"有情感又何妨。

《京华烟云》是一部好几篇小说连成的长篇小说，但不因此而成一部散漫无结构的故事，而反为大规模的长篇。其中有佳话，有哲学，有历史演义，有风俗变迁，有深谈，有闲话，加入剧中人物之喜怒哀乐，包括过渡时代的中国，成为现代中国的一本伟大小说。

《京华烟云》在实际上的贡献，是介绍中国社会于西洋人。几十本关系中国的书，不如一本道地中国书来得有效。关于中国的书犹如从门外伸头探入中国社会，而描写中国的书却犹如请你进去，登堂入室，随你东西散步，领赏景致，叫你同中国人一起过日子，一起欢快，愤怒。此书介绍中国社会，可算是非常成功，宣传力量很大。此种宣传是间接的。书中所包含的实事，是无人敢否认的。

然此小说实际上的贡献是消极的，而文学上的贡献却是积极的。此书的最大的优点不在性格描写得生动，不在风景形容得宛然如在目前，不在心理描绘得巧妙，而是在其哲学意义。你一翻开来，起初觉得如奔涛，然后觉得幽妙，流动，其次觉得悲哀，最后觉得雷雨前之暗淡风云，到收场雷声霹雳，伟大壮丽，悠然而止。留给读者细嚼余味，忽恍然大悟；何为人生，何为梦也。而我乃称叹叫绝也！未知他人读毕有此感觉否？故此书非小说而已！或可说，“浮生若梦”是此书之主旨。小说给人以一场大梦的印象时，即成为伟大的小说，直可代表人生，非仅指在二十世纪初叶在北京居住的某两家的生活，包括无涯的人生，就是伟大的小说。

全书受庄子的影响，或可说庄子犹如上帝，出三句题目教林语堂去做，今见林语堂这样发挥尽致，庄子不好意思不赏他一枚仙桃啰！此书的第三部题为“秋季歌声”（即第三个题目），取庄周“臭腐化为神奇，神奇化为臭腐”，生死循环之道为宗旨：秋天树叶衰落之时，春已开始，起伏循环，天道也。故第三卷描写战争，可谓即描写旧中国的衰老，就是新中国的萌芽。故书中有“晚秋落叶声中，可听出新春的调子，及将来夏季的强壮曲拍”等语。

又有一段论人之永生与宝石之永生，我认为非常重要。可说人之永生是种族的，而宝石的永生是单独的，木兰游观始皇无字碑那一段尤说得详尽。那一块石头无情无感，故永远生存，人为有情之动物，故个人死去而家族却永远流传。有人说这不过为要充满人求永生之欲望，强为解释，但我说有深道理在内，非妄言也。

木兰的生活变迁，也很值得研究：从富家生长享用一切物质的安适，后变为村妇，过幽雅山居的生活，及最后变为普通农民，成为忍苦、勇敢、伟大的民众大海中的一滴水。父亲曾说：“若为女儿身，必做木兰也！”可见木兰是父亲心目中的理想女子。

书中人物差不多可以代表中国社会各种人物。此书内可以看见旧派人物慢慢地消灭，新式的人物跟着出来。代表最旧的是牛夫妇，曾老爷；代表新的是环儿，陈三，黛云。祝你们胜利！

这部小说虽然是用英文写成，却有许多奥妙处，非中国人看不出来。西洋人看书比较粗心，也许不会体悟出来。中国人奇特的心理，非中国人不能了解。又如书中谈《红楼梦》之处，当然非未读《红楼梦》者所能欣赏的。也有几处讽刺某一派人，也得中国人才能领会。

一九三八年的春天，父亲突然想起翻译《红楼梦》，后来再三思虑而感此非其时也，且《红楼梦》与现代中国距离太远，所以决定写一部小说。最初两个月的预备全是在脑中的，后来开始打算，把表格画得整整齐齐的，把每个人的年龄都写了出来，几样重要事件也记下来。自八月到巴黎时动笔，到一九三九年八月搁笔。其中搬迁不算，每晨总在案上著作，有时八页，有时两页，有时十五页，而最后一天共写了十九页，成空前之纪录。其中好多佳话或奇遇，都是涉笔生趣，临文时杜撰出来的。

父亲不但在红玉之死后挥泪而已，写到那最壮丽的最后一页时，眼眶又充满了眼泪，这次非为个人悲伤而掉泪，却是被这伟大的民众所感动，眼泪再收也收不住了。作者写得自己哭了，怎么会叫读者忍着眼泪咽下去呢？

《京华烟云》是一本可以随时翻看的小说，并不是一定要有闲时才看，最好是夜阑人静时自个儿看；困倦时，起来喝口清茶自问道：“人生人生，我也是其中之一小丑否？”

林如斯

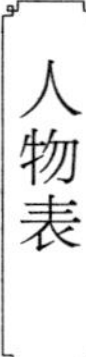
人物表

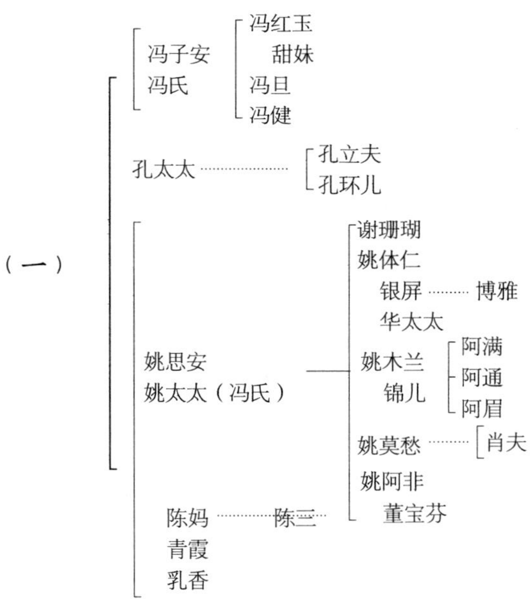
（一）
冯子安
冯氏
冯红玉
甜妹
冯旦
冯健
孔太太
孔立夫
孔环儿
姚思安
姚太太（冯氏）
谢珊瑚
姚体仁
银屏
博雅
华太太
姚木兰
锦儿
阿满
阿通
阿眉
姚莫愁
肖夫
姚阿非
董宝芬
陈妈
陈三
青霞
乳香

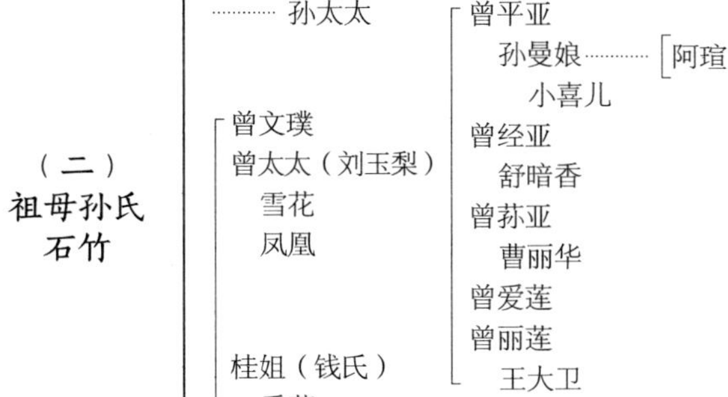
（二）
祖母孙氏
石竹
孙太太
曾文璞
曾太太（刘玉梨）
雪花
凤凰
桂姐（钱氏）
香薇
曾平亚
孙曼娘
阿瑄
小喜儿
曾经亚
舒暗香
曾荪亚
曹丽华
曾爱莲
曾丽莲
王大卫

（三）

牛思道
马祖婆（牛太太）
福娘

牛怀瑜
陈雅琴……国昌 国栋 国梁 国佑
牛莺莺
吴将军
牛东瑜
牛素云
冷香
老金
牛黛云
罗曼

（四）其他

傅增湘
傅太太
辜鸿铭
林琴南
齐白石
蒋太医
董娜秀

（五）钱太太

钱素丹
王佐
巴固
钱素同
钱素珍

上卷

道家女儿

大道，在太极之上而不为高，
在六极之下而不为深，
先天地而不为久，
长于上古而不为老。
——《庄子 大宗师》

第一章 后花园富翁埋珠宝 北京城百姓避兵灾

光绪二十六年七月二十日早晨，北京东城马大人胡同西口儿，横停着好些骡子车，其中有几辆一直停到顺着大佛寺红墙南北向的那条胡同。赶骡子车的都起身早，天刚破晓就来了。大清早就在那儿喊喊叫叫的。其实这些赶大车的一向如此。

罗大是五十来岁的老年人，是这一家的管家，雇了这些骡子车，是准备走远道儿的。他现在正抽着旱烟袋，看那些骡夫们喂牲口，一边吵吵闹闹地开玩笑，从牲口取笑到牲口的祖宗。再没话可说了，就取笑到他们自己头上来。

一个骡夫说："在这种年头儿，谁知道赶了这趟车回来是死是活呢？"

罗大说："赶这一趟车，你们赚钱不少。拿一百两银子就可以买一块田地了。"

那个骡夫却回答说："人死了，银子还有什么用？哼，那些洋枪子弹可不讲交情，一颗子弹穿进脑袋瓜子，就弯着辫子躺在地上，成了死尸一条了。瞧瞧这骡子的肚皮、肉能挡得住子弹吗？可是有什么法子，总得到外头挣碗饭吃啊。”

另外一个骡夫插嘴说：“也难说呀。一旦外国兵进了城，北京也就住不舒服了。拿我来说，我倒愿意离开这儿呢。”

太阳从东方升起来，照着那座宅第的大门，巨大梧桐树的叶子上，晨间的清露珠光闪耀。这栋房子便是姚家的住宅。大门口儿并没有堂皇壮观的气派，只不过一个小小的黑漆门，正中一个红圆心，梧桐的树荫罩盖着门前。一个骡夫正坐在安在地上的一块方厚的石头上。晨光虽然是清爽宜人，看来又是一个晴空万里的炎热天气。树下安放着一个不大不小的茶缸，是夏天施给过路人解渴的，可是这时候那茶缸还空着。看见了这个茶缸，一个骡夫开口说：“你们东家是个大善人哪。”

罗大回答说：“世界上再没有比我们东家更好的人了。”他用手指了指门柱旁边贴的一张红纸条儿，可是骡夫不认识上面写的是什么，罗大告诉他们说，“上面写的是赠送霍乱、痧症、痢疾特效灵药”。

那个骡夫猛然想起来，他说：“这倒很有用。你最好拿点儿给我们，在路上也放心。”

罗大说：“你跟我们东家一路上走，还用担心什么药？在他老人家身边儿带着，和交给你带还不是一样？”

骡夫们于是想探听这个行善人家的情形，可是罗大只告诉他们说，他家主人是一家药铺的东家。

不久，东家老爷姚思安出来了，看一切齐备了没有。他有四十来岁，短粗身材，结实健壮，浓黑的眉毛，眼下微微松垂，没留胡子，头发乌黑。走起来显得年轻沉稳，步伐坚定，身子笔直，显然是武功精深的样子。若出其不意，前后左右有人突袭，他必然会应付裕如。一脚在前，坚立如钉，后腿向前，微曲而外敞，完全是个自卫的架势，站立得四平八稳，万无一失。他向车夫们招呼了一下，一眼看见那个茶缸还空着，便嘱咐罗大，他出门儿以后，要天天和平常一样，茶缸里的茶不许断。

骡夫异口同声地说：“老爷真是大善人！”

他进去之后，随后走出来一个美丽的少妇，一双金莲儿，纤纤盈握，乌油油的发髻，松松地挽着，身穿一件桃红的短褂子，宽大的袖子，镶着三寸宽绿缎子的滚边儿。她跟骡夫们说话，洒脱大方，丝毫没有一般少妇的羞怯样子。她问了问车夫们是否喂过了牲口，然后进去不见了。

一个年轻的骡夫赞叹说："你们东家老爷真有福气！真是善有善报。您瞧，这位漂亮的姨太太！"

罗大说："烂掉你的舌头！我们老爷从来没有姨太太。这位姑娘是他的干女儿，还是个寡妇呢。"

那个年轻的骡夫嬉皮笑脸地打了自己一个耳光儿，别的骡夫都笑了。

不久，走出来一个仆人和几个漂亮的小丫鬟，大概由十二三岁到十八九岁的年纪，抱着被褥包袱、小壶等东西。骡夫们看得呆了，可是再也不敢品头论足随便乱说了。后面跟着一个约莫十三岁的男孩子。罗大告诉他们说，那是小少爷。

这样乱哄哄地过了半个钟头，这个将要远行的家族的女眷才走出来。

那个美丽的少妇也在中间，她带着两个小姑娘，都穿得很朴素，白洋布小褂儿，一个穿绿裤子，一个穿紫裤子。富有之家的千金小姐和丫鬟的分别，只要看态度是否从容雅静，就很容易辨别出来。现在那少妇拉着那两个小姑娘的手，从这一件事上看，便使骡夫明白那两个小姑娘是千金小姐。

所以那个年轻的骡夫抢上前去说："小姐，请坐我的车吧。他们的骡子不好哇。"

大小姐木兰想了想，暗中比较了一下。另一辆车的骡子瘦小一点儿，可是那个骡夫却长得较为和善；而这个年轻骡夫的头上还生着疮疖。其实木兰在选择车辆时，不是看骡子好坏，而是取决于骡夫的样子了。

在人的一生，有些细微之事，本身毫无意义可言，却具有极大的重要性。事过境迁之后，回顾其因果关系，却发现其影响之大，殊可惊人。这个年轻车夫若头上不生有疮疖，而木兰若不坐另外那辆套着小骡子的轿车，途中发生的事情就会不一样，而木兰的一生也不同了。

在纷乱当中，木兰听见母亲责骂丫鬟银屏，那时银屏在另外一辆车里，因为银屏浓施脂粉，衣服穿得太鲜艳。在大家面前，银屏自然觉得太难为情。青霞是个十九岁的丫鬟，扶着太太上了车，正暗中微笑，暗喜听了主人的话，此行没敢打扮得花枝招展。

谁一看都看得出这位太太是一家之主，三十几岁年纪，宽肩膀儿，方脸盘儿，微微有点粗壮，说话声音清脆，一副发号施令的腔调儿。

大家都已坐好，就要出发了，一个十一岁的小丫鬟，名叫乳香，在大门口儿啼哭，因为大家都走了，只撇下她和老罗看家，觉得好伤心。

木兰的父亲向太太说："让她也来吧，至少她可以侍候你，装装水烟袋呀。"

所以在最后的刹那之间，乳香又爬上了丫鬟的轿车。似乎每个人都已坐好，姚太太向丫鬟们喊说她们要放下车前的竹帘子，不要老是向外探头张望。

有五辆轿车，那些骡子之中有一匹小马。冯舅爷和一个年轻小伙子领头儿，随后车上是太太跟大丫鬟青霞，青霞怀里抱着一个两岁大的小孩儿。第三辆车上是木兰跟她妹妹莫愁，还有干女儿珊瑚。另外三个丫头是银屏、锦儿，十四岁，还有小乳香，一同在后面的轿车里，父亲姚大爷独自坐在一辆轿车上殿后。他儿子体仁避免与父亲同车，跟舅爷同坐一辆车。

男仆罗东，是罗大的兄弟，在姚大爷的车前面，跨辕而坐，就是说，一条腿横跨在车辕上，一条腿垂在下面。

向站在门前送他们出发的那些人，姚太太大声说他们是到西山去看亲戚，几天就回来，其实车是往南方去。

不管他们究竟往何处去，路人分明看得出他们是逃离，怕义和团和八国联军即将进入北京城。在车夫吆喝"瓦得儿……打……得儿！"和鞭子的清脆声音之下，几辆车一齐出发了。孩子们都兴高采烈，因为是第一次回南方杭州的老家，以前只是听见父亲提到杭州，这次是真要回去了。

木兰很敬仰她父亲，他一直拒绝逃离北京，一直拖延到七月十八。后来既然决定了到故乡杭州去避难，便冷静异常，从容准备，处变不惊，方寸泰然。因为她父亲沉潜于黄老之修养有年，可谓是真正的道家高士，从不心浮气躁。

木兰曾听见父亲说："心浮气躁对心神有害。"他的另一项理由是："正直自持，则外邪不能侵。"在木兰以后的生活里，有好多时候她想起父亲这句话来，这个道理竟成了她人生的指南，她从中获得了人生的乐观与勇气。一个万恶不能侵入的世界，自然是一个使人乐观奋斗的美好世界，自然活在如此的一个世界的人会有勇气，能奋斗，也能忍受。

自从五月起就战云弥漫，八国联军已经攻取了沿海的炮台。义和团已经拆毁了通往北京的铁路。那时义和团势力日盛，渐得人心，在乡间聚众滋蔓，势不可侮。

究竟避免与洋人开战呢，还是利用那批自称能抵御洋人子弹有道法仙术高呼"扶清灭洋"的义和团呢？西太后犹疑不决。清廷有一天曾下令逮捕义和团首领，可是第二天又任命维护义和团的端王为总理衙门的大臣办理洋务。宫廷的阴谋，对推翻压制义和团的决定大有关系。慈禧太后已经把光绪皇帝的实权悉予剥夺，而且正打算把他废掉。她喜欢端王的不成器的儿子，有心立他继承帝统。端王以为与外国开战会增强他的权力，也更容易使儿子入承王位，所以怂恿慈禧太后相信义和团的法术确能避枪弹。并且，义和团曾声言要捉"一龙二虎"来祭天，以赎其卖国之罪。"一龙"自然暗指两年前行"百日维新"吓坏了守旧派王公大臣的皇帝光绪，"二虎"则指的是当时已经年长的庆王与李鸿章，他俩是负责洋务的。

端王伪造了驻北京的西方外交团一份联合照会，要求将国政大权交还光绪皇帝，这样就使老婆子相信外国使节反对她废光绪皇帝的计划，所以她决定与义和团沆瀣一气，休戚与共，因为义和团的口号是“驱逐洋人”，这成了他们得势的秘诀。朝廷中几个思想开明的大臣，因为义和团主张烧毁使馆，违反外交之道，因而反对义和团，但是这几个人已被端王杀害。国子监大臣曾因此剖腹自杀。

义和团实际上就在北京城。朝廷派出武官去镇压义和团，中了义和团的埋伏而遭杀害，败兵向义和团投降。义和团既得人心，扬扬得意，简直是占领了北京城，杀洋人，杀教民，烧教堂。外国使节团抗议，大臣刚毅派人去“调查”义和团的情形。结果回报说义和团是“上天派遣，驱逐洋人，洗雪国耻”。于是反倒暗中把千万义和团放进了北京城。

义和团一旦进了城，在慈禧太后与端王的暗中庇护之下，行凶作恶，弄得人人战栗，全城震惊。他们各处游荡，寻找“大毛子”、“二毛子”、“三毛子”，全都予以杀害。“大毛子”指洋人，“二毛子”、“三毛子”指信教的，在洋行做事的，以及说英语的中国人。他们各处去烧教堂，烧洋房子，毁坏洋镜子、洋伞、洋钟、洋画。杀的中国人倒比杀的洋人多。他们证明中国人是否是“二毛子”的方法很简单：让有嫌疑的人在大街上跪在义和团的神坛前面，向他们的神烧一张黄表，人有罪无罪就看纸灰是向上飞，还是向下落。神坛是设在大街上的，对着落日的方向。要表示信义和团的人就要烧香，而那些团勇就打拳拜齐天大圣孙悟空，孙悟空这个小说上的猴子精就是他们供奉的神灵。于是满街香烟缭绕，香味扑鼻，人觉得似乎进了异域殊方的神仙国度。甚至朝廷大官都在家设坛，邀请首领到家里作法，而家里的奴仆也都加入义和团，好借势要挟主人。

姚大爷是个博学之人，同情变法的光绪皇帝，认为义和团的行动愚蠢无知，危险有害，不啻儿戏，不过此种看法只是暗自藏在心中而已。他也有他“反洋”的道理，那就是教堂是仗恃洋人优越的武力保护之下的洋宗教的表现。他头脑清楚，不附和义和团的无知胡行。他家仆人罗大与罗东兄弟避乱唯恐不远，深以遇到这样的主人为幸。

北京城里发生了战乱。德国公使克林德在街上为董福祥的甘军所杀。使馆区东交民巷受了包围，洋人驻军已经自卫了两个月，正等待联军自天津来援。慈禧太后的宠臣荣禄，奉命率领禁卫军去攻打使馆区，但是他心里颇不以为然，他暗中通知使馆早做防卫。东交民巷附近的民房已经夷为平地，南城各街道全已烧毁。北京城与其说是仍在朝廷手里，莫如说是遭受了拳徒的控制。甚至于家家必不可缺少的水夫与粪夫，若不用他们的红黄巾包头，也不许去挑水担粪。

在这一段期间，姚大爷始终不打算搬家避难。他所答应的只是把家庭的大洋镜子，和由于好奇而买的西洋伸缩型望远镜毁了而已。他的住宅离那遭受毁灭的地区较远。他太太劝他逃离灾区，免遭杀害抢劫之祸，他却充耳不闻，想也不肯想。城外四乡都是军队。姚大爷认为一动不如一静。他相信谋事在人，成事在天，要听天由命，要逆来顺受。

他的安静淡漠引起太太无限的反感。太太责备他是存心住在那儿与他收藏的古玩书籍庭园共存亡。可是联军已经快接近北京城，真是怕有抢劫焚烧的灾难了。他太太向他说："你若不在乎你的一条命，你也想想孩子。"

这话的力量打动了他的心，不过他仍然说："你知道在路上难道就会平安无事吗？"

在七月十八下午，他们决定出走。姚大爷想，他们若雇得到骡子车向南走，先到山东的德州，大概是八九十里地远，那就平安无事了。新任的山东巡抚已经用武力把拳徒驱逐出境，所以他能在山东省内保境安民。拳徒原本发源于山东，因此几个"教案"都在山东发生，其中一件就构成了后来把青岛租给德国，并把山东巡抚毓贤撤换。

新任巡抚袁世凯，一天把一个义和团首领传入衙门，要试一试他的道法如何。他让十个拳徒站在一排，面对着手持来复枪的一班士兵。一声令下，一班士兵开了枪，说来奇怪，十个拳匪却没受伤，事实是来复枪没上子弹。拳徒首领得意扬扬，不可一世，大声喊道："你看！……"说时迟，那时快，巡抚大人自己掏出手枪，把十个拳徒一一打死。这样就肃清了山东的拳徒。不久，略予清剿，拳徒就都溜到直隶省去了。

穿过天津逃难是办不到的，因为北京若是个修罗场，天津就是个大地狱，而且路线要经过战场。由天津往北京的难民说沿着运粮河交通拥塞，达数里之远，船一整天才走半里路。所以他们先要走旱路到山东边境的德州，然后再坐船走运粮河。又因为在北京永定门外有"混混儿"，他们必须取道卢沟桥，到涿州，再折往东南。

由德州到运粮河，再到上海杭州，倒是平安无事，因为东南各省的清廷大员都与西方外交使节团的公使签有协定，要保持地方秩序并保护外侨的生命财产，所以拳徒之乱只局限于北方。

在前几天，姚太太问姚大爷："咱们什么时候走？"

丈夫回答说："后天。必得雇骡子车呀，也要多少整理点儿东西带着。"

姚太太既然说服了丈夫，现在又为整理东西发愁了。

她不由得喊道："一天的工夫我怎么收拾得完呢？那么多箱子、地毯、皮衣裳、珠宝——还有你的古玩。"

姚大爷只是淡然答道："不必管我的古玩。房子就这么摆着吧。不必收拾东西带着。只要带几件夏天的衣裳，带点儿银子做路费就够了。这不是出去玩儿，这是战时逃难。留下罗大跟另外几个用人看家。也许拳徒会来抢，也许官兵来抢，也许洋兵来抢。房子也许会整个儿烧个光。带地毯箱子有什么重要。要能逃去，就算逃了；要逃不了，完了就完了。"

太太仍然说："那些皮衣裳跟珠宝呢？"

"咱们能雇到多少车呢？光是男男女女就要占五辆车。能不能雇到五辆车，还不敢说。"

后来，他把罗大叫到客厅。罗大在姚家已经有些年了，是姚太太娘家村里的一个远房亲戚。主人知道罗大的为人，是可以把全家托付给他的。

姚大爷说："罗大，明天你跟我一起装点儿东西：瓷器、玉器跟字画的精品，装好之后藏起来。不过阁子、架子，还照样摆着。若有盗贼强人进来抢，不要抵抗，任凭他们拿。不要为不值什么钱的东西去拼老命，不值得。"

他又告诉内兄冯舅爷明天去弄点儿金子银子来，整锭的，零碎的，好预备路上用。冯舅爷在他家照顾家事，又管他家药铺茶叶店的生意。冯舅爷还得去拜访一位太医，看能不能找点儿官方的关系，一路上好有官方保护。

在万籁俱寂的夜晚，姚大爷独自睡在西南跨院儿的书房里，起来唤醒罗大。他告诉罗大点上灯笼，随他到后花园儿去，带着一个铲子，一把铁锹，告诉他要静悄悄的，不要出声。两个人，老主人，老仆人，带着六件周代与汉代的青铜器，几十件玉器，刻印的石头，都是主人亲自细心装在檀香木箱子里的，都埋在花园儿里一棵枣树下。灯笼的光亮与夏夜的星光之下，主仆二人忙了一个半钟头。

在全家还没有一个人起床之前，姚大爷回到屋子里，愉快而兴奋。露水很重，罗大有点儿咳嗽，这时候需要去沏一壶热茶来。

姚大爷往往是自己睡，他也没有娶妾。这位富有之家的一家之主，除去书籍、古玩、儿女之外，对一切事情都漠不关心。他不娶妾有两个理由：第一，太太不许；第二，在他三十几岁娶了木兰的母亲之时，生活上起了一个突变。在那个突变之下，他从一个贪酒好色胆大妄为的浪子，一变而成了一个真正道家的圣贤。在那段日子之前，他的生活，对他的家庭而言，是乌烟瘴气的一段黑暗日子。他喝酒、赌钱、骑马、击剑、打拳、玩女人、养歌女、蓄娼妓、浪荡江湖、结交公卿。但是，他忽然改变了。他结婚之后一年，父亲去世，留给他的万贯家财之中，在杭州、苏州、扬州、北平，有药铺，有茶行，经常从四川贩卖药材，从福建安徽贩卖茶叶，另外还有若干家当铺。在那些年，他内心精神的发展变化，真是神秘不可臆测。在婚前婚后，即使他的妻子，也不知道他是否已经真正洗心革面重新做人。他戒绝了赌博，以海量出名的酗酒也突然停止，好色纵欲，及其他损害他钢铁罗汉般的身体的事情，也完全中止；他对生意业务竟也弃置不顾，因为内兄冯舅爷是位经商老手，他就完全交他一手掌管了。

在光绪二十四年至二十六年之间，各地流行新思想，提倡新思想的就是发动维新，后来实行政变失败终于导致光绪皇帝被囚于瀛台的那些人。姚大爷从当时流行的报章杂志书本上也吸收了新思想。

罗大去沏茶的当儿，姚大爷没往太太住的院子里去（孩子们在那儿与夫人同睡），却到前面西院儿的书房去了。他躺在炕上思索那一天要做的事。每逢他开始一段养生修炼之时，他总是住在书房里。子夜起来，盘膝打坐。在前额上，两鬓上，腮颊上，下巴上，然后手心脚心，要摩擦固定的次数，然后控制呼吸，气沉丹田再运气，调理并吞咽唾液。这样，在刺激循环与控制呼吸之下，在深夜的寂静里，他能听到肠子里气血怎样循环，怎样汇集到丹田。这种功夫要做十分钟，有时十五分钟，有时到二十分钟，这就是养气的功夫。在固定的时间，他摩擦手心脚心。但是从来以不过劳为度，一到感觉极妙之时，觉得气血周流，直贯两腿，浑身红润，有极为舒适奇妙的感觉之时，他立即停止。然后整身放松，躺下睡甜甜的一觉。

罗大掀开帘子，拿着茶壶走进来，倒了一杯热茶，放在床前。姚大爷漱了口，把茶吐在痰盂里。

罗大说："老爷，这段道儿够难走的，您今儿得好好儿歇息。我不知道能不能雇到车。今儿早晨有人来回信儿。"

他又给老爷倒了一碗茶。接着说：

"这件事情我也仔细想过。最好冯舅爷留在家。我一个人担不了这份儿重担。您把青霞、锦儿、银屏、乳香都带走。在这种年头儿，年轻的妇道人家会招麻烦的。”

姚大爷说：“不错。叫老丁、老张来跟你一块儿看家。可是冯舅爷要跟我们一齐走。老丁、老张都是药铺的伙计，那家药铺就在马大人胡同南边儿不远，因为只卖中药跟茶叶，和洋人没来往，所以直到现在还没遭到抢劫。”

罗大回答说：“我去叫他们俩，可是千万别再找别人。人少麻烦少。那么铺子里呢？”

“陈氏兄弟二人需要在铺子里。除去草药也没有什么可偷的。他们偷那个干什么？我们也没有洋镜子让他们摔；并且，铺子要一直关着门，局势不见好转就一直不开门。前几天，博威洋行被抢了，把钟表、镜子都砸碎了。一个人拿了一瓶子香水当酒喝，喝下去，脸变得煞白，倒在地上乱喊乱叫，说喝下洋药中了毒。在那家洋行做事的一个男孩子说，他们以为电话是妖魔地雷，装在那儿要炸死他们，就把电话砸烂，把电线割断了。有人抓住了一个外国的女人模型，扯下了衣裳，把赤身裸体的这个外国女人模型，扛在肩膀儿上满街走。群众欢呼，拿那个洋女人大开玩笑。孩子们跑去乱抢那金黄色的头发，又乱打架……”罗大跟姚大爷都大笑起来。

现在天大亮了，院子里已经有人声。罗大卷起纸窗帘儿，那一天是个热天。夏天的夜晚在北京总是凉爽的。在白天，因为是平房，居民把高丽纸窗帘儿放下来遮蔽阳光，使屋子里凉得跟地下室一样。今年，姚大爷没叫人用芦苇席在院子里与房顶上搭凉棚。往年夏天都要搭凉棚的。有凉棚在上面，屋子院子就跟在大树的阴凉下一样，而同时空气仍然可以流通。因为五月里拳徒作乱，各处火灾太多，那种用杉篙芦苇席子搭的凉棚容易着火，房子也就要引起火来的。

罗大掀起门帘，走出屋去。姚大爷静坐了一会儿，定了定神，听见他那掌上明珠一般的女儿木兰叫：“爸爸，您起来了吧？”

那时候木兰还是一个身段儿单薄的孩子，以十岁论，长得不算大，眼睛晶亮，头发乌黑，梳成一个辫子，垂在肩膀儿上，薄薄的夏季衣裳越发使她显得瘦小。她常到书房来听父亲谈论各种事情，父亲也喜欢跟她说话。每天早晨，她父亲若不睡在里头院儿母亲的屋里时，她就到前院儿来向父亲请早安。这是她早晨梳洗后第一件要做的事。

她进来时，父亲问她："妈妈起来了没有？"

木兰回答说："都起来了，只有体仁跟妹妹没起呢。"于是又问，"为什么昨儿晚上您说所有那些古玩都是些分文不值的废物呢？"

"你若把那些东西看作废物，那就是废物。"父亲这话对木兰是太深奥，太难懂了。

"难道您真要把那些东西留下吗？至少要把那些玉的跟琥珀的小动物给我藏起来。我要。"

父亲说："好孩子，我已经藏起来了。"于是像告诉她一件大秘密一样详细告诉她埋藏的是哪些东西，木兰把每一件的名字都记住。

她问父亲："若有人找到那些东西，都掘出来怎么办？"

父亲说："听着，孩子。要知道，物各有主。在过去三千年里，那些周朝的铜器有过几百个主人了呢。在这个世界上，没有人能永远占有一件物品。拿现在说，我是主人。一百年之后，又轮到谁是主人呢？"

木兰觉得很难过。后来父亲又说："若不是命定的主人掘起来那些宝物，他只能得到几缸水而已。"

"那些玉雕的小动物也放在箱子里了吗？"

"那些东西会像小鸟一般飞走的。"

"可是如果我们掘起来呢？"

"那玉器还是玉器。铜器还是铜器。"

木兰这才高兴了。但是这对她也是一个教训。福气不是自外而来的，而是自内而生的。一个人若享真正的福气，或是人世间各式各样儿的福气，必须有享福的德行，才能持盈保泰。在有福的人面前，一缸清水会变成雪白的银子；在不该享福的人面前，一缸银子也会变成一缸清水。

大丫鬟青霞进来说："太太问老爷是不是已经起来。若是已然起来，请老爷过去商量商量事情。"

"舅爷起来了没有？"

"已经起来了，也在那儿等着您呢。"

姚大爷带着女儿走进去，穿过月亮门儿，到了内院儿，看见珊瑚忙着搬皮箱，乱摆在大厅的地上。珊瑚是他的干女儿，二十几岁年纪，是好友谢大爷的女儿。她父亲去世之后，姚大爷就把她带过来，像自己亲女儿一样，把她抚养成人。十九岁那年把她嫁给一个很好的丈夫。可是第二年，丈夫一病而亡，没留下孩子。她自愿回来住在姚家，一直住了四年了。管理家事，督促仆人，她真是姚夫人的一个大帮手。对木兰与莫愁，她就像个大姐一样。过去也伤过心，但是现在她脸上没有愁容；她从来就不想再嫁人，过现在这种日子，她过得蛮快乐。很显然，她好像没有女人的性感，在男人面前她一点儿没有娇羞的样子。她像木兰一样，也叫姚大爷夫妇爸爸妈妈。木兰叫她大姐。木兰虽然是姚家的大小姐，就改叫二小姐，莫愁就改叫三小姐了。

珊瑚非常能做事，姚夫人对她百事依赖，家里的事情应当如何决定，她有很大的力量。

珊瑚向姚大爷说："爸爸，您早起来了。"说着赶紧搬动箱子，腾路儿让姚大爷过去。

姚大爷说："你还没梳头呢。吃完早饭再整理箱子吧。"

她站起来，微笑了一下。她的头发还是晚上梳的那个辫子，穿着睡衣，看来简直还像一个少女。

她回答说："早饭之后，天就热了，还是现在做吧。"

姚大爷走进西屋，又走到里间儿，珊瑚在后面跟着。姚太太坐在床上，她哥哥坐在床边儿的椅子上，正和妹妹商议这次远行呢。舅爷冯子安，三十岁年纪，穿着旧罗白大褂儿。锦儿正给莫愁梳辫子。除去姚太太之外，都起身为礼，这时姚大爷走过去，坐在夫人的对面。木兰已经静悄悄地溜过去，坐在母亲身旁，等着听大人说话。在中国小孩子发育的过程里，有时候他们会突然举止行动像个大人，其实内心还照旧保存着孩童的稚气。女孩子这个时期大概是九岁或十岁。男孩子，若不是娇生惯养，是十二岁，或是十三岁。他们愿意装作像大人一样，并且向大人模仿。他们以知道怎样做人做事，知道生活的规矩礼貌为荣耀。若是不懂事，若是幼稚无知，则以为是丢脸，是不光彩。知道守规矩的孩子，大人就把他们当作大人看待，而且很认真。虽然姚太太本性严肃，木兰还不知道怕她。因为自从姚太太一个缠绵久病的孩子死了之后，对剩下的孩子，木兰与莫愁，就温和多了。

在这儿不妨说一说姚大爷给孩子起名字的习惯。他极力避免传统上用得太滥的文雅的女儿名字，比如“秋”、“月”、“云”、“香”、“翠”、“清”、“慧”、“秀”、“华”、“兰”、“牡丹”、“玫瑰”，以及其他花草的名字。他是从中国历史上找古典的名字，这是和常人不同的。“木兰”是替父从军女扮男装保家卫国的奇女子花木兰的名字。“莫愁”原是古代一个富家之女的名字，后来南京城外的莫愁湖就是她的名字。“目莲”是第三个女儿的名字。目莲自幼体弱多病，起的这个名字正是目莲曾入地狱救母那个佛教圣人的名字，既普通易晓，又表示孝顺父母之意。虽然起了这个名字，又拜西山尼姑庵一个尼姑为师，这个不幸的女儿还是年幼就死了。

姚大爷向冯舅爷说：“你最好早点儿去看那位蒋太医。”

木兰问：“谁生病了？”

母亲拦住她道：“小孩子要多用耳朵少开口。”又转向她哥哥说，“你去看他干什么？”

“看看是不是能利用他的关系，找一张官方的公文，在路上好有官方保护。”

木兰忘了抑制自己，又插嘴出主意：“为什么不找义和团保护我们呢？他们现在正得势呀。”

全屋立刻静下来，因为忽然提出了一个从来没想到的办法。冯舅爷望了望姚思安，姚思安望了望冯舅爷，而姚太太却望着他们俩。

姚大爷看了看木兰，露出得意的微笑，说道："她倒有主意。那么最好是从端王爷那儿找到个安全护照。蒋太医认得端王爷。"

珊瑚说："看这个孩子，才十岁，可不要小看她。她长大之后，我可不敢惹她。她得嫁个哑巴丈夫，两个人说的话，她一个人就说了。"

木兰是又高兴又羞惭。高兴的是表现成功，喜出望外；羞惭的是大人赞许，忸怩不安。

"孩子就是想到什么说什么。她知道什么呀？"母亲抑制住心里的高兴这样说。做母亲的这样不放纵孩子是对的。

青霞进来说早饭好了。

母亲惦记着儿子，问："体仁哪儿去了？"

"他看银屏在东花园喂他的鹰呢，我告诉过她叫他过来。"

大家到院子东边的饭厅去吃饭。还没吃完早饭，罗大就来说骡夫来了。冯子安把馒头塞到嘴里就去见他。

骡夫说城外兵多土匪多，骡子马都不好找，没有什么骡夫肯冒这趟远道的风险，所以，最后，必须出个高价钱，人觉得值得，才有人肯去。他说出了个价钱，简直吓死人，是雇五辆轿车，五百两银子。他说赶十天的路，冒生命的危险，这是一笔小钱儿。争论半天，骡夫一点儿不肯退让，一直说他或许会丢了骡子送了命。冯舅爷说他们有官方的护照，有官方保护。可是骡夫硬是不肯落价，因为骡夫看来是个老实人，冯子安终于答应了。不过，这次远行的价钱之高，真是前所未有。

冯舅爷进去告诉商定的价钱，姚太太说这是千古奇闻，但是又别无办法。孩子们听说坐五辆轿车走，都雀跃三尺，兴奋异常，开始商量谁跟谁同车。体仁要和丫鬟银屏同车，木兰、莫愁都说愿跟珊瑚同车。孩子们只觉得是玩乐，是热闹；木兰、莫愁则以为这是生平第一次乘车坐船，并且等不及要看杭州是什么样子，因为平常听母亲与珊瑚姐说杭州不知多少次了。

冯舅爷拜访蒋太医，这位太医是姚家的至交。他答应给找一个安全护照，看能否找到护卫，他一定尽力而为。端王的护照既可以防止官兵又可以防止拳徒的抢劫。

姚大爷说他们只要带夏天的衣裳，不要带别的东西，整顿行李就省事多了，但是仍然够让全家整天忙的。只有体仁照旧在东花园儿玩鹰，时时打扰银屏做事情。

那天傍晚，红霞灿烂，预示明天必然是个大热天。晚饭后，全家坐在一起商议事情，商议大家怎么分配车辆。

姚太太向每个人解释他们是到德州去坐船，说得清清楚楚，并且把杭州的住址给他们，以免迷途失散。然后吩咐大家早点儿去睡觉，因为明天黎明起身。

第二章 遇乱兵骨肉失散 贴告白沿路寻人

木兰与八岁大的妹妹，还有珊瑚姐，在轿车里蓝色硬棉垫子上盘腿坐着，生平头一次尝到北京轿车的颠簸的滋味，也同时分明感觉到在这个茫茫世界上正在冒险赶路。

不久，木兰、莫愁、珊瑚姐开始与车夫攀谈起来。车夫为人和气，告诉她们义和团的情形，义和团的所作所为，还有哪些事是义和团不做的事，他跟义和团怎样闲谈，谈些什么，以及天津的战争，慈禧太后、光绪皇帝、大阿哥，以及这段路前面会有什么状况等。

由北京北城进入南城，她们看见好多烧毁的房子残留的废墟瓦砾。这时顺着城墙往西，在那荒凉废弃的地区，看见一群人站在一块空地上，中间是义和团的一个神坛，盖着红布，锡镴蜡扦儿上面有红蜡烛。几个中国人跪在坛前接受审问，因为有二毛子的嫌疑。

车夫指出几个义和团的少女与妇人给她们看，这些人都穿着红小褂儿、红裤子，红裤腿下面露出缠裹的小脚儿，头发梳成宽辫子，盘在头顶上。男的义和团员也是穿红褂子，有的胸膛上只是红前襟，女团员腰上围着宽带子，显得勇武精神。车夫告诉她们这些女义和团员叫作“红灯照”和“黑灯照”。白天她们拿一把红扇子，扇子股儿也油成红的，夜里就打着红灯笼。“红灯照”都是少女，“黑灯照”则是寡妇。不裹小脚儿的是招募来的船娘。她们的首领，称作“圣母”，原来也是运粮河上的一个船娘，但曾坐着黄绫轿由巡抚请进巡抚衙门。那些少女有些会打拳，但大部分不会。她们有法术。她们必须要学念咒语。一段短期练习之后，她们若是要上天的话，一摇动红扇子就可以飞上天去。她们至少总会爬墙，因为车夫曾经看见她们站在人家屋顶上。

车夫看见过他们作法没有？

不错，他看见好多次了。他们先设神坛，点上蜡烛，然后口中念念有词，然后忽而神态有异，口中说的是法术语言。这时就是神仙附体了，两眼发直，瞪得又圆又大。接着挥舞大刀，往自己肚皮上猛砍，但是皮肉不受伤。

来附体的神仙是齐天大圣孙悟空。

这些小说神话，如今木兰听来，竟变成了眼前的真实故事。

天还没黑，他们早已过了西便门，出了城，来到荒郊野外。

旅途的前三天还算是轻松容易的，没发生什么事，只是天太热，车又颠簸得厉害。人人都抱怨腿疼。每天赶早出发，早饭前就赶出十里地，有时二十里地，清早与午后下半天赶的路最多，中午，人和骡子都要长久地歇息一段。体仁和冯舅爷常下去跟着车走一里地，因为腿弯曲得太难过。第四天过了之后，身子对车的颠簸似乎已经习惯。

体仁最不安静，换了好几次车；有时要跟母亲坐，有时要跟丫鬟坐。母亲宠着他，也就任凭他，不加管束。银屏比他大三岁，每逢他跟银屏在一块儿，他就很快乐；他喜欢瞎扯，跟锦儿开玩笑。锦儿受不了的时候，就到姚太太车上去，帮着照顾小孩子。

在第四天，也就是离开了涿州两天，在通往保定府的大道上正往东南走，一切事情似乎都不顺。谣言满天飞，说八国联军已经进了北京城，乱军和拳徒正往南撤退。另一个谣言说总督裕和将军已经自尽，甘军正往南撤退。

在拳徒与军队之间时有战斗发生，因为拳徒只有刀枪交战，吃亏不小。一听见枪炮声，拳徒就四散奔逃。拳徒究竟是什么性质，老百姓和政府军队也弄不清楚。在军队之中，一半人说应当剿灭拳徒，一半说不。拳徒因为烧教堂，杀万人痛恨的洋人，所以深得民心。朝廷在春天曾下令收编拳徒；现在又让军队剿灭拳徒；新近朝廷似乎又宠信他们，并采取他们的排外政策。

兵和拳徒往下溃散的渐多，抢劫也就日渐增多。路上逃难的百姓人潮汹涌，步行的，坐轿车的，坐手推车的，骑驴的，骑马的，样样儿都有。农夫有的挑着两个筐，一头放几个小猪儿，一头放着个婴儿。姚家的车远在这些散兵游勇之前，所以一路上还算平安无事。女人们开始安心，体仁也慢慢安顿下来。姚大爷吩咐尽量赶路前进，能少歇息就少歇息，指望在乱兵赶上之前能到德州。他已经把端王爷发的护照撕碎，因为它根本像废纸一样，毫无用处；并且，遇见拳徒或是官兵，反倒会引起麻烦。

那天下午日落之前，他们到了任丘，因为中午打尖只歇息了一小会儿。住了店之后，姚大爷问店家城里可有官兵。听说天津镶黄旗第六营的徐管带（营长）正驻扎在此维持治安，才放了心。此地的天主教堂一个月前才遭烧毁，不过徐管带（营长）进城之后，逮住了几十个“大师兄”砍了头，余众逃往乡下去了。

一个旅客带着家眷，两个妇人，三个孩子，也是逃难而来，比他们到得晚一点儿，带来了使人心神不安的消息。那天早晨他离开保定府，一直往南向任丘逃，因为听说徐管带（营长）能在任丘保境安民的缘故。

故事是这样的：

一个富有的官宦之家正往保定府走。这家一个女人戴着一只金镯子。一队散兵游勇渐渐行近，看见那只金镯子就要，那个女人给得不痛快，拖延了一会儿，一个兵就把她的胳膊砍了下来，拿下镯子逃跑了。另有一股官兵来了，听说这件事，好像看见那只镯子在前面几个兵的手里，追上去把那几个兵枪杀了。前面那几个兵当中逃走了几个，藏身在路旁高粱地里。在抢他们的那几个兵经过之时，又把他们开枪打倒。

一只金镯子就要了七八条人命。

那几个同路人低声说路上发生的这件事，姚大爷一个人听了默不作声。他叫家里人吃晚饭之后立刻睡觉，孩子丫鬟一概不可出屋去。他们只有一个屋子，要睡十二个人，因为全家不肯分店去住。那一家来了之后，弄得情形更糟。那间屋子只有一个炕，才十五尺宽，所以丫鬟必须睡在地上。别人在有急需之时，姚大爷并不是死咬定自己的权利不肯放松的。所以他答应后来的那家的两个女人睡在他家的小房间里，而他、冯舅爷、罗东，跟那一批旅客之中的男人，则都睡在外间，外间是厨房客厅餐厅一屋三用的。

在里间，孩子们安然入睡，罗东也鼾声大作，而姚大爷则不感觉困倦，也不想睡。他心中估量明天若起个大早儿出发，日头西落以前会赶到河间府的。

暂时，一切总算平静。炉台子上一盏小油灯，灯火荧荧，美丽而安稳。他拿出烟袋，心中沉思。这是好久以来他难得享受的宁静的夜晚了。后来他回想到这天晚上，觉得真是像幸福的天堂一样，自己的亲人在另一间屋子里安睡，而自己抽着一袋烟，一盏油灯在炉台子上燃烧着晃动。

时将半夜，觉得听见太太在睡梦中惊呼一声，然后屋里有骚动声。他在炉台子上端起油灯，往那边门里一望。姚太太身旁是小孩子，她已经坐起来，正轻拍木兰的脸，捋顺她的头发。

姚太太问："这么大深夜你干什么呢？还没睡呀？"

丈夫说："我觉得听见你在梦里喊叫了一声。"

“是吗？吓了我一大跳。我梦见木兰在老远的一个山谷里叫我。我一打哆嗦，就惊醒了。还好，幸而只是个梦。”于是看了看木兰，又向身边儿看了看别的孩子。

姚大爷说：“只是个梦就好了。睡吧。”

于是走出屋去。

不多一会儿，来了一阵暴雨，雨声淅沥，使姚大爷感到困倦，不知不觉睡着了。

七月二十五早晨，姚大爷被屋子里的声音吵醒，看见大部分人都已起身，已经洗过脸。车夫正在门前，说雨后天气凉爽。天上有云彩，看样子要整天阴天。到河间府只有六十里地，走起来是不难的。因为骡子若不拉太重，一天走一百里很容易。若走长途，拉着车，可以走六十里，顶多走七十里。有一头骡子踩到沟里，差一点儿跪下翻了车，一条前腿似乎扭了一下。所以今天车自然要走慢一点儿。

大概八点钟光景才出发。姚太太叫青霞到她的车上，好抱着孩子。木兰的轿车上的骡子有点儿一拐一拐的。

走了约莫十五里地之后，那头骡子越发显得焦躁不安，常常停下来，直喘气，肚子两侧时时鼓胀收缩。骡子的身子像马，头脑像驴，力量之大像马，脾气之倔犟也像驴。车夫说那骡子出了毛病，若不慢走，恐怕要没命。他说：

“骡子比君子。一生病，就没有胃口，不想吃东西。这头骡子早晨只用鼻子闻了闻草料，嚼了一点儿。空着肚子怎么赶路？还不是跟人一样？”

走了三个钟头才走了二十里地，到了新中驿。大概一点半，大家才下车，饿了，去打尖。新中驿是个老驿站，给官家传递公文，人马是在这里换班儿的。官方紧急的公文，从河间府到京城一百里地，十二小时是可以送到的。附近有个马房，有三四匹马拴在旁边的树上。

因为他们打算在河间府换几头骡子，再走其余的那段路程，现在这个骡子的车夫决定从那几匹马之中找一匹代用，至少先帮着赶完这一天的路程。他认得驿站上的人，事情当然好商量。

午饭之后，大家在凉亭之下歇息，木兰、莫愁、体仁三个人闲荡到树林之下去看马。体仁走得离一匹马太近了，那马开始乱踢，吓得木兰拉着莫愁边跑边叫。这些驿马都是身强力大的，姚大爷向那边儿急叫体仁回去。

姚大爷脾气急躁。姚太太又已经告诉过他昨天晚上的梦。在梦里只记得她在山谷里走，一条宽大的溪水在山谷中间流，另一边儿是一带树林子。她那时拉着莫愁的手。她觉得听见木兰叫她。她忽然想到木兰并没在她身边儿，似乎好几天没见到她了。最初，木兰的声音似乎来自树顶上；在她转身进入阴森森的树林时，发现好多小径都阻塞不通，正不知如何是好，又听见木兰喊叫，声音清楚可闻，但是软弱无力，似乎是从溪流对面传来。声音是："我在这儿哪！我在这儿哪！"母亲一转身，看见孩子的身影儿，正在溪水对面的草地上摘花儿。她既看不见船，又看不见桥，心中不由得纳闷儿，孩子是怎么样过去的呢？她把莫愁留在岸上，自己在清浅的激流中涉水过去。忽然一股洪流冒起，使她脚下悬了空。一惊醒来，原来正躺在旅店里的炕上。

这个梦让人听了，都心里忐忑不安，但是她说完之后，谁也没有说什么。

那头瘸腿的骡子就暂时留在驿站上，车夫回来时再带回去。大概三点钟的时候，他们又起程出发，新借来的那匹马拉珊瑚跟木兰姊妹俩坐的那辆车。那匹马老是冲到前头去，车夫不知道它的脾气习惯，很不容易控制它。

将近五点，离河间城只有十二三里地了。他们看见在左方远处，有军队横越田野而来。姚大爷说他要到前面车上坐坐，但那走了多年的古道比平地低三四尺，到宽广的平地以前，根本没法子错车，而且在他们前后百码之遥的地方也有别的难民。

忽然听到一声枪响。附近的田地都是由一丈来高的高粱形成的青纱帐。这时他们正在低洼的地方，看不见兵究竟在何处，只是听见说话声越来越近。又听见几声枪响。他们既不能转车倒退，又不知道往何处走，这时听见似乎兵是自前后两路而至。他们到了平地，有七八个逃兵在十字路口儿跑过去，还看见有成队的兵离他们左边五十码远。所有的车都停住了，姚夫人向珊瑚喊，教把她们姐妹俩送到她的车上。

珊瑚裹着小脚儿，从马车上下来，不是件容易事，不过她照吩咐办了。她下到地上，向莫愁伸出胳膊，把她抱下来。她把莫愁抱到姚太太车上，打算回来再抱木兰。这一停就阻断了十字路口车辆的交通，挡住了后面的难民，后面的车夫又骂又喊，吵作一团。

这时，又听见枪声，有几个兵骑着马，在他们正前面疾驰而过。驿马吃了一惊，开始向前飞跑，木兰的车就随着一群兵马疾驰而去。

在一阵混乱之中，谁也不知道发生了什么事。那群兵似乎只是急于逃命，并不太存心想抢劫。姚家，受阻于前面来往越来越多的人马，后面又有车拥挤上来，真正是夹在了中间，这时骡马散乱奔驰。混杂嚣乱，尘土飞扬，简直伸手不见五指。珊瑚正匆匆忙忙爬到姚夫人的车上，几个骑马的官兵在她身旁飞驰而过。她刚一定神，一想木兰还犹自一个人儿在那辆车上。她尖声喊叫："木兰！"木兰的母亲不假思索，立刻就要往车下跳。但是在眨眼之间，所有的车都动起来。她能看见的只是人、车、马蹄，在她前面乱作一团，她自己的车也随同着向前冲下去。骡马一旦放开腿跑，你再喊叫指挥它们，那就如同向火车头喧叫一样无效了。前面有十几辆车，她一心指望其中有一辆拉的是木兰。这时姚大爷几乎还不知道木兰是一个人儿在车上。因为官兵没停下来抢，他还满以为灾难已经过去了。

几辆车正向前奔驰之时，姚大爷一心想赶紧离开官兵，越快越远越好，然后再查看一下有什么损失没有，心里还以为全家正往一个方向走呢。木兰的母亲简直想要身分两处：一是到前面去认一下木兰的车跟那个车夫；一是慢下来察看一下后面的车辆。可是实际上，她却一筹莫展。路只能容单向行车。她几次想跳下车来，幸亏珊瑚拉住了她。

她着急过了七八分钟后，骡子渐渐慢了下来。举目四望，也看不见官兵的踪影了。离开了那个十字路口至少已经有二里地。一辆车栽到路旁的壕沟中，摔下来的那个妇人几乎被后来的车轧过去。另有一辆车驶来，一个客人认识那个人，就跳下车，但是那辆车却停在路当中。当然姚家的车也被挡住了。冯舅爷就各处跑去打听。姚太太简直急疯了。珊瑚跟青霞一直哭。姚太太指着那在前面还在走而且渐渐消失了踪影的几辆车，喊说木兰的车也许在当中，他们必须追上去，不能停在那儿不动。

她喊说："木兰一个人儿在车上呢！"

父亲知道了这件可怕的事，当时也来不及问为什么木兰是一个人在车上。他抓住了一匹马，从车上解下来，纵身上去，飞驰过人群，追向前面的难民。但是只是一路空追，徒劳无功。

丫鬟这时都下车来问，听了这个消息，脸吓得惨白，说不出一句话来。珊瑚简直真从车里滚下来了。为什么在过去十五分钟内那辆车里只有三个女人两个孩子，谁也说不清楚。母亲把莫愁紧紧地抱在怀里，青霞抱着小孩子。莫愁最初怕得说不出话来，现在开始哭。别的难民挤过来看看又过去了。有人站住看由车上掉下来的女人。那个女人仿佛是因为她的骡子腿上中了子弹，要从翻了的车上解开套把它松开，可不是容易的事。也有人停下来，听说一个十几岁的小姑娘与大人失散的事。有人显得伤心，有人无动于衷地走过去。体仁说他曾看见木兰车上那匹驿马随着官兵往右方跑去，不过看得不太清楚。若当真如此，木兰已然离开了他们走的那条路，大概是随着一群官兵跑去了。但是车上还有车夫呢？他会把车赶向河间府，也许会追上他们，在路上也许会碰见的。

大家正在心绪纷纷，不知如何是好，看见木兰的车夫手中拿着鞭子从后面跑来，一边跑一边喊。大家一看有车夫没有车，不由得脸色变了。

“孩子没出事吧？”

“谁知道？我们叫官兵一冲，驿马受了惊，怎么也勒不住它了……”

“她现在在哪儿？”

“她跑到哪儿去了？”

“你怎么把车丢了呢？”

车夫之茫无头绪，正跟问他话的人一样。他的车是被兵马冲到右方去，然后走上右边的一条路，离开了官兵；等他看见离开了人群，下车想把马拉住。马力气太大，他拉不住缰绳，马就向前跑去了。

有一件事是毫无疑问：那就是木兰还在车里。还有，那辆车并没往河间府去，因为车夫最后看见车转弯儿消失在青纱帐里时，车是向北方回去的。他相信那匹驿马还会自己认路奔回新中驿。他出于一片老实忠厚的心肠，才跑来告诉木兰的父母的。

大家无可奈何，等了几个钟头之后，姚大爷骑着马回来了。每辆车他都看过，绕着弯儿察看过，甚至直到跑近看见了河间府的城墙，才放弃了追寻。

姚大爷觉得车夫的想法蛮有道理，那匹马会寻路返回新中驿的。

太阳快落了。姚大爷要坐着他那辆车回到新中驿，车夫去找他的车和马，父亲去找自己的女儿。别的人只得继续奔向河间府，因为河间府的城门快关闭了。车夫告诉他们在河间府城内要住的那家旅店的名字，他们就在那家旅店等消息。

木兰的母亲整夜没睡，只是暗自流泪。黎明，她叫罗东跟她哥哥起床到北门去找木兰。

第二天早晨约莫九点钟，姚大爷回来了。马和车已经回去了，但是没有孩子。他曾经折回去，在十字路口儿一带去寻找，什么也没找到。

这个消息真像晴天劈雷。木兰是丢了，还有什么疑问？母亲号啕大哭：“木兰，我的孩子呀，你不应当这么离开我呀！你不应当去找你妹妹目莲呀！你现在若离开我，我这日子还有什么过头儿哇！我还要这条老命干什么？”

珊瑚劝道：“妈，一切都是天意，万事顺逆好坏，人不能预知。您不要太伤心，免得有伤身体。这条旅途往前还远呢。这些人的命都要靠着您呢。您若没灾没病的，我们孩子们的担子也就减轻了。木兰是不是丢了，也还不能太一定；我们还要接着往各处去找她。这都是我的不好。我千不该万不该把她一个人儿留在车上！”

姚太太勉强抑制住悲伤，回答说：“这不能赖你，是我命不好，才招出这个乱子。我不应该叫你去把她们俩抱过来。可是谁会知道发生这种意外呢？若是木兰出了什么差错儿，让人拐跑了，让人卖了的话……”说着又哭作一团儿。

姚大爷站在一旁，一言不发。木兰是他最心爱的孩子，若是真的丢了，他可伤透了心。他一听到“拐跑”这两个字，立刻走开，就像个受伤的兽一样。

锦儿，原本静悄悄地倚着墙站着，忽然大哭起来。她今年十四岁，差不多跟木兰一起长大的。她教给木兰一切游戏，唱摇篮曲，从小就跟木兰在一块儿玩，木兰待她就像亲姐姐一样。刚才一提到“拐跑”两个字，她立刻想到自己的命运，想到自己父母的杳无消息。她倒在床上，哭个没完。看见她哭，体仁跟莫愁也哭起来，于是屋里哭喊吵闹，乱到极点。青霞走近，把锦儿拉起来说：

“太太刚忍住哭，你又大号起来，招得少爷跟莫愁也哭，快别哭了。”

锦儿坐起来，觉得很不好意思，可是还用手揉哭得通红的眼睛。银屏向来不喜欢锦儿，看见就褒贬她说：“从今天早晨她就一直一个人坐着。莫愁也没梳头，也没洗脸，后来我帮她穿好衣裳的。她们俩那么好，当然她很难过了。”

锦儿走出屋去，好像受了委屈似的，一边走一边说：“我哭我的。

我爱哭与你什么相干？我喜欢木兰小姐又不干你的事！”

银屏怒冲冲地说：“我们同是伺候太太、少爷、小姐的，谁也管不着谁。”

姚太太喊道：“你们造反了！”

珊瑚连忙跑到另一间屋子去。她说：“现在是闹事的时候吗？难道现在还不够吗？”

锦儿一边哭泣一边说：“我也不想要哭，我是想起木兰小姐来。太太一提到拐卖，我又想到我自个儿。哎呀！妈呀，你若活着，我也不致这么受人家欺负哇！”

珊瑚安慰锦儿说：“当然我们大家都难过，当然是会哭的，你也是情不由己呀。”

锦儿恶狠狠地说：“若是体仁少爷丢了，你看她哭不哭？”

银屏原来在外面听着呢，现在迈步进来。珊瑚转身把她推了出去，叫两个人谁也不许再开口。

现在父母陷于想象中的恐怖，想到像木兰那么年轻、那么漂亮的姑娘丢了之后会发生什么事情，那种恐怖简直比死还可怕。心中的狐疑不定，心中驱之不去的恐惧，无法猜测她现在的情形，还有能在河间府城里或别的地方会找得到她，这难得实现的希望，这一切一切，使他们的头脑麻木瘫痪了。

那天早晨，姚太太不再说别的，只是说：“不管死活，我总要找到她。”她简直变成了呆子，心里只有一件事，对别的一切，是视而不见，听而不闻的。

中午，摆上饭菜之后，她呆呆地走到桌子那儿。她吃东西，但是不知道自己是吃饭。还有，锦儿正在安静地吃饭，忽然把饭碗放下，抽抽搭搭地哭起来，离开了桌子。

姚太太这种异乎寻常的沉静，真使珊瑚害怕。她说：“妈，您得多歇息歇息。您昨天晚上没有睡觉。现在各处去找也得找上好几天。咱们自己也得保重才是。”姚太太像机器一样，就由珊瑚引到床边儿去，半句话也没说。

河间府城有五千居民，这片地方坐落在一带低洼地的中央，周围有一条大河的支流向东北流向天津。东边三十里以外就是沧州，正在运粮河的岸上。往南四十里地就是德州，正在这块三角地带的顶尖儿上，往北几乎距离沧州河间一样远，往河间府要走旱路，往沧州走运粮河。

他们寻找木兰只得在客店、城门、通往城镇的路上贴寻人告白。告诉人家他们旅店的地址，悬赏寻人。赏钱是二百两银子。女人要停留在店里，父亲、冯舅爷、仆人罗东，以及赶车的，带着赏钱，要到全城及四乡去寻找。木兰的母亲则变得坚强有力，默默地满街满巷徘徊寻找，还往河里看，不分昼夜地寻找，寻找她的骨肉。

但是河间府挤满了难民和走失的孩子，并不止木兰一个走失的。有几次是来虚报消息的。木兰的母亲甚至于到西门外河边去看一个姑娘的死尸。

姚大爷骑着马到四乡去找，别的人往东走到沙河桥，往西走到肃宁县。

但是找不到木兰的踪影。

这个孩子也许已经落到贩卖童奴的贼匪手里。这种情形有八九成。木兰总会值一百两银子，虽然谁也不敢这么说。冯舅爷一天回来说，人贩子都在运粮河上跟那些船娘做生意。锦儿本来就是被人拐卖的，她说在河上贩卖人口是真的，并且说当年那船娘待她很好。那些年，运粮河是由北京到南方的交通要道。青帮霸占着运粮河，他们有一套完善的组织。在津浦铁路修建之后，运粮河失去了生意，青帮才加入了红帮，在长江上称为青帮，后来在上海法租界还统领着盗贼、鸦片烟贩子、妓院。他们是以拐卖、绑架、抢劫出名的，不过他们也慷慨行善。他们的首脑人物充当工部局的顾问，领导水灾旱灾赈济，每逢他们的生日，官方高级人员还亲身前往拜寿。这一组织是个自卫、互助、合作的秘密团体，对低级失业的大众保障其生活，大家公平分享，彼此之间十分慷慨大方，共同遵守荣誉义气的门规，这种组织实际上源于一千年前的秘密会社。稗官野史上的英雄就是他们崇拜的神，还有忠贞的战将，劫富济贫的侠盗，群众仰慕的好汉都是。

义和团本也是一个秘密的组织，是白莲教的一支。明亡之后，他们是要推翻大清的。但是历史环境却使他们变成扶清灭洋的一股力量，引起了国际间的大事。

姚家既然深信木兰是被拐卖了，于是搜寻几天得不到结果之后，就决定往运粮河上去找。冯舅爷自请往东到沧州，只有一日的行程，顺着运粮河往下去，在市镇上、渡口上，都停下来寻找线索，大家则继续赶路，约好在德州等他。

只有两件事，似乎显得有一线希望。第三天，姚太太找来一个算命的瞎子，向他问丢了个孩子的事。她把木兰的生辰年月按天干地支说明。算命的说木兰的八字有福气，有双星照命，所以十岁时该有磨难，但因命好，自会逢凶化吉。并且，她运交得早，虽然不为高官显宦的夫人，一辈子也不愁吃不愁喝的。问他这个孩子是否可以找得回来，他则深不可测地说："有贵人相助。"总之，因为木兰的八字太好，所以卦金他索要大洋一元，姚夫人则给了他两元。

这样，姚夫人心情好了许多，她到城隍庙去烧香。说也怪，两个杯筊，在神前扔了三次，都是大吉。

那天晚上，做母亲的做了一个梦，跟以前梦见的一样。她分明听见木兰叫："我在这儿，我在这儿！"于是又看见女儿在溪流的对面草地上摘花儿，跟木兰在一起的是另外一个女孩子，她不认识，以前没见过。母亲叫木兰过来。木兰在那边儿喊："您到我这儿来啊！我们的家在这儿。您在的那边儿不对呀。"母亲想找一个渡船，或是找个桥，但是没有。于是似乎觉得自己在水面上安然行走，往下，往下，再往下，顺流而下得好快，这时已经忘记了女儿。她经过了城镇、村庄、山顶的佛塔，正漂近一座桥时，看见一个老翁在桥上疲惫而行，一看，原来是自己的丈夫。她还看见有一个年轻的女人搀扶着丈夫，而那个女人不是别人，正是木兰。她在河上向他们呼叫，但是他们好像没听见，还是照旧一直往前走。她两眼盯着她不放松，不料自己碰到桥柱子上，不能在水上漂了，往下一沉，就醒了。

第二天早晨，她把梦告诉了丈夫，两个人都大为振奋。

第三章 曾大人途中救命 姚小姐绝处逢生

后来，做父母的对木兰的遭遇所了解的是这样：当时车上只剩下她一个人儿，她很害怕，但是没有哭，她总得想办法下车去，结果她下去了。那正是马拉车跑到桥头上，正迟疑不知往哪条路上去的当儿，车停下了。附近没有人，她只看见老远的地方有几个兵，她知道她的车就是从那个方向跑来的。所以她往那个方向跑去，一直跑到十字路口儿。那时人都走空了，她又头晕又害怕，就坐在地上哭。一群兵走过来，一个肥胖和气的家伙停下来，问她怎么回事。

她央求道："叔叔大爷们，带我去找我爸爸妈妈。"

"你爸爸妈妈在哪儿？"

木兰说："我也不知道。我们是从北京城来的。叔叔大爷们行行好，帮助我去找我爸爸妈妈。他们有钱，会酬谢你们的。"

这时，一个女人随同几个兵走过来，她系着一根红腰带。木兰一看就知道她是一个红灯照，因为在北京看见过。那个女人肉皮紫檀色儿，大脸盘子，两只脚并没有裹着。那一群人看来，好像男人是义和团，女人是他们的上司。

木兰又央求道："好阿姨，带我去找我爸爸妈妈。"

女人很和善地问她："你要到哪儿去呢？"

木兰不记得她们要去的是河间府，只好回答说："我们是要往德州。"

"德州就是我老家，你跟我走吧。"

木兰觉得怕那个女义和团，但是她毕竟是个女人，是眼前唯一能帮自己的。

木兰说："您若能把我带到德州，我父母会酬谢您的。"

女人转身向那个肥胖的兵，命令他背着这个孩子。那个兵真和气，木兰也就不怕了，只是不喜欢他那又脏又粗的手，那手似乎勒得她很紧，弄得她很疼，并且那个男人身上有蒜的味道。不久，他们看见一匹跑散的马。妇人命令几个兵去捉那匹马。那个胖子就奉命带着木兰骑上那匹马。这个使木兰觉得很稀奇，因为她以前从来没骑过马。胖子问她好多问题，最初木兰很谨慎，一会儿也就全无恐惧了。胖子告诉她名叫老八，她说她叫木兰，她家姓姚。胖子大笑，说："你既然是木兰，你一定从军十二年了。"于是问她是不是喜欢在军中当兵。

走了一个钟头之后，木兰还看不见城镇，就问胖子是怎么回事，因为她知道应当不久就会到一个城镇的。老八说："你一定心想的是河间府。"木兰这一下子想起那个城的名字，于是说正是河间府。但是老八告诉她，他们不能到河间府去，因为城里的兵会打他们。

木兰现在真正害怕了。太阳即将落下去，正是孩子想歇息想安稳的时候了。可是木兰的父母不知道远在何处，而她自己正跟着陌生人赶路。她开始哭起来，等一下，就睡着了。后来醒了又害怕，哭哭又睡着了。

她再一次醒来，他们正在一个村子的庙里扎帐篷。

妇人给她一碗粥喝，里头有大头菜，可是木兰不饿。妇人叫她躺在自己身旁的地上，木兰累得筋疲力尽，就沉沉入睡了。

早晨，木兰一醒，又开始哭，但是那个义和团妇人很厉害，立刻制止她。

木兰哭着央告说："好阿姨，带我到河间府找我爸爸妈妈去。"

那个妇人回答说："你不是说你往德州吗？我现在带着你往德州去。你若再哭，我可要打你了。"

老八说把木兰带到河间府去，可是妇人怒冲冲地说："你要去找枪毙呀！"

早饭后，这些人又出发，现在一共三四十个人。

木兰听说他们是义和团，在北京城东边儿打过仗，听谣传洋鬼子快接近北京城了，就撤退到乡间。过后几天，他们听说慈禧太后跟光绪皇帝逃跑了，北京城混乱不堪，各处抢劫，并且白鬼子兵向南过来。

木兰问："为什么我们打不过洋人？为什么子弹会把人打死呢？"

老八回答说："因为洋人有道法，比我们的道法强。就连齐天大圣孙悟空以前也没见过红头发蓝眼睛的妖精，因为洋鬼子的道法跟我们的道法不一样。他们有一种法宝，放在眼睛上，就能看一千里远。"

现在北京城已被洋人占领，皇帝跑了，义和团一心只想回家。大部分村民，即使对义和团不很好，至少也不敌视，因为他们也是本地人，说一样的家乡话。有的把义和团的头巾扔掉。他们抱怨朝廷不该始而组织他们，继而剿灭他们，后来又派他们去打洋人。好多人后悔加入了义和团，若在家安分守己种地就好了。木兰跟随的这一群人一天比一天少，渐渐散去都回了老家。

现在看出来，老八和那个女义和团是一对情人，不过也就要分手了。因为男的要回自己的家，不是往德州，木兰怕一个人跟着那个妇人，但愿男的不走才好。

说也奇怪，木兰的第一课英文是从老八这个义和团嘴里学的。老八向她说了好多亲眼所见洋人的事。还告诉她他学得的一首英文歌。那是：

来是 Come，
去是 Go.

二十四是 Twenty four，

山芋就是 Potato，

Yes！ Yes！ No.

妈拉八子！抓来放火烧狗头！

可笑的老八把 Yes、Yes 照北方的方言音“热死，热死”念。每逢他唱到“热死，热死”就努筋拔力、哈哈大笑起来。

木兰现在自己也觉得有点像义和团了。她觉得也恨洋人。他们不应当到中国来传教讲洋神。中国的信洋教的二毛子仗着洋人势力欺负中国人，她听父亲这样说过。她听父亲说，二毛子跟中国人打官司，县官总是判信教的胜诉，不然就官位难保。

西洋来的传教士采用的政策，就是借洋势力保护中国教民，保护他们自己。这样就使中国教民好像自己成了一族，跟洋人接近，而跟中国人疏远了。过去发生过好多教案，西洋传教士被杀，县官也免了职。因为杀了两个德国传教士，不但山东巡抚丢了官，也把青岛割给德国人。这就是那位山东巡抚为什么那么仇视洋人的原因，他也成为影响慈禧太后的有力人士之一，让她宠信义和团。所以传教士成了县官的眼中钉、肉中刺。对于涉及传教士与教民的案子，县官怕得赛过五雷轰顶。一出了事，不管县官府怎么处理，也是一样丢官。

而且，木兰也听见父亲说，洋人做什么也是反其道而行的。他们写字是由左向右，不由上向下直写，而横行霸道如螃蟹。叫名字时，也先名而后姓。最怪的是写地址时，是先写门牌号码数，然后是街道、城市、省份，仿佛故意一切都反着来。所以结果，要知道一封信往哪儿送，得由底下往上看。还有，他们的女人是大脚，一尺长，说话声音很大，头发弯，眼睛蓝，走道儿男女挽胳膊。

总而言之，洋人这种人，你想怎么古怪，他就怎么古怪。

他们在路上走了好几天，德州连个影子也看不见，他们是绕过大城镇走的，因为大城镇里有军队。一天，碰上了官兵，他们损失了四五个人，木兰好害怕。他们一共还有二十来个人。

另外在一个地方，他们停留了好几天，女魁首与老八吵起架来。男的要女的跟他回老家，女的要男的跟她到德州，而男的不干。木兰听得见他们俩骂。现在义和团的“大师兄”“圣母”等名称已经不再用。他们成了平常老百姓，回家各奔营生。木兰又想上德州，心中又怕那个女人，不知如何是好。老八现在已经很喜爱木兰，想把她带走，但女人死不肯放，而男的又没办法叫她让步。吵得厉害了，男人开始用种种脏话骂人，叫她“贼娘们儿”“臭婊子”“大脚婆”“骗子”，以及“拐孩子贼”。

他骂道：“我知道你要卖这个孩子，你这个拐孩子贼！我知道你干的勾当！”

他对木兰说：“我不能带你去，没办法。你要小心这个臭婆娘！”说着就走了。

木兰瞪着大眼看那个女人，一声儿也不敢出。木兰以前听父亲跟锦儿说过人贩子，简直怕死了。她心里打定主意，一到德州就想办法逃走，但是当时她一言不发。

跟这种女人走是真可怕。她现在得在地下走，而且还得别落在后面。那个女人告诉她在路上不许跟人说话，要假装作母女二人。

幸而只剩不到一天的行程，天黑时到了德州。已经德州在望时，木兰想溜开，那个女人把她揪回来，打她的头，打她的脸，威胁她说，若再跑要用烧红的烙铁烫她。由那时起，那个女人再不放松木兰。她们进了城，过了几条街，出了另一个城门，到了旷野荒郊的一个冷落的村子。她们进了一所房子，四周有树环绕，靠近一条小溪，约莫十尺宽。房子里有一个高身大汉，四十岁左右年纪。木兰累极了，顾不得想会出什么事情。他俩把木兰锁在一间小屋子里，那个女人在屋外的大厅跟那个男人说话时，她就睡着了。

第二天早晨醒来，木兰发现自己在一间小屋子里，只有一个窗子，高得手够不到窗台。女人拿着一个红热的火钳子进来说："你愿不愿尝尝这个味道？你若想跑，我就把你的眼珠子烫出来。"

木兰简直吓昏了，答应乖乖儿地听话，永远不逃走。

第三天，一个六岁大的小女孩儿也扔了进来。

只有恐怖，来日大难，不敢预想。

随后两天，听不见女人的声音，男人的声音倒是时时听得见。

一天，女人回来了，欢喜大笑。

女人喊道："办好了！"

木兰听见钥匙开门。

女人满脸赔笑地说："小姐！"这是多少天来木兰第一次听见人叫她小姐。"你真有福气。我找到你们家的人了，今儿你就去找他们。我不是说过带你找他们吗？我对你不坏吧？"

木兰惊讶万分，喜极而泣。

女人把木兰拉到大厅去。屋里有一个供桌儿，上头有蜡烛，有一个木头神龛，供的是褪了色的红脸无须的神像，正是齐天大圣孙悟空。

木兰问："我爸爸妈妈在哪儿呢？"

女人说："不用急，我会带你进城去。"

木兰喊叫道："多谢，多谢，上帝保佑您这大善人！什么时候去？"

"你打扮好就去。"

木兰又问："暗香呢？"暗香是另外那个小女孩儿，这几天一直跟木兰锁在那间小黑屋子里。

"还没有人来找她。谁让她父母不来呢？"

木兰问："我能不能带她去？"

女人说："你们家要出钱就行。"

木兰跑回到门口喊道："暗香，我告诉我爸妈来接你去。"

可是女人用力一把把她拉开，恶狠狠地骂她道："谁让你多管别人的事？”

女人一定要木兰梳头发，编辫子，用一条粉红带子在脖子后头捆起来，头发上倒了点儿“茶油”，味道很浓。她又想在木兰的脸上擦一层厚厚的胭脂粉，但是木兰不肯，说从来没擦过，女人一听很烦恼。

一个男人端进来几碗粥，里面有红枣，有红糖，端来给木兰一碗。这帮人很迷信，与拐来的人质分手之时，还有一定的规矩。把孩子交回时，一定要打扮得花枝招展的，每一件事都要显得吉祥如意才行。

木兰急于要去，说她不饿，可是也得吃上几口粥才可以。她说：“我要回家了，我不饿。我把这碗粥给暗香好不好？”

女人看了看木兰，又看了看那碗香甜的粥，于是自己端去给暗香。木兰听见她说：“你好福气！”

他们还得举行一个仪式。一个男人点上了三炷香，向佛龛作三个揖，然后由大厅走出，走入后院儿，手里举着香，又向天地作了三个揖。

他们这样完了之后，快要出发之时，向木兰说：“你说你会招福添财。”

木兰说：“我会给你们招福添财，老天爷会保佑您，长命百岁！”

女人大喜道：“这才是！”

他们到小河边儿，上了一只小船。木兰听见暗香在屋里哭，心里很难过。

他们向下流划到运粮河，行近一个挂红旗子的大船。木兰认得字，看出那条船是北京一个官家的，上面一个大字是“曾”。

一个女人正在船头上坐着，很焦急的样子，正注视木兰的船，几个小男孩儿在那个女人身旁，瞪着眼睛看，又好奇又害怕。木兰看了看那个女人，不知道该怎么打招呼。她一看不是带她去见父母，大失所望。难道这个女人是她父母的朋友吗？她以前从来没见过这个女人。

木兰又害羞，又害怕，浑身颤抖着，上了那只大船。那个女人伸出了手。她好像很和善，有教养，看样子蛮慈爱。木兰不由得心中对她有一种敬爱的感觉。

曾太太把她拉到怀里说："好孩子，你一定受了不少罪。"木兰哇的一声哭了。她知道自己是依偎到一位心肠仁慈的女人的怀中了，就像她的生身之母一个样。

现在一件怪事发生了，一个态度严厉的中年绅士走向前来。他生得额头高，戴眼镜，微微有点儿胡子，穿着小褂儿长裤，上身外面套着灰蓝的缎子坎肩儿，一手端着水烟袋。他脚上穿着白布袜子，因为这种运粮河的船上，虽然女人穿着鞋，男人却脱了鞋，这样不至于弄脏船舱里洗刷得干干净净的油漆过的地板。

这位绅士走向木兰，看清楚木兰，觉得安了心，微微地笑了一下。曾太太说："这是曾老爷。他不知道你认得他不认得他。他还纳闷儿呢。"

木兰觉得很难为情，不知道说是，还是说不是，就照普通规矩，以颤抖的声音说："曾老爷万福！给您请安。"

曾老爷说："你是姚家的小姐？"

木兰觉得好像在什么地方听见过他的口音，赶紧回答说："是，老爷。"

他问："你们在北京住什么地方儿？"

"东四牌楼马大人胡同。"

"你叫木兰呢，还是你妹妹叫木兰？"

木兰回答道："我叫木兰，我妹妹叫莫愁。"

曾老爷慢慢从袖子里掏出手绢儿包的一个小包儿，脸上带着一种奇妙的微笑把手绢儿打开。展开的手绢儿的正中正好在他的手心，上面托着两小块儿发霉状的骨头，每一块大约有十寸宽，八寸到十寸长，看上去就像普通微不足道的陈旧的兽骨头，似乎随便谁都可以从古老的花园儿里的地上，或是古宅废墟上找得到的。

曾老爷问："这是什么？"

木兰的眼睛一闪亮，说道："那不是甲骨吗？"曾老爷大声叫道："对了！对了！她就是木兰，天下只有她一个小姑娘认得这种甲骨！”他那兴奋的喊声不但使木兰震惊，也惊动了他太太和儿子。

木兰一时给弄糊涂了，觉得局促不安。可是，忽然她想起来，他不是别人，正是她跟父亲有一天在隆福寺庙会上碰见的那个人，那时候他们正在物色几件甲骨。

她脱口而出道：“您是曾老爷，您到过我们家！”曾老爷向太太说：“你知道这些年来我一直搜求珠宝。可是今天我才给你找到一件真正的宝贝。就是她！”

曾太太不记得丈夫过去曾经这么兴奋，如此轻松洒脱，如此天真自然，没有一点儿架子。

在光绪二十六年，天下只有木兰一个小姑娘曾经听说过纪元前一千八百年的这些甲骨，这话是不错的。因为它们上面刻有中国远古时代的甲骨文字，现在是因其重要性而为人所熟知了，但当时它们刚从河南安阳小屯溪——古代的殷墟被发现，只有少数收藏家对这种东西有兴趣。木兰的父亲就是当时那少数几个人中的一个。当时有一天木兰陪着她父亲，正好碰见曾先生，两位先生才开始交谈。木兰的父亲颇喜爱自己这个孩子，当时就谈到木兰，说虽然那些古物是那么古老的东西，木兰却特别喜爱。后来在隆福寺庙会上他们再度遇见之后，姚先生曾邀请曾先生到他的书斋去过，去看看他收藏的古物，当时姚先生特别把木兰叫到书房，跟他们一同坐了一会儿。现在偶然得机会救了木兰，这不是对朋友的一件义举吗？并且木兰又是她父亲最喜爱的孩子，而自己也特别喜爱这个孩子的聪明活泼。今天的这件事太得意了。

拐木兰的女人跟那个男人站在那儿亲眼看见这个意想不到的场面。曾先生进到船的后舱，拿出银子来称了称，把一百两银子交给那个男人。

“这是你的钱。去吧。”

男女二人拿了钱，跳到自己的小船上，划船去了。木兰想为暗香说话，又不敢说，后来还是说了，但是曾先生不愿管。

几个男孩子散在四周，以无限的好奇心看着木兰，心里又纳闷儿，又爱慕，却不敢跟她说话。母亲转过身去，拉着木兰的手，把她那几个小男孩子一一介绍给木兰。她说："这是平亚，老大。这是经亚，是老二。那是荪亚，老三。木兰，你多大了？"

木兰回答说是十岁。平亚是十六岁。经亚十三岁。荪亚十一岁。

平亚谦恭有礼。经亚沉默寡言，没有什么举动。荪亚是个胖小子，咧着大嘴笑，眼睛亮晶晶的。木兰很害羞。后来才知道这个心直口快淘气捣蛋的胖小子真是够她受的。

现在第一件令人困扰为难的事总算过去了，木兰现在总算知道是在朋友之间了，她深吸了一口气，问道："我爸爸妈妈现在在哪儿呢？"

"他们一定走在前头了。咱们会跟他们联络的。现在你先跟我们住吧。"

"您也是在路上吗？您要往哪儿去呢？"

"我们到泰安，泰安是我们的老家。"

"您看见我爸爸妈妈没有？"

"没有。我们根本不知道你们要回南方呢。"

"您怎么知道我跟父母失散了呢？您又怎么找到我了呢？"

"到里面来，吃点儿东西，我说给你听。"

曾太太年约三十岁，五官清秀，小巧玲珑，跟丈夫的雄伟正好相反，丈夫比她大十岁。她的原籍虽然是山东，可是在北京已经住了好几代，就如同世代书香官宦之家的千金小姐一样，她也读书识字写文章。她是曾文璞的二太太，大太太生了平亚就死了，平亚是她一手带大的，就如亲生之子一样。对教养良好懂得做贤妻良母的富有之家的女儿，这种事，她做起来并没有什么困难。曾太太为人谦虚安详，稳静而端肃。因为生在上流家庭，曾太太有中国妇女的落落大方、庄重贤淑，她处世合规中矩，办事井井有条，对仆人慷慨宽厚，治家精明能干，知道何时坚定不移，最重要的是，知道何时屈己从人，何时包容宽恕。在治家与驾驭丈夫上，宽容与督察是同样重要的。曾太太因为纤小清秀，所以神经过敏，再加上体质单薄，便容易感受各种疾病。但在这样年岁，她还肉皮儿特别细嫩，仍然年轻而美丽。

现在她心里只有木兰。她说："木兰，你先去洗脸，我就给你找衣裳换。"

一个丫鬟端来了一盆水、一条毛巾，木兰洗完之后，曾太太叫人已经做好了一碗排骨面。木兰客气了一下，说她还不饿，但实际上她已经饿得太厉害了。曾太太一定要她吃，说时间还早，好久才吃午饭。这是好几天以来，木兰第一次吃到的一碗清洁味美的饭。这碗面之好吃，是她生平所未曾尝过的。

但是木兰是个事事敏感的女孩子。虽然她的确饿了，汤也极美，她仍然慢慢地吃，怕吃得太忙招人笑话。当然曾太太也坐在桌子旁，孩子们在远处站着。

她吃完之后，曾太太问："味道还可以吗？"

"很好。多谢您。现在您说一说我父母的情形吧。我什么时候才能见到他们？"

曾太太说："我也不敢说。我们也一直没有见到他们。"

"那么您是怎么找到我的呢？"

曾先生得意之至，说："我是真找到你了。你说是不是？"

看见父亲心情兴致这么好，孩子们真快乐。

曾太太向丈夫说："孩子问你呢，你好好儿告诉她呀。"她又向木兰说，"好孩子，在过去这四五天，我们一直不停地找你。"

曾文璞的感觉得意自有其理由。找到木兰是很不简单的事，但是做得漂亮。一个人做事做得成功、做得出色之后，那种得意的感觉，他一样也有。可是找到一个十岁年纪就能鉴赏古物的小女孩子，他可就觉得欣喜欲狂了。

曾家原来也是在还乡的途中，要回到山东泰山下的泰安县。他们离开北京已经有五个礼拜了，在天津迟迟不能成行，就勾留了半个月。他们到沧州以下运粮河边上一个村子时，曾先生离船登岸，看见茶馆儿的墙上的一张黄纸告白，上面是手写的字。启事人的姓名地址引起他的注意。冯舅爷是顺着运粮河一直步行走往德州的，所以随时停下来找木兰的线索，在渡头和村子的茶馆儿里，他都贴上如下的告白：

悬赏寻找迷失女童启事

敬启者：女童姚木兰，年十岁，身穿白衫红裤，眉清目秀，发乌黑，梳辫子，天足，脸盘小，皮肤细白，身高三尺，北京口音。不慎在新中驿与河间府中间路上走失。若有仁人君子报知此女童下落者，酬银伍拾两，携带归来者，酬银壹百两。苍天为证，绝不食言。

北京马大人胡同
杭州三眼井双龙茶行　姚思安敬白
临时住址　德州长发客栈

看完启事，曾文璞不由得喊道："这是老朋友姚惠才找他的小女儿呢！"上面写的北京住址正对，他也曾听说他在杭州有药铺茶行。女童的别致的名字更不容易有雷同的。他回到船上向太太说知此事，并且说那位小姐何等聪明。曾太太则说，在天津附近能自己全家人口平安熬过那些日子，真是福气。

因为曾文璞原籍山东，德州又在山东境内，他想到一个很简便的方法去寻找木兰。再者，他是做京官的，必要时，可以对地方官动点儿势力。他知道青帮在运粮河上有一个严密的组织，凡是绑架、拐卖、偷窃，都在他们管辖之下。倘若有人丢了一只表，能及时找到路子，几分钟之内就可以物归原主。山东的土匪其组织之严密，就像山西的钱庄一样。并且在早年，钱庄可以派车运银子，安然穿过盗贼猖獗的深山密林，所需要的就是那种秘密组织在北京的机构发的一个盖印签名的安全通行证而已。一路的贼匪见了通行证上的印记绝对遵从。土匪的规矩是一批货物的通行税只征收一次，比当时的政府还有信用。他们是一诺千金，说一不二。

所以木兰若真是被贼匪拐带，一定送到运粮河上，十之八九要带到南方，因为那里少女在市场上价钱很高。而德州是那批匪帮活动的主要中心。

他们一到德州，曾文璞立刻到长发客栈，盼望找到友人姚思安。店东说姚家已经离开了六七天，不过留下了二十两银子和本城钱庄的一份汇兑票，只要孩子寻获，即可兑现付款。还在钱庄留下一张全家的照片儿。

随后，曾文璞又到一家酒馆，暗中把自己的官衔名片给掌柜的看了一下，说明他吩咐要办的事。不久，掌柜的带来一个帮会的人见他。半用势力，半用贿赂，曾文璞让那个人带他到帮会中一个小头目的家里，把走失的女童的姓名、住址，及其外貌特点等告诉了他。

曾文璞说："几天以后你若不把孩子给我带来，我可吩咐县官儿把你当义和团逮去关起来。"

那个人说他看见那寻人的告白了，但是不知道那个孩子的下落，也不知道是不是在他们自己人的手里。他答应给查查，一有消息，就去回禀。曾大人答应会重重地赏他。

接连两天两次到酒馆去，曾文璞也没得到消息。可是他绝不就此罢休。

第三天，有了千真万确的消息，说木兰就在德州附近。

其余的事就没有什么麻烦了。他赏了那个报信的小头目五两银子，答应交孩子时再付一百两。那个人迟疑了一下，一想自己一点儿事也没有费就得到了五两银子，确是走了一步好运。可是再想到，若再得一百两银子，可真该谢天谢地了，不过那也只是寻人告白上写的数目而已。

木兰静静地听着，就像听拿她自己做受难人物的神仙故事一样。曾太太说错的地方曾先生就插嘴改正。正在这个当儿，一个身体颀长骨肉匀停的少妇从岸上走上船来，带着一个六岁的孩子。这位少妇脚很小，裹得整整齐齐的，但是站得笔直，穿着紫褂子，镶着绿宽边儿，没穿裙子，只穿着绿裤子，上面有由黑 A 字连成的横宽条儿。裤子下面露出的是红色弓鞋，有三寸长，花儿绣得很美，鞋上端缚的是白腿带儿。

就因为大多数女人的脚，无论在大小上，在角度上，都不中看，所以裹得一双秀气娇小的脚是惹人喜爱的。小脚的美，除去线条和谐匀称之外，主要在于一个“正”字儿，这样，两只小脚儿才构成了女人身体的完美的基底。刚走上船的这位少妇的脚，可以说几乎达到十全十美的地步——纤小、周正、整齐、浑圆、柔软，向脚尖处，渐渐尖细下来，不像普通女人的脚那样平扁。木兰由靠近船后的门乍看见那一双脚时，她的心惊喜得跳了起来，因为她一向喜爱那种小脚儿，她母亲最初要给她裹小脚儿，但她父亲看了梁启超的“天足论”，并对于当时在北京及其他各地流行的新学说非常向往，坚决反对给木兰缠足。这是当年跟西洋文化接触之后，影响中国人实际生活的一件事。木兰听从了父亲的话，但在心里仍然悔恨没有裹小脚儿。

这位年轻妇人桂姐就是一个美丽动人的例子。当然她的美并不全在脚上，她整个身段儿都加强了她的美，就犹如一个好的雕像偏巧又配上一个好座子一样。她那一双周正的小脚儿使她的身体益发妩媚多姿，但同时身体仍然稳定自然，所以无论何时看，她浑身的线条都不失其完美。女人穿上弓鞋走起来，全身力量主要落在两个高出的后跟上，所以完全与西洋的高跟鞋效果相似。女人穿上高跟儿，走起来步态就变了，臀部向后突出，要想不站直，绝不可能，若想像穿平底鞋时那样懒散委靡邋遢的样子，绝办不到。桂姐真是够高的，头与脖子都好看，上半身的轮廓成流线形，丰满充盈，至腰部以下，再以圆而均衡对称的裤子渐渐尖细下去，而终止于微微上翻的凤头鞋的尖端——看来正像一个比例和谐的花瓶儿，连日观之不厌，但觉其尽善尽美，何以如此之美，却难以言喻。而若有一双不裹起来的大脚，就会把线条的和谐破坏无余了。

木兰第一眼瞥见桂姐美丽的印象正是如此。在女人的天性之下，她不由得倒吸了一口气。后来，桂姐开始说话或是微笑之时，她才发现桂姐的嘴稍微嫌大了一点儿，这算个缺点。她说话的声音天生的洪亮清楚。

桂姐是曾文璞的姨太太。在由丫鬟升做姨太太之前叫桂姐，现在孩子们应叫她姨妈。有的孩子还照旧叫她桂姐，她也不在乎。家里的用人当然叫她姨妈，或是钱姨妈，因为她姓钱。她是曾太太陪嫁过来的。因为曾太太生过两个儿子，又常常生病，桂姐又柔顺听话，由婢升做妾，也是自然不过的事。她们之间的关系根本没有丝毫的改变，因为在太太眼里，桂姐始终是她的丫鬟。桂姐二十一岁的时候，曾文璞生了一场病，偏偏这时候他太太又患血亏胃痛，只好由桂姐伺候老爷，侍奉他睡，给他洗澡换衣裳。二十一岁大的桂姐觉得跟男人这么亲近太不好意思，因为这是将来侍奉自己男人时该做的事情。这个男女之间的界限是必须严守的。曾太太想了个办法，就是在丈夫病好之后，把桂姐收过去做个二房。这样，桂姐一直在丈夫病中伺候才方便，当然丈夫也愿意。曾文璞病好之后，备办筵席，请亲戚，大厅的供桌儿上高烧红烛，大张旗鼓纳了桂姐，曾太太十分喜欢。

现在桂姐是曾太太的伴侣，主要帮手，又是丈夫的姨太太了。你看女人可扮演多少不同的角色呀！

妻子就像鲜花儿，花瓶儿可以提高花儿的高贵美丽，也可以因为花瓶儿而将高贵美丽一毁无余。由于环境优裕生活安稳无虑，又因为她极有教养，深知自己的身份地位，曾太太才有她的高贵尊严的感觉。她能读书写字，桂姐则不能，而且太太与婢妾中间的分别也是受地位人品决定的。太太可以穿裙子，为妾的只能穿裤子。桂姐聪明解事，绝不敢僭越，存心抢曾太太的地位，或失去一丝一毫对太太应有的恭敬。原本是个丫鬟，现在心满意足，绝不妄想变更什么身份了。

曾家的事一切规规矩矩，因为一切都正大光明。娶妾的麻烦并不在人，而是社会的看法；不是做丈夫的对此事的想法，而是他妻子对此事的想法，跟为妾者她自己的想法，而最重要的是社会对他们三方面的想法。

吃人家的饭不白吃，对人家有用处，就会觉得自己有身份，桂姐就觉得她在很多方面对曾家是很有用的。

桂姐也生过两个女儿，爱莲现在六岁，还有一个小的，才六个月。像做母亲做妻子一样，她也是又忙家事，又忙孩子。但和太太之间有这么一个差别：在吃饭时，她必须立着，伺候太太跟家里人吃饭，她的孩子则坐着吃饭。这并不算什么特别，因为在以前的官宦之家，姨太太不用说，即便是来自官宦之家的儿媳妇，也得遵守吃饭时伺候公婆的规矩，以崇孝道。不过这个规矩，对桂姐说，并不必太认真。有时别人吃完之后，她往往也就坐下吃。也有时候有别的仆人在一旁伺候，用不着她伺候，太太就让她坐下。于是她就拉过一条凳子来，侧身坐下，坐在女儿爱莲后头，忙着照顾孩子吃饭。她这样做，第一，表示她懂规矩；第二，照顾孩子；第三，表示自己并不贪吃。这时，太太总是说："你自个儿得吃呀，吃完饭你还有事情做呢。"于是桂姐就吃一点儿东西，又照顾孩子喝汤，看他们要吃好才放心。等差不多全家都吃完之后，她才开始吃盘子里剩下的东西。也许她早年当丫鬟要守这种规矩，老早已经习惯了；不过女人都知道吃饭时自己克制，一则是保持高尚的态度，也或许是要保持身段儿苗条；并且孩子们吃饭时，做母亲的很少需要急着吃。中国有句谚语说："吃在儿腹，饱在娘心。"

桂姐从由船头通到大舱中间那仅仅两尺宽的走廊走过时，木兰一直瞅着她。船的结构是这样：船上只有一间，或两间是隔断的，进深大概是十尺，横宽有四五尺，这样，与中舱隔开，门开向一边狭窄的走廊。

桂姐一边走来一边高声喊道："姚小姐已经来了吧？"

曾太太说："来看她吧，来了半个钟头了。"

木兰注意到桂姐穿过走廊时，要稍微低点儿头。她走进大舱来，脸上充满关心与好奇的神情。

"这就是姚小姐呀？这孩子长得真漂亮。无怪乎老爷急疯了似的找你，简直三天三夜没睡觉。"

她走近来，把两只白胖的手放在木兰的肩膀儿上说："你来了，现在住在我们家。要用什么东西，千万告诉我。"

太太说："孩子还不知道你是谁呢。木兰，她是钱姨妈。"

"小姐，叫我桂姐吧。"

曾太太说："那样也可以。不过你也不要叫她姚小姐，就叫她木兰好了。"

桂姐说："木兰，你还有个小妹妹，她叫爱莲。"于是转过身去找爱莲，爱莲这时正从门外往里偷看呢。爱莲特别害羞，不肯进来，她妈简直把她生拉硬扯，拉到木兰身边儿。她跟爱莲说："这是木兰姐姐。"六岁大的小姑娘微微一笑，把脸藏在母亲的怀里。

现在桂姐在向木兰仔细打量一下，打开一个纸包儿。曾夫人问："你找到什么合适的东西没有？"因为曾家没有木兰那么大的孩子，她刚才叫桂姐到铺子里去看看能找到什么衣裳不。

桂姐说："我到过几家铺子，"说着打开了纸包儿，"衣裳的料子都不好，也不容易找到合身的。这件就算是最好的了。"那是一件乡下姑娘的布衣裳，蛋青色，尺码大出两号儿，木兰穿起来怪好笑。

曾夫人说："为什么不试试荪亚的旧衣裳呢？荪亚跟木兰大概一样高，这么大年岁的男孩子女孩子大小差不多呢！"于是桂姐去找来一件荪亚的旧衣裳，是上好的纺绸做的，洗过多次，现在已经变得沉重柔软，由湖白色变成淡黄色了。劝了劝之后，木兰才穿上试试，因为有那几个男孩子在旁边儿看，觉得怪难为情。长短倒可以，只是她那个小架子穿起来嫌太大了，领子上大约肥出一寸来，样子很滑稽。男孩子们笑起来，木兰简直羞死了。

这时摆上了桌子，预备吃午饭了。木兰坐在曾夫人身旁。

下午，曾文璞带着木兰到钱庄去，告诉人家女孩子已经找到。钱庄要把钱退回，他说不用忙，等到和孩子的父母联络上再说。他在钱庄写了一封信，叫木兰在信上亲笔写了几句话。信上告诉她父母说木兰现今住在泰安曾家，等她父母来时领去，一切请安心。因为客栈专有信差各地来往，所以这封信就由他们送到这个钱庄的杭州分号，然后再转交杭州姚家的茶行。

第二天，曾家开船，继续上道还乡。木兰有一群男孩子和爱莲一起玩耍，桂姐跟曾夫人这些长辈对她又体贴又慈爱，自然快活多了。桂姐虽然有好多事情忙，又要照顾自己的婴儿，在炎热的七月天，还买了一块山东府绸，在两天之后，经过剪裁缝制，竟给木兰做了一件新衣裳。

在大家的央求之下，木兰才告诉他们，她怎样跟义和团相处了那么多日子，荪亚一直瞪着大眼听，觉得木兰真有胆量。

寻获到木兰之后，兴奋了一阵子，曾文璞又恢复了他那副严肃的态度。木兰觉得怕他，可是她没怕过她父亲。

第四章　沐恩光木兰入私塾 探亲戚曼娘交新朋

他们在东阿舍舟登岸，开始坐轿，一直往东奔泰安。在中秋节的夜晚，木兰在东平湖附近赏月，觉得真是心旷神怡。第二天下午约三点钟，他们到了泰安城曾家的住宅。曾老爷的两个仆人已经先步行赶去告诉人他们就要到来，连知府知县都出西门去迎接他们。街上的孩子，有的光着半个身子，蜂拥而至，在门口儿围着他们看，都传说这轰动全城的京官儿归来的消息。木兰也分享了这份光彩。直到看见曾家这次荣耀还乡，木兰才体会到家庭的重要跟生在官家的好处。木兰家虽然家财万贯，治理有方，她父亲和祖父却从来没做过官。

曾家的宅第靠近东门，离城墙很近。宏伟壮观虽然不能比北京城的几个王府，也是设计精巧，建筑坚固。在大门前面两边伸出长的白墙，也是按照一般府第的规矩修建的，门前有两个石狮子，油绿的四扇木屏风立在大门之内，挡住外面的视线。屏风之后的前院儿，种有花木，中间一条石板路，通到前厅，前厅的巨大朱红柱子和绿椽子，皆极精美。木兰绕过了屏风之后，闻到一阵幽香，看见两株桂树，桂花正在盛开。她忽然兴起一阵奇异的感觉，觉得这应当是她的家。这里看来那么富有一个家的气氛，那么投合自己的情怀。

在敞开的大厅的中间立着的，是一个穿着讲究身材矮小的老太太，拄着红漆拐杖，头上戴着一个黑箍儿，黑箍儿在左右两边往下倾斜，正中间有一块绿玉。这正是祖母。曾老爷赶紧走上台阶儿深深作了个大揖。

老太太说："哎呀！我为你担心死了。自从七月初八我听说你要回来的消息，就天天等你，现在过了一个月零九天了。"

乡下老太太都有记日子的本领。

每个女人都上前向老太太行礼。第一件事是把新生的孙女送到老太太跟前看一看。老太太说孩子长得很好，虽然是个孙女儿，也不错。桂姐觉得很有面子。

祖母高兴得不得了。她的全家骨肉都回到她身边，她现在才活得有味道。她说孙子们都长了不少，尤其是平亚。又把胖孙子荪亚搂在怀里。她说没想到桂姐会成了这么漂亮的女人，也做了妈妈了，并且说以前是个面黄肌瘦的小孩子，好像就在前几天一样。

老祖母一直说个没完，大家静静地听着，急于想听老太太说些什么。一则她老人家是一家之长，二则骨肉团聚时说话自然是女人独占的事，男人是没有份儿的。曾文璞跟别人一样规规矩矩地在一旁坐着。不过，他把木兰介绍给老太太，只是三言两语说明了她是朋友的女儿，在道儿上迷失了。有人把木兰带到老太太面前，老太太看了看她，说道：

"这么个漂亮孩子，真是眉清目秀，给我们曾家做个儿媳妇就好了！"

桂姐说："老祖宗，您做个媒人就行了。"

大家笑起来，木兰羞得不敢抬起头来。

老太太又说："明天我叫人去接曼娘来，好和木兰一块儿玩儿。她也长了不少了。半月以前她还在这儿呢！你们看，再过几年，我就要做老奶奶了。"

大家都看着平亚笑，这回又该轮到他觉得难为情了。曼娘是曾家孩子的表亲，是老太太内侄的女儿，也姓孙，她父亲是个书生，家境清寒。可是老太太爱她长得漂亮，喜欢她聪明解事，早就有意让她嫁给平亚。虽然不是真正的“童养媳”，若正赶上她家不需要帮忙做事的时候，她就常常被接到曾家来住。曾家在本城是最显贵的人家，庭园又宽大又闳壮，曼娘自然喜欢来多住些日子，所以已经跟表兄弟混得很熟。

荪亚暗暗捏了木兰一下，带着她走出来，先走过一个大院子，地上铺的是又旧又平滑的石板，是从附近山上采来的。然后到了后一层客厅。木兰一看，这个第二层院子的客厅比前面第一个客厅还闳壮，跟第一个大厅比起来，第一个大厅华美精巧，这个大厅则是用上等巨大木材所造，以朴质自然取胜。

往西拐，他俩穿过一个走廊，和里院儿相接，靠北面也有房子，木兰看得眼花缭乱。因为走廊的顶头，一个门向西开，通到一个花园，里头有很多棵梨树，还有几棵柏树。在屋顶和城墙外的远处就是泰山在望了。

荪亚说：“那就是泰山！”

木兰说：“是泰山？那么小？”

“你怎么说小？连孔子都还赞美泰山呢！”

木兰一看荪亚不高兴，赶紧说：“我说是从远处看来小，就跟北京的西山一样。当然我们走近一看就大了。”

“将来你一看就知道了。比北京的西山要大得多。由山顶上可以看见海。在西山顶上可看不见海呢。”

“可是你还没见过西山哪。”木兰的父亲在西山有一栋别墅，因此她觉得也需要为西山吹嘘几句才对。但是她又说：“找一天咱们去看看你们的泰山好不好？”

荪亚觉得挣回来点儿面子，心情平和下来。他回答说：

“得先问问我父亲。你亲眼一看泰山就知道了。”

这样，似乎要成为他俩第一次口角的事情，总算平息下去。荪亚爬上他爬惯的那棵梨树，木兰在下面看，颇为佩服。木兰觉得那真是个令人迷恋的地方儿，直到仆人来叫，他们才回去。

第二天，曼娘来了。曼娘是小镇上朴实的女孩子，在一个学究父亲教养之下长大，受了一套旧式女孩子的教育。所谓旧式教育并不是指经典上的学问，经典的学问在旧式教育之中只占一小部分，而指的是礼貌行为，表现在由来已久的对女人的四方面的教育：就是女人的“德、言、容、工”。这四方面代表大家公认的女人良好教育的传统，女孩子时期就应当受此等教育。古代的妇女在少女时期都接受这种教育，并且希望她们能躬行实践那些道理规矩，尤其能读书识字的少女。有一种理想，固定分明，根深蒂固，而且有古代贤妻良母躬行实践的先例，有一种清清楚楚极其简明的一套规矩。大概是这样：礼貌为首要，因为贤德的女人必有礼貌，有礼貌的女人也绝不会不贤德。“妇德”在于勤俭、温柔、恭顺，与家人和睦相处；“妇容”在于整洁规律；“妇言”在于谦恭和顺，不传是非，不论隐私，不向丈夫埋怨其姑嫂兄弟；“妇工”包括长于烹调，精于缝纫刺绣，若是生在读书之家，要能读能写，会点诗文，但不宜过于耽溺于词章以致分心误事，要稍知历史掌故，如能稍通绘事，自然更好。当然这些书卷文墨等事绝不可凌驾于妇人分内的事，这些学问只是被看作深一层了解生活的一点帮助而已，却不可过分重视。文学，这样看来，只是陶情怡性的消遣，是女人品德上的一种点缀而已。另外妇德之中的一点是女人万不可以嫉妒，所以女人宽怀大量就足以证明她的贤德，男人有此贤德的妻子，往往对她心怀感激，也自认为有福气，为朋友们所羡慕。贞节，不用说，在女人身上是神圣不可侵犯的，不过这种事却不可以期之于男人。贞节一事，约略说来，未嫁之女十人中有九个多人遵守，虽然在富有之家的丫鬟只有四五个人能遵守，上等家庭里的女人则几乎全都遵守。贞节是一种爱；教育女儿要告诉她这种爱应当被看作圣洁的东西，自己的身体绝不可接触男人，要“守身如玉”。在青春期，性的理想在少女的信仰上颇为重要，对她保持贞洁的愿望也有直接的影响。少女时期性的成熟，使她性的特点鲜明易见，招致“君子好逑”那是事属当然的。

曼娘正是这类古典女人的好例子，所以后来，在民国初年，她似乎成了个难得一见的古董，好像古书上掉下来的一幅美人图。在现代，那类典型是渺不可见，也不可能见到了。曼娘的睫毛美，微笑美，整整齐齐犹如编贝的牙齿美，还有长相儿美。木兰初次看见她时，她十四岁，已经裹脚。木兰自己活泼爽快，却喜爱曼娘的恬静文雅。她俩睡在里院儿一间屋子里，过了不久，曼娘就像木兰的大姐一样了。这是木兰生平第一次交朋友，而且相交愈深，相慕愈切。木兰是有深情厚爱的女孩子，除去她妹妹莫愁与父母之外，她从来没把那腔子热情爱过别人。

曾文璞嫌自从义和团之乱发生以来，孩子们就荒废了功课，于是请了一位老学究来家教孩子们功课。这位塾师姓方，六十岁年纪，已婚，但是没有孩子。他住在曾家东外院儿的一间屋子里，就紧接着书房。他梳着个小辫子，戴眼镜，十分严厉，从来就没有喜欢孩子的样子，不过他向女孩子们说话，腔调儿倒还柔和。

早饭之后，孩子们开始上课，大概十一点钟，女孩子们下课，男孩子要一直念到吃午饭。男女学生都要念《诗经》，五种遗规。五种遗规里的文章都是论及生活之道、学校规则、孝顺父母、读书方法。在功课上，女孩子自然胜过男孩子，不过平亚把书都能背得滚瓜烂熟。背书时，总是叫女孩子先背，所以开始时老师的脾气还好，往后，天渐渐晚了，教师的情绪也就越来越坏。

有人背书时想不起来结结巴巴的时候，孩子们就暗中提示，蒙混教师。背书时，学生要走到老师桌子前面，把书交到桌子上，转身背向教师，开始背诵，尽可能背得流畅，这时身子左右摇晃，身子的重量在两条腿上左右交换。这样摇摆移动，后面的教师有时会被挡住，背书的人就有机会得到同学的帮助，因为这时可以低声提示，或是把书翻开，使背书的人偷偷儿看到。

曼娘有时记错或跳行，她胆子小，记性又不如木兰，并且还是在将来的丈夫面前背书呢。可是平亚要想法帮助她，她就越发慌乱。实际上，她以为在未婚夫面前保持仪态高雅大方，比获得教师的赞美更重要。

木兰念书很少有什么困难，所以晚上两个女孩子同床睡觉时，木兰要问曼娘怎么裹脚的时候，曼娘会忽然问木兰书上哪一句接哪一句，于是两人就讨论《诗经》上老师不肯解释的文句，谈论有关男女私奔的章节，讨论“窈窕淑女，君子好逑，求之不得，辗转反侧”，还有妇人有子七人还想再嫁的事，于是说得热闹异常。老师讲书时把这些文句故意跳过不讲，只让学生背过就算了。经亚要使几个女孩子脸上难为情，故意问老师为什么有子七人的母亲还“不安于室”。老师仅仅用简短的几句，告诉他那是讽刺不忠之臣，就算了。

在私塾之中，曼娘感觉不安，感到不快，是显而易见的。老师离开他们到他个人屋里去时，这时学生按理是读新课，或是练习写字，可是男孩子就专说引起曼娘脸上发红的话。十一点左右，她跟木兰下学走开时，她心里最快乐。女孩子在私塾中念书的时候还短些，这是祖母坚持女孩子不应当多念书的缘故，怕是多念书学问太大了，有伤淳朴自然，并且，她们还有那么多针线活要做。所以木兰和曼娘常到里院儿曾夫人屋里，或是老祖母的屋里去做针线。她俩一边儿做针线，一边儿听说家里近来有什么事情。

这时曼娘觉得很快活，因为这才是女儿家应该做的事。木兰喜欢绣花，因为她喜欢颜色，对那些色彩鲜艳的丝线爱得着迷。她喜欢所有一切的颜色——如彩虹的颜色，红霞的颜色，云彩的颜色，玉和宝石的颜色，鹦鹉的颜色，雨后花朵儿的颜色，即将成熟的玉蜀黍的颜色，琥珀半透明的颜色。她常常往父亲送给她的三棱镜中窥看。三棱镜反射出的光谱，是她百观不厌的神秘。

有一天，荪亚从私塾里偷偷儿溜走，到母亲屋里和几个女孩子厮混。母亲问他为什么离开私塾，他说他肚子疼。桂姐说："他那么小，不应当整天念书。十一岁大的孩子，要把天下的书都念完，简直没道理。"

荪亚说："好姨娘，你跟父亲说一说好不好？我平常到这时候就把书念会了。坐在那儿好无聊。我又不念《幼学琼林》和《孟子》，那是大哥跟二哥念的。"

桂姐微笑说："你心里想的就是和木兰玩儿，是不是？"

现在荪亚非常喜欢木兰，不过木兰并不特别喜欢他，他太淘气。他看见木兰正在绣一个小烟荷包，他过去说他也想绣。木兰不给他，他伸手抢，线就由针眼里抻了出来。

木兰说："你看！你把线抻出来了，你再给穿进去。"

荪亚穿了又穿，也穿不进去。惹得几个女孩子和他妈发笑。

荪亚对曼娘说："好嫂子，替我穿上吧，只麻烦您这一次。"

经亚和荪亚常叫曼娘嫂子这样逗弄她，因为她是平亚的未婚妻。

曼娘咬着牙说："我从没见过别的孩子像你们弟兄的。"其实她心里倒蛮喜欢人这样叫她，这样就使她在曾家的地位格外分明了。

木兰也说："嫂子，替他穿上吧。"她这是说错了话，因为木兰跟曾家没有什么亲戚关系。

曼娘向木兰说："你也叫！有一天我真会做你嫂子的。"桂姐说："也许有一天你会呢。那时候她不也成了我们曾家的人了吗？"

木兰羞红了脸。现在有人开她的玩笑了，曼娘扬扬得意。曼娘从荪亚手里把线拿过来，穿上了针，还给木兰。可是荪亚并不就此甘心罢手，又去抢烟荷包，非要绣一绣不可。木兰噘着嘴把针和线扔给他说：

"这个烟荷包是老太太的。你可别弄坏了。"

过了一会儿，荪亚不要了。

桂姐说："这不是男孩子做的事。你要真想做什么，还是学打花结子编穗子吧。"

这是木兰和荪亚第一次合作。穗子是很可爱的东西，跟绣花儿一样，也是颜色鲜艳，可以用各种颜色配合的。扇子上也坠穗子，烟荷包上也坠穗子，水烟袋上也坠穗子，床上帐钩儿上坠穗子，老太太的眼镜盒儿上也坠穗子，是用根丝绳子挂在褂子右肩的扣子上的。有各种深浅不同的彩色线，如绿、桃色、蓝、红、黄、橘黄、白、紫、黑等各色线，可以选择，可以配色，另外还有金银光泽的线。在绣不同的图样时，要用细绣花线，而穗子则用比较结实粗重的线，所以做穗子孩子们做着还容易。木兰与荪亚都学做结子，也只是用绣花线缚在特别的金属丝上。有好多花样儿可做——如蝴蝶结子，梅花结子，圆结子，双喜结子，八宝结子（也就是法轮结子），蚌壳儿结子，伞形结子，华盖结子，莲花结子，花瓶结子，鲤鱼结子，还有无首无尾的神仙结子。木兰和荪亚都特别喜爱古钱穗子，因为又美又简单。那就是把不同颜色的丝线缠在铜钱上，成为一个固定图样，而且有机会配颜色，那个结子连在一捆穗子上。他俩每个人都要做一个给曾太太看，二人比赛，看谁做得整洁，谁配的颜色美。

曾太太对最年小的儿子荪亚，有点骄纵。她看着荪亚和木兰天真无邪地一块儿玩耍，一块儿做结子做穗子，看出来木兰比自己儿子聪明，毫无疑问。于是她心里想到一件事，对木兰不知不觉越发疼爱，越发关心。

吃了午饭之后，曼娘又拿起东西来绣，曾夫人说："曼娘，刚吃完饭怎么又绣花儿呢？老这么坐着不动也会坐病了的。今天是白露，带着妹妹弟弟到花园去看看仙鹤，捡几根仙鹤落下来的翎毛。你跟木兰好几天没到花园去了。"

虽然花园四周有高墙围绕，曼娘若没有别人相伴，绝不自己一个人去，这是女儿当遵守的礼法。因为她听见父亲说中国唱戏说书里，女子的堕落和风流事之开端，都是与后花园有关系的。花园儿里有男孩玩耍时，她也不喜欢去，尤其平亚一个人在花园里的时候，更不应当去。

她问木兰："你愿不愿去？你若去，我就去。"

曾太太说："去吧，木兰。也叫他们兄弟几个人一块儿去。可是谁也别再逮蛐蛐。就是逮住了，也不许带回屋里来。"

前几天出了一件事，惹曾先生生了一顿气。

几个礼拜之前，他刚刚到家来，立刻穿上官衣戴上官帽在土地爷生日时去参加祭典。这一天有时在秋分以前，有时在秋分以后，总是在八月。俗语说，秋分在土地爷生日前，那年好收成；秋分来晚了，那年是歉年。今年土地爷生日晚，老百姓是欢天喜地。

祭神之后，曾文璞回家来，把官衣官帽放起来。在曾家，若是有什么神圣不可侵犯的东西，那就是他的官衣官帽了。孩子们是严禁去动的。经常都是曾太太亲自经管，不许别人动，因为官衣官帽是权威的标记，又是家庭地位的象征，并且也是皇帝的赏赐，一向是与官靴、雅扇放在一个特制的橱子里。那里也有祖父的遗物，祖父当年是户部侍郎。孩子对那些东西都敬而远之，从来没想去动过。

后来，一位钦差大臣过境，曾文璞拿出帽子衣裳来，大吃一惊。原来不知什么虫子把官帽上的孔雀花翎咬坏了。帽边儿磨损，帽子皱褶，顶上的高脊低垂下来。曾先生追问是何缘故。曾太太吓得好可怜，也不能说出是什么原因，因为以前从来没出过这种事情。忽然曾先生听见橱边儿有虫叫声，捉到一个蛐蛐，随即在下面架子上发现了一个洞，蛐蛐大概从洞里爬进去。

"怎么会有蛐蛐进屋里来呢？"

荪亚好害怕，赶紧说："是我养的，可是不知道怎么会由蛐蛐罐里逃出来的。"荪亚那时没跑开，站在那儿看着父亲把蛐蛐扔在地上用官靴踩死了。那个蛐蛐勇敢善斗，曾经咬败过经亚的蛐蛐。荪亚虽然痛心之至，但是吓得也不敢哭出来，那个蛐蛐到底是怎么由罐儿里跑出去钻到橱子下面的，他也不知道。

父亲问他："你难道没有别的地方儿养蛐蛐，非要拿到屋里来不行吗？"倘若不是这个小儿子，而是两个大的，就不会只挨顿责骂就算了。因为荪亚小，父亲多少偏爱几分。事情过了，但是曾先生第二天还怒气未消。因为在筵席上他那孔雀翎上的皱褶教同僚看见，自然感觉狼狈不安，虽然没有人说什么。

曼娘、木兰、荪亚、爱莲四个人，一同到花园里去玩儿。他们一直走过桥，到了花园的那一头，那儿养着两只仙鹤。看完了仙鹤，又到草坪上去散步。曼娘是在留心找凤仙花儿，用凤仙花儿的汁液可以染红指甲。荪亚无心找仙鹤的翎毛，也不在乎染指甲的花，他是一心一意想再找个蛐蛐，所以一个人就游荡到桥的那一边儿，细心听墙根儿的石头底下蛐蛐儿的鸣声。

几个女孩子忽然听见洪亮的鸟声。回头一看，平亚、经亚来了，刚才的鸟声是平亚吹的，紧接着经亚吹了一声口哨儿。男孩子们向他们这边猛冲过来，喊着说那天放假，因为老师得了痢疾，回家养病去了。荪亚叫他们不要吵嚷，因为他想恐怕要找到一个身体强壮鸣声响亮的蛐蛐了。因为单凭蛐蛐的叫声，就能知道是个好蛐蛐还是个坏蛐蛐。蛐蛐的头大腿粗，一定是个善斗的，叫作"将军"。

女孩子还继续找凤仙花儿。曼娘找到一朵，木兰问她怎么样用凤仙花染指甲。

曼娘说："得要找到好几朵儿才行。要把这些花砸成烂泥，加点儿明矾，把花泥擦在无名指和小手指上，要擦好几天早晨，要用露水，这样擦擦就染红了。"木兰很羡慕曼娘，因为女人的一切零零星星的学问知识她都知道。虽然以前看见过青霞也染过手指甲，但是青霞没告诉她是用什么东西染的。珊瑚是个寡妇，向来不染红指甲的，而木兰的母亲已经四十几岁，不屑于弄这些小姑娘的无聊的事。

不久，女孩子们听见欢呼的声音，大家跑去看荪亚。原来荪亚已然捉到一个上好的蛐蛐，个子大，头生得周正，两腿坚强有力，须特别长而直。全身红棕色。平亚说那种蛐蛐叫“红钟”，又能叫又能斗，立刻跑回屋去拿他那个善斗的蛐蛐来跟这个斗。但是荪亚不愿意叫他的蛐蛐立刻就斗，可是又不能不接受这种挑战，所以让那个蛐蛐由一个手心爬到另一个手心，这样爬了好久，好把它激怒。于是这个蛐蛐的两根须立起来眼睛发亮了，两只大门牙一张一合，看来果然凶狠，动作的快慢威武而规律。

他们在干地上清理出一块地方，把两个蛐蛐面对面摆好。但是不立刻让双方冲过去，等彼此相向抖擞精神发动威风一会儿之后，才把它俩放开。双方分明不成对手。在正式比赛时，这是不许的，因为两个交战的蛐蛐一定上戥子称分量，必得分量相当才行。虽然平亚那较小的“将军”漆黑油亮，身体匀称，也蛮有战斗精神，但几个回合之后，断了一根须。

木兰多情善感，觉得那种战斗不啻是可怕的屠杀。在她那幼小的心灵之中，那就是真正庞大的野兽，身披战甲，巨口獠牙就是吞吃对方的武器，而腿上有刺如利齿，可以割伤敌手。她简直跟看猛狮互斗一样。蛐蛐的身子构造完美，头光滑晶亮，背上的铠甲的颜色深浅变化，精致而完美，两条腿就像福州漆那样黑亮。木兰不忍心看见两个之中谁受伤，可是她深信那个子小的一定会送命的，所以她叫爱莲一同走开了。

曼娘又不同。她胆子小，连虫子蝴蝶都不敢碰。但是她还接着看，因为平亚的蛐蛐快要败了。她想叫它们终止战斗，她央求平亚。可是平亚的将军却打了胜仗，那个大蛐蛐的头碰伤了，似乎真正发了怒。平亚想看个水落石出，于是战斗继续下去。男孩子用一端弄软了的草拨弄两个蛐蛐的须。最后平亚的将军伤了一条后腿，滚翻在地上，还没来得及立起来，被那个大蛐蛐猛咬。曼娘吓得拉紧平亚的胳膊，心里很难过。

小蛐蛐终于又站起来，但是已经精疲力竭，不久就被敌方的大牙咬死了。胜利者昂然站立，得意扬扬。

曼娘喊叫了一声，紧拉着平亚，眼睛湿湿的。平亚从地下站起来，垂头丧气，抬眼一望，见曼娘正瞅着他，也正在伤心。

曼娘说："我告诉你不要再斗了，你不听。这不公平啊。"

这时，平亚第一次感觉到曼娘的美了。她的眼睛黑亮亮的，蕴藏着青春的热情，现在正笼罩在长而潮湿的睫毛之后。

平亚对她说："这种小东西，还为这个哭？"

"你为什么当初不听我说呢？"

平亚说："下次听你的好了。"

平亚伸出两只手，握住曼娘的手。他若不这么做就好了。

因为这两个人的手那种温柔的紧握唤醒了他们毕生的热情。正在那时，一个声音唤醒了他俩的青春梦。他俩一转身，听见爱莲喊叫，说木兰摔倒了。他们跑去看，看见经亚正在跑，跑进房子里去不见了。

木兰跟爱莲走了之后，经亚因为自己没有值得斗的蛐蛐跟他们的将军去比赛，就跟木兰她们一起去了。经亚的智力平平，不像他哥哥、弟弟那样坦白，那样自在轻松，那样随和。他天性事事顾虑，犹豫不决，说话时自然也不痛快果断。他沉默的时候多，说话也不干脆爽快，有时话说了还要再说一遍，好像要看看自己的话说对了没有。由于父亲的严厉，他更觉得受到压抑，越发缺乏自信。这个世界对他已然够难的了，事务如何决断，都大费踌躇。在他头脑里，就是这样想：

"我没有一个好蛐蛐，是不是？像荪亚那样好的蛐蛐是可遇而不可求的。我想我是找不到的。我能找到一个。但是，大概我找不到那么好的。也许我能，但是十之八九办不到。费事去找也没用。即便找到一个，也不会那么好。并且……"他心里就把自己限制住了，事情都悬而不决，只是想办法再换另外的事去想。

他去果园的树林中找到了木兰，他想他们俩可以去找蝉蜕。蝉是在那个月份蜕皮，然后从外皮里慢慢脱身而出，正如女人从她那紧身的外衣里慢慢把身子褪出来一样。蝉身子褪出来时，是从背上一个小缝里脱出，之后，把干的外壳，连同头、身子、腿、脚，一齐完完整整地留在树枝上。与女人脱紧身衣裳所不同的是，蝉脱下来的外壳是透明的。经亚看见枣树上有一个蝉脱下来的壳，他就爬上树去，这一爬树，他想起一个鬼主意来捉弄木兰。最低的树枝子离地有七八尺高，但是木兰叫他说动了，也要往树上爬。

木兰从没有上过树，经亚的主意她倒觉得很新鲜。经亚扶着她爬上了一个树枝子之后，自己忽然爬下树，树上只剩下木兰一个人。

她吓得不得了，不知如何是好。她的脚一滑，她赶紧抓到上面一个树枝子，想用脚蹬住下面一个树枝子，但是脚蹬不到。正在她身子悬在半空中的时候，经亚拍手笑，因为他在地上能看见木兰短褂子下的身子，觉得好有趣儿。木兰吓得厉害，手又抓不住，就从十来尺的高处摔到地上。她的头碰到横伸出来的一块石头，躺在地上昏了过去。爱莲赶紧喊人来救。经亚一看木兰鬓角儿上流出血来，立刻拔腿跑了。

平亚、荪亚、曼娘看见木兰摔得人事不知，吓坏了。木兰脸上血迹模糊，地也染红了。爱莲吓哭了，男孩子跑到房子里去尖声喊叫说："木兰摔死了。"

男仆人急跑到花园去，后面跟着曾太太和丫鬟。曾文璞本来正在睡觉，也被叫醒了，随后跟了来。桂姐赶巧正在前院儿，是最后听见消息的。当时她正在喂鹦鹉，一听说，心想木兰死了，一盆水从手里落了地，溅得上衣和裤子上满是水，然后迈动娇嫩的小脚儿，三步挪作两步往前走，手扶着墙，扶着走廊的柱子。

有人把木兰抬到曾夫人的屋里，老太太正焦急地等着呢，他们把木兰放在炕上。男孩子们都吓傻了，在后面跟着。曼娘不住地哭。桂姐开始给她洗脸上的伤。屋里的人挤得满满的。

曾夫人说："这孩子若有什么不幸，咱们有什么脸见姚家？"

曾文璞问那几个男孩子："这是怎么发生的？"

平亚说："我们没看见她摔下来。经亚和爱莲跟她在一块儿。"

"经亚呢？"

"我们看见他跑了。"

曾文璞叫人立刻把经亚找来。

曾文璞问爱莲："你看见了，是不是？"

"二哥叫木兰姐爬上树去拿那个蝉壳。他自己爬下树来，树上就剩下木兰姐。木兰姐害怕，二哥拍手笑。她就越发害怕乱喊，就摔下来了。"

曾文璞怒吼道："小坏货！"

桂姐听了她小女儿说的话，心里非常不安。于是说：

"也不要全信孩子的话。说得也许对，也许不对。"

曾文璞说："拿家法！"指的是那根藤子棍。

屋里立刻鸦雀无声。

曾夫人求情道："经亚来了之后，你也得听听他怎么说呀。"

"他犯了错。不然，为什么藏起来不敢露面儿呢。"

经亚被拉进屋里来的时候已经哭了，仆人告诉他老爷发了脾气。

一见面，父亲在他左右脸上先打了两个嘴巴。然后揪着他的一个耳朵拉到院子里，叫他跪在地上。管家代为求情，老爷不听。

家法拿来了，母亲听到三声藤棍子响，然后是孩子在地上的哭声。她赶紧跑到院子里，用身子挡住孩子。

"打死孩子以前，你先打死我！这么个小孩子，你打得那么重！"

老太太也来了，叫儿子住手。

"你疯了？孩子若犯了错儿，有我还活着呢，你应当先告诉我。你不要为别人家的孩子打起我孙子来。"

父亲扔下藤子棍，转过身来毕恭毕敬地说："妈，这孩子现在若不教训他，将来大了还得了？"

正在这个节骨眼儿，桂姐喊道："老爷别生气了，孩子醒过来了，别担心了。"

丫鬟簇拥过去，把太太从地上扶起来，男仆人把经亚抱到屋里去，经亚还没停止哭声。桂姐撩起经亚的衣裳，看见他背上打了几条印子，又红又紫。曾夫人一见，心立刻软下来，不由得哭道："我的儿！遭罪呀！怎么就打成这个样儿？"

桂姐转过脸看她的小女儿爱莲，用力在她头上打了几下子，这是给曾夫人看的，因为经亚的挨打都是爱莲的话引起的。

桂姐说："都是你嚼舌根子！"

爱莲给弄糊涂了，不知道为什么挨打，哭喊道："我说的都是实话呀。别人那时候正在捉蛐蛐呢。"

桂姐给吓着了，赶紧拦住爱莲不要再多说："你若再说一句话，我撕你的嘴。"

曾夫人道："对孩子不要太厉害。"

木兰模模糊糊中听见这些吵闹。她记得当时怎么摔了下来的，于是睁开眼睛说："为什么您打爱莲？"她想坐起来，但是被人按住。曼娘把头靠近她，看见木兰苏醒过来，不觉喜极而泣。

曾文璞这时躲到前院去了，心想自己对儿子也有点儿严厉得过分。把家法请出来的时候，那几个男孩子都躲到厨房去了。后来听见父亲已然离开，什么事都完了，他们才回到母亲的屋里，发现木兰和经亚都躺在炕上。经亚侧着身子躺，爱莲正在哭，更添了几分杂乱。平亚跟荪亚都进去看经亚，问他怎么样，但是曾太太向他们喊说："还晃来晃去的？去念书去！"两人偷偷儿地溜走，但是不知道该去念什么书，可是心里也朦朦胧胧知道，这一天下半天儿念念书总可以落得个平安无事。

老太太叫人煎了碗汤药，叫木兰和经亚吃下去压压惊。曾太太说经亚那天晚上跟她自己睡，怕她儿子吓坏了，谁都知道，受惊吓是会引起别的病的。木兰流了不少血，但是她的情形倒还算轻，那天晚上还是叫她照常跟曼娘一起睡。那一天家里闹得没得个安静，桂姐整个傍晚都忙个不停，不时给经亚背上换膏药。

事后三四天都没上学。老师也还没好。经亚躺在炕上，木兰不上学，曼娘也就不肯去。到木兰跟经亚都能上学了，花园儿里已经下了霜，秋风已起，树叶子已然变得金黄。老太太说，遵照古风俗，是女孩子应当做针线活儿，妇人应当夜里纺织的季节了。这个季节蛐蛐出现，就是提醒女人要织布了，蛐蛐也叫促织，叫的声音也像织布机的声音。

木兰在山东短促的私塾生活就这样结束了。她每天在饭桌上和下学之后，还看得见那些男孩子，但是经亚老是绷着个脸儿。他正是处在男孩子厌恶女孩子的年龄，并且他由经验得到教训，知道女孩子是会招惹麻烦的。木兰想跟他和好，可是他毫无反应。后来他这种态度一生没变，所以此后永远对木兰没有好感。

木兰再没到花园去，因为曼娘不去，天又渐渐冷起来。

除去九月九重阳节到泰山去了一趟，女孩子们一直没再出去。那一天，全家一齐上泰山去了，只有曾夫人和桂姐的孩子们留在家里。曾夫人要桂姐去，她自已愿在家里照顾婴儿，因为今年一入秋，她的腿又犯了毛病。甚至老祖母也去了，一则因为她老人家喜欢家人团聚，又因为她信神，愿到山上去烧香。孩子们又恢复了精神，木兰认为上南天门的那一段旅途是毕生难忘的。当时最后一段山坡路她跟荪亚坐一顶轿子，那段山路几乎是直上直下的，她觉得她像悬在半天空一样，一直把荪亚抱得紧紧的。后来她再与荪亚游泰山时，情形就大为不同了。

过了接近南天门那段摇摇欲坠的陡直路，木兰不得不向荪亚承认荪亚家乡的泰山是比西山高；而荪亚，勉强装作成年人的样子，向木兰说了句表示客气的话，说他希望敝处的卑微的小山不负贵宾光临之盛意。

桂姐曾经听见两个孩子一部分的谈话，她们到了玉皇宝殿，她学给老祖母听。老太太说："那么俩小孩子，已经学会说做官的应酬话了！"

祖母大笑，向荪亚道："小三儿，你还没做官就说官场应酬话了。你若做了官儿，我会想办法教木兰当个有封号的夫人呢。"年长位尊的女人说这样打趣的话是不碍事的。曼娘说："那我就要来向官太太请安了。"这话也是开木兰的玩笑。

这话引起了曾老爷一点感想。原来在泰山顶上玉皇宝殿的院子里时，他想到曾家的祖先，心里盘算并且也盼望能亲眼看见三个儿子长大后做官。他觉得仿佛已经能看到他们三个人穿戴上靴帽做官的那个样子。他觉得平亚是三个孩子之中最高尚正派的孩子，做官不如做学者有成就。荪亚，最小的，随和宽大，容易与人相处的。经亚老二，不多说话，沉默寡言的后面儿，还满肚子诡诈机巧，做起官来会成功的。不过对他得严加训导，得把聪明用于正途才行。又想到，曼娘可以帮助平亚，若使曼娘嫁到曾家，嫁给平亚，这个儿媳妇倒蛮好。给木兰和荪亚撮合成婚，大概不会太难，并且木兰天生聪慧。他对木兰这一番搭救之后，姚思安若不答应曾家的求婚，就未免太不近情理了。由过去发生的事情看来，姚曾这两家的亲事似乎已是天意。他用这种想法看木兰，觉得自己就和木兰的父亲一样，仿佛有一副千斤重担子要由木兰去担，自己儿子将来的幸福也就在木兰身上。等他六十岁辞官归隐的时候，他们曾家应当是个兴旺的家庭。他又想到经亚，觉得想象中这幅全家福还不够齐全，他很想知道谁是他将来的二儿媳妇，这个儿媳妇会是个什么样子。

所以，他对经亚显得温和亲切，在庙里吃午饭的时候，他做了一件在家里从来没有做过的事，他用他的筷子夹起一块肉递给经亚。经亚觉得受此宠爱颇为感动，老太太和桂姐在一旁看着，虽然他一句话也没说，但她俩知道经亚已经得到父亲的宽恕了。

在孩子面前，曾文璞一向是不夸奖他们的，这是他的习惯。男孩子不犯过错时，一律是"坏蛋"；犯了过错，一律都是"孽种"。即便他太太有什么请求，他也不说一声"好"。只要他不反对，或是沉默无言，他太太知道，那他就是同意。他宁可跟曼娘说话，因为曼娘不是他儿子，他用不着用为父者威严的腔调儿。所以饭后，他向曼娘说：

"你和几个男孩子出去玩儿吧，可别走近舍身崖。"舍身崖是个悬崖，有人曾在那儿跳下去自杀。

对孩子们来说，这可以说是一张最后的赦罪券，他们觉得一向严厉的父亲，那天对他们额外地温和疼爱。那次出外游历可以说是十全十美。下山时似乎用了不到一个钟头。他们看见县城在山下的平原上，呈一个正方形。他们到家时，已经是暮色昏黄万家灯火了。

那天到家，还有一件最重要的事：有一封木兰的父亲来的电报。是一个礼拜以前由杭州发的，由省城再邮寄来的。电报在当年是极其新奇的东西，全家都不信七天的工夫儿由杭州就能来个信息，都要看看电报是个什么样子。电报上的话是说，曾先生的大恩大德，姚思安来生变作犬马也难报还，真是千恩万谢；并且说木兰一定像在家一样舒服，他十分安心，又说在小雪到后，大概十月中旬他要到曾府向曾文璞和全家人道谢。又告诉木兰说他家在九月初一安抵杭州，木兰应当把曾先生曾太太看作重生的父母、再造的爹娘，要服从，要听话。

那天晚上，木兰兴奋得无法入睡。她说跟父亲回杭州，又说将来回北京，她说北京城的掌故，使曼娘听得无法入睡。于是曼娘，也跟乡下姑娘一样，一心想到北京去。

木兰说："你总会到北京去的。会有人来用红花轿接你到北京去的。"

曼娘喊说："兰妹妹，咱们俩拜成干姐妹吧。"

那只是孩子们随便约定的。也没有烧香，也没到院子里去向天跪拜，也没有交换生辰八字儿。她俩彼此拉着手，在菜油灯前发誓，说终身为姊妹，患难相扶。曼娘给了木兰一个小玉桃儿，木兰没有什么东西回送曼娘。

两人这样盟约密誓之后，曼娘就把她心里的隐秘向木兰吐露了。盟誓之后，曼娘向木兰说的第一件事是："长大之后，你若嫁了荪亚，我们就是妯娌，一同在一个家里过一辈子。"

木兰说："我想做你的妯娌，可是不愿嫁给荪亚。"

"那么嫁给经亚。"

木兰说："不，当然不。"

"你若不嫁曾家的儿子，那么你怎么做我的妯娌呢？"

"我只愿一直跟你生活在一块儿，曾家的儿子谁我也不愿嫁。"

"你难道不喜欢荪亚吗？"

木兰年岁还太小，不懂得什么是爱情，只是觉得结婚好玩儿而已。她只是微笑。

"我只是喜欢平亚。他好斯文。"

曼娘说："那我让你嫁平亚，我就给他做妾好了。"

木兰说："我怎么能呢？你比我大。"木兰停了一下又说，"总而言之，我不喜欢男孩子。最好我自己是男孩子。"

"兰妹妹，你说的是什么呀？"曼娘女人气那么重，她自然不了解女孩子想做男孩子这种想法。她说："是男是女全是前生注定的，人是不能更改的呀。"

木兰又说，把心里的想法说得更痛快了："我愿当个男孩子。一切便宜他们都占了。他们可以出门会客。他们可以去赶考做官，可以骑马，坐蓝绒的轿。他们能遍游天下名山大川，能看天下各式各样的书。就像我哥哥体仁，我妈什么都许他做，他还能管我和我妹妹。他常常说'你们女孩子'，我一听这话就生气。"

这是曼娘第一次听见木兰提到她哥哥。她问木兰："你哥哥好不好？"

"他很坏。我妈惯着他，因为他在两年前我弟弟生下来之前，我们家就是他一个男孩子。他常常闹脾气，一闹脾气就要摔东西。有一次他真踢了锦儿一脚，锦儿是我们的丫鬟，又把锦儿端的盘子扔出去，盘子里的东西溅了锦儿一身。"

"你爸爸也不管管他？就由他闹？"

"我爸爸不知道。我妈也怕我爸爸，可是我妈老是护着他。妈对我们女孩子非常之严。我也怕我妈，可是我不怕我爸爸。"

"你说你爸爸不让你裹脚？"

“是啊。我妈要给我裹，我爸爸因为看了些新派的书，他说他要教养我成一个新式的女孩子。”

曼娘说：“这都是命啊。就像我遇见你一样。你若不出岔子迷失了，我怎么会遇得见你呢？咱们的命都受一种看不见的力量支配。不过我不明白，什么是新式的女孩子呢？你若不裹脚，将来怎么嫁人呢？”

木兰心里忽然闪过了一个奇妙的想法。

“姐姐，我倒想试试。你给我裹裹脚看看。”

这个主意，曼娘也不能拒绝。她俩关上门，好叫别人看不见。木兰吃吃地笑，伸出了脚。曼娘给木兰脱下鞋、袜子，用两条长白裹脚布给木兰裹脚，除去那大脚趾头之外，把其余的脚趾头用尽力气裹了起来。木兰觉得两只脚都僵硬了，再没法子动。

第二天，木兰决定不裹了，更希望长成男孩子的脚才好。

第五章　母溺爱长子成顽劣　父贤达淑女富才情

姚思安十月半来到泰安。再回杭州路途太远，他决定带木兰回北京。慈禧太后与光绪皇帝还是逃亡未返，但是庆亲王和李鸿章已经受命与洋人议和。由于清朝若干地方大吏与列强驻上海的使馆早有默契，战事遂得局限于北方。这时袁世凯继续使山东避免与洋人冲突，所以姚思安得以平安往返。

北京城总算得救，免除了大规模的杀戮抢劫，秩序逐渐在恢复中，这都有赖名妓赛金花的福荫。在光绪十三年，当时赛金花十四岁，已经是清廷驻俄、德、奥、荷兰各国大使洪钧的妾，跟丈夫一同去过柏林。她丈夫比她大三十六岁，光绪十九年去世，她回到中国来，以歌妓之身名声大噪。拳乱之始她到北京。德国公使克林德在北京遇害后，几个德国士兵在北京前门外八大胡同游荡，发现一个歌妓会德国话。他们报告联军统帅瓦德西，赛金花就成了瓦德西的意中人。赛金花劝北京的商人把食物卖给外国兵，她救了好多中国老百姓，使他们免于外国兵的杀害、抢劫、奸淫。老百姓对她感激万分，虽然她是女人，但是老百姓对她以“赛二爷”这种称男人的专号相称。

姚思安抵达泰安的当天，又命他女儿拜曾先生与曾太太，就如同拜再生的父母一样。他亲自搬两把椅子，放在大厅中间，请曾先生曾太太坐下，接受木兰的磕头，给木兰在地下放一块红毡子做跪拜之用。曾先生曾太太鉴于这项仪式如此郑重，特别穿上正式的衣裳。姚思安自己也向曾氏伉俪作揖，承认彼此是“通家之好”。只有这样关系的两家的女人，才可以见对方一家的男人。然后姚思安设宴请客。前天晚上曾家已经设宴为姚思安洗尘，所以不必再回请。过了三天，姚思安要走了，曾家才回请，算作饯行。

曾家老太太也接受木兰的跪拜，此后木兰以祖母称老太太，以“爸爸”“妈妈”称曾先生曾太太。木兰从来没有觉得自己像今天这么重要过。

曼娘和木兰快要分手了，非常伤心。木兰曾经请求要到曼娘的家里去看她。曼娘最初谦辞，说家中简陋，实在不敢当。但是曾文璞到济南参加秋操大典谒见总督之时，他顺便带着木兰又拜见曼娘的父母。虽然曼娘与木兰的结拜是两人之间的秘密而简单的事情，他半开玩笑地说引荐木兰为曼娘的“小义妹”。木兰看出来曼娘的家是个简陋清寒之家，留下吃了一顿粗茶淡饭，曼娘的母亲再三再四说，简慢不成礼数儿。

现在真要分手了，男孩子们看着木兰上了轿，曼娘不肯到门口儿来，因为她已经哭成泪人儿一般了。男孩子们向木兰喊春天在北京再见。

曼娘知道曾家明年春天回北京时，她不会跟去，因为她不是“童养媳”，她只是个表亲，并且自己又快到回避青春男子的年纪了。她与曾家虽是表亲，虽然走得很勤，也要尽可能疏远点儿才好。白露那一天，在花园儿里一件事情引起了曼娘一种变化。她是情窦已开，越爱平亚就越要矜持，越要疏远。平亚虽然很少见到她，但是一见到她一个人，旁边儿没有别人，就向她埋怨。有一次，他在走廊下单独见到曼娘，拦住她说话，并且拉她的手，但是曼娘却把手缩回去，说：“别人看见，人会乱说的。”说着匆匆走去。平亚呆呆地站着，动也不能动。平亚把曼娘眼睛的每一分顾盼，声音的每一个色调，对曼娘每一次的接近，都看得极其珍贵。曼娘自然而然地长成了中国古典型的小姐。中国这种古典型的小姐，生而丽质动人，却退避保守：虽偶以情爱相假，但狡猾诡谲，吝于施赠；美则美矣，但远不可即，不可捉摸；其深藏不露，出之以狡猾；其惊鸿一瞥，也出之以狡猾；其春情之魔力，因规避而愈强；深藏于香闺，自帘内而外窥，得见追求者而不为追求者所见；居内室而听得家人商谈，立在隔扇后而恣情窥看；与人在一处时，则屡次用眼偷瞟，对男人从不正面而视。

木兰的父亲一向特别喜爱木兰，而今觉得真个仿佛掌上明珠一般，她这次失而复得正犹如死而复生。在姚家的人自杭州返京之前，姚氏父女相处的那几个月时光，加上父女之间的多次长谈，更增深了父女的感情。他们的住宅免于抢劫，一切完整如初，大概是由于地点正好在东城中间，而遭受蹂躏破坏最厉害的是城南和东南地区。不过下面埋藏商周铜器的枣树已经死了。只有西山的别墅受到彻底的抢劫。北京恐怖的传闻听之不尽。木兰看见烧焦的房子和坍塌的墙壁，以及前门城楼子火燎跟枪击的窟窿，真是触目惊心。

木兰的母亲和家人在三月自杭州返抵北京时，木兰在他们眼里成了女英雄。她母亲对她的看法全变了。现在不再叫锦儿给她穿衣裳、梳洗，陪着她玩儿，而是自己亲自照顾她穿衣裳梳头洗脸，让她跟莫愁一同睡在自己的屋里。珊瑚再三说在要命的那一天，悔不该把木兰留在那辆轿车上弄出了那么个大乱子，因此比以前对木兰更为体贴，更特别事事讨她欢喜。大家央求她把她过去那一段生活经验，说了再说。她说了那个“红灯照”和义和团老八，还有她学会的那个英文歌。体仁只喜欢那个歌儿，很快就学会了。她又说从枣树上摔下来，他们的私塾，还有到泰山游历的情形。最重要的事是关于曼娘的事，所以全家自姚大爷夫妇下至青霞、罗大还有几个老妈子，都知道山东有个曼娘。莫愁听姐姐说的事情，听得又惊讶又兴奋，露出她新长出的门牙，觉得木兰这个姐姐真了不起。这样一来，大家开始把木兰看作家里一个能独立负责的成年女儿了，而体仁在家中的长子身份却渐渐削弱。木兰也开始照顾莫愁和小阿非。她到了十四岁，思想完全成熟，哥哥欺负她，她已经能够忍受，这是女孩子基本教育的一部分。女孩子的态度应当是忍让，是稳重，在生活上不要太贪求，要听从男人享有较多的自由，由他荒唐胡闹。

曾家在四月初返抵北京，此后两家越来越熟，孩子们时常来往。过年过节都互相送礼，木兰坚持曾家到他家药铺拿药，绝不许给钱，曾家也就接受了。每年冬至，姚太太就给曾太太送上最好的人参，因为中国的药铺不只是卖药，还卖各种补品、各种山珍海味，如南洋的燕窝鱼翅，云南的火腿，广东的虎骨酒，苏州的醉蟹，这些都是和药材一路运来的，所以一年四季姚家经常向曾家送礼。不过送去礼品的盒子向来没有空着回来过，因为曾家都按季节有回礼。两家都是富有之家，这样保持友谊自然也很舒服，也很容易。

一天，木兰和她妹妹被邀请到曾家吃中饭，是由一个女仆陪着去的，女仆是赵妈。饭后被留住喝茶。赵妈的丈夫找她有事，她说五点钟再回去接她们。木兰告诉她不必去接，她自己很熟悉回家的那条道路。从一条宽阔的大街上走，十五分钟就可以到家，不会发生什么事情的。

在回家的路上，木兰跟她妹妹看见一个亮把式卖药的，在肮脏的哈德门大街人行道上练功夫。那个人光着膀子，正要把一块有四五寸厚的沙石板用手掌切断。

他切断了石板，开始卖刀伤药，也治跌打损伤。之后，他拿了一块绿布，翻过来又转过去，给人群看，铺在地上，然后从下面端出一碗热气腾腾的虾仁面。

那时候，上等人家的小姐没有人陪伴，是不应当在街上抛头露面的。但是木兰才十四，她妹妹才十二，对于自由自在独自游荡街头这种偷偷的快乐，实在是无法抗拒。她们看完亮把式卖药兼戏法的表演，心花怒放，又往前走去。看见一个卖糖葫芦儿的，正是冬天刚上市，两人不觉口中流涎，一人买了一支，每支只有五个蘸冰糖的山里红，买了就吃了，其快乐就如同小孩子一样。再往前走有一个拉洋片的，也叫放西洋景的，里面放大照片的有义和团、洋炮船，姐妹俩掏钱给了就坐下看，嘴里还嚼着冰糖葫芦儿呢。

正在看得全神贯注，木兰觉得一只手用力攥住她的胳膊。她手里拿的冰糖葫芦掉在地上，她回头一看，原来是哥哥体仁。

她没来得及说话，她哥哥一巴掌打到她的脸上。

体仁问她："你在这儿干什么？"

木兰怒道："我们正回家去，你干什么打人？"体仁答道："当然我应当打你。你们女孩子家简直要成跑街的浪荡娘儿们了。你一跑出了家门，就一点身份也不要了。"

"为什么你能出来？我们就不能出来？"

"你们是女孩子，这就够了。你不高兴，我就去说给妈听听。"

木兰真恼了。她说："去告诉妈妈，你也没权利打我嘴巴。你没有这份权利！我们父母现在还都活着呢！"为了自卫，木兰又加上一句，"你做的什么事，我也会告诉爸爸。"

体仁走开了，姊妹二人又没人管了。受了委屈，一肚子的气，两人找道儿走回家去。两人越想，越觉得不应该遭此无故的羞辱。最不能忍受的就是受体仁教训，挨体仁的嘴巴，因为体仁就不规矩，他怎么有资格教训别人！

体仁是不是要把这件事告诉母亲呢？她俩做的当然也不很对，不过也不能算什么大错儿。她们并没有太越出规矩。孩子们总是爱看"西洋景"。在家不是也吃糖吗？

她俩决定等体仁先发动。吃晚饭时，体仁一言不发。木兰威胁他说要把他做的事告诉父亲，也许意思是把打她嘴巴的事告诉父亲，也许并不止此，因为体仁还有别的事情也是不宜于让父亲知道的。体仁长那么大，谁也不怕，只是怕他父亲。所以他认为明智之举就是一切不提为妙。

哥哥欺负她们这件小事，使她姊妹俩越发团结亲密，而且让她们俩不由得思索男人和女人的分别这件事。木兰此后更喜欢听父亲谈论“新时代的女子”这个题目，以及不裹脚、男女平等、现代教育等问题。此等异想天开的西洋观念，已经把中国弄得动荡不安了。

体仁不但骄纵得坏起来，实际上在家里也渐渐失去他应有的地位。

体仁，事实上，也可以说是个“私生子”，因为是他母亲结婚后五个月生下来的。他母亲是杭州一家开扇子店家的女儿，这一家也算是正正当当的中产阶级商人。小姐与姚思安相遇时，姚思安已经三十岁，小姐是二十岁。两人发生了关系之后，姚家老太爷知道了，坚持儿子必须娶对方小姐为妻，因为小姐是正派人家的女儿。双方商谈了一下，女方的条件是男的将来不许纳妾，因为男女双方家庭都怕把这件丢脸的事声张出去，女方所提的条件也就不能太认真了。我们已经说过，姚思安早年荒唐放荡，为所欲为，后来才痛改前非，不但如此，并且对生意事业一切看穿，潜心钻研老庄之学。有一段时期，有个江湖术士答应传授他点金术，他在那个骗子身上耗费了一笔巨额财产。姚太太虽然不识字，也不得不开始查看账目，收取租金，后来不久，就由她哥哥来经手管理那些业务了。

她嫁到一个富有之家，住在城里宽大的房子，有男仆，有丫鬟，过去在家从没用过这么多人，一时真不惯于这么奢侈。以前自己没享受到的，现在她都教儿子恣情享受。但是她缺乏一个有教养的妇女的学问和气质，她不知道富有之家的儿子应当怎样教育。从孩子时期她就让体仁在丫鬟围绕拥簇之中长大，甚至于纵容儿子在她面前用巴掌打丫鬟。体仁也像好多私生子一样，长得倒满俊，细白的肉皮像父亲，乖的时候也聪明伶俐讨人喜欢。父母居然允许他骑一匹烈马在城里满街跑。平常这个孩子总以为自己了不起，不屑于遵守一般男孩子遵守的规矩，在朋友家吃饭，吃了一半竟会离开桌子，出去跟丫鬟瞎扯。他母亲竟纵容得他心里有他是姚家唯一的财产继承人的想法，而且满心以为他的一条命总值得普通人的十条命。他快到十五岁的时候，姚太太明白她的儿子是已经惯坏了，但是已经无法可想。

父亲的态度却完全不相同。他觉得体仁现在跟他年轻时候是一个样儿。他知道自己年轻时是骄纵坏了，给自己招了许多麻烦。但是父亲越是对儿子严厉，越是不容易见到儿子，因为儿子也就越躲着他。所以姚思安这个做父亲的，已经弄得自己的儿子战战兢兢地不敢见他了。

他们逃拳匪的前几个月，体仁用刀子伤了另一个男孩子的脸，伤口直到脖子上，受伤的孩子流血很多。他父亲把他缚在院子里的树上，打了个半死才歇手。这使他越发怕他父亲，越发恨他父亲。打了之后，体仁在床上躺了十来天。姚太太在儿子面前对丈夫说："我知道他也得受受教训。可是他若是有个好歹儿，我还活着有什么意思，你叫我老来依靠谁呀？"这么一来，关于管教体仁，夫妻二人便成了南辕北辙。而父亲就把儿子看作"孽种"，只好任其自然，要倾家荡产也只好由他了。两个办法都不对，一是任其自然，二是严加管束，这样，不是使他皮肉受苦，就是使他心情不乐。中国传统的看法是这样：恐惧对身体有害，人若是气血不舒或是吓破了胆子，会引起种种的毛病。后来不久，母亲也就把她儿子看作"冤家"了。就像前辈子欠人家账，这辈子人家来投生做这一家的儿子，要挥霍了这一家的财产，这个儿子自然是这家的"冤家"了。

因为实际情形如此，无可奈何，母亲认为家中出此不肖之子，这是命。父亲从哲学的盛衰之理上看，认为家中出此不肖之子，也是命。

木兰的地位也被拉到两个相反的方向，因为体仁的地位越来越不重要，由于她本身的优点，她就越来越受重视。

姚太太对女儿之严，正如她对儿子之宽。她对女儿严是给女儿传统的教育，理当如此。在这方面她认为是讲得通的。自己的女儿是生在富有之家，长在富有之家，可是她们不能在家过一辈子，不能永远享受那份财产呀。她们要嫁到别的人家，贫富高低不一定呀。所以她们必须有女人主要的美德：节俭、勤劳、端庄、知礼、谦让、服从、善理家事，以及育婴、烹饪、剪裁缝纫等技能。

但是在对待儿女之差别一事上，姚家比别的人家可相差太多。

木兰和莫愁在八九岁，就要学正坐，两腿紧并在一起，而体仁在椅子上永远不是正坐，而是把椅子弄斜，两根椅子腿着地，自己则把两只脚放在桌子上。丫鬟宁可在四周围闲着没事做，木兰姐妹也必须自己洗内衣（当然要晒在不会有男客人看得见的隐密的地方），帮着在厨房做事，发面蒸馒头蒸包子，擀面烙饼，自己做鞋，裁衣裳，缝衣裳。她俩唯一不做的事，就是不用去舂米、推磨、磨面，因为做这种事会把手掌弄粗的。她们必须学会女人在社会上的礼节风俗，诸如怎么送礼，怎么赏送礼的用人，记各种节气，各种应时的食物名称，婚、丧、生日的礼节规矩，辈分高低，远近许多父系母系方面亲戚的称呼，如舅父、姨父、伯父、叔父、舅母、姨母、姑母、伯母、婶子、姐妹、姑表姐妹、堂姐妹、表兄弟、姑表兄弟、堂兄弟、外甥、外甥女、侄子、侄女，还有这些人的子女称呼等。不过拿女人的聪明记这些复杂的名称关系，是没有困难的。木兰十四岁时，在一家丧礼客厅里，用眼睛一扫，就凭棺材后头那些人的丧服记号特点，看得出死人有多少儿子，多少女儿，多少儿媳妇，多少女婿。木兰知道姑娘嫁后几天回门，几天之后新娘的弟弟到姐姐家去回拜，在回拜时什么时候婆家端上四碗什么菜，她都弄得清清楚楚的。她知道新娘的弟弟只能把那些菜尝尝而已，不能大吃。这都是活学问，又有趣，又有用。

姚太太把家里的事也渐渐跟木兰商量，叫她用笔写下来，比如说装在箱子里是哪些东西，好帮着记忆。孩子这样就成了母亲的大帮手，因为，比如说，上次五月节送哪一家什么礼，收到哪一家的什么礼，她就不必自己记了。

此外，木兰已经开始学怎么熬药，开始由纯粹经验，进而渐渐懂了中药的道理。她知道螃蟹跟柿子不能同吃，因为螃蟹是寒性，柿子是热性。她凭药的样子和味道，就辨别得出是什么药。中国家庭常用的药以及它们与食物的关系，她已弄得很熟悉。

纵然如此，木兰还是有几种女人所没有的本领：第一，她会吹口哨；第二，她会唱京戏；第三，她收集古董，而且能鉴赏。第一种本领是在山东时跟荪亚学会，在北京练习成功的。另外两种长处是她父亲鼓励培养的。

木兰的母亲总是把她父亲看作一个腐败或是破坏的力量。比如木兰的母亲发现女儿由山东回来后，开始吹口哨，她大为吃惊，因为她想那太不像女人了。可是父亲说："那有什么妨碍？吹口哨算不了什么大毛病。"她自己练习得吹好了，就在后花园教她妹妹吹，母亲终归不管了。锦儿也学着吹，但因为身为丫鬟，总不敢在太太面前吹。

父亲的腐败劲儿在教女儿唱京戏上，真是表现得最明显。想一想父亲怎么教女儿唱呢！音乐、跳舞、演戏完全是妓女、男女伶人的事，在儒家眼里看来即使不算越礼背德，也是下等人的事。可怪的是那些儒家夫子却自己喜爱京戏。但是姚思安不喜欢儒家那一套。他是天马行空思想自由的道家，他对正派的老传统是不在乎的。虽然他已经戒酒戒赌，他仍然迷京戏。因为姚家，上自老爷，下至仆婢，没有不爱京戏的。姚太太经常带着珊瑚和孩子们去包厢看戏，丫鬟们随同伺候，给太太倒茶，看守东西，装水烟袋。这时太太和孩子们喝茶，嗑瓜子儿，聊闲天儿。

常常这样听戏，外行也就找喜爱的戏一段一段地学着唱，也学身段神态。可是这种事普遍只限于男人。而姚思安偏偏教女儿唱戏，他像故意跟太太作对，跟社会习俗对抗一样。木兰的父亲的胸襟就是这样豁达大度，他就是最先吸收新思想的那批人，那种新思想就渐渐改变了中国的旧社会。到十六岁，木兰还常陪着父亲去逛隆福寺庙会，搜求古董。

木兰就这样在智慧与知识的教育环境中长大。若是把父母对木兰的影响划分个界限的话，母亲给了她世俗的智慧，父亲给了她知识。莫愁随后跟随而至，只是在智慧上进步大，在知识上进步小。

第六章　长舌妇恃恩行无状　贫家女倾慕富家郎

曼娘的少女时代就像寒冬腊月盛放的梅花，生在苍劲曲折的枝头上，在冬末春初的寒冷中开放，无绿叶为陪衬，无其他鲜花为伴侣，命中注定幽峭隐退，孤芳自赏；在桃李及其他春花初开之时，她在苍老挺硬的枝丫上已度过了梦幻的韶华。

她到曾家遇着木兰做客的两月时光，正如同一场幽美的梦。那时她正十四岁，她的母性的天性正如花初绽，大姐的天性含而初露，这两种天性就全倾注在木兰身上，因为曼娘从来没有姐妹，也从来没有跟别的女孩子同床睡眠，也没有像一般女孩子那样晚上在床上话说个没完。她自然是怯生生的，跟男子在一起也不能感到轻松自然。在她十岁时，一个弟弟出生之前，她完全是孤独一个人，而那个弟弟五岁时又因病夭亡，那是木兰回到北京后的第二年。曼娘的叔叔没有孩子，无儿无女，收养了一个孩子。曼娘的祖父，就是曾家老太太的哥哥，把财产花光，穷困而死，留下两个儿子，就是曼娘的父亲和叔叔，由伯母帮助勉强过活。家就像树一样，有的繁盛，有的虽经人照顾，竟渐渐枯萎而死。孙家似乎是要渐渐凋谢，因为人丁不旺。

仿佛是天命难逃，曼娘的弟弟死后一年，在初春，她父亲也相继去世，这样一来，如何延续孙家的后代，曾老太太可就煞费心思了。

曼娘于是成为继承孙家祖宗香烟的唯一的骨肉。曾老太太很发愁，对曼娘也就特别好。

曾家曾经请曼娘跟她母亲搬到曾家来，和曾老太太做伴儿。孙家有几亩地，还有自己的一栋房子，再帮人做点儿针线活，母女度日，倒还容易。但是曾家宅第宽大，曾老太太只有一个老丫鬟李姨妈做伴儿，李姨妈衰老多病，已经是个神经衰弱干枯萎缩的老太婆了。

曾老太太不肯跟儿子、媳妇、孩子们到北京去。她当年也见过皇家的富贵荣华，现在儿子飞黄腾达，自己命好，感天谢地，于是笃信佛教，深信行善积福，不但为自己的来世，也是下荫子孙。在泰安城西南山下的阎罗宝殿，她捐献了四根前廊的柱子。她是庙里和尚的大施主。因为当初和尚提议重建庙宇（这是和尚化缘一般的借口），她立刻乐捐四根前廊柱子。柱子雕花儿是缠龙绕柱，那高高的浮雕，完全要符合数里之外曲阜孔庙的气派。阎罗宝殿这个名字使她极为动心，她认为这样会讨阴曹地府阎王爷的欢心。大殿的下面是金桥、银桥、伤心桥，人死之后往阴间去的路上，都要经过这三座桥，所以最好生前及早先熟悉这条路。

这样，老祖母就坚持和李姨妈住在老家，儿子的一家住在北京。虽然晚辈都请求老太太跟他们一齐搬到北京去，曾太太，也跟一般的儿媳一样，私心暗喜婆婆不去，她一个人乐得在北京做一家之主。

曾太太更高兴的是撇下李姨妈在家。因为在老太太的背后，全家连下至男女婢仆，都觉得李姨妈是个害人精。李姨妈的地位本不合情合理，但是偏偏又爱多事，惹人厌恶。她本是曾家行善救济的人，但是不知道感恩图报。她现在是五十岁光景，童年却不寻常。婴儿时，她遇上太平军之乱，跟随父母由安庆逃到山东。她父亲当曾老太太的父亲的保镖，曾经舍身救主。死了之后，曾老太太家由于感恩图报，答应把这个孩子抚养长大。曾家这位老太太，当年还是千金小姐，等她嫁到曾家来时，李姨妈是个寡妇，就设法把她弄来一起住，帮着照顾儿子，就是现在的曾文璞。后来虽然再也用不着她，她已经在曾家成了人物，其地位在曾家人之下，在众仆婢之上。

曾太太最初发现李姨妈遇事护着她丈夫，她只好对她的多事隐忍不言，后来反倒比对自己婆婆忍让得更多了。再后来，曾文璞越发官运亨通，李姨妈那副样子就像曾家应当养她一辈子，因为曾文璞是由她抚养长大的。在曾文璞，则只好对她宽容，免得有人说他忘恩负义，再说，多养活一口人也养得起，所费不过九牛一毛而已。

一天一天过去，李姨妈越来越没有什么事可做，反倒越来越需要仆人去伺候她。她常常以为自己受欺负，以为别人对她没有敬意，为一丁点儿鸡毛蒜皮的事，就埋怨仆人。曾太太只好说是仆人的不是，不然的话，李姨妈就闹脾气，说曾家现在用不着她了。老太太偏袒着她，因为要表示富有的士大夫之家对仆婢的宽厚，也护着她护惯了。在垂暮之年，老太太有她也好有个说话的人。李姨妈太爱说太平军之乱和她父亲当年的功勋，说个没完，后来孩子们把太平军和那些虎狼之将的故事，听都听烦了。

在曼娘的父亲去世之时，曾老太太决定把曼娘和她长孙的订婚郑重其事地办一下。她把平亚自北京召回泰安，因为按照她老人家的计划，订婚礼要很隆重，需要平亚回来一趟。订婚礼就接在曼娘父亲的葬礼之后举行，平亚同时也参加曼娘父亲的丧礼。

那年春天，平亚的教育程序完全弄乱了，因为中国的教育制度正在改变。义和团之失败，也就是极保守派之失败，同时也是开明的王公大臣当政之开端。满汉通婚的禁令解除了，缠足的风俗禁止了，废科举，开学校，设大中小各级学校。经过考试及格的毕业生给予贡生、举人、进士的学术头衔。所研习的学科也改变了，文官考试时的八股文改成了时事政治论文。各处纷纷开办学校，学校讲授些什么课程，正在意见分歧，莫衷一是。曾文璞自已也拿不定主意，不知道让儿子学习什么学科以便将来进入仕途，所以暂时让儿子先回山东，他母亲与他同行。

曾家老太太认为在葬礼之前让曼娘母女在曾家守丧七七四十九天，最为方便。所以在此四十九天一开始曼娘和她母亲就搬入了曾家。老太太吩咐把东院拨给孙家母女住，也供暂时停灵之用。在停灵的大厅之前挂着两个大油纸灯笼，上面各有一个大黑字“孙”，上面两张白纸条交叉贴上，挡住了字的一部分，用以表示这是孙宅的丧事，并且是在孙宅举行的意思。老太太指派几个男仆和几个女仆来帮忙，这样使母女二人办起事来便很容易了。这个丧礼，地方上人都知道是曾家的外亲，地方官及士绅都来吊祭。老太太让人在院子里设下祭坛，请和尚念经，超度亡魂。

在“双七”这些日子，曼娘始终穿一身白孝服，夜里她和母亲在灵堂帐幕后面守灵。最初，在黑夜里，黑帐幕，棺材，那些蜡烛，她看来心中怕得颤抖，紧紧缩在母亲身旁。在白天，她们得照顾和尚的饭食，亲友的仆人送礼来时要赏脚力钱，以及其他一切一切的事情，所以她真是累得精疲力竭。可是她心里实在悲伤，四十九天整个丧礼的气氛，使她对父亲的死亡感觉得倍加深切。

曾老太太，经平亚的母亲同意之后，做了一件不同流俗的事情。那时平亚顶多是个未婚夫，曼娘认真说，还不算过门。但是老太太一心要使这个内侄的丧礼之中有“女婿”参加。在“开吊”的那一天，许多客人来吊祭，一定得有一个男人接待客人。最要紧的是客人在灵前行礼的时候，棺材旁边儿要有人还礼。夜里，平亚看见母女二人已经十分疲劳，他提说他要代替守灵。

曼娘自然是千恩万谢。有表亲家帮忙，丧事可以办得风光体面，真是存亡均感。另一个感激的理由是出丧之时，平亚要身穿女婿的孝，并且他已经代替她母女守灵，分担了母女的不少沉痛。她更感激的理由是父亲去世之后，寡母孤女，茕茕无依，家里添了个男人，心中极感安慰。再一件令她感激的理由，是遵照祖母的意思，平亚不再叫她母亲“舅母”，而改叫“妈妈”了。这是一件极不寻常的事，因为已经正式结过婚的女婿，这样叫起来还感觉不自然呢。更让她庆幸的，是平亚为人正派大方、年轻、英俊、斯文。所以这两个人，男十八，女十六，都穿着白孝服，在“七七”居丧期间，每逢在早晨或在灵堂昏黄的烛光之中相遇时，曼娘的眼睛里总是湿湿的，谁也不能说那是守丧中的眼泪，是感激的眼泪，是悲伤的眼泪，还是幸福快乐的眼泪。

尤其是，曼娘听见平亚叫她“妹妹”，或是她叫平亚“平哥”的时候，她的芳心深受触动。因为她是曾家的表亲，不是同姓一族，所以不能与曾家的女儿同排位次而叫“大姐”“二姐”“三姐”，叫曼妹也听着不好，所以曼娘的母亲就教平亚叫曼娘“妹妹”。

在此等情形之下，索性把这些顾忌抛在九霄云外，这两个年轻的表兄妹互相亲密一点儿也不妨。可是曾太太很严谨，曾经告诫儿子，不可不拘礼法。

曾太太说：“平儿，你天天看见你妹妹，她那么有教养，我很喜欢她。可是你若尊重你这位未来的妻子，就不能不守礼法。夫妻之间，要相敬如宾。”曾太太出身于读书人家，像“相敬如宾”这种典故是挂在嘴边儿上的。

结果是一对青年男女反倒越来越显得疏远，而实际上则倾慕日深。

有一次，平亚向曼娘表示亲近，碰了曼娘的钉子。一天晚上，只有他们俩在供桌前面，曼娘的母亲刚巧到厨房去了。他们俩又谈到木兰跟他那一段儿短短的私塾生活。平亚说他在北京见过木兰，现在比以前长高了一点儿。他不明白为什么女人悲伤时会比高兴时更美，并且他纳闷为什么曼娘穿着白孝服会有一种幽灵般的美。在他看来曼娘似乎像个观音菩萨，那么遥远得可望而不可即。可是她的声音却听来熟悉自然，又因为她那些日子哭得太多，以致说话有鼻音，那种声音不是来自幽灵界，而是来自这个凡世人间的。

平亚说："妹妹，自从我上次见你，这两年你也长了。"

曼娘的眼睛躲避开平亚的目光。

平亚问："为什么你对我这么冷淡，对我这么疏远？"曼娘的眼睛抬起来。这分明是心中不服。要说的话太多，不知从何说起。她停了一下才说："平哥，不要冤枉我。你给亡父这么尽心帮忙，母亲跟我是终生难报的。"

平亚仍愤愤地说："但是你对我太疏远了。到了这个时候，你还是文质彬彬咬文嚼字地跟我说终生难忘。我做这一切，还不分明都是为了你？在我心里，你家我家完全是一件事。为了你，我愿穿三年孝，不要说是一百天了。你若是对我不那么冷淡疏远，对咱们俩不是都好吗？"

曼娘的强硬在心里软下来，她只是微笑说："咱们俩的好日子还有一辈子呢。"

曼娘的声音笑貌暂时满足了平亚的心，他向意中人表明了情愫，觉得自己是获得了一位凌波仙子。

曼娘想借着再谈木兰，好改变话题。她吐露了心中的机密，说她和木兰是结拜的姐妹，于是进屋去把一个玉坠儿拿出来，说这是在山东她送给木兰一个玉桃儿时，木兰后来回赠她的。她一边往里走一边说："闭上眼。我出来以前不许动。"

她出来时，走近平亚身旁，叫他睁开眼看她手里的宝贝。那块玉的光泽刻工美得出奇。

她说："你说好看不好看？"

平亚说："当然好看。不过你要看看木兰收藏的那全部的玉雕小玩意儿吧——小老虎、小象、小兔、小鸭子、小船、小塔、蜡烛、小寺院、小菩萨——我一辈子也没见过那么好的。"

平亚一接那块玉，乘机就攥曼娘的手，曼娘很快把手缩回去，那块玉差一点儿掉在地上。

曼娘羞得脸红，斥责平亚道："你怎么这样儿！"平亚反驳说："斗蛐蛐的那一天，我的蛐蛐被咬死之后，你怎么让我攥你的手呢？"

曼娘说："此一时，彼一时。"

"那有什么分别？"

"现在我长大了，不能再跟你手握手了。"

"咱们俩不是你我是一体了吗？"

曼娘往后稍退一点儿说："平哥，天下什么事都有个规矩。不错，我的整个身子也是你的，不过时候还没到。不要急躁。还有一辈子呢。"

曼娘的话是教训人的大道理。平亚觉得眼前是一个能教训自己的小姐，而且话说得也不错。后来，在早晨，在下午，在夜里，不管是在山东还是在北京，平亚的耳边都听见有"还有一辈子呢"。这声音好像是他四周飞舞的一个精灵说出来的。

造化弄人，就凭少女的一句低声细语，或细如柔荑的玉手的轻轻一按，就创造出人世一生的深情，而这种深情就引起重要的后果。有爱情有痛苦的一生是否不如无爱情无痛苦的一生，谁也不敢确言。在曼娘的情形上看来，我们倒易于相信有爱情与痛苦的一生，究竟是值得的。

又过了三夜，发生了一件事，使平亚和曼娘不得不再接近了一步。那是守丧的第三十五天，也就是"五七"，和尚们要念经超度亡魂。请来念经的和尚之中，有一个二十岁左右的，他的两只眼睛转来转去，曼娘看着就不顺眼。在念经时，他的眼睛应当闭着，两手应当在胸前合十为礼，可是他不住地偷看曼娘。这种举动女孩子是立刻会注意到的，她把那个和尚的一双贼眼，告诉了母亲。

那天晚饭之后，李姨妈又大大地发作了一阵子。曾太太一直一个人准备那天晚上念经的事，若有什么事，她一定去请示老太太。老太太喜欢这样大举办丧事，这可以破除她生活上的单调无聊，李姨妈觉得自己没有什么重要事做，是受了冷落。那时她正在吃斋，她平常吃斋的日子很多。大概别人都已经吃完晚饭，她在地上摔了个跤，于是眼珠子乱转，两眼发直，尖声号叫，用手撕乱了头发之后，就好像魔鬼附体一样，说起话来。端着死去的孙先生的架子，拿着孙先生的腔调儿，她向老太太叫“大姑”。她喊叫道：“大姑，救救我！救救我！我滚到‘火沙谷’里了。热死人哪！我快要憋得喘不过气来了。救命啊！救命啊！”然后又向曾太太说：“表哥为什么不来参加我的丧礼呢？”

这么一来，曼娘的母亲号啕大哭起来，一边哭一边说：“哎呀！我的男人，你为什么把我们母女扔下不管了呢？”曾太太立刻想到在前面念经的和尚，他们要在这里整夜做法事呢。于是叫人去找他们来念咒驱邪。她又劝曼娘的母亲。老祖母这时深信她是向她死去的侄子的魂灵说话呢，就劝解鬼魂附体的李姨妈，说他们一定要多念经文超度亡魂。问到曼娘的父亲是不是看见了他那一年前死去的儿子，李姨妈回答道：“我向几个小鬼打听他，他们说地狱是个大地方，要凭面貌长相找人，那得用好多日子。那些小鬼都要钱，他需要钱贿赂他们。你们一定要多烧纸钱给他使用。”祖母问这个附体的鬼魂是不是口渴，于是端水给“他”喝，李姨妈接过去喝了。她的抽搐渐渐停止，躺在那里昏迷过去，口中念念有词，也渐渐停了。

曼娘和她母亲平常都是在自己屋里吃饭，可是今天晚上在祖母院子里特别开了一席，她们过去吃饭，留下一个女仆看守灵堂。刚刚吃完，曼娘就离席回到自己的院子里，那是在整个宅院的东南角儿上，所以一定要在黑暗中经过几个走廊。走了一半，一个男仆追过她，说李姨妈原是有鬼附体，他到南屋去请和尚去。曼娘很害怕，真正发生的是什么事，她并不清楚，她还继续往前走，一直走到通往东边院子的圆月亮门。在门口，她看见几个和尚向她走来。她犹疑了一下，心中想是否跟和尚们一块儿回去，但是终于打定主意还是到灵堂守灵要紧。所以她站在旁边，让和尚们过去。

从月亮门儿往南转，再穿过游廊，她到了转两个弯儿的地方，那儿有一条有墙封闭约有四十尺长的小巷，隔断了她与通到她住的院子的后门。在她那院子的后门口儿，她看见一个人影儿，正是那个年轻的和尚向外偷窥。她立刻把身子缩回去，藏在一个墙角儿，吓得心怦怦地跳。那个和尚正干什么？他准备干什么？她不敢再往前走，又不敢退回去，怕是他会追上去。她停住呼吸静静地等了几分钟，又探头儿看看，那个年轻的和尚还在那一头儿偷看。又等了几分钟，她再望望，看不见他了。她心想那个和尚已经回去，赶紧走过那条短路回到自己屋里去，应当是平安无事。但是刚走了那段窄巷子的一半儿，就看见那个和尚从巷子的后入口向她猛冲过来。那个和尚也似乎出乎意料，会在那儿遇见她，立刻站住，两个小贼眼冒出凶光，看来十分可怕。

曼娘大叫，向后跑去。她觉得和尚在后面追，她又不敢回头看。在黑暗之中，她跑了又跑，跑得越快越害怕。忽然她听见一声叫："妹妹，什么事？"平亚正站在她面前，相距十尺远。曼娘还来不及思索，已经扑到平亚的怀里。她喊道："平哥，我怕！我怕！"

"怕什么？"

"那个年轻的贼秃驴！他没在后头追我吗？"

平亚回头看了看。

他说："没有人。妹妹，不用怕，有我呢。"平亚在无限柔情之下低下头去，声音温和，听了颇使女人安心。

曼娘的恐惧既已烟消云散，这才想到自己刚才的行动。她怎么样投入了平亚的怀抱，自己全然不知。她觉得这样是违背了礼法，羞愧难当，赶紧将身子离开。让一个男人那么紧紧搂着自己的身子那种亲昵，跟允许男人吻自己又有什么不同呢？

但是平亚不放开她："来，咱们俩在一起好了。我原来是担心你妈不在你害怕；后来看见那个年轻和尚没跟那几个和尚一齐来，我就溜出来找你。"

他俩走到曼娘住的院子，平亚这时仍然拉着曼娘的手，曼娘也还激动未息，手仍然叫平亚拉着，曼娘认为身子已然叫平亚抱了，拉手还有什么大关系。这样让平亚拉着，曼娘也感到心中窃喜，即便她羞红了脸，在黑暗中也没人看见。于是两人继续向前走，曼娘把刚才看见的事向平亚说了。平亚说："傻妹妹，你那么容易吃惊，以后，我总是跟你在一起，一直一辈子。"曼娘又向平亚靠近了点儿，虽然心怦怦地跳，但是有一种美妙的感觉。

他们到了院子里，一切如常，那个年轻的和尚显然已经回到屋里去。女仆松了口气说："您可来了。和尚都走了。我看见一个男人好几次从窗子的花格子后面往屋里偷看。"

不久，和尚们又回到灵堂里，几个仆人打着灯笼，曾太太和曼娘她妈也一起来了。和尚念了念咒，李姨妈就苏醒过来。她说她刚才说什么做什么，自己完全不知道，于是有人把她送到床上休息。和尚们说那天晚上在灵前诵经要特别提早，于是灵堂里点了蜡烛，屋里照得通明。和尚开始敲起了木鱼，念出令人昏昏欲睡的经文，灵堂中一片喧嚣。

曾太太在屋里陪曼娘她母亲，坐了一个多钟头。

曾太太说："这'五七'三十五天已经平平安安地过去，这也是意想不到的。家里倒没有什么重要事情，只是有意想不到的烦心的事。阴魂附体，一定大有原因，一定是要诉委屈。不是我说大话，我给表亲办理这件丧事，是尽心尽力，没有一点儿欠缺。若不是老太太慷慨大义，每一件事都不会办得这么好。由设供桌儿，请和尚念经，到点香烧纸，守灵，连叫平儿穿孝，没有一件事办得不妥当。我想表弟的魂灵没有什么不满意的。"她说这话，也就有点儿暗示李姨妈的阴魂附体不见得是真的。

曼娘的母亲赶紧对曾家对这一场丧事的一切帮忙，表示千恩万谢。但是她为人慎重，对李姨妈的事，一字没提。

平亚把那个年轻和尚的事告诉了母亲。曼娘、她母亲以及老妈子又都添上了她们的所闻所见。曾太太说："这没有什么难处。明天我告诉老方丈，找个借口，叫那个年轻和尚走就算了。"曼娘她妈觉得她说话真像个官宦之家的太太，很羡慕她那一副高雅贵尊、从容镇定的样子。在十一点左右曼娘和她母亲离开之前，曾太太另外派了两个仆人在灵堂门附近去守着。

那一夜，曼娘不能入睡。母亲以为单是因为她心里害怕，但是在曼娘心的深处，她觉得是感情的混乱、深沉、奇怪，不可以言喻。她并不是心中思想什么，她是以女人的天性觉醒时那种无思想的语言，在体味人生。人生，她觉得又奇妙，又可怕，又美丽，又可悲，而且这几种性质是同时并存的。

一个在严格旧礼教中抚养长大的姑娘，叫男人一抱，那就一生非他莫属了。按照孔门礼教来说，她已经不是白璧无瑕了。她的身体就像一张照相的底版，一旦显露给某一个男人，就不能再属于另外一个男人。这当然不能持此以论现代的小姐和现代咖啡馆中的女侍。但是曼娘是由孔门儒者的父亲教养长大的，她懂得那套道理。所以她暗中静悄悄地自言自语说："平哥，我是你的人了。"

平亚与母亲回到北京时，已经是春末。平亚在返抵北京之前，在"五七"那天晚上，因意外的缘故，得以进一步与曼娘亲近之后，在爱情上再无任何进展。因为曼娘又变得很矜持，很羞涩。这一对青年男女相见时，总是若即若离，似曾亲密又似乎生疏。所以平亚是以不可得到的精神之美想曼娘，而爱伊人之心则热情似火熊熊难灭。其实在他看来，曼娘也并非十全十美，也并非神圣非凡。曼娘也是一般的血肉之躯，羞怯而消瘦，曾一连咳嗽了十几天。可是那样反倒显得更美。曼娘也会嫉妒，这点儿他已经看出来。有时平亚谈到北京的繁华热闹，谈到宴会、节日，朋友们的往还，若是偶尔提到一个陌生女孩子的名字，曼娘就会问："她是谁呀？"嘴唇立刻颤动，眼睛向他很锐利地望着，然后又望向远处。她自已以为自己是个乡下姑娘，是平亚的一个清贫的表妹而已。

她相信平亚爱她，自己的教育也是可以配得上。可是她一想到平亚在北京遇到的，或是可能遇到的那衣着华丽的富家小姐，不由得自己打个寒噤。平亚在北京过的是富贵的社会生活，她自己偏偏还得在小镇上的家里过清苦的日子，还是个乡下姑娘。

自外面看来，她的确没有什么可以责备平亚的。“七七”过完之后，平亚也参加了送殡，在灵的前头走，穿的是正式的女婿的孝，白衣白帽子，因为平亚自己的父母还健在，他的白腰带上有个红花结。最使曼娘高兴，最使她安心的是把灵牌安放在祖庙时，在灵牌的左边儿，刻着“女曼娘及婿曾平亚同叩”。这样安排是老太太的意思，这样写就使平亚的女婿地位合法有效。即使老太太死在他俩的婚礼之前，他俩的婚约也是没问题的。

他俩之间的大障碍就是两个人不能书信往还。曼娘心想总有时候老太太会让她代笔往北京家中写信，但是她却绝不可以给平亚个人写信。她代笔写的信只是冷冰冰地谈正经事，不能涉及个人。他俩谈过通信这件事，曼娘说她可以暗中叫木兰转递。她也说过平亚可以向父母请求让曼娘到北京去和木兰一同上学。但是这些办法都没有实现，她待在家里，跟平亚一别两年。她曾希望第二年春天平亚可以借回家扫墓的理由，返乡一行，但是平亚的父母不赞成，说路途太远，耽误学业。那年夏天，桂姐带着三岁的孩子单独回到泰安一次。曼娘只能极力从桂姐口中打听曾家几个男孩子的情形，他们的朋友和新的丫鬟的名字，也只能如此而已。

第七章　平亚染疾良医束手　曼娘探病曾府栖身

曼娘与平亚在泰安的琐事这样详细叙述，也有其必要，因为在桂姐回京之后那年的春天，平亚忽然身染重病，曾家把曼娘接到北京与平亚完成了亲事。

平亚，一般说来，算个健康正常的孩子，虽不是身材魁梧，以官宦之家的孩子论，还算可以，不健壮，可也没有什么疾病。但是在青年时期因为相当用功，关在屋子里的时候就嫌太多。孩子越是功课好，往往脸色越苍白，身体越软弱。那年的二月，平亚时时发烧，又像是流行性感冒。曼娘听到这消息，知道对他清明节回泰安给岳父扫墓的希望，又粉碎了。

平亚回京两年，曼娘大大地改变了。平亚在家待了两个月，那段甜蜜的日子，只留给曼娘特别的寂寞，她也变得越发沉静。那段在默默之中似乎是冷淡的相爱，在她的芳心里留下了爱与愁，所以她的爱与穿孝服不可思议地联系在一起。她做了几身白孝服，常常替换，洗后烫得整整齐齐，而且开始喜爱这种孝服。她也爱听念佛经。她看门前别人家出殡，看得出神。在她心里想，丧礼也就表示爱情。别人会以为她丧父之后，心里忧伤，可是她母亲知道，因为木兰有信来告诉平亚的消息，或是北京有来信，她一定心情活泼兴奋几天，过后又恢复以前的孤独沉默。她母亲看出来，她一打开木兰的来信，就双颊红晕，小小薄薄的嘴唇就颤动，表现出她那独特的神情。李姨妈说曼娘跟平亚已经动了情，可是祖母不愿承认自己在他俩婚前使他们俩太接近。老太太由曼娘的母亲陪伴，如今已经很习惯，所以曼娘母女到北京去住是办不到的。曼娘别无他法，只有等三年居丧期满之后到北京去出嫁，那时就十九岁了。现在是十八。

所以今年清明节，她在父亲坟前哭得特别伤心，竟至着了凉。平亚病好的消息到时，她正生病在床，一听到这个喜讯，感冒很快就好了。

平亚吃了由治感冒常用的几剂兔耳草熬的汤药，发烧很快就痊愈了。在养病期间，他服用由甘草、阿胶、豆蔻配制的丸药，很有效，把病治好了。但是元气耗损太大。白天困倦，四肢无力，这样过了一个月，再一个半月之后，又去上学。

快到四月底的时候，他又病倒。阵阵打寒噤，阵阵头疼，脖子发酸。父母以为流行性感冒又犯了，又给他兔耳草熬的汤药吃。一个礼拜之后才请医生。由于木兰家的关系，他们认识了那位蒋太医。他到了之后，按了按脉，没说什么话，开了一服药，里面有桂皮、甘草、杏仁，好使病人出汗。

木兰那时已经十四岁，看过几本医书，由他父亲那位非常之士的鼓励，跟那位御医谈论过多次，所以一到曾家听说那个药方儿，她立刻明白那是治伤寒初起的。她回家之后，立刻告诉了父母。

伤寒是医生最怕的病。这个病在中国医学上争论得最多，以这种病为主题写的医书也最多，最不易了解，也是人懂得最少的一种非常复杂的病。这种病里头包括好多种其他的病在内，时而发烧，时而发冷，叫作“仲景伤寒”，现代称之为肠炎。这种病先犯“三阳经”，再可能犯“一阴经”或同时“三阴经”。三阳经是营养系统，指的是小肠、大肠、胃的入口，膀胱、幽门；有时说“六阴经”，则包括膀胱、胆囊、胃、肺、心、心外的薄膜与胰、肾、肝，都属于阴经，司呼吸循环，排除废物之用。阴与阳相关相辅，并非独自发挥功能，并非互相排斥。营养系统阳经司职支持身体，发热发力，而其他系统，也就是阴经，司职调和身体各部，分泌汗液，使全身灵活。肾与肝，尤其胰脏是分泌重要液体的器官，保持全身平衡的。

人身的疾病在初起之时，还局限于阳经之时，极需善加调养。不久之后，平亚觉得口与唇发干，但并不口渴，眼花、耳鸣、胸口发闷。医生告诉曾家大人平亚的病很严重，可是曾太太以为那病与心情也有关系，是青春期常有的。心中怪老太太不该让儿子和曼娘走得那么亲密。又过了半个月，烧仍不退，脉本来浮而不实，现在开始下沉，母亲真吓怕了。她立刻想到叫曼娘来。有两个理由：第一，她以为平亚的病大体上是相思病，唯一可靠的治疗法是见到、摸到、听到他的意中人。第二，因为她相信冲喜，想给病中的儿子完成花烛之喜。她想等一等，看看是不是需要走这一步。不过若是叫曼娘来京住在附近，如果需要总是方便的。医生，虽绝非一筹莫展，至少治伤寒也没有十分把握，于是也赞成这个办法。现代医学称之为混合心理治疗。

母亲问平亚愿不愿曼娘来北京看他，平亚说愿意。

曾文璞于是往山东打电报。曾文璞那时在担任旧有的官职之外，又兼任政府电报局副总监，那时正是袁世凯当权。袁是朝廷的一个权威人物，官居直隶总督，兼铁路矿务督办、电报局督办，最主要的是新军训练处督办，训练新军使用来复枪。曾文璞经由一位姓牛的同僚又是山东同乡认识了袁世凯，袁世凯就给了他电报局副总监的职务。所以他往泰安家里打了一封长电报，让母亲立刻叫曼娘母女急速来京，说平亚病重。

对曼娘，这封电报真是一个晴天霹雳，她心里想她必须上京，毫无疑问。老太太与曼娘的母亲两人商量此事。老祖母低声向曼娘的母亲说，一定为了赶紧完婚，在病中冲喜，不然不会这样着急要母女同去。可是曼娘的母亲不能把这话告诉女儿，因为她不能说这种话。虽然坐船旅途还舒服，曼娘不在乎这个，她告诉母亲要坐车坐轿，这样一个礼拜就可以到北京。老祖母听到这个消息，也非常震惊，因为平亚是长孙，在家里地位很重要。她说她想去，不过是几天之后带着李姨妈坐船去。她先派一个男仆和一个女仆陪着曼娘母女去，另外单派一个丫鬟叫小喜儿的伺候曼娘，小喜儿原本叫四喜。

北京曾家接到母女起程的复电，以为她们最快也要走十天。平亚那时已经病情危殆，已经显出憔悴而衰弱，还是发高烧，脉搏微弱，偶尔呕吐，四肢发冷，他说肚子里寒痛，闷胀而虚软。由种种病象上看，阳经"内陷"，已然侵入阴经，仿佛身体正在干涸，咽喉干，眼睛无神。这时医生不再用肉桂、甘草等热药表内热，而是用平和性的药来温暖阴经了，因为已然看出是一种阴寒，是分泌器官功能不调，于是服用干姜、葱白、猪胆等熬成的汤药。但是病人情况越来越坏，于是开始服用猛药，里面有大黄、芒硝等。

大家等曼娘到来等得十分焦急，她来后第一次与身染重病的平亚相见必须慎重安排。大家都对她寄予厚望，因为她可以说是病人的医生，也是病人的救星，愿她能起死回生。平亚几次问他母亲曼娘是不是要来，什么时候才到京。有时他发高烧，神志不清，嘴里喃喃地叫曼娘。有一次，桂姐单独照顾他，听见他清清楚楚地说："妹妹，你为什么跑走呢？"还有"我们还有一辈子的日子过呢"。她觉得这种话传到别人耳朵里头不好听，偷偷地告诉曾太太，太太越相信曼娘一来，儿子的病就会大有起色。

可是还有一个问题使曾太太、桂姐和曾先生大为不安。那就是他们决定催曼娘来京时，平亚的病已经越来越重，原来打算冲喜的想法和现在情势已经不同。现在又该想到曼娘。病若不太重，自然还不难。现在平亚的病已经吉凶难卜，再叫曼娘嫁过来冲喜，对曼娘实在是太说不过去。曾太太说："儿子已经病得这么重，我怎么开口向曼娘说呢？"她一心盼望曼娘一到，两人一见面，儿子的病就会好转。可是不成婚冲喜，单凭一见面儿，未免所望过奢，而冲喜已经是最后的一个办法，因为医生已经是人事已尽，束手无策。曾太太自然可以把冲喜的想法委婉地暗示一下，万一曼娘的母亲能自行提到，就不致那么难为情了。她心想，按理曼娘的母亲一定会想得到，因为在这种情形之下，冲喜的事是显而易见的，不然曾家也不会特别请曼娘的母亲一同来北京。曼娘已经和平亚正式订婚，要再改嫁别人是不可想象的。可是曼娘和她母亲会愿意吗？因为冲喜，虽然也常常有，但若不得到对方家庭同意，自然不能办。在一切的婚姻上都是如此，现在对将来的新娘曼娘，更需要取得她的同意。

一个小姐嫁给一个病势垂危的人，甚至可以说嫁给一个即将咽气的男人，要纯然出乎自愿，不是金钱可以买到的。虽然希望或是假定他病还会好，可也许一病不起。守寡一事在中国礼教上看得那么郑重，当然不可以轻易决定而冒昧一试，即便是普通的守寡，最严格的家庭也不能勉强。而现在这种性质的守寡，当然更是倍受敬重，视为非常之举。丈夫死后不嫁，谓之"守节"，未"过门"而终生不嫁谓之"守贞"，也叫"守望门寡"。若非完全出于本意，天下没有一种力量能勉强女人守节，或是守贞，因为那等于立誓进修道院、入尼姑庵了此一生，纯粹是个人自己的事。

曼娘也许会以处女之身，向爱情的神坛上郑重献祭，就犹如好多姑娘，因情郎死亡，自愿终身不嫁，坚拒一切求婚一样。曼娘的今日，未尝不会如此吧。

五月二十二下午，在黄尘漫漫之中，曼娘母女到达了北京。所谓黄尘漫漫就是说，在大地表面平静如常，可是在整个天空高处，却黄尘滚滚，不见边际。太阳隐约可见，如一个灰白圆盘，这时令人感觉全城异状，寂静安宁，好像朦胧黄昏，提早降临，特别漫长，迢迢无尽。

曼娘心情激动，因为现在来到她梦想的北京城，就要到平亚的家了。她还不知平亚病情多么严重，恨不得一步就踏入曾家大门才好。她注视着街道，尤其是看满汉妇女衣着服饰之各自不同的样子。她母亲、丫鬟小喜儿，以及女仆，无不心情激动，因为除那个男仆之外，她们没有一个人曾经来过京城。

曼娘心里也想着木兰，木兰一定知道她要来了。过了四年之后，木兰现在是什么样子？她心中很纳闷。她又想到自己处境的尴尬；若是个小女孩，自然可以住在曾家，可是现在自己是个亭亭玉立的大姑娘，曾家的男孩子也多少快成年了，即便是小荪亚也十五岁，她怎么和他们相见，怎么跟他们说话呢？

她心里正在沉思这些事，车已经走近一所大宅第的门前。白墙有一百尺长，门口是高台阶，有二十五尺宽，左右两边儿的墙成八字状接着大门，门是朱红的，上有金钉点缀。门的顶上有一个黑漆匾额，刻着一尺高的金字“和气致祥”。门旁有个白底撒金的长牌子，上写“电报局副总监曾公馆”九个鲜绿的字。门口儿高台阶前面摆着两个张嘴狞笑的石狮子。大门前的横路正对大门那一段，向后展宽，后面端立一段绿色的影壁墙。这样门前宽敞，供停放车辆之用，曼娘在山东从来没有见过这种气派。

曾家已然充分准备来接待她们，但没料到来得这么快。所以门房一回禀她们到了，全家立刻乱作一团。经亚与荪亚上学去了，曾先生、曾太太和桂姐所生的两个女儿，以及男女仆人都到大门迎接，留下桂姐照料生病的儿子。

平亚正在打瞌睡，桂姐不敢离开，她听见外面女人的说话声，仆人的高叫声。过了一会儿，她女儿爱莲跑进来说曼娘多么漂亮，她长大了，穿的什么衣裳。桂姐把手指头放到自己嘴前叫孩子住口，不要吵闹。但是一听到曼娘的名字，平亚睁开了眼说：“她来了吗？”桂姐赶紧走到他身边轻轻地说："平儿，曼娘来了。你很高兴，是不是？"平亚高烧未退，有气无力地微微一笑，闭上眼睛，然后又睁开说："她真来了，你没说瞎话吧？为什么她不进来看我呢？"

桂姐说："你别急。她们刚到。她还穿着孝，不能那样进病房来看你。"

"她们在路上走了几天？好像好久了呢。"

"才走了七天。心里别乱想这些事。她们算来得很快了。你在病中，你不知道。"

平亚说："我的病能好吗？"二十岁身染重病的青年人说话像个孩子。

"当然能好。你先心里静一静，歇一歇，等紫丁香开花的时候，我带你和曼娘去逛什刹海。你说好不好？"她拿温着的热汤给平亚喝了点儿，叫一个仆人看着他，自己出去看曼娘和她妈。

曾公馆宅第宽大，有四层院子深，在正院儿的东侧，有一条榆树交荫的狭长小径，还有若干纡回曲折供散步的走廊通往正院儿西边的幽深的庭院。平亚已经搬到最深的西侧后院儿，有一道墙把他与父母居住的后中院儿隔开。他的屋子向着一个三十尺宽的院子，有假山，有鱼池，大花盆里种着石榴树。他搬到这个院子来就因为这里极其幽静，再者，若有个不幸，也省得正厅大院子以后会令人有点忌讳。桂姐若到曼娘母女跟曾氏夫妇正在说话的第三个客厅，必须从后院穿过一个六角形的门。

因为穿重孝的日子已满，曼娘现在穿着蓝褂子、绿裤子，她编起来的头发上戴着一个黑髻儿，上面有一朵黑花儿。她本来并不高，自从桂姐去年见过她之后，她似乎又长了不少。她们正说来时旅途中的事和平亚的病，不过曾太太还没敢说平亚真正的病况。曼娘母女一看见桂姐带着爱莲走进屋，她俩立刻离座站起来，桂姐道了个万福，向母女问好。桂姐道歉说："孙伯母，您别怪罪，我来晚了。"母亲称呼亲戚往往随着孩子的辈分称呼，这是一般的习惯，所以桂姐也称曼娘的母亲为伯母。"一路一定很辛苦。我刚才陪着平儿了。爱莲进去说您两位到了，他正好睡醒。他问你们，又问曼娘为什么还没去看他。”

曼娘听了，脸上微微含羞发红，她母亲回答说：“告诉他安心养病。我们现在还穿孝，得沐浴更衣之后才能去看他。”

听了这话，曾太太心里又想到怎样安排曼娘见平亚才妥当呢。

于是她说：“一点儿不错。这次可真麻烦你们母女二人，实在是没有办法。我们以为这病是心病。因为平亚已经长大，他和曼娘在一起待惯了，也许他们俩一见面儿，心里一高兴，病会好得快。在吃午饭时，我还和桂姐说你们这次来北京的事，心想你们起身的时辰一定已经选定了。按黄历上看，今天傍晚七点到九点是个吉辰。我说嫂子，就在今天傍晚您洗澡歇息之后，可以先进去看看他。您一定累了。我先带您到您住的屋子去吧。”

曾太太的话暗示曼娘去看平亚，是比她母亲去看更重要，但是她仍然对做母亲的礼貌周到，因为若按平常，她把这件事交给桂姐办，叫桂姐带去也就够了。曼娘的母亲谦谢说不敢劳驾，可是曾太太一定要自己陪她们母女过去。这因为是她觉得有好多话要告诉她们母女，不过这时候她还没想清楚要说什么话。于是她叫桂姐还是回去看着平亚，这时曼娘母女向曾先生和桂姐暂时告别。

她们的行李已经送到静心斋，这是在正院大厅西面的一个跨院儿，在西边有个旁门通到平亚的院子。这所大宅第所有的院子，设计建造得都是各成格局，但家人住在一起又很方便。每个院子都幽静、严谨，看着绝没有跟别的院子接连的感觉。曼娘穿过花格子的走廊和小门之后，她觉得自己再也走不出来了。

她们母女住的房子是有三间屋子的小院子，房子向南，东边有个走廊通到仆人住的屋子。靠着白色的南边围墙，有一丛清瘦疏落的竹子，和竹子相伴的是立在一旁的一块又高又瘦玲珑剔透的石头，灰蓝色，八尺左右高。这个地方真是具有素淡质朴、高雅幽隐的灵淑之气。但是这个院落设计得仍然十分敞亮，白天晴空在望，夜晚月升之时，得见明月，毫无阻塞之感。

靠西边是曾氏宗祠，是在一片空地上，有的地方果树的枝丫都长野了，还有一个旧亭子，几堆瓦砾。宗祠后面是一个院子，现在平亚住着。

这是这所大宅第之中最精致的几个院子之一，颇为适于另一家居住，因为和正厅不接连，若给书生做书斋，或给名妓做青楼，真使人羡慕之至。这个所在适于遗世退隐，寄兴于所好，或读书撰述，或陶性怡情，在此可以完全忘记红尘的扰攘烦嚣。

曾太太对她们母女待以非常之礼。她亲自察看屋子，检看被褥，看食橱碗柜，看梳妆台，亲自带着小喜儿与女仆到厨房里去。不久端上龙眼茶，杏仁汤。曾太太又告诉她们等一下再吃面，以做下午的点心。

一个仆人拿进来一对新椅垫子，一个新痰盂，一个白铜水烟袋，小桌儿上铺着新的白色绣花桌布。曾太太责怪仆人说："为什么不早把各种东西准备好，到现在才忙乱？"她知道客人是比曾家预料的到得早几天，所以这并不是仆人的过错。她说这话也是表示对客人特别的敬意。

她又说："您若缺什么东西，就叫小喜儿过去向桂姐要。"

曼娘的母亲回答说："这次来北京慌慌张张，也没能从家乡带点儿像样儿的东西，反倒蒙您这么殷勤招待。这屋子就是神仙住，也够好的。但愿有福气就好了。"

曾太太回答说："当然！当然！我们还怕请您请不来呢。我想我们今年是交厄运。自从春天，家里就不顺遂。不是这个病，就是那个病。但愿借您母女二人大驾光临，我们的运气能够好转。平儿差不多病了一个月了，总不见好。"

曼娘的母亲问："他现在怎么样？"

曾太太说："一个年轻人的身子，怎么能经得起肚子里的火煎熬这么多日子呢？"一边说，一边想到应当把孩子的病情先给曼娘母亲透个底，于是又接下去说，"他大便秘结，小便频繁，说肚子寒痛，膨闷胀饱，四肢发冷，软弱无力。昨天给他换内衣，我看见他的肩胛骨都高伸出来了。病初起的时候，没请医生看，真是千错万错。那时候竟会以为是感受风寒！现在医生开的药是十全大补汤。医生说这种药是克制实火，您知道，这跟虚火是不一样的。这药里用硝石，若不是血里有毒，是不会用硝石的。可是我一直想这么个年轻轻的身子，能抗得住多少硝石呢？每种病都是因为在内元气不调，在外感受寒热而起，就跟草木一样：根强，枝叶就茂盛；根出了毛病，枝叶就枯萎。因为别无办法，平亚的父亲和我心想你们来了，他心里一定高兴，他那元气的泉源自然就开了。这是我们为什么请您母女两位来北京的意思。我这个可怜的孩子……”曾太太说着哭起来。

曼娘的母亲说：“您请放宽心。这么个好孩子不会年轻轻的有什么好啊歹儿的。我们要尽人力，但愿菩萨保佑。我们母女二人是愿尽全力让他早日复原的。”

曾太太带着眼泪说：“你们母女若能救我这个儿子一条命，就是我们曾家的大恩人了。”

说到这个节骨眼儿，她悲悲切切地转向曼娘说：“曼娘小姐，求求你救我儿子的命。”

曾太太说话，已经不再是一位表伯母，完全没有未来的婆婆那副权威的样子，而是可怜的母亲为生病的儿子向一位可能的救星恳求了。

听到这样叙述平亚的病况，曼娘的心尖感到一阵剧痛，泪如泉涌，像断线的珍珠自脸上滚下来，只是不敢放声大哭而已。等听到曾太太说求求她，她再无法忍耐，走到另一间屋里，躺在床上去抽抽噎噎地哭。

曾太太听见那间屋里嘤嘤啜泣之声，立刻又精神贯注。勉强抑制住自己，她说：“天老爷若有眼，他应当保佑这一对好孩子，让他们完成婚配才是。”说到这儿，实在不能再往下说了。自己觉得仿佛像曼娘的母亲一样，走进那间屋子，坐在床边儿，想办法安慰曼娘。曼娘坐起来，觉得很羞惭，又趴在曾太太的怀里低声哭泣。

这样，这位太太和这位姑娘，就达到了一项默契。

那时，桂姐的丫鬟香薇已经在门帘外站了半天，不敢进去。等曾太太抬头看，看见珠帘外面她的影子，向她叫："是不是香薇？进来。你要干什么？"曼娘很难为情，身子转过去，低着头，一声不响。

香薇回答说："妈派我来问孙太太现在吃面呢，还是等一等？现在要，立刻就端来。"

孙太太说："我们还不饿。"这时她已经随着曾太太到这间屋里来了。

曾太太又问曼娘的母亲，但是曼娘的母亲说心情不好，这时候不想吃东西。曾太太向丫鬟说："回去说，现在还不要。一个钟头以后，她们歇一会儿再端来。"然后又转向孙太太说，"你们刚来，我不应当把心烦的事打扰你们，我该走了。"

孙太太说等她一洗完脸，换了衣裳，把头上的黑结子拿下来，立刻去看平亚。至于她的孝服，已经没有什么关系，因为两年已过，第三年孝是穿黑的。半个钟头以后，会有个丫鬟过来带她去。

曾太太说："您应当劝劝曼儿，叫她镇静一下。"曼儿这样亲密的称呼，她不知不觉，连事前想都没想，就脱口而出。她又说："她应当好好歇一歇。今天晚上她去看平儿的时候，您给她稍微打扮打扮。那样平儿看见更高兴。"

香薇要陪着曾太太回去。曾太太住的房子并不太远，但是顺着墙有走廊，设计的时候是要尽量建造成迷宫的样子，蜿蜒曲折，高低起伏之处甚多，闲来无事之时，徘徊漫步固然很好，有事时要急忙走过，就嫌不方便。主仆二人一同到桂姐的屋里。曾先生正在里间小睡，桂姐走出来告诉曾太太平亚的病情。她说："他醒来之后，就没再睡，一再问曼娘为什么还不来。"

曾太太说："我从来没见过一对年轻男女相亲相爱如此之深。曼娘已经哭得像个泪人一样了。"

桂姐问："您提到冲喜的事了吗？"

“她俩刚来，我还不能说，不知道她妈愿不愿意。”

桂姐说：“可是不管怎么样，他们俩的命已经联结起来，密不可分了。有谁能解得开老天爷红线牵定的姻缘呢？我去跟曼娘说；她若愿意，她妈就不会反对。自从我去年回山东，一直跟曼娘很要好，她的心事会告诉我的。女孩子家提到婚事，当然会害羞的。”

曾太太说：“这倒是个好主意。等一下她妈来看平亚。那时候你可以一个人儿去跟曼娘说。”

曾太太于是进去看平亚，要在那儿等着曼娘的母亲来。她由桂姐房里出来，碰见儿子经亚和荪亚，刚刚下学，都很兴奋，要去看表姐，但是母亲告诉他们说曼娘正在歇息，要等她叫，他俩再去。

在屋里，香薇向桂姐说她看见的情形，吃吃地傻笑。她说：“我看见婆婆跟儿媳妇两人，哭成了一团。”

桂姐很关心，问她：“曼娘哭得很厉害吗？”

香薇说：“我怎么能看得见她。我一进去，她就背过脸去。”

自从来到北京，现在是第一次曼娘和她母亲两人单独在一块儿。在一种剧烈的哀愁之下，曼娘在屋里走来走去。这个地方，那么清静，叫人觉得宾至如归，那么舒服，又那么熟悉。一个大金鱼缸，直径有四尺，里面养着金鱼，放在庭院里。看见丫鬟打扮得那么美，她都会觉得局促不安；门房儿都比当年她父亲穿得好。

大床是雕花儿的黑硬木做的，四根支帐幔的床柱上有黑棕两色的花纹，帐子是淡绿的罗纱，镀金的帐钩样子很精巧。床顶由三部分构成，在丝绸上有三个颜色的画。中间是荷叶荷花鸳鸯戏水；右边是几只燕子在富丽娇艳的牡丹花上飞翔，左边是杜鹃鸣春。她闻到一种异香，从帐子里前面的两个床柱儿上挂着的香囊里发出来，里面装有麝香。她坐在床上，看见褥子上有自己湿湿的泪痕，不由得觉得羞惭。

这是西房，房子向南伸展，南边接着西院，下午向晚，温柔的阳光由窗纸和密集的贝壳窗台上穿射进来。那天下午，好像在异地他乡度一个漫长无已的黄昏。靠近窗子放着一个红木桌子，桌子上有一个多年的旧竹子笔筒，经过了漫长的岁月，都已变成了棕红色。南墙上有一个书架子，西墙上挂着草书对联。这间屋子显然以前是一个书房。

整间屋子都引起她的想象。坐在床上，她看见西南角书架子一旁，有一座细瓷的观音像，大概有两尺高，雪白的瓷，精致高雅的身形，脸上浮现出仁慈安详的微笑，从容镇定，宁静的心境，绝不为红尘的扰攘繁华所动。每个女人都知道观音菩萨的全名是“大慈大悲救苦救难观世音菩萨”。曼娘不知不觉走到观世音菩萨像前面，立在那儿，以虔诚之心默默祷告。这是女孩子在孤立无援无可奈何之下，来皈依一个大慈大悲的神灵，祈求对隐而未现的神秘，对尚未出现的命运，得到玄秘的启示。

曼娘的母亲对她这个独生女儿缄默阴沉的样子已经习以为常，所以由她去而不去管她，自己洗脸换衣裳，等着小喜儿回来帮她打开箱子找东西。小喜儿是个胖胖的乡下蠢丫头，断了个门牙，自从来到这个大公馆，一直是慌慌张张的。现在她是奉命去拿个新笤帚，借一个锤子，过了二十分钟才回来。她回来时，孙太太问她：“你到哪儿去了？有这么多事情要做呢。”

小喜儿说：“我从来没见过像这样儿的房子。我走迷糊了，走到前面大门那儿，也不知怎么走的。门房儿问我要什么，我告诉他我要到后面厨房去，惹得他哈哈大笑。后来他告诉我一直往里走，在第三个院子往右转。可是回来的时候，我又绕了半天才找回来。”

孙太太说：“现在咱们是在北京城，在一个有花园儿的大公馆里头，你说话要小心。有人问你话，要想想再开口，不要多说话。话要说一半儿，咽下去一半儿。要知道，不像在乡下了。睁眼看别人，跟人家学礼貌，学规矩。”

孙太太叫曼娘来梳洗。曼娘进来梳洗，用的是洋香皂，她若以前不到泰安曾家住，她还不知道怎么用呢。

在平亚屋里伺候的一个丫鬟名叫雪花，由侧门儿进来，没有一直进入房去，而是先到东边的下人屋里，说孙太太一准备好，她就带她去看平亚。小喜儿进屋来回禀，孙太太立刻说："你看，这就是规矩礼貌。你若到别的院子去也别一直去见太太或是少爷小姐，要先向丫鬟去说才是。"

孙太太叫雪花进屋去，雪花进去说："太太问您好，说您准备好了，我就带您过去。"

孙太太过去了，曼娘又孤独一个人。不久，仆人端来了一碗鸡丝面，说她母亲在那边儿吃。曼娘还多少有点儿头晕，两腿一路坐车太久还有些酸痛。吃了一碗热汤面，觉得暖和了，进到西屋在床上躺下。

她觉得有点异乎寻常的困倦，刚一闭上眼，就看见一座荒废的古庙，在一片雪地上。她自己在雪地上走，大大的雪片还纷纷扬扬地下。她自己不由得纳闷，而同伴又哪儿去了呢？她看了看庙门上的匾，原来是一家的宗祠，匾额太旧，看不出字迹。她迈步进去，见里头完全荒废冷落。天已黄昏，她又冷又怕，心想也许能点一堆火烤一烤。在地下只找到点儿稻草。她正不知如何是好，忽听见外面有人叫。回身一望，见一个女孩子，身穿黑衣裳，提着一篮子炭，微笑说道："曼娘，你看，你看我给你送什么来了。"那个女孩子长得像木兰，只记得是似乎多年没见了。黑衣姑娘走进来，她正自己说："哪有火柴呀？"黑衣姑娘似乎明白她的心意，于是说："你看，那盏万年灯上不是有火吗？"她抬头一望，果然看见挂在神桌上的油灯。她们俩都拿了点儿稻草到油灯上去点，于是点起很好的一堆火。她俩走到里间，看见几个棺材停在狭长的走廊下，她怕起来。忽然一个穿白衣裳的女人站在走廊的那一端，脸生得很俊，因为很像观音菩萨。那个女人向她叫："曼娘，过来。"曼娘仍然害怕，不敢穿过走廊过去，不过她很想去走近看看那个女人慈祥的脸。她要黑衣女郎陪她过去，可是黑衣女郎说："不，我不去，我要站在这儿，好让这火一直着，不要灭，我会等着你回来。"好像有一股奇异的力量，吸引她走过边上停满棺材的走廊。道路很黑，她犹豫不决。这时像观音大士的女人仍然向她微笑，向她喊别怕，说过去之后，她会带曼娘去看她的宫殿。曼娘向前走。在走廊的尽头有一条深沟，只有一块棺材盖横摆在上面当作桥，而白衣大士却在沟的那一边儿。她向白衣大士说："我过不去。""你能过来，你一定要过来。"那个棺材盖只有一尺半宽，而且向下扣着，而她又是裹的小脚儿。对这种不能做的事，她当然无可奈何。那边又有声音："你能过来，你一定要过来。"事情似乎不可信，她居然迈步走过了那座桥。看哪！她到了玉树琼花的仙岛，还有雕绘的栋梁，金黄的殿顶，朱楼宝塔，崎岖婉转雕花格子的走廊。她身后那荒凉的古庙已然不见，这座神仙宫殿的四周，是白茫茫一片雪地；她发现自己身上穿着白孝，而白得那么美。银树上悬着冰坠，整个气氛是清丽而稀奇。那个女人说："你看这些个。"她走向那个女人越近，她自己越像是个观世音菩萨。她们走过大理石台，进入一座宫殿。她知道那是"永明宫"，大殿中，有童男童女提着花篮儿，别的人在神桌上烧香。那些童男童女彼此说话，一起生活，全无一点羞态。那些人当中有一个穿绿衣裳的，走上前来向她打招呼，说又看见她回来，真是高兴。她忽然想到自己以前也曾在此地，而这个宫殿果然似乎很熟悉。于是自己也完全失去了羞惭的感觉，跟男孩子说话，一起过从，完全轻松自然。绿衣女郎问她："跟你降落凡尘的那个同伴现在在哪儿？"曼娘心中纳闷，想不起来那个同伴是谁。绿衣女郎说："你们俩离此而去，都是你们的过错。"现在曼娘想起来了。她以前也是果园里的一个仙女，起凡心爱上了一个青年园丁，那是不应当的。于是两个人被贬谪出去，去尝爱的甜蜜，也去受痛苦折磨。她现在明白了她为什么要比她的同伴受的苦难更多更大。

那个白衣女人现在走来把她领去，说她的朋友大概等着她呢。她们走到大门口，那位像观音大士的女人用手指轻轻地一推她，她似乎自高处向低处落下来，忽听见身畔有人呼唤："曼娘，醒一醒！"她向四周一望，自己仍然置身于荒凉的古庙之中，黑衣女郎还在那儿照顾那堆火，她自己还躺在地上睡意未足呢。

曼娘问："我现在身在何处？"

"你一直就在这儿。你一定做梦了。你已经睡了半点钟。你看这火，都快灭了。"

曼娘一看那火，火是真正的火，她认为自己一定做梦了。"我梦见在一个极美的怪地方。我走过了旁边停着棺材的狭长走廊，走了一块棺材盖做的独木桥，你并没跟我一齐去。"

黑衣女郎问："什么走廊？"

曼娘回答说："在那儿呢！"起身就去找。

"你刚才做梦了。没有什么走廊——这儿就是这么一个院子。"

"不会。是你刚才做梦吧。我要去找。"

黑衣女郎把她拉回来，向她说："简直糊涂！做了一个傻梦，还这么大惊小怪的。我们在这儿，外面还下雪呢。"那个女郎更用力拉住她时，她又听见："曼娘！你做梦呢。"她一睁眼，看见桂姐站在她旁边儿，在曾家的卧室之中，拉着她的袖子向她微笑。

桂姐说："你一定太累了。"

曼娘坐起来，迷离恍惚。她问："你什么时候来的？是不是我让你等了很久？"

桂姐微笑回答说："不很久。"她坐在曼娘身旁，拉紧她的胳膊。

曼娘说："不要拉得这么用力，会叫我把梦忘光的。"

桂姐问："你说什么？你到底醒了没醒？"

曼娘说："你捏我。"桂姐依话捏她。曼娘觉得微微一疼，自言自语说："这次大概真醒过来了。"

"你刚才梦见什么了？你刚才跟人说话，跟人辩论，说你没有做梦，说那个人是做梦。"

"我梦见我做了一个怪梦……后来由第二个梦中醒来，回到第一个梦里，那时火还没灭，地上还有雪……噢，我都糊涂了！"

这时，她的眼睛看到书房角上的观音菩萨像，那就是在梦里跟她说话的那个白衣女人的脸。她想起来刚才曾经过去仔细看过观音像的脸，而现在自己住的这所大宅子正像梦里的宫殿。

桂姐是一个人来的，没带孩子，好跟曼娘密谈。因为这个话题太微妙，她得摸索着找个恰当的地方开始。

她说："你的头发还没有再梳一次。今天晚上去看他时，你得打扮打扮。"

曼娘装作不知道，问说："去看谁？"

桂姐鬼笑一下说："看他！你到北京来若不是看你的平哥，还看谁？"

到现在为止，还没有别人向曼娘直接说她来是为看她的未婚夫。曼娘双眉紧皱，很难为情。她说："我怎么能看他呢？你跟我开什么玩笑？"

"不是玩笑。我说的是正经话。由山东把你请来就是让你看平哥。不然干什么打电报？两人未成婚，平常自然是不见面儿，可是现在没有别的办法呀。"

"我若不见他呢？"

桂姐知道曼娘说这话是要免得害羞。桂姐说："你父亲去世之后，有个人愿意穿孝，还把他的名字在你家的祖宗牌位上刻成孝婿。现在那个人病了，你连去看一下都不肯？"

曼娘说："我并不是忘恩负义，只是人家会笑呀。订婚是由父母依照规矩办的。若是我现在把贞洁淑静摆在一边儿，他躺在床上，我去看他，人会说闲话。我不羞死了吗？"

"这倒用不着担心。这也不是幽期密约。当然没有别的男人在场。只有他母亲，你母亲，另外还有我，没有人会笑你。起来我给你梳辫子。"

曼娘说不敢劳驾，可是桂姐坚持要替她梳。于是拉着她到梳妆台，让她坐在前面。桂姐打开上面那个黑漆小橱子，打开盖子，里头有个镜子，把镜子立好。她站在曼娘身后，觉得这样两人才容易谈论她心里那件事，同时还可以从镜子里看到曼娘脸上的表情。她打开了曼娘的头发，头发就披散在肩膀儿上，正好清清楚楚衬托出曼娘那小白脸蛋儿和秀气的朱唇。曼娘的眼睛微微发红。

桂姐说："你不用瞒着我。你哭过。"

曼娘有点儿烦恼，转过去抢那梳子。她说："奶奶，你若想跟我开玩笑，我就不让你给我梳头了。给我吧。"

桂姐按着她坐好，又向镜子说："若不赶快，永远梳不完了。经亚和荪亚已经放学，也等着见你呢。"

曼娘这才服帖地听话，梳好了辫子。桂姐看了看镜子里曼娘的脸，她说："看哪！我不怪平亚。脸生得这么漂亮，我若是男人，也会相思成病的。在病中一看见这么美的脸，我的病也会好的。"

桂姐看见曼娘的眼睛在镜子里抬起来看着她。

"你把我看作什么？我又不是一味草药可以治病。"

桂姐说："还不止呢。你简直是个活神仙。"这时用两个手指头压平曼娘的头发，"我从来没告诉别人。我真不知道平亚打听你打听过多少次。几天以前，我一个人在他屋子里，那时他发高烧，他叫你的名字，还说：'妹妹，你为什么老是躲着我？'"

曼娘羞得满脸通红，两片薄薄的嘴唇又颤动几下。在她心里，只想此时此刻能立刻跑去看他才好。

桂姐又把话加紧："说实话，我告诉你，全曾家的人都把你看作一个活神仙去救平亚的命呢！只有你，他一看见，心里就会舒服，病也就会减轻，也不用那么受罪了。"

曼娘低下头，用双手捂起了脸。

桂姐坐在后面，两手扶着曼娘的肩膀儿，她说："我知道你也为难。不过你与平亚也不是不认识，表兄妹，一块儿长大的，这也是长辈的意思，并且平亚病得很重，这也不是拘泥老规矩的时候了。"

曼娘抬起头来，眼睛湿湿的："我们俩也还没成亲，我见了他又能怎么样呢？即使我愿意伺候他，调养他，又怎么办呢？"

桂姐觉得曼娘说不但想去看平亚，并且愿意伺候调养他，这就大有深意。

桂姐说："我想现在你还不必早晚去照顾他。他也只是要见你，跟你说话罢了。你若这样能帮助把平亚的病治好，曾家会万分感激的。现在，当然不方便，太太昨天晚上跟我说，你若是跟平亚成了亲，你就可以一直看着他，别人也就不会再说什么话。可是现在，你若在他屋里，我们也得在，这就成了个徒具形式的探病了。"曼娘一直仔细地听着，桂姐又接着往下说，"曼娘，你知道，我们最初给你打电报让你来，太太是想叫你跟平亚立刻就成亲，这样好冲冲喜，这也就是为什么也请你母亲陪同你一起来的缘故。可是现在平亚的病比以前又重了好多，谁也不知道会怎么样，所以太太就不敢跟你提这件事了。万一有什么不幸——你又这么年轻。"

曼娘毫不犹豫，立刻说："万一有什么不幸，你想我还会再嫁别人吗？他们家对我这么好。我若不感恩图报，我就不是个人了。"她脸上十分严肃，接着往下说，"奶奶我告诉您我心里的话。活着，我是曾家的人；死了，我是曾家的鬼。"

这句话，说得简明有力，出乎真诚，说时态度严肃冷静，并不是感情的冲动，就好像她心里对这种态度从来就没有半点儿疑问。

桂姐说："当然，我从来没有怀疑过你不愿意。我们都盼望冲喜之后，平亚心里高兴，病就会快快好起来。但是做父母的总得想想你的将来；你自己若不愿意，他们绝不肯那么做。现在我们是没有什么别的办法了。所以怎么决定，实在为难。"

曼娘哽咽而言："不论怎么办，只要能治好他的病就行！"

曼娘想了想又说："万一有什么不幸，我就削发为尼。"桂姐说："别乱说！事情也不会那么糟。公婆也不会答应，而且你还有母亲呢。照我看来，你现在已经算是曾家的人了，你的命和平亚的命是分不开的。谁又敢说明年老爷太太不会得个孙子，我们也会有红蛋吃呢？”

曼娘叹息了一声说：“你怎么又跟我开玩笑？”说着站起来转过身子去。

香薇这时站在门外，回禀说二少爷、三少爷要见曼娘。桂姐向曼娘小声说她要擦干眼泪，又说：“都是我不好。不要叫他们看见你眼睛红红的。荪亚现在还是淘气不改。你知道，他还是孩子气。”

曼娘到镜子前头擦干脸，桂姐告诉香薇把两个男孩子带到中间客厅。这又提醒桂姐，木兰不住地派人来问她什么时候到，桂姐答应她一定那天傍晚告诉她。曼娘一边在脸上擦粉，一边觉得这一天的事简直全像是梦。不久听见荪亚在外面叫：“曼娘，我们来看天仙来了，天仙怎么化妆还没完呢？”

曼娘往镜子里一看，看见荪亚正站在门口儿。

桂姐大声责备说：“怎么小叔子能往屋里偷看嫂子呢？你若不去好好坐下，我告诉曼娘不要见你。”

虽然曼娘天性羞怯，一点儿激动就心跳，可是听见荪亚的声音，还是高兴，也令她想起了木兰，和四年前那段快乐的日子。她一出去就笑容满面，经亚、荪亚看见她乌黑的眼睛，在睫毛下闪动。她袅袅娜娜走出去，立在门口儿，向大家问好。经亚已经长了不少，脸比以前显得瘦长，荪亚还是肥胖，不高，脸色比以前红，咧着大嘴笑。两个人都穿着家常穿的灰蓝的绉绸大褂儿。荪亚长得较为英俊，眼睛大大的，嘴唇显得厚了一点，一笑有个酒窝，好像是问：“现在你要干什么呀？”经亚十七岁，欲笑不笑，有点儿忸怩不安。

桂姐说：“现在都长大了，就是不懂规矩，彼此傻看，不会说话，还不给大姐作揖问好！”

孩子们听话照办，曼娘还礼。但是孩子们不知道怎么开始说话。香薇在一旁站着看得怪有趣。曼娘以温和的声音，低得刚刚可以听见，让他们弟兄们坐下，自己拿了个凳子，靠门口儿坐下。荪亚还不停地咧着嘴笑，一边不停地望着曼娘，仿佛曼娘是什么新奇之物，或是一个陌生人一样。

曼娘说：“经亚，荪亚，咱们有四年没见了，你们现在都长了这么大。”她拿着那么造作的腔调，向平亚的弟弟们说话，这是以前所没有的。“你们刚刚放学，是不是？你们的老师好不好？你们学什么功课？”

经亚回答：“我们学天文、地理、数学。”

曼娘虽然曾经听说过这些学科，她知道这是她永远不会学习的，所以对这些她觉得与她漠不相干。她父亲以前在世时，曾经斥骂这些在各处宣传的怪科学，如天文、地理，还有其他如物理、化学，这些洋鬼子的东西；他还骂那批下贱的新人物鼓吹什么天足运动。

曼娘一边想象平亚在学校学的功课，一边又问：“你们还学什么中国的学问不？”

荪亚说：“我们正念《左传》，不过有一个老师说《左传》太旧，没有用。自从离开山东，就没有念《诗经》。您还记得《诗经》里生了七个儿子的母亲还想再嫁的那首诗吗？我们当时多么喜欢那首诗。现在在班上连高声朗诵都认为不必要了。”

那些往事曼娘都想起来，他们一齐上学，她与木兰同榻而眠的夜晚，在回味之中，感觉更美。还有一同诵诗，当时朗诵的声调韵味，现在依然在耳。

曼娘说：“荪亚，你还是那么淘气。”但是荪亚跳起来拦住她的话。他说：“我们现在念英文了！ Good morning. Father. Mother. Brother. Sister. You are my sister. I ime your brother. One，two，three，four，fav……”荪亚，像北方人一样永远不能发 a 的短音，又把 am 和 ime、five 和 fav 弄混。经亚嘻嘻大笑，曼娘则哈哈大笑。曼娘问：“你说的是什么？”荪亚又说：“Fav，one，two，three，four，fav，”一边说一边屈指计算，“You are my sister. You are my sister. Ping ya is my brother.”

荪亚哈哈大笑，经亚则抿嘴轻笑。曼娘则茫然不解。她只听见“平亚”

那个字，觉得怪不好意思。

曼娘说："好哇，你学洋文骂人哪。"

荪亚说："我没骂你，我说你是我的 sister。"

桂姐问经亚："那是什么意思？我敢说，他一定指的是曼娘。"但是经亚不回答，只是大笑起来，曼娘气恼了，满脸羞红。

这时候，曼娘她母亲走了进来，雪花引路来的。这些男孩子们早在那个院里见过，都立起身来。她看见他们大笑，曼娘很窘，都快哭了，就向桂姐说："是怎么回事？"又转向孩子们说，"曼娘刚来你们可别欺负她。"

桂姐说："我也不知道是怎么回事。您问经亚。"

经亚回答说："我也不知道是怎么回事。您问荪亚。"

荪亚回答说："我们不是欺负大姐。经亚说我们在学校怎么念英文来着。"

曼娘说："我听见他说……"她要说"平亚"两个字，又从舌头尖上咽下去。

荪亚问："说什么？"

曼娘说："算了，没关系。你们说洋文，我就以为你们骂我。"这样把问题躲开了。

桂姐转向经亚问："荪亚说的是什么？"

经亚解释说："他说平亚是他哥哥，曼娘是他嫂子。"

曼娘的母亲说："这也不算什么坏话呀。"但是曼娘抬起脚来，用脚踩地。荪亚走近曼娘身边，很温柔地说："别生气呀，你看，我不是骂你呀。"

曼娘哭也不是，笑也不是，因为荪亚虽然顽皮淘气，她还是喜欢他。

桂姐带着孩子们到他们的院子里去了。自此以后，荪亚只要是开玩笑或是要逗弄曼娘，就用 sister 这个词。不过不论是荪亚或是他们别个弟兄，在学会这几个基本的单词之后，在英文方面都没有什么其他进步。

第八章　病榻前情深肠空断　绝望中徒祈幻成真

那天晚上，大开盛宴，给曼娘母女洗尘。曼娘出现在大厅之中，真是光艳照人，连严肃矜重如曾文璞先生者，也不由得顾盼几次。桂姐还是忙着照顾别人，忙着为别人布菜，对新来的两位女客，更是伺候殷勤，孙太太真是不胜感激之至。荪亚好像有点歉歉然的样子，不时对表姐说话。经亚沉默寡言，因为他年岁较大，又对父亲惧怕。

曼娘觉得仿佛像个新娘一样。其实，尚不止此，因为照她自己的感觉她快与一别两载的情郎重新团聚了。她只是略微动了动桌上的菜。怀春恋爱的少女的光彩神韵，在她身上是自然流露无可掩盖的。她的眼睛特别地炯炯有神，美如编贝的皓齿，衬托出两颊暖热而绯红，两腿的膝盖则因心情不稳而颤动。一颗芳心中那么急切要做的事，现在就要奉长辈之命去做了。桌子上的饭菜，大家的谈话，荪亚的声音，丫鬟的伺候——所有这一切都浮动在愉快的气氛之中。她心中只有一个至高无上整个支配着她的念头，那就是“我要不要做个仙女治好平亚的病”？她浑身三万六千个汗毛眼都在发出超凡神奇的力量，准备立即发挥功能，她觉得有令人陶醉的奇特的愿望正在震动她的全身，要赶紧结束那顿宴席，好前去探病。她思想之外那股自觉和神秘能力，充满了她全身，深红色的波浪冲上了她的两颊，她的胃咯咯作响，小汗珠涌现在她的前额。

第二天，整个进食时大家的谈话，她是丝毫不能记忆。她只感觉到全桌人的目光，连仆人的目光也包含在内，都盯在她一人身上。

宴席最后一道菜是水果，她吃下好几片梨之后，才觉得舒服了不少。

平亚养病的院子是在曾氏夫妇居处的后一排房子的西边，屋子的前面接着一个长廊，高出地面二尺，平亚住的院子与正院有墙相隔，有一个六角门相通，门两边各有桃树一株。院子里铺着又老又厚的二尺方的灰色砖，由各色卵石铺成的小径，图形不一，迤逦婉转。有一座假山，一个水池，由三层高石阶通上走廊。正厅有屋三间。下人房在西边，与正房隔离。

在饭后端上水果之前，桂姐匆匆离去，去让平亚预备接受曼娘的吉祥探病之礼。雪花迎住桂姐，问少奶奶来了没有。雪花用“少奶奶”称曼娘自然是玩笑，桂姐只是微笑道：“别乱说。”

平亚刚才一枕酣眠，一碗鸡汤炖银耳喝下去，对他也很有益处，刚才睡醒，头上出了汗。一个洋油灯已经点着，捻得不高，放在桌子上。他问过雪花是晚上几点钟，雪花告诉他说她们正吃饭，曼娘等一下就来看他。他告诉雪花把灯捻大，她进来时屋子才光亮。他又要了一条热毛巾，刚从热水中拧出来。雪花拿来给他擦了擦脸。雪花很聪明，做事很尽心，所以才派她来伺候平亚。她本名叫梨花，但为了避免和曾太太的名字“玉梨”重复，改成了雪花。

桂姐来时，见屋里明亮，是过去十天来所没有的。

桂姐派雪花到外面石头台阶儿上等候客人，她自己则陪着平亚说话。不到五分钟，听见雪花在院子里喊：“她们来了。”她跑过去搀扶曾太太，曼娘跟在她母亲后面，由小喜儿搀扶着。桂姐在里屋门口儿等着她们来。三个女人挡住了门，曼娘落在后面，她站在门槛儿外面，在那儿等，心情很不安。忽然间露出个空隙，平亚的帐子打开了。从敞着的门，曼娘看见他那消瘦的脸，两个大眼睛正望着她。曼娘不知不觉地垂下了眼睑。

现在曾太太过去拉住曼娘的手，拉她到床边。她对儿子说："平儿，你表妹在这儿。"

一个十八岁的少女这时应当是很难为情的，可是曼娘却鼓起勇气，用颤抖的声音说："平哥，我来了。"

平亚说："妹妹，你可来了。"

虽然就是这么三言两语，但是对平亚来说，高天厚地也不足以比拟。

曾太太怕平亚会出言不慎使人难堪，就拉着曼娘到床头的桌旁坐下，柔和的灯光把红色的光辉照上曼娘的脸，她那绿玉的耳环，把她的头发和垂直的鼻子的侧影，照得特别明显。曾太太请曼娘的母亲在椅子上坐下，自己坐到床边儿上，桂姐在一旁站立。

桂姐对雪花说："你和小喜儿到外面去等着吧。"

平亚从缎子被子下面要伸出胳膊来，曾太太想把他的胳膊放回去，说不要着凉。

平亚说："我觉得好多了。"母亲低下身子去试一试儿子前额上的温度，发烧的感觉真是已经退下去。孙太太也说平亚比她下午见时显得病轻了些。桂姐也过来摸了摸他的脉，她说：

"不错，是真的。我原来不信这仙药灵丹会这么神妙。你们母女来，比十个太医都有效。曼娘今天下午还说她不是一种草药，我说她胜过一百种草药，因为她是平儿命里的福星。这福星下降，祥光一照，病魔自己就去了。"

曼娘觉得实在难以抑制住一个幸福的微笑。听见桂姐那么说她，她对母亲说："她就爱跟我开玩笑。"

曼娘的母亲说："一切都是天意。病若生够了，有老天爷保佑，病人就会好。并不是由于人力，我们母女怎么敢居这个功劳呢？"

曾太太很欢喜，她说："医生今天下午来过，说他若能保持这个样子，几天之后就可以吃陈糙米稀饭。人的身子必得有五谷杂粮来营养才成，他若能吃稀饭，自然好得就快。草药只能治病，指望草药恢复元气就不行了。"

平亚静静躺着听关于他病况的好消息。他伸出来的左手，在绿缎子被子上露着，曼娘看见那手那么白而瘦削，真是吓得发呆。

曾太太觉得很满意，站起来向曼娘的妈妈说："您今天一路辛苦，一定累了，早点回去歇息吧。"曼娘的母亲站起来。这么短促的一个会见，真出乎平亚的意料，曼娘觉得很难过，也站了起来。但是桂姐说："曼娘刚来。表兄妹两年没见，应当叫他们多谈一谈。您两位可以先走，由我陪着他俩吧。"

曾太太说："这也好。"显然这是预先安排的。

桂姐送两位太太回去之后，平亚向曼娘说："过来坐在床上。"但是曼娘不肯过去。桂姐说："表哥让你坐近点，你就坐近点，你们俩好说话。"曼娘羞羞涩涩地走过去，觉得这是极其背乎礼仪，也是使人惊异的非常之举。她斜身坐在床边儿上，是坐在一端，不知不觉用手抚摩那绿缎子被子。平亚叫她再坐近点儿，她说："平哥，你怎么了呢？"不过她又往近处挪了挪。几乎是由于本能，她把手轻轻地放在平亚伸出来的手里。平亚高兴地握住，她也让他去握。

平亚说："妹妹，你长了不少，又这么美。为了你，我这病也会好的。"

曼娘以一副恳求的神气看着桂姐说："我怎么办哪？"

"妹妹，我等你来等了这么久。今天等了一个下午。我原以为有好多话向你说，现在什么也说不出来。没关系，你来了就好。"他已经有点儿喘，但又接着说，"看见你，听到你的声音，真好。我太虚弱。"

曼娘说："平哥，不要说话太多。我来了，你很快就会好的。"

曼娘尖锐的目光看见平亚出了汗。

她向桂姐说："他出汗了。我想应当给他条热毛巾擦一擦。"

桂姐到后屋里去，那儿有热汤药在温着，有一个小泥火炉儿，上头老是放着一个壶。她拧了一条热毛巾，拿给曼娘。

曼娘说："你这是干什么？"

桂姐说："你给他擦擦脸。"

平亚说："我要你给我擦。"

曼娘非常不安，低下头去给平亚擦脸，觉得从来没有这么快乐。倘若是非她照顾平亚不可，伺候他一辈子，也不嫌烦。

桂姐把平亚的头扶起来，于是三个人的头非常接近。曼娘低声问："外头有人没有？这叫人看见像什么呀？"桂姐低声说："我已经打发她们走了。"桂姐解开平亚的领子，曼娘勇气百倍，给平亚洗脖子，又从上面床架子上拿下一条干毛巾给他擦干。

她说："你看，他多么瘦。"平亚揪住她的手说："多谢妹妹。你不再离开我了吧？"

曼娘向后退了一点儿，说："放心吧。"然后立起来，摆脱开刚才一个最使人疑惑的姿势，把湿毛巾拿到后屋去，向四周围看了一下，才回来坐在椅子上。

平亚说："坐在这儿。"曼娘只好听他的话，又过去坐在床上。

桂姐说："你也出汗了。"曼娘拿了一条干毛巾擦了擦她自己的前额。她的每一个动作，平亚都用眼盯着看。她斜身把毛巾放回床架子上去时，平亚闻到了香味，她的衣裳几乎擦过他的脸。对面灯光照过来，他看见曼娘的头发、鼻子、耳环，并且是头一次看见她胸部那膨胀丰满的轮廓，那平常是保持隐密不见人的。平亚觉得异样地意乱情迷，静静地躺着，不说一句话。

曼娘听到院子里有脚步声，回去坐在靠桌子的椅子上。平亚不答应，但是她静悄悄地向外一指。雪花打开珠帘子向桂姐招手，低声说，曼娘若走时，她陪着曼娘回去。现在曼娘认为应该走了，可是，不知为了什么，她觉得不能走，还想多待一会儿。她很想跟雪花再结交亲密一点，而且现在真羡慕雪花的差事，所以她说："为什么不叫雪花进屋来？"

雪花正高兴有个机会和她心目中的新少奶奶进一步结识，并且对于她的美丽温和已经觉得大大出乎意料。

曼娘说："请坐。"

雪花回答说："不敢当。我粗笨，您多包涵。您到这儿来，我还没给您倒碗茶呢。"

曼娘说："咱们是一家人，不必这么客气。"

雪花到后屋里去，不久端出一碗茶。曼娘喝茶时，她又去找了点木炭，来添下人房里的炉子。她提着一小竹篮儿的炭进来说："您看，用人们，您不支使，他们就不动。"

曼娘说："你要歇一会儿吧。"

"没关系。我得去把火弄好。睡觉前还得喝银耳汤呢。"

曼娘问："夜里谁陪着他呀？"这时雪花在里屋。

桂姐说："不一定。太太跟我轮流陪着他，一直到他睡着为止。前几天他病得重，我们整夜在这儿陪着，两人轮流去睡。有时香薇来替换雪花；有时凤凰那个丫鬟来，她们睡在西屋。大部分还是靠雪花，平亚生病以来她没偷过一会儿懒。"

雪花回来时，曼娘说："你听见了没有？她夸你勤谨呢。"

雪花老老实实地说："这还值得提吗？这是我们分内的事，我也做惯了，并且他也得人伺候，若没有妥当人照顾，我怎么能离开呢？别人看见太太信任我，不在背后说什么话，而肯来听听我说话，我也就满意了。"

曼娘说："只要你需要人帮忙，不管什么时候，就去叫小喜儿来帮你。她是一个乡下的粗笨丫头，人倒蛮老实，也愿意学习。你若愿教她，我倒很想叫她来跟你学学规矩礼貌。”

雪花向曼娘道谢，觉得曼娘谦虚温和。曼娘看见平亚累了，说她要走，但是平亚说：“妹妹，你不要走。”桂姐走到床边儿问平亚是不是要喝汤，可是平亚说：“你叫妹妹不要走，她若是走了，我什么都不吃。”

桂姐说：“曼娘，你等他吃完再走吧。”

曼娘不能推托，所以雪花又到后屋去。曼娘听到水声，汤勺儿声、碗声，准备食物的声音，觉得很舒服。雪花确是很聪明，既不拒绝曼娘帮忙，她来帮忙也不笑她。曼娘叫雪花把银耳端出来，她还正往后屋打量的时候，听见平亚忽然叫：“妹妹！妹妹在哪儿？她走了？”

她跑回去又站在他一旁。

平亚说：“你若走，我什么东西也不吃了。”

桂姐说：“妹妹还在这儿。她总得回去睡觉哇。她经过这么老远的一段路途，今天下午才到，你得叫她回去歇息歇息才对。”

平亚问：“你不会再走吧？”

曼娘说：“平哥，你放心。我现在就住在你们家，我会再来看你的。”

这样，过了一会儿，曼娘才离开，由雪花打着灯笼陪送回去。在路上，因为雪花悉心伺候平亚，曼娘又私下向雪花道谢。然后曼娘觉得自己真是愚蠢，不该说那种话，不过雪花对曼娘高雅温和的态度十分倾倒，高高兴兴地说明天见，就分手了。

雪花一回去，桂姐立刻去把最后的情形禀告曾太太，并且又说，平亚说曼娘要走开，他就什么东西也不吃。到底怎么办呢？若照平亚的心愿叫曼娘伺候他，当然不行，而且曼娘也不肯不顾那些规矩礼教。情形是非常麻烦的。她们想来想去，一行婚礼，就什么都对了，她俩打算明天向曼娘她母亲提这件事。

曼娘觉得这次别后重逢，是完全成功。她现在有资格跟平亚多说话，多做事，多听平亚对她一往情深的吐露，她刚一来就能这样，远非她的预料。她在床上躺了几个钟头，不能入睡，想当天晚上她之所见，平亚所说的每句话，所做的每一个姿势，一件一件地在心里想。

第二天早晨，事情进行得很快，曼娘吃完了早饭，在院子里家庙南边的空地上刚刚漫步了一会儿，就有一个女仆走到旁门告诉她木兰来看她，她连忙跟小喜儿走回屋去。

木兰正在她这院子里的客厅坐着，跟曼娘的母亲说话。木兰变得太多，曼娘几乎认不出来了，因为她现在不但长了好多，而且比在山东时穿得华丽得多。在曾府这种富贵之家，木兰显得庄严华贵，她的口音那么自然悦耳，态度那么从容愉快，正是北京的大家闺秀的样子，已经不再是曼娘当年看见的那副灾民难童的样子了。她的目光神气，当然还是老样子，曼娘一进屋，在她这位女友脸上仔细一打量，她正咬着下嘴唇，仿佛也正在打量老朋友曼娘，咬住嘴唇，像是怕压制不住心头的狂喜冲动，会跑过来把曼娘抱住一样。木兰看见曼娘也变了那么多，颇为吃惊。二人犹豫了一下，木兰喊道："噢，冤家，我想你等你，都快想死等死了。"

木兰可以做出顽皮的样子，曼娘就不行，只是很热情地欢呼道："木兰！"她真对木兰的派头儿有点儿害怕。两人走近后，曼娘说："你是不是还是木兰呀？"拉着她的手走进卧房去。

木兰说："听说你来了，昨儿晚上连眼都没合。今儿早晨一大早就起来穿衣裳打扮。妈问我是不是要和人私奔。"

曼娘渐渐对木兰失去了恐惧，对她好像个大姐一样。木兰还是比曼娘矮，她仍然是曼娘可以吐露心头话的知己。在这种新奇的北京城，木兰来了，曼娘从她身上才获得了力量和安慰。曼娘说："咱们等了好久才得见面，但是从来没想到在这种情况下相见哪。"

木兰问："平哥怎么样了？"

曼娘又羞红了脸，迟疑了一下才说："今天早晨我妈叫小喜儿去问，雪花说他睡得很好。"

木兰说："你不知道上个礼拜我们多么害怕……你见过他了没有？"曼娘不出声，好像没听见问她一样。

木兰又接下去说："等一下，咱俩一块儿去看他。"

"你得先问问太太。你要知道我现在的处境多尴尬。若得不到允许，我是不能去看他的。因为那样背乎礼教，别人会说闲话。"

桂姐忽然闯进屋来喊道："木兰，你的好朋友终于来了，我看得出来，你比月亮从天上掉在你怀里还高兴呢。"

曼娘和木兰的手这才分开。

木兰问："桂奶奶，我等一下要去看平哥，曼娘可不可以跟我一块儿去？她那么老远来的，你得让他俩见面啊。"

桂姐想不到木兰会这么问，扑哧笑出来，两位小姐倒怪难为情。

曼娘说："我也没有说还没见他呀。"木兰表现出一副怀疑的样子，转向曼娘说："原来你们俩已经见过了。"她又笑着问桂姐，是不是她们俩可以一齐去看平亚。

"当然可以。不过得先让太太知道。我要走了。太太请曼娘她妈过去商量事情呢。"

木兰的眼光一直送走桂姐的袅袅婷婷的影子，才转过头来问曼娘："他们要商量什么事情？"

曼娘终于告诉木兰有关曾太太告诉她的话，还有桂姐所说关于冲喜的事。又把她去看平亚经过的大部分事情告诉了木兰，只是没有说真正动人的一幕。她也说了荪亚的顽皮与雪花的忠心能干。这些木兰都知道，只是木兰又说，她曾听说雪花很受别的仆人排挤，说雪花意图将来做平亚的姨太太。后来，曼娘又把她那个美得出奇的梦告诉木兰，并且说古庙里雪中送炭那黑衣女郎应当是木兰。木兰对那个梦和那个梦的含义非常纳闷儿。她说："谁敢说你和我现在不是还在梦里呢？"

曼娘说："至少过去这一天发生的事，是真像个梦一样。"

两位闺中知己手拉着手站起来，去到书斋里观音菩萨像前，注视那种纯洁之美，并没再问什么。

曼娘说："自从昨天我第一眼看见这座观音像，就让我神魂颠倒，好像是佛法无边。我很想烧香敬拜。"

木兰说："这是明朝的福建瓷。这么大瓷像还真少见，是件宝贝。"木兰不由得心中有所思索，向卧室走去，忽然转过身来说，"你说得不错。墙角上有个香炉。咱俩烧香礼拜吧。"

她跑出去告诉女仆拿点儿香来，两人小心翼翼地连同那个硬木底座，把瓷观音移到书斋西墙下的一张小桌子上。木兰找了点香灰来，填在那个空空的青铜香炉里。等女仆拿来了封着红纸的一封香，她接过来，告诉女仆出去。木兰说："咱们把几年前拜干姐妹的盟誓再举行一遍吧。"曼娘极表同意。她俩就点着香，拿在手里，拜了三拜，把香插到香炉里。于是两人手拉手，在观音大士的眼前，再度立誓为干姐妹，一生忠诚相爱，患难之际，互相帮助。曼娘又心中默祷，求菩萨保佑平亚迅速康复，两人相亲相爱，白头到老。

不久，丫鬟凤凰和爱莲进来，说平亚要换衣裳，再待一会儿，她们可以去看他。

爱莲说："妈正跟伯母说话，说的是曼娘的喜事，还说不知是不是要等祖母回来再办。"

木兰问："这么快吗？"她转身向曼娘道喜，曼娘一语不发。

他们去看平亚，曼娘一看情形变了。昨夜使人振奋的光景消失了，灯火的光彩也不见了，平亚比她所想象的更为憔悴苍白。呼吸短促而不畅通，手和手指头真是瘦骨嶙峋。木兰问正吃什么药，雪花说还是原来的汤药，只是减去了芒硝和木莲；现在吃的是大黄、硝石和甘草，大黄必须泡在酒里。她说平亚上礼拜病重发烧说胡话，太医改换了一下药方子。

这次是短而更为正式的探病，是曼娘婚前最后一次的探病，不过曼娘还不知道罢了。她们出来之后，雪花告诉木兰婚礼就快举行了，这消息在仆人口中传得出奇地快。曼娘听着泰然自若，好像她已经早已有充分准备，甚至于还私心乐意一样。

雪花向曼娘说："给您道喜，孙小姐。这样平亚又多一个人伺候他，我的责任也就轻一点儿了。我听说就在这一两天。"凤凰说："太太说孙小姐今天见了少爷，就要等到成亲那天再见了。"

木兰没有进去向曾太太请安，因为她知道她们正在商量大人的事情，所以又和曼娘回到曼娘的院子，凤凰跟爱莲自己走了。

曼娘说："告诉我。你认为他的病怎么样？硝石是不是做火药用的硝石？"

木兰说："当然是。"木兰在和太医说话时曾一直留意问平亚的病。她又说："血里有实火才用硝石，也只有在病沉紧急时才用；可以退干火消硬块。硝石的力量很大，金属遇见变软，石头遇见溶解。身上有实火，必须用硝石清血。但是一定少用，不然伤身子。"

曼娘想到人吃火药，不由得害怕起来，问木兰说："那怎么可以？我真不明白。"

木兰说："道理是这样。人身上有毒的时候，就要以毒攻毒。若是身上没有毒，用进去的毒药就会伤身子。"

她俩正说着话，曼娘的母亲回来了，愁容满面，非常不安的样子。

她说："曼娘，孩子。"话到这儿停住了。木兰心想自己在那儿碍事，就说："我去看看干娘。您母女俩也好说说话儿。"但是曼娘不放她走，对她母亲说："木兰就像我的亲妹妹一样。在她面前您有什么说什么吧。"

曼娘的母亲看了看这两个女孩子，觉得自己的女儿是有好多事要依靠木兰的帮助。她自己也很为难，因为自己是新娘这一边儿的，不能跟曾家商量，所以现在她像跟木兰说话，不太像跟自己的女儿说话。她说："曾家的意思是几天之后成亲，这样好破解平亚的病魔缠身。同时曼娘伺候平亚也方便些。曾家对我们很厚，我自然不能拒绝。不过我已经告诉她们，这一定要问问曼娘。曾太太说曼娘若是答应，她是感激不尽的。桂姐说曼娘一定会愿意，并且成亲越早，对平亚的好处越大。曼娘，这件事关系着你的一辈子，我做娘的，也不能勉强你。你父亲已经去世，我是个妇道人家，咱们如今在这么个生地方，我怎么担得起这个重担啊？”想到死去的丈夫，孙太太哭了，不过转脸去用手绢擦干了眼泪。

曼娘一直静悄悄地听母亲说，不过她心里早就知道是怎么回事。现在她不跟母亲一齐哭，只是毫不犹豫、简简单单地说：“妈，您决定吧。”这跟说她已经愿意是一样。

木兰问：“什么时候办呢？”

孙太太说：“他们想在后天。”

“这连准备的工夫儿都没有了！”

“现在就不能照老规矩办了。他们原想等老祖母来，可是也许还要等十天半月的，他们就决定成亲越早越好。我们也不惊动什么亲友，也不用大张喜筵；因为我们在北京人生地疏，客居异地，太太说一切就完全由他们家办。这么个大户人家，钱多，用人多，办起事来没有什么难处。我简直全糊涂了，不知道该怎么才是。”

木兰说：“我倒有个主意。婚礼终究是个婚礼，不能太草率。若叫曼娘由这个院子里上花轿，抬到那个院子里下轿，看着也不好。究竟曼娘现在是新娘，不应当住在曾家。她就像我的姐姐一样。我已经想到请她到我们家住几天，已经跟家母说过。母亲说非常欢迎。现在我很愿您母女二人到我们家住，将来花轿由我们家出发。我父母一定也愿意。您若不嫌舍下简陋，我就回去告诉父母，今天下午他们来接您两位。”

曼娘跟她母亲都觉得很好。孙太太说：“曼娘，你觉得怎么样？人家对咱们太好了。”

曼娘说：“我就怕打扰人家。妹妹，我也想到府上去看看。几年前只见过令尊大人，始终没见过府上别位。这样未免太给您府上添麻烦了。”

木兰说："不要这么说，我妹妹莫愁也好想认识你呢。她原想今天早晨跟我一块儿来，我说你才刚刚到。我父母今天晚上想请您两位过去吃饭。刚才我们太兴奋，这话我忘说了。"木兰又向曼娘的母亲重新邀请，又说，"孙伯母，您可别不答应。我想在曼娘当新娘以前，跟我一齐住几夜。曾伯母也会答应的。我想这个办法最好。我们家跟曾家就好像是一家人。这个婚事既然不惊动外人，那就好像我们自己家的事一样。谁也不会担心我们会把新娘偷偷儿拐跑的。"

曼娘说："妈，您看我这位妹妹多么会说话。"

木兰于是去看曾太太，她觉得这个办法很好。木兰回来又向曼娘和她母亲告辞，说当天下午就来接她们。

第九章 拜天地孤独不成偶 入洞房凄凉又辛酸

幸亏木兰想得周到，曼娘的婚礼才不像最初想的那么潦草。没有给亲友发请帖，只有木兰家，还有一个牛家知道了消息，对事后知道的人，曾氏夫妇都以新郎在病中并没有设席请客为借口，向人谢罪。新娘暂住在别人家，就可使花轿仪仗在街上行进，也可以下聘礼，自然婚礼就显得郑重其事了。

那天下午，木兰坐着马车，由她妹妹莫愁和母亲的丫鬟青霞陪着，到了曾家。曾太太陪着孙太太，桂姐陪着曼娘到大门口儿。全家的丫鬟仆人都出来看曼娘，曼娘觉得大家都把她当作新娘看待了。

在门前，曾太太向孙太太重重地道谢，因为除去过去的表亲外，现在又是“儿女亲家”。曾太太说怕婚事办理得不妥当，不周到，预先告罪致谢。并且说这样匆匆忙忙成亲，实在对不起曼娘，只好将来再补偿了。不管以后情形怎么样，曼娘总是曾家第一房儿媳妇。

分手时，桂姐向木兰和莫愁说：“我们现在把新娘交给你们，新娘若是失了踪，只好在你们姐妹俩之中抓一个填补了。”

木兰反击道：“虽然您觉得可以这么办，平亚答应不答应还成问题呢。”于是笑着拉住曼娘的手，要领她上马车。曼娘把木兰的手甩开，自己默默地上去。

她们上车坐好，车轮开始转动。曼娘说：“我爱你，我也恨你。”

丫鬟小喜儿跟她们同车，莫愁、孙太太和青霞坐另一辆。

木兰说：“别的东西都有东西代替，可是一个人命中的救星却无可代替。”曼娘不知道怎么反驳，只说：“妹妹，你难道当真拿我开玩笑？怎么不怕你的舌根子烂掉？”

木兰说：“新娘说这种话不吉祥！”

曼娘说：“我想你妹妹莫愁比你老实。”

木兰说：“不错。她比我好。我但愿做个男人，她可永远不要做男人。”

小喜儿觉得她应当说点什么，于是说：“我看曾太太和桂姐没有什么可愁的。我们小姐怎么会想逃跑呢？她若跑，也是跑回曾家去，您说是不是？”

木兰扑哧一声笑起来：“你真是个老老实实的傻丫头！不老实的是我。你若想跑，就是在做梦，你的小脚儿也会格得儿格得儿地跑回曾家去的。”

曼娘最初本来要叫小喜儿的呆话逗得发笑，可是听了木兰的话就烦起来，于是咬着嘴唇说：

“你们没有一个正经人。我不跟你们说话。”

木兰把曼娘给她的那个玉桃儿是挂在胸前的衣裳下的，现在拿出来说：“好姐姐，这次原谅我。我只是想逗你高兴的。”她用力攥曼娘的手说，“为什么你不高兴的时候反倒那么美呢？”因为木兰对曼娘的美是羡慕得五体投地的，羡慕她的樱桃小口，她那一汪儿秋水般的眼睛。曼娘也用力攥木兰的手说：“我总以为你就是那个雪中送炭的黑衣女郎，不过现在你却火上加油呢。”

木兰说：“真是一副好对联！雪中送炭，火上加油。平仄押得蛮好呢。”两人都微微一笑。

曼娘母女住姚先生的书房，姚先生暂时到姚太太屋里去睡。

姚家房子的大门并不堂皇壮丽，但那只是里面精美豪华的掩饰而已。姚家的房子以壮丽论，自然不能与曾府的建筑相比，但是坚固，格局好，设置精微，实无粗俗卑下华而不实的虚伪样子。曼娘这时才开始了解木兰之卓然不群与坚定自信的风度，是由于家庭气氛所养成，如天花板，屋子木造部分，窗子帷帐，床罩被褥，古玩陈设架子，字画条幅，矮脚硬木桌子，带有老树节瘤的花几花架，以及其他细工精美的、也可说过于精美的小什件，件件足以证明他们生活的舒适安乐。曼娘虽然不知道一个古瓶或是一个小玉印值多少钱，但已觉得姚家之富有，真是自己和木兰之间的隔阂障碍。她心里但愿自己生在这样富有之家，或是木兰也生在像自己那样寒素的家庭。

书房有三间屋子。在北京一所屋子里，所谓一间屋子其大小都有一定的格局。靠东那一间有隔扇断开，是卧室，另两间用格子细工分开，这种房子的结构叫“两明一暗”。正中那一间的后面，有一个硬屏风，有六七尺宽，挡住后门。屏风上镶嵌着宋朝的宫殿图，阁楼飞脊，耸入云汉，山峦远列，秋雁横空，楼中宫女，头梳高鬟，露着粉颈，或坐而吹箫，或立画廊观鱼戏莲池。全部为半透明的白、绿、粉三色的精巧的图形，背影为晶亮的黑漆。这个屏风上是用紫水晶、玛瑙、电气石镶成宫女的衣裳，绿翡翠镶成荷叶，玫瑰红的宝石镶成莲花，用珍珠母镶成鱼，在水中闪耀。在屏风的右边是一大块淡黄色的冻石作为岸上蒲苇的穗子，借以表示正是深秋景色，而蒲苇低垂的姿态好像不胜秋风萧瑟的寒意。这一个屏风就仿佛人间世上的繁华梦。

不知为什么，曼娘在木兰家里感到一种不同一般的气氛，在这种气氛里，比在曾家时，觉得可以令人的行动更为自由轻松。这是更适于女人生活的所在。木兰的母亲似乎是一家之主，其次是珊瑚，就是木兰守寡的义姊。木兰的小弟阿非才六岁；她哥哥体仁没有什么重要，也不常在家，剩下就只有莫愁了。另外一种感觉，就是父母儿女之间没有什么拘束。曼娘看见姚先生跟孩子们开玩笑，跟珊瑚闲谈，不由得大惊。

比起态度文雅身材矮小的曾太太来，姚太太是更为独断固执，可是姚先生对家里的事，全遵照道家哲学，采取无为而治的办法，已觉十分满意。于是由姚太太管理家事，而他对自己的某些权利则坚持不容侵占，其中有一项就是要暗中破坏太太对孩子们的严加管教。这样，他就使他太太心中以为自己是一家之主，而曾太太则让她丈夫心中想象他是一家之主。实际上，姚先生对孩子们的影响力比他太太大，而曾太太对孩子们的影响力也比曾先生大。在关系密切的家庭里，人格的交互影响就是这样，结果没有一个人是真正的权威人物。不过在旧式家庭里，男人总是个滑稽可笑无足轻重的角色，不管是姚家也罢，曾家也罢。

来到姚家住，在这个新环境里遇见珊瑚、莫愁和姚太太，曼娘心里的刺激变化，几乎使她忘记了自己的处境，平亚也似乎相隔得遥远了。后来曼娘和她母亲正在自己屋里歇息，一个丫鬟端来了一碗当归炖的鸡汤，是特别给新娘做的。曼娘喝完后，摘下首饰，正在屋里休息，罗东掀开帘子说蒋太医来了。罗东刚从外面跑了一趟差使回来，不知道曼娘母女已经搬来，刚才是带着太医到书房来见姚先生的。一听见太医的名字，曼娘走出屋去，太医误以为曼娘是个丫鬟，问曼娘姚先生在何处。曼娘说他在里院。但是曼娘站在屋里不走，太医被弄得莫名其妙。因为曼娘是一位女客，她不应当到外书房来，她若是个丫鬟，她应当进去通报医生来到才是。太医想大概她是个客人，不是丫鬟，于是不再跟她说话，独自到西屋西边墙下去坐，坐在那儿，假装什么也没看。但是过了一会儿，他觉得那个少女向他走过去。

她问："太医，我可以向您请教一个问题吗？"

太医从眼镜里往外一看，看见一张漂亮的脸。这张漂亮的脸以前在姚府从来没见过。

他用医生的态度说："当然可以。这儿可是谁病了吗？"

"不是姚府上，是曾府上一个公子的病。"

那位年迈的医生越发糊涂了。他知道新娘已经来到北京，但是她是住在曾家。难道这是一个丫鬟，或是平亚的情人？

曼娘接着又问："他现在怎么样？会不会好？"

"他现在病情好转。大概会好。"

曼娘又问，声音发颤："您真是这样想吗？"这样关心那个病中的青年，认真说起来，算是有点失礼。可是医生乐意和这个漂亮的姑娘说话，于是抱着试试这个姑娘的想法，又往下说："像这种病，也是半由人力半由天。一半靠药力，一半靠病人的元气。他已经病了这么久了。"说完这话，他看见那位姑娘听了之后，忐忑不安，他心里猜到几成这位姑娘也许就是那位新娘。

他微笑问道："您是他的亲戚吧？"

曼娘羞红了脸，犹犹疑疑地说："噢，是。"

这时候，罗东进来送茶，看见如此一位少女和那位老医生正在说话，不觉大惊。

他问："您是孙小姐吧？您已经来了，我怎么不知道！给您恭喜。"

医生也大惊站起来说："您就是孙小姐。我们等您好像等待云中月出，现在您一来，您表哥的病就要好了。您比我们都灵啊。那么大喜的日子也不过就剩几天了吧？"

曼娘十分难为情，不知如何是好，就叫她母亲："蒋大夫在这儿呢。"说完，溜进自己屋里去，犹如鱼之潜入池塘深处。

第二天，珊瑚、木兰、她妹妹莫愁，一大早就过来跟曼娘母女商量筹备婚礼的事。珊瑚给曼娘"绞脸"，这是新娘上轿前必须照例要做的，别人则在一边儿坐着说闲话儿。给女人修面不用刀子，而是用蘸过水的粗棉线，线上结个圈儿，左手两个手指头捏住，反方向拉紧，线的一头用牙咬紧，另一头放在右手里，线交叉的地方紧贴着新娘脸上。右手一动，线就在交叉处拧动旋转，脸上的细毛就连根拔下来。珊瑚手很巧，曼娘一点也不觉得疼。可他们怎么能把新娘的衣裳准备好呢？曼娘的母亲很发愁。把曼娘这个新娘打扮成什么样子呢？头上戴什么首饰，穿什么褂子，什么裙子？在全部嫁妆里，单说她怎么给女儿准备十二双新鞋呢？首饰和别的珠宝怎么办呢？要装多少箱子在街上抬着走呢？她又拿什么去装呢？要摆出多少床被褥呢？新郎家固然答应办理一切，可是这一切当中，哪些个是应当指望由新郎那边办的呢？

不久之后，曼娘的卧室便摆得像个珠宝店了，一盘子、一盒子的玉石、珍珠、金子的装饰品，这是因为木兰和她妹妹这时候正为曼娘挑选送新娘的礼物。曼娘自己没有什么珠宝，也从来没梦见过这些东西。更没想到木兰家对她这么慷慨。木兰和莫愁每个人送她一对耳环，一个金别针儿，上面镶着珠子。一对耳环是老银子的，上面镶着天蓝色的翠鸟毛，另一对是老金子的，是用真金环精巧交错编成的花纹。珊瑚送给她的是一个簪子，是用珍珠盘成的一个“吉”字，配着下面翠蓝的底子，这表示吉祥的开始。她们相信婆家是会送镯子的。挑选完了之后，大家高高兴兴地去吃饭，好像看了一场戏那么累。曼娘生平头一次觉得自己也是一个富有之家的人了。

午饭后，桂姐带着女儿来了，还有丫鬟香薇和一个男仆相陪，男仆带着四个崭新的撒金红皮箱，上面的铜锁闪烁发亮，这是婆家的礼物。

桂姐说：“太太说，因为措手不及，什么都不齐备。最重要的是新娘用的东西。其余的慢慢再添吧。”

她从褂子里掏出一包银子，交给新娘的母亲，说那是“门包儿”，是赏给娘家的仆人的，也就是给姚家的仆人的。其次，她又给了一个红包，里面有钱庄的六百两银子的庄票，是聘礼，平常是婚礼几个月前婆家送新娘家给新娘添置衣裳首饰的，婆家送的衣物又另在外。她又叫香薇打开一个红包袱，里面有一个梳妆匣子，上面有几个小抽屉。就当着姚太太和孙太太，她拿出珠宝和首饰。接待桂姐是在里院的客厅，曼娘正藏在自己的院子里，木兰这时飞跑过去叫她来看那些珠宝。那些珠宝是一对真金镯子，一对光亮耀眼的绿玉镯子；一个钻石戒指，一个土耳其戒指，一个蓝宝石戒指，一个绿宝石戒指，一对小梨形精巧的红宝石耳环；一对头发上戴的珠花，还有一个玉簪子，上面雕刻着凸出的“心心相印”；一对有小铃的金脚镯子。这些礼物是比一般婆家送给新娘的要多多了，不过这其中有一个意思，就是因为曼娘的母亲客居北京，不能自己去买办的缘故。

然后，又有一个红盒子，是新娘的凤冠，是用小珠子做成的。凤冠下面另有珠子与细翡翠相混排成北斗七星的形状，还垂着一串一串色泽鲜艳的宝石。还有一个玉如意，虽然是纯粹的点缀性质，却是婚礼中重要而正式的东西，往往摆在桌子上给大家看，也是取“吉祥如意”之意。这种怪样子的东西的本义已经湮没难考，即使做个指挥棒用都嫌太拙笨。箱子里是绣着一对荷花的红绸子的褂子，是新娘穿的，另有一个绣有杂色祥云花样的披肩，还有一件海蓝色缎子百褶裙，下面绣着简单但是宽大的海水江波，灰绿与蓝色的宽条相间隔，作为裙子的底边儿。还有小喜儿的一件新衣裳。梳妆匣子，玉如意，四个大衣箱，普通都是抬着在大街上走，在送嫁妆的行列中露在外面，供人观看，是很风光的事。这几件礼物命仆人这样送来，就因为曾氏夫妇暂时要把这件婚事保密之故。

但是曼娘的快乐却是转瞬即逝。留下她母亲照顾这些礼品，她带着爱莲溜到自己屋里去，说是要让爱莲看木兰莫愁送给她的礼物。

她问小爱莲：“平亚怎么样了？”

“听说他今天不怎么好。今天早晨太太匆匆忙忙派人去请医生。”

“医生说什么？”

“我不知道。”

这时桂姐在和曼娘的母亲与姚太太商量事情。婚礼要在第二天下午五点钟左右举行。珊瑚和姚太太决定，因为新娘不高，所以头发要梳成盘龙式，就是在头顶上盘成若干圈儿。小喜儿要陪着新娘，作为新娘的随身侍婢，雪花帮忙照顾。然后就说到新娘的母亲，她在婚礼中的任务。

桂姐说："我想现在这种情形，一切可以不必拘于常礼。新娘的母亲一同来就可以了。"

珊瑚说："那怎么可以？孙太太身为新娘的母亲，根本不能在新娘的婆家的。"

木兰说："可是他们是亲戚呢，而且是亲上加亲。对新娘，我们应当做到尽善尽美才好。"

莫愁说："你的意思，当然不是要新娘的母亲扶新娘下花轿吧。"

孙太太说："莫愁说得对。我想我还是一同过去。我若是待在这儿，我放心不下。我心里有这么个想法。曼娘的婚姻现在还缺个媒人，做这个媒人，谁也没有姚太太更恰当了。在婚礼进行的时候，她可以陪着曼娘，需要时，好指点她。"

木兰的母亲说："这件事我愿意做。至于孙太太，我不知道她应当多少天不在曾家。我看这要以新郎的病况如何而定了。"

曼娘的母亲问："他现在怎么样？"大家也都焦急，急于想得到这点儿消息。

桂姐慢慢回答说："不怎么好呢。"又不愿瞒着她们，又不愿引起她们焦虑。又说："昨天夜里，他睡不着。今天早晨说嗓子发干，两眼无神。我们请医生给他看了。"

大家鸦雀无声。桂姐又说："这最好不要叫曼娘知道。"

曼娘的母亲说："我想现在这个时候，大家都不要拘礼。我应当陪着她。最好听听曼娘自己怎么说。"

小喜儿去把曼娘找了来。她进屋的时候，眼睛还发红。这时再没有别人提平亚的病。曼娘主张母亲陪着她，即使不随花轿，至少单独去也可以。

木兰的母亲说："不管怎么说，你们总是亲戚。只要自然就叫合乎礼。"

事情就这么决定了。

那一天整个下午，曼娘一直沉思忧郁。在不安的情绪和这种不适宜的安置，以及对将来的忧虑的交集矛盾之下，她比以前更觉得自己是在受命运的捉弄，知道别无办法，将来吉凶祸福，只有听之于天。她已经忘记了那些珠宝。她对婚礼的想象已经变了样子。她觉得自己就要做的只是个照顾病人的看护，不是什么新娘。她若不像要做新娘的人那样惊喜不安，自然也没有什么可怕的了。

那天夜里，木兰一定要曼娘跟她在一间屋子里睡。在床上，新娘告诉她：

"妹妹，多亏这次你这么大力相助。若不是你和你父母，我和我妈就不知如何是好了。谁不愿要一个漂亮风光的婚礼呢？可是，这一次，一切俗礼必须搁开，幸福快乐的想法也只得搁下。你想我会打扮得花枝招展过三五天吗？像一般新娘受人家注视，使人感到快乐有趣吗？一成亲，我就得脱下新娘的衣裳照顾他，给他端汤端药。这就是为什么我要我妈在我身边的缘故。我也想过，我们母女，小喜儿，雪花，我们四个人要在夜里分班照料他。他若是病好了，自然有快乐甜蜜的日子。他若好不了，我要为他烧香，念佛吃素，绣佛像，一直到我活在这个世界上的最后一天。他父母不会叫我挨饿的。"

木兰从来没有听见做新娘的人说出这样惊人的话，对曼娘是佩服得五体投地。

第二天，五月二十五日，是曼娘出嫁的日子。她母亲请珊瑚、木兰帮着整理东西，也正等着花轿准时到来的时候，曾家则忙得一团乱，千百件筹备婚礼的事在等着办，红带子，丝绸彩饰，红灯笼都要悬挂，新郎的屋子要装饰。一切都要焕然一新。桌子，蜡扦儿，脸盆，痰盂，平亚床上的帐幔，被褥，除去他还躺在上面的床，可以说件件要换新。五月节大门上换的艾蒲也要拿下来，在原地方儿与门框上要挂上红彩绸。在五月节，都按老规矩在房里点艾草驱邪避虫，孩子们在胸前要戴五彩丝绸的小包，叫"方胜儿"，里面装着香料以防夏天的疾病。所以平亚搬进他的新屋子之前，也得要用烟熏，现在尤其是为了使病房气象一新，处处都是喜气洋洋的红颜色，要驱除一切不祥之气。

纵然大家为准备这些事忙得不可开交，平亚的病却日渐严重。他说眼睛看不清楚，大便不通，舌苔很厚，内部发热，四肢发冷。脉搏微弱而迟滞。医师必须把三个手指头按在他手腕子上才摸得到脉跳，这是血亏的征兆。有经验的老中医只看脉搏的"韵"，也可以辨别出脉跳动下细微的差别，正如西医之看体温表；不过手指头的感觉很细微，可意会而不可言传。平亚一整天始终躺在床上，是半睡状态，对今天是他的花烛大喜之日，只是影影绰绰地感觉到而已。

门外虽然看不出什么办喜事的样子，家里却喜气洋洋。仆人、丫鬟都穿上了新衣裳，甚至雪花的头发上都戴了花儿，耳朵上也戴上耳环。曾先生没去办公，经亚、荪亚没去上学，都受差遣去买东西，包括买鞭炮在内。在前院儿要有吹鼓手奏乐欢迎花轿来临，在平亚的院子里，则只有笙管、笛、箫、琵琶、月琴等细乐。又请来了一个职业性的赞礼，一个职业性的伴娘，在复杂的仪式之中随时陪伴新娘，随时指点新娘。

那天午饭吃得早，好有时间给新娘梳头，戴首饰，因为这就得费几个钟头。花轿一到，新娘要戴上凤冠，脸前要蒙一块红绸巾，就没人可以看见她了。她母亲并不必拘什么礼仪，先早一点儿出发。木兰的母亲坐着媒人轿在大队中一齐走。新娘的轿盖得很严密。她在里头丝毫看不见街上的情形，也不知道人把自己抬往何处去，街上的人谁也看不见新娘。

在新娘的婆家，全家连仆人在内，都在前厅等待新娘花轿的来临。屋里挤满了女人，有几位是牛家来的，因为牛大官人和曾文璞是要好的官场朋友。

爱莲和妹妹丽莲到大门口儿去观望。不久，她们看见仪仗队来了，前面是吹鼓手。鞭炮立刻响起来。大门里头的乐队也立刻吹打起来。有三尺宽的长红布，从大门经过院子，一直铺到大厅外的台阶儿，这是给新娘走的。爱莲见不到新娘，只见到金线绣花的红花轿。邻近的孩子和女人跟着花轿蜂拥而来，爱莲和她妹妹几乎被挤了出去。

轿子一直抬到第二层院子，把轿子放低，两根长的大轿杆抽出去，换上两根短的。姚太太是大媒，先下来，有人恭献上一碗桂圆汤，这时新娘仍然藏在黑黑的轿子里，又热，又晕，不知身在何处。有人告诉姚太太，典礼不久就在平亚那个院子正面的曾氏宗祠举行。因为新郎不能出来参加典礼，在祖宗牌位前的礼仪，就越发郑重，才算合宜。因为新娘的花轿必须穿过旁门儿，穿过走廊，所以要绕很远，而那些女人们则匆匆忙忙抄捷径过去，邻居的孩子们已被赶了出去。成群的女人、丫鬟、孩子们，在花轿出现及停在大厅的台阶之前，老早就在那儿等着。室内乐开始，赞礼戴着金叶红花的乌纱帽，高声念了四句诗，然后唱道："新娘下轿，步步高升！请！"

赞礼一唱完，姚太太和伴娘走到轿前，打开小轿的帘子，拿下小轿里放手臂休息的横板，去接引新娘。曼娘被沉重的首饰压得快喘不上气儿来了，现在才呼吸自由，但是红色的蒙头巾还蒙在脸上，什么也看不见。由姚太太和伴娘左右搀着，她慢步下轿，头低垂着。

她被领着走上石头台阶儿。这时音乐响动，鞭炮点着，噼啪地响。木兰走近，低声说："姐姐，我妈跟我都在这儿。"曼娘眼睛能看见地上的女人的脚，她能看见木兰那双没裹起来的天足。

木兰感觉到妇人、小姐、丫鬟，还有男孩子的眼睛在看她。在这类情形下，平常男女之间的界限是暂时拆除了。日常深居闺房的千金小姐，现在陌生男人也可以仔细观看。大家闺秀也可以向附近的陌生男人注目而视。因此，木兰的五官都机敏地活动起来。她看群众，感觉群众，不仅仅用眼睛，而且用耳朵，用鼻子，用浑身的汗毛眼儿，用每一根神经的末梢。木兰所感觉到的，莫愁及每一个别的女孩子，每一个丫鬟，也同样感觉到了。女人不用很明显地抬起眼睛来看，她的感官自然能感觉到屋里，谁对她友善，谁和她敌对，这种官能西洋人很神秘地称为第六感，这在女人身上真是一种完美的官能。在那种情形之下，女人能同时听见两个人说话，同时看见别的女人的衣服、鞋、耳环，从头看到脚，完全和富有才智的学者能一目十行一样。这就是婚丧典礼对女人的天性特别富有刺激性的缘故。

在整个人群之中，木兰特别感觉到牛太太的眼睛。牛太太那老女人的正方脸，狭窄而低的前额，长的嘴唇，宽而敏感的嘴，整个的脸，看来是有权有势的神气，也就是通常说的马脸，在眼睛和嘴之间那一段相当地长。那样的脸据说是精明的婆婆脸，也是掌权主事者的脸，清朝西太后的脸就是那样。男人有那种脸也是上等掌权主事的人。但是在女人，若集此奇异的感性、治国处世的才干以及强烈的情爱、深沉的仇恨于一身，其结果就令人不寒而栗了。此等人通常都是精明强干，风度可喜，圆滑随和。但是一旦决心要抓取权力，掠夺金钱，便如黄河决堤，天下无一物能阻止得住她。过去多少宫廷佳丽，其美貌虽远超过此等女人之上，但斗心机才智，则居于下风，终遭此等女人所诛除削减，多少青春王子也遭此等女人谋杀了！

曼娘天性不喜欢这样的人群。她觉得这只是要去某处进行的一种壮大热闹的活动，是去完成她无能为力的大事情，不过这种情况倒不无庄严肃穆、神圣坚决之感，她觉得是去应验她生来人世的命运，是早在她降生之前在天上就已经注定的命运。万事有其必然——万事悉由天定。未来之事固然不可知，但是在她心里，却没有怀疑，没有困惑。

伴娘近前来，把她的蒙头纱掀开一个角儿；因为新郎不能来，新郎的母亲曾太太拿着一个裹了红纸的新秤，用秤杆的一头，把新娘脸上的蒙头纱挑了下来。用挂着秤砣的秤这样做，是为了吉祥，因为是取个万事“称心”“称意”“万事如意”的意思。这时观众虽多，却是静悄悄的，随之立刻听到低细的赞叹之声，就如同一座十全十美的大理石雕像揭开了幕布。

曼娘一直低着头，往前机械般地移动，受人指示而行动。赞礼高唱："下跪！叩头！再叩头！三叩头！起立！下跪！叩头！再叩头！三叩头！"她的膝盖就不由得弯下去。她觉得似乎是向曾家祖宗牌位行礼，虽然她没有新郎陪着，而是自己一个人行礼。她不是站在正中间，而是稍微偏右，地上靠左有一个下跪的垫子，原是新郎用的。

这时有两把椅子放在大厅的中间，新郎的父母被请到上面去就座，接受新娘的跪拜礼。公婆二人都穿正式官衣，曾先生戴着官帽，足穿官靴，胸前绣着正方形的彩龙花纹，看来人既魁梧，又庄严，但是两人都笑容满面。赞礼又高声唱新娘跪下叩头，曼娘又跪下叩头，又遵命站起。

她站起来后，又遵命向西而立，对着亲友。因为新郎染病在床，新郎新娘相向互拜自然免除，她只奉命行深深的鞠躬礼，先向媒人姚太太，后向桂姐和小叔子、小姑子，他们也都还礼。

然后，赞礼又高唱喜歌，祝新婚夫妇百年偕老，多子多孙，瓜藤绵绵。

新娘由伴娘陪同，后面跟着侍婢雪花、小喜儿，被引领走在铺好的红布上，穿过后面一个门，进入后院儿之时，又乐声大作，鞭炮响起。在一段典礼进行时，曼娘的母亲一直以闲散之身，在旁观看，现在才回到自己的院子去。曼娘缓缓迈步走过那个院子。三天以前，在一个安静的黄昏，就在那座院子里，一切她都觉得那么神秘。现在想起，犹如隔世。

她走上台阶儿之时，只觉得一片金红耀眼，墙上挂满了丝绸红帐子，闪烁着大金字。桌子椅子也铺着大红绣花儿布。门口挂着红绿彩绸，台阶儿上的地毡之上，也铺的是红布。一对新的红蜡烛，三尺长，上面有银字，插在中间桌子上的蜡扦上，左右有景泰蓝的花瓶儿和鼎。虽然是白天，蜡还点着，中间墙上挂着红帐子，上面是个双喜字，有三尺高。放炮竹后空气里弥漫着硫黄气味，似乎使曼娘觉得有几分昏昏欲醉。

婚礼进行之时，平亚的母亲和桂姐必须离开平亚的屋子，雪花也充当新娘的丫鬟。新娘轿子一到，雪花穿得漂漂亮亮，打扮得花枝招展，她得忙着到前院去，只留下一个女仆照顾平亚。新娘一进入平亚的院子，雪花又往前院去看为新娘准备的一切是否已齐全完备。照平常，一群女客是随着新娘挤进洞房的，但是曾太太和桂姐安排好，只许有几个人进去，向亲友解释说人太多会打扰新郎——那天她是特别小心，口头上是避免说一个“病”字。必须先进去的是伴娘、小喜儿、雪花。大家又商量好，随后进去的是桂姐，再后是木兰、莫愁。可是木兰的母亲一定要借这个机会看看平亚，自然曾家同意。曾太太则陪同别的客人到第三客厅，大家在那儿吃茶点。

平亚躺在床上，盖着粉红的新被子。他知道那是他的大喜之日，也感觉到屋里的一切都成了红颜色，那桌子上高烧着一对喜烛，芦苇的烛心偶尔会噼啪响一声。外面准备东西的声音使他觉得有点儿厌倦。那天早晨也没敢给他换衣服。新娘的花轿来临，丝弦乐器的演奏，鞭炮的响声，把他从瞌睡中吵醒。雪花曾进去告诉他婚礼即将开始，她要离开一会儿。十分钟之后，没有什么动静，他觉得没精打采，又打瞌睡，直到后来听见音乐声，镇定了一下，知道自己清醒过来，知道那是他婚礼中的音乐，心中纳闷：雪花走了多久，自己睡了多久，为什么新娘还没进来。过了一会儿，女仆进来用手轻轻触动他，告诉他新娘就要进来了。这时他才算真正清醒过来。

他看见新娘由人陪伴着走进屋来。曼娘的新娘面纱已经摘下了，看见这屋子改变得这么多，简直没法子认出来。伴娘把她一直引到床前，因为按照习俗应当让新人坐在床边。平亚想动一下。桂姐制止他，他又躺回去，气喘吁吁的。伴娘在这种时候，有好多吉祥话儿、合辙押韵的词句挂在嘴边儿上。她说了“鸾凤和鸣”等词句，又说因为新郎新娘没曾交拜，现在新娘应当拜新郎。曼娘双手提襟，屈膝为礼，然后转身坐在床上，免得使新郎难堪。

按礼俗，新娘应当默然静坐，不应当说话。新郎自然也不能说话。曼娘坐在床上，才觉得好像到了个事情的结束，不管是什么事情吧。说也怪，她并没有像事先想象中那么害怕，而现在紧张可怕的事情已然完毕。一看屋里都是熟悉要好的人的面容，心里很喜欢。最让她觉得心里安慰的，是看见木兰的脸，木兰正看着她微笑。她看了看木兰，也微笑一下。曼娘觉得以前在这个屋子待过，颇觉可喜。桂姐、雪花也都是熟人，自然比一般新娘所见的一切都是陌生，要好得多。木兰过来向新娘新郎道喜，别人随后也过来道喜。

木兰的母亲来问候新郎，平亚这时头脑清楚，能够认出她来，用微弱的声音称呼她。他说话清楚了，人人都欢喜。

木兰的母亲说："平亚，给你道喜。你有这么个好新娘，靠了她的好运，你很快就好了。"

这时候，曼娘按规矩，始终不应当看新郎一眼；现在姚太太既然开口说话，她有机会向他那边瞟了一眼。她看见了眼前躺着的自己一生中最重要的人，而照顾他早日康复也是她最重大的责任，她觉得心情特别宁静，也觉得非常欣慰。平亚现在是在她手心里，万一平亚的病不能好，也不是她的过错。

平亚回答姚太太说："多谢您。我好了之后过去给您道谢。"他的胳膊动了动，他说："我能起来坐一坐吗？"

大家都说："不要。"

现在按照习俗，新娘新郎该同进合欢酒，是一杯酒，一碗猪心汤，汤里自然还有别的东西，取二人同心和好之意。别的风俗可以不管，这个不能不照办。合欢酒是新郎新娘两个人单独在屋里时，才联杯共饮的。雪花搬进一个炕桌儿来，放在床上，一切准备好之后，大家退出。伴娘想在屋里伺候，桂姐把她叫出去，自己进屋告诉曼娘这只是个形式，平亚随便尝一点儿就可以。

门关上之后，曼娘坐了一会儿，向平亚看看，满脸含羞，心里猛跳，说不出话来。平亚向她伸过手来，她忙把自己的手给他，平亚软弱地握住说："妹妹，现在你不能离开我了。"

曼娘说："你赶我走，我也不走的。我是来伺候你的。为了我，你也得要好。我什么都愿为你做。我宁愿不眠不休，一直把你伺候好。”

平亚细声说：“我不能起来跟你一同行婚礼，心中真觉得对不起你。你看，我这么虚弱。”

曼娘说：“你不要想这个。”

“一切都顺当吧？”

她回答：“一切都顺顺当当的。”

“妹妹，为难了你。”

“你静静地躺着，什么都会平平安安的。”

曼娘站得贴近他，但是床上有炕桌儿，她头上又戴着好高的凤冠，上面有好多珠串穗子，动作好不方便。

她说：“咱们俩必须进合欢酒。”说着拿起两个酒杯，把一个交平亚说：“你能拿吗？”平亚接过去，手发颤。曼娘拿起另一个酒杯，很快碰了碰平亚手里的酒杯。没等平亚的酒洒出来，就接过来，把两个酒杯放在桌子上，因为她不会喝酒。

她又拿起汤勺儿来，从碗里舀了一片猪心，一点儿汤，把碗端近平亚，想喂他。可是平亚躺着，她的凤冠又沉重，她实在没办法喂他。她的手激动得发颤，刚让平亚喝了一点儿汤，汤就从他嘴里流出来，她连忙想把碗放下，汤就洒在新被子上。她把碗放在炕桌上，从上面架子上拿下一块毛巾来擦他的脸和脖子，发现自己的衣裳也弄脏了。

平亚说：“再给我一点儿心。”

曼娘说：“刚才我本想给你。”于是用象牙筷夹了一片心给平亚。可是平亚说：“你先咬一点儿。”曼娘咬了一点儿，把其余的递给平亚，平亚吃下去。

平亚说：“今天以后，只要你伺候我。”

婚礼就这样完成了。

第十章 马祖婆呼风唤雨 牛大人作势装腔

大家都坐在中间屋的时候，木兰乘机向四周围打量了一下。在中间屋的木隔扇之后，是一个狭窄的屋子，只有四五尺深，由两个侧门与中间屋相接连，通到一个铺着石头的幽静的院子，院子里有石头凳子、石头桌子和石板地。花盆儿和松树盆景儿，都摆在石头架子上，四周围是石鼓状的凳子。墙外面有一棵很高大的树，生长在百码之外的邻人家中。这真是美而静的地方。从后院儿屋子的窗棂中，木兰看到平亚房子的后面屋子。她看见曼娘擦自己的衣裳。她说："你们完了没有？"曼娘抬头看，看见木兰，她说："进来吧。"木兰从狭窄的后厅进去，发现这间后面的屋子里放了一张新的小床，还有别的家具，这是新娘自己的屋子。

木兰说："你们的院子真美。"说着就想拉曼娘出去看，但是曼娘只走到门槛，向院里望了望，以后那就是她自己的庭院，而且在那儿她要过以后那么多的日子，那么多的黄昏、夜晚。

这时，雪花打开门，请陪伴新娘的人到另一间屋里去吃面，吃双喜饽饽。

然后，她端进栗子糕、汤面、饺子、双喜饽饽，给小姐们吃。曼娘不肯吃，雪花说："您现在应当吃一点儿，晚饭会有人送过来的。"

木兰问："她今天晚上要不要去参加喜宴，她应当去敬酒的。"

雪花说："是啊。照规矩，她现在还没有正式拜见公婆，那要等明天早晨。今天晚上她不应当离开新房。平常是第三天摆喜宴，但是我们把那些礼俗都免了。连孩子们在内，只有三桌。就是姚家、牛家，太医和他太太，还有我们自己家的人。您很幸运，今天晚上没有人闹洞房，因为是家宴。"

曼娘在劝促之下，吃完了一碗面，吃了几个饺子，因为是北方人，喜欢吃饺子。伴娘这时告诉她可以脱下正式衣裳，又说等一下她要换衣裳，准备晚上的事情。

曼娘听见平亚的屋里有声音，就跟雪花说："他叫你呢。"雪花走进前屋去问他要什么。平亚有气无力地说："我叫你好几次了。新娘在哪儿呢？"

雪花很快走回来，笑着说："新郎是叫您呢。我们都该死，他叫了好多次，我们都没听见，最后还是您新娘听见的。"

曼娘走进去。木兰想到一件事，走出中间屋，问她的丫鬟锦儿："银屏在哪儿呢？"

锦儿说："她说她肚子疼，婚礼一完她就回家了。"

木兰又问："你看见体仁没有？"

锦儿说："没有。我想他也回家了吧。"

木兰没说什么，告诉曼娘她要去找她母亲，就带着莫愁和锦儿走了。

她们到里院儿曾太太屋里去，进屋看见四位太太，她母亲、曼娘的母亲、牛太太、蒋太医的太太，大家正在闲说话儿。桂姐则正和牛太太的女儿素云在另一个角儿上闲谈。姐妹二人进了屋子，向众人行礼。牛太太说："姚太太，我向您道喜，您怎么养得两个这么美的女儿啊？看她俩一眼，心里都高兴。"

蒋太医的太太说："我们先生常常在家里夸奖她们姐妹。我听说她们俩都长于家事，又通文墨。缝衣裳，炒菜做饭，扎花儿刺绣之外，什么天文、地理、数学、医道都懂呢。"

木兰的母亲说："您说哪儿的话呀？都是您和您先生喜欢她们，宠爱她们就是了。"

牛太太说："木兰、莫愁，你们姐儿俩过来，让我看看你们。你们不是很像戏台上多才多艺的美女吗？能娶这样儿美女的人家可是真有福气。她们风度这么好。在这种新时代，教养女儿真不容易呢。连女孩子也要进洋学堂，学做文章。她们一毕业，说自由结婚，学新派头儿，可就是不懂礼貌，这个世界可怎么好哇？"

她说话的声音清亮利落，从容不迫，是发号施令惯了的腔调儿，也没人会向她反驳的。她又接着说："俗语说得好，女子无才便是德。女孩子最重要的是管家，伺候长辈，管理下人，生儿育女。有的能念书，有的不能，怎么能勉强？可是风气变了，都想上学，都想念书，回家之后，还不是总要嫁个男人，在学校学的还不是一样儿也没用。有好多人就只知道四五二十，五五二十五，还不是一样发大财，做高官。"

这一会儿她一直死盯着木兰和莫愁，又转向她俩的母亲说："您从来没给她俩裹脚哇？"

姚太太说："她父亲不让我给她们裹。"

牛太太说："不裹脚慢慢流行了。素云十岁的时候，我给她裹的脚。现在不要裹了，只好由着她，因为政府禁止裹脚。以后中国的女孩子都像旗人的大脚了。"

素云听见母亲提她的名字，她转过脸儿来听。她母亲叫她："素云，过来，跟你妹妹说说话儿。"

素云很高雅大方地走过来，完全一副官宦之家闺秀小姐的样子。她穿着高雅，举止高雅，谈吐高雅。她不冒失、不粗鲁，高雅而矜持，并不缺乏柔媚温婉，而是有点儿过于高雅，稍微失之于矫揉造作，微欠几分天真自然。总而言之，她是礼教社会的产物。她有拿着香手绢儿掩着鼻子的习惯，好像她的芳香气质随时有受别人污染的危险。她的姿势很容易让人想起古代美人的“西施捧心”。是“捧心”也罢，是牙疼也罢，总是有双眉紧皱的习惯。

几位太太正在品评女孩子的脚。素云的两只脚脚背都有点儿隆起，就因为曾经裹过脚，也比自然的脚小一点儿。木兰有一件自己不如意的事，就是她的脚有点儿太大。

素云说：“姚小姐的脚再小一点儿就好了。我的脚现在虽然并不再裹，尽量想让两只脚长大，总是长得不够大。”

木兰说：“不要那么说。就是以自然的脚来说，小一点儿还是好。”

这是素云第一次说话时胜了木兰。素云知道自己已经占了上风，木兰却还不知道。素云又接着说：

“我昨天在谭侍郎公馆里，谭家大小姐也是不裹脚的，她说军训总部徐会办的女儿也是不裹脚的。”素云把官场中的官名人名说得滚瓜烂熟。木兰不认得大官的千金小姐。这是素云第二方面胜过木兰的。

不过，木兰还是很爱慕素云，因为她看见一个美女，不由得就爱。她妹妹莫愁为人实际，她认为这是官场势力，后来在家里告诉木兰，说她一点儿也不喜爱素云。

对别的太太的种种事情，牛太太有千里眼顺风耳的本领。也许是由于她的头脑清楚，不必追求细节详情，她就能知道自己想知道的事情，直截了当，而且断然无疑。她现正在计算曾家、姚家和她们自己家，这三家青年男女的前途。她自己有两个儿子。怀瑜年十九，东瑜年十七。怀瑜已经和陈家小姐订婚。东瑜还太小，她那老谋深算的头脑，正在打算儿子与高官厚禄的人家联姻。姚家不是官宦之家。她打算与曾家结亲。她的女儿素云，十五岁，可以嫁给经亚或是荪亚。她知道木兰和曾家的亲密关系，也许木兰会嫁给曾家的一个儿子。因此，她就特别注意木兰，又观察经亚、荪亚的个性。

一般人大概要挑年轻活泼的荪亚，但是牛太太并非一般的女人。她希望找个会做官的女婿，她也知道会做官的人所具有的条件，那些条件和一般做人所必需的条件，截然不同。照当年的情形论，好人不能够做官；活动的人也不能做官；缺乏耐性的人也不能做官；诚实的人不能做官；有学问的人不能做官；太聪明的人不能做官；敏感有良心的人不能做官；勇气太大的人也不能做官。官场的人物，甚至于那个时代的腐败官僚，也是形形色色不一的，因为官场人物的来源是形形色色不一的缘故。官场就像一个海，官宦人家各样的子弟，所有不能以别的方法谋生的，自然也有些个诚实的、有学问的、活动的、有良心的，都跟其他不成材的一起，像垃圾一样，一齐倾倒在这个宦海里。但是在这个宦海之中，风浪很多，有的人沉下，有的人浮起，只有富有精力才智，再加上几分黑心的人，才能够乘风破浪，飞黄腾达。在那千万的官员之中，一个人必须既不太诚实，也不太急躁，也不太想有作为，也不太想求进步，不太敏感，不太讲良心，还有后台撑腰，大概才能确保官运亨通。

现在经亚是正常地聪明，受正常的教养，也是正常地驯顺，也是正常地保守，沉静而谨慎，有羞涩怯懦的美德，自然不容易招事闯祸。荪亚过分坦诚，轻浮急躁。经亚天性谦退，他那严厉的父亲已经把他那勇敢之气完全折磨罄尽。荪亚是家中幼子，任其自然，没有驯服，没经过改造。牛太太最后的判断是，以她官场的背景来支持，经亚会平步青云。荪亚的情形则渺不可测，也许会有正统派官绅所忌讳的那种新奇不经的思想。所以牛太太的心里就看中了经亚。

牛太太并不是好讥笑别人的女人，只是一个野心勃勃、实际而又能干的女人，凭对现实环境的真正了解而获取利益。她不仅是已经训练了丈夫，而且推动他去获取了权力地位，官上加官，步步高升了。她丈夫不是个无害于人老老实实的人吗？她不是已经给他弄到了巨额的财产吗？她不是因此已经闹得北京满城风雨了吗？她丈夫在她面前，敢说他之得做度支部大臣不是完全由于她表姐嫁了大学士的关系吗？她丈夫姓牛，她娘家姓马。在北京茶馆儿酒肆里，就流行了用牛马来讽刺这位度支部大臣的歌谣。那歌谣是：

黄牛扁蹄
白马嘚嘚
牛马齐轭
百姓别活

牛太太有个外号儿叫“马祖婆”。马祖婆是佛教禅宗里的女菩萨，神通广大，佛法无边。因为这个名字多少带有恭维之意，有时人当面叫她“马祖婆”，她居然心中窃喜。牛先生则被朋友们称之为“牛财神”。因此又有一个歌谣，不过不太恭维他，说牛吃死摇钱树，填满大肚子。歌谣是：

好牛不踏后园地
好马不吃门前草
摇钱树下
吃个肚皮饱

摇钱树是人想象中的一种树，树枝子上长着一串串的铜钱，果子像圆圆的金丸儿，垂下来就像榆树上的榆钱一样。人只要过去把摇钱树一摇，金子如雨般自树上落下，人只要弯弯腰拾起来就成了。

这个时候，太太们听说牛大人已经驾临，是参加喜宴来的。像平常一样的气派，四人大轿，八个跟班儿的，这些人都得供给酒饭，需要赏给酒钱。曾先生在前厅迎接，前厅那时有木兰的父亲、蒋太医，他们行官礼，一声声的大人长、大人短的，木兰的父亲勉强忍耐那套官场俗气。

牛大人原不知道自己飞黄腾达的原因，因为都是由他太太一手造成的。他的脸是一团肉，生得并不好看。自从官运亨通，北京城的相命的都说他生的是标准的福相。不错，照相书上说，胖就表示好脾气，按一般道理说，自然就有福气。但是他的脸并不是真正一团和气的脸，也不是聪明愉快的脸，而是庸俗贪婪的脸。

他家世代开钱庄，在北京天津都有生意。在清朝末叶，科第与官员的任用制度逐渐腐败，科第与官爵都按定价出卖，尤其以遇有旱涝之灾，朝廷需款孔急之时为甚。这位大人最初就是买了捐班的举人，后来向有权势的太监捐献，奉派为兵部军需监，主管购买军粮等物资。果然本钱不白下，利润甚厚，又由于他太太与大学士的太太为表亲的关系，于是在宦海之中，一帆风顺。

牛大人于是有了自信心，除去在自己太太面前，在别人面前开始装腔作势。牛太太比他大一岁。他也相信自己并不愚蠢，也不平庸。为表示自己不愚蠢不平庸，他便常常教训别人，尤其是对低级员司。不过人家不是付诸一笑，就是背后挖苦他，但是在他面前，则毕恭毕敬，甚至于对他谄媚奉承，因为知道他喜爱吃这一套。这么一来，他的自信心便越发加强了。在他家里，禁止人说“牛”字。仆人们就永远不说“牛”字，在他背后则故意不断地说。北京有好多巷子，叫很怪的名字。有“牛尾巴胡同”“牛毛大院”。他府上一位谄媚逢迎的秘书，开始把“牛毛大院”改叫“官人大院”，而牛大官人竟表示赞许。但是这个前例却很危险，因为牛府一个仆人居然把“牛尾巴胡同”改称为“官人尾巴胡同”，这当然可笑。而牛奶也成为“官人奶”，这就更糟。此外，就外表而论，牛大人是受一般人尊敬的国之大臣。若不苛求，牛大人也可以说不是个坏人，可是偏有人要追他的底细。他主管度支部公务，他太太则经营他们的钱庄，于是生意兴隆，接受存款，便是合法的纳贿途径。当时攻击官僚腐败的，再没有比牛大人攻击得更激烈，而也更理直气壮的。牛大人也学会了几句诗文雅语，因为在官场应酬上是用得着的。可是有时候会弄错。有一句成语是“鹤立鸡群”，表示才能美貌超群出众之意，这句话令人听起来满舒服。有一次，牛大人当众讲演，要表示自己谦恭，却误说成鹤立鸡群。他说：“本人有幸与诸位共事，可以说是鹤立鸡群。”有几个人一听他用错了成语，勉强抑制住笑声，而牛大人根本没有觉得有什么不对。讲演之后，大家就私下传开，成了北京城官场里的笑柄。

牛大人，和曾先生一样，也是原籍山东，认得袁世凯。他把不少同乡引荐给袁世凯。那时袁世凯平步青云，可以说是清廷最重要的人物，一手掌握训练出来的“新军”大权。由于这种关系，曾文璞方得以做电报局的副总监，所以这两家的深厚关系，可以说是恩高义重。

那天晚上，大家就座，喜宴开始。

在第三个院子里的大厅，摆了三张八仙桌儿，院子里悬挂着姚家、牛家、蒋太医送来的红绸子喜幛。宴席即将开始之前，木兰的舅父也来加入。除去成年人之外，三家的小姐少爷也一同坐席，那种情形之下，男女是可以同席的。经亚和牛家的大少爷与男人同桌，荪亚和牛家的小男孩子则和四个女孩子一同坐。另一桌坐的是妇人和小孩子。新娘的母亲孙太太及一个近亲坐上座。木兰的干姐珊瑚没有来，姚太太也没有来，说她身体不舒服，并且家里也得有人看家，因为不能把家全交给用人。

因为是宴席，虽然是不拘形式，也有酒。男人桌上边谈边饮，曾太太因为新郎不能来，也不能向客人敬酒，再三向客人敬致歉意，不过她说饭后请大家去看新娘。蒋太医的太太和牛太太因为没见过新娘，急于饭后去看她。牛太太提请大家举杯祝新郎新娘健康，她向曾太太道贺，评论新娘的美貌和风度。曾太太也夸奖道：“我这个儿媳妇，无论长辈晚辈，大家都喜欢她。她从小就是聪明规矩的姑娘。牛太太，咱们是自己人，虽然她是我的亲侄女儿，也是要这么实话实说。今天您一看见她打扮成新娘的样子，盛装之下，您一定会想她是天仙下凡呢。可是过一会儿，您又会发现她女人的四德具备。她父母把她教养得这么好，我真该千恩万谢才是。”

大家静默了一会儿，因为大喜之日谁也不愿提起新郎的病况。

曼娘的母亲看见自己女儿出嫁的荣华富贵的情形，心里想起了死去的丈夫，心想丈夫若能活着看见女儿嫁到这么好的人家，一定也很高兴，因此自然心里又难过。婚礼之后，她就没看见女儿，还要等到明天。一则因为她是新娘的母亲，二则因为她是个寡妇，寡妇是不能进新房的。现在听见平亚的母亲提到她和死去的丈夫怎样教导曼娘，一阵心酸，泪从眼角流出来。

曾太太和别的女人自然知道她为什么落泪，桂姐赶紧提别的事，好岔过这个话题。她说：“我敬您一杯酒，保证明年您抱外孙子。将来外孙子长大之后做大官，您还可以受皇家的封诰呢。”每个人都说是，都大笑了。

曼娘的母亲说：“我是个不中用的人，又不懂北京城的礼节。在这大喜的日子，我也不会做什么。什么事都是亲家公亲家母给我们母女准备的，他们两位太好了。我只希望这个孩子做个孝顺的儿媳妇，不要辜负长辈的疼爱。”说着用手指头擦了擦眼泪。

饭后，曼娘的母亲回到自己的院子里去，别人去看新娘。男人里，只有冯舅爷与蒋太医过去。新娘已经有准备。由伴娘和雪花帮助，她已经换了衣裳，不过仍然还戴着凤冠。因为担心打扰新郎，曼娘预备在后屋里和来人相见。因为后屋子不大，人多拥挤，来的都是至亲近友，没人照通常那样说令人发窘的话逗引新娘发笑。

新娘在床前站着不动，任由大家看，凤冠上的珠串坠子由头发上垂下来，她看来真是美。木兰和莫愁到她身边去，预备随时保护她，其实用不着。

太医到前屋去看平亚，他出来之后，大家让他坐下，但是他说：“不必，我也就要走了。”他这个老人说话声音温和，胡子飘飘然，现在嘴里抽着旱烟袋，有二尺长。

木兰对曼娘说："这是蒋太医。"然后又对大家说："他们两位都是大夫。一个治身上的病，一个治心里的病。"曼娘听到那太医的名字，想起前两天那次焦急的会见，不由得脸上绯红，不过蒋太医没有留意。

过了一会儿，大家走了，屋里只剩下伴娘和两个丫鬟，她们帮着新娘卸妆。一切料理完毕，伴娘向新娘说了几句吉祥话儿，催请新娘到新郎屋里去，自己出来，随手关上了屋门。

现在屋里只有曼娘和平亚两人。平亚睡着了，曼娘没惊动他，因为睡眠对他来说很是需要。她看见一切都给新郎准备妥当，便一人静坐。后来她把平亚的帐子拉拢，就回到自己屋里去。

在自己的屋里，在烛影摇红之下坐着，坐了好久，好久，想一切过去的事，又想到将来。

第十一章 训纨绔姚思安教子 食黏粽曾平亚丧生

木兰和家里人大约十点钟回到家，父亲正发脾气。开喜宴坐席的时候，他才发现儿子体仁越礼逃席，竟然不顾如此重要的家庭应酬。他们回家的路上，姚太太一时不当心，说出银屏也回家的事，然后又赶紧提别的事岔开。到家，木兰的父亲第一句话就问珊瑚："我那个孽种在哪里？"

珊瑚很简慢地回答说："不要问我。"这话出之于珊瑚的口中就怪了，她很少闹脾气，也从来不粗鲁无礼。

姚思安又问："你的话是什么意思？"

珊瑚说："我姓我的谢，不能够过问您姚家的事。"

这话真是破天荒，前未曾有。珊瑚是在姚家长大，就像姚家的孩子一样养大的，姚家人从来没把她看作外人，就跟自己的亲骨肉一样，一向称之为"大小姐"，并且她为人没有什么心机，对什么事情也能看得开，这种话真不像她嘴里说出来的。

木兰问："怎么回事呀？谁把你得罪了？"

姚太太说："你不是自己说身子不大舒服，要在家看家吗？"

珊瑚说："没人得罪我。"勉强想微笑一下，后悔刚才说出那种话来，尤其是在姚大爷面前。

莫愁用胳膊肘顶木兰，说珊瑚的眼睛还红呢。莫愁说：

"总是有人得罪你了。一定是大哥。"

莫愁深信一定出了什么事。体仁一定犯了错。

木兰的父亲又追问："我那个孽种在哪儿呢？"

珊瑚说："他在自己屋里睡觉呢。"

姚大爷龙行虎步般走开。每个人手里都捏着一把汗。在鸦雀无声中，锦儿发出了仅仅可以听到的吃吃笑声。所有的丫鬟，青霞、乳香，那时都正要伺候小姐太太睡觉，太太叫她们也都回屋去睡。她们都散了，可是心里静不下来，都盼着等一下看这家里的一出好戏。

丫鬟都走了之后，珊瑚说出来出了什么事。她说她正一个人吃晚饭，一个丫鬟说少爷不舒服，回来了，正在自己屋里吃东西。丫鬟又说银屏也已经回来，从西边旁门到少爷屋里去了。

珊瑚说："我告诉她别告诉爸爸。我想一定出了差错。而且，他若是身体不舒服，我也应当去看看他。所以我到东院去看他。他很好，什么病也没有，正在那儿吃饭，银屏伺候他。我进去的时候，银屏正在拧他的耳朵，两人正在大笑。他以为我不知道他们已经回来，于是觉得很不好意思。体仁结结巴巴地说：'我不喜欢婚礼席上那么多人，乱哄哄的，我就先回来了。'银屏说她有点头疼。我没说别的，只是问他婚礼怎么样。我当时没离开，坐下去跟他说话，后来他越来越不高兴。他问我为什么不回屋去睡觉。我说我要等太太回来，听太太说说婚礼的情形，我又说我不想睡。于是他在屋里走来走去。忽然一块锈红的东西从他身上掉下来。我不知道是什么。他显得很难为情，弯下身子拾起来。在这个时候，银屏不见了。他忽然教训起我来。他说：'我明白你的好意。不过，我愿怎么样就怎么样，你别管我的事。'我说我并没管什么人的事。他说：'我叫你姐姐，是礼貌。我姓姚，你姓谢，这是姚家。用不着你管我的事。’真是事出意外，我气得话都说不出来，只好走开。”

木兰的母亲说：“我告诉他向你赔罪。”

珊瑚说：“不要把小事闹大了。您对我是天高地厚，我是要服侍您一辈子的。可是您一旦作古，木兰跟莫愁都出了嫁，这就不是我的家了，我得自己照顾我自己呀。”

木兰说：“妈，您不能让哥哥这么欺负她，惯着他，早晚要害了他。虽然我们是女孩子，早晚要离开这个家，可是现在这还是我们的家呀。不能任凭他这么横行霸道窝里横。若是一直这个样子，姚家将来怎么办？我不相信女孩子要规矩，男孩子就应当坏。男女是平等的。”

她母亲制止她说：“木兰！”因为她母亲认为男女平等是邪说异端，是从维新派的文章里学来的。

珊瑚说：“我所知道的是，银屏今年是二十岁，体仁是十七岁。不能老是这个样子下去。万一出了点儿什么事，家里的名声不好听。”

木兰的母亲说：“但愿他慢慢地改。”这话木兰听说一千次了。

银屏是十一岁来到姚家的，是木兰的舅舅从杭州买来的。因为比体仁大三岁，就派她照顾体仁，一直到现在。她看起来聪明、能干、漂亮，可是有一点儿宁波人的粗野劲。她跟别的丫鬟吵架的时候，还有宁波的老习惯，就是每逢说“我”时，总是用手指头指着自己的鼻子尖儿。

青霞是北京的女孩子，京话好，风度好，是银屏来到之后才卖到姚家来的，合同期限是八年。锦儿跟乳香都是北方人。银屏是姚家丫鬟中唯一的南方人，几个北方女孩子往往大家联合在一起对付她。另外几个丫鬟已经听懂南方话，因为姚太太说话还带很重的余姚口音。银屏用南方话向太太说话时，别的丫鬟都不高兴。不过，一般而论，银屏在态度方面总还算规矩，分内的事情也做得不错，她一个人对付几个北方女孩子的联合攻击，也算够能干的。姚家的孩子都说北京话，但是体仁因为跟银屏常在一块儿，学会了点儿宁波话，像用“阿拉”代替“我”，跟人争论的时候要加强语气，也会用手指头指自己的鼻子尖儿。

珊瑚离开了体仁的屋子之后，体仁还希望银屏会自己再回到他屋子里去。他怕去叫银屏会招人注意。可是银屏吓跑了，她聪明懂事，知道回去是不妙的。空空等了十几分钟之后，体仁失去了耐性。他一向任性惯了。不敢去叫银屏，他就把一个茶杯摔在地上。一个老女用人，知道当时的情形，听见了声音，就进去问他要什么。他一看不是银屏，大声喊叫老用人滚出去，自己越来越气，躺在沙发上，气喘吁吁的。

没经人预先通报体仁，父亲已来到他屋门口儿。体仁好像见了鬼，他父亲的目光锐利，一直盯着他，脸上没有笑容。体仁虽然没有做恶事当场被逮住，但在父亲怒火如焚的注视之下，他对自己的为非作歹，心里全都明白。他当时没念书，也没睡觉。姚大爷看见他的头发乱蓬蓬的，脸色憔悴得像个鬼，狂暴而粗野，于是一步一步向他走近，追问他为什么逃席而归。还没等儿子开口回答，重重的一巴掌已经打在他脸上。那是有武功的人的一巴掌，打得体仁摇摇晃晃，瘫软在沙发上。再没说第二句话，姚大爷转身走出。

体仁的脖子扭伤了，难过了好几天，也不清楚是为了什么受处罚，也不知道是不是珊瑚把事情的经过原原本本地说了出来。两个妹妹不理他，母亲对他严肃而冷淡，甚至于银屏因为害怕，也躲着他。

三天之后，木兰才去看曼娘，正好是曾家祖母老太太同李姨妈自山东来到北京那一天。因为老太太给木兰带来了礼品，由仆人送来，并且说老太太要见木兰，于是木兰和她妹妹就去给老太太请安。出乎她俩意料，曼娘已经完全不拘新娘的俗礼规矩，已经像个妻子一样伺候平亚了，当然，还是由小喜儿和雪花帮忙。平亚似乎病已见轻，曼娘容光焕发，十分娇媚。她这么快活了一个礼拜，这也是曼娘一生中最快活的一个礼拜。

祖母从家里带来了些山东式的粽子。里面的馅是火腿、猪肉、黑糖、豆沙。虽然五月节早已过去了，她知道孙子们及全家都爱吃，她是特别做的。平亚由小就爱吃粽子。曼娘给他吃了半个甜粽子，一个大概有一个人的拳头大小，留下那一半儿自己吃。可是他吃完之后，又向曼娘抢那半个。两个人稍微抢了一下，曼娘就让他吃了。曼娘很高兴平亚有力气跟她抢东西吃了。她央求平亚说："平哥，少吃一点儿。"但是平亚不听。

半夜，平亚开始喊肚子疼，越来越疼，曼娘在他旁边坐了一夜，简直吓慌了。天黎明，病得很厉害。曼娘一看见黎明的灰色的光亮由窗外射进来，她就叫雪花去告诉平亚的母亲。在他母亲来到之后半点钟之内，平亚一直清醒，然后忽然瘫软。太医来到，发现他的脉很微弱。曼娘一直保持着勇气。她把嘴放在平亚的鼻子上，向里头吹气。等她看到平亚想咳嗽，想吐出什么东西，但是堵在嗓子眼儿里头，曼娘低下头，用嘴直把平亚的那一块黏液吸了出来。神的心若也是肉长的，看见人间这种至情，不会忍心不救他一命。但是神是又瞎又聋，也许到九霄云外遨游去了。

正巧在中午，平亚死了。

曼娘抱住平亚的身体，哭叫道："平哥，回来！"把她的嘴唇对着平亚的鼻子眼向里再三吹气。甚至平亚的父母在极端悲痛之下，看见新娘无可奈何地挣扎挽救，比对新郎的死都更为感到伤心惨痛。

过了半晌，老祖母来了，跟新郎的母亲一同用力把新娘从死人床上拉起来，把她弄到西间屋的床上去。祖母在她身旁坐下，木兰、莫愁和她们母亲一齐进来。她们看见曼娘还那么年轻，那么小。可是谁也毫无办法，谁也帮不了她。

木兰心里想："善一定有善报吗？"

在泰安临来时，李姨妈曾经帮着包粽子。那天晚上，李姨妈又说坏话中伤别人。桂姐听见她说曼娘命中克夫，平亚的厄运是她带来的，她把孙家的厄运带来，才使曾家死人，做了孙家的女婿，是命中注定要死的。桂姐毫不留情面，责备李姨妈不该咒曾家死人。老祖母知道了，大怒，从此李姨妈在老祖母面前失去了依仗，在曾家失去了地位。

木兰一直没到曾家去，直到入殓之后。她听说曼娘不吃不喝，躺在床上伤心难过得要死。第三天，桂姐去看姚太太，求她答应木兰去劝劝曼娘，因为别人谁劝也没有用。

桂姐说："那天晚上，她妈和我陪了她一夜。她一句话也不说，我们问她话，她也不搭理。她妈跟我商量了半天，结果是求木兰过去陪她几天。别的事情我们都可以办，这件事非木兰去不可。"

姚太太答应了，木兰和桂姐一同坐马车回曾家去。桂姐低声和她说，另外还有一个原因要她去，就是大家得特别留神看着曼娘，怕她一时想不开会寻短见。若是这样殉夫是值得作诗赞扬的，也值得立贞节牌坊了，在地方志上也值得立传，传起来也是美谈，但是曾家很喜欢曼娘，绝不愿曼娘有个三长两短的。

这是木兰生平第一次介入人家的丧事，她好怕接近棺材。等发现曼娘是在另一个院子里，她才觉得可以跟曼娘住几天，即便是在夜里，也不在乎。

曼娘现在住的是她刚到曾家那一天所住的院子，木兰也是那次在曾家第一次见到她。这十几天发生了多大变化呀！木兰觉得曼娘是冥冥中一个巨大力量之下的牺牲品，是受了欺骗玩弄。那个冥冥中的力量是什么，她不知道。难道造物主真是以人为"刍狗"吗？存心捉弄人吗？她自己在心里纳闷儿。

她一进屋，发现曼娘正在睡觉，她母亲在一旁看着她，她母亲也是疲惫不堪。木兰叫孙太太去歇息。她坐下看守青春丧夫的新娘，自己心里就思潮起伏，觉得曼娘第一天下午来到这个屋子里所做的梦，简直跟现在青天白日下的事情一个样子。白瓷的观音像还站在那儿，流露着仁慈和蔼而又奥秘不可言喻的微笑。观音之可爱，因为她是大慈大悲救苦救难的菩萨。木兰觉得曼娘梦中的两边停着棺材黑洞洞的走廊，还有曼娘在梦中必须走过的那水沟上的棺材盖样子的独木桥，就表示平亚的丧礼和给平亚的穿孝志哀。可是桥对面有永明宫，曼娘可以在里面安度岁月。因为有死亡，所以还有来世。她能不能指点曼娘认识这种道理呢？

木兰拿出那个观音像，两手捧着拿到床前的桌子上，这样，曼娘一睁眼就可以看见了。曼娘梦见给她雪中送炭的小姐，她始终相信就是木兰。

木兰叫小喜儿过来，轻轻地告诉她到雪花或是凤凰那儿去找一件黑衣裳来。黑衣裳拿来之后，她穿上就在曼娘身边坐着。

曼娘一动，木兰就说："姐姐，我给你送炭来了。"曼娘一睁眼，看见了观音像和梦中见过的那个黑衣女子。

她有气无力地问："是你呀，妹妹。"

木兰说："是我，我是雪中送炭来的。"

曼娘问："我在哪儿呢？有雪吗？"她向四周一打量，又说："我为什么在这儿？"

木兰说："你是在曾家的宗祠里呢。外面正在下雪。你做梦出了嫁，做了新娘。你的丈夫平亚死了，他死的时候，你很难过。可是这个家庙之后有一个走廊，走廊后头有一个桥，棺材板做的小桥之后又有一座宫殿。平亚就在那座宫殿里等你呢。"

曼娘说："妹妹，你哄我呢，外面没下雪。"

这时候，外面忽然一阵夏日的暴雨，雨点打在院子里的砖地上，噼啪乱响。房顶子上的雨水从铅铁皮的水管里流下来，发出高高低低音乐的调子。

小喜儿叫把洗的东西收进来，这声音把曼娘的幻想惊破，她又回到现实世界来。

曼娘无精打采地说："不是啊，平哥已经不在了。"

木兰说："也可以说我哄你，也可以说我没哄你。是没有下雪，可是这一阵暴雨多么地美呀。"

可是在那雨声之外，曼娘听见了远处的钟鼓之声。

她问："那是什么？就像我刚才听见的空中的声音。"

木兰说："和尚在那边院子里念经呢。"

曼娘又说："平哥死了。我知道。"

在曼娘刚睡醒的时候，把梦境和现实那么古怪地掺和在一起，就使死亡给人的痛楚变得不那么尖锐，使人感觉好像梦一般的迷离惝恍。

曼娘，由于她的幻象，不再怨恨命运的悲惨，她了解了神给她安排的日子，她是命定要那么生活的，而听天由命才可以得救而活得下去。她相信命运，相信一切都是天意，相信观世音菩萨。对她自己以前是观世音宫殿里的仙女，她这一生的遭受处罚，一定是她和平亚以前犯了过错，对这个，她是半信半疑的。

大家都对曼娘好，她决定要一直在曾家做个守寡的儿媳妇。这可以说是生死均感。不管在今天，在死后，曾家就是曼娘的安身之地。

第三天下午，她听见灵前有哭声，因为第三天开吊。等桂姐和雪花一听见曼娘的哭声，她们去告诉曾太太，说可怕的事已经过去了。她们都将之归功于木兰，木兰运用巧思妙计的收效之大，她自己原先也没想到。

曼娘又第二次穿一身白孝，上自头顶的白结下到两只白鞋。自从她父亲去世她穿孝起，她就喜欢孝服的雪白颜色，再没有别的颜色更适合她的了。穿着一身雪白的孝服，她也可以显出幽灵的美。穿孝有时候只算是社会上的习俗，因为在丧事上大肆铺张，也可以算作对神灵的反抗，有时也可以看作对死者爱的自然流露，设若如此，当然单纯而真诚。居丧者之爱丧礼，就犹如虔诚的僧人在佛事上之爱诵念经文一样。曼娘第一次居丧，是悼念她父亲和弟弟，这次为平亚居丧则当然不同。她每天在丈夫的灵前哭，在供桌上点蜡烛，在木兰和曾家看来，她这种真诚规律的行动之庄严圣美，是无可以言喻的。

曾大官人想在南城买一块地做坟地，因为他觉得曾家在北京落户是必然无疑的。但是老太太反对，因为他们家老太爷是埋在山东泰安的祖坟里，而且老太太她自己将来也要埋在那儿。把平亚的灵柩运回山东下葬，现在是办不到，因为曼娘的身体还受不了坐很多日子的船。所以平亚的灵柩就先移到平亚的院子前面的宗祠里，停到春天再说。

于是决定让曼娘和她母亲就永远住在平亚死时住的那个院子里，让雪花跟小喜儿伺候。她母亲和她睡一间屋子，因为她天黑以后就胆小，白观音像还是放在她卧室的桌子上。曼娘越来越相信佛教。虽然她在生活上要什么有什么，自己的屋子里却仍然保持简单朴素。她再没去动过自己的首饰珠宝。桌子上只留着银的蜡烛台，和照过她新婚之夜的洋油灯。不久之后，为了亡夫之故，她开始吃长斋，绣佛像。她虽然住在富贵人家的宅第之中，却仿佛她已经立誓做尼姑。院子里一片清静，远离红尘中的烦嚣。石榴花依然红似火，仍然有鱼池，有石头凳子，有种在花盆里的花。

那年冬天庭院中寺院般的平静气氛被打破了，是新添了一个婴儿。

曾老爷极其关心如何保持长子一房的后代香烟。她太太暗中问曼娘的母亲曼娘怀了孩子没有。第一个月曼娘的月信没来。她告诉了母亲，她母亲告诉了曾太太，曾太太就相信媳妇有了喜。但是曼娘向她妈说不可能，向木兰起誓说她还是处女。木兰告诉了她母亲，她母亲又告诉了曾太太。于是家里知道他们的盼望落了空。

曾太太心想除去平亚的嗣续之外，年轻寡妇的迢迢长夜，尤其是这第一个冬季的长夜，岂非长夜漫漫何时旦？于是想到收养个义子好能占住曼娘的心，使她不致一味地沉思默想。曾老爷于是给山东老家的同宗写信，找到一个一岁大的小男孩，小男孩的母亲愿意把儿子叫曼娘收养，就把小孩子送到北京。曼娘也很喜欢，觉得自己也是母亲了，也算使平亚有了后。

这个收养的儿子起名字叫阿瑄。

第十二章　北京城人间福地 富贵家神仙生活

自从曼娘进了曾家门，木兰到曾家的次数越来越多，也就不把自己当作客人了。她常常待到吃晚饭，得到母亲允许之后，也往往夜里就在曾家。关于她将来与曾家哪个儿子订婚，还未谈及。若是正式订了婚，就不能不拘俗礼，那就不能再到曾家去，何况她年岁还小。曾家心想木兰的父母不会不先告诉他们，就把她许配给别家的儿子，所以曼娘已经两只脚迈进了曾家，木兰是算迈进了一只脚。她只要想逃走，曾家总会揪住她的后腿的。

木兰的父母还不知道究竟怎样安排她的将来，她父亲则更无定见。道家总是比儒家胸襟开阔。儒家总认为自己对，道家则认为别家对，而自己也许会错。所以非正统派的姚思安对西洋思想没有偏见，甚至于对自己女儿的婚事也提到自由结婚，就是由当事人男女自己决定，这正合乎道家的“道法自然”的道理。他认为把青年男女的婚姻付之于不加深思熟虑的青年的盲目冲动，这种西洋的想法极微妙而深奥，正像道家的道理一样。他认为婚事是天意决定，而且儿子是自己最大的孩子，尚且还没有订婚。

同时，木兰向曾大官人曾太太也是叫“爸爸”“妈妈”，叫曾家的儿子“大哥”，荪亚比她大一岁，算她的“大哥”。

现在是穷冬苦寒，北京的冬季真是无与伦比。也许这个福地的其他月份，可以与之比肩。因为在北京，四季非常分明，每一季皆有其极美之处，其极美之处又有互相差异之特色。在北京，人生活在文化之中，却同时又生活在大自然之内，城市生活集高度之舒适与园林生活之美，将两者融合为一体，保存而未失，犹如在有理想的城市，头脑思想得到刺激，心灵情绪得到宁静。到底是什么神灵之手构成这种方式的生活，使人间最理想的生活得以在此实现了呢？千真万确，北京的自然就美，城内点缀着湖泊公园，城外环绕着清澈的玉泉河，远处有紫色的西山耸立于云端。天空的颜色也功劳不小。天空若不是那么晶莹深蓝，玉泉河的水就不会那么清澈翠绿，西山的山腰就不会有那么浓艳的淡紫。设计这个城市的是个巧夺天工的巨匠，造出的这个城市，普天之下，地球之上，没有别的城市可与比拟，既富有人文的精神，又富有崇高华严的气质与家居生活的舒适。整个世上，岂有他处可以与之分庭抗礼？北京城之为人类的创造，并非一人之功，是集数代生来就深知生活之美的人所共同创造的。天气、地理、历史、民风、建筑、艺术，众美俱备，集合而使之成为今日之美。在北京城的生活上，人的因素最为重要。北京的男女老幼说话的腔调，都显而易见地平静安闲，这就足以证明此种人文与生活的舒适愉快。因为说话的腔调，就是全民精神上的声音。

平亚死后，曼娘始终深居守丧，半年之内，没出过院子一步。北京城的气氛，可以说她只是用感觉去体会，而不是真正用眼睛去观看。她也感觉到北京冬季的魔力，干爽而寒冷的空气，璀璨晶蓝的天空，屋内御寒的舒服设备，和泰安凄凉惨淡的冬天，真是大不相同。大雪纷纷扬扬自天空飘落之时，她还能使秋海棠在屋里开放，因为厚厚的棉门帘，糊纸的窗子，厚厚的地毯，火势熊熊的煤炉子，使屋里温暖而舒适，人感到精神愉快，宁愿做事到深夜。平亚留下的黑貂皮长袍，曾太太教她改成貂皮旗袍自己穿，其实她用不着这样御寒的冬衣。她顶多是绣八双鞋，那是她应当在新婚的次晨，正式拜见婆婆之时献给婆婆的。但是因为平亚生病，没有来得及。献给婆婆的这种礼物是要由新娘亲手做的，借此炫耀一下新娘手工的精巧和孝顺，所以手工不能潦草。女人穿上这种鞋，非常欢喜，因为这足以表示儿媳妇对自己地位的尊重，又表示自己有个贤德俭省的儿媳妇。

但是木兰是在北京长大的，陶醉在北京城内丰富的生活里，那种丰富的生活，对当地的居民就犹如伟大的慈母，她对儿女的请求，温和而仁厚，对儿女的愿望，无不有求必应，对儿女的任性，无不宽容包涵。又像一棵千年老树，虫子在各枝丫上做巢居住，各自安居，对于其他各枝丫上居民的生活情况，茫然无所知。从北京，木兰学到了容忍宽大，学到了亲切和蔼，学到了温文尔雅，就像我们童年时在故乡生活里学到的东西一样。她是在黄琉璃瓦宫殿与紫绿琉璃瓦寺院的光彩气氛中长大的。她是在宽广的林荫路、长曲的胡同、繁华的街道、宁静如田园的地方长大的。在那个地方，常人家里也有石榴树、金鱼缸，也有不次于富人的宅第庭园。在那个地方，夏天在露天茶座上，人舒舒服服地坐着松柏树下的藤椅子品茶，花上两毛钱就耗过一个漫长的下午。在那个地方，在茶馆里，吃热腾腾的葱爆羊肉，喝白干酒。达官贵人、富商巨贾与市井小民引车卖浆者，摩肩接踵。有令人惊叹不已的戏院、精美的饭馆子、市场、灯笼街、古玩街，有每月按期的庙会，有穷人每月交会钱、到年节取月饼蜜供的饽饽铺。穷人有穷人的快乐，有露天变戏法的，有什刹海的马戏团，有天桥的戏棚子，有街巷小贩各式各样唱歌般动听的叫卖声，走街串巷的理发匠的钢叉震动悦耳的响声，还有串到各家收买旧货的清脆的打鼓声，卖冰镇酸梅汤的一双小铜盘子的敲振声，每一种声音都节奏美妙。可以看见婚丧大典半里长的行列，官轿以及它的跟班和随从。可以看见旗装的满洲女人和来自塞外沙漠的骆驼队，以及雍和宫的喇嘛，佛教的和尚，变戏法中吞剑的、叫街的，与唱数来宝和莲花落的乞丐，叫花子与仁厚的花子头儿，窃贼与窃贼的保护者，清朝的官员，退隐的学者，修道之士与娼妓，讲义气的青楼艳妓，放荡的寡妇，和尚的外家，太监的儿子，玩票唱戏的和京戏迷，还有诚实恳切风趣诙谐的老百姓，各安其业，各自遵守数百年不成文的传统规矩。

木兰的想象就深受幼年在北京生活的影响。她学会了北京的摇篮曲，摇篮曲中对人生聪敏微妙的看法也影响了她。她年幼时，身后拉着美丽的兔儿爷灯笼车，全神贯注地看放烟火，看走马灯，看傀儡戏。她听过瞎子唱曲子，说古代的英雄好汉，古代的才子佳人的风流韵事，听把北京话的声韵节奏表现得美妙至极的大鼓书。从那些说白、朗诵、歌唱，她体会出语言之美，从每天的说话，她不知不觉学会了北京话平静自然舒服悦耳的腔调。由一年的节日，她知道了春夏秋冬的特性，这一年的节日，就像日历由始至终调节人的生活一样，并且使人在生活上能贴近大自然的运行节奏。北京的紫禁城，古代的学府，佛教、道教、西藏喇嘛、回教的寺院及其典礼，孔庙，天坛；社会上及富有之家的宴会酬酢，礼品的馈赠；古代宝塔、桥梁、楼阁、牌坊，皇后的陵寝，诗人的庭园，这些地方的每块砖，每片瓦，都充满了传闻、历史、神秘，这些地方的光怪陆离之气，雄壮典丽之美，都已沁入她的心肺。

她很早就懂了北京的民俗、传说、迷信，及其美好可爱之处，其中有两个她喜爱而深信不疑的故事，后来她告诉了曼娘。一个是皇宫以北，地安门大街北端，钟楼内大铜钟的传说。故事是说当年皇帝要一个钟匠铸造一个铜钟，但是屡铸不成，皇帝大怒，即将降罪。为了救父亲的性命，钟匠的女儿在无人看见的时候跳进了大锅。果然大钟铸成，没有丝毫裂纹。此后每在风雨之夜，人人都听得见大钟响时，那凄怨的调子，那就是钟匠女儿灵魂的哀歌。现在那钟楼附近有钟女庙，女神叫“鸣钟圣母”，受人烧香跪拜。另一个故事是关于西直门外的高亮桥的。高亮是个太监的名字。从前永乐皇帝新建造了北京城，永乐七年大旱，北京城里也缺了水。一天晚上，皇上梦见在西直门外遇见一对白发苍苍的夫妇，丈夫推着一辆独轮儿车，妻子向前拉，车上有一个大油篓。皇帝问篓里面有什么东西，老头儿说篓里头有水，是运往北京城的。第二天，皇帝叫大臣圆梦之后，派太监高亮到西直门外，吩咐他说，若遇见样子像皇帝梦中所见的一对老夫妇，就把那油篓戳破，赶紧拨转马头奔进城来，但是千万别回头看。高亮遵照吩咐，出城办事，果然遇见一对老夫妇推着独轮儿车。高亮就把车上的油篓戳破，匆匆忙忙拨转马头。听见后头汹涌澎湃，似有洪水跟踪而至。等他跑到西直门，不觉向后望一望，立刻被洪水赶上，淹死在水里。皇帝便在西直门外修造了一座许多拱洞的桥纪念他。至今在玉泉河上还有那座高亮桥，慈禧太后就在高亮桥下坐船驶往颐和园去。玉泉河两岸，杨柳依依，浓荫蔽日，沿河良田片片，村女跪于水畔涤洗衣衫。平民徘徊来往，有坐在岸上执竿垂钓的，有在水上划船的，北京西郊田园之美，大有江南风味。夏季到来，木兰特别喜爱此地，常来游赏。

前面说过，曼娘在寡居的前半年，没有出门游玩。可是她也有女人长居深闺中发展出来的听闻的敏感，听到的声音也是新奇而美妙的。清晨，她在院子里听得见北京城巷子里小贩的叫卖声。听得见鼓楼的暮鼓，听得见钟楼的晨钟。虽然钟鼓二楼离曾家有一里之遥，但是震荡之声半城都能听见。鼓声就是夜里的打更的声音，雪花告诉她钟声的意义，所以她夜里静卧不眠之时，一听见打四更，她就知道朝臣已经齐集到紫禁城的东华门，一打五更，黎明之前，他们就入宫上朝了。

曼娘经过的事情之中，有许多她并非完全生疏，而是比在家乡泰安时所经验的更好更美。在她开始吃素以前，她就知道北京的香肠鸭子比山东的香肠鸭子好；冬至那天北京的元宵就比山东的汤圆味美，而且北京的包子馒头甜食也比山东的花样儿多。因此，北京的各种小吃，她都要尝尝，免得因各地名字相同而实际上东西不同而弄错。她本以为山东的白菜再好无比，可是后来发现北京也有那么好的白菜，而且天越冷越好吃。现在她还吃元宵，喝腊八粥。腊月初八那天都喝腊八粥，用黄黏米、白江米、红小枣儿、小红豆、栗子、杏仁儿、花生、榛子仁儿、松子儿、瓜子儿，跟红糖或白糖一起熬。这种腊八粥可就大为不同，她再不提山东的腊八粥了。

木兰和荪亚之间有一个故事，与腊八粥有关系。

在腊月二十，蒋太医邀请曾家去赴席，姚家以及各位小姐也被邀请。那天是“封印”的日子，朝廷官员都封起印来，停止办公，准备过年。在饭桌上，桂姐当众赞美木兰和莫愁的绣花精美，说她从来没看见画样子、配颜色、针线那么细致讲究的活计。平常女人鞋上的绣花样子都是照着以前的样子描，可是木兰把绘画上花卉虫鸟的姿态描到鞋上，两姊妹绣鞋给母亲做新年的礼物。莫愁绣了一个彩色的鸭子，在缎子鞋面上真有呼之欲出的样子。

桂姐对曾太太说：“您不见，您不会相信。咱们回家的时候，一定顺便到她们家去看看那几双鞋。”

莫愁谦逊地说：“别听她的，不过曾伯母您好久没到我们家了，吃完饭到我们家坐坐吧。”

曾太太要去看鞋，因为她好爱慕姚家这两个女儿。所以她们就到姚家看看两位小姐做的鞋。在黑缎子鞋面儿上，由于颜色深浅配得好，那只鸭子果然有跃然欲出的样子。

曾太太说：“这么好的鞋穿在脚上，真是糟蹋了。这应当献进宫里去。”她又跟姚太太说，“您是什么肚皮呀？怎么会生出这样的女儿来呢？这叫我想起木兰做的腊八粥，那天她送给我们吃，真是与众不同。老太太爱吃，一连吃了两碗。果仁好像一进嘴就化了一样。老年人没有牙，爱吃软的。”

木兰很高兴，她说：“她老人家若爱吃，我去给她做。”

曾太太心里想：“娶个会做饭的儿媳妇真是福气。”

他们回家的时候，木兰跟他们一齐去的。她看见曼娘正逗着一岁大的小孩子玩。那天下午天气晴朗，几盆菊花儿，快要凋谢了，挺立在屋子里冬天光亮的日光之中，使那间屋子有一种幽静出尘冷若冰霜的华美。孩子躺在曼娘母亲屋里的床上，床上放着几双缎子鞋头，她们来以前，曼娘正绣那些鞋帮子。

木兰问："你做完没有？"

曼娘说："我才做了六双，还得要做两双，这一年却快完了。我得夜里做，可是又得照顾孩子，做不了几针就要停。"

木兰看见墙上有一张九九消寒图，上面有九行，每行有九个圆圈儿，那是由冬至算到春初，等到八十一圈儿涂完，严冬才算过完，春季即将来临。木兰走到墙边，在新年前剩下的那十天上画了两只鞋。

她屈指计算道："你还剩下十天，怎么办？"

曼娘说："若是没有孩子，这件事也容易得很。"

木兰小声说："我把这一双拿回去替你做。"

曼娘对自己的针线活非常自负，从来没想到让别人替自己做，以前也没机会看到木兰姊妹的手工到底多么精巧。

曼娘说："两人的针脚若不一样，会看得出来。"在绣花时，针脚必须极其匀称平滑，越密越好。花瓣边上稍微不齐，那件活儿就算疏忽大意了。每一针与另一针的差距不能超过一寸的百分之一，所以少女做起来也是很费眼力的。

木兰拿起放在床上绣的花儿，仔细一打量，她说："我想我也做得了。"说着微微一笑，颇觉自得，又说，"不敢说能跟你媲美，也不会让你丢脸。"

丫鬟凤凰现在来到门口说，太太说并不是认真让木兰小姐来做腊八粥，不过老太太倒喜欢喝点儿木兰上次做的花生汤。

曼娘说："我们都爱喝你做的腊八粥。你怎么做的？"

木兰说："也没有什么仙方儿。我只是从药书上学的在里头放了一点儿药，让果仁烂得快。奶奶若答应，我现在就可以做。"

凤凰去回禀曾太太，一会儿回来，说太太要她去帮忙。

木兰问："雪花呢？"

曼娘说："她着凉了，有点儿不舒服，在那间屋里呢。"凤凰说："这个炉子不够大，咱们从厨房再抬一个来。”

她叫人搬来一个大炉子，开始帮着木兰准备东西。雪花听见她们正在做事，就起来帮忙，但曼娘跟她母亲都不让她做。

雪花说：“这是我分内的事，不能麻烦凤凰姐姐。”

曼娘说：“她也是太太派来的。”

现在凤凰比以前傲慢了，想伺候谁才伺候谁，冷静不动情感，直爽坦白，不像雪花那样会额外去讨人欢心。雪花为人圆通，凤凰则为人方正，她对曼娘和曼娘她母亲并不特别客气，这让曼娘母女心中感到不舒服。

所以雪花才勉强起来帮忙，凤凰走开之后，她说：“我只是一点儿小感冒，昨天躺了一整天，现在觉得很好了。我不愿让人想我偷懒，躲着分内的事情不做。”

曼娘问：“谁会这么想啊？”

雪花回答说：“我知道您不会，别人会。”

木兰说：“你还不要做。你若一定要做，我们把花生端到你屋里去，你剥花生，等火着好了再做。”

一个火炉子，抬来摆在屋子中间，小喜儿看着火。厨房里的人听说姚家小姐要给老太太做东西吃，大家都很兴奋。

凤凰似乎很乐意做这件事，曼娘私下向木兰说：“你能指派动她做事情，真有点怪。我妈跟我都怕找她做事呢。”

木兰说：“人不一样，在于怎么用。我想凤凰早晚在这儿是个大帮手。”

说来也稀奇，半个钟头以后，汤做好了。花生一放在嘴里几乎就化了，汤成了黏的半流体，喝下去嗓子觉得很舒服。花生汤和杏仁儿汤不但营养，而且对治疗咳嗽和嗓子哑也有益处。凤凰和小喜儿忙着一碗一碗地往各院里送。老太太高兴得不得了，开玩笑说要雇木兰做丫鬟，专给她每天做花生汤。

男孩子们这一天到庙会去办年货。木兰叫荪亚为她小弟弟阿非买一个万花筒。那时候，万花筒算一种新鲜玩意儿，她曾在蒋太医家看见过，非常喜爱。彩色对称变化的图案，她看来真着迷。男孩子们回来之后，荪亚一直来到曼娘的院子里。他买了两个，木兰好喜欢。但是问他价钱，他却不说。

曼娘说："你不必给他钱，他不会要的。你最好给他一碗花生汤。"

花生汤还只剩一碗。本来木兰和曼娘要二人分喝的，但是木兰把那一碗端给了荪亚。

他刚从外面冷天回来，觉得那碗花生汤更加倍地好吃。

荪亚问："这是哪儿来的，我在家从来没尝过。是不是哪家送来的？"

木兰笑而不答。

曼娘问："我若想办法让你天天有这种东西喝，你给我什么？"

荪亚说："我给你磕头。"

曼娘指着木兰说："好！这不难。做这花生汤的人就站在你面前呢。你问她是不是愿改姓曾，她若愿意，你享的福气就比喝花生汤大多了。"

但是木兰忽然不见了，却从那边儿屋子里传来了她的声音："人有了什么东西，不见得就满意。这是现款交易，概不赊欠。一个万花筒换一碗花生汤。你享你的口福，我饱我的眼福。你若想要另一碗花生汤，那要看我要不要另一个万花筒了。"

荪亚到了他母亲屋里，发现经亚已经喝完了他那碗花生汤，他母亲把留给荪亚的那一碗叫人端给他。荪亚没敢提已经喝过，端起来就喝了。母亲问他是不是好喝，他说"不坏"，似乎淡然无动于衷。

凤凰正在那儿，无意中听见，就说："不坏！在那边儿院子里他说他要天天喝呢！"

他母亲听了诧异道："那么你已经喝过了！"荪亚给说得怪难为情。他也不知道为什么觉得难为情，不过倒是真觉得怪不好意思。

木兰向祖母辞行的时候，曼娘跟她一块儿过去的，看见曾太太跟桂姐正陪着老太太说话。

老太太说："孩子，你怎么那么聪明！我活了这么大岁数儿，都没尝过这么好的花生汤！"

木兰回答说："这算不了什么，这是我孝敬您老人家的，您老人家若是愿喝，我告诉石竹怎么做，您每天都可以喝。"石竹是伺候老太太的丫鬟。

老太太说："像我们这样人家，什么都有，不应当过分地讲究。若是知道珍惜杂粮萝卜青菜，不糟蹋这些东西，也就少遭点儿罪。我怕咱们女用人扔了的东西也够穷人家一顿好饭了。这花生汤也是穷人吃的，也是土里长出来的。我这么大年纪就爱吃，因为用不着嚼。你怎么做的呢？"

木兰回答说："这也不是什么仙方儿。放一点碱就行了。我从书上学的。"

曾太太说："真有本领。谁眼前都可以翻开书，可是咱们的孩子就没在书上学到哇。咱们荪亚，论书本，不能跟木兰比，论懂事有礼貌，也不能跟木兰比。老太太，您还没看见过她们姐妹绣的花儿呢。"

曾太太说那天下午她们看见的事情，木兰就走出教给石竹怎么样熬花生汤。她从曼娘屋里带了那一双鞋去绣，包在绸子手绢儿里，怕别人看见。

曾太太于是又提到花生汤，说凤凰透露出来木兰已经给了荪亚一碗，又说荪亚很难为情的事。这个让桂姐、曼娘、老太太都很高兴，又感到意外。木兰再回到屋里来时，大家正在笑。

她问："笑什么？"

曼娘说："荪亚先在我们屋里喝了一碗，到太太屋里又喝了一碗。"

木兰立刻听懂了，羞红了脸，从来没有那么害羞过。

祖母为免得木兰难为情，立刻说："他们年轻人大家处得好，我很欢喜。"

木兰赶快说："那不是送礼，是现钱交易。他给我弟弟阿非买了一个万花筒，那碗花生汤就算还账。"

木兰把万花筒、绸子手绢里要绣的那双鞋拿回家去，觉得发生的小插曲很有趣，也不知道究竟是为了什么。

第十三章　乐郊游喜姚孔相遇 谈教育倡男女求学

两年之后，木兰十七岁，经过了感情上最不平静的一段生活，真是前所未有。她上学了，由父母给订了婚，随后发现自己爱上了男人。

与这些事有关系的，并且在那一段时期对她大有影响的，是一位四川姓傅的先生。他在革命以后做过教育总长，在他任内通过了国音字母，从此在学校学中文要用国音字母拼音。

傅先生，名叫增湘，瘦小，留着小胡子，抽大烟，可真是个想象高强才华出众的学者！他的两个癖好是游历名山大川，搜集并编辑古书。他娶了一个受过现代教育的太太，在北京居住时，几乎没有一年不离开北京去到名山游览古迹。他们夫妇也真正在山里度过一段隐士生活。在旅行途中，他只带一卷铺盖，里头有几双袜子、几件长袍，就是行李，另外是一箱古版书籍，穿脏的袜子也塞在书箱子里。后来，他在大学讲版本学——他是公认的版本学的权威——他坚持要躺在舒服的沙发上讲，学生们看着这位瘦小抽大烟的老头儿，都怀有无限的敬意。

这位学者把各方面的学问都能由过人的智慧予以融会贯通。他酷爱古代学问，也同样热心于民众教育，尤其是女子教育，他和他太太可以说是中国女子教育的先驱。甚至他才二十几岁，在四川一带便以才气出名，大家都认为来日此人成就当可预卜。二十六岁便点了翰林，再考则荣任翰林院编修。拳徒之乱暴发时，他正携眷赴京。在光绪二十九年任总督袁世凯的幕宾。因为曾文璞也在袁世凯手下任职，自然便结识了这位学者。傅增湘学问之渊博、见识之高超，颇使姚思安向往不已，于是二人也成了朋友，但癖好之相投，与友情之深挚，则非傅曾之间的关系可比。傅增湘曾被邀南下组训新军，北返之后，又奉命任直隶提学使。光绪二十二年，在天津创办女子师范学校，由他太太任校长。

由于傅姚两家的友情关系，木兰就进入政府办的第一个女子学校求学，也是第一批从女子教育运动获益的新时代女子之一。又由于傅增湘的关系，姚家认识了一个叫孔立夫的四川青年，傅增湘一向对他甚为推许。傅氏夫妇常到姚家去，傅太太极力劝姚氏姐妹进她的学校去读书。

傅氏夫妇在北京度春假时，姚家要到西山的别墅去住几天，因为由四月初一到十五在西山碧云寺有十五天的庙会。由于傅氏夫妇喜爱游山玩水，木兰的父亲就邀请他们一起去盘桓几天。

木兰也求曾先生答应曼娘去。曾家不是那么雅人深致，所以并未设有别墅。曾太太说曾经去逛过碧云寺庙会，那是十二年以前，孩子们还小。现在曼娘虽然在北京住了一年半，出门也不过十几次，主要都是到南城买东西，逛过几个地方如孔庙，在孔庙她看见石碑上刻着前几代科举高中的人名。曾先生叫女人看这些东西，主要是他的儒教思想的缘故，因为他以为女人若能重视这个，就容易教训孩子成儒生，去赶考中举。她在春天，没跟婆婆到法源寺去看丁香，这是因为花儿会引起女人的春心荡漾；她也没跟婆婆去逛过喇嘛庙雍和宫，因为她可能付一点儿赏钱，喇嘛就会把帐幔后面淫秽的欢喜佛给她看。可是曾太太说，按道理应当去逛庙烧香，因为敬拜神是修福行善。

曼娘越来越像信佛的，也渐渐得到公婆的信心，可是公婆二人仍然是处处防备，使她不至于心中别有所思。木兰说：“她可以跟我睡在一个屋里，睡在一张床上，我对她一切负责。她连山都没有见过呢。”

曾太太用亲密的称呼叫木兰说：“兰儿，你精神真好，我一辈子没见过山，也活了这么大岁数儿了。我想叫她跟你去闲散几天也不错，我得问问你干爹再说。”

在四月十五，木兰家、曼娘、傅家夫妇，都到了比玉泉山还往西的西山姚家别墅。姚大爷认为要享受真正的田园生活，一定不要带丫鬟伺候。虽然也带了个厨子，小姐们还是要自己做饭。

曼娘本来就不惯于北京的富贵荣华，这次下乡真是一件乐事。所见的一切都使她心花怒放——比如高大的城门楼子，西直门厚大的城门，城门洞儿就像个隧道，有四五十尺长，赶驴的驴夫，城外的小店，在露天茶座慢慢喝茶的老百姓，又宽又平用石头铺的通往颐和园的官家大道，两边巨柳成行，正在发出嫩绿的叶子，美丽的乡野和在澄澈碧蓝的天空下遥远的西山上那紫色的山坡，由墙上望过去圆明园的残砖碎瓦，还有颐和园亭台楼阁的黄琉璃瓦屋顶。

曼娘最喜爱的是玉泉山邻近的田园景色，各处都是农家的房子，雪白的鸭子在小溪中游水，环抱北京城的西山就像抱着孩子的母亲的两臂。木兰家的别墅就在一片农庄里。向前望，可以看见玉泉山附近白色大理石的宝塔，与颐和园的万寿山，掩映在绿树之间，后面的山上则疏疏朗朗点缀着若干座寺院。

他们到达时，正好吃午饭。下午去逛碧云寺，他们爬上了四段的石头台阶，才到大理石的宝塔，当时游人甚为拥挤。时间还早，于是去游卧佛寺，看见一座铜佛，有二十多尺长，样子是斜卧的姿势，旁边是许多皇帝王公敬献的鞋，那鞋有的好几尺长，用绣花的黄缎子做的。姚大爷告诉他们不要玩得太累，因为明天还要逛“八大处”，那里有八个大庙，各相距不远。

第二天，他们去游“秘魔崖”，悬崖峭壁，风景最美，但是看着令人触目惊心。峭壁是在几个寺院之后的山顶下，那几个寺院安安稳稳地坐落在一个悬崖的角落里，为树木所荫蔽。上了点儿年纪的太太和曼娘，是骑驴去的，但是木兰和莫愁则和男人男孩子一起步行。在晴朗的春天，小姐清脆柔婉的声音和驴夫愉快的笑声，在山中起伏振荡。

到了庙门，太太小姐们都下了驴，等走到悬崖峭壁，已经喘不过气来。曼娘穿着一身白，看来还像少女，只是头发梳了上去，木兰跟莫愁则把头发梳成辫子。木兰不管是走路或是站着，总是把辫子尖拿在手上，而且把辫子拿到前面，缠在食指上挥动着玩儿。

秘魔崖实际上是一个五十尺深的天然大山洞，上面一块巨大的石头由山上平伸过来，俨如一个屋顶，人站在下面，总觉得万一那块巨大的石屋顶一旦落下，人就会被压成肉酱。峭壁前面据说原本是一个深水池，现在用大石头填平了，因为怕有人掉下去。木兰的父亲把水池底下藏有两条龙的传闻，向大家解说。原来在唐朝有两个道士，收了两个童子做徒弟。有一次，天大旱，两个徒弟跳到池塘里去，变成了两条龙，才使天上降下雨来。因此后来建了一座庙，供奉两个龙王爷。

他们那群人里，男人继续向前走。木兰走到了洞口，看见一个中年妇人，穿着平常的黑衣裳，和一个十岁左右的女孩子坐在那儿。他们听见一个男孩子的声音，随后看见一个瘦削的男孩子，大概有十六七岁，从附近一个石头屋子里跑出来，站在那儿，指手画脚，对着母亲和女孩子说话。那个男孩子生得眉清目秀，鼻子笔直，满脸聪明，穿着灰蓝布大褂儿，那灰蓝色和他那小白脸儿，敏捷的身子，正好相称。他说："妈，这就是卢师父和他那变龙的徒弟的庙。"他的声音面容颇吸引木兰姐妹的注意。木兰姐妹和曼娘站在远处，看他和他母亲、妹妹说话。

他母亲说："故事倒是很有趣，可是谁见过那两条龙呢？"那个男孩子说："乾隆皇帝见过。"一边微笑，一边比画。他接着说："乾隆皇帝一天到这儿来，看见池子里面有两个绿色的小东西，好像海里的动物。和尚指给皇帝说那就是龙。皇帝大笑说：'只是两个一尺长的小鱼罢了。'刚说完，两条龙就越变越大，由池子里飞腾而起，到了半天空，再往上到山顶，然后消失在云雾里。”

母亲说：“你乱说。”

那个男孩子说：“不是。龙大得很，您看得见头，看不见尾巴。可是乾隆皇帝看见一个好大的龙爪像山一样，从云彩里伸下来，龙的鳞绿得闪亮。皇帝看见吓了一跳，觉得肚子疼，就起驾回宫了。”

男孩子的母亲听了大笑，谁都看得出来，她是一个幸福的母亲。儿子显然是能使生活本来孤独的母亲感到生活充实而快乐，会不断使母亲觉得，想不到会生这么个儿子。

姚家小姐觉得那个故事很有趣，那个男孩子说故事的活泼灵巧的样子也很好玩儿，于是用手绢掩着嘴微笑。莫愁说她好像在什么地方见过那个男孩子，木兰也觉得似乎见过，只是想不起在什么地方。木兰心里很喜欢他那表情生动的面容和说话的态度，不知道那到底是个传闻，还是他故意编出来讨母亲欢心的。

正在这个当儿，傅增湘散步回来，看见那个男孩子，便喊：“立夫，是你呀！”立即走过去问候。虽然他们似乎相交很深，但那个孩子的母亲对傅先生显得特别恭敬。傅先生转过身子来说：“来，见见孔太太和她的孩子。”于是傅太太便引荐说：“这是孔太太。这是立夫和他妹妹。是我们四川同乡。”孔太太笑容满面。木兰走过去，看见那个男孩子的前额和眼睛，似乎与众不同，虽然穿着一身平常的衣裳，竟显得气宇不凡。

傅先生赞叹道：“了不得，你看，我们四川出人才，我敢说这都是由于我们峨眉山的灵秀之气。”木兰看着那个男孩子，越发神往，因为她知道，得到傅先生赞美的，绝非俗物。立夫有点儿局促不安。他母亲说：“我们母子平平无奇，可是傅大人太抬爱了。”

立夫向姚大爷深深一揖，完全遵照四川的古礼，转身向姚太太也深深一揖。自然他向几位小姐没有表示，按礼应当如此。

因为立夫姓孔，姚大爷问他：“你和孔夫子有什么关系没有？”

立夫回答：“没有，不敢当。若是姓孔的都是孔夫子的后人，孔夫子就要贬低身价了。”

听到立夫答话如此得体，木兰不禁微笑。立夫的话说得很快，似乎是巧于应对，在大庭广众之间，也能够从容镇静。姚思安也大笑起来。甚至于体仁看到跟他同样年龄的人，敢当众畅所欲言，不由得觉得敬慕。

傅先生说："至少孔太太是杨继盛之后，这也就不凡了。杨继盛是三百年前的人物，不算太古。我想立夫总与杨继盛有点儿关系。"

木兰听父亲说过杨继盛，因为北京城前门外有一所房子，据说是杨继盛曾经住过的。杨继盛生值明朝末年，当时政治腐败，他是饱学之士，在朝为官，明知是冒生命之险，却敢弹劾权倾一时的恶相严嵩，揭发他五奸十罪，因此被朝廷斩首，但是他的威名胆气则为后代所景仰。至今游人仍然前往他当年写万言书弹劾奸相的亭子，去瞻仰凭吊。

姚先生问："你们住哪儿？"

立夫回答说："在南城，在四川会馆。"

傅先生问："你们今天回去吗？"

"不，我们不回去，要在这儿过夜，住在卧佛寺。"

傅先生又问："你们逛过香山没有？香山离卧佛寺步行只有一里之远，当年是乾隆皇帝狩猎之所。但自咸丰以后，停止狩猎，这个园里面便没有什么野兽了。"

清朝末年，香山并不开放任人游览，当时由一个姓英的旗人主管，而英某人则和傅先生共同拟过方案，提倡妇女教育，后来果然在香山创办了一个女子学校。

立夫回答："没有去过，我们进不去。"

傅先生又问："我们明天去逛，愿不愿跟我们去？"立夫欣然答应。

傅先生对刚刚介绍相识的普通人，就使之加入与姚家太太小姐共同郊游，真是有点儿异乎寻常；显然他是把孔家看作地位相等的至交，再者他本人也是贫苦出身的，一向乐于奖掖后进。

回去的路上，姚太太向丈夫说，若有那个年轻人和他们明天在一起，对几位小姐恐怕有点儿不便。姚大爷仅仅低声哼了一下："唔！"几位小姐则因为忽然情形有变，倒颇为兴奋。

他们在大殿上游逛了一会儿，经过义和团之乱，佛殿幸未遭联军所毁，又看几面古墙上，画着十八罗汉游西山图，多已残旧。出了庙门，看见立夫在他们后面，从双线十字形的门里走出来，因为离得远，就没有交谈。莫愁看见立夫用石头投向一棵柏树，随后看见一只乌鸦从树里飞出来，干叫了一声。他那胳膊一摆动的样子立刻使莫愁想起来第一次遇见他的地方。

莫愁向木兰说："他不是在白云观投铜钱的那个人吗？"

莫愁说的一点儿也没错。那是三个月前，在过年的时候。北京城外一里远，有个巨大的道士庙，叫白云观。由正月初一到十九，北京的男女老幼好多人去逛。最后一天是北派道教始祖的诞辰，成吉思汗很信仰这位始祖，他的遗体便埋在这个庙里。道祖诞辰那天，围着庙，男人举行徒步竞赛，女人有赛车，还有成群的人到那儿去"会神仙"。据说那一天神仙降临人间，乔装出现，谁若遇见能摸他一摸，就走好运。神仙也许装成大官，也许扮作乞丐，也许像狗，也许像驴。所以使人紧张之处就在永远无法认定他。卧在道旁的狗，睡在破席子上的乞丐，谁也不敢说是不是神仙。所要注意的就是狗，或是乞丐，或是和尚，或是老太太，看他们是否忽然神秘地失去踪影。比方说，倘若有个乞丐五分钟以前还在墙角儿躺着，可是忽然不见了，他就是神仙。游客或是给过他钱，或是看见过他，就觉得欢喜。这种风俗，使人对乞丐慷慨，对畜生仁慈。这个风俗也使男女拥挤不堪，所以有无尽的欢笑热闹。

那一天，木兰和莫愁曾经去逛白云观。白云观门口有一座桥，叫"捕风桥"。因为这道士庙叫白云观，有一个和尚在附近也盖了一个庙，叫"西风寺"，暗示西风会把白云刮散。道士于是在白云观前面修了一座捕风桥，可以把和尚用法术刮来的西风捉捕起来。桥下有一个黑洞，里面有一个老道士盘膝打坐。洞里的顶上悬挂着一个大铜钱。游客若用钱向大铜钱上投而投中，会走好运。可是那个大铜钱悬挂的地方，正好在桥角与洞顶之间，是不容易打得到的。于是那个道士凭这个消遣或是迷信，就能收到不少的钱。

那一天，姚家姐妹正站在那儿看，看见一个男孩子居然投中了那个大铜钱。旁边看热闹的人便喝彩起来。那个男孩子要走时，木兰投了几个铜钱，试了几次，也投中了一次，也有人鼓掌。那个男孩子听见有人投中，也赢得了喝彩声，他就回头一看木兰，微微一笑，就不见了。当时莫愁向木兰说："难道他就是神仙吗？"

事情实际是这样的：她们在秘魔崖遇见立夫不久之后，木兰就把他认出来了，只是没说而已。现在莫愁说："他就是白云观那天打中铜钱的人，你记得吗？"木兰仅仅说："我想也是。"

立夫和他母亲、妹妹，在后面大概距离五十码走着。两个小姐不由得回头看了一两次，要再确认一下他是不是那个人。看他又用右胳膊指天画地地挥摆，另一个胳膊搀着他母亲。她俩觉得也很有趣。

在庙门口前，立夫一家追上了她们，又往前走去，因为木兰那一批人之中女客们需费点儿时间上驴。她们看一家三口儿在她们前面走，立夫在他母亲的驴一旁，拉着妹妹的手，这时傅太太把孔家的事情向木兰的母亲说，两个小姐竖起耳朵听。

立夫的父亲，当年在北京做一个小官儿。一个叔父把家里的财产都挥霍罄尽，立夫的父亲就越发贫困，但是他并不埋怨，只是想自己独立谋生。立夫九岁，父亲去世。因为他母亲就是北京人，北京又有好学校，孤儿寡母就继续住在北京的四川会馆。他叔父后来又再度结婚，这次的是个时新派的女子，住在上海。父亲死后，叔父一天忽然光临，打算掌管他哥哥的遗产，心想他哥哥以前在北京做官，一定积存了不少的钱。傅先生出面干涉，他叔父只得空手而归。从那时候起，立夫的母亲得到了傅先生的保护，就一直感激不忘。傅先生惊于立夫的才气焕发，对他很好，把自己丰富的藏书供他阅览。立夫就像一只小猴子放在树林子里一样，学爬树、打秋千，从这个枝子上跳到那个枝子上，根本不用教导。

他们那一批人进入了香山，太阳已经下山，颐和园和玉泉山的宝塔在夕照中闪动。香山和山谷里已是一片阴影，清爽芳香的空气，自松林里飘来，木兰觉得这一天看来是十全十美无以复加了。立夫和他母亲走在前面两百码，在空气柔和的下午仍然可以看得见。在转往卧佛寺的方向之前，他们看见立夫向他们挥手道别。

那天晚上，木兰的父母和傅氏夫妇，商量秋天让木兰姐妹到天津女子师范去读书。虽然北京也有女子学校，但是天津的办得最好。傅太太答应照顾木兰姐妹。此外，她姐妹俩周末也可以回家，大概一个月一次。木兰的父母似乎是被劝服了。

傅氏夫妇也提到送体仁到英国去念书。傅先生说他英文不好并没关系，到了英格兰再学。不但姚先生认为好，体仁自己也极高兴。

木兰的母亲迟疑不决，但是珊瑚全力支持，她只说："年轻人应当出去看看，开阔一下心胸。"

傅先生说："时代变了。学生留学回来，能够通过咱们的考试，等于进士翰林。你若不让他做官，你也得让他受现代最好的教育才对。"

他母亲说："我不放心的是他太年轻。漂洋过海，离家千万里远，谁照顾他呢？"

体仁说："我自己照顾自己。我已经大了。您若答应送我出去，我一定用功。"这是生平第一次体仁说他要用功。

珊瑚说："也许他会完全改变的。他现在十九岁，应当认真做点儿什么了。看看孔家的儿子。我看见他跟母亲妹妹一块儿走，就像二十四孝里的儿子。他还不是像别人一样的眼睛、一样的耳朵、一样的鼻子？"

姚先生引用一句谚语说："家贫出孝子，国乱识忠臣。"这颇似给体仁一个打击。

体仁的父母答应再想想这件事。父亲赞成，因为他思想自由，又有钱，正不知把这个娇惯坏的儿子怎么办。体仁愿意去，是因为去到一个新世界，而且出国留学也是年轻人心目中最新派、最幸福的事。留学回国之后，穿着西服，拿着手杖，说英文，似乎很体面。说句公道话，他也想成器了。

母亲觉得不对，可是使她能顺从的原因，是借此解决家里一个急迫的问题。因为银屏现在二十二岁，还在他们家。她因为是南方人，不能在北平出嫁，必须回到南方的家乡去，但是没人接她回去。去年春天，银屏要随着冯舅爷南下时，出发的日子总是不合适，后来银屏又生病，于是只好作罢。后来就没再提那件事。这件事情很尴尬，因为一个二十二岁的宁波姑娘，已经很懂事了。也许，正像珊瑚向姚太太出的主意，叫体仁离开银屏，体仁也许会重新做人。

第二天，大家到香山围场的时候，人人都很有兴致。木兰和莫愁是因为秋天就去上学，体仁是因为就要去英国，姚氏夫妇是因为家里的问题逐渐解决了。

因为香山并不远，大家徒步而行，傅先生和孔太太先商议好，早饭之后，在香山旁边的庙那儿见面。他们到了之后，发现立夫兄妹和母亲已经到了，正在石头拱道外面徘徊。立夫跑过去向他们微笑着打招呼，但是对木兰姐妹、珊瑚和曼娘仅点了点头，这也是规矩。木兰和莫愁向他脸上仔细看了看，不由得微笑了一下。这是因为昨天她们听说他的事之后，对他越发有兴趣的缘故。

体仁和他说话，小姐们在一旁听着，却假装着彼此自己说话。自从听见孔立夫回答他不是孔夫子的后人，体仁就觉得喜欢立夫，因为体仁自己也是常常批评官场，自己说话也坦白直爽。实在说，体仁是个还够聪明伶俐的孩子，只是天生不喜欢传统老规矩，跟官宦家的儿子一起混也觉得无聊。立夫就显得和那些官宦之家的子弟不相同，并且像他自己一样，也有一种非正统派的思想。大概立夫生于清寒之家，看不起财富，看人，都是看人本身的价值。体仁一遇见他，就把自己的虚饰骄纵完全放弃，愿意以赤裸裸的自己和他相交。也许是那天早晨因为听说他要到英国去，并且打算要强学好，才和长辈认为优秀的青年交朋友?

在香山围场的山麓，方丈带着一群和尚出来迎接傅先生，嘴里说着最斯文漂亮的北京话，这是因为西山的和尚常常接待朝廷的大官和王爷。方丈手里拿着一串素珠儿，在前面引路。这个围场，现在叫香山，是一带树林茂密的陡峭山坡，一直延伸到后面的山冈。在一段乔木参天浓荫蔽日的小径之后，有几段长长的石头台阶，通到山顶的正殿，两旁有若干蜿蜒小径，通到寺院的各处厅堂。立夫和体仁走在傅先生他们后面，和几个僧人说话，女眷们则在最后跟着。木兰的母亲，为了自己的一点儿私心打算，似乎尽力和立夫的母亲培养友情，所以她俩一块儿走，而傅太太则和姚家两位小姐、曼娘、珊瑚一块儿走。

他们才攀登了一小段石阶，立夫转身去搀扶他母亲。体仁只剩一个人，等他母亲过来，也搀扶着母亲。她母亲高兴得欢呼道："好儿子，你若天天这么样儿，我不知道该多么欢喜呀！"体仁觉得自己很光彩，向母亲说："在家您有丫鬟伺候，用不着我。至少我也有一番孝心哪。"

他母亲说："别说大话。你看见孔家的儿子去搀扶他母亲，你觉得不来搀扶我难为情。你跟他交朋友，对你有好处，跟人家学着务正。立夫，你肯不肯跟我儿子交朋友？"立夫回答说："姚太太，您说笑话儿。您若不嫌我没出息，就是我的面子。"

珊瑚、木兰、莫愁三个人看见体仁搀着母亲往上走，彼此用胳膊肘顶对方，彼此惊而相顾。两位母亲互相问对方儿子的岁数。木兰的母亲听说立夫是十六岁，比体仁小三岁。木兰听见立夫的母亲说，自从他丈夫死后，他们就指望收房租过日子，现在正打算把四川的房子卖一部分，好供立夫上大学，她要把一切财力都投在立夫的教育上。木兰听见孔太太这样说，心灵的深处，颇有所感。木兰也知道人间的穷人，可是不知道自己的相识之中有人要把一部分产业卖了供给儿子上大学。她觉得这个想法不错。

现在有一个和尚告诉他们走旁边的小径，不致太累，于是女人都到左边去走。和尚把他们引向一面大墙，等一进大院子，看见有一座大厅，对面悬崖耸立，上面乔松茂密，清流自悬崖流下，下面汇为池塘，水极清澈。大厅前面是石铺的地面，摆着石桌石凳。那么清雅的院落，木兰不由得倒吸一口气。忽听见立夫说："有个书斋在这儿念书该多么好！"

体仁拿出相机说："我得在这儿照个相。"体仁不仅会照相，并且学会了冲洗，为这件事，他要钱怎么用，他父亲都给他，认为他在这上头用心，省得去为非作歹。

现在太太小姐们站在一处。木兰有个毛病，就是一看见极美的东西，两只眼睛里就会各流出一滴眼泪，只是一滴。所以现在珊瑚看见木兰擦眼睛，就打趣地说："你干吗哭？"曼娘说："妹妹，你的眼睛怎么了？"因此木兰成了大家注意的目标。她只是笑了笑说："没什么。"立夫和他母亲在稍远处看着，木兰的母亲请他们一家过来，大家一齐照相。

珊瑚说："请过来呀！咱们跟傅家都像一家人一样的。"

最后，傅太太只得硬把孔太太拉过来。赶巧木兰和莫愁都站在边儿上，立夫的位置正在一旁，但是他站得离木兰姐妹至少一尺远。

相片洗好了。木兰是照的相片儿中第一等的，因为她那么激动不安，头侧着，一双手半举起来，好像又要擦眼睛一样，美得令人怜爱。

和自己同年龄的女孩子在一起，立夫当然觉得好不自然，所以他站得离体仁很近。木兰、珊瑚、曼娘在一起，因为木兰邀请曼娘来，要让她很舒服才对。莫愁和她母亲邀孔太太去散步。因为她天性稳静，两位太太说话，她安静无言，孔太太因此很喜欢她。结果是，立夫和几位小姐在吃午饭以前，从一大早就没说过一句话。

他们离开庙到各院子去散步之前，和尚问他们吃素斋，还是吃荤菜。木兰的母亲说她和曼娘吃素，他们男人没有肉吃恐怕不满意。但是傅先生说，在这种地方，当然大家都应当吃素，因为不尝过他们和尚做的素菜，就谈不上吃素。西山庙里和尚做的素菜，王爷吃起来也会满意的。他们做的菜，也有“火腿”，也有“鸡”，也有“鱼卷儿”，不过都是用豆皮做的，样子和味道像肉，青菜都是用大量的油做出来的，还有好多美味的蒸烙点心。

他们回到山顶上的庙里，看见大厅里已经摆上了两桌饭食，有银汤勺，有象牙筷子。傅氏夫妇自己认为那天非做主人不可，分坐在两席上，傅太太和女客同桌，傅先生和男客同桌。但是女客比男客多，姚先生愿跟两个女儿同坐，把他太太和孔太太拉去跟男孩子同坐，这样就把男女分座的计划打破了。但是又起了一阵混乱，因为小姐桌子上人太多，立夫的母亲坚持请莫愁到她那一桌去。两个小孩子，就是立夫的妹妹和木兰的弟弟，最后还是跟几位年轻的女士坐在一起。结果是，一个桌子上，木兰和珊瑚照顾小孩子，另一桌上，莫愁和立夫伺候两位母亲。方丈坐在远处，看见都落座就绪之后，过去说“请诸位慢用”，然后告退。

现在宴席上，话题转到乾隆皇帝在西山庙里碑匾上刻的字。在庙的正前面就有一通碑，上面是乾隆的字。

姚先生说：“乾隆皇帝对自己的字一定很自负。”木兰心里正想皇帝到处留下自己的字，未免有失尊严。这时听见立夫在那边桌子上说：“物以稀为贵。皇帝各处留下字，不是不太值钱了吗？”所以两个人的看法一样。但是莫愁认为这话对皇帝不太公道，不过没说什么。

立夫问傅先生说：“您喜欢乾隆皇帝的字吗？”

傅先生说：“乾隆的字规矩有力，但还不能说精美超俗。”

立夫说：“我也没见过乾隆写的诗有一首好的。只是普通的馆阁体，总是歌颂太平、繁华、凤凰啊、紫气啊，他没说，人就想到了。”

忽然间，莫愁开了口，她说：“难道他说的是你想得到的，就一定是坏诗吗？”虽然她心里想到就脱口而出，但是这分明是向立夫直接反驳。

立夫觉得出乎意料，向莫愁看了看，他必须正面作答，他说：“人想到你要说什么，你果然就说出个什么来，当然是坏诗。”

莫愁觉得必须有所回复，于是说：“不过也看情形而定，诗人和隐士不同于普通人，所以笔下所写就不是普通的事。但是乾隆是皇帝，他必须说适合他身份的话，就等于说他必须做适合他身份的事。一个隐士作出的坏诗，皇帝说出来就是好诗，因为皇帝必须统治全国，他统治下的匹夫匹妇所感想的，他也必须能感想到才行。所以一个为帝王者不得不和常人一样。”

莫愁说完，觉得话说得过多，未免失礼，其实，并不是想要开始什么口舌之争。

傅先生说：“照你的道理说来，乾隆的字也算好字的了。因为乾隆的字规矩匀称，不是以诡异见才华的。”莫愁说：“乾隆皇帝的字圆润丰满。”说完，又想到乾隆年间的书画家“扬州八怪”，于是又说：“为皇帝者，不可以古怪反常。倘若扬州八怪做了皇帝，天下百姓岂不要遭殃？”

莫愁的母亲不懂得他们谈论的是什么，但是知道一个十五岁的女孩子和一位名儒辩论，总是失礼，于是向莫愁说：

“莫愁，你怎么敢跟傅伯伯争论？”

傅先生说：“让她畅所欲言。我高兴听。”那另一桌上的闲谈已经完全停止，准备听莫愁的话呢。

莫愁说：“我只是要替乾隆说一句话而已。即使普通的游客，都把自己的名字和诗句乱写在亭子上、悬崖峭壁上、庙墙上，为什么一国之王就不许写呢？他在这西山修建了这么多庙，即使他不想写，他的大臣一定也请他写，留给后代作为纪念。他毕竟是太平盛世的君王，提倡文学艺术，他的诗正好是太平盛世的点缀。宫廷体的诗就是那个样子。您不能说他的字怪，因为皇帝的字必须方正规矩。他的字圆润、丰满，结构方正，笔力含蓄在柔软圆润的轮廓之后，皇帝的个性理当如此。”

木兰的父亲满意地微笑道：“人生而不同。傅太太，我这三女儿的字就是这个样子，圆润丰满，一个个整整齐齐。木兰的字就像男人的字。”

傅太太说：“这些个事不能勉强。一个人的字就是个性的表现。心不正，字不正。”

这话，是傅太太的真心话，也足以反映出她丈夫的意见。他更进一步相信人的命运，由他的字可以看得出来。傅先生一方面有进步的现代观念，但也像好多老一辈的学者一样，他们心中总有几分神秘的想法。傅先生也相信星象占卜，他这种想法是无人可以动摇的。

傅先生说：“由一个人的字，可能看出他长寿，还是短寿。”莫愁说：“那就是为什么，我说乾隆活到八十九岁，他是中国历史上在位最久的皇帝。”

立夫说：“我不相信。”

傅先生说：“你还太年轻。”

立夫说：“我将来恐怕永远写不出一笔好字了。”傅先生说：“你性情太孤僻。本身虽然不坏，可是需要改正。最高的性格是其中有一分孤僻，或者说精神自由，但是要使之归为常态。你现在需要的，是有人稍微把你勒住一点儿。”

傅先生又进而讲解他那包罗万象的两元论。一切生命都是两种力量的结果。那两种力量就是正与奇。没有奇，便没有进步；没有正，就没有稳定。人生就来自此两种相反力量的中和，就如同阴阳产生了一年的四季。

忽然听见木兰和珊瑚哈哈大笑。每个人都回头一看，有人问：“笑什么呀？”

木兰说：“没什么。”但是笑声越大。

曼娘解释道：“她们笑我呢。木兰说我写的字像小老鼠，所以我就胆小如鼠。”

木兰出来解释说：“我是开玩笑。照傅伯伯说，谁写的字像一只猫，就能把老鼠吃了。”

傅先生说：“也不可一概而论。你听见说老鼠咬死过猫的吗？”又接着说："在饥荒的年头儿，有一只老鼠长得又大又肥，能打败猫，会逼得一只猫逃跑。"

傅太太问木兰："你的字像什么？"

木兰回答说："我的字什么都不像。唔，大概像蛇。"

莫愁从另一张桌子那边说："蛇也能吃老鼠啊。"

木兰问曼娘说："姐姐，你想我会吃了你吗？"

曼娘说："你很饿的时候，也许会。"

珊瑚说："若是那样儿，那么谁也会把我吃了，因为我的字像栗子，又不圆，又不方，永远摆不直。"

傅太太问："你妹妹的字像什么？"

木兰想了一下，她说："她的字像春天的鹧鸪鸟，身子圆，羽毛光亮。"

这时候，那个执事僧听见他们说鹧鸪鸟，前来为宴席道歉说："真是对不起，我们不能做一道鹧鸪菜。"

大家哄然大笑，又向和尚解释刚才他们谈论的是书法。傅先生掏出一张十元的纸币递给和尚，并谢谢他们的美味宴席。

木兰始终没和立夫交谈。饭后，大家休息了片刻，因为曼娘已经嫌那天爬山走路太多。大概三点钟，傅氏夫妇又提议到远处那座山去，但是女士们谢绝不往，傅太太只好陪着她们不去，说她以前去过。莫愁，因为身体生得丰满，性情又好静，也说不去，要陪着母亲，因为母亲向来不喜爱爬山。体仁不去，是因为他父亲也去。立夫的妹妹太小。结果只有五个人去，就是傅先生、姚先生、立夫、木兰、木兰的小弟阿非。木兰喜爱攀登高山，喜爱看壮观的景色。

到半路亭，还不足一里地，但是山路甚为陡峭。傅先生和一般瘦人一样，是爬山好手。木兰的父亲虽然那样年岁，但步履轻快，如走平地，如果必要，他一天还能走百里之遥。立夫落入了木兰的一伙儿，长辈们走在前面，他不能对木兰再不理不睬。他觉得很紧张，两手捏得骨头节儿响，手指头伸伸又握起，握起又伸伸，因为他是在书堆里头长大的，从没有接近过美丽的小姐，所以他只好和木兰的小弟说话。木兰心里想了个鬼主意，她借着向阿非说话，总算很滑稽地把谈话起了个头儿。她向阿非说："你问问孔先生，是不是去年他去逛过白云观，并且看见你姐姐投中捕风桥下那个大铜钱。"

这种说话的样子很古怪，双方都大笑，你看我，我看你，两人之间的说话总算开始了。

在他们前面五十码，有一棵高大的白果松，单单一棵树，在一个小丘墩上立得笔直，银白的树皮衬着后面青翠的山坡，看来非常可爱。

木兰说："孔先生，你能投中那棵白果树吗？"

立夫说："你若要我投，我就试一试。"

他拾起一个鸡蛋大的圆石头投去。砰的一声，打中树干。

阿非喊道："好哇！"

木兰当时羞红了脸，做了一个最适合女人的姿势，也投出一个石子，没有打中，离树有一尺远。立夫鼓励她。第二次又没投中。立夫告诉她把石头夹在手指之间的办法，还告诉她投石头的两个方法。一是往上，手从肩上走；一是往下，手从肩下走。

她又要投时，立夫说："你站得不对。"木兰知道，但是不肯把两条腿叉开。她两只脚并紧站着，试按着手往上投的方法投出去，果然投中，只是自己摇了摇，差点儿没栽倒。立夫喊了一声好，阿非也发出了赞美的声音，木兰自己也因成功，感到得意扬扬，喊叫了一声。

她很高兴，不由得吹起口哨来。立夫深觉意外。

"怎么！你也会吹口哨？"

木兰满脸微笑，向他看了一眼，嘴里继续吹。她吹的是《十二月历史花名》，是很流行的民歌。继续往上走时，立夫也跟她一起吹起来。姚先生回头一看，见女儿很高兴。他向傅先生说了点儿什么，傅先生也回头看了看。

他们往上越走越高，一片新景色展现在眼前。往下望，是深谷和陡峭的碧绿山坡，往远望，是青翠的山峦。在那高山之上，云雾之间，木兰觉得真是适心怡性，如鸟归深林，如鱼返深渊。这时春风吹来，使人精神爽快，小鸟也像木兰一样，突然觉得精力充沛，在山谷中飞来飞去，鸣声充满了天地。

到了半路亭，大家坐下歇息。木兰问他们在远处看见的锯齿墙状怪样子的建筑是什么。她父亲回答说那是乾隆皇帝仿照西藏的房子和台子修的，好让士兵练习爬西藏的堡垒，有的是为纪念他在西藏的胜利所建的纪念物残基旧址，还有一个是乾隆皇帝看兵丁射箭的阅兵台。那些建筑物大都坍塌已久。木兰不由得想到唐诗上的句子："一将功成万骨枯"，默然不发一语。北京离蒙古平原很近，又有很多西藏喇嘛在京里，叫人觉得北京是个帝国的都城。碧云寺、卧佛寺，还有许多别的地方，都有成吉思汗和其他蒙古帝王的遗迹。

姚先生问："立夫，你念过《吊古战场文》吗？"立夫说："念过。不过终于是而今安在哉？"他几乎是自言自语道，"将来到西藏去看看。"

傅先生开始唱一段《李陵碑》，唱杨继业碰碑自尽前那一段，极尽苍凉悲怆。木兰则低声跟随。立夫听到，极感意外。木兰的声音之柔嫩，不可多得。碰碑那一段极不易唱。立夫向来没学过唱。那一段是凄凉哀怨的调子，木兰只觉得人生原属可悲，但也美丽。

若是木兰的投石头、吹口哨、唱京戏这些事使立夫感到意外，在他们走回庙去的路上，立夫说了一句话，也使木兰感到意外。木兰曾经说别人没有来，没看见他们所看见的景物，真是遗憾。立夫问她："今天你看见的东西什么最美？"

木兰回答说："在半路亭所见的景物最美。你今天看见的什么最美？"

立夫说："那些残基废址最美。"

现在姚先生盼望立夫能成为体仁的朋友，那天晚上请孔家吃饭，所以大家一齐回去的。人人都饿，那顿饭吃得早。姚先生与傅先生喝起酒来，都是海量。正如俗话说："酒逢知己千杯少。"饭后，他们露天而坐，一边望着月亮从颐和园上空升起来，一边谈论孩子们的计划。

傅先生说："把体仁送到英国去吧。你有的是钱。现代新知识太重要了。在如今这个新世界，不能不知道海外的情形，再死背四书五经不中用了。"在他那瘦高的身体里，他的精神，在月光和酒力之下，扩张起来，他把对将来和世界的看法也高谈阔论一番。

姚太太对儿子的出国，还没有真正拿定主意。体仁的出国和女儿到天津去上学，是家里想不到的一个大变动，而她的本性就是厌恶变动。但是莫愁说：

"哥哥，你应当去。大丈夫当行万里路，到外国开开眼界，不要老死守在一个地方。"

傅先生说："不错。叫他离开你这个富贵舒服的家庭，你看，他会长大成人。在外头，他会自己照顾自己，不会再要丫鬟给他预备洗澡水，再照顾他洗脸，再给他沏茶。他若想喝茶，他得自己去沏。这对他有好处。"听了这种话，姚先生就最后决定了。

他们打算第二天回去，但姚先生说："明天是十五，月色更好。"可是姚太太说把家交给丫鬟看着不放心，而且曼娘明知婴儿是在她母亲手里照顾，也仍然是放心不下。结果是女人们第二天先走，姚先生和傅氏夫妇再多住两天。

第十四章 为饯行曼娘设宴 苦离别银屏伤怀

木兰先送曼娘回去，然后才回自己家。公婆见了曼娘很欢喜，可是曾先生看见她那么娇艳年轻，多少吃了一惊，以后是不是让那么一个年轻守寡的儿媳妇再到外头去抛头露面，心里有点儿疑惧。因为曼娘自从十八岁守寡以来，还继续成长，现在亭亭玉立，长得比以前更美。木兰也使他吃了一惊，因为她仿佛已经长大，自然的神秘力量，使青春少女变得太微妙了。木兰的脸和两颊比以前丰满，眼眉和睫毛比以前更黑，眼睛比以前更亮，而山水之间这次游历，更是使她容光焕发。是否自己会有福气娶那么美的儿媳妇？才色兼备的女人会命运如何？他纳闷不已。

曼娘说木兰姐妹要到天津上学念书。

木兰说："还没有一定。我妈和我爸爸只是说说而已。"曾先生说："这么大了还去上学？离开家到外面去上学，没有好处。为什么要跑天津那么远呢？"

桂姐说："她们又不是我们家人，咱们有什么权利管人家的事？"

曾先生只是微微一笑，曾太太说："木兰还不是跟我自己的女儿一样。"

曼娘说："事情最好还是仔细点儿好。鸽子放跑了，可就不知道还回来不回来。"

木兰说："你说的是什么呀？我是去念书，每月还回来向您请安的。"

木兰回到家里，正在自己屋里换衣裳，锦儿进去告诉她："你不在家的时候，家里好像又太空。乳香回家去看她的家人了，我和银屏觉得好闷得慌。前天，我们去看了青霞的小孩儿。"青霞已经嫁给罗东的儿子，他这个儿子是在一个姓王的人家当差。

木兰问："青霞好不好？"

锦儿说："她很好，她的小孩儿很好看。我们去是因为小孩的满月。太太没想到，我们就替您做主，送给小孩一双虎头鞋，另外还送了两块钱。我们几个人也凑了点儿钱，给小孩买了一个小镯子。青霞说先向您道谢。过几天她带着孩子来给您请安。"

木兰说："幸亏你们想到了。银屏好吗？"

锦儿说："她也够难的。别人都不在，我们俩说了好多话。我觉得事情也不能全怪她。我们做丫鬟的，不像您千金小姐。我们伺候主子，伺候太太，五年、十年。可是自己将来怎么样，谁也得想一想。至于我呢，我愿伺候您一辈子，若是我……"

"当然。锦儿，我们俩从小一块儿长大，简直就像姐妹一样，将来分手怎么受得了。"

锦儿又接下去说："至于银屏，那就不同了。她先来，她有福气伺候大少爷。她已经二十多，比少爷还大，她是高不成，低不就。她不能等到大少爷成家。可是她在姚家舒服日子过惯了，没法子再去嫁个庄稼汉，并且她也不愿离开北京。青霞已经出嫁。乳香的爸爸妈妈就在城里。我虽然父母双亡，我知道我若跟着您，我不会出什么错儿。可是她怎么办呢？"

木兰说："你说得很对。连竹笋在土里，也是往上长。谁不愿出人头地？银屏若不愿回南方去，咱们给她找个男人嫁出去怎么样？”

锦儿说：“那就看她是什么心思了。”木兰的眼睛不住看着锦儿，锦儿又接着往下说：“天下什么事情都好办，只有人心不好办。她的心思若往别处想，一切都容易；若是往这边想，那就难了。少爷长得漂亮，对人又好。他高兴的时候，话说得那么好听。若不高兴，当然，他有脾气，但是，男人嘛，当然都是那样。并且，即使银屏要走，大少爷还不一定肯放呢。银屏说……”

这时候，乳香进来说银屏肚子疼，体仁已经派她取药回来。去年，银屏就容易闹肚子疼，所以没人觉得有什么关系。但是到了下午，银屏显然病更重。体仁到他母亲的屋里，脸色苍白，说应当请医生来给银屏看看。珊瑚说：“等等看。是老病儿，没有什么新鲜。给她点儿泻药，再给她点定心丹。告诉她不要吃东西，再给她点儿去年的荷叶汤。”

莫愁说：“一定是你已经告诉她你要到英国去。”

体仁说：“我告诉她了。她说她高兴我能出国到外洋看看。”

莫愁说：“我就知道是因为这个。”

体仁说：“你冤枉她。她的嘴唇惨白。谁能装作疼成那个样子呢？”

“我并不是说她的肚子疼是假装的。可是我说，你若告诉她你决定不出国，她的肚子疼就好了。”

珊瑚问：“你当真决定去吗？”

体仁说：“当然。你们谁也不真正了解我。你们怪我不用功，怪我说念书没用。但是我相信我没说错。据说念书为富贵荣华。你们告诉我，我为什么要求富贵荣华？我又何必用功？你们替我设身处地来想。咱们家需要我挣钱，还是需要我做官？你们都夸赞立夫。但是他母亲指望他养活。当然我也像别人一样想做个人。我必须了解现在这个新世界，我到国外去念书，是另有道理的。”

他母亲听了他的话很欢喜。体仁脸皮生得特别细嫩，鼻子像木兰的鼻子一样笔直，浓黑的眉毛像父亲。上嘴唇边上露出来一点儿小胡子，看来很有男人气。现在他一阵子口才雄辩，似乎坚决而真诚。

他母亲说："你若真打定主意努力向上做个人，一切都好办。昨天你向我尽点儿孝道，在孔太太跟前，我好有面子。我并不要你赚钱，也不要你做官；我只要你像别人一样，做个正正当当的人。可是，你要改改脾气，不要一不高兴就摔东西。"

"那是因为咱们有东西摔，咱们买得起新的。若是有钱的人家摔得起东西，不摔东西，不买新的，人家工匠怎么卖钱谋生呢？孟子说过：'天之降大任于斯人也，必先苦其心志，劳其筋骨，饿其体肤，空乏其身，行拂乱其所为，所以动心忍性，增益其所不能。'可是我既没有劳动筋骨，也没有身体挨饿。所以上天一定没看得起我。"

莫愁和珊瑚听了大笑，可是他母亲却听不懂他那一段文章。

莫愁说："我向来没听见人这样讲孟子。你真懂孟子这段话吗？"

"当然我懂。"

"孟子又说圣贤和我们常人一样，人天生是没有不同的。人兽之间唯一的差别就在那一丁点儿的是非之心。若是故意摔东西也算对，把米倒在水沟里也算对了。不说你误解了孟子，自己有过错还怪天。"

体仁算被驳倒，没有话说了，只好说："你也像你二姐一样。你长大会教训人了。"

体仁现在除去对自己妹妹们之外，对别的女孩子都温柔。银屏正在他同一个院子里她自己的屋里。他回到院里，到她的屋里去，看见她正用被单蒙着头。他轻轻掀开被单儿，问她觉得怎么样，可是银屏把脸转过去。

银屏说："你去了那么久。"体仁看见她擦眼睛。银屏又说："刚才我又狠狠地疼了一阵子，现在刚好一点儿。"

体仁说："你不要伤感。今天晚上你的肚子空一下，明天就好了。现在你只要喝荷叶汤。明天再请大夫来。"

体仁把银屏用来捂着脸的手拉开，向她说："我刚才跟二妹辩论《孟子》上一段文章，她们好像都说我不对。只有你了解我。天地之间，只有你我互相了解。”

银屏微微一笑。她说：“将来你走了之后，会有些别的人更了解你。那时候，你还会想到幼年时的丫鬟吗？”银屏说话，蛮像一个成熟的女人对一个天真无邪的男孩子说话一样，而说话的声音之温柔，简直使男人心醉。她的话直截了当，没有一个斯文的女孩子那柔顺谦退欲语还休的样子。她的声音和面貌，充分显示出宁波人的独特的活力。据说一个宁波小姐若想追求一个上海的男孩子，这个男的就在劫难逃了。而体仁，虽然口才雄辩，体格健壮，内心则像个有女人气的上海男孩子。正如他刚才所说，他既未曾劳动筋骨，又未曾遭受饥寒，他只是一个软壳的蛤蜊，银屏的话使他有点烦恼，因为他对银屏很真诚。所以他对银屏说：

“你不相信我吗？我若有一天会忘了你，或是我若口是心非，愿一个毒脓包生在我嘴唇上，并且抽搐而死，而且死后下辈子变个驴让你骑！”

银屏笑道：“干什么青天白日的起这么重的誓？”

“是你逼着我起的！这次是我做人成功的机会，我一定要去。你给我照顾我的狗。我若对你变了心，我回来的时候连狗都不如。你可以随便踢我，随便咬我，让我睡在你的床下头。”

体仁喜爱一切洋东西——照相机、表、自来水笔、好勇斗狠的外国电影，他还养了一只洋猎狗，走到哪儿带到哪儿，不过只是由银屏喂它。体仁不知道怎么样对待狗，发起脾气来，他会用脚踢狗，虐待狗，弄得狗也不明白是怎么回事，结果那个狗对银屏反倒比对真正的主人还忠实。现在，他指着狗说：“人的忠诚还能不如狗吗？”

银屏回答说：“在聪明上，人比狗强；在忠诚上，人比狗差。并不是我不信任你，你既然有机会出去，你自然应当出去。我没有权利干涉你的前途。但是谁知道你什么时候回来，现在我已经成年了。即使我愿等着你，可是也许情形有变，也由不得我。我若不嫁，变成个黄脸婆，人会笑我说：‘你还等什么呀？’我拿什么话回答呢？我若任凭别人摆弄，你回来的时候，我的身子不是别人的了吗？哼！为人莫做女儿身，一生苦乐由他人。”

银屏叹了口气，显得疼痛的样子，前额上竟冒出汗来，体仁给她擦。

她又说：“你对我这么好，我很感激。咱们过去只是乱说。你是天生的主子，我是奴才。人各有命，落生时注定的，一辈子也不能改，我并不是卖给你们家一辈子，总有一天我们家里人会来赎我，我就得嫁个庄稼汉，回乡下去，做个庄稼汉的老婆。在你们家，我穿得好，吃得好，这已经是我的福气，所以将来怎么样，还是不说为妙。”

狗叫了一小声，闻到有吃的东西拿来了。一个仆人掀开门帘，盘子上放着一碗荷叶汤，说：

“饭已经摆好了，太太等着您呢。”

“告诉他们先吃吧。这时候我怎么吃得下？”现在他父亲不在家，体仁就放肆起来。

女仆走了之后，体仁说：“我喂你。”银屏就让他喂。汤不够甜，体仁起身往厨房去找糖。但是银屏说：“不要去！留神人家说闲话。”体仁又转身回来。

于是银屏又说：“你最好去吃晚饭。我已经好了。表面上不要叫人看出来呀。”体仁听银屏的话去吃饭，饭后，又回屋里来。

第二天早晨，体仁对母亲和两个妹妹说，他决定不到英国去了。这是因为银屏比英国的魔力大。

等父亲回来，体仁却没有勇气对父亲说不到英国去。

一天，傅先生说：“体仁，你最好把辫子剪了，做几身西服穿。”

在当时，剪掉辫子是表示极端维新派，多少有点儿危险，因为可能被看作阴谋推翻大清的革命党。革命党都剪去辫子，因为留辫子是表示臣服清王朝。但出国留学的学生剪辫子，则被认为是当然之事。

这很投体仁的口味，他不再说不去英国了。在随后的几个月，他的姐妹对他头发剪成洋式，他的洋服、领带、袖扣儿、饰纽，觉得好有兴趣。体仁觉得好潇洒，好摩登，自己自鸣得意，举止行动就像一个新人物。银屏经管他的衣裳洗换，但是常常弄乱，也许是由于心情不静，也许是因为生气。她觉得洋衬衫长得可笑，袖子剪成那种怪样子，会缠绕起来，袖口的里外面简直不容易认出来，她常常把袖扣扣反。那些衣裳怎么烫，怎么折在箱子里，她学得都不耐烦了。

一天，银屏说："为什么西服有那么多兜呢？那么多扣子呢？昨天，我算了算，里里外外，一共有五十三个扣子。"

但是体仁很高兴，也学会了把两只手插进裤兜儿里走，也系颜色鲜艳的领带，背心上还有个表兜，里头放着怀表。有时候他一只手插进衣襟里，一只手抡着一根手杖，就像他所看见的潇洒的归国留学生和洋人一样。

莫愁帮银屏的忙，因为穿西服，对当时青年人来说算是一件很不寻常的事，所以莫愁见哥哥穿得那么讲究，自己也得意，于是她学着为哥哥烫衣裳。

立夫现在常来看他们，在体仁一旁，相形之下，自然显得旧派，穿得也有点儿不体面。他不一定愿到姚家来，可是双方的母亲交情越来越好，大家也都欢迎他来。在此富有之家，他虽然始终不觉得很自然，总觉得他和体仁之间有一道明显的障碍，可是他的不安的感觉却渐渐消失。他觉得体仁因为家里有钱，生活上那种安适，自己心里也羡慕。他力求谦虚有礼，力求随和，可是在小姐面前，既永远不肯开玩笑，而且总是敬而远之。有一次，在几位小姐万分勉强之下，他把《千字文》的第一页倒着背了一遍，因为大家听傅先生说过他会倒着背。他常常会沉默一会儿，可是一说到自己所知，或自己所深信的事，则言辞犀利，足以表示他对其精通有研究，使听者在此专题上，不做第二人想。有一次，他对木兰说："对一事一物若有真知，若有真了解，乃一大乐事。"

在那些年，男女青年之间的社交活动，也渐渐为人所允许了；但是木兰姊妹因为在旧传统里长大，在男客面前，总是缄默而矜持。可是在立夫背后，她们却不由得不谈论他。

立夫的喜爱议论，穷究道理，那副严肃认真的头脑，特别吸引木兰。她哥哥体仁的美仪容，有辩才，时而慷慨大方，时而和蔼亲切，有时也有聪明妙想，但从来不严肃认真，恰和立夫成鲜明对照。这虽非体仁之过，但这个鲜明的对照，除在衣着一项之外，则完全对立夫有利。

体仁新近买了英格兰制的皮鞋一双，合中国银圆三十五块。立夫也有西式皮鞋一双，但是中国制造的，是为了学校上体育课穿的。他始终没有在皮鞋上擦油的习惯，所以他的皮鞋都已穿旧，呈干燥有摩擦伤痕的灰色。一天，他走后，莫愁说：

"你看见他的鞋了没有——好脏啊！我真想叫他脱下来，让银屏去给他擦擦打打亮。"木兰说："亮不亮又有什么关系？"

莫愁说："仪表也重要。"

过了几天，立夫又穿着他那没擦的皮鞋走进来，姊妹两人不禁彼此相顾，吃吃而笑。木兰用眼紧盯着莫愁，好像向她挑战。莫愁鼓足了勇气说："立夫，我可以问你一个问题吗？"

立夫问："什么问题？"

木兰开始大笑，莫愁一句话都无法说完，立夫不由得纳闷到底为了什么事。木兰为免情形尴尬，只得说："我们俩要试试你。傅伯伯说你背得过诗韵部的字。你告诉我们第九部'蟹'韵里的字。"

莫愁对木兰的机智颇感惊异，竟会立刻把"鞋"字改成"蟹"。

立夫果然立刻滔滔不绝地背出来："蟹、解、买、獬、奶、矮、拐、摆、罢、骇，让我看看，还有揩、拐、癔。"

木兰大喊道："好！无怪乎傅伯伯那么夸你。"

立夫说："这套学问是蠢不可及的。只是愚弄那些不会写诗的人而已。用限定的韵写诗毫无道理。若能自己定韵写诗，本来可以写出好诗，这样一限韵，好的诗句全限光了。还有，那些韵书，至少已经有七百年。现代人不用适合现代发音的韵，真是岂有此理。孔子时代还没有韵书，但是《诗经》里也有很多好诗句。”

这时候，姐妹俩都忘记了他的鞋，虽然还是一双破旧的鞋。

木兰说：“我也这样想。发音显然已经有了改变。比方说以前鞋一定念过‘奚挨’的音，不然怎么会在韵书上和‘买’‘奶’同韵呢？”

立夫说：“就是啊。现在说‘螃蟹’，在方言里有时候说‘螃孩’，说‘鞋子’，有时候在方言里说‘孩子’。”莫愁微笑说：“很对，在北京我们说擦鞋，可是银屏是杭州人，她说擦‘孩子’。那一天，她说她要擦‘鞋’，我还以为她要擦‘孩子’呢。”

木兰说：“你若不信我的话，我可以叫她来。”

现在立夫开始低头看自己的鞋，莫愁吓呆了。

银屏正在这个节骨眼上进来了。莫愁说：“银屏，你把孔大哥的‘孩子’拿去擦擦吧。”

于是全大笑起来。银屏真去拿了一盒鞋油，把立夫的鞋擦得跟新的一样，立夫大惊，莫愁大喜。

这件事，立夫只知道一半。几年之后，莫愁才告诉他另一半。

六月里，有一天，曾太太和曼娘下棋，桂姐在一旁瞧着。曼娘刚过了丈夫的第二个周年忌日，看来精神有点儿委靡。这时阿瑄已经能跑，正在她周围玩儿。

曾太太说：“这几天怎么没看见木兰？”

曼娘说：“谁知道她这几天干吗呢？自从上月底她来看方先生之后，就没再来。”方先生是山东的一位私塾老师，已经来到北京，住在曾家，以度晚年。只因他太太已经亡故，膝下没有儿女，只是他一个人。曾先生名义上是叫他管账，但他年岁太老，实际上什么也不能做。曾先生对孩子们说，一日为师，终身为师，依照老规矩，理当如此。所以曾府仍然以正当尊师之礼对待他。

曼娘说："也许她忙着给她哥哥准备出国呢。"

"他什么时候走？"

"我听说是这个月底。"

"一个人为什么要到外国念洋书？他妈怎么会许他去呢？我就不教荪亚走那么远。"

曼娘说："那天锦儿把木兰的礼品送来给方先生，我把她带到我屋里去问她话，可是她什么也不肯说。第二天木兰自己来看方先生，她才告诉我事情和银屏有关系。姚太太认为体仁只要离开银屏出国，他总会出息成个人。"

桂姐问："可是只为了让他离开银屏，干什么叫个孩子远去外洋呢？"

曼娘说："谁知道？"说着，眼睛又看棋盘上。刚才她说她的"炮"不会叫曾太太的过河"卒"子吃了的，她现在一心注意这个。曾太太棋下得比曼娘好得多，她可以让曼娘一个"马"。

桂姐说："我看你算了吧。太太的卒子都过了河，可以像'车'一样来将你的。"

曾太太说："你把你的'炮'让开吧。我看这几天，你显得不舒服，天太热。你去看看木兰，活动活动，对你还好。"

但是桂姐说："我看最好咱们请木兰和她妈吃一顿饭。有几种用处。一则给体仁饯行，又算给方先生洗尘，又算为曼娘向木兰还席。吃了人家的饭怎么能不回请呢？这样可以一箭三雕。这次是年轻人的聚会，曼娘和少爷们做东。"

曼娘一听好兴奋，说道："你说真的吗？"曼娘从来没以自己名义请过客。"我也想到过，只是没敢说出来。整个席由我一个人出钱。每个月我十块钱的月钱都用不完，留着干什么？"

桂姐说："你说得不错。花钱交往应酬，花钱联络情感，钱才算有用。我看这次请客用你们三个人的名义才好。你也让他们弟兄向方先生表示一点儿敬意，而且一次请了比分开三次请好，再者叫他们弟兄为体仁送行，也比以你的名义好。"

曾太太问："那么爱莲呢？"

桂姐说："咱们这么做。分成三份儿，我出爱莲的那一份儿，太太出他们弟兄俩的那两份儿，曼娘呢，你出你自己的。"

曼娘说："干什么一定要这样？还是请客由大家出名儿，钱由我一个人出。我拿出二十四块钱足够了，不疼不痒的。席摆在我的院子里，那边也凉快。妈，您给我这个面子。"

曾太太说："她若一定要这样儿，就这么样吧。"

曼娘说："咱们请谁呢？"

曾太太说："你随意。姚家姐儿俩，她们大哥，阿非，你若愿意，再添上他。咱们这边儿，就是你和孩子们。下礼拜他们放学。"

"要不要找牛家？"

桂姐说："我看不要。我想咱们只请素云，她也不会来。因为素云就快跟经亚订婚了。过去半年是她父亲得意的日子，现在是度支部大臣。这半年，风调雨顺，五谷丰登，商业繁荣，国库收入高，自然油水大，下由小吏，上至牛大人，岂止过手三分肥。牛大人对太太和儿子说：'若是天遂人愿，下年一样丰收，国家再太平无事，今年冬天，我要回家祭祖。这福气都仰赖天恩祖德。人要饮水思源。你们一定要记住。'牛大人这样万分欢喜，所以决定在五月节给长子和一位陈小姐完婚，借以庆祝自己的福气。又因受太太的撺掇，又准备素云和经亚订婚的事。男女当事人的生辰八字已经换过，正式下过聘礼，仪式也就要举行了。"

曼娘说："这叫我想起木兰来。咱们得赶紧，不然她会叫别人家偷跑的。那么个仙女一样的小姐，必然是订婚订得早，谁腿快谁就得到手。那天我听说福州林太傅家要到姚家提亲。咱们不要一年一年地拖了。"

桂姐说："她说的话很对。"

曾太太说："我近来也一直想这件事。我也不知道为什么把这件事拖下来。我总是觉得木兰就是咱们的人一样。"

曼娘说："但是咱们得赶紧办。她就要上学去了。"

桂姐说："你为什么那么担心？是荪亚娶她呢，还是你娶她呢？"

曼娘回答说："我是真担心。因为经亚已经订婚，为什么不想到荪亚呢？娶了木兰，您添个聪明听话的儿媳妇，我添个闺中知己。再说，这件婚事也是命中注定的。当年她若不失踪，咱们永远不会认识她。你还到哪儿去找一个像她这样的呢？"

曾太太说："我不怪你着急。谁看见她谁也馋。可是得先问问小三儿他自己。"

桂姐说："用不着问。这个婚事若是成得了，咱们扁鼻子小三儿也得自认有福气呢。"

曼娘说："不用愁。我看见咱们每逢提到木兰的名字，荪亚的脸就发红，就害羞。那一天，木兰在这儿跟经亚、我和老师说话，荪亚听说她来了，就跑进屋来向木兰的脸上看，木兰当时显得怪难为情的。后来荪亚慢条斯理儿地说：'兰妹，你是不是要到英国去念书？干什么听傅先生的话？'荪亚说这话好像挺害怕的样子。木兰随即很镇静地说：'你弄错了，那是我哥哥要去。'荪亚一听，才放了心，高兴得跳起来说：'真的吗？你真不去吗？'木兰说：'当然是真的。我为什么到外洋变成个洋女人呢？'荪亚说：'这是我要问你的话呀。我害怕。你没糊弄我吧？'木兰微笑回答说：'我糊弄你干什么，你好笨，比方我真到英国，变成了个洋女人，那你怎么办？'荪亚说：'你若去，我跟你一块儿去。'说这话的时候，荪亚的脸一阵红一阵白的。他又转过脸儿来问我：'不是你告诉我们她要到英国去，还说那是傅先生的主意？'我告诉他他听错了。方先生那位老夫子听了之后，大感意外，竟说不出一句话来。"

桂姐说："木兰脸上什么样子呢？有什么表示没有？"

"她害羞脸红，显得很不好意思。我想就是为了这个，她现在才不到咱们这儿来。"

这次宴会在两天以后举行，木兰姊妹、哥哥、弟弟，都一起来的。席上她们谈论体仁坐海船到英国，谈论英国这个国家，又谈论外国的军舰。体仁和方老师坐主座。他兴致甚佳，谈笑风生，而大家好奇，都对他的洋装很注意。方老先生也很高兴，饭还没吃完就喝醉了。曼娘看出来木兰对荪亚有点儿不自然，荪亚则兴高采烈，十分快乐。

一切事情都进行得很顺利，人人也都很顺心，只有银屏默默无言，灰心丧气。傅先生在六月底自济南返抵北京，他为体仁出国的事出主意，帮着料理。他答应陪着体仁到天津，送他上船。父亲现在对体仁很温和，有几次带他出去，开始对他说话，对他低声劝告。母亲总是哭，每天给他做别致的东西吃，家里忙忙乱乱的。母亲老是觉得有什么灾难来临，不过她已经打定主意，银屏的事必须一下子根本解决。她心里也纳闷，不知道儿子在这个宁波姑娘身上看出了什么，会那么着迷。又恨这个宁波姑娘引起家里这种纷乱，使她为母亲的，不得不违背自己心愿，放儿子出国去。

启程的前几天，他母亲想起他剪下的辫子，于是向他要，说是自己要用来填在她自己的发髻里。儿子说那头发已经送给银屏了。母亲听了，心里很烦。

母亲说："儿子，你现在要走了，我不知道你什么时候回来。你已经长大，应当用心想些正事。银屏伺候了你这么些年，你对得起她，我不介意。只是她是个丫鬟，不久也得嫁出去。"

体仁怒冲冲地说："她是个丫鬟，难道丫鬟就不是人吗？我不知道什么时候回来。可是我告诉过她，要她等着我。我若三年不回来，您可以把她嫁出去。我的狗我也给她了。我不在家的时候，狗算是她的。"

母亲一惊非小。

"儿子，你现在是去念书。怎么你的心还都放在姑娘小姐身上呢？"

体仁说："您得答应我，我不在家的时候，您得养活她，不能赶她走。"姚太太只得答应。

体仁高高兴兴地回到屋里，把这消息告诉银屏。

体仁对她说："你等着我。我是这一家的长子。你若跟着我，你不用发愁。我们姚家的财产会使你丰衣足食舒舒服服过一辈子。"

这真使银屏喜出望外。这些日子以来，她既不是身体不好，也不是真正生病。关于体仁的装箱子，打行李，她完全帮着做；家里别的事情她就完全不管，也很少出屋去。姚府上所有的丫鬟之中，她现在是年岁最大的，对自己的穿衣打扮，也最为注意。

她正试用钥匙开体仁的箱子，这时候听见体仁进屋来说这个话。她一转动钥匙，锁咔嗒一响，就好像事情也有了个了断。她慢慢站起来，走到镜子前面，看了看自己，掠了掠头发。

她狡猾地笑了一下，说："你是说正经话，还是拿我开玩笑？"她虽然是一个丫鬟，可学会了这一家的小姐的举止姿态和顾盼神情。少女用手指头掠顺自己的头发，手心转向下，再转向里时，那微微下垂的姿态，这时露出染色的指甲，显得最为漂亮。体仁看见这种动作，最为心醉。

银屏说："世界上最不可靠的就是男人的心。一切都在你了。你若真的心不变，你不在的时候，我一切会自己留心的。"

体仁这时已经走近她身后，她转过身子去，把伸出的食指微微用了一点儿力量，点上他的脸，把上下牙咬紧，很热情地说："冤家！"

体仁又问："你答应不答应等着我回来？"

她说："这个容易。你若不变心，他们谁也赶不走我。万一有什么不幸发生，还有一死呢。"

体仁说："乱说。千万别说死。你要好好儿活着，等我回来跟我一同享福。"

银屏说："死也没有什么了不起。谁早晚也得死。将来的事谁敢说？不同的是死得值不值。人死了若有人在他坟上流一滴眼泪，我就认为死得值。一个人死了，连一个人心疼也没有，我就认为死得不值。"

体仁觉得怪害怕，赶紧说："别乱说这种话！我妈已经答应我，你就不用担心了。我最恨的，就是一个漂亮的小姐嘴里说死啊死的！"

银屏引用俗语说："有聚就有散，有生就有死。你不爱听青春少女说死，可是你不是女儿身。女人的命比男人的贱，死并不是什么难事。"

体仁忽然觉得很伤心，于是说："若是真那样儿，就让咱俩一块儿死，不就没有什么聚散了吗？不就只有平安，没有烦恼，没有纷乱纠纷了吗？"

银屏现在嘴里说死，只因为这是丫鬟嘴里说惯了的缘故。其实，她生而结实，不但生活力强，她还有足够的坚强意志战胜生活上的不幸。她从眼角里瞥见体仁把她的话认起真来，弄得心里很难过。她走过去，坐在他一旁说："你若对我不变心，我就不会死——不管发生什么事，我也不会死。不过不要离开太久。几年后情形会怎么样，那太难说。"

体仁身子往椅子背上一靠，似乎没听见她说什么，只顾自己说："也许你说得对。'有聚就有散，有生就有死。'但是既然有散，有死，何必还有聚有生呢？这不是白忙一阵子吗？"

银屏说："我不死——我不死。这就够了吧。"体仁说："谁知道你们女孩儿家？我曾经纳闷过，为什么世界上要有你们女孩子呢？"银屏向体仁看着，茫然不解；体仁显然是又说怪话了。他又接着说："男女的差别，就在身上多一块肉，少一块肉，可是你看，因此招出了天大的麻烦！现在拿你、锦儿、乳香、青霞来说吧，你们都跟我一样聪明伶俐，比我还长得更好看，性格也比我好。我现在是你们的主子，几年之后，你们都嫁了人，谁能管谁呢？我真不懂人活着是什么意思。有时候，对我自己说：比方你们几个姑娘生下来就是主子，而我和阿非和我妹妹，都生而为用人，生活也不会有多大的改变，也许我会认为自然应该如此，并且我真不能说谁占谁的便宜。你用心想想：我父亲有这么大产业，有这么多钱。铺子里会有六七十人——天天早晨打开门做生意，晚上关上门，对客人恭恭敬敬，卖货，记账，出去要账；还有好几百人，大部分是男人，到全国各处去采药、采茶，把药把茶往船上装，装货，卸货，用肩膀扛；而我们自自在在地坐着，爱吃什么吃什么，要上哪儿上哪儿。他们都是给我们姚家干。但是你看看我们姚家，不管你怎么算，我们是女多男少。我妈、珊瑚、木兰、莫愁，还有你们大伙儿跟用人们。你看，是不是几百个男人，由我舅爷领头儿，在那儿傻干，赚钱给你们女人用？还是我们男人劳累伺候女人呢？还是你们女人劳累伺候我们男人呢？大概就因为这个，我才不愿发愤苦干。现在我就要到英国去了。现在忙着买箱子，买衣裳，订船票，我以后还要住在旅馆里。我若不花钱，我去干什么？有时候，我想跟你易地而处，凭自己的能力做点儿事，挣点儿粗茶淡饭吃，倒觉得还高尚。说实话，我若是你的丫鬟，你若是我的主子，我若为你装箱子，你若去旅行——你愿不愿和我易地而处呢？”

银屏迟疑了一下说：“装箱子是女人的事，出外旅行是男人的事。男女怎么能易地而处呢？”她根本不明白体仁的意思，不过倒觉得他的想法蛮有趣儿。因为体仁很健谈，而她也喜欢听，平常也是这样。可是一天体仁出门之后，她自己心想，自己是个贫家之女，无依无靠，远来自南方，居然有福气在这个富有之家长大，真是不可思议。倘若能照体仁所说，她若能嫁给体仁做这一家的少奶奶；至少，倘若他的话能算数儿，她若能和他一生共享姚家的财产，能安居无忧，那真是更不可思议了。

现在行装一切都已准备好，到最后一天，姚太太才切实感觉到儿子真要走了，大概还要一去好几年呢。父亲对儿子越来越好，不过并没说多少话。阿非一向缠着他哥哥。体仁近来也觉得自己是这一家有福气而且地位重要的孩子，所以对阿非，对木兰和莫愁，也蛮像个哥哥了。

那天晚上吃晚饭的时候，做母亲的，不由得伤感落泪，父亲则安慰她说："出洋念书是件好事。"

母亲一边落泪一边说："只是心里很难过。我想从孩子时候起，他就一直没离开过家。他还小呢。"

饭后，全家在母亲屋里坐，父亲抽着水烟袋。

父亲很温和地说："体仁，你这次出国，花十万、十几万块钱，我不在乎。钱挣来时就是为花的。只是我要你立志做个正正当当的人。你是姚家的长子，你若走正路，这一家就有好处；你若走错，这一家就受害了。你若想求个学位，就求个学位，但是最重要的还是做个人。

"世事洞明皆学问，人情练达即文章。

"你若喜爱游历，你就游历，看看欧洲，开开眼界。但是你要改正你的痴想，不要把聪明用于细琐的事情上。你要想一想，孔太太的儿子若有你的好机会，人家会多么发愤努力。"

母亲又说："还有另外一件事。就是不要和外国女孩子们在一块儿混。我可不要一个洋媳妇。咱们是中国人，咱跟她们的风俗习惯不一样。还有，不管你到哪儿去，一定要写信回来。"

木兰看见母亲又要落泪，很快乐轻松地说："在信里你要告诉我们是不是欧洲有一个国家叫'葡萄牙'。我听说西太后就不相信会有国家叫这种可笑的名字。所以葡萄牙的大臣第一次来中国要晋谒西太后的时候，西太后说是人跟她开玩笑。西太后说：'一个国家怎么会叫葡萄牙呢？若是真的话，一定也有国家叫豆牙国，还有国家叫竹牙国呀。'"

这话说完，连木兰的母亲也笑起来。体仁说："我一定写信告诉这件事。我要从伦敦坐火车到葡萄牙，从葡萄牙国写信回来。"

那天晚上，在姚家的父母儿女之间，在兄妹之间，是极其和美的一个晚上。在姚家，以后再难得有那样的平静，那样的和美，那样纯真的希望了。

第十五章　沐书香寒门出才俊　别美婢纨绔痛出洋

第二天早晨，全家到前门火车站去送体仁，只有他母亲没去，她在家里哭，珊瑚陪着她。在姚家这是一件令人兴奋不寻常的大事，因为在姚家还从未有亲人离别过。立夫也到火车站送行，和大家在火车站相见。他和木兰姐妹到车上去，在最后几分钟和体仁再说几句话。火车快要开时，荪亚和经亚才冲进火车站，那时别人都已经从车上下来，所以他俩只有一点儿时间和体仁交谈几句，从窗口把一包礼物递进去。体仁站在窗口，雪白的脸，高高的鼻子，下面配上雪白的衬衫领子，大红的领带，看去真像个洋鬼子。姚先生站在月台上，默默无言，静看着火车慢慢驶出车站。火车失去踪影之后，曾家几位少爷一转身看见一个素不相识的青年，穿着天蓝色的竹布大褂，正靠近木兰站着。立夫站在那儿等着别人介绍他们相识。他看见那几位富家少爷穿着湖色罗纱大褂，外套黑坎肩，上面是珊瑚扣子，辫子松松地编起，梳得油光光的，足穿黑缎子鞋、白袜子。姚家姊妹也穿得很讲究，上身穿的是乳白色的丝绸褂子，极细瘦的袖子，鸭蛋青色的厚锦缎裤子。那时候极瘦的袖子突然流行，已经把早年宽肥飘洒的大袖子取而代之了。她俩那乳白色的褂子上镶着翡翠扣子，在夏天的早晨显得特别清新爽快。木兰耳朵上戴着梨形的红宝石耳环，莫愁戴的是绿玉耳环，两人鬓角儿上都有一绺头发垂下来，大约有一寸长。立夫在这群盛装的少年美女之间，好不自在。两位小姐都因为流了离别之泪，正用力擤鼻子。木兰破涕为笑，向曾家兄弟说："劳驾劳驾，跑这么远来送。"荪亚说："我们来晚了，真抱歉。"说着眼睛转向立夫。木兰说："这位是孔先生，是傅伯伯的朋友。"大家作揖为礼。这时候，莫愁看到立夫的皮鞋颜色虽然比以前黑得多，但是又快变灰了。

大家出了火车站，他们的马车就驶近马路边儿来。姚先生请立夫跟他坐一辆车回家，但是立夫说他家离火车站不远，他要走回去。姚先生说："虽然体仁不在家，你在假期有空儿还要常来呀。"立夫答应常去。于是他站在一旁，看着他们上了车，向他们行了礼，目送他们的车轮转动离开之后，自己才步行而归。

姚先生一言不发，拉过阿非的手握起来。他感觉对体仁也过于严厉了一点儿，平常恐怕对他太冷淡，中间的距离也许保持得太大了些。于是决定对阿非不要再犯那种毛病，对小儿子要像对女儿一样亲切才好。

在车上，木兰说："我有一种奇怪的感觉，好像咱们家减去了一个沉重的包袱。"

父亲问道："你想他今后会改吗？"这时她父亲也许想到自己的青年时期，并且觉得儿子的野性还没有耗尽。

莫愁说："现在他有这么一个好机会，出洋多见识一下，再受好大学的名教授指点，也许会改的。"

但是她父亲说："你年轻，才说这种话。咱们家有钱，所以就应当花。其实，出洋不出洋，和一个人的学问没有什么关系。求学和做人，随时在哪儿都学得到。你看立夫跟他们分手时候的礼貌风度。在长辈面前，他知道何以自处，而且态度从容，能获得人对他的敬重。这些也要到外国去学吗？"

父亲说完这些话之后，姐妹俩再没说什么。

对立夫而言，他步行回家之时，对今天的事，则另有一种看法。看到别的年轻人出国求学，他也不知道是嫉妒呢，还是一时激动。他也听说过牛津和剑桥，这两个大学的名字，就足以点燃起他的求知欲。他不敢确信体仁会重视这个到牛津或剑桥求学的机会，甚至于他也不敢确信体仁一定会去。对立夫而言，到国外求学这个理想，只有俟诸遥远的异日了。

立夫也觉得姚家、曾家的生活等级，是高高在他之上，他是无能为力的。他和体仁的友谊并没有加深，因为体仁只是同情他批评富贵人家，或者在学校里写些对历史翻案性的文章，此外，他们之间，便再没有什么相同之处。体仁本人对什么也缺乏断然积极的态度，也缺乏严肃认真的精神。他认为曾家的少爷公子也属于此一类，他们那等家庭是自成一类的。他们第一次在西山遇见之时，他觉得姚家姊妹能自己做饭，大感意外，因此才对她俩有了一点儿好印象。他一向很怕富家之女，中国一般人都是如此。姚家两姊妹态度好，教养也好，诚然不错，可是他对女性的阴柔之美并没有强烈的感应。一天，为了礼貌，他算勉强俯就，把皮鞋擦亮了一下，可是他认为把皮鞋擦亮，究竟是多余的事，若让丫鬟跪在地下擦，那就是生活的腐败。不过他喜欢事情高尚，东西精美，就如同在木兰家所见的一样，因为他生性高雅，有贵族的气质。

他、他母亲、他妹妹三个人，在四川会馆里住着三间房子，从他生下来就在那里住。门前有一片空地，有一条脏水沟，他从童年就在那棵大柿子树下玩儿。甚至他父亲在世做一个低级员司之时，他们就住在那儿，因为不用付房租。虽然他父母已然积蓄了点儿钱，在南城买了一栋房子，但是后来又把那栋房子租了出去，这样每月可增加一点儿收入。他父亲去世已经那么久，他们还能继续住在那儿，当然与傅先生的势力有关系。四川会馆的门房，说是亲眼看着立夫长大的，立夫觉得自己也亲眼看着那个门房渐渐衰老，变成了祖父。四川会馆大门的门框、门道、门前的那一对石狮子，对他之熟悉，就犹如他桌子的抽屉里一直摆着没有动过的那个陀螺一样。他自己逐渐长大，眼看着大门变矮，门道变得又窄又短，门口那一对老石狮子越来越光滑，为此他也出了不少气力。石狮子的嘴里都有一个石头球，可以在狮子嘴里自由滚转，他曾经好多次试着把石球掏出来，后来渐渐长大，渐渐聪明，也就放弃了那个愿望。那栋房子有一个绿门，正中有个红圆心，门里有一条通道，左转通到一个方砖墁地的庭院。他们那一套房，由院里经过一个小窄门进去，房子是传统式的两明一暗，就是两间不隔开，做客厅、书房、饭厅用，另外一间在一头儿，做寝室。他现在还跟母亲共住一间，小妹妹和母亲睡一个床，他睡靠近窗子对着院子放的一张竹床。院子里东边的两间房做厨房用，也做储藏室，一个用人睡在里面。

院子里铺着古砖，有的已经破碎，院子中间摆着一个孩子做的日晷仪。架子是立夫找到的断石碑，有二尺高，找到之后，央求门房替他扛进去，就立在院子中间。立夫在上头放了一块灰色的砖，有一尺见方，砖上面有一个一毛钱买的日晷仪，是一个木匣子，上面标出钟点儿时刻，一根红绳子用以投射太阳的影子，中间有一个小的圆盘，那个小圆盘表面儿上有一个指南针。因为搬来的断石碑的顶端并不平，他在下面垫上碎砖使石碑平正，那个三寸木造的日晷仪放在院子中心巨大的架子上，有点儿滑稽可笑。不过不能不说明的是，有时候他把日晷仪拿下来，在原来那个地方儿，安放笼子逮家雀儿。

他还做了一个更大一点儿的东西。有一次，他把一根棍子放在日晷仪一旁，由棍子上直伸出一根绳子，向着院子的南端，和小日晷仪上的红绳子正好平行，照着小日晷仪的阴影儿，在地面上标出钟点时刻来。他母亲任凭他这样去玩儿，就犹如她宽纵他别的事情一样，尤其日晷仪含有勤勉的学生爱惜光阴之意。但是院子正中间横着一根绳子对人来往不方便，他母亲和用人有几次被绳子绊倒，所以他必须取消这种实验。可是院子里砖地上表示二十四小时的记号，现在还可以看得出来。偶然有客人来，看见那些记号，颇感意外。而立夫自己则从那种实验，获得了有关冬夏两季太阳移动的角度的明确知识。

客厅是中等家庭的典型式样。他父亲的遗像挂在东墙的正中，左右是一副对联，是一位大学士的书法真迹，这也算他家寥寥可数的一件传家之宝。对联的上款落的是他父亲的名字，当年由一个朋友代求的。屋里地下铺着席子，顶棚和窗子糊着白纸，屋里因此显得相当整洁。一张普通的红木方桌靠墙摆着，一家三口便用作饭桌。立夫的小书桌靠着东墙的窗子。几把木头椅子，一把藤条长靠椅，上面铺着垫子，一把用旧的藤椅子，棕红色而表面光滑。在东墙他父亲相片下面，靠墙摆着一张半圆的桌子。这就是屋里所有的家具了。敞开的书架子上摆着书，大部分是立夫他父亲的遗物。其中有一部珍本的《资治通鉴》，几种诗文集，除去一部十三经之外，再没有什么古典学术名著。这是因为他父亲像大多数朝廷的官员一样，只要能考中科举，在一般经典之外，不必再去钻研考证语文等学问，已经可以安然度日。还有几种参考书，立夫的教科书，再有就是梁启超的《饮冰室文集》，立夫已经完全读到肚子里。那套文集在中国那十年之内，代表了西方全部的新思想知识。

当然毫无疑问，立夫就是这所小庭院之内的圣人。他母亲不断对儿子的表现感到惊讶，感到茫然不解，正如好多宠爱儿子的母亲一样。

让他母亲茫然不解的是，立夫是先天不足，早产下来，但是却平安无事。他母亲只知道对儿子爱护备至，却不知道教育他。她听见傅先生对儿子大加赞美之时，只是微微一笑，却不知如何作答。正像曾太太恭维木兰的母亲时，说："您怎么会有这么个好肚子！"木兰的母亲也同样用这句话恭维过立夫的母亲。可是她对自己越得意，自己就越谦虚。那年春天，他们家在院子里养了一窝小鸡。一到傍晚，大家在灯下非常快活，母亲向儿子女儿说："你们看这个有黑斑点的老母鸡。生了那一窝漂亮的小鸡！那么小那么红的嘴！那么黑那么圆的眼睛！那么好那么软的一身毛！有时候我觉得我等于是那个老母鸡一样。"立夫记得他母亲常常跟他说，他刚生下来的时候，他的上嘴唇中间有一片小小的干皮，很尖。所以小鸡的尖硬的嘴，又像立夫婴儿时的特点。

立夫由火车站回家之后，说他看见了那些人。他说："三十五块钱买一双皮鞋！够我两年的学费了！"

他母亲说："今年秋天你上学，要花的钱更多。要七八十块钱一学期呢。这让我想起来，你应当去收房租了。这不已经到了月底了吗？"

立夫就跑去收房租。

七月底，木兰的舅舅冯舅爷夫妇，带着女儿红玉自杭州回到北京，冯舅爷在杭州住了一年。红玉是很不凡的孩子。木兰和莫愁对她很好，过了好久，她才肯随便说话，才肯接受她俩送给她的吃食和礼物，并且她接受了之后，好像一个陌生人一样，说声："谢谢。"过了好些日子，她才觉得轻松自然，才肯和阿非玩儿。珊瑚以为她一定是怕她的表兄表弟表姐，才那个样子，可是一个小孩子那么沉默寡言，确是不寻常。只费了很短很短的一段日子，她就学会了北京话的腔调，并且模仿表亲的话。她真是聪明过人，才五岁大，就已经学会认些字，木兰和莫愁不久又教了她不少的字。在姚家住了几个礼拜，她就很爱说话了，几个姐妹问她为什么刚来之后不肯说话，她说她怕说杭州腔调招人笑话。

冯舅爷此番由杭州回来，使姚太太心里想起了一件事。那就是要趁着体仁不在家，把银屏打发走。她也要对得起银屏，要把她正式嫁出去，要尽量给她找一个好丈夫，因为她不愿自己的儿子受制于那个泼辣的女人。天下没有一个女人知道另一个女人对男人到底有何等的魔力。她认为体仁对银屏的迷恋是年轻人难免的事，由于青春时期天天在一起的缘故，并且相信一旦她不在了，儿子也就会把她忘记的。她还没给儿子物色个媳妇儿，不愿在他正式娶太太之前，先就有一个妾。她做母亲的是为了让儿子摆脱开银屏，才迫不得已让儿子出国，自己这样牺牲都是银屏的缘故，因此很恨银屏。她自己想到了一个主意，并没有说给女儿们听，可是等她哥哥冯舅爷一来，却告诉了她哥哥。冯舅爷向来是姚太太的同谋，也可以说是共犯。冯舅爷便假说在杭州碰见银屏的伯母，她伯母告诉冯舅爷要把银屏嫁出去，因为银屏已经成年，叫他在北京给她找个好丈夫。

所以有一天，姚太太把银屏叫到她屋里去，要跟她说话。银屏恐怕是出了事。原来因为体仁说他母亲答应一直叫银屏在姚家等到他回来，所以她又特别打起精神，处处做人做事，讨别人个好儿，当然也包括姚太太在内。不过她知道姚太太不喜欢她，因为她很少跟姚太太说话。

银屏走进去，靠近门站住说："太太，您找我？"

体仁的母亲说："是啊，过来，我要跟你说话。"银屏就走到太太跟前。体仁的母亲说："你来我们家已经十年左右，你现在也长大了。按规矩，我们应当为你的将来着想，这件事在我心里已经思忖了好久。去年，我们打算送你回南方去，赶上你生病，不能够走。到了如今，我想虽然你是个南方人，你也用不着坚持一定回南方去。你觉得怎么样？"姚太太话一停，要看银屏的神气。只见她两眼低垂，浑身颤抖。银屏说："太太，您有话就说吧。"

姚太太于是接下去说："我已经给你想了一条路。古语说得好，男大当婚，女大当嫁。你伺候体仁尽心尽力，我们应当给你找一个能养活你的男人，你那时候也就有自己的家了，不要再伺候人——像青霞，现在有丈夫有孩子了。"

银屏仍然一言不发。姚太太接着说："上礼拜，二舅由南方回来，说遇见了你伯母。她说，因为你不容易回南方去嫁人，你又已经成年，托我们在北京给你找个男人。我会送你一全套的嫁妆。"

银屏说："太太，我知道您的美意，很感激您。自从十年前来到您府上，蒙受您的恩德不小，但愿我没犯什么大过错。您若肯答应，我现在是并不急着要走。青霞去年才嫁出去，现在我还没有她那么大。虽然少爷出国之后，我的事情减少，可是家里总有好多事情需要人做。虽然我来时立的合同是十年，我还愿多伺候您几年。这也费不了您什么——也不过多吃您一碗饭，现在我不必添什么新衣裳。时候到了，您再打发我走，我一定走，您也不用赏我嫁妆。”

“不是我要你走，你伯母说你应该走了。”

“这若是她的意思，她为什么不写封信来？她可以找人给我写封信。这不是一件小事儿。”

“她跟二舅说的，那当然够了。你不信二舅的话，是不是？”

“并不是我不相信二舅。但是这是一辈子的一件大事，为了我自己，我一定要有家里写的一点儿东西。我们苦命的丫头，人家要把我们怎么样，我们就得听人家摆布。太太若是不要我，我也没有别的办法，只好得走，但是我一定要有一张字据。”

银屏现在哭了。姚太太觉得自己是失败了，但是又说：“你若一定要字据，那也可以。我已经打定了主意。我有了消息，再告诉你。”说完，十分不悦。

银屏擦了擦眼泪，走了出去，既恐惧，又混乱，又伤心。她觉得自己受了骗，觉得自己没有错，觉得太太欺骗了自己的儿子，因她儿子要银屏等，而且有诺言。但是这些话她却无法说出来用以自卫，也不能用以挽救自己陷入的危局。银屏到了自己屋里，躺在床上大哭起来。她哭道：“儿子一走，他妈就撵我走！”

银屏的哭声全家都听见了，引起了一阵混乱。但是大家也听见太太高声说：“我们没有对不起她。女大当嫁。我们不能养活她一辈子。那么个小丫头，不要心比天高。”全家的男仆女仆，都知道太太的话是什么意思。

现在珊瑚、木兰、莫愁都听到了，可是母亲正在生气，谁也不敢说一句话。最初，姚先生以为他太太不过像往常一样，在那儿教训某一丫鬟，等一听见情形严重，他就走到太太屋里来，问一问到底为了什么事。两个女儿也凑到妈妈屋里来，丫鬟则都跑了，没有人敢来听。冯舅爷没在家，正在店里照顾生意。姚先生一问这件事，太太说是舅爷从杭州带来的话，说银屏的伯母要把银屏嫁出去，就嫁在北京。木兰的父亲问：“这话可靠吗？他怎么没告诉我？”

太太说：“你是个男人，这是家里的事，所以他没跟你说。”

木兰的父亲又问：“银屏怎么说？”

“她说要一封她伯母寄来的信，才肯走。我告诉她应当嫁出去，她跟我要一封伯母的信！我从来没听说这么霸道的！”

莫愁说：“这也不难。有一封她家寄来的信，让咱们也占得住理。他们不是直接把她卖给咱们的，咱们没有权随便处置她。咱们若不能把那张合同拿回来，人家会向咱们要人的。”

“丫鬟们若是生病，若是跑了呢？那该怎么办？她在北京若有家，有亲戚，我立刻就叫她卷铺盖给我走。”

事情只好暂时搁置。父亲走了之后，母亲低声叫木兰去叫罗大，让他去告诉舅爷，说他一回来就来见太太。木兰觉得这件事情暗中有文章，但是没说什么。她觉得她母亲正在做一件迟早要做的事，不过不应当做得这么快。

半点钟之后，锦儿进来，木兰问银屏怎么样。

锦儿说：“她还哭呢。她说自幼父母双亡，伯父把她卖了，卖了两百五十块钱还了赌债。又说契约上说的是十年，去年就满了。那时候她愿回去，可是少爷不让她走。她说少爷要她等，并且少爷从太太那儿得到保证，一定会让她至少再待三年，可是这也不能跟人说。我告诉她：‘你别扭也没用。少爷不在家，没有人护着你。’她说：‘太太若一定要我走。我就走。可是一定要家里一张写的东西才行。’您等着看。她脾气固执，还有下一出戏看呢。”

木兰说：“真的呀！她说的是绍兴官话。你可别把她的话告诉太太，一句也别说。这话传出去可不好听。这种事应当在我哥哥走以前解决才好。我哥哥倘若是真答应过她，这么做就有点儿对不起她。”

锦儿又说："我可以斗胆再说句话吗？少爷对她很体贴，人非草木，孰能无情。您看，那天早晨少爷走的时候，狗的样子都不对。狗一定也感觉出来主人要出远门儿了。人还用说吗？承认这件事，固然不怎么体面，可是年轻男女在一块儿，那也是难免的。若是被迫非走不可，我也是一样难过。"

木兰说："可是你和我，情形又不同。"

锦儿坚持说："可是，您也得想想。自从小孩子时候起，她就照顾少爷。早晨给他梳头洗脸，梳辫子，找这个，找那个，直到少爷让她伺候惯了，别人谁也伺候不了他，谁也不记得他什么东西放在什么地方儿。少爷走后，她没有什么事情做，忽然好像六神无主，对什么事都心不在焉。这是当然，谁也不应当怪她。而现在，忽然又叫她走。她伤心难过，还用说吗？"

冯舅爷回来之后，跟太太关在屋里秘密商量了约莫半个钟头。吃饭的时候，银屏照常出来伺候，和别的丫鬟一样，不过她看来并不快乐，大部分时间闲着。乳香现在接替青霞的事，所以她过去接太太的碗，说给添饭，太太说："不要。我要银屏来添。"银屏过去接过碗，添了碗饭来。她正把饭碗放在桌子上，一滴眼泪掉在米饭上，她赶紧又把那碗饭拿回去。

太太没看见眼泪掉在饭上，就大声叱骂道："贱货！你不愿伺候我，是不是？走开！"说着用力推了银屏一下子，紧接着又说："我养你养了这么大，一点感恩图报的意思也没有。你把这个家已经搅和得天翻地覆，家里一点儿安宁也没有。为了你，不得不把少爷送出国去。你就害得我们母子分散。你打的好算盘！癞蛤蟆想吃天鹅肉！"

羞辱的话伤人太重，银屏号啕大哭起来，用一只胳膊挡着脸说："我也没有吃了大少爷？我把大少爷吃了吗？"

太太大怒，从椅子上站起来就冲向银屏，但冯舅爷给拉住了，锦儿赶紧告诉银屏不要再说话。

冯舅爷说："小奴才，你这不是在太太面前无礼吗？"

姚先生只是坐着看，一句话没说。

银屏转过身来，脸上显得受了委屈，流露着反抗的神气。

她立刻停止了哭，就像刚才立刻开始哭，同样地快。银屏说："老爷，太太，二舅爷，请您原谅我。我在您府上这么多年，我若犯了什么过错，我愿立刻受处罚。大少爷是出洋念书去了，这跟我做丫鬟的有什么关系？为什么把罪全怪到我头上来呢？我伺候少爷，讨少爷高兴，这是我的本分。他若待下人好，那是您儿子的事。请您告诉我，我犯了什么罪搅得您府上人仰马翻？您愿怎么处罚我都可以。"

姚太太说："你们听听这张厉害嘴！"

珊瑚这个和事佬说："银屏，你若有话说，就好好儿说。不要失礼。"

银屏说："您若要我走，我就走；您若要我死，我就在您眼前死。"

寻短见的威胁是仆人惯来用作克制太太的。舅爷赶紧说："谁说要你死？你们家和我们订的合同是十年。去年我要带你回去，你不肯，也许不能走。这一次你伯母说让我给你安排一下，我们也是按着你伯母的意思办。你若要你伯母伯父写个字儿，那也可以办。我给她去封信，也就没有什么可争吵的了。你觉得怎么样？"

银屏回答说："老爷若不认为我无礼，我要这么说。我的合同已经期满。您找个人送我回去，要不然就在北京找个人家儿，我总得要我伯母写在纸上的一句话。我知道我死我活，我伯母也不关心，但是嫁人是人生大事。我不是阔家小姐，有父母照管，我必须自己照顾自己，嫁谁不嫁谁，要我自己认可才行。我不会嫁到蒙古云南去的。"

姚先生最后说话了。他说："那么事情就决定了。我们一定在北京给你找个好人家儿。我想你不会受人欺负的。"

所以事情就暂时到此为止。但是姚太太的话越来越难听，所以银屏除去一走，是别无办法，只是早晚而已。姚太太一提到银屏，就说："不要脸的小婊子。"可是银屏总能设法把她的话向太太回过去。她的话是："养了十年的狗也不忍心把它赶出家门。人怎么会还不如狗呢？"

第十六章 遇风雨富商庇寒士 开蟹宴姚府庆中秋

那年夏天，一连十天，大雨倾盆，实在少见，因为在北京，夏天的雨总是来势汹汹，转眼就过。雨一停，全城清凉舒适。连日下大雨，过往应酬都不方便，姚氏姊妹便待在家里，跟红玉一起玩儿，要她说杭州的故事。姚家要给银屏找个婆家的消息，很快就传到青霞的耳朵里。一天，青霞来串门儿，来与银屏做个说和人，她答应帮着给银屏找个合适的丈夫。

大出家人的意外，体仁来的一封信，说他在香港没赶上船，现在正住在旅馆里。这让母亲很发愁，这分明是他还不能照顾自己，他父亲则大为震怒。信上写得也不清楚。显然是他的行李已经上了船，因为信上说他已经给新加坡的轮船公司打电报，叫公司把他的行李送回来。这就叫人难解了，因为他坐下一班船到新加坡再取行李，才合乎情理。

事实是，他在天津开出的船上结识了一个从英国留学回来的学生，那个学生告诉他英国私立学校怎样欺负新生，打架、受苦，还有新生要给高班学生端饭，擦皮鞋。说话的那个留英学生为了动听，自然难免渲染几分，那种生活听来当然可怕。当时体仁已经完全忘记他从《孟子》

上引证的那句古话，在“降大任于斯人”之前，一定要“劳其筋骨，饿其体肤”了。他拿不定主意。在把行李都送上了船之后，终于决定不去了。

在香港，他有足够的钱可以用，在前所未有的自由之下，又有了花钱的机会。因为他天性好交友，又有足够的钱花，在饭店里就交了好多朋友，那些朋友就带着他去花天酒地乱混。他越看香港的生活，越觉得香港可爱，因为他自己心里打算怎么样，自己也不清楚，自然在信里也写不清楚。

三天以后，家里收到他的第二封信，告诉家里他喜爱香港，打算在香港把英文念好再出洋。他打算进个香港的书院先念英文。他父亲更是怒不可遏。

这一次，也有一封信寄给木兰，说他就要给木兰和莫愁各寄一套象牙扣子，给银屏寄一个银粉盒，他让木兰转交给银屏。没有什么东西寄给父母。姊妹二人想不跟银屏提这件事，而把那粉盒交给母亲，但是又怕体仁既然在香港，不久就得到风声。

体仁的母亲岂止是悔恨羞愧而已。因为在家里当时的情形之下，给银屏寄来礼物，分明是直接存心破坏母亲正在进行的计划。她生怕儿子回来，于是就想把银屏赶快嫁出去。

但是银屏却大为欢喜，决定拖延。一天下午，她在倾盆大雨中请假出去看青霞，说是应当去回拜。可是木兰心里想她是出去找人给体仁寄信。

大雨一直下到八月初才停，自从体仁走了之后，立夫始终没到姚家去，他母亲也没去。姚家为银屏的事，忙得也想不到什么别的事。体仁给曾家少爷们寄回香港的风景明信片，一个给立夫，由家里代为转交。这时姚太太想起立夫来。她说：“孔太太和立夫怎么好久没到咱家来？”所以大雨停了之后，她派了个仆人给孔太太送点儿礼物去，顺便邀请他们来坐坐。仆人回来回禀说，四川会馆一棵大树干折断，掉在孔家的屋顶上，砸了个大窟窿，现在他们在厨房里住，家里箱子等都堆在门道里。

第二天，立夫来道谢。他的前来也一部分是由于仆人透露的体仁放弃到英国的事。他认为那是不可相信的事。问到他们房子的情形，立夫说那件意外是夜里风狂雨暴的时候发生的，房子已经不能住。院子里也淹了水，南城有些别人家，房子也倒了。

姚先生问："你们为什么不搬到别的地方去住呢？"

"会馆里别的房子都住着人，雨下个不停，怎么搬动呢。"

"我们不知道，不然会请你和你妈妈、妹妹搬到我们这儿来，你们现在好不好？体仁的房子是空的，你们三个人可以住。"

立夫说："多谢您。雨已经停了，我们就可以雇瓦匠把房子修理修理。"

姚太太说："可是修理也要费几天工夫。修房子的时候，你和你妈妈也不能老住在厨房里。请你妈妈搬来住吧，修好之后，可以再搬回去。"

立夫不喜欢这个办法。他觉得住在富人家不舒服。他于是说他要在家看着工人修理。姚先生因为是真心关怀这个孩子，他说："你不能决定，我自己去和你母亲说。"

立夫说："姚伯伯，我告诉我母亲好了，您不要为我们的事操心。"

姚先生说："我也老没出去。我要出去坐车转转。"

所以他同立夫坐马车回去，劝立夫的母亲把东西整顿好之后，尽快搬去。立夫的母亲也是一样不愿意，可是姚先生是真正出于好心肠。因此姚先生说："您若一定不肯搬到舍下去，叫我没脸再见傅先生。"这么一说，立夫母子才答应搬过去。他们把贵重的东西收拾在一块儿，随身带着，把其余的东西交由老门房照顾。老门房前一天由姚家仆人嘴里，已经听说姚家的情形，现在姚先生又赏了他一个厚礼。在老门房眼里，还有四川会馆住的别人家的眼里，立夫家的地位忽然升高了。

第二天，立夫的母亲和用人，趁着天不下雨，就忙着洗衣裳，那些衣裳已经堆了些日子，因为到人家做客，总要看来像个样子。因为天还阴着，孔太太必须费好多时间把洗的衣裳在火上烤干，儿子忙着把东西收拾起来，好让瓦匠修房子。一估价，吓了母子一跳，因为要换一根新梁，要一个大工、一个小工，用七八天才能修好，整个算起来，要用二十块钱之多，这笔钱就得动用立夫的学费才成。母亲住在姚家总可以省点儿饭钱，再不得已，可以先向租户借半个月的房租，因为那家租户钱付得很痛快。

儿子出主意说："也许傅先生可以跟学校当局说，让咱们学费晚交几天。"

母亲说："我可不去说。傅先生听说之后，他一定要坚持借给咱们钱。他过去虽然对咱们那么好，我很高兴咱们没有跟他借过一文钱。你父亲跟我都下过决心，一生不借债。我们真就没跟人借过。你长大成人之后，怎么报答傅先生的恩情，那都在你了。"

立夫说："妈，我可以求您答应一件事吗？"

"什么事，儿子？"

"我要一毛钱买一盒儿鞋油。您知道我不在乎这种事。可是跟曾家姚家的孩子们在一块儿，我这双不擦亮的皮鞋太显眼了。"

母亲说："这就是为什么我老是说洋东西太费钱。若不是学堂上体操要穿洋鞋，我绝不会答应买的。一毛钱够我两个月针线钱了。"

但是母亲终于答应，立夫出去买他生平第一遭的皮鞋油，回来之后，把皮鞋打得很亮。

第二天早晨，孔家人到了姚家，姚家人都到大厅接他们。立夫的妹妹以前从没到姚家来过。莫愁问她的名字，她母亲说：

"她的名字就是一个字儿，叫环，我们叫她环儿。"莫愁说："她长得很像您。"孔太太回答说："不错，她很像我，立夫很像父亲。"

现在东边的屋子已经给他们准备好，姚太太带着他们过去。屋子里装饰得很雅气。有一个闪亮的钢丝床，当时算是很新式的东西。立夫在碎冰状格子玻璃的衣橱里，发现了体仁留下的东西，有很多丝绸袍子，好多中国鞋、外国鞋。屋里有点儿发暗，对着院子的尾端，是姚家的客厅。立夫觉得那间房子舒服畅快。

客人刚一进了他们住的屋子，莫愁跟木兰就用胳膊触动对方，彼此都急于告诉对方一件大消息。莫愁兴高采烈地喊道："你看见他的鞋没有？擦得那么亮！"木兰说："我没看见？他一进来我第一眼就看见了。我也知道昨天晚上他一定铺着他的蓝布大褂睡的。还可以看得见好多褶子呢。"

自从冯舅爷和家眷由南方回来之后，姚先生说全家在一块儿吃饭，人多才热闹。立夫一家也都跟大家一同在一个饭厅里吃午饭。大家都坐好之后，姚先生算了一算围着圆桌坐的有十二个人，说说笑笑很热闹，姚先生很高兴。孔太太非常客气，桌子中间的菜别人不给她，自己绝不会伸筷子去夹。立夫吃得极快，要自己去添饭，由乳香去添，他觉得有点难为情。乳香是用金线花纹的大漆盘子端饭的。木兰姊妹多少有点沉默，眼睛忙着看，感到非常有趣。甚至平常安详矜持的莫愁，每逢立夫说点儿什么，也往往微微一笑。

他们正在谈论曾家的经亚和牛家素云订婚的事。立夫觉得很有趣，他问："就是牛财神的女儿吗？"

姚太太问："你认得他们？"

"不认得。不过我认得他们家的二儿子东瑜。他跟我在一个学校念书，只是好久没看见他了。"

有人问："为什么？"

立夫说："妈，我可以说吗？"

他母亲说："最好别说。"

木兰的好奇心抑制不住了，她说："说说也没关系。好在在家里，我们也不会出去说的。"

立夫说："他拿一个手枪到学校威胁老师，被学校开除了。"

木兰问："用手枪威胁老师！怎么回事？"

"他在每一班都留级好几年，人很聪明，就是不用功。上次，他知道不能及格，又要留级一年，所以拿着手枪到老师屋里，硬要求老师给他及格。老师当时只好屈服，但是后来提出要辞职。再以后怎么样，我就不知道了。他从那时候就再没到学校。”

姚太太问：“那么年轻轻的，怎么会有手枪呢？”

“他总是带着两个仆人到学校。一个人替他拿书，另一个带着手枪，是保镖。最初原本只有一个仆人。他说只要他父亲说句话，校长的饭碗就得掉，所以他欺负每一个老师、每一个学生。有一两次，他欺负平贵的姐姐，平贵是我们班上的一个同学。平贵约了几个岁数大的同学，找机会在暗处埋伏等着他，揍了他一顿。所以后来多了一个保镖陪着他。”

“校长被革职了没有？”

“没有，那是在校外揍他的。在黑暗里，也不知道是谁。”

姚太太说：“这话简直不可信！上次我看见牛太太。她说她的二儿子现在在他父亲的衙门里头做事。说着她这个二儿子，还得意扬扬的呢。”

木兰说：“不错。您还记得她说什么来着？‘您看他，那么年轻，还不到二十岁，就在北京做起官来了。谁对他都很恭敬。兵向他敬礼立正，一直到他过去了很远才稍息。甚至有些老前辈还跟他交往，对他很亲切。’牛太太那么得意，那么自满，也没有谁顶撞她呢。”

立夫说：“这就是中国败给日本的原因。”

立夫的母亲连忙道歉说：“在长辈面前这么乱说话，请您原谅他。”

姚先生说：“干什么这么客气？这样儿才好，就像一家人。在我们家，我不坚持什么规矩。”

午饭之后，阿非央求他父亲带他去看水。他听说北城给水淹了，因为什刹海的水已经涨出来。父亲问两个女儿，还有立夫，是不是也愿意去。立夫说再没有比看水他更喜欢的，并且要带他妹妹去。莫愁说大水依然是水，没看头，她要在家烫衣裳。结果由姚先生带着木兰、立夫、三个小孩子，红玉也在内，一起出去。坐马车太挤，他们坐四辆人力车。

红玉和阿非坐一辆，立夫和他妹妹坐一辆。

他们这一批人走后，姚太太和莫愁坐着说话。过了一会儿，剩下莫愁和立夫的母亲，莫愁说到她要烫衣裳。

孔太太问："有那么多用人丫鬟，你干什么要自己烫衣裳？"

莫愁解释说："我们姊妹一向自己烫衣裳，只要自己能，就不找别人。有时候，我爸爸妈妈特别一点儿的东西，也是我们俩烫。这是姑娘家当做的事。"

"我越看你们姐妹，我越觉得稀奇。你们能做菜，做衣裳，能洗，能烫，同时还能跟男孩子书念得一样好。"

莫愁说："女孩能念书的时候，就念书，不过做菜做衣裳则是女人分内的事。不然，怎么能管家呢？"

"这都是你母亲教导有方。在别的像你们一样的富有人家，小姐们就不做这些事。"

莫愁说："孔伯母，您有没有东西要烫？您给我，我给您烫。"

"多谢你，姑娘，我的东西不烫。只有为特别典礼穿的丝绸衣裳才烫呢。"

但是莫愁那么讨人喜爱，一定要帮着孔太太烫东西，孔太太只好去找了一件黑绸子衣裳，那是她带来的最讲究的衣裳，另一件是立夫最好的绸子大褂。立夫最好的衣裳和曾家、姚家男孩子最好的衣裳的差别，就是立夫从来不烫，只是叠起来的时候压平而已。烫衣裳在用不起男女仆人的家庭是件奢侈的事。莫愁不久就发现她烫的那件衣裳是个男孩子的大褂，因为袖子很瘦。她用力烫平烫光滑，又拿针线来修了一下微微发松的扣眼，然后送还给立夫的母亲。木兰回来之后，莫愁没把这件事告诉她。

姚先生带着几个年轻人去看的大水，是在紫禁城北边。由家去只走了十几分钟。由他们家往北走，到铁狮胡同往左转，然后顺着紫禁城的北墙走，不久右边就看见那一片水。那一带水叫什刹海，是个小湖，实际上和中南海、北海相连，堤岸上的杨柳和水池中的荷花吸引了不少游人，那片地方便形成了民众消夏的处所。夏天下午，有说书的、练把式的、唱歌唱戏的、卖酸梅汤的。不过在早晨游人很少，颇富有山林自然风光之美。

那天下午，因为洪水泛滥，完全冷落无人。混浊的池水几乎涨到高与岸齐，往北和饭庄子、寺庙，连成一片。有几个女人坐在木桶里在水面漂浮，想采下没被洪水毁坏或没有漂走的莲蓬。从北边的路上，木兰看得见远方蔚蓝的西山，而会贤堂饭庄则隐藏在雨后青翠的杨柳之后。一只小船拴在岸上，显出特别的幽静之美。要到对面去，必须顺着堤岸走，所以拉洋车的车夫，便从泥水里溅着水拉过去。

到了北岸，他们下了洋车，步行走到会贤堂饭庄。跑堂的认得姚先生，前来欢迎。姚先生说："我们要楼上走廊的位子，外面对着什刹海，孩子们要看大水。"

跑堂的说："老爷，您精神真好。这几天一个客人也没有。您几位是我们第一批客人。"

跑堂的把他们几个人带到楼上，在走廊上坐下。姚先生要了一壶龙井茶，还有瓜子儿、新鲜的莲蓬。天气晴朗，由水面望过去，看得见就在附近的那高大方正的鼓楼，还看得见那形状奇特的北海小白塔，高高地耸立在天空。

木兰坐在一把低椅子上剥莲蓬，从朱红的栏杆中望着什刹海的水面。红玉是在杭州长大的，对杨柳湖水看惯了，所以一直用灵巧的手指头只顾剥莲蓬，她是和阿非、环儿坐在一张高桌子上。姚先生躺在一张大藤椅上。立夫在走廊上靠近木兰坐着，看她剥莲蓬。他吃过冰糖莲子，可是从来还没吃过刚从莲蓬里剥出来的莲子，所以聚精会神地看。

他傻里傻气地问："莲子能这么生着吃吗？"

木兰说："当然了。"说着把刚刚剥出的一个莲子递给立夫。立夫尝了之后说："好吃，不过和用糖腌过的不一样，非常之嫩，简直不觉得像尝到什么东西。”

木兰说：“就是这种感觉，吃莲子就是为了莲子的鲜嫩，外带一点儿香，所以粗心大意的人尝不出莲子的味道。你吃莲子的时候，心里千万什么也别想。”

木兰叫他看怎么剥莲子。立夫吃了一个之后，喜而欢呼。

木兰说：“若是喊叫，你就尝不出莲子的味道了。必得慢嚼，一个一个地吃，过了一小会儿，再喝一点点好茶，会觉得两颊留香，舌腭芬芳，久之不散。”

这样，品茗，吃莲子，看采莲的女人坐在木桶里漂泛而过，他们上下古今无所不谈，又谈到各自求学的计划。最后，话题转到体仁身上。

立夫说：“他有机会到英国去念书，竟会不去，简直无法相信。”

姚先生说：“木兰，立夫，你们年轻人给他写信去劝劝他。我不愿再跟他说什么话。”

木兰说：“我们劝过他。在他去的前两夜，妹妹跟我和他说过，妹妹说到最后自己都快哭了。”

父亲问：“他说什么？”

“他说，他跟别人一样，也有心有志气。告诉我们不用担心，发誓到了英国，一天十二个钟头要埋头念书，取得高分数给我们看看。您知道他。他若对您有所求，他会什么都答应，会说得您眼花缭乱。爸，您必须也跟他说。他回来之后，您必须跟他说——可是，他是不是在香港待下去呢？”

父亲说：“我写过信给一个朋友，看看现在他到底正在干什么。除去伦敦的支票之外，他身上有一千二百块钱。等他的钱用完，我想也不会很久，等他再写信跟我要钱，我再决定怎么办。可是，我怎么跟他说呢？每次我看见他，我就生气。比方他真回来了，你还愿跟他说话吗？他还能叫个人吗？”想到体仁，父亲又是一肚子气。木兰看见父亲的大眼睛，灰头发，高高前额上的粗筋，觉得父亲确是很伤心。父亲又接着说："也许没有什么关系。他没到英国去也未尝不好，会给我省下不少钱。他到了英国之后，也许只能学会怎么玩照相机。真是孽种！可是，若是有钱人家的儿子都好，富人不就永远富，穷人不就永远穷了吗？天理循环。"

一阵恼怒过去之后，他转过身来和阿非玩儿，仿佛根本没事一样。他一定正在想二儿子的将来，还有女儿的将来。立夫一直沉静着没说话。立夫之在此，无形中更衬托出体仁的不在。木兰心里想倘若她哥哥能像立夫那么好，这一家该多么快乐，而她自己又该多么得意。

木兰心里觉得百思莫解的是，一个男孩子幼年丧父，家境贫寒，却和富有人家的儿子一样有教养。立夫的一身衣裳虽然观之不雅，这个人却叫人觉得天性高雅，气派堂堂。她心想正月在白云观她和立夫两人初次相逢，都投钱中的，是否透露一线天机，心中狐疑不定。立夫对山中一片废基残垒所说的赞美的话，她一直不能忘记。

木兰问："立夫，你喜爱废基残垒、古堡遗迹？"

立夫想起他在西山那天说的话。他回答说："是啊。但并不是说那些石头那些砖头本身可爱；是因为那些是古代的遗物。"

木兰说："找一天咱们到圆明园的旧址去看看，好不好？"

立夫说："好哇，若是能进得去，我愿意去。"正在这时候，听见下面一阵喊叫纷乱。他们冲下楼去，听说一个女孩子采莲蓬的时候，掉下水去淹死了。她的木桶翻了，人听见她尖声喊救命，她浮上来一两次，就沉下去不见了。家里人去抢救，已经来不及。那个女孩子的母亲哭哭啼啼，周围的人说什刹海有好多水鬼，因为水里淹死过不少的女人。红玉原是个神经过敏的孩子，一听，脸就变得惨白。这件不幸给她的印象极深，好几天之后，她还不断地问那个女孩子淹死之后，家里怎么样，后来她母亲不许她再提这件事才算完。

他们那一批高楼看水的人也就乘车回家，因为遇见了不幸的事情，心情难过，心里不安。

立夫回去，告诉母亲他看见的事情。他母亲告诉他说："你要改改。这是你的新大褂，都给你烫好了。在别人家，穿得也要像人家一样才好。"

立夫说："您什么时候烫的？我穿上不像个纨绔子弟了吗？"

他母亲说："穿上！穿上！这是他们三小姐给你烫的。"

立夫穿上那件新绸子大褂和光亮的皮鞋，却使他仪表变了样子。吃饭的时候，莫愁看见立夫穿上了她亲手烫平的绸子大褂，心中很觉得满意，不过只把这种满足之感深藏在自己的芳心之内。

他们买了一条大鳗鱼，是随着洪水由山上池塘流出来的，大家都享受这珍奇的异味。饭后，大家坐在客厅里。平常，大家都是一同到姚太太屋里去闲谈，可是现在人那么多，姚太太就叫人把平常接待客人的大厅打开，大家在那儿喝茶。那个客厅很高大，有普通两间屋子大，格调淳朴、古雅、大方。三尺高的宫灯由顶棚上垂下来，光亮照在深蓝色云龙花样的地毯上，照在鲜绿的窗帘上。靠西头有一把巨大的黑香柏木长椅子，上面铺着蓝缎子的硬垫子，前面摆着一张黑香柏木茶几，旁边儿有两个脚凳。一切都巨大、淳朴、严肃。一张高的红木桌子，用直条纹的木头做的，立在北墙之下，上面只摆了三件古玩。一件摆在中间，是镶有金线的古景泰蓝鼎。另外有一块大理石板，两尺见方，自然的花纹是烟雨迷蒙的风景，其中有山顶、林木，半隐于云雾里，而令人几乎不能相信的是，上面竟还有两只渔船，形状逼真。另一块大理石板，上面的花纹完全像一只大鸭子，鸭子的头、嘴、颈，几乎到完美如真的程度，另有微微淡一点儿的线条，满像身子的轮廓，一片棕黄色正好像鸭子的脚。长椅子上面的墙上，挂的是山水画立幅，出自宋朝米襄阳的手笔，有十五尺，由于年代古远，绫子面和墨迹相混，呈现大理石的条纹，但是仍富有米氏浓墨的光彩，墨黑如漆，笔画遒健。屋子的四周，还有若干硬木的直椅子，几个广东制造的硬木安乐椅。大理石和红木，整个房间表现出来的气氛，是堂皇崇高、淳朴淡雅。

那天晚上，事情有点不寻常。莫愁精神愉快，木兰沉静无言，似有心事沉思。太太们一起闲谈，父亲坐在硬木安乐椅上一边抽纸烟，一边和舅爷说话。木兰独自坐着，在一个矮椅子上，弯着身子，低着头，似乎没有听别人说话。

珊瑚问她："你怎么了？"

"今天晚上不想说话。也许是吃了鳗鱼，太油腻。"

实际上，木兰是心绪烦乱。她不断想采莲蓬时落水淹死的女孩子，又想剥莲蓬吃时的情形。自己剥的那莲蓬，说不定就是那个女孩子亲手采的呢。心里又想到立夫和体仁，这两个人在她心里不住地转换地位，她甚至把立夫和体仁会弄混乱了。她心想："我简直要疯了，一定是吃鳗鱼吃的。"她心里也有所忧虑。她母亲告诉她青霞来过，青霞给银屏提亲，说对方是个经营麦子的商人，她知道她母亲要赶快把银屏嫁出去。而且，她母亲禁止她向体仁泄露一个字，说这事千万不能叫体仁知道。另一方面，那天下午，她从父亲口中听说体仁也许不久就回来。万一他回来，知道银屏在他不在时，那么快就嫁了出去，家里一定有一场大风波。

立夫常在早晨或是下午回家去，看看房子修理的情形。在晚上，他家人和姚家人，经常是凑在客厅里，说话说到很晚。阿非和红玉有时候是大家注意的中心，常使大家觉得热闹有趣。红玉新学的北京话，常使人觉得十分意外，她有时候说出很特别的话来。她说的最让人惊异的，是关于眼泪的话。她说："泪从鼻子里流出来，所以眼睛和鼻子是通着的。可是人抽烟的时候，为什么烟不从眼里出来呢？"

莫愁觉得怪有趣儿，就问她："你怎么知道泪从鼻子里出来？"

七岁大的那么个孩子只是回答说："因为我知道。"

那些天的晚上，大家都是吃饭，闲谈，立夫对全家人都熟悉之后，渐渐觉得跟在家一样了。大家散了之后，他就和母亲、妹妹，一同回到他们自己的屋里去，在床上看书，一直看到很晚。有时从后窗子里往外望，看见小姐房里的灯还亮着，也看得见她们的影子投照在窗纱上。一天早晨，木兰问他夜里看什么书看到那么晚，他知道小姐也在看他，于是就不敢再向窗外偷窥。

有几天早晨，他漫步到姚先生的书斋，细看姚先生的藏书和古玩。立夫不懂古玩，不过姚先生搜集的古印却使他赞叹不已。一天下午，木兰带着他去看她父亲搜集的甲骨，他一看就着了迷。先是吃饭的时候，立夫偶尔提到许慎的《说文》，这部研究中国文字进化的书，已经是一种专门的学问。立夫只是读了《说文》上的五百四十个部首，可是这却把他对中国文字的结构和变化的兴趣唤起来，而且对普通字也有了较深一点儿的了解。甲骨文的研究当时刚开始，那门学问还没有专著出版。这些早期的中国文字的形式，更让他爱好。他资质很高，心想彻底研究这些脏骨头上的文字之后，对中国文字的了解，一定会超过汉朝的《说文》作者许慎。木兰说："你想想，这些骨头有四千年了。不懂这种东西的人，一百个铜钱一斤还不肯买呢。"

他们继续观赏珍奇的古墨，有的上面刻着以前出名的主人的名字，又观赏书家真迹，看了好久，比较字体风格的不同，并且看名碑的拓片。立夫喜爱秀丽圆润的赵字，木兰则喜爱魏碑，那么遒健坚硬，棱角分明。立夫很坦白地解释说，男人喜爱秀丽的，女人喜爱坚强的，就像"男孩子喜爱女孩子，女孩子喜爱男孩子"一样。木兰听了，满脸羞红。

立夫从来没有想过男女之爱，甚至对于女人的美也是无动于衷的。可是他喜爱木兰，只因为木兰懂得这些东西，并且智慧高，精神好。他觉得跟木兰可以长谈忘倦，木兰的秀雅之美正和赵松雪的字一样，只是为这个而已。在感情方面，木兰虽然和立夫同岁，可是比立夫早熟两年，女孩子当然如此。

一天早晨，立夫想起来姚先生叫他们给体仁写信，劝他改过向上。

立夫在客厅刚刚开始写，因为客厅这些日子经常开着，木兰看见他，问他正在写什么，他告诉了木兰。这正是自己文章书法的一项考验。木兰说她和她妹妹也正在写。木兰让锦儿去叫莫愁。莫愁来的时候，穿着白褂子，头梳得很光亮，她微笑一下说："你们俩在这儿干什么哪？"木兰手里一边玩弄自己的辫子一边说："立夫哥要给哥哥写信，我想咱们俩也该给他写了。"

莫愁说："对呀，咱们早就应当写了。妈说咱们给哥哥写信的时候，不要提起银屏的事，告诉他不要很快就回来。"莫愁向立夫瞥了一下。木兰说："没关系。立夫哥也知道银屏就快要嫁出去了，只是银屏自己还不知道。"立夫说："写信劝导人是很难的，尤其是我所处的地位。我说什么呢？"

木兰说："我有个主意。我最恨的就是按照《秋水轩尺牍》的格调写。咱们按照明人的小品尺牍，或是清人小简的风格写吧！摆脱客套，单刀直入，要一针见血。谁写的也不要超过一百个字。这样才简短有力，照着旧的老套写，怎么也写不好的。"

莫愁说："好主意。有没有时间限制？"

立夫说："点一炷香，作为时间的限制如何？"

三个人都同意。于是笔墨纸砚都拿进客厅，一炷香也点上，信纸是花纹笺。立夫和莫愁在一张桌子上坐下，木兰则在屋中徘徊，偶尔搔一下头发，有时向挂有窗帘的窗子外面窥看。

莫愁说："你坐下好不好？你弄得别人也紧张。"但是木兰只是微微一笑，手指尖穿过辫子梢儿的头发。

立夫先写完。莫愁写完的时候，香已经烧了大半。莫愁向木兰警告，木兰走近桌子说："天哪！我还没研墨呢。"莫愁说："用我的。"于是木兰开始振笔如飞，片刻之后，信已写完。她俩先念立夫的信：

立夫顿首：

吾兄乘长风破万里浪，快何如之！令人羡煞！弟局促如辕下之驹。夏雨破屋，弟与家慈舍妹现暂居贵府。付修缮费用之后，如能凑足大学学费，即云幸矣。谨祝吾兄鹏程万里。弟愚钝，恐长将如涸辙之鱼，摇尾濡沫已矣。

莫愁说："好！你是从侧面进言。文中无一废字。"

其次，看莫愁的信：

妹莫愁鞠躬。诵来信，知滞留香江。孟子云"拂乱其所为"，此之谓乎？天意料已改变，将降大任于我兄。但拂乱虽自天来，自强仍在人心。

高堂忧心，日形消瘦。南方苦热，善自珍摄。

立夫说："措辞极好！文章高贵。"再后，看木兰的：

妹木兰鞠躬。承允自葡萄牙国寄下书信，今事如何？是否葡萄牙将易为香江牙？但不论葡萄牙、香江牙，甚至黑豆牙，但幸勿易牙过于频数。收到象牙钮扣，敬致谢意。

但为何独无一物孝敬慈亲，何故？连雨多日，天气转凉。如能共此笔墨，乐何如之！

立夫道："真美！"三人都大笑起来。

这时，乳香进来，拿着一大把桂花，说是曼娘来了。因为是熟客，曼娘已在后面跟进来，在门口儿站住。

曼娘喊道："木兰！干什么哪？那么开心！"

木兰大喜，向她跑过去说："你好久没来了。"

曼娘说："你又不肯去看我。我从花园子里折了几枝桂花来。大部分桂花都叫雨泡坏。这些也没有什么香味了。”

木兰向曼娘说：“你已经见过孔少爷吧。因为他们的房子叫雨毁坏了，现在住在这儿。”

曼娘说：“当然。我都知道你们一同去看过大水。”

木兰问：“你怎么知道？”

“有人告诉我。”

立夫站在那儿，鞠了个躬。

木兰这时想起来，他们在什刹海会贤堂前看那被水淹死的女孩子的母亲时，曾家的门房也在那儿，并且还站住向他们说过话。他回去说他曾经看见姚家大小姐，还有一个男孩子陪着她，曼娘就决定来看立夫。她知道一定是立夫，因为她小叔子曾经告诉她在火车站送体仁时遇见立夫的事。

他们谈到体仁和家里别的事情。曼娘回家时，对立夫留下了极好的印象，决定将计划的事急速进行。

曼娘走了之后，莫愁向木兰微笑道：“你的好姐姐来侦察你来了。她当然不是来送桂花的。”

木兰回答说：“有什么可侦察的？”

立夫显得茫然不解的样子。

一天，立夫从四川会馆回到姚家，报告一个好消息。他向母亲说：“您信不信？四川会馆要付修理费呢。是真的！门房老王亲口告诉我的。他对我好客气，把四川会馆董事寄来的信给我看。”

母子二人百思莫解，心想必然又是傅先生的关系。可是他怎么会知道呢？他们没往天津给他寄过信。几天之后，傅先生来了，因为他常常往返京津两地。这一次也是像往常一样，来看看姚先生。他看见姚家这样关心照顾立夫和他母亲，心里非常欢喜。孔太太说起四川会馆的事，又说：“我想又是您帮助我们母子。真不知道怎么向您道谢才是。”傅先生说："你们要道谢，那就谢谢姚先生。"于是他透露出来，他们在姚家住，他也全知道。因为姚先生当时就写信告诉了他。他又说姚先生暗中向四川会馆捐助了两百块钱，用那笔钱付孔家房屋的修理费，但是不许透露他的姓名。

立夫的母亲问："受姚先生恩惠太多，我们怎么办呢？"傅先生说："你要谢就谢他。我想我走漏这个消息，他也不会怪我。"

立夫母子去向姚先生道谢时，姚先生说："那不是为你们。我早就要向四川会馆捐一笔钱。你们知道我亏欠四川多大一笔债吗？我药铺里的药材大部分来自贵省啊。"

这样就让立夫母子大大地放了心。这件事慢慢地人都知道了，在四川会馆门房和会馆里的住户的心目中，孔太太和他儿子的地位高起来，受到了尊敬，因为他们和会馆两位有势力的赞助人有很密切的关系。

中秋节是一年的大节，傅先生应邀来姚家吃饭，这也是立夫母子在姚家住的最后一个晚上。姚先生买了两大篓子最好的螃蟹。吃蟹赏菊度中秋，是中国的老风俗。

姚先生出主意把饭桌摆在石板铺地的院子里，更适于赏月，可是珊瑚说天气已经转凉，并且有点儿潮湿，何况螃蟹又是寒性，最好在屋里吃，要看月亮的话，可以拉开窗帘。结果桌子上摆的是温过的酒，每人面前一小盘姜、醋、酱油调好的佐料，这种热性的佐料正好和螃蟹的寒性互相抵消。

全家人人都喜爱的一餐，没有胜过一桌螃蟹席的了，每逢吃螃蟹，总是热热闹闹的。一点儿不错，螃蟹是讲究美食的人最贪最迷的东西，香味，形状，颜色，都异乎寻常。在中秋，螃蟹正肥，这一年，夏季虽然多雨，对螃蟹这一道美味并没有害处。而且另有一种令人兴奋的理由就是，吃螃蟹不同于吃别的饭那样由仆人伺候，由仆人端送，而是每个人都得自己忙，自己动。吃螃蟹本身倒还不如准备吃时，那份忙乱热闹有趣，经过自己一阵子忙乱，就使每一口螃蟹吃到嘴里越发觉得味美。

有人吃得快，有人吃得慢。有人爱吃蟹黄，有人爱吃蟹肉，有人不嫌费事爱慢慢吃螃蟹腿。就和打牌一样——各人的脾气都受到试验。有人把肉吃得很干净，有人狼吞虎咽，不细分别。这种饭吃完，总是狼藉不堪，蟹壳、蟹腿在桌子中间堆得高高的。

大家都落座之后，一个直径一尺长的绿盘子，上面放满漂亮的螃蟹，端到桌子上来。全桌的人都惊呼了一声："啊！"傅先生和姚先生都卷起袖子。傅先生叫立夫卷起两只袖子来，立夫说："咱们比孔夫子的办法还好，因为他老人家只有右边的袖子是短的呀。"

莫愁说："那是因为孔夫子只是写作的缘故。他若吃螃蟹，他也会把两个袖子弄短的。"

人人都大笑。傅先生说："这就证明孔夫子从来不吃螃蟹。"

木兰说："我可以证明他也吃螃蟹。"

"你怎么证明？"

"您记得孔子总是爱吃姜。那他就有爱吃螃蟹的嫌疑。"

立夫说："你虽信口胡诌，倒也蛮有趣味。"

木兰接着说："等一等。我还没说完。《千字文》第一句'天地玄黄'，玄黄就说的是蟹黄的颜色。这就证明自有天地以来，就有蟹黄。像孔子那么聪明的人，怎么会不知道怎么吃螃蟹？"

于是大家笑得越发响亮。珊瑚笑得很厉害，竟把蟹黄抹到脸上。

莫愁问："要照你这么说，为什么《论语》上没有记下来？"木兰说："孔子的弟子也不能把件件事情都记下来。也许记下来的被秦始皇焚书给烧毁了。在读古书之时，应当运用想象力。"说完挑了一只螃蟹腿，又接着说，"我想孔夫子的太太必须给她丈夫做一件专穿来吃螃蟹的衣裳，因为他在家有一件家里穿的袍子，这件袍子一只袖子长，一只袖子短。这种丈夫多么难伺候！做圣人妻子好难哪！"

傅先生说："说正经的，我想考考你。你说'玄黄'就是蟹黄的典故，出自何书？"

木兰立刻回答说："《红楼梦》上薛宝钗的咏螃蟹诗，有这样的句子：眼前道路无经纬，皮里春秋空黑黄。"

木兰的母亲说："木兰，你别忘记吃，你的话说得太多了。"

谁都看得出来，木兰的脸有一点儿发红，比平常话说得多。

木兰又说："还早呢。我妹妹吃一个螃蟹的工夫，我可以吃下三个呢。"

莫愁说："你不算是吃螃蟹。你吃螃蟹像吃白菜豆腐那样乱吞。"

莫愁这时还没吃完一个螃蟹，倒真是吃螃蟹的内行。她把螃蟹的每一部分都吃得干干净净，所以她那盘子里堆的残渣都是一块块薄薄的、白白的，像玻璃，又像透明的贝壳一样。

现在一个丫鬟端来一个热气腾腾的新菜，把螃蟹壳收拾下去。莫愁说："等一等，剩下的腿还够我嚼十几分钟呢。"

姚先生说："不要舍不得那些腿。让丫鬟和用人拿去吃吧。"

珊瑚说："我给他们每个人都留了两个呢。"

现在木兰才开始真正大吃起来。

她先喝了一杯酒，随后喝了第二杯，话又多起来。她再要喝第三杯时，姚先生说："你今天晚上兴致这么好！别喝了。"

木兰说："我很好哇。"她喝完第三杯。她酒量不坏，不过她闹闹嚷嚷，已经有点儿醉，嘴里随便说话，说傻话，也会说出有才气的妙语警句。她说："若夫螃蟹之为物也，非常物可比。"

立夫和木兰互相举杯敬酒。幸福与忧愁，快乐与痛苦竟如此之相似，那天晚上，谁也不敢说木兰是快乐，还是伤心。

不久之后，大家离席洗手，用的是野菊叶子泡的水。全桌子都收拾得干干净净的，摆上了素淡的白米稀粥、咸蛋、腌咸菜。

席将散时，傅先生说："现在学校不教学生作诗，非常遗憾。不然，这种时光，一边吃螃蟹一边作诗，才真是一大快事。"

珊瑚说："我有一个主意。咱们来玩'折桂传杯'吧。前天曼娘送来了桂花。这个游戏是把一枝子桂花围着桌子传，同时一个人打小鼓。到鼓声一停，桂花在谁手里，谁就得喝一口酒，说一个笑话。”

于是开始玩这个游戏，由阿非打鼓。第一次鼓声停时，桂花在傅先生手里，他得说个故事。他开口道：“从前有一个教书的，没有学生找他去念书，他决定做医生。因为他念过点儿医书，就开始为人看病。不幸第一个病人吃了他的药，就一命呜呼。病人的家属要去告他庸医杀人，后来医生愿出丧葬费，事情就算了结。因为他穷，出不起钱雇承办埋葬的人，只好由他太太、他儿子，把死尸送往坟地。死人有两百斤重，他太太要在路上停下来歇息一下。在他太太立起身来再抬死尸之前，叹了一口气，向丈夫说道：‘老头子，下次你出诊的时候，找个瘦点儿的病人吧。’”

大家哄然大笑，于是游戏又接下去。第二次鼓声停时，桂枝正好在木兰手里。她吃了好多橙子，仍然觉得酒后精神焕发。她开始说：“从前有一大队螃蟹兵，龙王爷要他们把守海口。螃蟹将军天天在海边沙滩上把这群螃蟹兵勤加操练，人都可以看得见那些小螃蟹演习列阵交战。一个大蛇精在海里造了反，这时正好赶上螃蟹将军生了病，龙王爷派珍珠仙母去领兵。她就浮出水面儿，站在海里一大块石头上，脸向沙滩下命令，叫螃蟹兵站立成排。螃蟹兵都从窟窿里钻出来，站好了排，举目右看，站得齐齐整整。珍珠仙母大为吃惊。她喊口令：‘向前走！’螃蟹兵不能向前往海里走，却向沙滩右边儿走去。珍珠仙母弄得毫无办法，就是不能让他们往前走下海去。于是她问一个螃蟹军官如何是好。军官请准代为发号施令。他说：‘向左转，向前走！’看哪！螃蟹兵一直往前，走向海水里。珍珠仙母大惑不解，求螃蟹军官说明缘故。螃蟹军官回答道：‘他们都是从英国留学回来的呀。’”

每个人立刻明白，大笑起来，因为英文叫蟹行文字，是横着写的。

下一次鼓停止时，桂枝是在珊瑚手里，珊瑚说：“我没有笑话说。”

大家乱喊道：“谁也不能不说。只要说得惹人笑就可以。”

珊瑚说："说个绕口令儿可以吗？"大家答应了。于是珊瑚说：

山前有个崔粗腿，
山后有个粗腿崔。
二人山前来比腿。
也不知崔粗腿的腿比粗腿崔的腿粗，
还是粗腿崔的腿比崔粗腿的腿粗。

所有人，自红玉、环儿到姚太太，甚至冯舅爷，都想把这个绕口令说熟说快。只有小阿非和红玉说得好，姚太太把崔粗腿和粗腿崔说乱了。

珊瑚说："你看，还是两个孩子说得好。"

姚先生正在来回溜达，停在窗前说道："你们看，月亮有两圈晕。"

珊瑚说："咱们都忘记看月亮了。"于是大家都往外看，只见月亮周围有一堆白的云彩，靠近中间有两圈月晕。

傅先生说："这是国家不幸的预兆。一个朝代的末期，总有异象出现。这不是个太平时代，只是不知道有什么事发生罢了。"

姚先生说："天下纷纷，来自人心。"于是引证了山上关口旁亭子墙上的一首诗：

天平地平
人心不平
人心能平
天下太平

大家又说了一会子话，然后就回房睡觉了。

第十七章　听命运木兰订婚　逃圈套银屏出走

说也奇怪，那天晚上木兰陶然半醉，微微有点儿蔑弃礼法，使木兰真正感觉到自我个人的独立存在，为生平所未有。她谈笑风生，才华外露，心中愉快。上床就寝之时，觉得自己完全摆脱了平素的约束限制，毫无疑问，是由于酒的力量。躺在床上时，生平第一次体味到她是在自己的一片天地里生活，而确实是有完全属于她自己的那么一个世界。若想把那种感觉说明出来，就真是可意会而不可言传了。可是在那个新天地之后，或在那个新天地之内，她朦朦胧胧觉得也似乎有个立夫。

立夫一家搬回四川会馆去之后不久，一天早晨，曾先生和曼娘出现在姚家。赶巧莫愁一个人在客厅里，正在往花瓶子里插花儿，她就坐下和他们闲话家常。小喜儿也跟着一齐来的。莫愁说自从小喜儿几年前来到北京，这些年来变了不少，比以前长得细嫩，也变得斯文多了，其实她的内心还是像村姑一样地单纯质朴。

莫愁觉得曾先生那么大早晨来，一定有事。木兰手里拿着一捆花从花园里走进屋来，姿容秀雅，举止潇洒。一看见曾先生和曼娘在，她极为高兴，问说："哪阵风把您两位吹来——这么大早晨？"

乳香来说姚太太已经起来，就要来了。曼娘向木兰微笑说：“妹妹，你到别处去吧。今天我们不是来看你，是来看伯母的。”

木兰大感意外。一看，不但曼娘微笑，连曾先生的嘴唇上也浮着微笑。她问说：“什么事？你们把我赶走。那么她呢？”她说时指着莫愁。

曼娘回答说：“对，你们俩最好都走。这事跟你们没关系。”莫愁说：“好吧，我们进里面去。”她向客人告辞，拉着木兰走了。她们俩刚离开屋子，木兰就小声说：“他们要玩什么花样呢？”

莫愁说：“我敢跟你打赌，是关于你的喜事。你婆家来讨你来了。”

一提到订婚，木兰立刻觉得一阵特别的得意，虽然心中一时也不知道真正如何想法。莫愁大笑，颇为高兴，为往常所罕见。

木兰说：“有什么滑稽的事，招得你这么大笑？”

莫愁回答说：“你现在若不笑，那你什么时候才笑哇？”

但是木兰茫然不解。她觉得自己的命运，不管怎么样，恐怕就要决定，在自己还没有清清楚楚打定主意之前，恐怕就要一步踏上命运之船，终生难再有所改变了。她又向莫愁说：“也许是关于你的喜事噢。”

莫愁欣然道：“不是，不是，他们不要我。你看吧，我要有个新姐夫了。这个婚事——绝无问题。一切都算成了定局了。”

木兰说：“是吗？”她似乎有所深思。这时莫愁一看见姐姐那个神气，突然显出很严肃的样子。

她问木兰：“这个婚事还不好吗？嫁到一个有钱有势的官宦之家，还不好吗？荪亚长得仪表好，脾气又好，你还有何求呢？”

木兰一副嘲弄的态度说：“妹妹，不要说这种话。你若觉得他仪表好，脾气好，你去嫁他。”

嫁到曾家算不算如意呢？以社会上的标准而论，木兰嫁到曾家，应当算是如意。可是这来提亲的时候，正赶上木兰刚感觉到精神上的自由，刚感觉到她以前未曾经过的甜蜜、陶醉、幸福的味道，这种幸福的味道里，是有立夫这个异性青年的。这种幸福的味道使她的思想专注于此，别无所顾。所以自从前几天立夫全家搬走之后，她始终还沉浸在自己的那个幸福的天地里，连银屏的事也都忘记了。她也忘记她和曾家有些个旧关系，至少两家口虽不明言，心里总是认为她和荪亚会订婚、会成亲的。不错，荪亚，毫无疑问，的确是个好配偶，但是她心旌摇摇，方寸难安。

生平第一次，她觉得嫉妒她妹妹。过去还没有向立夫提过什么婚事，可是木兰有一种预感，就是，早晚莫愁会嫁给立夫的。但愿她和妹妹易地而处好了！她向妹妹瞥了一眼，说："我不是过去常跟你说，你将来会比我有福么？"

"怎么会比你有福呢？姐姐。"

木兰说："没有什么。"

莫愁看得出来，她姐姐的举止有点儿异乎寻常，不过她没有再往深里追问。

木兰相信个人的婚姻大事，是命里注定的。所以她母亲和她父亲商量了一番，得到她父亲的同意之后，就在傍晚吃晚饭前，来看木兰，和木兰单独在屋里说话。木兰只是微笑，她母亲便以为她是答应了。

那天夜里，她无法入睡。事已决定，无可反悔，只好如此。她开始在心里思索荪亚，记得她在运粮河的船上第一次看见他时，那么个男孩子，向她咧着大嘴微笑。命运真是把他们俩撮合在一块儿了！好多不由人做主的事情发生，演变，终于使人无法逃避这命定的婚姻！她心里想荪亚向她注视的神气，想到和荪亚一块儿混，可是真容易。因为她根本就没怕过荪亚。又想到荪亚的母亲多么好心肠，又想到曼娘。有一会儿，她觉得好恨曼娘来干涉自己的这件终身大事。她心里又老是想到立夫，想到立夫的学问和立夫说过的"残基废垒"。在四五夜以前，她和立夫互相敬酒的时候，当时多么快乐！若是立夫听到木兰配给荪亚，会怎么样呢？立夫是不是想到她曾经以芳心相许呢？她一想到这个，便觉得两颊发烧，仿佛酒力依然未减。

姐妹二人退入私房之时，莫愁原想向她再度道喜，并跟她说一说订婚的事，但是木兰只是微笑说："事情要是定了，就算定了吧。"莫愁自然感到失望，也就没再说什么。现在夜里半明半暗的光亮之中，木兰看见莫愁在那边床上安然沉睡，觉得她真是个有福气的女孩子。

在随后几天里，她极力抑制自己，不要想立夫，勉强只想现在新的情势，只想曾家。在曾家，除去曾先生之外，她谁也不必怕。因为是最小一房的儿媳妇，她的担子也轻。并且还有素云，是将来的妯娌，不知将来和这位妯娌之间处成什么情形，妯娌相处总是麻烦的。

正式订婚之前，木兰和荪亚的生辰八字总要交换。傅先生又来到北京。木兰的母亲请教这位业余的星象家的意见，他说木兰是金命，荪亚是水命，金入于水则金光闪灼。这一门子亲事主吉。他又引用两句诗说：

石蕴玉而山明
水藏珠而川美

他说这话的时候，谁都听见了，连木兰也在座，于是大家向木兰致贺。

人有五种命型，就用金、木、水、火、土来代表。男女婚配，就是这种命型配合的学问。命型若配得好，可以彼此相辅，彼此相成。有的两种命型，即使不是两者相克，渐渐也趋于两者相伤。男女近亲，再加同样命型结婚，是应当禁止的。因为如此结婚，男女双方原有的特点只能加强，也可以说，只能增大。这是显而易见的。比方说，使一个懒惰的（水命的）女子和一个也是水命的男子结婚，只是有损无益。使一个暴躁脾气的（火命的）丈夫娶一个也是火命的妻子，两个人都得活活烧死。一个人皮肤细，五官清秀，聪明伶俐，就是金命。骨骼骨节突出而瘦削的人，是木命。多肉、懒惰、多黏液而迟钝的人，是水命。性急暴躁，眼睛乱转，轻浮不稳，前额上斜的人，是火命。沉稳安静，皮肉上线条圈厚丰满的，是土命。每一种里又再分几种，有好的，有坏的，就犹如木头，也有条纹细密的，也有条纹疏松的，有光滑的，也有多节的。比如，金克木；可是一个骨节外露，肌肉条纹横生，脸盘子宽，手指关节挺硬巨大的木命，就会把软嫩的金命弄得迟钝，失去锐利，变得单纯。所以一个蛮横粗野的丈夫，就会使性格敏感、五官秀嫩的妻子，吃尽苦头。

姚太太把傅先生的话想了想，后来她看见傅先生旁边没有别人，她又问傅先生："莫愁是什么命呢？"

傅先生说："莫愁是土命。沉稳，安静，圆通，富足。这些特点都很可贵，有福气。她是福相。娶了她的男人有福气，但是跟荪亚就不相配。土若与水混和起来，结果只是软稀泥，这种婚配没有什么好处。"

姚太太说："我的意思不是这个。"

傅先生问："那么您是什么意思呢？"

姚太太在他耳朵旁边儿小声说了几句话。傅先生笑起来，眼睛闪亮。姚太太等他说话，等了半分钟。

傅先生说："好极了！好极了！"

姚太太说："告诉我呀。不要老说'好极了'！"

傅先生低声说："立夫是木命，是木里的上品，土养木，木就滋长繁荣。他简直是红硬木，您是把他破不开的。但是他需要以柔来克。他跟莫愁的土相配，比和木兰的金相配还要好。但是他若配一个轻浮急躁的妻子，那就把他烧掉了。"

木兰姐妹谁也不知道傅先生和她们母亲之间的这段话，可是姚太太在晚上把傅先生说的话告诉了她丈夫。姚先生说：

"当然一个立夫是值得三个荪亚、十个体仁。"

姚太太说："你说咱们体仁怎么样？"

"他是像木质既松软，树干又朽烂的一棵树。树的中心已经烂了，你还能把他怎么样。做柴烧也不是好柴。"

姚太太说："我不相信咱们的儿子比别人坏。你听他说话，他好明白，而且心地也善。"

他父亲说："那当然。你要用力敲一个空树干，发出的声音也好听。"

于是母亲心里有一幅火的图，那火就是银屏，那火正在焚烧那干燥而且燃烧得很快的柴，那柴就是体仁。她告诉丈夫她哥哥已经给杭州银屏的伯母去了封信，信上说她若写一封像银屏所坚持要的那封信，就付给她五十两银子。只是没有告诉丈夫，那封真信来到之前，她叫舅爷伪造了一封信，以便趁着体仁没由香港回到北京的时候，赶紧把银屏嫁出去。

在木兰和莫愁到天津去上学的前几天，银屏突然失踪了。在前一天的早晨，冯舅爷把他们所需要的那样一封信给银屏看，说是她伯母寄来的，信上说她伯母托姚先生在北京给银屏找个好婆家嫁出去。现在银屏知道太太要赶快把她嫁出去的原因，她必须拖延时间才行。她已经找人替她给体仁写去了一封信，但是没办法接到回信。她的信可能在家里给没收了，她没有心腹知己可以拜托。

舅爷一给她看那封信，说是她伯母寄来的，她哑口无言。她心中一盘算信来往的日子，不相信一封信从杭州会来得那么快。可是那封信既然在，上面写信人的签字又不能说是假的，因为她伯母不会写字，不会签自己的名字，她说要一封伯母的信，现在人家有信给她看了。

所以在晚上，大家都上床安歇之后，她趁着黑夜，溜进菜园子里，由后门走了。她带着体仁的狗，自己的一包袱衣裳，两个体仁以前送给她的玉镯子。体仁曾经告诉过她，那两只玉镯子有一只值三四百大洋。到吃早饭的时候，锦儿禀报说银屏没在她的屋里，床上也不像睡过觉的。到了十点钟，才发现狗的脚印是由菜园子走到后门的，后门敞着没关。

银屏在北京已经住了几年，大概认识方向，也知道北京几个地区。她雇了一辆洋车，往西南奔顺治门走去，因为那儿离姚家远，大概安全可靠。又因为那个地方人多，她住在那儿不太显眼。她在南城附近找了一个小店过夜。那条狗很麻烦，她担心会因为狗而使她露了踪迹。早晨，她喂了狗一点儿肉，把狗拴在她屋里的铁床柱子上，到珠宝店去卖一只玉镯子。她穿得很讲究，那家珠宝店给她一百块钱，这很出乎她的预料。

因为知道那只镯子的真价钱，她就又走了一家，开口要两百块钱，卖了出去。有那一笔钱在手里，足够半年的过活。她知道要小心财物，同时她还有另一只镯子呢。所以她不做事等体仁一年，是可以的。她心里立誓要报仇。她起誓在体仁回来之后，要用尽一切方法，让体仁不去他母亲那里。她是个女人，知道体仁的弱点。

她假装是从上海来的，开始出去租房子。大杂院里的房子，都是分间出租的。也有时候几家人共同住一个院子，但是银屏避免住那种院子，因为那样，生人太容易看见。最后她在个偏僻的胡同里找到了一个院子，一对夫妇住，没有孩子。房东是个江苏的生意人，运气不佳，盛时已过，妻子以前是个妓女。他们有一间东房，很大，愿意出租。家具破旧，只是一个木床，一个洗脸盆架子，一个普通桌子。桌子原来是打麻将用的，上面放着一个脸盆、一把茶壶、几个茶碗。房租每月是四块钱，银屏还价之后落到三块一毛五。那个女人发现银屏说上海话，对她很热情，很欢迎她。房东姓华，华太太还年轻，当年一定是个大美人，现在则是一嘴的黑牙，银屏看见他们床上摆着大烟枪。她后来才知道那个男人花了六百块钱从老鸨子手里买了她，带着一千块钱从南方和这个青楼艳妓私奔，逃到北方来的。那个男人和父母断绝了关系，在北京的西四牌楼开了一个水果店。过去那几年，这个做妻子的有时到讲究点儿的茶馆去卖唱，赚点儿钱贴补家用。但因为有抽大烟的嗜好，就觉得寅吃卯粮，度日维艰了。现在那个女人已经不再卖唱。房子并不整齐，不过他们还勉强雇着一个老妈子，给他们做饭洗衣裳。

这间房子租定之后，银屏回到客栈，付了店钱，领着狗来到这新租的房子里。她向华太太说，她丈夫往南方去了，最近不会回来。那个女人没再多问。

不久之后，银屏发现白天房东丈夫出去之后，有男客人来访那位房东太太。到底是来抽烟，还是做别的，她也不敢问。有一次，日头落的时候，丈夫自外面回来，老妈子说家里有“客人”，丈夫没进屋，又走出去了。

过了几天，华太太问她为什么狗老是拴在屋里。这时候，银屏已经知道女房东的身世，就把自己的情形告诉了她。由于她们同病相怜，那个女人很同情她。因为银屏觉得把自己的情形告诉了那个女人之后，有许多方便，那个女人也把她自己现在度何生涯叫银屏猜一猜，这样对她自己也有方便。她叫银屏和她躺在她的床上抽一口大烟，但是银屏谢绝了。有一次两个人正在床上躺着，一个男人走进屋来。银屏起身要走，那个女人叫她停一会儿。

银屏渐渐学会了女人的媚术，更重要的，是女人的人生哲学。那个女人一天向银屏说："人生没有公理。你看我，童年就被父母卖了。在生活里能争取到什么，就拼命争取。一旦得到了男人，就不要把他放松。你们太太没良心，养活你也不过费她一碗饭。就正像你说的，一条狗养了十年，也不忍心把它打走的。你听我的，你们少爷回来之后，抓住他。我懂得男人，我也知道怎么抓得住男人。"

银屏说："你若能替我保守秘密，他回来后会酬谢你的。"

一天，银屏被那个女人说服，决定学抽大烟。那个女人跟她说，那个小灯光是多么迷人，那柔软的灯光和烟立刻使一个屋子看来那么亲切，使人觉得那么舒服轻松。她又解释女人斜倚在烟榻上跟一个男人说话，或是给男人烧烟的时候，这时小灯的光照在女人的脸上，那女人是多么妩媚迷人。但是银屏抽大烟只是学一学风雅，非常慎重，绝不养成烟瘾。

实际上，银屏后来知道，华太太颇有才艺，人生得俏丽动人，长于辞令。在华太太帮助之下，银屏给体仁寄了一封长信，详叙事情发生的经过，告诉了她现在的下落，以及姚太太怎么食言背信，姚太太怎么骂她，又说自己现在言而有信，守身如玉，静等他平安归来。

银屏从姚家失踪之后，别的丫鬟都说毫不知情。罗东奉命去看他儿媳妇青霞是否知道此事，青霞立刻来到姚家，说她也觉得意外。姚太太跟她哥哥商量，冯舅爷觉得事情发生得古怪。不过就银屏她伯母那方面说，并没有什么重要。姚太太那注重实际的头脑看来，不管怎么样，只要能把银屏打发走，也就高兴了。因为银屏是自己逃走的，所以姚府就没有多大责任。姚太太只是说傻丫头不知道感激主人的好意，还不是自己找苦吃？她说："奴才毕竟是奴才。"姚先生则不认为事情就此了事。大家心里都纳闷儿，银屏怎么过活呢？大家另外感到意外的是，银屏并没有偷走姚府上的古玩，其实偷是很容易的。因此大家倒都很看得起她。他们想她带着那条狗，早晚非因为那条狗被人找到不可。但是姚府并不认真费事去找她。木兰则认为银屏把体仁的狗带着走，这倒是真性情人的不俗之处。这里似乎有一种忠贞之至情在。

在这一切混乱之外，又加上了木兰和荪亚的订婚礼，然后又把订婚礼品分送亲友，这就算是订婚的通知。立夫的母亲当然也收到一份。母子二人一齐来向姚太太道谢，并来探访，依礼应当如此。同时在木兰姐妹俩出去上学以前，也来看看她们俩。

等下人禀报立夫母子探望，木兰这时才又想到自己是多么喜爱立夫。立夫母子和姚太太说了一会儿话，就去向木兰道喜。

立夫在母亲道喜之后，也向木兰说："兰妹，大喜。"说着微微一笑。

木兰也微笑说："谢谢，立夫哥。"不过她的微笑好勉强，几乎憋得她喘不过气来。

木兰的眼睛向立夫可以说是正目而视，她说"立夫哥"的时候，声音有点儿颤抖。木兰这很大胆的注视，立夫觉得是一支飞来的无形之箭，分明有言外之意，是温柔诚挚的情意。从来没有一个少女向他微笑得那么真情流露。

在立夫的面前，木兰变得那么活泼，那么不可以言喻地快乐。

爱情的酒又再度使她摆脱了礼俗传统的约束。她显得愉快、殷勤，比起平常来，真是谈笑风生。

那个时代受过传统的良好教养的小姐，绝不承认自己对男人有情爱之私，也不允许别人这样说自己，因为说爱男人就算是人品上的污点。可是立夫走了之后，木兰特别觉得另一个快乐的半天又已过去，心里又渴望这样的时光再能跟踪而至才好。

她到天津去上学了，但是心情却摇摆不定。在阴雨多云的日子，心里便像犯罪似的想到立夫，在天气晴朗阳光普照的日子，就又很正常地想到荪亚。她想把在香山体仁给他们照的相片带到学校去，因为里面有立夫，也有她，她的手半举着，脸上浮着一阵苦笑。她想带去，又不敢带去。

体仁在香港接到了银屏的信，对他母亲要拆散他和银屏的事，怒不可遏，立刻给银屏寄了一百块钱，这使银屏的房东太太对银屏的情形，越发深信不疑，对银屏也越发礼敬有加。在信里体仁叫银屏等着他回去，告诉银屏千万把住的地方保密，切莫让家里知道。他心里第一个冲动是乘最早的一班船回去，跟他母亲算账；可是再一想自己的所作所为，又害怕起来。至少，他父亲会大兴问罪之师对他大发脾气，就犹如他可以大兴问罪之师向他母亲发脾气一样。所以他还是在香港停下来，在个英文书院注了册。虽然在家那么坏，他也并未嫖娼宿妓，但是现在在香港，只要手上钱没有花光，他便开始花天酒地，浪荡逍遥。不过他虽然偎红倚翠，却绝无放弃银屏之意，他知道，不久总是需要回北京的。

同时，他父亲接到了有关体仁生活情形的报告，于是等待时机，也知道体仁的钱也快用完了。他直接写信给轮船公司，恳请把船费退还，以免落入儿子手中。

冯舅爷接到杭州寄来的一封信，信不是银屏的伯母写的，是银屏的伯父写的，末了有她伯父的图章。信上的话，一如姚家的要求，但是杭州茶行的掌柜又另外写来了一封信，说银屏的伯父索取一百块钱，不是五十块，钱已经付了。因为银屏已经走了，冯舅爷也就不再发愁，只是把那封信保存着就够了。他也不让银屏的家里知道银屏已经逃走。体仁写信回家来，信里假装作不知道银屏已然逃离家中，只等他母亲挑选适当的时机亲自告诉他。

第十八章　离香港体仁回北京　隐陋巷银屏迎故主

体仁的钱不知不觉就用完了，到底怎么用的，自己也不清楚，虽然记得把几百块钱借给了朋友，但那两个朋友后来也失去了踪影。

十一月底，父亲接到他的信，要父亲寄钱。父亲的回信上毅然决然地说，他要赶紧回北京，否则与他断绝关系。所以，一天，在冬至假中，木兰和莫愁放学在家的时候，体仁到了家。他的样子大大改变了。面容消瘦而苍白，两眼深陷，颧骨突出，头发好长，上嘴唇留着一点儿小胡子，鼻子上架着一副墨镜。而且，到家时，身上只剩下一毛三分钱。母亲是又惊又喜说："可怜的孩子，你一定受了好大的罪！在外头没有人照顾你。我根本就不赞成这么大就送你出去。"立刻叫人把炖鸡汤煮的面端来。鸡汤放在桌子上之后，珊瑚向体仁说："现在你吃下去补一补吧。这锅汤里大概炖了三四只鸡呢。三天以前，太太就叫人去宰鸡，可是你没有回来。于是一天就多宰一只鸡，最后只炖成这么一点儿。你吃下去之后，眼睛若不精神起来，这几只鸡也就白送命了。"

体仁正在喝鸡汤，四周围绕着家里的太太、小姐、丫鬟、仆人，他父亲这时冲进屋子来。体仁立刻站起来。木兰看见她父亲的眼睛瞪得大大的，她想父亲一定会立刻打体仁的头，可是父亲只发了“嗯嗯”的两声恨声，又走出去。一天不见体仁，不理他。连吃午饭都没有来，这样倒给了一家人一段安静。午饭之后，锦儿递给体仁一条热毛巾。体仁偶尔问说：“银屏呢！她怎么没露面儿？”

锦儿说：“少爷，我们也不知道怎么回事儿。一天晚上，她忽然不见了，不知为什么她就不见了。”锦儿说话的声音清亮，牙咬着嘴唇，以无可奈何的神气望着他，又望着太太。

阿非也说：“你的狗也跟她一块儿不见了。”

体仁忽然情不自禁冲动起来，他破口而出道：“这么说，狗还比人有情有义呀。”

莫愁问他：“你是赞美那狗呢，还是骂人？”

体仁说：“妹妹，你还是那个样子。我只是问一问。既然有那条狗跟着她，还不容易找她吗？你们想法子找她了没有？即便你们不挂念银屏，你们也应当惦记着我的狗哇。我刚一转身儿，你们就把她们赶出去。”

他母亲说：“儿子，你想错了。没有人赶银屏走，她自己跑的。”

体仁追问：“她逃跑也一定有原因。”

他母亲说：“你走后不久，七月底你舅舅由杭州回到北京，由银屏的伯母那儿带来了话，要她就在北京嫁出去……”

儿子问：“您有话答应过我啊。”

“这是人家银屏家里的意思。你不知道。你一去好几年，人家的姑娘已经成年，自然该嫁出去，她在咱们家的合同也期满了。咱们怎么能拦着人家把女儿嫁出去呢？有她伯母寄来的信哪。”

冯舅妈赶紧改正姚太太的话说：“她伯父的信。”冯舅妈一向很少说话，什么事都听姑奶奶的，因为自己丈夫的地位都由姑奶奶的关系而来的。现在姚太太看着她：“舅妈说得对。你舅离开杭州之前，她伯母告诉你舅舅的，但是银屏要一张写的字据，她伯父才写来的。”

阿非说：“妈，不对，那是她伯母寄来的信，不是她伯父写来的。”

阿非曾经听说过那封伪造的信，但是没听说后来她伯父寄来的那封信。锦儿赶紧把嘴边上的微笑压了下去，而木兰姐妹并不知道有银屏伯父寄来的信，彼此相顾，颇显惊讶。体仁看破了其间的矛盾混乱。

他母亲说："小孩子，你知道什么？"母亲这样责骂阿非，又说："你若不信，她伯父的信还在这儿。"又问舅母："不是你收着吗？"

舅母问答说："他舅舅放在铺子里呢。"

他母亲说："我让他拿给你看。事情过去就算了。咱们现在也不知道她的下落。这种事你也就不用再费心想了。"

体仁比刚才更加恼怒了，他说："我知道她死活你也不放在心上的。"

母亲说："儿子，你简直疯了。她自己跑的，她饿死，也是自找的。我们费心给她安排个好婆家。青霞给她找了一个挺好的生意人。你这个做妈妈的也没错。"

体仁勃然大怒，他说："你把她赶跑的，我知道。你想把她嫁出去。你亲口答应过我不叫她走。你说了话不算话。你说了没有？你说了没有？"

他母亲开始哭起来，一边哭一边说："做妈的好难啊！"体仁觉得自己并没有什么可耻之处，他的姐妹却觉得他甚为可耻，太不应当，于是都倒向母亲那面，想法子劝她。乳香拿进一条热毛巾来给太太。木兰说："哥哥，我想这也够了。你本来是上英国，结果没去，本来你一去要去几年，那你怎么耽误人家的事呢？她的合同已经满了，妈要把她嫁出去，妈并没做错。现在你刚一回来，就惹妈哭，咱们家还有没有一天平安哪？"

体仁大吼说："好！你们都好！只有我是一家的逆子。你们若不许我问什么，我就出去，让你们大家平平安安地过日子。"

母亲一边哭一边说："只是为她一个丫头，就闹得家里鸡犬不宁这么久。我不知道你在她身上看出什么来了。儿子，你长大之后，像咱们这样人家，你若要，给你找十个比她好的。现在你也累了，去歇一会儿吧。"

母亲对儿子那么软，木兰十分生气。

吃晚饭的时候，父亲坐在桌子那儿，脸上的神气，谁见了都怕。最怕的是冯太太和她女儿红玉，红玉向来没看见过姚先生脸上那种表情。老人家虽然身材不高，头生得大而威严，目光炯炯有神，两鬓角儿上头发灰白而漂亮，他一生气，样子更为可怕。体仁静静地吃饭，知道快要算这笔账了。在中国式的家里，他穿着洋服，留着小胡子，戴着黑眼镜，好像是自外洋输入的鬼怪，不像中国人的儿子，不像个中国人。姐妹们静悄悄坐着吃饭。有一会儿的工夫，紧张而沉默。珊瑚想打破这个僵局，就问体仁为什么回来得比预定的晚了两天，他以不正常的粗哑的男人声音回答说因为海上风浪大。父亲听到体仁的声音，向他怒目而视。

父亲问他："你回来干什么？"

儿子回答说："你让我回来的。"

"放你的屁！你以为我要拿钱供给你在南方嫖哇？孽障！"

母亲插嘴说："他刚回来，至少在用人跟前要给他留点儿面子。"

父亲大声吼道："什么？面子？他还要面子？他还叫人吗？你出去到外国学什么，就学这种鬼样子吗？摘下你的眼镜……给我！"

父亲用强有力的右手把眼镜用力一攥，那副眼镜就成了一堆弯金丝烂玻璃，他的手也被碎玻璃扎破流了血。可是他不让别人管，用流血的手，他把饭碗和盘子推开，推开椅子，站起来，在地上来回走，没有人敢动一下饭菜。他的脸和胡子沾上了血，看来越发狰狞可怕。阿非开始哭道："哥哥。"姚先生说："他不是你哥哥，他是孽障！让他给你做个榜样！你长大后若也像他，姚家就完蛋了！"木兰坐在阿非一旁，叫阿非不要再哭，冯太太攥着红玉的手，怕得厉害，使眼神儿叫红玉别动。

老人突然转过身子来，向他这大儿子说："我不打你，我也不叫你报账，我不问你三个月花了一千两百块钱。只是从此以后，和你一刀两断。你以后自己要干什么，自己打定主意吧。"

现在体仁规规矩矩地站起来，冯舅爷也离开了自己的座位。体仁用一种悔罪的声音说："爸爸，我以前是做错了。现在我要好好儿念书了。"

老人冷笑道："念书。给你机会念，你不肯，现在没有了。你知道你需要什么吗？对你最好的就是挨饿。你若知道饿是什么味道，现在你就满足了。"莫愁不由得想起《孟子》上说"饿其体肤"，眼睛就看了看她哥哥，看他那瘦削的脸，的确是像个挨饿的。

父亲说："把他关在我的书房里，饿他一天，谁也不许给他送东西吃。"

体仁又想反抗，又害怕。冯舅爷这时提高声音，用谈生意那种郑重其事的态度说："大哥呀，您让我说几句话。我这个外甥当然是错了，您说是不是？但是生米已煮成了饭，再算那老账也没有用。您说是不是？当然，到英国去，自然不用提了，也应该学学做生意，您说是不是？您若是认为可以，那就叫他到铺子里去，去学做生意，再帮着写账。"

珊瑚也站起来说："爸爸，饭都放凉了。您应该吃点儿什么。这件事慢慢再商量吧。"

姚先生说："我不饿，我吃东西干什么？明天把他关起来。"说完走了出去。

孩子们现在开始吃饭，几位大人则匆匆忙忙把自己碗里的饭吃光就算了。这顿饭吃得沉闷得可怕。

莫愁说："哥哥，现在你应当改过自新。你胡闹得也太厉害。至少，表面儿上你总要像个样子，应当讨父母个欢心。父母上了岁数儿，不应当再叫他们操心。毕竟你是儿子，这个家是你的。一个人活在世界上，一定要有脸面见人。你若听舅爷的话，安定下来学做生意，我们姐妹也脸上有光彩。不然，怎么是个了局呀？"

体仁嘟嘟囔囔地说了一句："你老是这一套。"

木兰说："你若老是这个样子，我们当然也老说这一套话。"

现在珊瑚教锦儿去把米饭、汤和几个菜热一热，给父亲端去吃。热好之后，珊瑚出主意，一则表示自己改过向善，二则也表示一点儿尽孝之道，叫体仁把饭菜给父亲送去。但是体仁怒容满面。最后，由木兰和阿非送去，大人知道孩子会给父亲消消气的。莫愁和她哥哥去从后窗子往里面偷看，看见父亲正在抽着香烟看报，木兰叫阿非端着大调盘，自己在后跟着。

老人家抬头一看，深感到意外，看见是女儿和小儿子，心里有点儿感动。

父亲问："你要不要做个孝顺儿子？"

小阿非说："我要。"

"那么，不要像你哥哥那个样子。他不做的，你要做；他做的，你别做。"

木兰说："我会照顾他的。"

木兰看见父亲的胡子上有一块血，她叫阿非去拿一条热毛巾来擦下去。

木兰说："明天您真要把哥哥关起来吗？"

"不错。对他没有害处，也给他一个教训。他应当知道饿是什么滋味儿才好。"

第二天，体仁被锁在父亲的书房里，钥匙由父亲自己带在身上。可是下午父亲不在的时候，母亲去隔着隔扇跟儿子说话，设法抽下一块板子，从缝儿里递进几个热包子，就赶紧走开，告诉他不要留下什么渣滓痕迹，免得被父亲看出来。

冯舅爷是个道地的生意人，他在姚府上的地位是独一无二、无人可比的，而且地位稳固，永不动摇，因为他是姚太太的哥哥，而且是姚家那个大生意实际上的负责人。他长得骨头外露，方脸盘儿，像他妹妹，总是戴着红纥繨儿的帽盔儿，拿着一尺长的旱烟袋，烟嘴是玉石做的。他说话完全是一般商人的样子，语句中间点缀着许多"啊""好"，声调由低至高有好多变化，完全看需要而定。在买进货物商议价钱的时候，他把声音提高若干不同的强度，以表示自己坚决同意或是拒绝对方；在结束生意的时候，会把声音降低而温和，令人衷心感觉到他的热诚亲切；

在他准备让步，在最后一刹那，会突然用一个表示朋友义气的姿势，好像是他慷慨大方，示人以恩惠，在这样让步之前，他会做出坚持主张、无法通融的样子。他知道怎么样褒贬存心要买的货，也知道怎么样赞美自己要卖的货。所有脸红脖子粗大声喊叫的争论，其实都是造作，毫无用处，只是一件，就是他嫌你的卖价太高。他若向你让一步，永远是在你耳畔低语，好像说的是重大的外交秘密，只因把你看作他的心腹知己，才肯这样吐露给你。

姚府这么大的生意，他可以说是经营得法，很得妹妹和妹夫的信任，他们认为外姓人里再找不到这么能干这么可靠的了。姚大爷人极聪明，生意账目的报告要点，在心里有数儿，只有重要的事情需要和他商量，也只有最重要的事情他才做主，若干琐屑细节，他根本不愿意管，完全交给冯舅爷自己斟酌办理。冯舅爷每月的薪水说来少得可笑，是六十块钱，不过年底的红利则有好几千块，这是一般的规矩，别的伙计的待遇也是如此。现在他自己的财产已经高达数万元了。

他出主意叫体仁学生意，倒是很实际，但并不是姚家生意上需要那么一个人，而是体仁需要一个事情占住身子。另一个理由是这位舅爷借此能和体仁说话，慢慢影响他，而他父亲则一向不和这个儿子说话，也就无法对他发生什么感化熏染。不过舅爷也知道体仁不会把生意看得很认真的。

第二天，舅爷到书房去，体仁那时还监禁在里头，告诉体仁，他父亲已经答应由他带体仁到铺子里学生意。这件事没有什么难处，他只要看着铺子的伙计怎么样照顾生意就成了，而且那天早晨更是用那个为借口好把他放出来。约定好，他一定在铺子里吃午饭，跟舅爷一样。到了铺子里，冯舅爷把银屏的伯父寄到的信拿给体仁看，上头有亲笔签名，还有图章，那是锁在铺子银柜里的。

午饭后，体仁借口去看同船归来的一个朋友，去看银屏，他有银屏的住址。到了附近，他找门牌号数儿，心里扑扑地跳。那是一个土坯盖的屋子，没有油漆过的木板门，一个老太太出来开门。这时他听见他的狗在里面叫得很厉害，知道找对了地方。

那个老太太问："您是姚少爷吧？"

他进去之后，觉得很奇怪，因为银屏没有跑出来迎接他。狗向他跳过来，在他身边儿乱跑，又向他跳，把前脚放在他的肩膀儿上，用后腿站在地上。体仁急于见情人，把狗的脚拿下来，狗居然像人一样懂事，领着他往银屏住的东屋里。但是门关着，狗蹲在门槛儿上吠叫。女用人引领着体仁到上房去坐，有一个年约三十岁瘦削的女人站在上房门口儿。体仁看见她，觉得她的两只眼睛生得美，眉毛修得很漂亮。

那个女人说："请进。"向他微微一笑，可惜笑容配上黑牙齿，真是美中不足。体仁走进那陈设十分简陋的客厅，但是还是看不见银屏。

体仁说："我姓姚。"

"我知道。小姐等了您好几天了。"那个女房东告诉女用人去请小姐出来。女用人说小姐身体不好，门是从里头扣上的，她无法进去。体仁打算跑过去，但是女房东笑着说："她一定是生气呢。您不知道过去三四天，她等您等得多么焦躁不安，她连饭都吃不下去，她去站在门口儿看。她甚至把狗放出来，看狗是不是能找到您。"

体仁说："那难怪了。"他走到银屏门口儿去叫，他敲门。

他说："银屏，怎么回事儿啊？我回来了。"

里头没有回答。房东华太太也叫："银屏，开门！少爷回来了。你怎么听不见呢？"

这时里头才传出银屏的声音："来看我干什么？你回到你的家就忘记我了。我死我活跟你有什么关系？"

体仁寄给银屏的信上说他四天以前会到。因为在天津又荒唐鬼混了最后一夜，花完了最后的一块钱，所以到北京就晚了。银屏一直擦胭脂抹粉随时等着他来。过了好几天，她等啊等啊，气得厉害，以为体仁对她冷淡了。华太太就教给她，说体仁来的时候，叫银屏拒绝见他，这时华太太告诉体仁说银屏多么想念他，对他多么痴情，就这样打动体仁的心，而她从旁设法，叫体仁一定见到银屏才走。所以那天银屏听到狗叫，就在里头把门闩上，脱下褂子，跳上床去，然后又跳下来化妆。

体仁皱着眉看着，华太太微笑着说："这是你们小两口儿之间的别扭。您向她告个罪，因为她等您等了四整天，您都没有来。"

体仁说："这样可冤枉人哪。"他又叫："银屏，你听我说。我前天才回来。我爸爸把我锁了起来，我没法子出来。我把经过的情形可以都告诉你。"银屏听见这话，心里软了。她起身把门闩抽下，开门让体仁进去。门将要开时，体仁听见银屏在里头吃吃地笑，看见门一开，体仁就冲进去把她抱在怀里，狗也随着跟进去。

华太太说："这就好了。这就好了。"说着走回屋去。体仁看过《红楼梦》，所以像贾宝玉一样，把银屏嘴唇上的口红舐着吃下去了。

银屏笑着把他推开说："慢着，慢着。"她叫用人来沏茶，把体仁领进里间儿去。

体仁看见银屏变了。他看见银屏穿着白小袄儿，红缎子坎肩儿，坎肩上有一行密密匝匝的扣子，绿绸子裤子，绣花儿缎子鞋。两只手又白又软，戴着一对玉耳环，眉毛是仔细修好的，就和房东华太太的眉毛一样。耳朵两旁各有一绺儿头发，大约一寸长，剪得很整齐。

她说："关上门。天冷。"

体仁看见床上她的被子还没叠好，问她说："你刚才睡觉了？"

"是啊，我病了。差点儿等你等死我。"

银屏拿起棉袄来穿上，但是体仁看见屋里炉子小，不够暖和，就说："你还上床吧，不然会着凉。"

于是银屏上床去坐着，用被子围着，但是雪白的两条玉臂和扣子紧密的红坎肩儿还露在外头。体仁坐在床沿儿上，一边欣赏银屏的美，一边告诉她这几天家里发生的事情。老妈子端进茶来，银屏告诉她在炉子里再添点儿煤球儿。

老妈子走后，银屏叫体仁去把门闩上。

体仁问："在这儿住没有什么问题吧？"

银屏说："毫无问题。谁也不会来把咱们怎么样。"体仁很高兴，很得意。他说："咱们在这儿很自由，不像在家那样麻烦。"

银屏说："你觉得我现在怎么样？"

体仁说："漂亮极了。"

银屏指着卧在床旁边儿的狗说："我一直照顾它，喂它，就跟你在家时候一样。你剪下来的辫子我还留着呢。我这回算露了两手儿给他们看看，我若不冒险逃出来，他们早把我嫁给别的男人了。"

体仁说："我也是说了话算话。我若不在往英国的路上中途折回来，咱俩就棒打鸳鸯两处飞了。"

银屏说："我真感激你。"说着把体仁拉近她，吻了他一下。体仁躺在她的怀里，银屏抚摸着他的脸说："为什么你这么好，而你妈那么心狠呢？在你们家我简直还不如一只狗。你走了之后，她每次开口都骂我'小婊子'。我一看，事情已经不可挽回，我又不能当面说她许下你的话说了又不算。我不知道有多少晚上哭着睡着的。我想等你回来已经太晚。青霞给我说媒，打算马马虎虎像一堆垃圾把我扔出去就算了，她们以为我不知道。全家都把这个秘密瞒着我。我为拖延时间，向他们要我伯母的一封信，因为我不相信他们。后来我伯母的信寄到了，我想我非逃走不可，不然一定掉进他们的圈套，就要蒙着眼睛嫁出去。我甚至不相信我伯母那封信是真的，因为按时间信来不了那么快。"

体仁问："什么？到底是你伯母的信，还是你伯父的信？"

"他们拿一封信给我看，说是我伯母寄来的。我也不认字，除去假装相信他的话还能怎么样？我还留着那封信。打开那包袱我拿给你看。"

体仁把床另一头儿那个包袱拿过来，银屏把那封信拿了出来。

体仁给弄愣了，骂道："王八蛋！我想不到我妈会做这种事！今天早晨我还亲眼看见你伯父的来信呢。"银屏一直不知道也有她伯父的来信这件事。事出意外，她又愣住了。

银屏说："这都是你的好妈妈要害我暗中做的手脚。这都是他们在你背后干的好事。早就猜得出来，可是像我这么个奴才丫头，除去装聋作哑任人摆布之外，还能干什么呢？"

"我一定问问我舅舅。"

"不要，千万不要。那么一来，他们就会知道我在这儿了。事情现在已经过去，我也逍遥自在。只要我能有你，我还在乎什么别的？"

"只是我一想起他们对你做的这些事，不由得就生气。"

银屏继续抚摸并且吻体仁。

两人这样儿坐了一大半下午，直到短短的冬天即将日暮。银屏要体仁吃了晚饭再走，体仁说不行，因为这是他头一天到铺子里，必须先回铺子里，好和舅父一齐回家。

不过，华太太预先想得周到，早已预先做了白切鸡，上海式的糖腌熏鱼，冷切蒸鲍鱼，宁波的清拌肚丝儿，这都是银屏知道体仁爱吃的。她们劝体仁喝几杯再走。热酒斟上，三个人坐下庆祝体仁这次远路归来。体仁开始喜爱华太太，向她恭维了一番。又掏出了二十五块钱交给银屏，告诉她买床新被子、床单子，还有屋里用的别的东西。他又想给女用人五块钱，但是银屏说："你不要这么浪费，给她一块，她就会好高兴。现在咱们像新建家一样，得节省就节省才是。"她把女用人叫进来，手里拿着一块钱，得意扬扬地说："这是姚少爷赏你的一块钱。还不赶紧道谢。下次少爷来，好好儿伺候。"女用人接了钱，请了个安，满脸赔笑说："谢谢您费心。虽然我老眼昏花，还看得出富贵之家的大少爷，跟街上的穷骨头不一样。小姐说您来的时候，我就猜想您的样子，现在看见您了，知道小姐说的一点儿也不错。我不知小姐前辈子修了什么福，这一辈子遇见您这么个贵人。"

体仁走的时候，费了半天劲儿才把狗拦住。银屏送他到门口儿，凑到他耳根子底下，说下次来给房东太太带点儿礼物。体仁兴高采烈而去，觉得又找到一个新生活，有这么美妙一个秘密，好不乐煞人也。

第十九章 公子哥儿话时尚 莫愁妹子展辩才

短短的冬至假放过之后，木兰和妹妹莫愁又离家去上学，要到新年才回家。在学校把家里假期中发生的事，对同学谁也没提。不过很显然，对每个女同学而言，重要有趣的事都是发生在校外，而不是在校内的。

她俩回京过为期较长的年假之时，带着一个新朋友女同学钱素丹回家。因为素丹的家在上海。素丹面色苍白，多愁善感，虽然她母亲是基督徒，她生长在耶稣教的家庭气氛里，她的中文学科却很好。木兰听说她在家可以说是个叛徒，跟她母亲姐姐完全不一样。虽然母亲反对，她决定不进教会学校，一定要进中国公立学校念书。她写的毛笔字非常之美，中国旧小说也看得蛮多。她聪明又机智，跟木兰一样，也能唱京戏。她坐着的时候，像男人一样，也会颤动她的腿。在学校没有胡琴，可是每逢在寝室哼哼几段儿京戏，她就用手指头在膝盖上敲板眼，嘴里哼哼胡琴的调儿。在她的影响之下，木兰也看了些章回小说，由于好多旧小说字小，印刷不好，她的眼睛很吃亏，所以后来木兰有轻度的近视。不过她始终不肯戴眼镜。因为近视度数不深，她若不告诉别人，谁也不会想得到，但是，每逢她往远处望，眼睛就显得有一点儿朦胧的怪样子。

素丹也把基督教和基督教的教规告诉了她一点儿，当然基督教也有优点，也有缺点，还有素丹受了基督教的影响，她相信男女结婚是要自己做主张。素丹对中国的文化制度等都赞成，就是反对传统的有关妇女那套道德教条和媒妁之言父母之命的结婚制度。这种赞成中国文化，却反对旧式婚姻制度和妇女道德，似乎是互相矛盾；但是并不然，因为素丹，不管是在中国古代，或是在中国现代，她就是会闹风流韵事的那一型。在西洋的思想之中，只要她喜爱的，或是相信有其道理的，她就赞成。

新年即将来临，木兰一看素丹不能回南方家里去，还得待在学校，就邀她到北京自己家过年假。

姐妹俩发现体仁已经安定下来，父亲也不再生气，心里很欢喜。体仁每天和舅舅一块儿到铺子里去。因为表面儿上有个正业，又有自由去看银屏，体仁心满意足，也就不再追问那封假信的事。他下午出去“看朋友”，舅舅并不拦阻他。若是回家晚，或是晚上不在家，那就是因为有人请吃饭，或有人约听戏，他就这样告诉母亲。当然，这是成年人的自由，生活上难免的。甚至他舅舅，也从来没想到他还和银屏有来往。他一要钱，就要几十块钱，他舅舅认为没有什么可怪的。

因为体仁很精明，自然知道何以自处。银屏现在开始跟体仁要钱。她提出的充分理由是，她若不积攒点儿钱留着用，万一体仁的父亲知道了，或是有别的岔儿，她就分文不名，怎么过日子呢？体仁知道过年是结账的时候，他不愿意狮子大开口吓他舅舅一跳，也不愿意自己的花费让父亲知道。他想最好等新年过完，有什么麻烦再说。这样至少在年假里，大家过个平平安安的快乐新年。体仁的快乐真够得上完美无缺了。若是没有银屏，他自然会在北京前门外找到别的女人；银屏若还在姚府上，他也不会像现在这么任性自由。现在不但把一个完全自由的银屏金屋藏娇，而且他发现在他离京在香港的那一段日子里，银屏完全变了，变成了一个成熟的女人，会穿会打扮，还精于取悦男人的艺术呢。不久之后，华太太和银屏全看出来体仁在她们那儿那份儿逍遥自在，于是就尽其所能让他称心如意。他的二十五块钱立刻用在装饰房子的内部。体仁说墙上挂的一张画儿很坏，第二天就摘了下来，换上了一张西洋裸体美女的油画，配着红木的镜框儿。屋里现在有新镜子、新脸盆、新椅子。他一到，就好像一家之主到了一样。没人骂他，他说话，没有人驳回，他常常意外发现，她们俩给他准备好了他平素特别爱吃的东西。房东太太说要把正房让给银屏住，自己搬到木屋去。体仁答应把那个小地方儿装饰得精美悦目，不过告诉她们他得把计划延到新年以后。同时他把驾临香巢的日子次数儿，安排得很巧妙，就是每个礼拜不在家的时候，不超过一次，这样很容易找借口，自然引不起谁怀疑。

木兰姐妹俩，各自心里都以冬至假期之中没有看见立夫为憾事。事情只是赶巧，并无特别原因。立夫和他妹妹时常到姚家来。两个女儿不在家，姚大爷总觉得寂寞无聊，所以立夫一来，就和立夫说话，并且要他下次再来。于是在这位老人和这位年轻人之间便产生了友情。立夫听惯了傅先生谈话，觉得和姚大爷谈论政事，谈论文学，很容易，很自然。说来也怪，老年人的思想却比年轻人的思想还进步。姚大爷新近在澡房添置了一个喷水浴的莲蓬头儿，子夜练气功之后，早晨加上一次喷水浴，别的时间的养生修炼之后，也添上喷浴一次。有时候，他到北京饭店去吃一次西餐。有一度，那时很少有人想到，他居然会信中文可用英文字母拼音替代。他对文学的批评很严格。立夫刚刚爱上六朝的骈体文，但是姚大爷对那种文体则表示轻视，说那是徒供装饰而毫无实用的死文章，不过堆砌辞藻排列音韵而已。他向立夫说："要读桐派的文章，读方苞、刘大櫆的文章，读诸子的文章。"姚大爷所喜爱的哲学家，是道家庄子。庄子的文章是才华绝世的。立夫的思想在读了庄子之后，才开拓发展，这应当归功于姚大爷的影响。后来立夫在思想上之反传统、破坏偶像的思想，也是读庄子的结果。立夫有时候觉得庄子和道家思想，对他那年轻的理解力，未免太深奥；只是感觉到庄子文章的风格华丽，譬喻富有奇趣，其诙谐滑稽、几乎颠倒宇宙乾坤石破天惊的怀疑精神，令人魂魄震动。

不过姚大爷的影响也具有建设性的一面。他一谈到西方和西方深厚的学问，眼睛总是神光闪烁。他不会一个英文字，但是他观察了许多西方的东西，对科学的热心是无量的。他谈论声、光、化、电等科学，警告立夫不必太重视人所记载的历史。他说："要直接格物，而非人对物所说的那一套。"

道教精义和科学，是姚大爷的两大爱好。在他的头脑里，这两种思想是十分协调融和的。这也许是自然之理，因为道家思想注重自然，而儒家思想则最注重人事，注重文化，注重历史。道教中伟大的哲学家庄子，感觉到自然对人的魔力，自然中四季无终止的运行，自然中生长衰微的法则，自然中万物之纷杂无穷的类别，以及自然中难以言喻的神秘。自然界这个宇宙，在矛盾冲突的多个力量之中，遵守着一个无关于个人的、无以名之的、默默无言的神祇所定的法则，而变迁，而变化，而相互作用，相互影响。这个默默无言的神祇，根本实在无以名之，而道家只好名之曰"道"，却又坚持这个道，本来无名，又不可以以任何名字相称。就是说，所谓"道"，用什么名字相称也是不适当的。姚先生的想法是，西方的科学现在正窥启自然的奥秘，立夫正在青年，应当不要错过此一千载良机，要深入探测这些新的发现。

他告诉立夫说："对于我们，声音就是声音而已。一道光线，也就是光而已。但是洋鬼子却把声光发展成一门学问，而制造出留声机、照相机、电话机。我还听说有电影，不过还没看见过。要学这个新世界的新东西，忘了我们的历史吧。"他这种意见，在傅增湘那位老学者看来，实在不敢苟同，认为是过于走极端。立夫很敬佩姚先生的青年精神，这些话出诸姚先生之口，比英美留学生说出来，更使他受感动。

但是立夫感兴趣的却是文学。在这方面，姚先生对他的影响是引领他去看林琴南汉译的西洋小说。林琴南译英国柯南道尔的《福尔摩斯侦探案》，首先引起了立夫对西方真正热切的兴趣。林琴南是福州的一位老学者，不通英文，他翻译时，是由一个英国留学生把原文译给他听，他再写成文章。他最出色的本领，是他用文言文写长篇小说，这是前所未有的。他的译文风格，前后一致，琅琅可读。原作内容虽各有不同，译文皆能符合原文之旨趣，这是他的汉译小说能风行一时的缘故。

在林译《撒克逊劫后英雄传》一书里，立夫发现了木兰的铅笔字的圈点评注。评语是写在书的页边儿上，是关于芮白卡和罗文纳，非常有趣。好像木兰是同情芮白卡，而在艾文侯对芮白卡的爱无动于衷处，木兰注上“糊涂”或写“糊涂！湖涂！”。在芮白卡叙述城堡战役之时，艾文侯只注意那场战役，对芮白卡的关心他，却毫无感觉。在这一段文字一旁，木兰写的是：“天下之上智亦有糊涂时。”这种评语显然是以前写的。立夫很想知道究竟是何时所写。

在十二月二十八日，姚先生邀请立夫、他母亲、他妹妹，到他家吃饭。那一天，也是曾家祖母的生日，每年那天曾家都有一次家庭寿宴，木兰都去拜寿。今年情形不同，因为木兰已与曾家荪亚订婚，就要嫁到曾家去，所以避免前去。那天早晨，木兰叫锦儿拿一筐子枣儿、一筐子福州橘子送去，算是她送给老太太的礼物。她告诉锦儿说，曾家要问，就说她不去吃饭了。

锦儿正在准备东西，木兰听见体仁在他屋里叫赖妈。赖妈是个中年妇人，体仁回来之后，家里派去伺候他，并照管他的东西。体仁已习惯于银屏的照顾周到，而今在家真是觉得缺了她很不习惯，也嫌赖妈蠢笨，用着不称心。有一个熟练的丫鬟伺候，自然是一件乐事，这个中年妇人的伺候，真是毫无味道。他对这个声音粗哑的中年妇人说话，当然和对银屏说话不一样。他挑她好多不是。也许因为她真不知道体仁的东西放在什么地方，又不能察颜观色，预先揣度他的意思，这就跟银屏大不相同了。也许只是因为不喜欢她，并无别的缘故。自从木兰姐妹带着素丹由学校回来之后，家里的用人，就感到不够，加之又快到腊月底，每个仆人都忙得不得了。赖妈在厨房帮着蒸包子，她心想大少爷会自己照顾自己。所以那天早晨，体仁就没有人伺候。

木兰听见她哥哥叫，就让锦儿去看看。锦儿一进屋，看见体仁穿着衬衫、内裤、拖鞋，在屋里站着。她站在门口儿，说赖妈正在忙，问他是不是要找什么东西。

体仁这位大少爷说："我不知道她把我的领扣儿放在哪儿了。你能给我找找吗？"

锦儿本是尽量躲着体仁，这时不知怎么样才对，因为她不愿进屋去，又不能转身就走。她说："我也不知道在哪儿。"体仁说："你在橱子里的抽屉里找一找，看是不是在里头放着。"

锦儿进屋去，在橱子里找，里头没有。她走出去，一会儿的工夫又回来，说赖妈她没有动过那东西，也不知放在哪儿。体仁穿上了袜子，对锦儿说："你找一找。一定在这屋里呢！"锦儿开始在各处找，正在找，忽然听见体仁嘟嘟囔囔地说他的一只袜子上有几个窟窿，骂那个"笨用人"没有修补就收了起来。锦儿现在低着头在地下找，看是不是会掉在地下。这时体仁看锦儿穿着一件鲜蓝色的棉袄，镶着有颜色的边儿，她那漆黑的头发，梳成一条很粗的辫子，身材比银屏还窈窕，他不住看着她弯腰低头找了半天，脸上色若桃花。体仁说："没关系。我今天穿长袍好了。"他觉得锦儿那肉感的姿态好不动人。

锦儿说："就因为您要穿洋服，才有这些扣子的麻烦。"

体仁说："银屏若是还在，就没有这些麻烦了。我真不明白为什么会派这么个笨头笨脑的老婆子来伺候我？你若来伺候我，你会比银屏还好呢。"

锦儿抢白说："别乱说，我可不是银屏。"

体仁说："为什么大伙儿都联合起来跟我作对呢？我妹妹她俩不在的时候，你们也不来伺候我。你不来，乳香也不来。"

锦儿回答说："干什么问我？"她根本不愿谈这事，又说："还让我给你找扣子不找？你妹妹要派我出去，我忙得很呢。”

体仁说：“我今天穿中国衣裳。你把那些东西都收在橱子里吧。”

锦儿给他拿出来一件长袍，一件绸子小棉袄儿，一条裤子。有聪明懂事漂亮可爱的丫鬟在自己屋里伺候，那种快乐体仁又享受到了。锦儿把他要穿的衣裳放在床上，就要往外走，体仁伸出两只手说：“好妹妹，你若肯来伺候我，我就向妈妈说要你来。”“妹妹”一词在这儿用，当然有男人称女情人的意思。所以锦儿立刻把两只手往后缩，说：“放尊重点儿。谁是你的妹妹？”

体仁一看锦儿恼了，就微笑说：“我只是跟你开玩笑。有什么关系。”

锦儿含怒之中又夹带鄙夷轻视的样子，回答说：“我们是奴才丫头，没有资格跟您开玩笑。您少爷当有少爷的身份。不要以为我们一个女孩子家的身子，卖给你们府上来伺候人，就可以由主子们随便作践。我没有银屏的大志气，也没有银屏的大本领。现在银屏落了个什么下场？”说着，走出屋子去。

体仁受了丫鬟的挖苦，勃然大怒，但又无可奈何，只好穿上长袍，准备赶紧到铺子里去，因为年底结账，他父亲也会在。

木兰问锦儿为什么耽搁那么久，锦儿回答说：“他找不到领扣儿，叫我替他找。他说了些着三不着两的话。难道他以前也是这么胡说八道？”

木兰问：“他说什么？”

“他叫我去做第二个银屏，我告诉他趁早儿少妄想。”

木兰答：“你说得好！”

锦儿去送礼，回来说，曾太太一定要木兰去吃饭。木兰说：“那像什么呀？我可不好意思去。”下午快到五点了，雪花来催木兰，说祖母想她呢。木兰更觉得心烦意乱，因为她半年来没看见过荪亚，跟他坐在一张桌子上吃饭太难为情；并且，另一件事，是她也有几个月没有见到立夫了。她跟母亲商量。她们认为她应当去，应当去给老祖母拜寿请安，但是不要留下吃饭。她于是穿上一件银狐的蓝闪缎子皮袄，就跟雪花去了。她看见荪亚也在祖母的屋子里，彼此相向微笑，问了几句礼貌上的话，荪亚和木兰一样羞涩。曼娘赶进屋子来，笑着说："这次你该叫我嫂子了吧！你再给荪亚煮腊八粥的时候，我们大家都有口福了。"木兰觉得忸怩不安，竟找个借口跑出屋子去。他们都知道木兰在曾家会局促不安的，就没坚持留她吃饭。

木兰心里明白她之想回家吃饭，因为是想见立夫，同时她不愿在曾家和荪亚同桌。她一到家，就听见立夫说话的声音，她知道荪亚的声音比立夫字正腔圆，更为悦耳，可是，立夫的声音给她一种快乐，这种快乐几乎是心痒难挠，无法抑制。两个人都叫她兰妹，荪亚的声音是标准京腔，立夫的声音里则可以听得出四川口音，那都是受他父亲和四川同乡会住的那些人家的影响。她觉得她也喜爱那种四川调儿。

那天下午很晚了，她父亲叫人送话回来，说太忙，不回来吃饭，要和冯舅爷在铺子里吃。体仁听说他父亲不回家吃晚饭，也打发一个拉洋车的回来，说晚上他也要晚点儿回来，就乘机去看银屏。所以那天晚上姚府上的晚饭，就全像一个年轻人的宴会，立夫和素丹是客人。

体仁回家很晚，大家已吃完晚饭，正准备打麻将。莫愁打得好，木兰太慌张，打得不行。好多人要打，于是分成两桌。这时才知道立夫不会。木兰说她对打麻将也无所谓，于是陪着立夫这位客人坐。最后，姚太太、冯舅妈、孔太太，还有锦儿占一桌，另外那一桌上是珊瑚、莫愁、体仁、素丹。太太们几次要丫鬟去和她们打，好能凑一桌。锦儿，最初是年轻人那一桌上要她去，她没说出什么理由，只说愿意在另外那一桌上打，让珊瑚和她调换了一下位子。体仁默默地看了她一眼。

别人打麻将，木兰也坐在屋里，和立夫说话，同时却假装着和弟弟阿非玩儿。她手里没东西闲得慌，叫阿非过来，拆开他的辫子，给他再梳一次。乳香拿进一把梳子来。珊瑚回身看着说：

"这么大晚上梳什么辫子？"

木兰开玩笑说："你先忙你自己的牌吧。"她把阿非的头发从中间分开，一边梳了一个辫子，就像红玉的一样。立夫看见她那样梳，但是木兰向他使眼神，让他别说什么。乳香也看见了，但是不言语。红玉正在站着看，想要叫她妈看，但是木兰不让她叫。最初看见他们的是莫愁，她说："大伙儿看哪！二姐把阿非打扮成姑娘了。"木兰有点儿恼，赶紧盘了个结，让阿非和红玉并肩而立，把他们俩送到姚太太跟前，一手拉一个，说："看！他们俩像王母娘娘驾前的两个仙女吧！"大家转身来看，都笑起来。

她母亲向立夫的母亲说："我这个木兰老是想这些事情。"

木兰回答说："我根本没想什么。你们打牌，我的手闲着没事儿，我就给他梳辫子，怎么知道梳出来成了两个？"

立夫的母亲说："这个主意很妙。两个人看着像一对儿，两人手拉手！"

现在阿非拉起红玉的手来说："现在来装洋鬼子，扮作夫妻一对。他们都是手拉手的。"但是红玉是个敏感的小女孩，立刻把手缩回去，跑到母亲身边去，转过身子抱怨说："阿非占人家便宜。"

冯太太赶紧说："他只是跟你玩儿，没有占你什么便宜。你不要叫他阿非，叫他二哥。你现在慢慢长大了，该学点儿规矩。现在走开，别在这儿捣乱。"

素丹说："等他们长大之后，中国的夫妻也就手拉手走，完全和洋人一样了。那时候一定也是自由结婚了。"

红玉拒绝了阿非之后，阿非就过去找立夫的妹妹，那时他妹妹正站在母亲身旁看打牌。阿非拉她说："咱们俩假装洋鬼子。伸过胳膊来。"环儿天性就很害羞，但是在别人家做客，总要客气，不好意思转过去不理阿非。此外，她也想和阿非玩儿，这就是第一个好机会，所以她就让阿非拉着在屋里走过来，走过去。阿非拿着一个鸡毛掸子，甩来甩去，当作洋人的文明棍。母亲们一看都笑起来。她们忽然听见抽噎的声音，原来红玉站在母亲一旁呜咽着哭泣。

红玉的母亲说："人家叫你玩儿，你不去，现在哭什么呢？"

红玉才七岁大，不听母亲安慰。阿非的母亲一看，赶紧向阿非说："你也要跟你表妹玩儿。"阿非还没太明白整个儿事情的原因，环儿已经离开他，溜到母亲身旁去了。阿非到红玉身边，求她也和他一块儿假扮洋人，但是红玉很生气说："你玩儿你的，我哭我的，与你有什么关系？"突然离开他，跺着脚，又趴在母亲膝盖上哭起来。

她母亲道歉说："你不知道我这个孩子，人个儿小，脾气蛮大。"

阿非站在那儿，不知如何是好。珊瑚说："阿非，你最好向表妹赔个罪吧。"阿非就过去，求红玉千原谅，万原谅。可是红玉仍旧说："躲开我。"最后阿非说："妹妹，以后我一辈子只跟你一个人玩儿，再不跟别人玩儿。这可以了吧？"

红玉这才满意，站在那儿破涕为笑，用食指在自己脸上一扫说："你才没羞！你是个男孩子，却把头发梳得像个小姑娘。"阿非开始把一个结子摘下来，把辫子分开，红玉看着笑了。

他们这么玩儿的时候，木兰问立夫新近看什么书，他说看《撒克逊劫后英雄传》。

他说："是老伯借我的，上面注的字是你写的吧？"

木兰想了一会儿，想起来了，觉得很不好意思，于是设法把话题转到论林琴南的翻译上。因为她特别喜爱林琴南的翻译，而立夫也极感兴趣，于是两人谈得很起劲。

立夫问："你似乎是同情芮白卡，为什么？我倒更喜爱罗文纳。"

"那自然，读者总是同情婚姻上应当成功而却失败的那一个。就因为这个道理，很多人同情《红楼梦》里的林黛玉。"一听到"婚姻"两个字，珊瑚竖起耳朵来说："你们俩说什么呢？说得那么津津有味。大声点儿说，让我们也听听。"莫愁说："二姐是说《红楼梦》呢，她同情的是林黛玉。"体仁问："噢，我知道。二妹喜欢林黛玉，三妹喜欢薛宝钗。"

素丹说："你喜欢谁？"

体仁说："我喜欢贾宝玉。"

莫愁说："好没羞，喜欢那个女人气的男人！"她又问素丹："你喜欢谁？"

素丹说："我喜欢史湘云，她好像男孩子，而且洒脱之至。"

体仁说："妙哇！"

木兰用温柔而细小的声音问立夫："《红楼梦》里，你最喜欢谁？"立夫停了一下才说："我也不知道。黛玉太爱哭。宝钗太能干。也许我最爱探春，她是两者合而为一的，有黛玉的才能，有宝钗的性格。但她那样儿对她母亲，我不赞成。"木兰静静地听，然后慢慢说："哎呀！天下没有十全十美的人哪。"

木兰向珊瑚喊道："大姐，我知道你喜欢谁。李纨！对不对？"

珊瑚说："在那本小说里头，每个人都喜欢和自己相似的人。别说了，这么说下去，我们就不能打牌了。"

他们打完一圈儿，素丹赢了。体仁说他忙了一天，有点儿头疼。莫愁说不要再打，大家说话吧。年轻的这一桌就散了。但是珊瑚还想打，就到太太那一桌去，锦儿的座位让给了她。

体仁嫌屋里太热，要一条热毛巾，脱下了皮袄，里头穿的是棕色绸子小棉袄儿和棕色裤子。他母亲看见他穿着小棉袄儿，就说："你当然觉得热，你回来还没换衣裳。不过这样会着凉。乳香，去给少爷拿一件棉袍来。"

体仁在椅子上大叉开两条腿坐着。乳香拿来衣服之后，他站起来穿上，但是领子上两个扣子没扣上，下头的扣子也没扣。他向来不扣领扣儿，所以若穿三四件里头的小袄儿，外头再穿上长袍，就可以看见好几层领子，在脖子下敞着。这也许就是他不愿受约束的缘故。莫愁看见杂乱无章就烦，这时对体仁说："哥哥，你穿长袍，就应当穿得像个上等人。领子也不扣，下摆也不扣。你看立夫哥。扣上扣儿，看起来不显得利落吗？”

体仁说：“你说穿起来像个上等人，是什么意思呢？爸爸的领子也不扣，扣上扣子，头就不自由了。”

莫愁说：“那么下摆的扣子呢？你还有什么大道理吗？”

体仁说：“下头敞开，走道儿方便。银屏在的时候，我的扣子不是都扣得整整齐齐的吗？”母亲一听到提银屏的名字，立刻抬起头来，目光很锐利地看了他一眼。

莫愁说：“你说这话，脸皮之厚，我真佩服，你的扣子也要一个丫鬟来扣！我想你若带着银屏到英国去给你扣扣子，大概就不会回来了。”

体仁说：“那也不见得。”

莫愁对体仁的傲慢颇为恼怒，又接下去说：“你穿西服，背心儿上最下一个扣子，也是一向不扣的，是不是那样穿起来也方便？”

体仁故意大笑起来，很惹人生气的样子。

他大模大样地说：“妹妹，你不懂得的事，就不要说。穿洋服，也有学问。穿洋服把背心上最下一个扣子敞开，是应当如此。那叫作剑桥式。你若把那个扣子扣上，会招人笑的。”

体仁很得意，莫愁一时无话可说，算暂时失败。可是转眼之间又开始反攻，她说：“噢，是了，您尊驾没到剑桥，却把剑桥的学问学会了！您若不说，我还不知道剑桥的学问就在不扣背心的最下一个扣子上啊。”

体仁深深感受到妹妹的话的刻薄。木兰打算给他解解围，于是说：“我不知道每个英国绅士是不是背心儿的最下一个扣子都不扣上。这也许和个人的肚子大小有关系吧。”

木兰是存心开玩笑说的，可是体仁却认真起来，他郑重其事地说：“妹妹，你说的也许对。也许吃完饭之后要敞开，但是饭前不敞开。我倒要查考查考。”

莫愁毫不留情面，又接着说：“你既然没到英国，你哪儿来的这套学问呢？”

体仁说："噢，听东交民巷租界的西服裁缝说的。"

立夫正端着茶杯喝茶，无法自制，就大笑出来，把茶喝呛了，竟把茶喷到地毯上，木兰和莫愁也笑起来。体仁大怒，但是他知道自卫之道，于是开着玩笑说："你们不记得我临走的前天晚上，爸爸跟我说的话吗？他说：世事洞明皆学问，人情练达即文章。你们得把眼光放大一点儿，并不是只有书本儿上的学问才是学问。"

莫愁说："哎呀！不得了！这比你解释《孟子》还精彩得多呀。"

立夫对莫愁辩才的锋利，至感惊奇，这使他想起三国时代的陈琳，他的一篇讨伐曹操的檄文，雄辩滔滔，竟使曹操阅读之后，当时头疼立即痊愈。因此他这时插嘴说："体仁的头疼现在应当好了吧。"

木兰问："你的话是什么意思？"

立夫说："你妹妹有点像写讨曹操檄文的陈琳。"

莫愁觉得很受恭维，又说："不会，他的头疼会更厉害。"可是这些话的含义体仁完全不懂。

莫愁看见立夫的棉袄被茶喷湿，站起来拿一条干毛巾递给他。立夫接过去，向她道了声谢。莫愁很想替立夫擦干，但是不敢。

这时候，父亲和舅爷回来了。看见大家都很高兴，立夫正擦他的棉袄，父亲问他们刚才干什么了。

木兰说："我们刚才谈论学问，立夫哥笑得喝茶喝呛了。"

父亲说："学问会那么有趣？"心情颇为愉快。

接着素丹模仿一个基督教牧师的讲道，招得大家都发笑，又笑了一阵子，大家就散了。

第二十章　终身有托莫愁订婚　亲子被夺银屏自缢

在新年，不论年长年少，都要拜年。这种习惯，今年对木兰当然很不方便，所以她和家里人在曾家都没停留多久，但是曾太太、曼娘和桂姐到姚家来，却和木兰以及她家里人说了很久的话。曾家的儿子们应当来姚家向姚先生夫妇拜年。木兰则藏起来，不和他们相见，招得姐妹向她取笑。

年假过完，木兰又去上学，心情沉重。她姐妹不在家，姚太太抱怨家里太寂寞，阿非除去和红玉玩耍之外，也不能找别人玩儿。姚先生不主张她们姐妹转学，坚持她俩一定要继续念下去，尤其是傅太太对她俩太好，一直亲自照顾。结果是，木兰和她妹妹继续在那个学校念，一直到光绪三十四年的夏天，莫愁生病，不得不住在家里，木兰也就在家陪着她。那时候，曾家提到荪亚的婚事，木兰就因此辍学，准备婚礼。

在上学的时候，姐妹俩都是平常放假和寒暑假回家。因为离家去上学，木兰就尝到别离的滋味儿。立夫从来没有公开向她们姐妹表示爱慕之意，她们也没有像现代少女那样享受和情人携手外出游玩之乐。她们从来没和立夫通信，木兰自然也没有给荪亚写过信，也没有接到过荪亚的信。旧社会的礼教尚未打破，木兰对于嫁给荪亚一事，一向也没有怀疑过，她是坦然接受命运的安排。但是春季到来，她思念立夫之情，忧伤之感，强烈到无法按捺，她是多么想和他说说话，多么想听到他的声音。在晨间花前，在夜晚月下，或窗前读书，或傍晚漫步，立夫在伊芳心中的影子，总挥之不去。莫愁和素丹常常看见她在花枝下的岩石上，悄然独坐，虽然一卷在手，两眼则茫然出神。这种心事，不能告诉妹妹，又因为妹妹的缘故，也不敢告诉素丹。素丹因为离家在外，比较自由，有时会唱唱相思的诗词，有时也会唱唱妓女的情歌小曲儿。那些情歌小曲儿中的情意，往往是真情流露，含义至深。虽然明白有力，感人肺腑，措辞浅而易解，有时也难免有几分风流浪漫。莫愁不赞成在卧室里唱这种情歌，甚至木兰也不赞成，因为会引人心猿意马，神不守舍。不过木兰开始喜爱宋词。因为年岁轻，还不能欣赏苏东坡的词，不能像对辛稼轩、姜白石的词那样迷恋。她常常精读李清照那小小的词集《漱玉词》。李清照那有名的《声声慢》，开头用七对相同的字，用入声，最后以“了得”结尾，就如梧桐滴雨，点点滴在她的芳心上：

> 寻寻觅觅，冷冷清清，凄凄惨惨戚戚！乍暖还寒时候，最难将息。三杯两盏淡酒，怎敌他晚来风急？雁过也，正伤心，却是旧时相识。
>
> 满地黄花堆积，憔悴损，而今有谁堪摘？守着窗儿，独自怎生得黑？梧桐更兼细雨，到黄昏，点点滴滴，这次第，怎一个愁字了得！

在夏天，她们姐妹看见家里至少有表面的平静。有些晚上体仁回家很晚，母亲一直等，要等到儿子回来。体仁总是说朋友请他吃饭，不然就是请他看戏。他确是似乎有好多朋友，愿意帮他造成外面应酬多的印象。有时他深夜两点钟才回来，发现母亲坐在他屋里点着灯等着他，他很烦恼。母亲等他，因为叫丫鬟等他，为母亲的不放心。所以她由自己屋里走出来，提着一个灯笼，在别人都已经熟睡后阴郁的清夜，独自穿过黑暗的走廊、黑暗的庭院，要等儿子平安到家才放心。她指望拿这种真诚能感动儿子的心，使他好走正路。体仁既受感动，心里又烦恼，求母亲不要再等着他。

他说："您不要等着我。在黑沉沉的院子里，您若摔倒了怎么办？"

可是母亲不听。银屏听说他母亲天那么晚还等着他，心里暗自喜悦，觉得把他留得越晚越好，心里想这就是她用来报复以前老主母的办法。

他回家不太晚的时候，看见妹妹们也在等着他。莫愁后来成为她母亲守夜的固定的同伴。必要时，她可以熬夜不睡，木兰的眼睛容易累，就先去睡觉。第二天早晨，母亲睡到很晚才起来，莫愁还是照常起床。

母亲私心以为体仁是在外面打牌，但是没说出口来，父亲的态度就很难说。父亲显然是认为这事无足轻重，也许是想自己年轻时也是如此，或者把一切都归诸命运。他以为儿子是沉溺于年轻人一般的鬼混玩乐。既然他不再上学而在学做生意，这种应酬生活也是生意人难免的。但是他不知道，而母亲知道，体仁在铺子里已经拿了几千块钱。清明节后不久，体仁向他舅舅要了两千块钱还赌债。舅舅看他要钱的次数越来越多，就不敢承担这个责任。体仁告诉他不要让父亲知道，舅舅说只要我能告诉你母亲就可以。体仁拿了钱，舅舅和母亲设法替他遮掩，不使他父亲知道。自己不担什么责任，这位舅爷就不在乎，而且还想讨好这位姚府下一代的继承人；至于他不常在铺子里，这更没有什么关系。但是这条财路一开，体仁需求越来越多，每次总得要数百元。

他拿去的几千块钱，银屏都用去买珠宝做衣裳，所以她穿着打扮之讲究，和任何富人的太太一样。现在她住的是正房，女房东已经搬到东屋去住。体仁对女房东也很慷慨，她现在是银屏的结拜姐姐了。房东太太的丈夫看见家里境况好转，不愿再到糖果水果店去做生意。但是太太劝他还是照常做事好，说有一个店铺还可靠，有个职业总是好的。房东太太也不再接待男客人，只是把美貌魔力专献给年轻的姚体仁。体仁发现她天资聪明，多才多艺，唱得好，说的故事也动听。

银屏告诉华太太，体仁若发现有许多男客人来，他会反对，因此叫华太太放弃了吧。华太太开着玩笑问，若是那么样儿，她应当得到什么好处，并且问银屏，在这件事上她帮了银屏那么大忙，应当给她什么报酬。

银屏说："我叫他每月给你点儿什么，那很容易。"华太太说："我无功不受禄。我做那种事，一则是为了钱，一则也是为了乐趣。白天在屋子里坐一整天，晚上才看见我的男人，这种日子不是人日子。我告诉你咱们俩怎么办。"她在银屏耳朵边儿低声说了几句话。她又说："我知道这会让他更高兴。我懂得男人。他若玩厌了你，再去找别的女人怎么办？你我二人是结拜姐妹，总比他被外人分一半儿去好哇。"银屏的野心，就是控制住体仁，使他不被他母亲抓回去。那么一来，她手里似乎又多了一个武器。整个儿看起来，她认为让女房东不再接待客人，这也算个合理的代价，并且银屏也知道自己正青春年少，有恃无恐。所以有一天，体仁半玩笑半认真在银屏耳边低语，他又惊又喜，发现银屏居然愿意，他夸赞银屏大方，并且深信银屏是真愿意事事讨他欢心。

这样，这两个女人就共同合作看紧他，总使他乐意来此香巢。他若有超过一周不来，两人就说他移情别恋，他就起誓说此情此心，唯天可表，绝不负心，绝不薄幸。

一天，出乎全家的意外，体仁的狗出现在姚家门口。狗来到大门口，这时体仁还在铺子没回来，罗大认得，他慌忙地跑进去告诉太太。

两夜之前，体仁离开银屏家的时候，一跳上洋车，狗就在后面跟着，体仁不知道。半路上，体仁看见了，下车把它送回。他再一上洋车，看见那狗又在后面跟着，脖子上的带子在街上拖着地。那时天已很晚，体仁不能再把它送回去。最后，无可奈何，他下了车，跑进一个茶馆去，由后门走了。第二天早晨，他到银屏家问是不是狗已经自己找道儿跑回来，显然狗是迷失路途，跑丢了，现在回到姚家门口，好像很饥饿的样子。

狗，离开家差不多一整年，又重新回来，引起全家的猜疑。银屏的问题又旧事重提起来。银屏在什么地方儿呢？还在北京吗？她的遭遇如何？狗又回到原来的屋子，用鼻子四处闻。那屋里的味道气氛显然不对。它卧下，静静地躺在地上，只由眼角里向人望望，好像怀念往昔，纳闷儿发生了什么变化。全家都来看它，它站起来闻闻太太，闻闻木兰姐妹，闻闻阿非，又回去卧下，似乎很失望。赖妈奉命把厨房的剩菜剩饭拿来喂它，它闻了好久才肯吃，仿佛很疑忌，很不放心。

珊瑚说："也许银屏出了什么事，这狗才各处乱跑。"姚太太默默地望着那条狗，好像那条狗是祸事的根苗。最后，她说："那个小婊子一定还在附近呢。"

木兰要减少母亲的恐惧，虽然自己也起了疑心，仍然对母亲说："这可难说。这条狗一定没有银屏照顾它了。也许银屏已经离开北京，没法子带它走，才把它扔了。"

等体仁回来，大家想看看他对这件事怎么个反应。可是他在大门口就听见罗大告诉他，所以他进来一看见这条狗，马上装作很吃惊的样子。狗跑过来，摇尾巴，在他左右前后乱跳，表示喜欢。

体仁说："这可见银屏还在北京。你们为什么不想办法找她？她大概快饿死了。"

他母亲很严厉地说："若是落到这个地步，那是她咎由自取。春天狗都是乱追乱跑。母狗毕竟是母狗。狗不通人话，这是你的幸运。若不然，我倒要问这狗几句话呢。"

但是这是这条狗堕落的开端。最初是由糊里糊涂的赖妈照管这条狗，后来谁也不管，它偷偷跑进厨房，偷到什么东西吃什么。体仁白天不在家，也无心照顾它，也没工夫照顾它，有时它到街上去跑半天，谁也没注意到它，它又自己回到家里。因为是一条猎狗，它会去追菜园子里养的鸡鸭，弄得菜园子乱七八糟，女仆会踢它，或是用根棍子打它。夏天到来，它怀了孕，生下来四个杂种小狗，长得倒像这条母狗，不太像那不知何许狗的父亲。体仁拿走了一条小狗，说是要送给朋友，却是拿到银屏家去。

银屏问："你怎么把这个'孽种'拿回来？"

体仁回答："你不知道外国女人喜欢玩小狗儿吗？都花很多钱买呢。你给我照顾它吧。"

一看体仁要，她就照顾它，没有那条母狗了，心里也愿意。

一夜，大概半夜的光景，体仁喝得醺醺大醉，这种糟糕的情形还是他生平第一次。他乒乓乱敲门，大声喊叫，罗东来给他开门。罗东要扶着他，他把罗东推开，他顺着东边儿的走廊摇摇摆摆走进去，嘴里还不住嘟嘟囔囔地不知说些什么。罗东给他打着灯笼，那条母狗就跟三条小崽子睡在走廊下。

罗东说："小心，狗在这儿呢。"

体仁大笑："哈哈！我父亲叫我孽种，这才是真孽种。"他弯下身子拿一条小狗玩，但是身子没站稳，一下子摔倒，趴在地上。小狗崽子叫，大狗也尖声叫。但是体仁在地上躺得很舒服，不肯起来，抓起来一条小狗在手里玩儿，这时母狗又叫。体仁打那条小狗儿，嘴里说："孽种啊！孽种！"母狗用嘴叼体仁的袖子，让他放开那条小狗，体仁用力把那条小狗扔在墙上，转过身来打退那只愤怒的母狗。体仁用力打那母狗好让它松嘴时，母狗咬了他的手，然后跑到那条受伤的小狗身边去。这件事发生得太快，罗东来不及帮助。体仁手很疼，转过身去责骂仆人，问他吃的是谁家的饭。那另外两只小狗也东跳西跳，乱叫乱吠，弄得天下大乱，体仁的父母都自不同的方向跑到走廊上来。

他母亲喊："我的儿子！我的儿子！怎么了？出了什么事？"她不知在黑暗里脚绊到了什么，在走廊拐角儿的地上摔倒了。罗大赶紧披上棉袄，跑到这个黑院子里来。这时院子里只有罗东，匆匆忙忙点着那个摇晃不定的灯，正忙着照顾躺在地上的大少爷。那个灯笼，却不早不晚，这个时候翻倒了。在黑暗之中，父亲听到呻吟的声音，才知道太太受了伤。说时迟，那时快，父亲听到后，以极迅速的目光，发现了姚太太四仰八叉躺在地上，嘴里不住说："苦命啊！苦命！"

姚先生喊："罗大，点灯来！"这时他在黑暗之中保护着太太，恐怕那条怒气未息的狗过来咬她。罗大跑回屋去，提了个灯笼来。这时木兰、莫愁，都仅仅穿着薄薄的睡衣，头发乱蓬蓬地也来了。她们看见体仁坐在地上，脸上显得傻里傻气的，父亲正扶着她母亲站起来。

她们俩向母亲身边儿跑过去。

父亲喊一声："留神那只狗。"

姚先生把姚太太交给女儿照顾之后，向大狗走过去，大狗还怒冲冲地咆哮不已，看样子谁若过去动它的小崽子，它就跟谁拼命。这时候，丫鬟和仆人都一个一个跑出来，这样，全家都醒了。罗东找了一根棍子，大狗一看，吓跑了，两只小狗儿在后头跟着，那只受伤的在最后，也一瘸一瘸地跟着，还不住地叫。

母亲又说："儿子！儿子！我早就知道会这样儿，狗咬着哪儿了？"

体仁现在站了起来，知道父亲在那儿，虽然已经清醒，心想最好还是装醉，大着舌头叽里咕噜地说："我没事儿，我没事儿。"身子靠着罗东，趔趔趄趄地走了。父亲搀着母亲进屋里去，向女儿说："你们赶紧进去吧。三更半夜在外头，会着凉。"

在暗淡不明的灯光之下，一大排人走进了屋子，一阵子纷乱之后，又一阵紧张的沉默。父亲脸上狰狞可怕，一言不发。体仁躺在自己的床上，还继续装醉。体仁的手还流血，母亲的胳膊受了伤，脸色苍白。众人把她扶到屋里去，躺在床上。父亲摸了摸她的手腕子，发现手腕子的骨头脱了臼。拳术家都会整骨，他用力气强大的手，把骨头压回了原位。这样当然疼痛难忍，一碰她就叫；这个手术完了之后，她精疲力竭，低声无力地躺着哼哼。

丫鬟和女儿忙着找布来缠，端水盆来洗，准备热药酒补气。冯舅爷夫妇听说太太受了伤，赶紧起身过来看。全家，除去小孩子之外，都坐着陪着姚太太，后来她似乎开始打盹儿。这时把灯光捻低，她们仍然坐在母亲屋里，低声细语，看看天已灰白。等她真正睡着之后，在夏日的黎明时光中，大家才上床去睡。

第二天直到中午，体仁才起来，没到铺子里去。他醒来还感觉头疼，这时候珊瑚坐在他屋里呢。

体仁问珊瑚："昨天夜里怎么回事？"

"看看你的手吧。妈妈的手腕子也脱了臼。"

"厉害不厉害？"

"我不知道。医生来的时候，她还睡呢。我们也不愿叫醒她。我想现在医生还在她屋里吧。"

体仁没说话，心里真正觉得悔恨不安，又怕见他父亲，最后问："爸爸怎么样？他说我什么没有？"

"没有，不过你知道这都是你的错。妈的手若落个残疾，你的良心怎么安呢？"

体仁问："那么我该怎么办？"

"最好去赔罪，求老人家饶恕。"

珊瑚帮着他穿上衣裳。他有点儿迟疑，不敢进去见他父亲。珊瑚告诉他，自己闯的祸自己承担，必须如此，别无办法。几乎把他硬拉进他父亲的屋里。

姚先生正在思索怎样来对付这个步入歧途的儿子——这个棘手的问题。拿棍子打，他认为没有用。他好几年没打儿子，儿子已经长大，也不宜再用暴力去惩治他。他生活又太自由，劝勉也没有用，同时年岁还太小，还不肯相信自己愚蠢无知。所以看见珊瑚在后面推着他进来，一脸丢人害臊的样子，自己就按捺下心中的怒气。

体仁站在父亲面前说："爸爸，我昨天晚上喝醉了。这都是我的不是。”

老人怒冲冲地说：“你还认我这个父亲吗？”体仁站得纹丝不动，静静地一言不发。

“在你妈面前跪下赔罪去。你差一点儿要了你妈的老命，你这个逆子！”

体仁跪在他母亲的床前，央求母亲原谅。他母亲流泪说：“你若还认你这个妈，你就应当改过。站起来吧，儿子！”

体仁要站起来，但是父亲不许。

“你这个孽障！你这个败家子！丢祖宗的脸！人和禽兽的分别就在知耻不知耻，就在要脸不要脸。你也是个人，可是死不要脸，我就没办法对付你。姚家现在是完蛋了。你妹妹她们嫁出去之后，我就把整个家当生意都卖光，捐给学校，捐给寺院，我到山上去出家当道士。等你出去拉洋车，你就知道如今在家是享福了。”

医生在一旁，想平平他的怒气，于是说：“您是气头儿上说说。像您这么大个家当，可别说出家。年轻人总难免做错事。”这位医生的声音由于长胡子挡着，声音很温和，听来会叫人心情平和下来。

姚先生说：“我可不是说说而已。我宁愿把这份财产捐出去，不愿看见叫这个孽种给糟蹋了。叫他在这儿跪上两个钟头，谁也别管。”

所以体仁就在母亲床前跪了两个钟头，直跪到膝盖又僵又麻，头又晕又疼，妹妹和丫鬟都来看他；可是谁也不敢管。

至少在家里，体仁是丢了脸。木兰向阿非说了好久，细说喝酒赌博的害处，把他哥哥当个教训。那天吃晚饭时，乳香正要给体仁添饭，父亲说：“教他自己去添。他不是人。”在大家面前受侮辱，体仁又羞又怒，只好站起来，自己去盛饭。

在丫鬟面前让他丢脸，他心里对父亲很恨。

他母亲在床上躺了三四天才起来，过了几个礼拜才能自己端饭碗，手腕子上落了一个疙瘩。所以体仁又多了这么一个记号儿。这件不幸发生之后，体仁有一段日子没有回家太晚。有时晚了，母亲也不再熬夜等。

第二年夏天，莫愁生病，姐妹二人不再去上学。其实也有别的理由。第一，当然是因为莫愁生病；第二，因为总督大人请傅增湘先生在北京开办一个女子学院，他到南方去筹经费招学生去了；第三，因为曾家正忙着筹备木兰和荪亚的婚礼。经亚是在春天结的婚，那时木兰姐妹还在学校。初夏，曼娘来看木兰，告诉她曾太太不满意她那个新儿媳妇。因为新媳妇是牛财神的千金，摆出一副富翁之女的神气，好像什么都不中她的意。

曼娘说："在素云眼里，就根本没有我这个人。不错，她是把我叫大嫂，可是在她眼里，我是粪草不值的。新婚后刚刚一个月，虽然经亚对她好像对待公主一样，她就抱怨经亚。不管做一件什么事情，她就说这件事在牛府上是怎么做。婆婆极力忍耐。可是前天，素云又把我们做的鱼跟她娘家做的鱼相比，婆婆就说：'记住，现在你可是改姓曾了。'听见这句话，她离开桌子，走出屋子去，回了娘家，住了三天，婆婆还得请她回来。在她面前，我不敢张嘴。她看见我妈的时候，眼皮儿抬也不抬。这种婚姻只能给两家招麻烦，惹是非。她从家里带来了两个丫鬟。别人谁也不许进她的屋子，谁也不许动她的东西。我虽然是贫寒之家出身，可是我也见过富家之女，就拿你和莫愁来说，还不是富家之女吗？就因为她父亲是度支部大臣，她们家金山银山，她就应当不懂礼貌规矩了吗？全家人坐在一块儿说闲话儿，她一句话不说，好像是烦得不得了。她脸上擦的粉至少有三寸厚；她一张嘴说话，好像两个嘴角儿都黏住了，只有嘴的中间那一点儿动。"

曼娘想模仿素云的嘴唇，装出来一个小小的卖弄风情的嘴，伸出下嘴唇，好像做出什么都看不起的样子。但是曼娘的脸长得美。木兰大笑说："她若做出鄙夷一切的样子，能像你这么好看，那倒蛮迷人的了。我不明白一个人要说话，怎么会说得不自然。"

曼娘说："我很笨。可是，妹妹你，在哪一方面也比得过她，还比她聪明得多。钱，你们家也百万千万。我等着看你到以后，会怎么样，会发生什么事。你比她能说，咱们俩若站在一块儿，咱们可不怕她。"

木兰又说："我们有钱，当然不错。可是我们家的情形，你也不太清楚。有一件事，我们比起她家来就丢脸。那就是我哥哥。"

木兰说："现在我不能一件一件地都跟你说。只是我要告诉你，我猜他一定养着个外家，那个女的就是银屏。我想他也抽大烟。这是一个极端的秘密，你可千万别跟人说。我连在我妈面前也不说这个。"

曼娘说："不过这个也不能叫什么特别。素云也不见得怎么好。她的两个哥哥，也是北京最坏的恶少，放荡无耻，玩弄女人。那样儿人家若能把财产保得久，老天爷就没长眼了。我要把眼睛睁得大大的，看看他们怎么个下场。"

木兰说："我爸爸常常告诉我，他曾经亲眼看见多少贫穷之家兴起来，多少富贵之家衰下去。他告诉我说，最重要的事，就是不要依赖着金钱。人应当享受财富，也要随时准备失去了财富时应当怎么过日子。"

曼娘说："有这样的父亲，无怪乎你们姐妹教养得这么好，没有一点儿富贵人家的习气。北京城谁不恨牛财神家的贪得无厌。"

在这一段期间，木兰的父亲老提要到外国走一走。心情好的时候，他告诉儿女他想到南洋去看看。他说的南洋，就指的是马来群岛和荷属的东印度；心情不好的时候，他就说他要把财产用光，省得他儿子给糟蹋完。姚先生对这件事想来想去，有时颇类似老年人在这个红尘世界上最后的一个美梦，有时又好像要把家里的钱财散尽，自己要出外云游，这正和真正道家的行径一样。

但是出国之前，他有两件事要做。第一件是把木兰的婚姻选定，第二件是把莫愁许配给立夫。曾家已经非正式探询过他对木兰婚事的意见。曾家希望是在春天。但是姚先生因为要出国一游，还不能确切决定。当然，他希望能参加婚礼，一则他是这场婚礼中重要的人物，并且他特别心爱木兰。但是他不愿出国之后，特别为婚礼匆匆赶回来。最后，他答应新郎家，婚礼在下年秋天举行。

至于莫愁的婚事，他要等傅增湘夫妇由南方回到北京，因为傅氏夫妇向孔太太提这个婚姻，是最合理的媒人。立夫虽然还没大学毕业，可是聪明的父母是知道要早为女儿物色佳婿的。姚先生在理论上赞成自由结婚，可是他又不能把一切归诸自然，归诸自然的盲目“机会”，所以他还不到真正道家的境界。此外，所谓道家的“机会”之理，除去由人不能察觉的原因决定之外，也是由事件上的相互关系而表明。莫愁婚事上的机会表示的，已经是够明白：立夫很理想，机会来临而不取，是逆乎道也。

姚先生知道自己是走在时代前面，不过同时代别的姑娘都由父母代为思考、安排、帮助选择年龄相当的青年做丈夫而嫁之，他若让自己女儿特殊占先，自己去找丈夫，这样未免有失公道。时间很重要，因为优秀的青年往往早就为人捷足先得。换言之，自由结婚，对他而言，只是乌托邦式想法，说来颇为有趣而已。一个淑静的少女，是宁愿不嫁而死的，怎么肯用自己的魔力去物色追捕一个青年！多么下贱有失身份！后来，他对淑女去追求一个男人，确是认为下贱，确是认为有失身份！

木兰以后，直到现代，有些优秀的女子终身未嫁，因为时代变了。最优秀的小姐太高尚纯洁，不愿出去自己追求丈夫，而父母又已然没有权利替她们和条件可取的青年男子的父母去越俎代庖，为她们安排婚事。她们终身未嫁，就是这种缘故。

由于傅增湘先生突然由南方返回北京，又由于光绪三十四年十月国内的大变动，莫愁和立夫订婚就加速进行了。傅先生北返之前，住在杭州西湖，一天突然获悉他被升为直隶省学司，他就匆匆赶回北京，那是十月十六。他夫妇对这件婚事，极愿玉成。当天晚上，傅太太就去看孔太太。

这件婚事很快就决定了。两家先交换庚帖，上面有祖宗三代以及新郎新娘自己的名字，随后换男女当事人的生辰八字。

傅先生把订婚一办完，进宫觐见了光绪皇帝和慈禧太后，就到天津赴任。傅先生颇以那次光绪皇帝和慈禧太后最后的赐见为荣，常常津津乐道，因为在那个月的二十一日就传开了消息，皇帝和太后在三天之内相继去世。

在国家混乱多事之秋，莫愁和立夫订婚的庆祝，也只限于两家交换礼品，男方送给女方的是一对金镯子；女方给男方的是帽子，丝绸的衣裳，一支玉管的笔，一块古墨。也算是维新的一件事，就是双方交换相片。金镯子是孔太太自己的，是她收藏多年，预备给将来的儿媳妇的。订婚的议式很简单，立夫的母亲并不炫饰铺张，并不存心要与女方比财富。由于国丧期间，并不宴客。四川会馆的邻居来向立夫的母亲道贺，她只是说："论家庭地位，我们不敢跟姚家比。本来不敢娶富家之女做儿媳妇，只因为姚家这位小姐沉稳，节俭，教养好，跟别的富有之家的姑娘不一样。真不知道我儿子会有这么好命。这都是傅伯伯做主的。"

至于莫愁，她父亲曾对她说："我们给你决定了这件婚事，我们想你不会反对的。"

莫愁回答说："我若是反对，早就会告诉您了。"一个女孩子家说这种话，似乎有点儿不相宜，可是莫愁不是那种性格软弱羞羞涩涩的人。她为人讲究实际，只要该说的话，她就实话实说。

姚先生对两个女儿极其疼爱，他一天对她们俩说："你们这俩女儿都算嫁出去了，虽然男方情形不同，但我觉得很对得起你们，谁也不委屈。曾家有钱，孔家清贫。莫愁，你在乎这个吗？"

莫愁回答说："爸爸，我不在乎。钱并没有什么重要。"

父亲又问："真的吗？"

莫愁微笑说："当然。"

"好，我知道你心里也是这样想。这样才好。这样才好。我告诉你，立夫一生可靠。他是独子，对母亲又孝顺。将来是个很幸福的小家庭。"

莫愁现在才十六岁，但是思想已经成熟，性格天生地稳健。若心里有什么喜欢的事情，在无法抑制之下，也不过嘴唇上流露一丝微笑而已。但是木兰向她妹妹道喜时，欢喜而激动，眼睛里竟会流出泪来。

全国要服国丧，一切庆祝宴会停止三个月。那个愚蠢无知的老太婆统治十九世纪的后五十年，使中国不能进步，她可算功劳第一。光绪皇帝，像个剪去翅膀儿的苍鹰，一直对他这位大权在握的老伯母毕恭毕敬，百依百随。凡人愚而妄，其为祸害则加倍地强烈。愚蠢再与刚愎携手，则愚蠢倍增。这个老太婆实际上是已经把光绪皇帝废掉，监禁在中南海的瀛台之内。寒冷的冬天，一个太监可怜皇上寒冷，用纸糊了一下破旧的窗子，以御寒风，立刻遭到老太后的革职。她知道，倘若皇帝后她而死，必要报仇雪恨，会危害到她死后的魂灵。所以她久患痢疾，精力衰退之时，自知大限将至，在她自己死亡的前两天，使人把皇帝毒死。光绪皇帝也还没忘记袁世凯的诡诈狠毒，在光绪维新政变的前夕，他出卖了皇帝，结果皇帝落得如此悲惨的下场。在驾崩之前，光绪皇帝咬指出血，书写遗诏，写明必须罢黜袁世凯，永不录用。

革命的呼声，甚嚣尘上。中国人民不满满洲异族的统治。如此软弱，如此无知，如此无能，答应君主立宪，而因循拖延。宣统三岁登基（后来成为日本扶持之下伪满洲国的傀儡皇帝）；他父亲成为摄政王，替儿子代行职权。普通生意人可以说昧于政治的趋势，有智慧眼光的人都知道革命的力量，无法再长久压制了。姚思安就是一个有眼光有远见的人。光绪皇帝和慈禧太后的去世，正好赶上他决定去香港、新加坡、爪哇一游。他现在深信给儿子过多的财产只会害了他，于是想帮助革命大业。这话他不能告诉别人，连妻子、女儿、冯舅爷、傅先生，也不能说，因为这等于谋叛大清帝国。

姚先生在十一月起程南下。他不听太太的意见，终于决定带着阿非同行。他渐渐年岁大，对这个小儿子越发疼爱。他带这个小儿子并不冒什么危险，因为他会亲自照顾他。父亲出发之后，木兰姐妹听说父亲带了五千块钱，并且告诉冯舅爷他也许还会再多带点儿。母亲问他带那么多钱干什么，他根本没有回答。木兰姐妹猜想这与他不喜欢体仁，并且说要把家财散尽有关。但是姚家的生意财产值约百万巨，除非他把一切都卖光，拿钱去填海，他那份家财是不易散尽的。他说次年春天或是夏天回来，是在木兰结婚之前。

体仁居然以为他父亲拿去的钱，是属于他和阿非的，是故意拿去浪费的，他把这话告诉了银屏。新年之前，他去找冯舅爷，要一万五千块钱还赌债。这件事问到他母亲，体仁一口咬定是在牌桌上输的，必须在年前还清。他答应从此戒了赌，说话算话。

他母亲说："这是一大笔钱，你爸爸回来一定要知道的。"体仁坚持说："妈，这次您救救我，我担保下不为例，爸爸回来知道了，事情已经过去。他还能叫我把钱从肚子里吐出来不成？我自己承担，他要打我，就由他打。他现在不也是挥霍咱们家的钱吗？"

体仁现在又很晚才回来，因为父亲不在家，正是一个好机会，现在家里他谁也不怕。他母亲只要不管，他舅舅也就不多事。

后来晚上就索性不回家。第一次，他母亲问他为什么，他勃然大怒，说他已经长大成人，谁也不能把他关在家里。他不在家的时间越来越多，甚至有时候他三四天不回去。这一段日子，他母亲觉得真是寂寞寡欢凄凉忧郁的日子。她现在回想以前等儿子过了半夜才看见他回来的快乐，也求之不得了。那时节，知道他虽然晚回来，总会回来。现在，似乎是儿子的踪影也渺不可见了。

次年春季，有一次，他一连五夜没有回家，母亲又问他什么缘故。他说："妈，我也没法儿说。您最好不要知道，知道也没用。我做的事一点儿也不错。您就相信我好了。"

莫愁大怒之下，脱口而出："是为了银屏，对不对？"

体仁迟疑了一下，于是索性不要假托别的理由，便毅然决然地说：

“不错，就是。我知道妈不高兴。我不明说，是省得妈妈难过。”

一听见这话，母亲立刻狂怒起来，嘴里辱骂的话像连珠炮发射出来，仿佛是受了天大的委屈。她骂道：“小婊子现在在哪儿呢？这个骚狐狸现在在什么地方儿？我要拿这条老命和她拼！她是阎王爷差来的小鬼，拿一把钢叉来找我，分明是要勾魂取命！”

这个秘密是不戳自破了。乳香本来在这屋里，听了之后，跑出去告诉锦儿，又立刻回来。锦儿紧跟在她背后，恐怕耽误一分钟，就漏听什么重要消息似的。她们站在门口儿，听体仁在宣布惊人的消息。

体仁说：“妈，您要听听有没有道理，您现是做了祖母，自己还不知道。有人给您生了一个孙子，您还叫人家婊子。总之，不管婊子不婊子，她是孩子的妈，我不能不管她。”

他两个妹妹喊道：“什么时候生的？在哪儿？”

“上个月。是个男的。这就是我为什么几天没回家。我也不愿闹事，我又不能明说。因为妈对我说了话不算话，把她赶出去。我一直照顾她。您要知道的，也不过就是这件事。现在生米已经煮成饭，我也不能不要她。一个人最重要的是良心。”

他母亲现在吓呆了，一句话也说不出来。添了个孙子的消息，使她觉得混乱，这在以后会引起的复杂关系，更不是她那平庸的头脑在当时所能明白的。她此时此刻，只有一种清楚的感觉，那就是，她这个母亲，是败在她家的丫鬟银屏之手了。银屏，那个姚府的丫鬟，赢了。

银屏原本就抱着这种希望。生下来一个姚府上的孙子，使她在一场挣扎里获得了全胜，也使她从此立于不败之地。而居然生的是个男孩子！噢！这是母亲的喜悦！这是女人的胜利！生了这个儿子之后，她盼望把这个消息传出去，看看体仁的母亲怎么办。不过她告诉体仁，要等他父亲回来再说。因为她相信姚先生通情达理，会比体仁的母亲更容易接受这个新现实，也许会安排她一个半婢半妾的地位。在她的血统和姚家的血统合流之后，她再重新走进姚家的大门，她该多么扬扬得意！但是现在体仁脱口而出，把这个秘密泄露了。

体仁的母亲起誓，不再见他们家这个丫鬟的脸。但是她却要这个孙子，是她的骨肉的骨肉。木兰和莫愁想办法让母亲平静下来。可是她对银屏好像仇深似海，这个仇恨要记几百年。即使为了孩子，她也不愿把银屏接回家来。她跟她哥哥冯舅爷商量，冯舅爷认为事情暂时搁置，等姚先生回来再说。

木兰答应从中转圜，说会帮着劝说母亲，这样算把银屏的地址从体仁口中套了出来。一天，二位姐妹踏上她们有生以来最大的探险的旅程，去看银屏和小孩。

体仁已经事先告诉银屏，所以她们到时，银屏非常客气，自己举止大方，仍然以“二小姐”“三小姐”相称。女房东华太太知道姚家的地位身份，富有之家的二位佳丽光临，真有几分被她们震吓住了。体仁没有在，银屏以往日的礼貌态度向她们敬茶。木兰向屋内打量了一下，屋子虽小，装饰得却整洁精致，只是墙上挂着一张裸体女人画，实在太要命。这一切花费的来源，她一想也就知道了。她不喜欢的，是银屏一个丫鬟，现在却由头到脚穿绸裹缎，胳膊上还戴着一副很美的玉镯子，俨如贵妇一样。

银屏说：“小姐，请您原谅。过去是一场误会。太太以为我是狐狸精。您两位待我不错，大少爷心肠很好。这就是我活到今天的理由。”在她的言辞之中，满足与得意是显而易见的。

莫愁说：“过去的事就不用提了。我们也不是要算旧账，只是看看孩子。他在哪儿呢？”

银屏说：“请进里间来。”她引领她们姐妹走进她的卧房，一个肥胖的婴儿正躺在一个洋搪瓷摇篮里。银屏把他抱起来，十分得意，给两个半惊半喜的姐妹看。婴儿的鼻子是尖的，正像她俩的哥哥。

木兰说：“把孩子让我抱去给他奶奶看看，再给你们送回来。奶奶看见了一定很高兴。”

银屏毅然拒绝，但是她们姐妹俩走了以后，她又深感不安，恐怕姚家会来硬把孩子抢走。她把这个想法告诉了体仁，说最好搬家找另一个地方藏起来。

体仁说："他们若是硬抢走，我不会硬抢回来吗？"银屏说："若是那样儿，甚至我自己也要去你们家。他们可以挡着我，不许我进去，可是我可以死在你们家门口。"

可是，体仁终究被劝服，搬到前门另一所房子。银屏这个做母亲的昼夜看守着孩子，一直不让他离开自己眼前。可是，她这个做母亲的直觉所怕的，竟然真的发生了。一天，罗东带着几个女仆来了，以太太的名义，叫银屏答应把这个孩子交给姚家。

体仁没有在，华太太在那种奇妙的关系之下，也已经随同搬过来了，只是此时也赶巧不在家。银屏正坐在孩子的白洋搪瓷摇篮旁边，狗在一旁卧着。那个小狗现在完全长大，名字叫"戈尔"，就是英文女孩子的意思。

银屏的脸一下子吓得苍白，狗向来的一群人叫，其势汹汹。银屏叫狗停止了狂吠，弯腰站在摇篮前，脸冲着他们，手护着孩子，问他们："你们要干什么？"

罗东说："太太的命令。这是姚家的孩子。太太要她孙子。"

银屏说："怎么？这孩子是我的。大少爷跟我一点儿也没有提过。这个孩子若是还给姚家，也得大家商定一个办法。"

罗东说："这个我不知道。太太的吩咐，就得照办。"

银屏说："你敢动我的孩子！你动我就跟你拼命。你要知道，孩子的爸爸还活着呢。"

罗东毅然决然说："我是来办太太吩咐的事。"

银屏不顾死活地喊道："你别动他。是你生的他，还是我生的？"

罗东恶狠狠地向前走过去，把银屏揪住，向女仆们说：

"把孩子抱走。"

银屏把吃奶的劲都使出来，又打又叫。狗立刻扑到罗东身上。一个女仆从摇篮里把孩子抢到手。这时罗东才放开银屏，转身把狗打跑。那个女仆抱着孩子往外就跑。

银屏叫狗："戈尔！去！咬！咬那个娘儿们！"

戈尔一下子冲出去，从后面咬那个女人的肩膀儿。她怕得鬼叫，脚步一不稳，孩子滑了下来，几乎掉在地上。银屏吓得尖声号叫。孩子正往下掉，另一个女人抢过去接住，就跑出门去，狗在她身后猛追猛咬。银屏恐怕孩子受伤，大叫："戈尔，回来！"狗转身向她看看，好像进退两难，不知如何是好。银屏自己冲出去拦住那个女人，但是罗东揪住了她。银屏用嘴咬罗东的胳膊，撕他的头发，好借此摆脱他。

孩子走了之后，罗东才松开银屏，去追赶那些女人。银屏在无可奈何之下，亲眼看着孩子被人抢走了。银屏这个做母亲的只有放声大哭，一边哭，一边用宁波话骂："杀千刀的呀！你姐姐，你妹妹，你姑姑，你舅妈，你们三代的烂娘儿们呀！贼骨头！我要把孩子找回来！你狗儿子要中风死啊！要滚下十八层地狱，要在地狱里万代出不来呀！"

那些人都去了之后，她哭得泪如涌泉。十分钟之后，华太太回来了，看见银屏躺在床上哭，还用一连串数不尽的骂人的话骂呢。

体仁回来，听见家里来人抢走了孩子，立刻怒火如焚。当时说话的狠劲儿，仿佛要回家把他母亲置诸死地的样子。不过体仁是言行不一的，他的话不能算数儿。

银屏问他："你要怎么办？"

"怎么办？我要把孩子抢回来，我杀人都可以。"

华太太说："慢着，慢着。俗语说得好：'急事缓办。'这是一件大事，很复杂。你先去跟你妈说，劝她让银屏回家去。这是我的忠言。可是你们俩别忘了我呀。"

银屏说："现在我需要你帮忙。我永远忘不了你。我若死了，你肯帮我照顾孩子吧？”

体仁说：“不要胡说。我有一个办法，华太太，你跟我一块儿回去。你跟我妈说，女人跟女人好说话。不管怎么样，我一定要你帮忙——我真不知道用什么方法把孩子抱回来。”

华太太和体仁一块儿去姚家，体仁把她带到母亲屋里。

姚太太没理体仁，只怒冲冲地问华太太：“你是谁？”华太太说：“我是银屏的朋友。”华太太进了姚府富贵之家那宏伟壮丽的住宅，看见姚家上下的气派，竟会临阵丧胆，说起小孩子的事，竟有几分腼腆羞怯。

华太太说：“姚太太，我只是一个局外人，没有权利来干涉您府上的事。但是俗语说得好，当局者迷，旁观者清。当然这个孩子是姚家的，应当回来。但是母子关系是上天所定。若是孩子回到家来，也总得想个办法，叫母亲能够看自己的孩子，甚至皇上也不能叫人家母子分散。您自己也是做人母亲的，也得替您的儿媳妇想想。”

姚太太回答说：“那个死不要脸的婊子也是我的儿媳妇？我什么时候派红轿把她接到我们家来的呀？”

姚太太根本不听劝。她不答应把孩子送回去。她也不让银屏回家来。

体仁说：“好吧，您既然不肯让步，那我把孩子带回去。”

体仁走到另一间屋里去，珊瑚正在那儿照顾孩子，体仁要孩子，珊瑚抱住不放。体仁用一个胳膊使劲一推，把孩子从床上抱起来。

珊瑚说：“留神！你这样会把他弄死的！”

体仁说：“弄死了他，他也是我的孩子，不是你的。”

体仁把孩子抱出去，把孩子交给华太太抱着（其实华太太不愿接），叫华太太在后面跟着他。但是女仆们奉太太之命拦住了她。一看这样儿，体仁回身跟女仆们打，又抢孩子。在一阵混乱当中，华太太逃了出去，一个人溜走了。

罗东跑进来，跟体仁在院子里正好碰上。姚太太在屋里用家乡方言大声喊罗东，要他挡住体仁。体仁胳膊抱着个娇嫩的小孩儿，自然被挡住，无法过去。

姚太太喊道："挡住他！"女仆又都跑了出来。罗东，有机会逞逞筋骨之能了，倒退回去挡住二客厅的门，而体仁要出去的话，必须从那个门穿过。一群女仆把他蜂拥围住，拉他的衣裳，他的两只手占着不能用，虽然愤怒，但是无可奈何，最后只好把孩子交给珊瑚。在出去的时候，体仁打了罗东几个嘴巴。

银屏看见体仁和华太太没能把孩子带回来，自然沮丧万分，开始大哭。体仁向她解释，但她根本不听。第二天，体仁到铺子里去了之后，银屏自已到姚家去。看门的不许她进去，她在门口大闹。她披散开头发，大号大叫，大哭大骂。

她向门口聚集的一大群人哭说："天有公道，人有良心。他们姚家抢走了我的孩子，不许我进去，让我们母子分离！诸位街坊邻居，你们看谁对谁不对！"

这让姚家很为难，因为使人母子分离，若告到衙门，这是重罪，即使告到皇帝面前，这个官司也会打胜的，因为这根本违背了孔子的伦常道理。虽然体仁的儿子应当归姚家所有，根据法律，他家也应当对孩子的母亲负责照顾。旁观者互相问答，大家都同情这个哭哭啼啼孤掌难鸣的女人。罗大出来安慰她，最后让她进去说话，但是银屏拒绝。

她像发疯一样哭叫着说："把孩子给我！把孩子给我！若不然，我就在这儿死在你们眼前。"

她看见竖在地上的石碑，她就过去把头用力在上面撞了又撞。罗大把她拉开的时候，已经一小股鲜血流了出来。于是罗大和罗东把她用力拉了进去。她又踢又叫，他们非把她关起来不可了。

现在大门关起来，外面的人再看不见这个热闹，只能听见她在里头叫，也就渐渐散了。银屏现在坐在门房，一会儿低声哭泣，一会儿尖声号叫，后来木兰、莫愁催她母亲跟银屏说话。她们俩说："她若真寻短见，说起来，咱们不好听。她有脾气，您是知道的。”

姚太太硬是不肯。她说：“孙子是咱们的，不是她的。”珊瑚因为孩子的缘故，对银屏有点心软，于是说：“那么就让她在咱们家好了。”

姚太太问：“她把我儿子都抢走了，你想我还能容她这个母老虎？”

锦儿和乳香最后出去，跟以前的旧伙伴儿说话，想法安慰她。

锦儿说：“你应当肯听我说，因为咱们是地位相同的。你想在这儿你能扭过她们吗？不要寻短见。你死了，又有什么好吗？你们家能由杭州来跟这样人家打官司吗？我劝你先回去，慢慢想一想。这件事不是立刻就能解决的。”

银屏明白自己是失败了。那个孩子，原来对她有利，现在对她反倒有了害。

她已经精疲力竭，锦儿把她送回家去，她头晕眼花，头脑糊里糊涂。体仁回来之后，发现她躺在床上，不住地呻吟，嘴里叫：“我的儿子！我的儿子！”

她不肯起来，甚至于体仁告诉她，为了他她也要保重，但她不听。华太太给她端什么吃的东西来，她也不吃。她整天躺着，不梳头，不洗脸。体仁也毫无办法，绝望之余，也只好离开了她。

体仁看见银屏那个样子，当然心里难过，自己陷入这种麻烦困难，又怒气难消。他现在也许觉得不管天下什么女人，若是要忍受这么多的苦恼才能占有，那真不值得。

三天以后，他又来了。华太太说银屏还是那个样子。他在几分不耐烦之下，去推关起的门，用了点儿力气，才把门打开。他进去之后，回头一看，看见了银屏。她已经自缢身死了。

银屏算不算个好女人呢？不错，天下有坏女人吗？只要环境地位变动一丁点儿，银屏在人世所占的地位也就和木兰的母亲一样了——是财产万贯之家的女主人，能干的主妇，热爱子女的母亲，儿女心目中的完人。

银屏自杀身死的消息，由体仁亲自告诉了姚太太。体仁暴跳如雷向母亲怒吼："是你害死了她！是你害死了她！你要遭报！她咒的是你，是一家子。有一天她的鬼会找上你，跟着你，会折磨你到你咽最后一口气呀！"

他母亲的脸变得惨白，她说："儿子！为一个丫头，你就这么骂你妈！"

"她咒的是你，是这一家子！妈，你可是活该呀！"

姚太太怕得伸出两只手来，要堵住儿子的嘴。

一整个月，体仁不跟他妈说一句话。母亲虽然向他求原谅，但他不理。虽然银屏已经死了，他仍是不能宽恕他母亲。他母亲似乎忽然显得衰老了。从此以后，他母亲如何，他是概不关心。他只是偶尔回家，拿点儿自己的东西而已。

华家夫妇帮着他办完银屏的丧事，锦儿和乳香得到太太的允许去参加。银屏的遗体埋在外城。冯舅爷也说要去帮忙，但是姚家有什么人去，体仁都不许，他现在是以全家为敌，他母亲比以前更看不到他的影子了。

大概一个月之后，华太太的丈夫，死于肺炎。体仁觉得华太太是他亡故情妇的知己，他就一直住在她家。华太太聪明解事，诚恳待人，有时给他解闷儿，有时安慰他。他对别人从来没有像对她那么听话，他开始和她一同抽鸦片，觉得抽烟时短短的一段时光，是那么美，那么恬静，和这个外在的嘈杂烦嚣世界，那么天地悬殊。因为他和华太太年龄上的差别，华太太对于他，可说是，为慈母，为情妇，为房东，是三合一的身份。他到前门外灯红酒绿的地方去寻欢取乐，他时常去，华太太并不阻拦他，相反，她告诉他自己的经验，以免他陷入苦境而不能自拔。这样情形之下，华太太始终把他抓得紧紧的，而体仁也就一直对她很忠实。

最后，他回了一趟家，依然十分恼怒。他去找他母亲，大声对她喊叫："你害了我孩子的妈呀。现在，横竖我也不在乎。我爸爸若想和我一刀两断，就随他便！姓姚的家败人亡，我不在乎，你听见没有？"

他母亲不再回答一句话，只是默不作声，脸上一副可怜相，呆呆地望着他。在这几个月，她的头发变白了。晚上，她在睡梦里尖声号叫，在黑暗里就害怕，说银屏的鬼魂追着她不放。

银屏的儿子叫博雅，由珊瑚照顾抚养。说也奇怪，博雅虽然是姚太太的长孙，也是唯一的孙子，可现在姚太太见了博雅，就疑神疑鬼，心里恐惧。珊瑚只得使这个孙子不叫太太见着，不让他在姚太太跟前出现。

父亲和阿非从南洋回来之后，发现这个家破败了，他太太老了很多，每个人都很忧伤，脸色凝重。他听说体仁在新年除夕拿了一万五千块钱，他只说了一声："很好！"可是两个女儿听来，这两个字多么可怕！

他听见银屏死的消息，他责怪太太为什么不把她接回家来。他说："不管怎么说，她是咱们孙子的母亲。"他亲自到银屏的坟地去，吩咐把坟墓变动一个地方儿，并且说要把银屏的灵牌安放在宗祠里，灵牌上写"宁波张银屏之灵位"。这样，银屏在死后，算进驻了姚家。体仁的母亲暗中生闷气，只好认为这是对银屏亡魂一个和解的表示。

在这种情况之下，木兰准备着她的婚事。她不断地买珠宝首饰，以作妆奁。珠宝商听见这个消息，都来跑这个大宅门儿，带着成包的最惊人的项链、镯子、戒指、玉坠，她想要什么，就仔细挑拣什么。但是由于体仁对母亲的仇恨，由于夜里有时母亲异乎寻常的恐惧，家里的气氛变得与以前大不相同，木兰为她自己着想，也愿意立刻嫁出去，去到一个安静太平的家去住，到曾家去生活。

一天傍晚，吃过饭之后，父亲以非常忧伤而郑重的语气，对全家说："祸福皆由天定。我现在只等着阿非长大。木兰和莫愁嫁了之后，等阿非一长大，我要去走我自己的道儿，你们走你们的。"

姐妹们听了一惊非小，相信一天父亲会和她们真正分手，不禁对体仁给全家招致这个悲剧的黑影子，实在感到痛恨。木兰眼里噙着泪珠，向父亲说："爸爸，即使我们算不了什么重要，您也得为阿非着想，不要对不起他。再说，现在您也得为您的小孙子活呀。有时候，坏竹子也会生好笋哪。"

但是父亲只把俞曲园在快乐的晚年作的一首诗，念了一遍。那首诗的题目是《别家》：

家者一词语，
征夫路中憩；
傀儡戏终了，
拆台收拾去。

第二十一章 木兰出嫁妆奁堆珠宝 素云吃醋唇舌逞毒锋

命相家也许会说错。也许，算命是一种艺术，而不是科学，就如同医生看病也是艺术，并不是科学。这种看法大概近乎真理。若是一个医生所宣布的诊断治疗是绝对的科学定论，找有经验的老医生也就没有什么益处，若遇有急症，磋商会诊也就没有必要了。因为甲医生会问乙医生："你以为怎么样？"我们外行是想听见断然无疑的话，内行人，我们看来应当是持一副明确的态度，是他对真实情形具有了解把握的样子。所以，若是这样，命相家对人脸的分析，和医生对症候的诊断，也就颇为相似了。金、木、水、火、土，五种类型实在没有严格硬性的区别。五种类型往细里再分成若干分型，这若干再细微的分型彼此会相互混入。所以问题就是哪一类型在整个中占的分量重，各种类型联合而构成一体之时，其显著的差别与细微的不同，可以说是无限的了。只有很有经验的命相家才能看出那细微的不同之处。至于木兰和她妹妹莫愁，可以看得清清楚楚的，就是木兰的眼睛比莫愁的长。比起莫愁来，木兰的眼睛多情而富有智慧，脸上五官较为瘦削，轮廓线条较为清楚，眉清而目秀，比莫愁活泼愉快，生气充沛。莫愁，因为是土命的性质，所以是圆脸盘儿，圆眼睛，五官也较为丰满多肉，比木兰沉稳而实际。莫愁的皮肤较为白嫩，这是她的优点。这种皮肤的细嫩就表示她一辈子过的生活安闲舒适。不论东方西方，不管古往今来，理想的女人，大家都认为要皮白肉嫩，身体轮廓要丰满，要柔软。

莫愁若是嫁给荪亚，谁也会相信仍然是一对佳偶；木兰若嫁给立夫，也是一对佳偶无疑。不管这四个人的命是五行中的哪一行，他们都是相当好的细分的类型。莫愁，具有世俗的智慧，在富有如曾家那样的大家庭，自然也会幸福的，因为她对好多细琐的事情都有趣味，对上对下都处得来。另一方面，木兰会改变立夫的家庭生活，会使他多做逍遥之游，会使他的日子过得更富诗情画意，当然也许一切事情不那么条理井然。木兰会觉得和立夫在苏州河的画舫上细品佳酿，是件乐不可支的事。她不是事事小心勤俭过日子的人，也许立夫会更为清贫，纵然如此，她也会别出心裁为立夫想出几种不太费金钱而新颖有趣的寻乐之法。不过立夫性情刚烈而有才气，恐怕木兰是不易使他做到明哲保身的。也许她会成为像杨继盛太太那样的女人。杨继盛是立夫母亲的祖先，杨继盛监禁在狱中时，他太太曾经上表请求替丈夫一死。

倘若当年有由男女自行选择的婚姻制度，木兰大概会嫁给立夫，莫愁会嫁给荪亚。木兰会公开告诉人说她正和某青年男子热恋。因为她的感受是如此神秘微妙、不可言喻，她心猿意马，无法自控，这种情况和其他人间万事比较起来，她认为它凌驾一切而上之。倘若木兰的热恋发生于今日，她会和曾家解除婚约，回归自由。但当时古老的制度，还依然屹立不倒，她的一片芳心，虽然私属于立夫，自己还不敢把这种违背名教的感觉坦然承认，同时她对荪亚的喜爱，她也向来没有怀疑过。她对立夫的爱，是深深隐藏在内心的角落里的。

实际上，莫愁是把立夫往回拉，勒住他，限制他；木兰是推动荪亚，把他刺激向前。因为一般的女人是把丈夫往回拉，而很少把他向前推动，这自然是一般人所习见，也许莫愁是个较为幸福的女人。若使木兰去推动气盛才高的立夫，则大可能招致灾难，后果不堪。

木兰出嫁时是二十岁，是宣统元年。曾家正式向姚家送上龙凤帖，请求选择好日子，举行婚礼。随同龙凤帖，附有龙凤饼、绸缎、茶叶、水果、一对鹤、四坛子酒。姚家的回礼是十二种蒸食，表示同意。按照古礼，新郎应当亲自到女家去迎亲，这样似乎是一切便宜都叫女方占尽，其实，女方把自己的女儿送与男方，这算是将恩惠施与男方。

男女双方同意，木兰的婚礼要大事铺张，要成为北京空前壮观的婚礼。第一，因为双方都有的是钱；第二，姚先生最喜爱这个女儿，曾家娶到这位新娘也最为光彩；第三，因为经亚那次结婚曾经办得有声有色，对荪亚也要公道，对外也要风光体面，曾家一定还要保持先前的气派；第四，因为木兰的父亲对钱已经看得很开，大把花钱，他觉得没有比嫁一位掌上明珠更值得风光大办了。这就是人在福中要享福，莫在福后空回想。财富，在黑暗天空中放出的烟火，看来是霞光万道，光彩耀目，结果最后只是烟消光散，黑灰飘落，地上留下些乌焦的泥巴烟花座子而已。

姚先生真是事先忙了几个月，向福建定制特别的烟火，一则由于运费高，一则由于特别请了一个制造烟火的师傅，远自福建来到北京，这就花了将近一千块钱。阿非和父亲在南方时，曾经和父亲见过那种烟火，他也曾经告诉过他姐姐和红玉那种烟火的美妙。

请的客成百上千，包括高级官员，满族的王公、公主。那时节，袁世凯已经罢黜还乡，在他的故里投闲置散，隐居度日，但是他送来的喜幛立即和牛尚书、王大学士，及几位满族王爷的喜幛悬挂在一起了。送喜幛的名字，都在曾府几个大厅里挂着，就好像朝廷上觐见的名单一样——那些堂皇的名衔如军机大臣、禁卫军统领、九门提督、直隶总督、山东总督、满族的王爷。

曾府那么一大片房子，都装饰得焕然一新。这年夏天，老祖母身体蛮硬朗，她早就盼着这件喜事大热闹一番。因为喜事是在十月初，已经凉风刺骨。第一大厅的隔扇拆卸下来，跟前后石头院子连成一个高台，支起杉篙架子，搭起席棚，约四十尺高，把整个院子和侧院儿都罩起来，所以人一进去，在走过了绿底喷金的四扇屏风之后，就犹如进入了一个八十尺深的大厅一样。里头，三尺高的红蜡烛，照在四周墙上挂得密密匝匝的红丝绸幛子上，幛子之多，挤得把幛子大部分重叠起来，只剩下送总部幛的人名字露在外面。幛子上一尺见方的字，有的是金的，有的是镶金边黑绒的，令人觉得满堂红、满堂金。顺着石台阶走，通到里面正厅，就是举行婚礼的喜堂。喜堂中间宽大明敞，正中挂着涛贝勒的喜幛，左边儿是军机处大臣那大人的，右边儿是王大学士的。这三个喜幛的左右，紧接着是素云的父亲牛大人以亲戚的名义送的。另外一个是曾太太娘家的人送的，是舅舅的身份，虽然没有功名，但是代表曾太太娘家，所以也十分重要。

花匠、木匠、油漆匠，一直做了好久，弄得各处焕然一新。西边通到里面住宅的一条游廊，整个油漆一遍，墙壁粉刷一次，窗子和顶棚重新裱糊过。祖母已经搬到后面正院儿，家人去请安问候还方便。曼娘最先住的房子的东南面那个院子，原是祖母住，现在素云搬进去，两栋房子之间由一个狭窄的走廊和花园隔开。在西边有一个藤蔓爬满的假山，把素云的院子和另外一个小院子隔开，那个小院子里住的是塾师方老先生，再往远处是一栋老旧的大厅，因为靠近一带有树的空地（也靠近曾家宗祠及一堆破瓦砾），是为夏季纳凉建筑的。那个大厅去年已经改成住房，住起来很爽快舒适，夏天曾先生和桂姐会住在里头。这是曾家这栋大住宅西南院子里最偏远的房子，穿过月亮门儿，可以看见那片空旷的地方。在商量办这件喜事之前，曾先生决定把这栋房子让给他儿子荪亚住，因为曾先生记得木兰是那么喜爱这一带的空旷景色。在这一带空地上已经清理出一片地方，搭成一个临时用的戏台，要在这个戏台上唱三天三夜的戏。靠北有一条小路，通到正开向曼娘的院子的背面的一个门；后面是静心斋，曼娘和她母亲由山东刚来到曾府时，曾在里面住过。

婚礼的日子越来越近，要准备的事情实在繁多，电报局的职员有一部分借来帮忙，有些山东的亲戚、山东同乡会的职员，在婚礼举行之前就来到曾府住了一个礼拜。大家分配事情做，有些人送喜帖，有些人收礼金礼物，有些人登记礼金礼物，有些人记账，发放送礼的仆人赏钱，有些人去雇戏班子和唱大鼓、说书、杂耍的艺人等，安排花轿在街上进行的执事旗、牌、罗、伞等，还给他们租行头，安排花轿，找饭庄子办筵席，从同乡会借家具，等等，一言难尽。四个仆人专管照顾全宅第之中的蜡烛、灯火、喜幛等悬挂的东西；四个仆人专管打扫地，收拾桌子；两个仆人照顾桌子上的银餐具和象牙筷子；另有八个人，在照顾家具的一批人协助之下，专管准备茶水，给客人倒茶。这些工作严格分为伺候前面的男客和后面的女客，以大厅为界线。女客在第三厅容纳不下的时候，就在静心斋、第三客厅以西的悟元堂招待。

这千头万绪的事情开始安排之时，老祖母就说一切都要照去年经亚结婚时候那个办法；不过，因为她老人家今年福体康泰，心情极好，又因为特别喜爱荪亚和木兰，只要有人提说加添点什么，她都答应，譬如在家里搭戏台唱戏，经亚结婚时就没有。全家看见老太太兴致那么高，大家都高兴，处处讨老人家欢喜，结果是准备的庆祝节目，已远超过经亚的婚礼。

初六那天早晨，就是婚礼的前一天，曾太太、桂姐、曼娘，以及曼娘的母亲、荪亚、经亚，都凑在祖母的屋子里。曾太太问经亚是不是一切已经准备齐全。经亚现在是曾家的长子，他负责指挥外面一切有关男人的事情。他回答说："吹鼓手和其他乐队都定好了。今天要做的就是从同乡会借家具。喜幛还会接着有人送，也得挂起来。筵席、蜡烛都有人专管，用不着操心。只有东边儿的厨房还没有完工，今天收工以前，炉灶、烟囱都要弄好，明天好用。目前只有一件麻烦，就是明天还有一家重大的喜事，去年素云坐的那有花玻璃的喜轿，人家已经租出。全北京城再没有那个样子的第二顶了。不过我倒是想到一个办法。去年三月涛贝勒第三个公子结婚的时候，新娘坐的是一辆马车。现在风俗习惯慢慢变了，咱们也大可以那么办。”

老祖母说：“这倒是好主意。你去找涛贝勒夫人，去借那辆马车吧。一辆马车，四匹好马，马头上装饰上丝绸彩饰，金红天鹅绒的花儿，看起来好神气。”

素云对她丈夫说：“我不相信你在京城就找不着一顶花轿，何必一定要和我坐的那顶轿子一样呢？”

爱莲说：“我想坐马车是个好办法，又新鲜，又壮观。”雪花说：“讨奶奶和太太的恩准，我要在您面前说几句话。我想这次婚礼既然办得这么风光，就不应当用人家用过的旧花轿。这个婚礼主要是为迎接新娘。咱们现在娶这么个仙女一般的木兰小姐，若是用普通的花轿，不但跟咱们这么大的气派不相称，也跟新娘不相配。”

经亚看了看这个丫鬟，没再说些什么。

曾太太说：“就那么办吧。你找人去向涛贝勒家借马车，告诉人家明天接新娘，千万别来晚了。”

素云说：“既然大家都这么说，那么，就这么办吧。”素云说着看了经亚一眼。经亚出去之后，她又对别人说：“好像外头什么事情都要等他办。这几个礼拜以来，他都瘦了好多。”

祖母说：“给自己弟弟的婚事忙，也是分内的事。咱们也不应当太讲究，太浪费。不过，佛爷保佑，事事平安。小三儿是我最小的孙子，木兰又是这么个千娇百媚的小姐。看了他们的事，我死也安心了。她近来什么样子，我都不知道。一年多她没来看咱们了。姑娘害羞，也是自然的事。”

曼娘说：“奶奶，您会想不到，她是越长越漂亮。现在高多了。”

曾太太说：“今儿下午送嫁妆，听说有七十二抬呢。”

曼娘说：“锦儿跟小喜儿也是这么说的。”

爱莲说:“我等着看都等急了。一定会叫人看花了眼呢。”

桂姐说:“这也是意料之中的。因为两家都答应把这件喜事办得热热闹闹的,新娘家当然也会尽力而为。木兰是他们特别喜爱的女儿。他们家又有的是钱。”

一提到钱,素云有点儿气恼。她出嫁的时候,陪嫁的四十八抬,那已是很风光了。现在听说木兰的嫁妆是七十二抬。她认为自己是曾家最有钱的儿媳妇,当然不错。她知道木兰家有钱,但是从来没梦想到木兰的嫁妆会胜过她的,好像故意要把她比下去。

素云于是说:“咱们的运气不错。也许咱们不但把姚家的小姐娶过来,姚家半份儿家业也落到咱们手里了。”

曾太太有点儿生气,她说:“说实在的,多少抬的嫁妆倒没什么要紧。咱们娶的是人家的姑娘,不是人家的东西。再说,没看见姚家的东西之前,咱们也不能说什么好坏。”

素云一听,回到自己房里生闷气去了。

下午三点钟光景,木兰的嫁妆开始陆续到来。除去新郎这边派去的八个人去迎接嫁妆的,新娘那边也过来八个陪送嫁妆的。嫁妆是分装七十二抬,一路敞开任人观看的。按先后顺序是金、银、玉、首饰、卧房用物、书房的文房四宝等物、古玩、绸缎、皮毛衣裳、衣箱、被褥。

送嫁妆的行列吸引了好多群众,把东四牌楼的交通阻塞了好久,没有看见这个送嫁妆行列的女人,都以失去看这个北京最大的嫁妆行列,而觉得自己错过了眼福。站在牌楼最前面的一个是对这件事最感兴趣的女人。她不是别人,正是华太太。体仁告诉了她送嫁妆行列经过的时间,还告诉她,他父亲给木兰花五千块钱备办嫁妆,古玩还不在内,那些古玩有些是无价之宝呢。华太太站在那儿,看一抬一抬地过去,每一抬有两个人抬着,较为贵重的珠宝、金银、玉器,都用玻璃盒子罩在上面。下面这些都是华太太看着抬过去的:一个金如意(是一种礼器,供陈设之用),四个玉如意,一对真金盘、龙镯子,一对虾须形的金丝镯子,一个金锁坠儿，一个金项圈，一对金帐钩，十个金元宝，两套银餐具，一对大银瓶，一套镶嵌银子的漆盘子，一对银蜡台，一尊小暹罗银佛，五十个银元宝；一套玉刻的动物，一套紫水晶，一套琥珀和玛瑙（木兰自己的收藏品），一副玉别针、耳环、戒指，一个大玉压发，两条头上戴的大玉凤，一个大玉匣子，一个小玉玛瑙匣子，一个旧棕黄色玉笔筒，一对翡翠镯子，一对镶玉镯子，两个玉坠儿，一尊纯白玉观音（有一尺高），一颗白玉印，一颗红玉印，一支玉柄手杖，一尊玉柄拂尘，两个玉嘴旱烟袋，一个大玉碗，六个玉花水晶花瓣的茶杯，两个串珠长项链，一副珍珠别针，一副珍珠簪子、珍珠耳环，珍珠戒指、珍珠镯子各一个，珍珠项饰一个；然后是若干个旧式铜镜，若干个新洋镜子，福州漆化妆盒子，白铜暖手炉，白铜水烟袋，钟，卧房家具，扬州木浴盆，普通的便器；再随后而来的是文具、古玩，如檀香木的古玩架、古玩橱、凳子、古砚、古墨、古画，成化和福建白瓷器，一个汉鼎，一个汉朝铜亭顶上的铜瓦，一玻璃盒子的甲骨；再随后是一匣子的象牙雕刻，然后是十大盒子的绸、罗、缎，六盒子的皮衣裳，二十个红漆箱子的衣裳，十六盒子的丝绸被褥，这些一部分是新娘自用的，一部分是作为新娘的衣物，用来赠送新郎的亲属的。

所有这些盒子东西都到达，新郎家觉得真是气派不凡，大出意外。曼娘说："木兰是我生平所见最有福气的小姐了。这么多的好东西，若送给一个没有她那么美的新娘，就把这些东西糟蹋了。"

但是华太太站在街角儿的前排，瞪着眼看着这些东西过去，尤其是金元宝和玉器，觉得随着一抬一抬地过去，眼睛都要随后飞去了。她回家之后，决定和体仁彻底谈一谈，叫他要和父亲和睦相处，不要太任意胡闹逼得父亲和他断绝了关系。所以两天以后，体仁来的时候，她对体仁说："我以前若是知道你们家那么富，那天我就不敢去你们家了。你又是个长子，最大的产业继承人！我告诉你，小伙子，不要冒险丢了你这份家当。你若是不听我的话，才是大傻瓜呀！你要讨父母欢心，不要再管我。你只要不把我忘得一干二净，我就不在乎。”

体仁说：“嘿！你知道我父亲为什么要把那么多珠宝、那么多东西给我妹妹吗？他是跟我赛，看谁往外扔的钱多呢。他到南洋去了一趟，拿了十万块钱——老天爷才知道他存什么心！这次婚事又花了一万五千块。他若一直这么花，几年之后，我们就花得精光了。你不要小看木兰结婚那天戴的钻石别针，那一个小东西就值五千块钱。”

华太太问：“为什么你妹妹倒比你结婚早呢？”

“我也不知道。这是赶巧吧。三年前我要到英国去的时候，木兰的亲事就说定了。事情就是赶巧的！”体仁回答。

华太太在心里，开始给体仁想主意。

再回头说木兰的喜事。嫁妆行列、宴席、唱京戏、音乐，这一切都是一个宝贝的陪衬而已——那个宝贝就是木兰。倘若富贵荣华是人在世的福气，是红尘中美梦的实现，木兰是有了。可是出嫁那天的早晨，木兰像别的新娘一样，她也流了几滴眼泪。那几滴眼泪是从她最意料不到的心窝的一角里，流出来的。她把阿非叫到她屋里去，眼里噙着泪，把她书桌子上用的一个圆环玉镇纸送给阿非，算是临别的礼物。后来阿非把它一直放在自己的书桌上，永远没有离开过。木兰跟阿非说：“你姐姐就要到别人家去了。三姐还在家。你要听她的话，遵从父母的教训。你十一岁了，要立志做好人，做个名人，不要像哥哥那样儿。你要给姚家争气，我们姐妹也会脸上有光彩。立夫来了，你尽量跟他在一块儿，跟他做朋友。哥哥现在是没指望了。姚家将来的希望，就全在你身上。我们姐妹是女孩子，没有用。你和爸爸在南方的那几个月，你不知道我们的日子是怎么过的。”她话说完之后，泪已经流到眼圈上来了。

姐姐眼睛里的爱是那么真挚，阿非后来一直字字记在心里，常常用心想。这几句话在阿非成长的那些年，一直使他规规矩矩，后来他每逢提到这件事，就非常感动。他姐姐的这些爱，比母亲的爱还重要，在他一生当中影响太大了。

在古老的中国，一个人若向上，若要强，就在于要光宗耀祖，勿坠家声，勿败家产。只有这样，才能说明中国的传统道德、进德修身的重要，以及在中国文化历史中无所不在的老生常谈，和永无止息的道德说教，这套大道理会跟人一辈子，到人进棺材而后已。

亦因为木兰极愿生为男儿汉，她才把重振家声，把自己不能达成的热望，灌注在她弟弟的心里。在那个时代，生为女儿身的人，她们怀有不能实现的梦想，不能满足的雄心，以及因出嫁而破灭的希望。这些愿望后来一直潜伏在胸中而形成对儿子的希望，这样的女子真是数不胜数！多少愿继续求学而不能如愿的！多少要进大学而不能的！多少想嫁个自己认为理想的男人而不能的！在少女心中，青春期所形成的朦胧的理想，像花苞一样，在未曾盛放之前，就被无情的狂风摧残了。曾经有可爱而得不到歌颂的女人，曾经有默默无闻的女英雄，嫁的丈夫不管和她们配与不配，她们留给后代的传记，只是在村落山冈上，荒烟野蔓、荆棘纵横中的一丘土坟前，那平凡无奇的墓碑上而已。

木兰说过，她嫁得算是如意，虽然她从来没和立夫真正恋爱过。她嫁给荪亚，良心上是一片清白。荪亚爱她，她知道。婚后她会爱荪亚，她也知道。在这种爱里，没有梦绕魂牵，只是正常青年男女以身相许，互相敬重，做将来生活上的伴侣，只是这么一种自然的情况。只要双方正常健康，其余就是顺乎自然而已。若想使妻子永远像天仙一样，永远具有使人意乱情迷的魔力，使她那既是情人又是丈夫的男人永远沉醉在她的诱惑之下，或者使丈夫也永远有同样力量，并不容易，自属真实；但是老天爷确已赋予了年轻夫妇一种自然的相处方法，这种方法就犹如情爱的水泥，由于赋予男女双方对于对方所有而自己所无的某些品质的需求，由于赋予了男女双方对于彼此各自具有的吸引力，就能修补微小的裂缝，能熨平婚姻衣裳上的绉痕，每天随晨光俱来的，又是一件新衣裳。性的迷惑存在于正式的婚姻之内，也存在于正式婚姻之外，而人类终必化为尘土的肉体，在婚姻生活上终必丧失性的诱惑力，真是可堪一哭。

木兰的婚礼庄严而肃穆。新娘，为万众注目的中心，美如满月，以前没见过她的男男女女，见其美貌，都为之咋舌。除去她眼睛的迷人及声音的音乐美，她的身段窈窕，令人目迷心荡。一如我们常形容美女说："增一分则太长，减一分则太短；增一分则太肥，减一分则太瘦。"喜爱身材高一点儿的，觉得她够高；喜爱身材矮一点儿的，觉得她够矮；喜爱体态丰满的，觉得她够丰满；喜爱瘦削一点儿的，觉得她够苗条。身体各部分配合比例的均匀完美，竟至于此极。可是她并不节食，也不运动。造物自然赋予她如此地完美，奈何！奈何！

时代正在改变，木兰的思想也新了，她不像一般新娘那样，两眼下垂不敢仰视，她也并不紧绷着脸不敢笑，也并不是两片嘴唇不敢动，她甚至于还跟桂姐低声说话，桂姐一直是陪在她身边的。她虽然因淑静谦逊而将头微微低垂，在人群中间若有什么吸引她兴趣的事，她会向群众把眼睛迅速一扫。这样，做新娘之对于她，并不像在过去对一般新娘那样是一段折磨熬炼。看见她微笑的人，只认为这是一种对旧习俗的摆脱，并不认为是轻薄浮荡。

喜宴进行期间，木兰和新郎一直到各桌上向客人敬酒。荪亚简直乐不可支，人只看见他露着牙笑，不知他的眼睛飞向何方去了。离开了宴席之后，木兰必须赶紧准备客人去闹洞房。她正换衣裳，桂姐告诉她荪亚的几个同学闹洞房来了，祖母派她阻止那几个年轻人不要胡闹。

逗新娘的风俗就是要把新娘逗笑，可以说种种的笑话，或是口头的玩笑，有时也有实际行动的玩笑。可以对新郎新娘有种种令人难为情的请求，前来挑逗的青年则大声帮腔赞成。以前，新娘的微笑是给丈夫看的，现在则可供外人一饱眼福了。但是木兰上过洋学堂，算是新派的女子，何况她天性就容易哈哈大笑。

桂姐说："素云的弟兄们可来了，他们在北京城是最出名会戏弄新娘的。不过祖母也告诉素云叫他们规矩一点儿，他们不敢不听话，因为他们是新郎的亲友。你怕不怕？”

木兰回答说：“不怕。不过我的鞋有点儿紧，穿一整天要憋死人了。”她又问，“曼娘在哪儿？”

“她在外头呢。因为她不是大全福人，按规矩她是不能进新房来的。”因为曼娘是寡妇，不能进新房。

桂姐说：“孔太太和她儿子、女儿也在外头呢。”

木兰说：“噢！立夫哇？！”过了一会儿，她又说：“你能跟他说句话吗？”

桂姐说：“不行，我和他不熟。”

“你告诉荪亚跟他说，叫他进来，站在客人那一边儿。客人里头有这种人很有用。我并不怕挑逗，我怕粗野。”

那一群人进来了。荪亚的一个同学，姓江。他长得大胖脸，脸上的肉会乱动，会发怪声音。最初他得意扬扬，因为每一次闹洞房他都能逗得新娘笑。他鼓出他的肚子，模仿荪亚说话和走路的样子，把荪亚在学校所说的笑话也学着说一遍。甚至站在新娘身后的伴娘和锦儿，都不得不笑。这样一成功就越发有了勇气，他又说一个故事想引大家发笑。

他说：“从前有一个地痞流氓，没有钱过新年。他老婆跟他要钱。他说：‘不用愁。’正好这时候有个剃头匠在门前经过，他要剃头匠剃他的眉毛。等一个眉毛已经剃完，他跳起来大怒喊说：‘你怎么回事？你剃了我的眉毛了。大新年我怎么出去见朋友哇？走，去见县官去。’剃头匠害怕了，给了他三百个铜钱，算和好了事。他老婆看见他只有一个眉毛，就说：‘你过新年是有钱了。不过你应当叫他剃你两个眉毛。你不知道看起来多么好笑。’那个无赖说：‘噢，不要紧！不要紧！咱们还要再过一个节呢。我那个眉毛还等着过正月十五元宵节再剃呢。’”

说故事的那个姓江的同学拿了一张纸，用舌头蘸湿，粘在他一个眉毛上。这个时候，真出乎大家的意料，木兰不但跟大家一齐大笑，而且说："再说一个。"

那个胖家伙说："不行，不行。我不干。新娘都笑了。现在还叫我逗笑？我等于守门儿的抱着球往自己门儿里踢。这不好玩儿。我算了吧。"

可是大家伙儿一定要他遵从新娘的意思再说一个，他只好又开始说：

"从前有一个人，最容易忘事。一天他肚子疼，就到大树下一块空地去解手儿。把扇子放在树枝子上。他站起来一看有把扇子，很高兴说：'是谁把一把扇子放在这儿了？'白找到一把扇子，他心里好得意，就迈步走，不想一脚踩在自己的屎上。他大喊说：'天哪！是谁闹痢疾，弄得这儿这么脏？'"

木兰不由得扑哧一声笑了出来，荪亚说："老江，我想你最会学动物叫。给我们学个猪叫。学猪八戒吧。"

于是那个小伙子开始装醉，像《西游记》里的猪八戒一样，绕着屋子一边手舞足蹈一边学猪叫。但这个，木兰并不觉得有什么好笑。立夫知道怎么办，于是说："你看，这次你没能招新娘笑。再来点儿更有趣味的，学学驴叫吧。"

姓江的这小伙子，现在一个人包办了洞房里的全部表演了。他把两只手放在头上，像驴耳朵一样，向新娘新郎走过去，开始学驴叫。木兰还是不笑。立夫看了看新娘，他说："新娘，你应当笑一笑。这个驴不是叫得很好吗？"

木兰立刻明白立夫是正在帮助她。抓住这个暗示，她立刻微笑说："江先生，您真是多才多艺。谢谢您费心表演，使大家今儿晚上都很快乐。"

事情到此突然一转，大家都感到十分意外。新娘说的话似乎是和来开玩笑的人宾主易了位。姓江的这个小伙子觉得自己表演供新娘娱乐，简直成了个傻瓜，只好摇了摇头溜出去走了。因为新娘居然向闹洞房的道了谢！这可以说是个反高潮。以后别人没有再起哄开玩笑的了。牛东瑜走出去看京戏的时候，他和他哥哥说："我一辈子还没看见闹洞房的人倒被新娘给耍笑了呢。这真是个摩登小姐呀！"

客人散了，可是新娘新郎还得等，因为也许还有客人进来看新娘。荪亚的同学走了以后，荪亚向立夫道谢，感谢他的帮助解围。木兰说："谢谢立夫哥。"于是一同笑那个闹新房小伙子的窘态。

立夫告辞要回去，他说他母亲和妹妹等着他回家呢。客人现在渐渐散去，但是奏乐之声，仍然可以听见，由窗子往外望，木兰仍可以看见花园里灯光明亮。到了半夜，声音才沉寂下来。这时锦儿和伴娘才帮着新娘卸妆，之后，请新娘安歇。她俩出来，顺手把门带上。

那天下午，新郎新娘饮"合卺杯"时，木兰曾经和荪亚说了几句简短的话。在别人散去之后，忽然就剩他俩在屋里了，这时，他们没有普通新郎新娘相对如陌生人那份尴尬拘束。

现在木兰第一件要做的事，就是脱下太紧的鞋，弯下腰揉脚。荪亚看着，微微地笑。

木兰问："你看什么呀？"

荪亚说："我看你哪，妹妹。"

他过去要帮忙。木兰赶快把穿着袜子的脚放下去，说："这跟你没关系。这双新鞋太折磨人了。"

荪亚请求说："妹妹，我给你揉一揉吧。"

木兰把食指在脸上一画，半害羞半得意的样子说："好意思！"但是荪亚弯下腰去替她揉脚的时候，她的脚在地下踢了几下，也就任凭他揉了。荪亚把木兰的脚在手里攥好之后，他说："现在怎么样？我算得到你了吧。"

木兰的心怦怦地跳。荪亚问："你还记得我们在运粮河的船上，第一次见面的那一天吗？"

"当然记得。你还记得在你们老家山东游泰山时，我们俩争论，说什么'贵处宝山''敝处小山'吗？"

荪亚立起身来，引木兰到床上去。他俩接着说话。几乎还没有睡觉，天就黎明了。

木兰这位新娘第二天，一早起来，真是快乐幸福。伴娘赶快前去道喜。新娘必须向全曾家的每一个人“敬茶”，算是正式见面，由祖母开始。每一位长辈必须在茶盘子里放一件礼品，算是见面礼。这一天有午宴，招待第一天没招待过的客人；晚上又开宴席，请新娘全家，叫作“会亲戚”。在下午，木兰抓住一点儿机会，在新房里小睡一下。她是需要睡眠，但是刚刚打盹，就听见锦儿在外头和一个丫鬟小声说话。锦儿用脚尖儿轻轻走进屋里，木兰听见她又轻轻走出去，对人说新娘刚睡着。

木兰叫：“锦儿，有什么事儿吗？”锦儿就进来说：“石竹在外头呢，她说全家都在祖母屋里，她老人家很高兴。新郎也在那儿，祖母派她来看您是不是有事。老人家希望你也过去。我刚才看见您正睡觉，没惊动您。您大概还没怎么睡。”

木兰说：“我只是打了个盹儿。我怎么能真睡得着？现在什么时候了？”

“大概四点。我们家五点钟来吃晚饭，有一位舅妈和她的小孙子要看新娘。”

木兰问：“哪一位舅妈？”

锦儿说：“我也没见过，我听说她是太太的表亲，住得离北京不远。”

木兰坐起来，赶紧收拾停当。石竹现在正在门口儿带着小喜儿，羞羞涩涩地微笑，不敢进屋去。

木兰说：“石竹，小喜儿，进来。你们俩为什么没伺候你们太太呢？”

石竹解释说：“小喜儿央求我把她带来看新娘的唱时钟。”

小喜儿说：“她也是要看。对不对？是桂姐告诉我们的。”

木兰叫锦儿带着那俩小丫鬟去看那个金钟。到一个钟头和一刻钟的时候，一个小铃儿受到压力，就发出音乐声音。两个丫鬟都看得迷呆了。

小喜儿说：“桂姐告诉老太太，说新娘把闹新房的人弄得很窘，大家听了，觉得好有趣儿。”

木兰又问：“二少奶奶在那儿吗？”

小喜儿回答说：“没有。”现在她们都已准备好，但是小喜儿不愿把那个唱时钟放下，一定让木兰拿给老太太去看看。

木兰到了老太太屋里，差不多全家都在那儿，屋里因此挤满了人。祖母倚在她的卧榻上，伺候她的丫鬟石竹立在一旁，大卧榻上和她对面坐的是一位年约六七十岁的老太太，身上穿的可以说是穷人家的好衣裳，看来人还蛮硬朗，就像乡下那些年岁大而健壮的老太太一样。她的孙子有十岁大，穿着一件没洗过的新衣裳，衣裳长得多两寸。曾先生和曾太太坐在比卧榻低的地方，桂姐、凤凰站在他们身后，曼娘的母亲坐在另一边儿，曼娘则站在母亲身后，雪花则更在他们母女身后。木兰在早晨已经正式见过全家，这一次只是非正式的家庭聚会而已。站在外面的丫鬟先通报木兰来了，屋里听见了就一阵动乱，祖母叫石竹扶着她坐起来。

曾太太说：“您不必动了，妈。”祖母说：“她是新娘。今天我敬她是新娘，以后她敬我的时候，就要伺候我，把家事管得合规矩，有条理，生男育女。咱们家的事不交给孙子媳妇手里，那还交给什么人手里呢？”

木兰一进来，祖母就哈哈大笑着欢迎她说：“孩子，来见你舅母，她从乡下来的。”

木兰看着屋里全家人微笑说：“真对不起，我来晚了。”现在她穿的是一件绣花粉红袄，下身是绣有云头儿海水波纹的密褶裙，比婚礼当天穿正式礼服，显得更为窈窕。胸前戴着一个绿玉坠儿，上面刻的是一只猴子两个仙桃儿，并没有戴昨天戴过的钻石胸针。她先走到卧榻前向祖母行礼，然后再向老舅妈行礼。

曾太太说：“这是你舅妈。以前没见过。”

锦儿随着用茶盘端来了一杯冰糖茶。木兰接过来，递给这位新舅妈。

木兰正式叫了一声“舅妈”。那位老太太在棉袄的兜儿里，掏出来两块银元，放在茶盘儿里说：“哎呀，侄女儿呀，你就像过年人家买的那面人儿一样啊。”

木兰把茶盘子交给锦儿，就停下来，不知道还要做什么。老舅妈拿出一副眼镜，戴上说：“侄女儿呀，你别走，让我看看你。”老舅妈伸出一只手拉着她，眼睛在她全身上下打量，然后说：“我听老太太说，你上洋学堂，能念书能写字。能有这么个有学问的媳妇儿，真是好命啊。来，让我看看你胸膛前头戴的是什么。阿弥陀佛！这是真玉的呀？龙王爷的公主也没有这样的宝贝呀！”

祖母说：“我这个孙子媳妇哪儿会愁没有珠玉戴呀！”

这位乡下老舅妈攥着木兰的手，开始细看她的戒指、臂镯。她手摩挲着翡翠镯，大喊说：“在北京整个儿的珠宝市，我恐怕你也找不到一对像这个样子的。我今天看见这种东西，真是有眼福哇！小福，”她叫她的孙子说，“小福，你要好好儿念书，将来做官，也娶一个像她这样的穿戴讲究的新媳妇。”

石竹在祖母耳朵底下小声说了句话，祖母就说：“孙子媳妇儿，拿你那个金表给我看。”

木兰从兜儿拿出来，递给祖母。石竹告诉祖母怎么按才能响。一听那表一连串儿的音乐声，祖母好欢喜，在手里转着看，说：“洋人不懂礼教，可是做出的东西真叫巧哇！”这位乡间的舅妈看见孙子挤过来要这个表，她大吃一惊，大声向他喊：“别动。你若给弄坏了，一百担稷子豆子也赔不起。”

木兰说：“不要紧，让他看吧。”说着把表递给他。可是他害怕，不敢拿，手缩了回去。曾太太说：“让我看看。”木兰便递给了婆婆，孩子们都跟过去看。

曾太太对新娘说：“坐在这儿。”用手指给她靠近自己的一个座位。

木兰说：“大嫂还站着，我怎么敢坐呢？”于是曼娘坐下。祖母说：

“这都是家里自己人，随便在一块儿说话儿。大家都要轻松随便，谁也不要拘礼。”木兰才坐下。那个表在大家手里传来传去，连别的丫鬟也来看。

乡下舅母说：“光绪二十六年，外国兵抢皇宫的时候，有好多人看见外国的洋闹钟。可是我总没听说有这种少见的宝贝。这一定是皇宫里来的。不知道这个表有几百年。”木兰说那是她父亲从新加坡买回来的。

祖母想到素云，问她为什么没在屋里。

经亚说：“我想她大概有点儿头疼吧。”

祖母说：“叫她来。全家都在这儿。说我让她来。”

素云一直自己在屋里坐着，有点头疼，她说是这几天为喜事忙的。但是真正原因，是她觉得自己在曾家原先那最富的儿媳妇的地位，如今受到威胁了。她的家是比木兰家富，但是富有之家在嫁女儿上，却不一定都会像姚家那么奢侈阔气。

现在她出现了，出乎大家的意料，穿得朴素，没戴珠宝。

祖母向她那个乡下舅妈介绍说：“这是我的二孙子媳妇儿，她是度支部牛大臣的小姐。”

素云发现屋里有一个满脸皱纹的乡下老婆子，只点了点头儿，就在低处的座位上坐下。

乡下舅妈问：“她爸爸就是牛财神吗？”

祖母说：“一点儿也不错。你在乡下也听见了他的名字？”老婆子喊说：“怎么没听见！北京城外，没有一个人不知道牛财神和马祖婆的。人都说他们家有金窖银窖呢。他们的门房儿都有成千成万的大洋，在城里有几家当铺，在乡下还有地。前天，门房儿他妈做寿，朝廷的大官还送礼呢。怎么阔家的小姐都嫁到咱们家来了！”

素云虽然不明白她家门房儿的事，也觉得很受到了恭维。大家的眼睛都转过去看她，但是她没说什么话。曼娘坐在她的上面，把那个表传给她：“这是新娘的表，我们刚才正传着看呢。”说着一按弹簧，表就响起来。

素云显着不耐烦的样子说："噢，这倒很好玩儿。"连伸手去接也没有。曼娘碰了钉子，拿着那表走过屋子，还给木兰。木兰深悔不该拿这个表来。但是曾先生还没仔细看过，现在开始拿过去玩儿，按弹簧响了好几次。

他说："这个很好。老年人晚上睡不着觉，可以按这个表掌握时间，省得点灯看了。"

木兰说："爸爸，您若爱那个表，您就用吧。我请我爸爸从新加坡再买一个来。"

公公说："我只是说一说。"又把表递回来。但是木兰站起来，双手接过，送给婆婆："就拿这个小东西孝敬您两位老人家吧。"

婆婆说："我已经收过你的礼物了。"

"您就收下好了，算对您当年救我命的一点儿感恩的表示吧。"

祖母又玩笑说："这是公公当众接受贿赂啊。小三儿，我可不许你欺负她呀。这件婚事真是天作之合。"大家都看荪亚，他只是微微地笑。

桂姐说："老祖宗，您让我把事情说一下。荪亚的这位新娘，不会受她丈夫的气，也不会受别人的气。若有人能欺负她，我蹲在地下让您老人家当凳子坐。老祖宗，您告诉木兰别欺负小三儿就好了。您没看见我们这位新娘怎么捉弄闹新房的人丢脸呢。"

祖母说："好孙子媳妇儿，你告诉我你怎么捉弄他。"木兰说："您别信她。我只是向那位青年人道谢，谢他费心说故事。没有别的。老奶奶，我上有公婆，再往上还有您老人家，下有我丈夫、大哥、大嫂，还有小姑子。我若敢欺负谁，那还有什么家规吗？"

桂姐说："您听，她说得多么好！"

祖母非常欢喜，她说："不过她说得蛮有道理。真正的口才就是得占在理上。"说完转身对她儿子说："儿子，现在我的孙子都成家了，全家又都安乐团圆，你应当对他们年轻人说一说治家之道才是。"

做父亲的先高兴地微笑了一下，然后说："曼娘，你来到我们家已经五年了，我在你做人做事上，没找到一点儿过错，这都得归功于你母亲的教训。经亚和荪亚，你们都是已婚的。我这两个媳妇都是出自好家庭，教养都很好，甚至比你们还好。我们做公婆的非常满意。这一家现在是在你们年轻人手里。我们老年人不久也就该退下去了。治家之道只在两个字上，一个是忍，一个是让，我很高兴看见木兰把表让给别人。并不是在乎这个表，而是在于这个让的道理，要自己退让，要顾到别人。你们做儿媳妇的，在家都受过教育，用不着我来说，你们的第一个本分，就是帮助丈夫。一个姑娘家受的教育越好，在家里就越有礼貌。若不然，念书有才学，反倒有害于人品。要孝顺婆婆，伺候丈夫。帮助丈夫，也就等于孝敬我。"

这一段话说得很好，也很谨慎，但是德行的对比，却无可避免。木兰由于性格愉快，慷慨大方，又有天生的魅力，获得了家人以及仆人的欢心之后，素云就一直愁眉苦脸，一百个不高兴。

木兰的家里人现在来"会亲戚"了，大家到外面客厅去接待。爱莲走近木兰问："那个表多少钱买的？"

木兰说："我不知道。是我爸爸给我买的。"

"你若再买一个的时候，能不能请你爸爸也给我买一个？"

"你若真喜欢，当然可以。"

素云这时站得不远，对小爱莲说："你若买，就买两个。一个自己用，一个送给将来的公公。不然将来结婚的时候，还得再从新加坡买，不是麻烦吗？"

木兰听见素云讽刺的话，忍住不回答，装作没听见。

木兰家来的人没有待多久，因为这种"请宴"只是一个形式，主人知道他们也不会真吃的。

新郎家极力称赞木兰的规矩礼貌，莫愁也很受曾家赞美。

第四天新娘回门的日子，丈人家要正式请新郎。一对新人要早起，要在太阳出来之前到达。这是老风俗，大概跟新娘不看自己家的“屋顶”这种迷信有关，“屋顶”这一个字眼一定又和一句俏皮话儿或是双关语有关，不过现在失传了。

新娘回门的宴会只是自己一家人。木兰虽然只离开家三天，现在回来却好快乐，看见阿非非常高兴，荪亚也很喜欢阿非。

那天晚上，晚饭之后，立即举行早已说好的放焰火了。阿非好像是自命为放焰火的主持人，又是焰火的说明人。他一整天焰火不离口，也看着焰火匠在房子西边靠近宗祠的那片地上立起一根高高的柱子。因为嫌后面果园的地方太小，而且树木太多，会挡着，不容易看，木兰的父亲愿意把这美丽的焰火让邻居一齐看。因为姚家嫁女儿已是人人皆知，这项特别的焰火节目也早传出去，所以在那天傍晚七点钟，附近的胡同儿里就挤满了人，有的人甚至高高地坐在祠堂的墙上。

一套不同的焰火摆在横杆子上，从二十尺高的木头柱子上伸出来，就像一排帆桁一样。引芯的时间和各焰火之间的联系安排得恰好，第一次火花冒完了就自动紧跟着第二次。在焰火开始之前，那些焰火在横杆子上悬挂着，就像许多纸包和折叠起来的竹框子。不过这些纸包必须排列好，保护好，不要接触火星，免得还不到时候就着火燃放起来。柱子的顶端是一只仙鹤，开始的时候，由仙鹤嘴里喷出火焰，高射入天空，然后爆炸，金紫两色的星火，如瀑布般倾泻而下。随之而出现的是接连发射的九支火箭，叫作“九龙入云”。阿非说：“这还不算最好的。后头还有猴子打旋儿呢。”

的确不错，忽然从竹框子里猛跳出来一个红猴子，身子被照得通明，由后面火力的推动，嗖嗖地旋转，从身后放出一圈儿发出嘶嘶声音的火花，所以站在木柱子附近的孩子妇女的脸，突然照得很清楚。

阿非兴高采烈地喊：“这叫猴子撒尿！”

再后，是一个大西瓜裂开，火星四散，发出一连串的爆炸声。红玉怕得用手堵住耳朵。阿非说：“这有什么可怕。这后头是葡萄。”阿非好像把整个的顺序都已记住。等西瓜里最后的那些熔渣消失了，果然掉下一串串又紫又白的葡萄，默默无声地放光，照亮了下面的一切。每个人都为之咋舌喘气，大饱眼福，看着那胶质的东西燃烧，停息之后，掉在地下。这个以后，是“散仙桃”，有一个轮子，依照火箭原理，自动旋转，随着出现的就是最美一幕。忽然间，一个四尺长的七层纸塔由框子里跳出来，向下悬垂，每一层里面都有光亮照明。然后是两三个焰火，有颜色的烟构成浓云向四外散开。再往后是“快开莲”和“慢开莲”。再后是“窜老鼠”，有颜色的小火球自半空中掉在地上，向各处乱窜，乱抽搐蠕动，在熄灭前，引起靠内一圈儿人的欢呼喊叫。再后是各种照亮的人物，如“八仙献桃”“七圣降妖”，赤魔红孩儿在烟里烧得失去踪影。还有“田园景色”“家船景物”，还有“朱红楼阁”“仕女凭栏”。最后一个焰火是“连升三级”，是用一个大火箭在高空中爆炸三次。一切都完毕之后，人群四散，只恨结束得太早。

红玉最喜爱最后的人物图，每一个最后燃烧消失，她就立刻喊叫：“不要烧掉！干什么要烧？我要永远看哪。”焰火都放完之后，她很失望，问：“放完了？”

阿非说：“放完了。焰火当然早晚要放完的。”

红玉说：“那么我再不看放焰火了。”

阿非带着红玉走后，荪亚对木兰说：“看看你那个小表妹，她那副伤心的样子，太多愁善感了。”红玉站在那根木柱子附近，望着那个空架子，上面垂着一两根没烧完的细绳，在空中摇摆，刚才还朱红的楼阁、家船、穿着漂亮的人物，由焰火匠的神奇技术使之昙花一现，深深印在她那孩童的心里，而现在真的烟消云散渺不可见了，红玉脸上，显得那样悲痛欲绝。

在整个燃放焰火的时间，那个焰火匠，是个老年人，辫子缠在头上，坐着抽旱烟，很喜欢自己制作的焰火，看得也和那些小孩子一样高兴。阿非走过去，带着他去看新娘。木兰赞美那个老人，说他做的焰火非常之好。但是发现老人来自福建，听不懂她的话。阿非在南洋时，曾经随便学会几句福建话，就替老人翻译。荪亚拿出来两块钱给那个老人，他十分欢喜，深深作揖，谢谢新娘新郎。荪亚问他怎么学的这种技术，他说他家做焰火为业，已经三代。

木兰的新婚庆祝就这样结束。可是红玉还吵着要千年万年永远点着不灭的灯笼呢。

中卷

庭园悲剧

梦饮酒者，旦而哭泣；
梦哭泣者，旦而田猎。
……是其言也，其名为吊诡；
万世之后，而一遇大圣知其解者，
是旦暮遇之也。

——《庄子·齐物论》

第二十二章 施干才姚木兰管家主事 遭恶报牛财神治罪抄家

在宣统三年，也就是一九一一年，国民革命爆发，清王朝崩溃。

因为全国对清王朝统治极为不满，革命立即成功。革命军的第一枪，是在八月十九那天，从武昌放出的。九月一日到十日，在七省之内陆续有革命发生，随后在另几省又有行动起义。每次都无须苦战，立即成功。各省满族总督都被斩首，汉人之方面大员或为部下逮捕，或向革命军投降。清朝的总督，原是监督汉人之为巡抚的，不过这项制度已经废弛，有的省份这两项官职是由一人兼任，其间的区别自然不再严格划分。朝廷卑怯抚慰性质的圣旨，已不足以餍足人心。朝廷在匆忙之中发布十九条立宪条文，其实那些条文是官方早就同意而再三拖延的，也是过去十年之中国人奋斗牺牲以求的。其中有赦免革命党人；允许人民剃去辫子；有下诏罪已。但是一切白费。慈禧太后那个老婆子，早就恬不知耻，过分安享皇家的特权，不知倾覆灭亡之将至，如今要由一个儿童皇帝，代付此笔孽债。在五十四天之后，清军和革命军宣布停战，商议清帝逊位。

在十一月六日，中华民国开国之父孙中山先生，自美洲经由欧洲，抵达上海。四天之后，他被推选为中华民国总统。新政府通过采行西历，旧历十一月十三日，算是民国元年一月一日，当日孙中山先生就任中华民国总统之职，不事庆祝。又四十二天之后，清帝逊位，大清帝国至此结束。

这次革命，也和所有其他各国革命一样，使上一代和一个特权阶级因而失势，其根深蒂固的利益也摧毁无余。所以全部的旗人，或贫或富，大多遭殃。为了要保持以往的生活气派，满族王公开始出卖财产，皇室则率先出售，以前地位崇高的旗人家的妻子女儿，开始为人家充当用人。更为贫穷的旗人，当年按月从清廷的宗人府支领粮饷，如今几乎成为赤贫。去做事吧，太懒惰；去偷窃吧，太斯文；去讨饭吧，太害羞。虽然说着一口高雅的京话，实际上是社会的寄生虫，过去由皇家养了两百七十年，从不知自食其力为何事。旗人原是真正的有闲阶级，如今突然厄运当头。正如俗语所说，“树倒猢狲散”，正是此日情况。在普通老百姓之间，汉人并不仇视旗人，因为旗人文弱而谦虚有礼，已经很适应汉人的生活，已经接纳了汉族的文化，种族方面已然看不出有什么差别，若是有，也只有满族女人的衣裳一项不同而已。如今旗人的女儿都愿意嫁给汉人，男的就去拉洋车。不过，他们有的人穷得厉害。有时候，一家几口人会轮流着穿一身衣裳；每当一人出门之后，别人就在床上赤身裸体拥被而卧，直等到外出的人回来，才轮到有衣裳穿。

革命后，这儿有一个典型的新时代遗弃者的故事。这个人是旗人。他在茶馆里喝了一壶茶，吃了一个芝麻酱烧饼，身上的最后一个铜子儿也花光了。但是一个烧饼吃下去之后，还不解饿。他看见茶桌子的缝儿里还有他掉下的一些芝麻。怕别人看见他从桌缝儿里往外捡芝麻，他故作怒容，跟自己嘟嘟囔囔说几句话，抽冷子骂了一句，用力把桌子拍了一下子。一看跳出来几粒芝麻，他就捡起来看，以毫无所谓的样子，放在嘴里，自言自语说：“没想到是芝麻呀。”

他猛拍桌子，引起邻近坐的一个人的注意。那个人看见了他那种怪举动，知道他穷得买不起另一个烧饼，就走过来，拾起那几粒芝麻，也用那种怪样子细看了看，然后说："我不相信不是芝麻。"

正在此时，那个旗人的女儿来到茶馆儿，向他说："妈要出门，没有裤子穿，要您回家去呢。"

那个旗人装出很有身份的神气说："怎么？没裤子？为什么不打开大红衣箱找？"

女儿说："爸爸，您怎么忘了？大红衣箱不是五月节前就当了吗？"

父亲觉得很难为情，又说："那么，就是在镶珍珠的柜子里呢。"

女儿又说："爸爸，您又忘了。那个柜子不是过年前也当了吗？"

在这样大煞风景之下，他满脸含羞和女儿走出了茶馆儿，落得给别人耻笑。

但是受害的还不止是旗人。在清政府做官的人也失去了官职，只好退隐下来。这些人都毫无办法，已经失去了社会关系和政治门路，摆在面前的是个新社会，是他们咒骂的世风日下的伦理道德，是他们无法了解的一代后生小子。以前生活较为富裕的则已经积蓄下足够的钱，可以安然度日。有人在别的都市的租界买了别墅。有人不愿意招人注意，就住在租界里巷子中的红砖平顶房子里，把积蓄的金银财宝藏起来，但也有人不胜现代汽车的舒适的诱惑，买辆汽车以代步。那些花得起钱的，就雇高大强壮的俄国人做汽车司机，或是做保镖。有些讲究实际的人就把钱投在工商业上。有些人不断寻求官职，他们觉得，即便坐五日京兆，也像抽大烟一样，总算过过官瘾；他们觉得做官、钻门路以饱私囊，是"读书人"的当然之事。这些天生追求官僚势力的人，也竟而渐渐得到官位，把一个民国政治制度自内部腐化了，把自民国元年到十五年这一段的国民政府，弄成供人嘲笑的话柄。

木兰家并没受什么影响。革命并不摧毁茶商与药商。不管在帝制之下，还是在民国之下，茶叶还是茶叶，药材还是药材。后来木兰才知道，在革命之前，她父亲又向南洋的革命党人捐助了十万元。这笔巨款使她父亲的现金项下，骤然紧了不少，但是他的生意还是依然如故。革命一成功，他首先剪去了辫子。

不过木兰的婆家则起了变化。因为曾文璞是个刚强坚定的儒教信徒，在他看来，革命就等于人类文化到了洪水猛兽时代。他倒不在乎清朝被推翻，他怕的是随后而来的变化。他和木兰的父亲之间，始终没有产生真正莫逆的友情，只因为姚思安是维新派，他自己则是旧思想旧社会旧伦常风俗的坚强卫道士。木兰嫁过去不久，就发现她公公恨洋书，恨洋制度，恨洋东西。虽然他喜爱那个金表，他仍然抱着鄙夷轻视的看法，认为那终究是低级思想的产物，是工匠产生的东西。洋人制造精巧的器物，只能表示洋人是精巧的工匠，低于农夫一等，低于读书人两等，只是比商人高一级而已。这等民族不能算是有高等文化，不能算有精神文明。他对西洋文明的看法，只能看到这个程度。现在革命成功，民国建立了。但是试想一想，国家怎么能没有皇帝！俗语所说“无父无君”，就表示无法无天，天下大乱。他相信中国整个的文化已受到威胁。他对外国的反对是毫不妥协的。一直到几年之后，他由于自己切身的一段经验，那就是他的糖尿病被爱莲的丈夫，是一个西医，用胰岛素治好，他的态度才有所改变。现在曾文璞是急于要退休，因为他宦囊丰盈，退休之后，全家可以享福度日。他看得出一段大乱方兴未艾，打算明哲保身，不被卷入。革命爆发之后四天，袁世凯又奉诏当权，他去心已决，不再踌躇，不再恋栈。

在这一段日子里，荪亚和木兰这一对小夫妇，在曾家那么大的家庭里生活，好多地方需要适应。这一对年轻夫妻最重要的事，是要讨父母的欢心，也就是说要做好儿女。要讨父母欢心，荪亚和木兰就要做好多事情。基本上，是要保持家庭中规矩和睦的气氛，年轻的一代应当学着减除大人的忧劳，担当起大人对内对外的重担。

木兰虽然是家中最年轻的儿媳妇，她不久就获得了曾太太的信任。曾太太对素云很失望，素云对自己和丈夫的事，照顾得很好，她院子以外的事就推了个干净。曼娘，虽然是长房的儿媳妇，却生性不是管理别人的人，也没有当家主事的才干，连管理男女仆人都不行。她老是怕得罪人，连丫鬟都怕得罪，有几个仆人根本就不听她的话。桂姐开始把责任分给木兰，分给木兰的越来越多，比如分配仆人工作，注意是否年龄较长的仆人容易偷懒，使别人替他做事，防止发生过大的赌博，给仆人调解纠纷，核对仆人报的账目是否可靠。一般日常例行的事情倒还容易，而木兰往往把大半个上午都用在和曾太太、有时和桂姐商量给仆人分配工作，决定对外的应酬来往。她在家的时候，对这类事情早已做惯，所不同的就是曾家外面的那些新关系是她生疏的，但很快也就明白，也就记住了。治理一个有二三十个仆人的家，就像管理一个学校，或是治理一个国家一样，要点就是一切不要失去常轨，要大公无私，要保持当权人的威信，在仆人之间，要让他们势均力敌，恰到好处。木兰严格限制锦儿，对家里一般的事情，一定使她置身事外——这倒合乎锦儿的心愿——只用雪花和凤凰做自己的助手。

木兰的家教正好使她适于当家主事，适于管理这样大家庭的艰巨工作，而她在生活上，谈吐之间，又诙谐多风趣，在处理日常的琐务上，自然更轻松容易。她知道好多事情并不对，但是有的事却装作没理会。就拿一件来说吧。她不肯把家事管理得比以前桂姐管理时，显得更好。论地位，她比桂姐更为有利，因为桂姐始终是代理太太行使职权，重要事情都不能自己做主，而木兰则是正式的儿媳妇，是曾家的少奶奶。家里的总管是个旗人，姓卞，四十几岁年纪，已经开始怕木兰，甚于以前怕桂姐。因为账目稍有不符，木兰总是微微一笑，那种笑容足以显示她并没被蒙在鼓里，不过她不说什么。卞总管向塾师方老先生说起这件事。一天，在木兰面前，方教师把这话告诉了曾太太，说卞总管最怕的是三少奶奶。木兰说："他若怕我，那就好。什么事都照规矩办，他用不着怕我。谁不想养家糊口呢？在这个大家庭，有的事情也是装看不见才行。"曾太太看见木兰人年轻，办起事来倒蛮老练，非常高兴，就越发赋予木兰更多的权力。最后，曾家的事，是非全交给木兰负责不可了。

至于木兰和荪亚本身，在他们那种婚姻里，生儿育女当然至为重要。不但对于家是尽孝之道，对于他俩自己，更是夫妇敦伦之礼。孩子等于是男女结合的焦点，否则两个人之间便有了缺陷。不出几个月，显然是有了喜，两人非常高兴。木兰现在知道她的婚姻是个幸福的婚姻，不再想入非非，于是对荪亚更温柔多情。荪亚想到自己的孩子，自然有不少的时候心情严肃，这种严肃的心情，也就使自己的幼稚孩子气大为减弱。这一对小夫妻很幸福快乐，远非木兰的始料所及。

不知为什么，每个人都以为木兰的第一个孩子一定是男的。她自己也是这样盼望。木兰具有勇敢无畏、才气焕发、独来独往的坚强气质，因此似乎一定要生一个男儿汉才对。

但是时候到了，生下来的却是女儿。曾家人聪明解事，当然不会有失望的样子，木兰自己也不肯流露失望之情。不过生下这个孩子之后，并没有大肆庆祝，倒是事实，若生下一个男孩子，则大为不同了。

这个孩子叫阿满，革命发生的那一年，她一岁。

木兰第一次招惹她公公不喜欢，是由于一时孩子气的兴奋而起。清政府一灭亡，她和丈夫不能掩饰心里的快乐。十月里，清廷发布了自由剪辫子的命令，木兰拿了把剪子，一时冲动，一切不管不顾，就把荪亚的辫子剪下来。曾先生一听，责备她，说她太鲁莽。木兰说：

“我爸一个礼拜以前就剪了。我们剪辫子也是遵照皇上的旨意呀。”

曾先生没说什么，自然不高兴。几个礼拜之后，经亚才把辫子剪掉。曾先生的辫子一直留到第二年，袁世凯的辫子也是第二年才剪掉的。袁世凯做了中华民国的总统，因为孙中山先生把总统的职位让给了他。这虽然是高风亮节，但是也未免太书生气。不过这并非孙中山先生的过错。革命之后，一定是须有霸气的人当政。

现在曾家的问题是经亚和荪亚此后要往哪条路上走。荪亚结婚半年之后，和他哥哥经亚一同在户部当了个小差事。清帝逊位之后，政府垮台，兄弟俩至今赋闲在家。北京城地面儿上平安无事，安堵如恒。仅就北京国都一地而论，可以说是一次不流血的革命，甚至宣统逊位之后，这个皇帝和皇室，在感谢上苍能保住性命之余，居然还得以安然住在黄琉璃瓦宫殿的紫禁城，在北京城的正中央，保有皇帝的尊号、朝廷的仪礼、太监和宫女，深居皇宫的高高的红墙之内，安度迅速消失中的皇家美梦的残晖夕照。在紫禁城以外，清朝皇室痛恨的那个人，正开始高高在上，统治着中国。袁世凯，带着他自己训练出来的一批虎狼之将，正执掌着军队的实权。这些北洋军阀的残余分子，命定要统治中国此后的十年。

姑且不论政治上的改变仅是外表徒具形式，革命究竟导致了一个新时代的开始。社会的革命就是人思想态度的改变，而这十年人们显然表现出来对过去传统的唾弃。比如采用西元纪年，外交上穿西洋礼服，政府采用西方组织形式。这些改变就等于承认西方胜过东方。因此保守派就一直采取守势。这是旧瓶和新酒之间，社会现实和社会理论之间，茫然莫知所以的旧一代和茫然莫知所以的新一代之间，荒唐滑稽对照对比的十年。

这些情势，无形之中就影响了本书中人物的生活。历法的改变只是象征而已。今后我们故事之中的日期是用西历，新年是阳历一月一日，而不是依照旧历在二月半过阴历年了。

革命一起，素云家运气衰落到极点，金钱和政治方面完全崩溃，在社会上落得毫无脸面。但是袁世凯东山再起之后，她家不但一无损害，反倒更有收获。

在前年十月，革命爆发的前一年，社会上对牛家是群情激愤，曾经闹了一次风波。

事情的起因是牛家的儿子东瑜亵渎了一个尼姑庵，并且企图诱拐一个尼姑。群众怒不可遏，牛财神把可能动用的政治势力都纠集起来，也不足以自保。按理说，家里某一个人的行为不检，应当是一个孤立事件，不应当弄得波及全家，人人遭殃，不过尼姑庵事件只是一个信号，以前许多受过牛家欺压的人借以发动攻击，要报仇雪恨而已。

牛家兄弟，怀瑜和东瑜，都有一种势力病，他们的母亲也是有此种毛病，而且也鼓励儿子仗势欺人，为非作歹。别人批评她儿子，她绝不允许。每次儿子公然犯法，公然作恶，她都认为那就是她威名赫赫的北京城万能马祖婆的神通应有的表现。她自己深信，也使全家人深信，控制全国财政的是她，而且她的地位是无可动摇的。她心里已经盘算着要创建个牛家金钱帝国呢。在整个世界上，她只有一个怕的，那就是西天如来佛，若是再说清楚点儿，其实她对佛的敬爱，还不如对阎王爷的惧怕。因此她是最虔诚的佛教徒，她对寺院既然有捐献，因此她有安全感，有自信心。她相信，倘若有什么不测发生，如来佛的目不可见的手，总会随时搭救她，随时保护她，不但她，还有她的丈夫、她的儿女。

她儿子做的事情，有些她知道，但是也有些她不知道。她儿子和保镖的违反交通规则，这是她意料之中的事。若不然，自己的脸面威风还怎么显得出来呢？一个人若不是命里注定，怎么会权倾一时高高在上呢？交通规则不是给像她儿子那么福大命大的人制定的。但是事情还有比这种小事厉害的呢。比如说，年轻的妇女不敢在戏院的包厢里叫少爷们看见。至少，有一次，是千真万确，某人的妾惹起牛家少爷的注意。散戏之后，大少爷的保镖就“邀请”那位姨太太到大少爷的私邸去过夜。第二天早晨，姨太太才回家去。于这件丢人的事，那个为丈夫的不敢哼一声儿。

大少爷娶了一个愚蠢软弱倒是百依百顺的女子，做梦也没有梦到过问丈夫到什么地方去。二儿子东瑜也已经成家，但是更任性胡来。每个人都有一个朋友，专为他物色新女人。有一个富商的女儿，年轻貌美。东瑜百般下功夫，偏偏不肯就范，而东瑜因而越发紧咬牙关，非弄到手，誓不罢休。他到那个小姐家去，小姐的父亲竟不敢赶他出去。他开始带小姐外出，公开追求，自称是出于至情，最后海誓山盟，说一定正式娶为妻室。小姐想到可以正式做牛财神家的儿媳妇，于是回心转意。但是还不到一个月，二公子已经把她玩厌了，开始追求一个乡下姑娘，已经把那个富商之女忘在九霄云外，想也不再想。玩过的女人已经不值得牛家的公子一顾，牛家这天之骄子，哪儿在乎这个。穷也罢，富也罢，一个小姐就是一夜的玩物而已。他永远有求必获，成事遂心。

被弃的富家之女，虽然把这个玩弄女人的畜生恨死，但是空流眼泪。父母劝她不要寻短见，要报仇雪耻。最后，一天早晨，她拿了一把剪子，剪掉了头发，决定出家做尼姑。父亲看见自己女儿的一生毁于浪子之手，勃然大怒。告到官里去打官司吧，不但没有用，甚至有害，因为他没有正式结婚的证据在手，但是他决定等机会，他有的是钱。他恶狠狠地设下了一个陷阱，要捕住这个色狼。

这位富商在北京城开始物色一个绝色的妓女，最后，终于找到一个，果然是年轻貌美，年方二九，聪慧异常，和一般青楼名妓一样，对中国过去的才子佳人的风流韵事、英雄传奇、忠肝义胆、感恩图报等故事，无不熟知。他不惜重金，把她从老鸨子手里买出来，使之住在自己家里，优礼有加，简直待如公主贵宾。这样出乎意料的殷勤厚待让客人惊讶不已，过了一些时候，这个少女向主人问如此厚待，用心何在。主人并不回答。第二天，少女又问："深蒙厚待，既非要纳为侧室，究竟为了何事？人人爱惜性命，我不敢说一死相报，但除死之外，一切无不遵办。"

做父亲的就把女儿可怜的身世，说与她听，并且说如能按照他的计划进行，事成之后，另有重赏。如果计划能顺利实现，她必然会名声大噪，有如此来历，再重张艳帜，一定会名重一时，王孙公子，富商巨贾，争相结纳，北京花谱之中，必如牡丹称王。富商鼓其如簧之舌，终使此青楼艳妓，对牛家无赖，怒火如焚，对富商之女同情万分。在这一场交易上，她不会有什么亏吃，因为她正在青春妙龄。她立誓严守秘密之后，同意依计进行。

做父亲的于是把女儿送进北京城郊区的一个尼姑庵，这个尼姑庵所在的那个村庄里，有几位年高德劭的地方绅士，都和这位富商熟识。富商又应许向尼姑庵捐献巨款，借以讨好师太。他到尼姑庵之时，一定到村庄去看地方士绅，把女儿的遭遇，以十分谨慎的口吻，透露给他们。牛家劣迹昭彰，名声狼藉，北京城郊早已无人不知，如今听这位富商叙述他家遭害的情形，诸位绅士既觉得此一富商之女如此可怜，又心中愤怒难平。

随后，富商和牛府几个仆人结交，探听出来牛家二少爷常往何处去，其中包括戏院、公园等地。在一家酒馆，他和牛家一个仆人畅饮几杯花雕之后，套出来牛家几件隐秘。于是他为那个侠义的妓女租了一栋房子，安排上仆人和假扮的父母。把那位妓女打扮起来，让她带着仆人到公园，到戏院。大概一个月左右，那个野猫吞下了这个毒饵。在牛东瑜和这位妓女之间，发生了风流事件。义妓是装作富家之女，在外面虽然可以和他暗中来往，但绝不许他跟随到家去。两人在外面暗中来往，大约有二十天。这二十来天之中，东瑜始终神魂颠倒，心猿意马，以为是自己生平第一次真正恋爱。一天，那位小姐忽然失约未至，仆人一个人来告诉他一件坏消息。原来是小姐有难，父母不顾一切，正给她安排婚事，并且限制行动，不许离家。她决定几天之内，要私自逃出与他相见，否则，至少也会再传递消息给他。小姐求他不要变心肠，要忍耐。三天以后，仆人出来告诉这位情郎，小姐在失望之下，剪掉了青丝，决定出家为尼。现在一切绝望了。他若还想见有情人，只好到北京城附近的寺院，也要在某一天之后。

在富商家中，做父亲的正在准备把这位义妓送到他女儿出家的那个尼姑庵，在那儿等待那个要猎捕的畜生。他的计划就是要使牛东瑜和一个尼姑纠缠在一起，这当然是一个为人所不齿的罪行，早晚是会由那个义妓揭发的。那位师太看到这个青春貌美的少女，以为是误入歧途，而今已知回头了，就收她做门徒，但是殊不知这新收的两个女门徒，却共同保守着一个秘密。

九月里，有一天，牛二少爷乘着马车来到这个尼姑庵，自称是那个新尼姑的亲戚，要求见她。那位妓女现在法名慧能，就出来会见。自称仍然爱他，深悔不该一时轻率孟浪，落发为尼，不过事到如今，已经别无他法可寻。牛二少爷一听，就说："这个容易。你就跟我走好了。这儿没人敢碰我。"慧能一看牛二少爷打算青天白日把她从尼姑庵中带走，简直等于绑架，于是告诉他先回去，三天后再来。

牛二少爷走后，她急急忙忙跑去见师太说："师父，救救我吧！那个年轻人要来抢我出去！"

师太说："他是你的亲戚！"

"什么亲戚！他是牛财神的儿子。我不敢不见他。因为怕招麻烦，我妈才把我送来出家的。现在他又追来了。"

师太大喊一声："会有这种事？"

师太想到富商之女慧空的遭遇，只是几个月之前的事，于是说："你师姐慧空也是那个年轻人糟蹋的。"

慧能说："我知道，我知道。他刚才想把我带走，我不答应，他说三天以后再来找我。咱们怎么办？"

师太很发愁。要抵抗牛家是自招其祸。可是，倘若他真的带人来绑架慧能，她若任凭他把徒弟抢走，这个尼姑庵的名声可就玷污了，别的尼姑也就再没有一点儿安全了。

全尼姑庵里这件事传遍了，都知道要有可怕的事情发生。由尼姑嘴里传到仆人耳朵里，又由仆人嘴里传到村庄上。绑架尼姑这件事激起了村人的怒火。已然知道慧空那件事的村中绅士，就去找尼姑庵的师太商量。商量的结果是，全村人支持尼姑庵的师太。因为北京附近尼姑庵的尼姑若有人敢去绑架，简直是眼里没有皇上了。大家决定用实力对抗。

第三天，太阳快要西沉的时候，牛二少爷坐着马车来到尼姑庵，有两个彪形大汉保驾，心想绝不会有人敢抵抗。他带着人进去，要见师太。向师太道了字号，命令交出慧能。师太不肯，对他说："这简直是千古奇闻。这是一片圣地，不能任凭你糟蹋，不管你是牛少爷、驴少爷。"

牛少爷命人去搜，尼姑们就大喊大叫。冷不防由黑暗的角落里跳出来村中的几个小伙子，人人拿着扁担，把牛家的恶奴打跑了。这事情完全出乎牛二少爷和随从的意料，赶紧狼狈而逃，临走还威胁说必来报仇。

第二天，牛二少爷派人来说，若不立刻把慧能交出，就派人来把尼姑庵查封，把村人治罪。师太如今觉得乱子更大了，先请求宽限时间，答应两天之后回话。她只有硬拼到底，不然就只好屈服，于是找村中士绅商量。

村里有一位八十多岁的老先生，可以说是全村的大家长，仗义执言道："我已经活了八十岁，还没听见有这种事情发生过。师太，我们既然帮着您给这场硬仗起了头儿，就得帮到底。上头还有皇上呢。我一定挑起这个担子。我已经活了这么大岁数，还怕什么死？倒要看看牛财神怎么翻天覆地！"

在老人激励之下，村人都愿跟这些尼姑共患难。三天的期限一满，师太告诉牛二少爷派来的人说：她不能让这个尼姑庵受到糟蹋，牛二少爷随他便好了。同时她把别的尼姑们藏在村里，她带着慧空和慧能躲到另一个尼姑庵里去，就准备她的庙遭受封闭。

北京城的地方官派人来查封这个尼姑庵，理由是该尼姑庵对善良的香客施以暴力。公差发现尼姑庵已然空空如也，就拿着拘捕票到村庄里去拘捕村中的士绅，说他们参与此次的扰乱公共治安。八十多岁的那位老先生挺身而出，但是村民把他劝回去，改由一个书生、一个农人跟公差去了。

几天之后，北京城出现了一个出人意料的大游行，有和尚、尼姑、农民，在大街上结队行进。城门上、街上十字路口、街道拐角上，都贴上了标语，上面写出绑架尼姑的罪行，以寺院和村庄名义，请求大家主持公道。在大队的正前面走的，是白发苍苍八十多岁的一位老先生。单凭如此高龄，就自然赢得人的尊敬，每逢他站住用低沉而严肃的声音说话，就有一大群人倾耳静听。这件事情之中的坏蛋是牛财神家的儿子，只这一件，就足以引起群众对这游行队伍的同情。随着游行队伍往前走，人也越来越多。等到了天安门广场，已达到千人之众。不久，群众激动起来，大喊："打倒牛财神！打倒牛头马面为非作歹的东西！"人多势众，感觉到成功了，于是尼姑和村民竟在皇宫门前放声大哭起来。这事情闪电般传遍了全北京城。

在皇宫前这样民众游行请愿，在宋朝时很普通，在清朝则极为少见。摄政王在宫里听到外面的喧哗叫嚣，最初以为是革命爆发。后来听到是关于别的事，就派一个太监出去见那些和尚和尼姑，要弄清楚他们有什么委屈要控诉。陈情书早已写好，太监拿进宫去，随后出来，代替摄政王宣布，尼姑庵立即启封，拘捕去的村民立即释放，牛东瑜的案子要由刑部正式审判。

尼姑庵这个事件和僧尼村民大游行请愿，只是民众对牛财神公愤的高潮。至于在北京的茶馆酒肆之中对这件事的闲谈，则持续了几个月，各处对度支部牛大臣的公开告发则不可胜数。现在牛家算是知道害怕了，天天躲在家里。

当时御史之中，有一个叫魏武的。他早就打算弹劾牛财神，但被别的御史劝阻，因为不但无用，而且有害。如今老百姓是群情激愤，魏御史就改穿便装，到城内各茶馆儿去了解一下舆论，并搜集些资料。一天，他正坐在东城一个大茶馆儿里，听见一个人说："一百个尼姑也敌不过一个大官儿。官官相护呀。你要相信我的话。鸡蛋怎么能碰石头呢？"另一个人说："要照你这么说，那不就没有王法了吗？还有一个好人家的小姐也出家当了尼姑，也因为是被牛家少爷遗弃的缘故。牛家两个公子干的好事，谁不知道？"第三个人说："最好少说话吧。牛家不是那么容易垮台的。”第二个又说：“我真不知道皇上家的御史天天儿干什么。他们的眼睛一定让泥封住了。我等着看这件事怎么个了局。听说牛大人请病假了，正用他的势力疏通呢。这件事情若是认真办，封闭尼姑庵的京兆尹，也得治罪才是。”

魏武向靠近坐的第二个人说：“咱们老百姓在这儿说没有用。当御史的似乎都用蜡把耳朵封起来了。谁敢去太岁爷头上动土呢？我听说牛家大少爷专门诱拐人家的姨太太呢。”那个人说：“这是公开的秘密，谁都知道。他在西城专有一栋房子做金屋藏娇之用。他有朋友，专管给他找女人。他家里还有好多惨事呢。”

魏武问：“什么惨事？”

“我听说他们家有一个丫鬟，生给折磨死了。他们不敢让丫鬟的父母去埋葬，唯恐被看见人身上的伤，所以在他们家花园里自己把尸体埋了。”

“你又不是神仙，你怎么知道牛大官人家发生的事情呢？”

“纸包不住火，要想人不知，除非己莫为。你想在那样人家还能有个忠心耿耿的仆人吗？事情总会泄露的。”

魏御史继续进行他的侦察。他到尼姑庵去和尼姑打听，又和村里人打听，得到了慧空她父亲的住址。从那位富商那儿获得了重要的资料。他找到了一个牛家的仆人，那仆人立誓说谋害丫鬟的事是千真万确，他还知道埋尸体的地方呢。

这件事打听确实之后，魏御史开始衡量情势。

由于皇宫前面的游行请愿，牛家的官场朋友，已经和他们疏远了。牛财神虽然有那么大势力，朝中却没有真正的好朋友。因为他不是科举出身，他既没有那一班的同年，也没有主考的老师得以在朝互通声气。袁世凯尚未东山再起，仍然投闲置散。王大学士有势力，本来可以对他略予荫庇，但是为人性本软弱，兼又年事已高，所以魏御史很觉时机适宜，决定上本弹劾。

经亚到岳家来探亲，正好赶上岳家的大祸临门。因为外面群众的愤怒难平，牛财神已经十分害怕，但是他那个婆娘马祖婆还以为自己有财有势，得意扬扬，恶狠狠说，那些和尚、尼姑、村民必遭惨祸。正在这个当儿，门房慌慌张张跑进来说："老爷！太太！有坏消息！宫里的侍卫老爷带着人来了。"

牛财神连忙出去接待宫廷的官员。另外一个仆人去回禀牛太太，说房子四周已遭侍卫们包围，门口有侍卫们站岗，不许人通过。在外院，宫廷的官人进了大客厅，立刻转身面向南，吩咐牛尚书准备接旨。牛财神立刻向北跪下，听来人宣读圣旨。文曰：

> 牛思道罔顾圣恩，违法弄权。已由御史参奏，收纳赂贿，盘剥重利，视法条如无物。又经弹劾，治家不严，纵子横行，欺压良善，诱拐良家少女，图谋绑架尼姑。再经弹劾，虐杀婢女，埋尸灭迹。立即褫夺牛思道一切官爵，与其子怀瑜、东瑜，一齐扣押，听候查办。其私宅派军看管，以待谋杀婢女一案，彻查了结，再行撤离。

圣旨读毕，宫廷官员命令逮捕牛思道。牛大人吓得张口结舌。他好像失去脊梁骨，浑身只剩瘫软一堆肉。御林军卷起袖子，伸手把他从地上揪起来，除去了官衣官帽。

侍卫喝问道："你儿子在哪儿？"

牛大人结结巴巴地说："老爷，他们在里头，静听老爷吩咐。"以前谁也没想到他是那么个怯懦之辈，那么个可怜虫。侍卫下令把牛家两个儿子带来，他俩不久出现在侍卫之前，听命就缚。父子三人被押解出去，由侍卫拘留看管。

长话短说，由于王大学士的从中缓冲，皇上念其年老，尚知悔罪，从宽处理，革去官爵，放归田里，北京他的财产及钱庄，充公归官，北京以外的财产，免予没收。长子纵容仆人虐杀婢女，拒绝其父母收葬，非法掩埋在家，判刑监禁三个月。至于虐杀婢女之罪，解释做牛家同意仆人虐杀，而将杀害之罪归之于男仆身上，将男仆判为充军远方，终身苦役。牛家的女人，真是叨天之福，因为国法对牛思道特别宽大，她们才蒙赦免。牛思道若判了死刑，他全家的妇人与未嫁之女，也要随同财产没官为奴了。

次子东瑜，一因诱拐良家女子，始乱终弃，二因企图绑架尼姑，玷污尼庵，两罪并论，斩首示众。他是这次复仇计划中之真正的牺牲者，不过他是罪有应得，并不冤枉。

牛家二少爷出斩的那天，半个北京城，高等社会，低等社会，男人，女人，可以说是万人空巷，争看人人痛恨的牛财神的儿子活遭现世报应，千千万万人拥挤在天桥一带，甚至有十几个小孩子被踩伤，有的伤重致死。

尼姑慧能又回到她的假父母那儿。慧空和慧能可以自由还俗，与父母团聚。冤屈已伸，大仇已报，再不必怕牛少爷了。群众对掘出来被虐杀的丫鬟尸体，震惊和愤怒犹如烈焰腾空之际，自然没有人去认真探听慧能的底细，直到几年之后，才真相大白。

所以革命兴起时，牛家已然失势，他家只靠着天津及其他地方的财产维持生活，在社会上丢尽了脸面。袁世凯在民国初年虽然再度得势，牛思道虽然想卷土重来，袁世凯却觉得爱莫能助。

过了几年，由于素云的丈夫经亚的关系，牛家的大少爷才在政府一个小机构里，弄到一个低级员司的差事。

第二十三章 牛家失势捉襟见肘 曾府燕居适性娱情

在社会上身份降低下来，再没有别人像素云感觉得那么深切，那么可怜的了。她在曾家是那么愁眉苦脸，那么抑郁寡欢，一半由于她总觉得背后有人议论纷纷，一半由于她对经亚感觉到失望。虽然经亚在北京的国民政府里得到了一个差事，她却大部分时间跟娘家人住在天津。因为她在婆家不办理什么重要家事，她每一次请求回天津去，曾太太都答应。在天津，她家的人正开始新的生活，她也在开始她自己的新生活。在这个北方的大商埠，麇集着无数的生活上丧失了基础的一类人，素云感觉到一种新的金钱崇拜的诱惑。现代奢侈的快乐，以及舞厅、戏院、汽车，种种新奇的时尚开始流行，而旧思想、旧标准很轻易地遭受抹杀，社会上的新成功标准也很轻易地建立起来——总而言之，有钱的人受到尊敬，受尊敬的人一定有钱，素云的本性就和这种情形不谋而合。她每次到天津就觉得受到刺激，也就在天津尽量多住，一回到北京，两个大城市比较之下，就觉得北京单调沉闷。她越来越习惯于天津这个庞大的通商港埠的生活，就越觉得北京的家像个监狱。

等牛家因恶遭报的大风波闹起来，曾太太严禁仆人们提起这件事，好使素云不至于太难为情。木兰在素云家遭此祸事的那段日子，对素云特别体贴照顾，并且叫丈夫到监狱去探看怀瑜。她自己和曾太太也到素云娘家去探望。但是这种探望徒然引起了误会，招来了素云的恼怒。她心里觉得木兰是外面故作亲密，而内中正称心愿，正自鸣得意。曾家每去探望一次，总是更发现几件不愉快的事，结果倒仿佛是去刺探牛家的秘密。牛太太也许是不甘心这次崩溃，也许是承受不起这次致命的打击，总是天天闹脾气。她硬是不相信靠牛家的福气自己会一直蒙受耻辱，会一直跌倒爬不起来。她对她自己，对儿子怀瑜，还有她的命运，依然抱有万分的信心。她咬紧牙关要向那位御史，向所有跟她作对的人报仇雪恨。在人间她把握最大、万无一失的，是官场，是政治。

她丈夫说："算了吧！咱们没整个儿卷进去，就算天大的好运气。这该感谢摄政王，他还念着咱们过去的功劳。"牛太太说："哼！我以前真没想到你这么没有用。若不是我，你现在还不是一个山东钱庄的掌柜的！"

这位牛大官人现在算承认自己一败涂地，也觉得自己筋疲力尽了。丧失了以前的自命不凡，现在又依然故我，成为以前那个地位平平的老实大好人了。也许是累够了，也许是失去了以前那份儿精神，也许是没脸见人，他在床上一躺就是六七天，哼啊唉地叹息没完。牛太太就偏偏不愿看那么一个软弱没出息的男人，那样的女婿，那样的儿媳妇，她天天不停地哭。只有女儿素云还有点儿骨气，怀瑜的太太，软弱而愚蠢，丈夫在狱里，她更是无能为力。她对牛家也算有功劳，一个孙子连着一个孙子地生，名字叫国昌、国栋、国梁、国佑，都表示牛太太对他们的愿望，最后两个是双胞胎，还在襁褓之中，祖母已经对他们期许如此之甚。

木兰有一次去探望的时候，正赶上牛太太大骂儿媳妇，儿媳妇低声啜泣，小孩子们在一旁。这位儿媳妇的父亲是湖北省的督学，以前在牛家钱庄存了五万块钱。牛家垮台后三天去提款，这时牛家在天津及其他各地的钱庄仍然照常营业。牛太太拒不付款，很不愉快。现在牛太太正向俯首帖耳不敢反抗的儿媳妇发泄一腔的愤怒，儿媳妇简直不知道如何作答才好。

牛太太对儿媳妇暴怒如雷，吼道："亲戚，亲戚还不如路人。简直是堕井落石！他良心何在？你忘记了他用我钱的时候我们怎么帮助他。现在他的女婿还在狱里，他就来逼钱。真没想到我儿子会有这么个狼心狗肺的老丈人。"

儿媳妇只好说："这是我父亲的事，我和这件事也没有关系。"

正在这时，一个仆人通报有个建筑商，姓张，要见牛太太。牛太太已经忘记他，想不起他的来意。不过知道，在那些日子到她家来的没有好事。

门房把那个人领进来。若在以前，进来见到太太是不容易的。但是时候变了，门房就自作主张把他带进来，因为建筑商答应若把钱要到手，会分给他一份。姓张的建筑商是一个普通的建筑商人，穿的也是普通商人的衣裳，因为现在来见牛财神，他犯不上再穿上最好的衣裳了。

牛太太对门房说："老蔡呀，你真是昏头昏脑的。你也没问我是不是要见他，就把他带进来了。"

老蔡回答说："太太，他说他一定要见您。"

牛太太喊说："你老糊涂了！那么说，随便一个人说要进来见我，你就带他进来吗？老爷现在生病躺在床上，我这儿又有女客。你们下人都是一样，主子一有麻烦，没有一个忠心耿耿的。"

这时候曾太太和木兰正来探亲，一看牛太太和商人有事情要办，就和素云、怀瑜的太太到隔壁另一间屋子去了。

牛太太向商人转过脸去问："你要干什么？"

商人回答说："我要我的钱。"

商人态度客气，但是话说得很硬。拿出一张纸来，是一张字据，他说："太太，三年前，我在方家胡同给您盖一栋三万五千块钱的房子。

给牛大人盖房子，我敢赚一块钱吗？您当时给了我两万七千块钱，说就算是清了。像您这样官大势大的太太们这么说，我们敢怎么样？盖那栋房子，连工带料，我就赔了七八千块钱。您当时答应我找官活儿给我做，那点儿钱，我就算孝敬大老爷了。后来，我不但一点儿官活儿没包上，而且每次我来，都不许我见您，可是王大耳朵把活儿都包去了。现在我也不再想做官活，我要我的钱。八千块钱加这三年的利钱，应当是一万两千多。我是生意人，不能像你们做官的在纸上写点儿什么，就能上千上万地进洋钱。”

牛太太不肯付钱，并不是说什么道理，只是说她没有钱，意思是不打算给。商人失去了客气礼貌，说话声音越来越大，甚至于要打官司告状。素云在里间屋愁眉苦脸。曾太太觉得当时太难为情，就和木兰从另一个走廊连忙溜走了。后来，木兰听素云说，由于门房答应代垫四千块钱给那个商人，事情才算了结。其实说是四千块钱，商人只拿到三千。

另外一次前去探亲，木兰又知道了一件事，也是素云引以为恨的。木兰发觉牛财神在家有一个私生女儿，叫黛云，八岁大。黛云像一般的私生子一样，非常聪明，不过没有她母亲美。脸上多肉，嘴很饱满的样子，倒像她父亲。非常活泼，爱说话，可以说是家里的一个精灵鬼儿。牛太太虽然把丈夫看得很紧，禁止他纳妾，可是也不能完全阻止他在外头有那种事情。她发现之后，大怒，立刻逼着丈夫丢开那个情妇。她丈夫一向俯首帖耳惯了，至此颇觉丢脸，像个逃学的顽童一样，只好老老实实地就范。黛云的母亲接受了三千块大洋，被送回南方去，禁止再踏进北京城。那时牛家气焰正盛，黛云的母亲知道马祖婆的虎威，不可与之抗衡，悄悄南下，被迫把女儿扔下。那时黛云正好六岁。现在她不得不叫牛太太“妈”，但是由于环境关系，不久就变成了个小叛徒。

等袁世凯成为中华民国的总统，牛太太觉得时机已至，可是费尽九牛二虎之力，打算给丈夫弄个官职，竟然失败。袁世凯很有用人的眼力，他用人的时候，他知道这个人求官的动机为何——求钱，求名，求势力，求女色，他总让人人称心如愿。可是他绝不愿用像牛思道过去那么名声狼藉恶迹昭彰的人，让自己的新政权受到污染。所以他对为牛思道说情的人说，先让他休养些日子。这样说来还算中听。牛家遭受了这种挫折，也渐渐接受了这种新形势，于是在民国二年，决定搬到天津去住。住在租界里，交新的朋友，形成新关系，也摆脱了旧日被闲话中伤的气氛环境。

在曾家，素云感觉到那种气氛——因为这些事情只有感觉到，并不是谁分明用嘴说出的。由于素云对仆人的态度，这种紧张的情形越发加重。她的丫鬟金香，向来跟别的丫鬟很冷淡，从不接近，因为素云不鼓励她去和别的丫鬟厮混，或是和她们亲密结交。一天，金香向曾太太的丫鬟凤凰找碴儿吵架。凤凰很高傲，话里有一两句显示出讽刺的味道。金香向主人告状。素云把这件事告到婆婆那儿去的时候，婆婆早已听见自己的丫鬟说过那次口角发生的情形，因此不肯在素云面前责骂凤凰，素云就把这件事作为自己在家里站不住脚的证明。

因此之故，素云常常请求回天津娘家去。在曾家，有老祖母高高在上，下有干练的曾太太，使那么个大家庭人人恪守本分，各尽职责，素云的跋扈飞扬的本性，被压制得无法施展，她颇为不乐。素云虽然是离开北京到天津娘家去住，可是她并不和曾家的生活一刀两断。不管古往今来，每个人的生活，一定会影响他周围的别人，尤其是家族的关系。素云离开北京，在天津的所作所为，和不满足的野心，就影响了经亚，就犹如木兰的生活之影响荪亚，此种情形，容后再说。

在目前，荪亚是闲在家里，享福度日，经亚在政府机关里有个差事。荪亚向父亲说，政府目前太不安定，并且因为到了民国时代，也许不应当像以往那样做官，他自己也可以走另外一条路，他若再多念点儿书，也未尝不可。一个二十三岁的青年，他也正遭遇到选择职业的问题。他没有向父亲说出口的，是他厌恶政治。

他父亲对民国这一代并不热心。似乎是由于政权的转移，清朝官场那种味道都已破坏无余。他觉得民国的官服太可笑。他在不得已之下才剪去了辫子，认为这是老年人的老不正经，颇失老人的尊严。倘若他在新政府为官，他要不要穿那种丑陋的怪裤子？穿那种怪领子的衬衫？也系上那样的领带？要不要像自己几个老同僚看来那么滑稽可笑？穿着中国的长袍而戴上外国的呢帽，看来又成什么样子呢？曾文璞是一个高雅之士，为了身份体面，也戴瓜皮帽盔一直戴到老，这种帽子和他的中国长袍是正相配合的。因为他习惯于中国长袍轻松洒脱、飘飘然的线条，走起来显得步态大方而悠闲从容，他想自己穿着裤子让人看到，真是件可怕的事。因为外国绅士穿裤子，才走得那么快，像贩夫走卒那么没有尊严，所以中国才叫他们直腿鬼子。他看见些年轻的返国留学生，还有南方来的革命党人，走路拿着文明棍儿，戴着烟囱帽子，说南腔北调的官话。在他心里，很看不起这种人。若是这类年轻的后辈新贵或是暴发户跟他握手，他觉得太不雅观，太尴尬，手摸手，太亲近了。官衔也改变了，旧的联想含义都一扫而空了。状元、榜眼、探花、翰林、进士，早已废弃。大臣不再叫郎中，六部中副级的大臣不再叫侍郎，一省的最高长官不再叫总督，知府也不再叫道台或府尹。一切都改用含有民主味道没有神秘气息的粗俗名字，叫什么“部长”“次长”“省长”“县长”。旧的好日子一去不复返，旧日的文武百官之高贵威武也再无从得见了。过去士大夫的揖让进退，文质彬彬，自然的庄严肃穆也无影无踪了。所有红缨帽子，水晶顶子的帽子，宽大系带子海蓝色的官袍子，方头黑缎白底的靴子，水烟袋，高雅和谐的笑声，用手指头捋胡子那种斯文的姿态，引经据典风雅优美的谈话，意在言外合礼中节的措辞达意，巧妙的纡曲遁词，柔和流畅节奏美妙的京腔，一切一切都不可再见了。斯文儒雅的士大夫消失了，取而代之的是没开化不斯文的一代年轻人。

有一个回国来的留学生，自称是政府某机关的官员，来拜访他，和他说话的时候，不断野蛮地用食指指他。这等官员连官话也不会说，广东籍的革命党说起话来更是罪不可恕。甚至，孙中山先生把“人”字都说成“银”。据说一个回国的留学生，在江苏省政府的会议上，在中国话里夹杂上英文字，如 but，democracy，so long as。不懂英文的人听来难受得要死。曾文璞相信确有此种情形，因为一次饭局上，有一个年轻人说话，在他听来，那个人说的似乎是：“瓦拉，瓦拉，你说的并不是真喀哧夫耳克沙包；昂尼拉拉拉，他的胖头有，申树阿拉和你的一样。”若只按英文部分听来，上面说的话似乎是：“但是你，看，瓦拉——瓦拉——瓦拉——瓦拉，但是可能。在另一方面他的观点，基本上瓦拉——瓦拉——拉——拉——拉。”

因为这种缘故，曾姚两位先生见面时，必须把政治避开不谈。时代的改变，使姚思安的思想得以免除约束，得到自由，曾文璞则不与时代有接触，也不为时代所沾染。他仍然是清政府官僚那一套，丝毫不曾改变，与时代是风马牛不相及，但是仍旧昂然不屈，傲视一切。木兰深信有朝一日他躺在棺材里之前，还一定要吩咐给他穿上大清的那套官服才肯埋葬呢。

自从他自己离开了政治生涯，誓不肯妥协，他再不勉强荪亚去从政。他心想荪亚之不愿入官场，一定与木兰有关系。其实，荪亚自己也不热衷官场生涯。他从小就看见他父亲部下年轻的低级员司的生活。在他的眼里，那种生活全然没有老百姓的人情味，不能只凭官衔想象做官的气派。倘若他父亲仍然做官，他一定顺着抵抗力最少的方向发展，也就去做官。但是他实在是对做官没有什么幻想。在做官以前，先要挣扎奋斗，才能求得那个饭碗，那段争夺就够可怕的，以后还要挣扎奋斗保持住那个饭碗，那种气氛是那么恶劣，那么阴险，完全地冷酷淡漠，再加上几分恬不知耻。

一天晚上，荪亚对木兰说（这时他对木兰是又敬又爱）：“妹妹，你知道，我不会做官。好多事情我都不会，做官也当然不会。我不会巴结奉承。你应当看看科长在父亲办公桌前面，气儿都不敢出，过了五分钟，父亲才抬起头来看他。他的举止动作和说话的样子，简直跟个耗子一样。

不知道的人以为做个科长好神气，是一个大都会的官员。在外面，他尊严神气，下级都怕他。不过，我告诉你，做官的越是对下级摆出威风严厉神圣不可侵犯的样子，在上级之前就越发畏缩，越发像个耗子一样。这就是谄媚逢迎之辈的求进之道。”木兰拦住他说：“我懂得。不做官，男人就像年方二九的小姐；做上官，就像抚养婴儿的儿媳妇了。”

荪亚听了木兰的譬喻，微微一笑说：“妹妹，不过这话也不完全对。虽然你有孩子，二嫂没有，你还是像她一样干净整齐呀。”

木兰回答说：“当然那也看人。不过女人若是照顾婴儿，她总是不应当穿绸裹缎的。锦儿帮忙很大。不过单凭女人出去应酬时穿的衣裳就说她是不是整洁，当然不可靠。锦儿听素云的丫鬟说，她们少奶奶的内衣十天也不换一次呢。这种事只有她丈夫和丫鬟才知道。”

荪亚说：“这就和我跟你说的科长一样。一个人摆官架子，往往和女人穿应酬的衣裳一样——你别看底细，单看表面儿，倒还不错。这就是为什么我不能谄媚奉承。”

木兰沉思道：“我想你是不会奉承人的。可是你以后干什么呢？”

荪亚回答说：“我能干什么呢？谁都有这个问题。在北京等差事的人真是成千成万的，都是一无所长，所以只好找官做。你知道我怕官场生活。我以前每天坐在办公室，闲谈，看报，喝茶，在几件公事上签名。当一天和尚撞一天钟，大家都是这种态度。父亲若是在官场，大概我还会有升迁。若是只凭我自己，我最后顶多做到一个科长，一辈子向人磕头作揖，来保持一个位置而已。我是绝没有那种耐性的。野心、权力、成功——这些个都和我无缘。妹妹，我恐怕你是嫁了一个没有雄心壮志的男人哪。”

木兰说：“我想咱们也不会挨饿的。你若真这样儿想，我也不会怪你。我早就看出你厌恶官场。那么就不要跟官场接近，不要受官场的污染。我父亲常说：‘正道而行，邪恶不能侵。’最好，内衣清白，外穿布衣，也胜似内衣污秽，外罩绸袍。”

在中国“布衣”是表示远离功名利禄的隐士生活。木兰停了停，突然又说：“三哥，我要问你一个问题，你要不假思索，立刻回答。”木兰有时候还叫她丈夫“三哥”，是一种半开玩笑式的称呼，因为这么叫可以唤起幼年甜蜜的回忆。

“什么问题？”

“比方一天，咱们穷了，就像牛家一样，你在乎不在乎？”

“那怎么会呢？”

“谁也不敢说。我并不是说我愿意过穷日子。可是有的事情是由不得人的。你怎么样？在乎不在乎？”

“只要你我这样相亲相爱，穷，我也不在乎。你真怪，老有这种怪想法！”

木兰说：“我想我这是受我父亲的影响。每逢他说出家当道士，我就害怕，后来也听惯了。但是，也可能。我到西直门外头看见那些船夫，心想我应当像他们一样。咱们也应当有那么一条船。你想象一下，有朝一日，堂堂的曾少爷成了那么个船夫，我，这位姚家的千金小姐，成了一个船娘！我的大脚片子正好站在船上撑船！我给你洗衣裳做饭，我很会做菜呀！”

荪亚说：“你真是异想天开。”他笑得声音好大，那边屋里的锦儿进来说：“你们笑什么呢？”

木兰对她说：“我跟他说，有一天，我们也许会穷得没有钱。他就做船夫，我就做船娘。锦儿，那时候，你就已经嫁了人，有七八个孙子了。我们家有老朋友来，我就到你们家去借一只鸡，回来杀鸡预备酒，请朋友吃饭。你觉得怎么样？”

锦儿说：“少奶奶，您真会开玩笑。人不穷的时候，说说过穷日子开开玩笑，倒是蛮好玩儿。”

荪亚解释说：“她说这话是因为她要我去做官儿，我说我不能，她才说的。”

木兰说："不是，我是问你想做什么。"

荪亚说："我来告诉你我要干什么。我是要'腰缠十万贯，骑鹤下扬州'。"

锦儿说："人生做什么好，少爷当然知道。"

木兰说："可是天下没有这种事。问题是，你有十万贯而在扬州过活呢，还是要驾鹤远游呢？你若能驾鹤远游，也就不要到扬州了。这两者只能居其一，不可兼而有之。听我说，还是当个船夫吧。"

木兰于是吟出一首自己心爱的诗来：

兄抛渔网赴中流，
妹撒钓丝待上钩。
尽日得来仍换酒，
雨后空舟归去休。

荪亚说："妹妹，我若和你待久了，我也会成个诗人。我喜爱你前几天对我引用的邓景扬的那首诗。"

木兰问："哪一首？"

荪亚背诵出来。那首诗是：

人本过客来无处，
休说故里在何方。
随遇而安无不可，
人间到处有花香。

木兰问："你真是爱这首诗吗？那么你是宁愿骑鹤遨游而不去红尘万丈的扬州了。咱们去萍踪浪迹般畅游名山大川吧。如今父母在，这当然办不到。将来总有一天会吧，是不是？"木兰这样轻松快乐，荪亚真觉得心旷神怡，他说：“听来真是诗情画意。但是将来能不能如愿以偿，谁又敢说？”木兰大笑：“暂时说一说，梦想一下，又有何妨？比方这种梦想不能实现，做不成渔翁船夫，将来你飞黄腾达做了国家大臣，或是做了外交大使，我成为大官夫人，也蛮不错呀！那时候再一齐想起来笑一笑今天的痴想，不也很有趣吗？”

荪亚说：“你真是妙想天开。以后我就叫你妙想夫人吧。”

木兰说：“那么我就叫你胖子。”

其实木兰说将来她和丈夫有自由时再去游山玩水的那种快乐，现在她也并不是享受不着。她意思指的只是去游远处的名山，如陕西的华山，安徽的黄山，河南的嵩山，四川的峨眉山，再到南方繁华的城市如苏州、杭州、扬州。这是她生平的愿望，朦胧的幻想。如今正在北京，北京的自然之美，生活之乐，已经尽美尽善，她已经在享受人间的福气。

木兰的公公婆婆，不久发现木兰有一种毛病，也可以说是两种毛病，就是以年轻妇道人家而论，太爱出去。第一件是她太爱和荪亚出去吃小馆，第二件是太爱出去逛公园，逛市郊的名胜古迹。她和曼娘太不一样，曼娘大多的时光都是消磨在家里自己幽静的庭院里。再者，这也会使曼娘受到熏染。公婆二人真有点儿恼她。

木兰现在，在荪亚看来，真是有点儿莫名所以了。她是随季节而改变。她的外号是“妙想夫人”，果然是随时妙想天开的。她似乎是有意对每个季节都有不同的反应。在冬季则平静沉稳，春来则慵倦无力，夏天则轻松悠闲，秋来则舒爽轻快，甚至连她头发的式样也随之改变，因为她喜爱改变头发的梳法。在冬天下雪的早晨，她穿鲜蓝的衣裳，花瓶里插带有樱桃状小果实的红石竹，或一枝野桃，或一枝蜡梅。在春天，尤其是仲春，杨柳初展鹅黄小叶，或暮春时节，法源寺丁香盛开之时，她要睡到日上三竿，头发松垂，有时身着睡衣，穿拖鞋，立在院中，整理牡丹花畦。在夏天，是她最能享受庭院的季节，因为她那院子是专为炎热的夏季而设计的，比曾府上所有别的庭院特别宽大，特别敞亮。各处有石凳子，立鼓状的瓷墩子。院子的西边儿有格子凉亭，上面爬满葡萄蔓。凉亭下有一个石头方桌，可以做固定的棋盘。在夏天的清晨，仆人收拾屋子之时，或是在下午快近黄昏时，她常和锦儿或是荪亚在那儿下棋。不然就一卷在手，躺在低长的藤椅上看小说。秋季到来，在干爽的北京九月十月，她不能关在屋里。有一次，她和荪亚到西山别墅去，在西山姚家的别墅，荪亚生平第一次看见木兰的脸上流下了眼泪。那时节，她往远处看，只见一片丹红的柿树林，在近处，只见农夫的一群雪白的鸭子在水上游荡。这时流眼泪，被荪亚看见，她很不好意思。她是要改这个老毛病，但是改不了。

民国二年秋天，木兰在逍遥游览中消磨时光。她现在已然结婚三年，以一个已婚妇人之身，随同丈夫出去游玩，比未婚当小姐时，是自由得多。并且，在民国时代，以前是属于宫廷中的花园、湖泊、有名的建筑，现在都已开放供老百姓游览。她去游北海、中南海。这“三海”，分几天才游得完，其中包括光绪皇帝被囚禁的“瀛台”。又到紫禁城西南角的“社稷坛”，民国后改为中央公园，园中苍松翠柏，皆百年老树。木兰最喜欢的是中央公园后面，正对着紫禁城的御河，那里游人稀少，非常清幽，木兰常和锦儿、荪亚一同去。全家去游逛的地方，则是更为重要也更大的名胜，如南海、故宫，以前这些都是皇家的禁地。到这等地方去的时候，曼娘是在大家催请之下才和大家一齐去。只围着金銮殿的高石头台基走一圈儿，就把曼娘累坏了，因为那个广大的地方可以容一万二千人呢。她到现在还是像以前一样腼腆矜持，在人多的地方儿仍然不肯向四周围多看。曼娘已经身体很疲劳之时，木兰却因为宫殿建筑的宏伟壮丽，气象万千，精神上也看得疲劳了。

曾先生开始说他不赞成这种游玩。木兰一次在夏天清早，吃早饭之前，同丈夫到景山以西御河的岸边去，离家很近，趁清露未晞之时去闻荷香。她带了一个玻璃瓶子，在荷叶上收集露水珠，以备烹茶之用，她在岸上斜身伸出胳臂，若不是荪亚及时一把揪住她，她差点儿栽下河去。

她，还有丈夫荪亚，都饱吸了夏日清晨的芳香。但是一回家，听见锦儿说，曾先生听门房儿说他俩一大早晨就出去了，曾先生对于这位“疯少奶奶”，嘴里曾经嘟囔了几句话。木兰一听说，赶紧去见公公，拉着荪亚，手里还拿着那个露水瓶。

她说：“爸爸，您早起来了。”

曾先生正在看报，没抬起头来。木兰又转向婆婆说：“我们俩到御河收集荷叶上的露水珠去了。这个可以留着沏茶。”

曾太太说：“我刚才还纳闷儿你们俩那么大早晨出去干什么去了。”

曾先生抬起头来说：“你为什么非要自己去呢？派个用人去也就可以了。”

荪亚说：“我们也是要去看荷花。”

木兰不敢再说什么。

父亲说：“咱们家里不是也有些个盆栽荷花吗？还不够你们看的？”

木兰说：“在御河里有一里长，都是荷花呀。花儿开得真美，气味好香。”

做父亲的用鼻子哼了一声说：“美！香！你认为是诗情画意，是不是？可是一个年轻的女人不应当那么老往外头跑哇。不分早晚，一个年轻女人，在外头教人家看见，像什么样子？”曾先生知道在荷叶上去收集露水沏茶，是读书人的雅事，等他一听说他们俩出去是为了这件事，他觉得这也不能算木兰的什么大过错。他知道木兰禀性风雅，可是女人禀性风雅，喜爱诗词歌赋，他可有点儿不以为然。因为诗与情爱有关，情爱就会使女人堕落。他差一点儿要说出贤德的女人是不宜于舞文弄墨的。至于青楼歌女，那可以；对于良家妇女，就太不相宜了。

曾太太还宽大。她说：“孩子们年轻，难免傻里傻气的。木兰天性就喜爱这些东西。她既然是和荪亚去的，也不能算什么错儿了。”

父亲说："木兰和荪亚，你们俩听着。我倒不介意你们做这些年幼无知的事，偶尔下午到中央公园去一趟，也无妨。可是你们要知道，公园这个地方儿，现代的男女学生，各种身份不同的年轻人，都去游逛。还要记住，你嫂子是个寡妇，公园是她最不宜去的地方儿。我可不许你们带着她去，除非你母亲和老太太大家一齐去。你们俩也不要天天儿去跑。咱们家里也有花园子，你们应当知足才是。"

不错，在那种年月，木兰未尝不可以算作是个"不规矩的"女人，所以从这一方面看，她也可以说是个"坏"儿媳妇了。

今天早晨，曾先生说话的腔调很直正，但是并不严厉，事情也就算过去了。木兰此后下午出去散步的时间缩短了些，总想办法约婆婆一齐去，这样就有所恃而无恐了。一到礼拜天下午，甚至老太太、曾先生也一同前去，还有桂姐、曾太太，全家都参加。曾先生这样出去游玩，也有他正当的理由，因为他是陪伴着老太太，这仿佛是为人子者在向母亲尽孝道，这样做会使母亲欢喜。认真说起来，他也许觉得和家人在古松老柏树下坐着喝茶，看御河对面皇宫金黄的殿顶，确是心神舒畅的事，但是他却不使心头的快乐流露出来。

有几次，木兰也要曼娘一齐去，曼娘不去，她就和荪亚单去。回来之后，她就兴高采烈把那次出去的见闻向曼娘说，并且最后说："下次你一定要去，我替你向妈说。"但是曼娘总是说："最好不要。我倒是愿待在家里。兰妹，你知道，我跟你的地位不同。"

有一天晚上，曾先生的恼怒可说是到了极点，那是木兰和荪亚带着曼娘和小阿瑄，在前门外一家饭馆吃完了晚饭之后，一同去看了一场电影。那是曼娘有生之年第一次看电影，也是最后一次。原因是曾先生认为电影是伤风败俗的。他们原来并不想去，也曾经告诉母亲说吃完晚饭就回家的。就伤风败俗而论，中国的戏台和西洋的电影银幕，都是一样。全家的女人，在固定的时候，如逢年过节等，是一定去听戏的，那是风俗。可是西洋电影就不同了，因为影片上有女人，浑身赤裸裸，观众都看得见，还有男女亲嘴，这在中国戏台上是绝不允许的，还有男女搂抱着来回转，叫跳舞。这在中国戏台上，男女戏子也表演调情，当然不假，但是只限于眉目传情，最坏也不过在身段儿及手和胳膊姿势上，暗示一下而已。当然不抱住对方拼命转圈儿，让群众看见女人赤裸的背部。看西洋的这类影片，外表上认为令人厌恶而心中窃喜的，并不止曾先生一人。在王府井大街附近有一家新电影院，有一次因为不知道电影是什么样子，曾府全家一齐去看，曼娘赶巧生病，没有去。

电影上演出一个夜总会，有一个范伦铁诺，吻一个少女，一直吻了大约十秒钟才松开。

桂姐不由得吃吃而笑，曾太太觉得很有趣，曼娘的母亲只在黑暗中觉得脸发烧。

老祖母看得十分开心，她说："真奇怪！他们怎么会画得出来。那个人抽烟的时候，好像烟真从他鼻子眼儿里冒出来一样。"

木兰觉得外国女人好像只穿着内衣一样，看得几乎呆了。曾先生觉得那些洋女人的腿很美，但是认为青年男女不应当看。

那一次之后，他单带着桂姐去看过几次，可是不许女儿爱莲、丽莲一同去。对曼娘他倒没有特别明说不许去。在电影的默片儿时代，在电影院里观众是可以说话的，也和中国戏院里的老传统一样。茶房端茶，在大池子里"嘿！"一声，穿空扔过热手帕，另外一个茶房说时迟，那时快，早一把接住，担保干净利落，就好像在青天白日里看得那么清楚。所以有时候，观众看见热手帕的黑影子，从银幕上一飞而过，因此在电影院里说话并不算打扰别人，正如同在外国宴会上可以和旁边的人闲谈个没完，因为别人也是一样说话。但是声音往往越说越大，对方才能听得见。有一次，银幕上演一个去交际的妇女，穿上夜礼服要出去参加宴会时，台下一个老绅士从座位上站起来，向观众大声说："看那些洋女人！上半身儿满满的，却毫不遮盖；下半身儿空空的，却偏要遮盖。在上边儿，没褂子；在下边儿，没裤子！"观众吼声雷动。一个洋人在后喊叫："Quiet！"叫观众静下来。出乎洋人的意料，这位中国老绅士不但懂他的英文，而且转过身去，用漂亮的英文把刚才说的中国话又说了一遍。洋人大惊，也因老人妙语诙谐而大笑。北京的洋人，后来渐渐知道这位老哲学家叫辜鸿铭，提到他都肃然起敬，无限仰慕，这反而更鼓励起这位老人更加揶揄西洋文明。他曾在英国爱丁堡大学念书，回国来之后，成了个很乖僻的人，对自己的辫子，自己穿的老式衣裳，都非常自负，并且以这样外表作为伪装。在火车或是饭店，若听见洋人用洋文批评中国，他就出其不意，使洋人大惊。不管洋人是用英语、德语、法语说话，那都没关系，他都能以同样语言回答。辜鸿铭虽然讽刺文明，不知为什么，他却爱吃西餐，爱看西洋电影。你不能说他是装腔作势的人，因为他自己的信仰十分坚定；即使说他是一个装腔作势的人也罢，北京的洋人却仰慕他的才华机智，而不以他的尖酸刻薄为怪。后来，木兰由诗人巴固介绍，认识了这位光怪陆离的学者。

那天晚上，在饭馆里，木兰、荪亚、曼娘，饱餐美味沙锅鱼头，随后一道菜，是刚上市的既鲜又嫩的豆子。荪亚，一如往常，吃得舒服，喝了几杯酒，兴致极佳，木兰现在已经知道他是一个讲究饮食的人。现在荪亚浑身三万八千个汗毛孔都感觉到快乐，脸又热又红。这时候，他就常常清嗓子，因为比平常痰多。

他出主意说："咱们去看一场电影儿怎么样？"

曼娘说："我觉得我不应当去。"

木兰说："父亲反对看电影儿。"

荪亚说："全由我负责。这种娱乐，不能不看。实在太妙。"

曼娘说："到底像什么样子。我都没法儿想象。"荪亚说："就是在一块白布上，像画儿一样。可是上面的东西都动，是活的。去，去！"

于是他们就去了。那天的电影不是什么伤风败俗的，是丑角儿卓别林演的，他的手杖、裤子、两只脚，特别惹人发笑。曼娘有生以来还没有像那天笑得那么多。

可是曾先生曾太太老早就等他们回家，已经心情很不安了。大概十一点半他们才到家，曾太太大喊一声："你们到哪儿去了？"

荪亚说："我们到戏园子去了。"

曼娘说："我们去看电影了。"话说得太天真太老实了。父亲大吼说："什么！木兰，这都是你的主意！前几天我跟你说什么来着？电影这种东西，寡妇能看吗？"

荪亚解释说："我说要去的，我带嫂子去的。"父亲说："够了。曼娘，你若现在知道错了，我就不怪你。不过以后不许去。至于你呢，木兰，你知道是怎么回事，偏偏还带她去。她跟你不一样，她是个寡妇。不要再拉她往外跑，让她分心。要去的地方儿没完呢。"

木兰，几乎要哭出来，但是却没有眼泪，她说："爸爸，我真不对。"公公从来没对她这么严厉过。荪亚又说："都是我不对。今天演的是一个笑片儿。我们觉得没有什么不好。是卓别林演的。"

父亲的担心，现在松了下来。他过去看过卓别林的笑片儿，也很快乐，并且一想到卓别林的怪样子，恼怒也变得温和了不少，但是不肯笑，只是说了声："噢！"

木兰和荪亚回到自己屋里，木兰说："都是我的不是。我应当知道这种情形。但是当时我只想让她至少看一次电影儿。"

荪亚说："我应当负这个责任。可是爸爸不信我的话，咱们得让他老人家知道，时代变了，咱们不能把大嫂这么关起来。这么把她看得紧紧的干什么呀？"

木兰说："这个，你可以跟爸爸说。我不能。"让木兰心里生闷气的是，第二天早晨曼娘来到她屋里，怪她带自己去看电影。

木兰问："这对你有什么害处呢？"

曼娘说："一点儿也没有。我能看一次电影，也高兴。但是咱们应当听父母的话。我不看也没关系。你若不想，也不去看，日子过得还不是一样地好舒服。我妈说电影里有些东西不很好，她和公公的看法一样。"

第二十四章　体仁向善华妓从商　木兰生子暗香遇救

北京有一个地方木兰还没去游玩过，那就是圆明园废址，觉得心有不甘。

那年秋天，木兰和丈夫在西山住了几天，她曾提说在返回北京的途中，到圆明园去看看。在往颐和园去的大道上，看见沿着大道有旧圆明园一里长的围墙，她由墙头上，往里看得见丘墩的顶端和废基的浮光掠影，又从一小段墙破处看见空地和池沼，已经蔓草丛生，芦苇遮蔽，只呈现出一片乡野的荒凉光景。

木兰还把那个地方想象得富有帝王家的富丽堂皇。现在若去游历，非立夫陪同前去不适宜，因为那种残砖废瓦前代的遗物，只有立夫才喜爱。几年前在什刹海看洪水，木兰曾不经意说出将来一同去游圆明园。当年她和他那个未践之约，现在是既秘密又神圣。当时那段谈话，如今在她的记忆中，是袅袅不绝，犹如未完的乐曲。荪亚也曾喜爱那一带废基，但是去游此地没有立夫相伴，她觉得，未免难以尽其雅兴。所以木兰曾经向荪亚说过："找一天咱们邀莫愁和立夫一齐去会更有意思。"

荪亚说："爸爸会反对。"

“我爸爸不会。立夫常到我家去，我爸爸让他见我妹妹，并且同一桌子吃饭。结婚之前就这样儿，和我们结婚以前是不大相同的。”

荪亚说：“那么，咱们去邀请他们。”

木兰说：“立夫喜爱那些残基废墟，你知道。我以前有一次答应和他一同去游圆明园……你嫉妒不？”

平易近人的荪亚说：“为什么嫉妒哇？”

所以两人决定那次不去游圆明园，一直回家了。

事实上，立夫是时常去看荪亚夫妇，因为荪亚对立夫的才能表示出坦白真诚的爱慕，他和立夫已然成了朋友。荪亚对木兰说：“在你们两姐妹之间，你妹妹有福气。你知道，我不中用。在这个世界上，我能有什么成就呢？对我这位妙想天开的小姐，我唯一足以自夸之处，只是我有娶一位贤妻的命罢了。”

木兰深为丈夫的自我贬抑所感动，不由得说：“我的贤良的丈夫，你也不坏呀，胖子。”

荪亚说：“女人对男人的魔力真是不可思议。你看华太太对你哥哥的影响多么大！”

木兰深表同意说：“确实是可惊可怖。我真愿多了解那个女人点儿才好。”

实际上是这样，在华太太的直接影响之下，木兰她哥哥是改过自新了，这是根据体仁自己的话。体仁已经戒了大烟，每天到铺子去上班，每夜经常回家。

华太太现在已经是一家古玩店的女店东，是一个很有身份的女人。

木兰结婚之后，应当说是看见木兰送嫁妆的行列之后，华太太对体仁就变了一个想法。银屏的死给她的感触很深。她和姚家的这位巨大家财的继承人，在他们对死者共同的悲伤之下，发生了真的感情。她以前是把体仁看作一个傻小子，供养着他，还不是为了他的钱？她也确实得到了好处，因为银屏死了之后，体仁把银屏的一部分首饰陪葬，就给了华太太。那些等于三四千块钱的遗产，她就开始想怎么运用。加上体仁以前直接送给她的，她已经有五千块钱。所以革命一起，有些旗人破了产，她买过来一家古玩店。对方是漫天要价，大洋一万元，她还到七千五。她告诉体仁现在到了做古玩生意的好时机，因为旗人要大批卖出宝物，价格会像粪土一般贱。收买旧货的打鼓的，在后门从在旗的女人手里买镀金的旧香炉，也不过二十个铜子儿，古玩商从他们手里再花几块钱买到手。华太太对这行生意很有眼力。体仁答应给她拿钱，凑够钱买下那家古玩店。

所以，现在华太太在前门外有一家古玩店，也认得些在旗的人家。她仍旧用那古玩店的旧伙计，他们也正好极愿保有那份职业。她收养了一个孩子，现在安居乐业，过着一个体面的中等生活。她一生也算乐够了，从体仁身上得到的好处也不少。为了求良心之所安，现在打算使体仁改过向善，重做新人。

体仁向立夫说，华太太去年责骂他，谁也没有把他责骂得那么严厉，他甘心听她责骂，若是他妹妹那么骂他，他是不肯听的。华太太骂他“笨蛋”，骂他“傻小子”，还骂他“该死的蠢才”。

华太太向他怒吼：“你活一辈子还要什么呢？你要享受人生啊。要享受，就享受！你要女人，就找女人！你要钱，你有钱，要对你父亲好才是，不然，你会一无所有。我知道父亲和儿子脱离关系是个什么滋味儿，那就像我嫁的丈夫一个样。我知道穷的味道，当东西，借钱，十几天前就为付房租钱害怕。为什么放着正路不走，要跟父母作对，冒家庭跟你脱离关系的危险？你父亲万一把说的话真的做出来，把财产分散，或是捐给寺院，你怎么办？赶紧头脑清醒一点儿，不然我也不要你这个笨蛋朋友！”

于是，他每次到她那儿去，她就教训他，让他早点儿回家。他听从了华太太的规劝，决定戒绝鸦片烟。

次年春天，木兰随同丈夫家人返回山东，在那儿住了几个月。祖母要回故乡，趁自己活着，修建自己的坟墓。过去半年她不住提这件事，好像这件事在她心头上很沉重一样。曾先生没有什么特别的事情要做，只是好久没有返里一行，再说，这时北京上海之间已经有铁路，自然方便得多，何况老太太还想坐坐火车这种新鲜玩意儿。经亚也一同去，直待到清明节，要上班办公，才回北京。荪亚和木兰一直待到这次返里的最后一天，因为木兰的第二个孩子快要生了，她不能冒险坐火车回去。

在山东的一段日子里，荪亚帮着设计坟墓。照老祖母的吩咐，请来一位风水先生。听从他的主意，砍倒了一棵高大的树木，因为从坟墓远望时，那棵树挡住了阎王殿的远景。老太太愿意躺在坟墓里时，能直接和阎王殿交通来往。

五月初一，荪亚得了个儿子。说也奇怪，木兰的第一个孩子是五月的末一天生的，这第二个孩子却生在五月的头一天。虽然木兰骨架子小，生两个孩子却没有困难，这当然是结婚早的关系。这是曾先生夫妇第一个真正的孙子，两位老人家真是欢喜。曼娘的儿子阿瑄，现在十岁，那是收养的。素云一直没有生育，颇使公婆失望。曾先生以前曾听人传言说木兰这个新时代的女人，赞成“节育”那种办法。他对这种想法很恼怒，但是连向荪亚也不好直接问起。所以在木兰生了第一个女儿之后，这三年之中，他等她生第二个孩子，等得好不焦躁。现在满天的疑云已经完全消散，人人皆大欢喜。木兰生了个儿子，算身为儿媳妇的，对家庭尽了最大的、最重要的、也最正常的本分。这个儿子起名叫阿通。

木兰的孩子的名字，都是她自己起的。她女儿的名字是阿满，是唐代诗人白居易的女儿的名字。

荪亚问她：“为什么叫阿通？”

木兰回答说：“是向婆婆表示敬意。”

“什么意思？”

“你不记得陶渊明的《责子》诗吗？其中有两句：通子垂九龄，但觅梨与栗。”

“这诗和我妈的名字有什么关系？”

木兰解释说：“这是个典故。你母亲叫玉梨。咱们的孩子叫阿通，他不是老想梨吗？若不怕和她的名字犯忌讳的话，应当叫思梨。”

荪亚把这起名字的用意向父母解释了一下，他们觉得木兰很聪明。曾先生曾经告诉木兰，千万不要起太俗的名字。木兰的审美情趣不同凡响，曾暗地笑牛怀瑜的孩子的名字都落俗套，完全缺乏高雅的意境。她父亲给她姐妹起的都是古典名字。她父亲曾经告诉她，最好的诗人作家给自己孩子起的名字，都很简单，就如同日常生活里重要的东西，都是平易自然的。她父亲说：苏东坡为儿子起的名字是“过”，意思指的可能是“横过他父亲的院子”，就犹如孔子的儿子一样，更可能意思是“一个过错”。袁子才的儿子只是叫作“阿迟”，因为这个儿子是父亲晚年生的。因此木兰的弟弟的名字是“阿非”，表示“过错”，或是“不对”，和苏东坡的儿子名字叫“过”一样。但是他父亲起这个名字“非”，是陶渊明《归去来辞》里“觉今是而昨非”的意思，是觉悟的意思。木兰的父亲也告诉过她有所谓雅人之俗一事。在人生各方面，人会由常人之俗进入雅人之俗。只有少数人能脱离雅人之俗，而回到俗人之淳朴自然。比如牛财神牛大人，绝不肯让他的孙子起个名字叫“过”或是“非”。若不叫“国福”“国辉”，或是“光祖”之类，他是不满意的。甚至受过教育的庸俗之辈，都抱着一本《康熙字典》寻找晦涩难解难读的字，用来代替平易自然的字，因为怕平易自然的字太俗！

木兰不敢把起名字的看法向公婆说明。她觉得平亚、经亚、丽莲、爱莲之中，“爱莲”这个名字最好，因为简单而高雅。而所有这些名字之中，荪亚最好，因为这两个字很平易，并没有什么意义，但是声音听着好。

木兰生下这个男孩子，在她本身起了一个大的变化。并不是她爱阿满的心减少，而是她爱阿通的心加重了。不幸的是阿通也长了个扁鼻子，像他父亲，但眼睛很美，像母亲，肉皮儿极细嫩。荪亚现在看出来木兰有点儿不同，好像这个儿子是头一个孩子一样。她照顾孩子很认真，对自己的衣裳有点儿漫不经心。大概有一二年的工夫，她那游玩风景名胜的热情几乎全已消失，到外面吃小馆的兴趣也渺不可见。母性的力量，把她降低到与普通妇女了无差异。荪亚一提到往什么地方儿去，她总是不赞成。荪亚觉得自己在妻子心中的地位也降低下来，并且自己的地位渐渐被儿子取而代之了。

木兰现在是真正快乐，她正进入了一个新阶段，是她丈夫完全不能了解不能体会的。他是初次看到木兰像个母亲。所有木兰那些母亲般的动作，例如抚爱婴儿，把孩子抱在怀里吃奶，坐的时候，把一条腿架在另一个膝盖上支撑着孩子——小姐若摆出这种姿势是观之不雅的，她对小孩子的低声细语，她口中念念有词般对婴儿说话，他不能懂而婴儿能懂的话，她的脸和乳房的形状的改变——这一切都使他感觉到喜悦，却又大惑不解。阿通因消化不良而生病，木兰真正一个礼拜的工夫不睡觉。他觉得自己原来并没有能够真正了解木兰，但是他却开始了解女人。他觉得自然创造女人时所赋予女人的头脑之复杂，非男人的头脑之复杂所能及，使女人头脑这样复杂就是供母性之所急需，使女人的头脑和个性发展成功，能比男人的头脑更切合实际生活的需要。荪亚原以为木兰天赋有超现实的性灵之美，可是现在他看见木兰也是真实的肉的人间世的一面了。可是，肉也就是灵，并且肉的神秘比灵的神秘更伟大。所以木兰身上的母性所达到的深度，不是荪亚所能了解的。

每逢小儿子有什么问题，木兰总是轻视荪亚，把他看作是一知半解，不足深信，荪亚因此会不高兴。关于调养孩子的事情，荪亚出的主意，木兰总是视为无足轻重，木兰把自己则看作是内行，是高手。她虽然常常证明事情是做对了，但是荪亚之不愉快并未因之而稍减。关于婴儿的问题，妻子居然对锦儿的话比对他的话更相信！不幸的是，母性这门学问，始终未曾经千百万这样的母性专家撰写成书，但是这门学问的奥秘，锦儿、木兰、曼娘，还有别的女人，自做小姐时就已然精通了，而荪亚却无法一窥其门径。他也像一般做父亲的一样，只能做个局外人，从旁观看，可真觉得尴尬，好在不久就自认无知、听天由命了。

由于几次偶然的巧遇，人间确是有这类情形，木兰竟会成了暗香的主人。暗香就是和木兰被义和团红灯照那个德州婆娘关在一间屋里的难友，那是十三年前的事，她们是被运粮河上的绑匪拐卖的。

曾先生曾太太生了个孙子，高兴之至，答应再给木兰买个丫鬟伺候她，也特别照顾婴儿。锦儿过去一直照顾阿满。木兰怕锦儿走远，就使锦儿嫁给曾家一个年轻的男仆，条件是锦儿仍旧伺候木兰。锦儿既嫁个丈夫，又得以在曾家继续安然过舒服日子，尤其是她和木兰的情分已经超过主仆的关系，当然是喜出望外。锦儿喜爱曾家一个老实又英俊的男仆，名字叫左忠。丫鬟选择丈夫比富家小姐自由得多，这么嫁了，当然很好。锦儿在木兰祝福之下嫁了出去。左忠不费一文钱，白得了个好妻子，和妻子万分喜欢，也到木兰院子里来伺候。左忠专管外面的差事，锦儿算木兰这个院子的管家，支配监督别的仆人，同时照顾阿满。

在山东找个女仆自然没有难处，但是曾太太找个伺候自己孙子的，非上好的用人不要。有几个女用人愿意来曾家做事，都令人不满意。木兰和荪亚都厌恶粗蠢的乡下丫头。一天，凤凰的姑妈来探望，告诉他们说城里有一个大户人家，正在退掉房子，辞退用人，她答应去给问一问有没有合适的女用人。两天之后，她带来了一个十九岁的姑娘。

曾太太叫木兰出去亲自看看她。那个姑娘很羞怯，不爱说话，穿得有点儿破烂。从来没受过什么人的恩德，她也不敢存心再得到什么人的救助。她过去的主人家道中落，她也只是粗食破衣，勉强过活。不过她长的样子并不坏，看来天性温和，木兰心想就雇用了她。

木兰问她："你照顾过小孩儿没有？"

那个姑娘很从容地问答说："照顾过。"说话的样子好像对自己任何遭遇概不关心，觉得自己伺候了一家再去伺候另一家，任凭命运摆弄，自己根本无所谓。

木兰问她："你叫什么名字？"

"暗香。"

木兰听了，自己慢慢地重复了这个名字一遍，一边心里思索："以前在什么地方儿听过这个名字呢？"忽然想起来，那是十几年前跟她一起关在德州人贩子家的那个小姑娘的名字。

她很激动地问："你多大？"

"十九。"

"你父母还在吗？"

"我没有父母。"

那个姑娘现在开始抬头看木兰，看见木兰显得那么美，那么阔气，又那么和蔼。

木兰又问她："把你自己的身世告诉我。你都到过什么地方儿？"

那个姑娘回答："少奶奶，我照顾过几个孩子。您若看着我中意，就算我的好运气。我自己别的方面没有什么可说的。我这些年来一天一天的都是一样的日子。"

"你没有什么亲人吗？"

"我六岁的时候丢的，我也不知道有什么亲人。"

木兰又问："你记得你在哪儿丢的吗？"木兰想使自己镇静下来，几乎不敢听她的回答。

"是闹义和团的那年，我在德州附近找不到父母了，就被他们卖给天津的一个人家。后来我又来到这个城里住。"凤凰的姑妈正站在凤凰的身旁。她说："少奶奶，她是个好姑娘，又喜爱小孩子。您雇用她吧。"

凤凰的姑妈大感意外的是，木兰竟然没有理她，只向那个姑娘说："跟我到屋里来。"那个姑娘默默无言跟她走进去。两个人一走进屋里，木兰关上门，攥着她的手声音颤抖着说：

“你记得跟你关在一块儿的那个叫木兰的姑娘吗？”那个姑娘想了一会儿，回答说：“记得，有一个姑娘，几天之后，他们把她送还了她的父母。我记得她的名字是木兰。”于是少奶奶说：“我就是木兰。”刚说出口就流着眼泪把暗香抱起来。事情那么突如其来，暗香都吓呆了。走厄运的人有时会突然交好运，那好运来临得往往那么古怪。暗香不肯相信眼前的事会是真的。

暗香很客气地问：“大概您弄错了吧。那位姑娘也是和您一样好心肠。可是怎么会这么巧呢？”

木兰说：“当然，一点儿也不错，我就是木兰。你记得那个姑娘比你大吗？那时候我十岁。我比你去得早。你记得那间小屋子，窗台很高，窗子很小，还有那个胖娘儿们？你记得我是由北京去的吗？我还答应你让我父母也把你赎出去，你记得吗？”

这些话像鼓槌子一样，重重地打进暗香的耳朵，渐渐唤醒了她一连串已然忘记的记忆。她脱口而出的是：“你走的时候，你告诉那个老婆子把那碗枣儿粥送给我吃！”暗香现在算弄清楚了，她眼前正是木兰，她开始哭起来，多少年都没有这么哭过。少女卖给狠心的女主人，往往心肠会被折磨得变硬，不管忍受什么虐待，也很少哭泣，即使挨打，也不易哭泣，可是遇到仁慈之心就大不同了。她跪在木兰之前，几乎疯狂的样子，她说：“好心的少奶奶，我叫你亲爹亲娘吧。我在这个世界上，一直无亲无友，孤苦伶仃。为什么你那么有福，我这么受罪？你找到了你的父母，我却找不到我的父母……”

她要给木兰正式磕头，但是木兰把她扶起来。主仆二人，四目相望，半晌无语。

最后，木兰说：“你跟我在一块儿过，照顾孩子吧。我会像姐妹一样待你。”

暗香说：“若是这样儿，我的受灾受难的日子就算满了，我要烧香念佛，谢天谢地。”木兰现在真不好意思出屋子去。

“你要不要回去拿什么东西？”她问。

“我还有什么要回去的？我什么东西都没有，就是这两只手。”

木兰低声说：“开开门，告诉她们你要在这儿。别的什么也别说。再把门给我关上。”凤凰和别的人在外头都吓呆了，因为听见屋里有哭声，而且在青天白日把屋门关上，也是极怪的事，尤其是和一个陌生人在屋子里。

过了一会儿，木兰听见阿满的两只小手儿在门上敲，就让暗香去开门。锦儿和阿满进来。木兰把这件秘密告诉了锦儿，要她给暗香找衣裳换。

但是对女人而言，正如人常说的，女人嘴不严，不是因为事情太好而不能不说出去，就是认为事情不值得保密而说出去。锦儿刚一出去，就把这个天下奇闻告诉了曾太太和别的丫鬟。大家听到之后，一拥而至，想求木兰和暗香两人亲自告诉她们。

木兰说：“万事由天命。我的一生都是这样儿。你想，凤凰的姑妈若不来串门，她若不是偶然听说那一家要腾空房子辞去用人，我就回京了，怎么会遇见她？虽然我们都在这个泰安城，又有什么用？”

凤凰说：“这当然是天命。我姑妈说事情是这样。我姑妈的孩子把一个筛子掉在井里了，她就到邻居家去借绳子和钩子，打算去捞筛子。她在邻居那儿碰见另一个女人，就停下来在一块儿说话，才听说丁家要腾房子。若不是天命，为什么她的孩子早不掉，晚不掉，偏偏那时候把筛子掉到井里？所以呀，一切都是天命，天命一定，谁也逃不过的。”凤凰的话说出来，大家越发觉得这件事不同寻常，暗香，在大家眼里看来，是老天爷赏下来伺候木兰的。

第二十五章　遭子丧富商购王府　慕兄势劣妇交娼优

那年六月，木兰和家里人一同返回北京。她大伯子经亚那段日子在家照顾房子，现在素云也回来住了。

经亚沉稳而安静，细小的事情也颇为经心，自己的事情总是尽到职责，对经常办理的公事从不感到厌烦或是反对，荪亚则不行。经亚向来不问人生到底是为了什么。也就是说，不问为什么一个青年人要早晨在一定时间起床，走同样远的一段路，到同样的办公室，跟老是抱有同样意见的人讨论同样的问题，把公文交到那一科的小职员，再送到主管官长，然后再送到另一衙门的另一科；这件公文里也许有一项建议，这项建议也许是有四句话，或许是一共十六个字，这项建议也许是加在主文上，而那项主文也许是引用别的机构送来的公文的几句话，上面冠以“实据”，下面以“奉此”作结，而称这种公文是统治全国的东西。其实他没看出这种公文的可笑之处，因为全部过程只是抄写而已。因为引括来文作为此公文的主要部分，不管是在内容，或是在与附加部分的长度相比，都是来文为主，而附加的建议往往也只是请对方机构注意，并对原文主旨敬请明察而已。原来最初处理此项事务的机构所做的建议，只是被引用在引用的文字中，所以公文的主体是引用原文，这原文是引括在另一公文之中，而此另一公文又是被引用的，这样的公文并不罕见。所以典型公文的正式结构，可以大略如下说明之：

为某某事件　此由

案据某某局呈称："案奉某部令开'……'等因，奉此，理合呈请钧署如何如何。"

等因，准此，除将该件附呈外，窃查该局意见尚无不合，是否有当，理合呈请钧核示遵。

"钧核"和"明察"总是毕恭毕敬地写在纸上的顶端。

中国办公的诀窍，官场用对称和谐、温文尔雅的两句话表达出来了，就是："不求有功，但求无过。"这个哲学另一个说明是："多做，多错；少做，少错；不做，不错。"这个说法极对，是保持官位的秘诀。这就是向接受公文的人要请他"明察"、要请他"钧核"的道理。

经亚为人老实，头脑清楚，做事也还相当努力。但是不聪明，无才华，天性又不善处人，不善交际应酬。倘若有强有力的后台，按理应当做官做到内阁大臣。现在他老丈人牛财神已经失势，他也只能做个低级员司，再高是上不去了。他的老实谨慎，使素云大为烦恼，极为失望，在内心是满看不起他。此外，他还有怪里怪气的习惯。有时候，他走了几百步出去之后，还要回来看看他的雨伞是否放在前天放的地方。他若叫仆人去做一件事，把吩咐的话要重复三四次，然后再问是不是已经听清楚。在仆人已经出门之后，他又把仆人叫回来，再说一遍。他倘若要买十个咸蛋，他要说十个，再说两个五个，旁边站立的丫鬟都会偷偷儿地笑他。有一次，他和素云出去买一顶呢帽，他由王府井大街南头儿，走到王府井大街北头儿，还没打定主意买不买，又再走回到第一家看帽子的商店。当着经亚的面儿，素云把这件事告诉了经亚的母亲，大声说：

“我真不相信一个男人会这么无用。”

曾太太觉得应当替儿子辩护才是，于是说：“他从来就小心谨慎。这样才能不招祸端。小心无过患。”

经亚反驳他太太说：“不管怎么样，我不像你哥哥。他什么话都可以跟你说，答应过三天给人找个差事，答应过五天请人吃顿饭，话说得郑重其事，结果心里根本没有那个想法。上次，我和他在天津，他答应请一个人在礼拜六晚上吃饭。到了礼拜六，我问他为什么不出去吃饭。他连给人打电话道歉，或是找个借口都不。下礼拜遇见那个人，吃饭的事连提也不提。我永远做不出那种事情来。”

素云说：“人在世界上混，就得那个样儿。因为你太把你说的话当事，所以不能多交朋友。你看，他交了多少朋友。”

木兰回到北京的傍晚，雪花去跟她说了好多好多的事情。雪花在曾家的女仆之中，大概是升到最高的地位了。曾太太没有她不行，已经把她嫁给同村的一个乡下青年，因为是小时候订的婚。她的丈夫自然曾家要给安插一个差事，但因为人太老实，只好让他去管花园子。木兰曾经问雪花是不是对丈夫满意。雪花说她早就知道他老实忠厚，不过他比城市里精明的青年人可靠。雪花因为抱着这种看法，所以她也快乐。

那天晚上，雪花把木兰不在家那些日子家里的情形告诉了木兰。

“三少奶奶，您不知道跟二少奶奶相处多么难呢。她心情好的时候，叫我和卞大嫂跟她打牌，一直打到深夜，而且我们一定得输钱，不然她就大发脾气。第二天早晨，我们得早起，她躺在床上睡到中午，二少爷已经上班去了几个钟头。还有记账这件事！不要说富家小姐不爱钱。我们玩儿的是小注儿，一个小钱儿她也不会忘。上个月，我领我的月钱，她说：‘雪花，你记得那天晚上你欠我一毛六。这是你的月钱一块八毛四。’我这个主人家有这么一位少奶奶，我真丢脸。现在我可知道怎么才能成个财神爷了。有一天，她在前门外瑞蚨祥绸缎店买了一件洋衣料。等在另一家看见一块外国的天鹅绒，她变了卦。第二天，告诉老卞去退回先买的那一件。但是那一件已经剪过，人家怎么收回呢？她说：‘当然他们可以收回。我们家过去常常把买的货退回的。’老卞只好去办，还得自己花洋车钱，因为二少奶奶说他可以走去走回呀。瑞蚨祥的掌柜的把货收下，只因为是讨好我们这老主顾，但是说只好当零头儿卖了。她不在瑞蚨祥买，是因为在王府井大街看见了一块外国的天鹅绒。她去买了那块料子，裁缝做一件衣裳。衣裳做好送来了，她发现裁缝不细心，看见贴滚边时用的糨糊在衣裳下摆的一个角儿上弄脏了一点儿，也就有大拇指那么大，没有什么要紧。她大发雷霆，让裁缝把衣裳拿回去，把衣料儿钱退回。那块料子是二十八块钱买的。最后，裁缝千央求万央求，答应退给她十五块钱。那个裁缝说：‘少奶奶，下次您做衣裳，您拿给别家去做吧。’好多这些小事情说不完呢。”

第二天早晨，莫愁和阿非来看木兰和她的小儿子。几个月离别之后，姐妹弟弟又相见，大家很快乐。木兰问母亲怎么样，莫愁说她很好，只是天气一变，她的腕子就难过，所以天气有剧烈变化，她能够预知。莫愁正看婴儿之时，木兰突然问她新近看到立夫没有。

莫愁说：“他有时候来咱们家，他和爸爸成了莫逆之交了。”

“哥哥怎么样？”

“他已经改过自新，戒了大烟，每天晚上经常回家。爸爸妈妈都很高兴。”

木兰欢呼：“果然！也许他会成个孝子呢。他若想要好，他会很好的。爸爸还说出家当道士不？”

“他现在不说了，当然！他现在很愉快，和哥哥说话的时候也多。那天，爸爸和立夫、哥哥，他们三个人说话到后半夜。哥哥说是华太太把他劝好的。你能想得到！妈妈正给他和天津一位朱家的小姐办婚事。但是他坚决反对，说他要自己中意才娶。我听说他正追求一个小姐——你知道，叫慧能，以前是个尼姑，现在是一个红歌妓。”

“你说的是出家前和牛东瑜有关系的那个慧能吗？”

“是。哥哥说，那时候他很佩服慧能的作为。妈当然反对。昨天他很生气，争吵了一顿之后，走出去了。”

木兰听说很不安，又问：“他和素丹的事情怎么样了？”

“这件事一言难尽。素丹现在嫁了南洋的一个富商的儿子，叫王佐。她算做了一件糊涂事。前几天我碰见她和她丈夫，看来好不匹配。”

素丹已经为社会所遗弃，是在人海飘零了。她在家是个叛徒，在所谓“现代女性”之中是个急先锋。她学校毕业之后来到北京。她哥哥素同是一个教会医院的学生，对她的生活大不以为然，但是又没办法管她。素丹行动十分自由，追求她的男友很多，因为很多青年男人颇为她的大胆自由和美貌风骚所迷惑。她有时候来看体仁，和体仁相恋。两人的婚姻问题也讨论过。木兰很不赞成。她喜爱素丹只是个同学朋友而已，但对她这个软弱的哥哥来说，可不够一个有力的帮手。她觉得她哥哥也不配素丹，婚后也不能使她快活，不过对这件事，她并不肯多说什么。但是莫愁在家则力表反对。这就是为什么素丹和巴固后来对莫愁颇无好感的缘故。素丹失望之余，索性去嫁了一个瞎摆架子的富家青年王佐。王佐由新加坡来到北京，住在北京饭店的套房里，来追欢寻乐，来物色新娘。王佐既有钱，又傲慢，自夸要娶北京最漂亮的小姐。结果，果然娶到了，至少这是他自己的看法。素丹苍白得像个鬼，但是却美得出奇，像一朵外国花儿，两只眸子犹如一池秋水，勾魂摄命。王佐追求得万分热情，但是婚后几乎还不到两个月，两人都觉得找错了配偶。

莫愁接着说：“有一次我在王府井大街碰见他们，那时候，他们显然刚从饭店里吃完饭。素丹叫我，想把我介绍给她那高大的丈夫。但是那做丈夫的却一直往前走去。她丈夫身穿西服，拿着手杖，手上戴着金戒指。他显然是不愿认识他妻子的友人。素丹皱了皱眉头，她还没说什么话，我就明白了。她赶紧说：‘我得赶紧走。’我说：‘你有工夫去看我。’她回答说：‘不行啊。’她说着，穿着高跟鞋急速去追她丈夫，她丈夫正站在一家店铺的橱窗外面，眼睛连往我们这方向看都不看一眼。素丹想装作一个快乐的新娘，那又有什么用？她丈夫看不起她一家，娶她只是想向朋友夸耀一番而已。结婚时，她哥哥在场，新郎根本没把素丹的母亲从南方接来参加婚礼。现在素丹弄得孤掌难鸣，无亲无友。他俩出去时，她丈夫迈着大步往前走，她简直没法儿追得上。”

木兰说：“这个婚姻必然要破裂。不久就会离婚的。”莫愁最后听到的消息，是这对夫妇坐船往马尼拉和日本去了。

那天下午，木兰正准备回家去看看父母，一个女仆奉差遣匆匆忙忙来送一个可怕的消息，说她哥哥由马上摔下来，刚抬回家，就要断气了。木兰叫锦儿看着小孩儿，立刻赶回去，留下话叫荪亚随后就到。

体仁刚刚苏醒过来，疼得喊叫，家里把他送到素丹的哥哥做事的那家医院。送他回家的是几个农人，据他们说，似乎他骑的是匹很凶的母马，是在北城郊外。一匹无人控制的种马嗅到这匹母马的气味，由后面追踪而至，母马开始狂奔，体仁无法使它停下来。它窜入一条小径，有一枝树枝平横在上面。马以风驰电掣的速度在树枝子下面奔过时，体仁连忙低头，他的头后部撞上了树，摔下马来，躺在路上。医生说他是脑震荡，兼右胳膊、腿都受了伤及内出血，撞伤太重，没办法施行手术。

做父亲的心里十分着急，但是整个晚上都强为镇定，母亲则坐在床边低声啜泣。儿子苏醒了一下，说要见华太太。父亲照垂死的儿子的话办，派人去请华太太来。她来之后，体仁勉强说：“爸爸，妈，我欠您二位老人家恩情太重。我知道，我是个不孝之子。告诉珊瑚姐对我儿子博雅要严加管束，教养他长大成人，要做个好人。”然后看着华太太说：“你们不要误解华太太。她是我唯一的好朋友。”

他的眼睛闭上，声音消失，气息断绝了。

那天晚上，木兰和荪亚听见父亲说了一句奇怪的话：“他幸而死前没结婚。”

在木兰生了第二个孩子之后，她只要家里没事，就回家去和母亲住些日子，但是现在回家主要是安慰母亲。现在母亲更老了，头发几乎已完全变白，其实还不满五十岁。她一直爱体仁爱到他死。现在很后悔没有让体仁在婚事上能遂心如意。她说："我若不反对他去看慧能那个女孩子，也许他就不会到野外去骑马了。"

莫愁说："妈，您老是乱说。这些事都是命定的。他由小儿就爱骑马。这不是您的错儿。"

所以木兰姐妹俩和弟弟阿非一齐设法安慰老母，劝她照常饮食。那年夏天来临得太突然，母亲躺在床上时，姐妹俩轮流用鹅毛扇子给母亲打扇。

现在体仁和银屏都死了，与世人已经人天永隔，全家开始回想他俩的好处。时间缓和了母亲心里的仇恨，她把银屏只是看作一个遥远的、逝去的"古人"，是命运安排叫她遇见的，她对银屏已经不再有什么怨恨。

遵照父亲的命令，银屏的尸体从她那坟里起过来，和体仁的尸体并排埋在玉泉山后面靠近姚家别墅的姚家坟地里，叫博雅去拜祭这一对坟，就像拜合法的父母坟墓一样。

哥哥的暴卒使木兰一惊非小，奶完全断绝了。因为锦儿也有一个六个月的孩子，她的奶很充足，好像永远吃不完，她给自己的孩子断了奶，用奶喂阿通。因此锦儿和暗香掉换，暗香开始照顾木兰的女儿阿满。

体仁的死对姚思安引起了完全意料不到的改变。过去体仁一直是姚思安心上的一块重重的负担，甚至于在他诚心诚意改过自新，做了个好儿子，按时回家，对生意开始认真学习以后，姚先生仍是心里不安。因为在他心里总以为会有不可预知的事发生，就像慧能的事。体仁总是任性轻率，遇事顾前不顾后，好像越来越会惹更大的麻烦。这就使父亲心中半认真半玩笑说想要散尽家财去出家，作为对家中不满的姿态。现在家里这种威胁一扫而光，他开始把精神用在小儿子身上。阿非慢慢长大起来，规规矩矩，并不为非作歹。

不过姚思安虽然对这个红尘世界又回心转意，不可解的是有点儿缺乏信心。这位原先存心出家的人，现在又开始以满腔热情来享受人生，简直像是腾云驾雾恣情遨游一般。可以说他是半在尘世半为仙。由于他的研读道家典籍和静坐修炼，他已经达到道家的物我两忘之境。因为家就是“自我”的扩大，所以他对家也就失去了真正的信赖。由于这种态度，他就越能享受人生，只要他这份非一般富人所能拥有的财富能存在一天，他也就能享受其财富。他自然也不把自己的财富看得有什么重要。

有一天，有一件事，全家人都大为吃惊，原来他决定买下旗人的一座王府花园。事情发生的经过是这样：

那天华太太在体仁死后离去时，姚思安说他对华太太多么感激，华太太如需要他帮助什么，只管来告诉他。后来也请她来参加体仁的葬礼，她对体仁四岁大的儿子博雅非常关心。

中秋节前几天，华太太给孩子们送来几盒月饼，说要见姚先生。姚先生在书房很热诚地接见华太太。华太太受过歌妓的训练，自然长于言谈应对，随便谈了谈天气之后，她向姚先生说：

“姚叔叔，我来告诉您一个有趣的消息。我今天得有这个地位，完全是受的您少爷的恩惠，自然也是您的恩惠。这个，您当然知道，我真不知道怎么样报答您。所以，一有什么好消息，我觉得在别人知道之前，我应当先让您知道，这可真是让人人动心的大好机会。”

姚先生说：“是古玩？我都玩儿腻了，这些年我不买古玩了。”

“不是，不是。不是古玩，我知道您现在对古玩没兴趣。姚叔叔，您以为我是来跟您做生意？在北城有一座花园，是一个满洲王爷的。他要过中秋节，急于以好贱好贱的价钱把这个花园卖出去。我心想，在北京除您姚叔叔之外，还有多少人有钱有福住王爷的花园呢？”

姚先生说：“干什么我非住王府的花园呢？”话虽这么说，这件事可真触动了他的兴趣。

华太太说：“像这种事情，必须又有钱又能享清福的人才行。好多大官有钱，却没有这份儿清福。只要有闲空还不成，必须对这种庭园之美能够玩赏。若是一个呆头呆脑的京官儿住这么个花园儿，岂不是大煞风景吗？”

歌妓这一行是最看不起做官儿的，她们对做京官儿的那批人，是了解得太清楚了。因为对京官儿殷勤招待之余，他们的种种传闻故事也就都知道了不少。在清朝末年，还残留些风雅的歌妓，她们看不起那些做官的，反倒愿跟诗人作家做朋友，交往清谈。所以华太太的话也足以表明她为人的高雅。

姚先生微笑问说：“他要多少钱？”

“我若说出来，您一定大笑。只要十万块钱。单算那建筑，当时就值二三十万块钱，现在谁还建这种花园儿呢？那家的王爷现在急等着用钱，要把这个住所出手，搬到天津去，这就是他价钱要得这么低的缘故。我知道，他会卖得出去。您若有意，今儿或是明儿，我带您去看看。”

在姚先生思考敏捷的头脑里，他早已决定买下了。第二天，他和家里人去看。珊瑚去告诉大家的时候，木兰先第一个听说。珊瑚说：“咱们要住王府花园了！明儿就去看，你一定要去。”

部分的房子和亭台都很旧了，但住宅很好，毫无损坏。这个王府是咸丰年间给一个王爷兴建的，就是现在这王爷的祖父，木料坚固巨大，几百年不会坏的。

姚先生已经和冯舅爷商量过，预备要买下，现在这位王爷还是硬挺得住，非一个整数儿不可。他不屑于讨价还价，而姚先生觉得价钱可以了，也不屑于苦杀价钱。

回来时，冯舅爷说：“华太太算我一生中见到的最聪明的女人了。她从这里头，至少会赚五千块钱。我要跟她合伙做生意。这年头儿，古玩店是好生意。她说她没钱买这位王爷的古玩。您信吗？”

姚先生说：“你若愿意，就跟她合伙做。”他内兄若参加了这个生意，他自然会用他的财力去支持。

冯舅爷说："因为咱们要买王爷的房子，咱们若买他的古玩，人家也容易相信是真的。王爷对咱们有信心，想法子赊着他的古玩，也能办得到。"

事情很容易就决定了。姚先生因为把钱看得很轻，所以就把王府的房子买下来了。冯舅爷赞成，因为他觉得很合算。阿非、珊瑚、莫愁很高兴，因为不久就要搬进去住。他们都觉得给母亲换换环境会有好处，因为体仁死了之后，她一直很难过。

姚太太问："这房子怎么办？要卖了吗？"

姚先生说："莫愁嫁了之后，送给她住。她若愿意过去住在王府花园陪着你，就把这栋房子卖了——不然捐给学校。"

现在姚家诸事相当顺遂，曾家则呈现衰落的景象。虽然曾太太治家有道，可是在一个大家庭里保持几个儿子和儿媳妇们之间的和睦，则是一件难事。若想做到全家一团和气，只有全家态度和善，彼此忍让，这也是在团体之中大家和善相处的艺术，同时大家还要对主脑人物怀有敬意。曾太太虽然身体不好，但是还能使全家人人各守本分。可是别人的态度是否和善，遇事是否忍让，曾太太又怎么能管得了？儿媳妇们各有不同的家教，谁也改变不了她们的性格。

素云虽然怏怏不乐，可是她可以顺其本性，随意支配经亚。她喜爱天津，她恨她在北京的生活，可是北京毕竟是一国的首都，是权力，是高官，是发大财的地方。她丈夫若是像她哥哥那样就好了！她哥哥现在又开始往北京发展。她哥哥是她心目中的英雄，男人就应当那个样子。和荪亚对照一看，经亚太柔顺、软弱，没有男子汉的冲劲和勇气。她多么佩服她哥哥在天津股票市场上的运气和才干哪！他开口说的就是几百、几千，而经亚过寂寞贫穷的日子，一月才挣三百块钱！他们若租房子住，连房租都不够。每逢她看见结结巴巴的丈夫对仆人不断重复说一件事，她就觉得怒不可遏。但是她母亲曾经告诉过她："看看你爸爸。他的成就都是我的功劳！"所以素云觉得她要做的就是拉着丈夫的手，让哥哥再重新获得权势，让哥哥提拔自己没用的丈夫。幸亏赖她的催促，经亚结交了一个活泼外向的朋友，是一个局长的三姨太太的第五个弟弟，给怀瑜在政府财政局找了个临时雇员的职务。

曾家两个弟兄距离越来越远。荪亚日子过得优哉游哉，经亚天天规规矩矩上班下班，却无法取悦他那位太太。他心里对这样的妻子已经有反感，但是由于天性和善，或许是由于天性怯懦，显然是还准备再忍耐好久一段时间再说。在外面，朋友都知道他怕太太。在他内心，他怀有不满的情绪，直到过几年后，年岁再大些，他才表现出来。只有素云把对他和曾家的不满说个不停的时候，他烦到极点之时，他才说一句“像你们那个好家庭”来对抗。有一次，他生了一早晨闷气，他到荪亚的院子里，和他弟弟说：“我若不结婚就好了。”

奇怪的是，使经亚看出他和荪亚兄弟间的不平等的，却是素云。

一天，素云说：“为什么荪亚天天闲着荡来荡去，而你就得做事？你们俩都是同父母所生，你们俩都是花父母的钱。我们吃的、花的，都是家里共同的财产。你一个月挣三百块钱，他就无所事事。他为什么不去找点儿事做？若是这么一直继续下去，最好分家。那么一来，至少咱们自己会有点儿钱花，愿投在什么上就投在什么上。咱们可以叫我哥哥去运用咱们的钱。上礼拜，他只给股票交易所打了个电话，一夜就赚了两千五百块钱。虽然你是长子，家里一有什么事情，总是找荪亚和木兰商量。不管有什么事，你就听见兰儿这兰儿那的。全家都被她这个狐狸精迷住了。若不是有我在，你更扛不住人家了。”

经亚被素云暗指他窝囊受了刺激，这才问她：“我要扛什么？我要扛谁呀？”

“扛他们，所有他们。甚至用人都巴结三少奶奶，因为她管家呀。曼娘和她是站一条线儿的。她们俩手拉着手，我一看就恶心，好像几百年没见面一样。”

经亚说：“这都是你心里乱想的。我们毕竟是一家人。咱们为什么不能也跟人和好？为什么大家不能和和美美过日子？”

“我乱想！这就是为什么我说你傻。你看阿通在地上爬的时候，全家拍手喊好儿——由老太太到用人，你没看见吗？儿媳妇生个孙子就像大将军打了胜仗回朝一样。”

她最后指责对木兰偏爱，确是真的。因为生了孙子，木兰在三个儿媳妇之中很容易就拔了尖儿。不生儿子当然不是素云的过错。但是一个老家庭的压力太大，谁也无可奈何。所以关于木兰的幼儿的每一件小事，都像对素云不生育的一种无声的谴责。经亚曾经听见老祖母说过素云不生育的话，但是老祖母却不承认，纵然如此，感觉上的不愉快，并不因之而稍减。曾先生曾太太也没说过什么话。但是，有时候，午饭之后，全家坐在屋里，当然没有人怂恿，自然而然就要把阿通抱来玩儿。孩子就在地上爬，自然大家喊好，鼓励他继续爬。有人说：“昨儿他能站起来走三步，今儿能走四步了！”木兰自然得意扬扬，阿通每一个动作，大家都赞不绝口，笑声雷动。

素云甚至去找过医生，打听怎么样能洗雪不生儿子的耻辱，但是医生也无能为力。

一天，经亚在妻子催促之下，向荪亚说应该找个工作。他说：“你若有意，你可以找个事情做。你看，我已经帮着怀瑜找了个差事。”

荪亚说：“我现在的情形，我很清楚。我也看见你天天黏住局长三姨太太的五弟不放手，才给怀瑜找了个事情。”

经亚说：“我是以兄长的关系跟你说这种话。爸爸妈妈年岁老了。除去这栋房子之外，咱们家的钱财和产业加在一起儿才十万多块。照咱们这样花费，一年就得吃去老本儿六七千。大家都花钱，没有一个人想挣一分钱。这就是为什么我想办法帮怀瑜弄个政府的差事。现在他既然进去了，也许他能帮咱们弄个好职位呢。”

荪亚说：“你对那位大舅子最好小心点儿，将来会牵连上你，后悔就晚了。他现在是玩儿火，和莺莺打得火热。”荪亚这是学太太的话说。

“莺莺和咱们有什么关系？她对咱们有什么害处呢？”

荪亚问他：“咱们家若有个妓女，你愿意吗？”

“那是他的事情，和咱们有什么关系？”

荪亚说：“我不愿意说你亲戚的坏话。但是，我是你的兄弟，我劝你离他远一点儿。他那个人大胆妄为，你是知道的。”

莺莺是天津有名的高等妓女，失意的政客和与社会脱节的知名人士跑到租界里，都去捧那个大美人儿。她这个女人天生地美貌动人，大概是二十三四岁。不过她不是旧式的高等妓女，她在扰攘不安的时代长大，这时的妓女已经开始模仿女学生的装束和女学生的行动。凭着天生吸引男人的本能，和女人与生俱来的社交本领，她虽不必努力学习，居然也可以满像个样子，满可以应付裕如了。她又冷静沉稳，不动感情，机智多变，工于心计，这在女人身上是很可怕的。因为受过妓女的教导，擅长挑拨追求她的男人互相为敌，借收渔人之利。她这样狡诈乱行，毫无顾忌，即使陷入什么别人难以自解的情况，她都能凭借聪明的手法儿，甚至高明漂亮的手段儿，摆脱得干干净净。勾引男人，逢迎男人，那套伎俩戏法，她耍得出神入化，可以算是她的家常便饭。有些男人知道上了一个妓女的当，可是还是抗拒不了她的迷惑。因为她是天津市长的弟弟发现的，前总督的秘书给她写过一首诗，她就成了天津最红的妓女了。

怀瑜是由那位天津市长的弟弟引荐认识莺莺的，于是怀瑜就和那位引荐人气味相投，成了莫逆之交。莺莺知道在清朝时代他在官场那段飞黄腾达的日子，所以对他更加了倾慕之忱。怀瑜能说好多高级官僚的阴谋诡诈的内幕，多少千万块钱都买不到的政治上的诡诈把戏。他最得意的阴谋之中，有一个是用三千万元开垦边远的黑龙江的事情。他说的话莺莺很相信，若不是真相信他的鬼主意，至少相信他的想象力。莺莺在职业上受的训练就是使她适于一个有势力的、至少是一个前程似锦的政客。毕竟，她是女人，怀瑜又正年轻。而在外国租界的那些知名人士，不老则丑，早是盛时已过，由于假公济私损人利己，早已富有金钱，而今只想平平安安过日子，享受生活，再没有想象，再没有希望，再没有梦想。他们都厌腻了自己的黄脸婆，都要一个现代自由能干的女郎，有社交应酬的时候，可以挽臂并肩，在人前夸耀；自己若没有，自然对有此等摩登少女相陪者感到万分羡慕。他们开口就骂现代新式小姐的不重视贞操道德，他们都是拥护孔孟学说的名流，对于他们自己的子女则力防他们卷入现代不道德的旋涡。但是他们自知无力挽回这种颓废放荡的潮流。他们都追求名妓，这些名妓都起的是古时风雅名妓的名字，但是她们却连报纸上登载的她们自己的新闻，都几乎看不懂。那一代的人都失去了心灵，在日新月异的物质文明的麻醉之下，生活在“租界”的不自然的社会安全之中。

怀瑜硬是不顾及两个颇有势力的年岁较长的官僚——这两个官僚之中有一个是天津市市长的兄弟，居然要莺莺嫁他为妾，莺莺答应了。结婚的消息在天津、北京的报上大为渲染，因为莺莺蛮有名气，又因为牛财神的儿子的婚事还是不失为动人的新闻。这件事情另一个奇怪的特点就是莺莺也姓牛。怀瑜娶一个同姓的女人，是违背中国多年来的风俗的。这是道德败坏的不吉之兆，不过那时候的中国对这种事情也渐渐习惯了。

至于素云，她哥哥娶了这位姨太太，她倒蛮欢喜，她获得了一个气味相投的朋友，能使她在北京的生活增添不少乐趣。

经亚心里仍然觉得父亲对他兄弟和木兰太偏心，并且他相信一种人生来就该做事，也有一种人，生来更为聪明灵巧，反倒徜徉岁月，享受人生，而他命定不是第二种人。他相信，有人生而有福，有人生而命苦。自从他娶了素云那种女人，他相信就是厄运当头，在目前只有忍耐，只有逆来顺受才是。

第二十六章　迁新邸姚家开盛宴　试对联才女夺魁元

次年春天，姚家迁入了新居。因为原住的房子还没有认真想办法处理，冯舅爷说他和他一家人先住着。那时候，女儿红玉之外，他只有两个儿子，房子他住着实在太大。因为不想分租，就请立夫一家人来同住。搬来住当然不要付房租，他们在四川会馆住的时候也是不付房租的。这样请立夫的母亲来住，不像是施恩惠予她，反倒像请求她赏光。因为姚先生不肯把房子租给生人，难道她和儿子女儿不来帮着看守房子吗？冯舅爷去说：他常常到南方去做生意，他太太住那么大房子，心里怕，立夫若去，就有了个大帮手。这么说，孔太太和立夫才答应搬去住。

姚家是在三月二十五那天迁入了新住宅。那栋大花园住宅若再叫旧名字，当然不适宜，姚先生起了个新名字，叫静宜园。木兰原本起了几个一个字的名字，如“和园”“幽园”“朴园”，都是缘用过去名园的名字，用一个字以代表一个整套的哲学。但是父亲认为他自己起的名字较为适宜，既不夸张，也不徒富诗意而失真实，致有矫揉造作的毛病，如“半亩园”便是。而且“宜”字是一个好字，表示与身份相当的意思，并且也表示顺乎自己的本性品格之意。起名字表示家居之安适，而不在诗意的隐遁。他这种想法，让两姐妹心悦诚服。姚先生于是自称“静宜园主”。他请人刻了个“静宜园主”的印，又刻了一个印，上面是“桃云小憩闲人”，在不太正式而更为诗意的时候用。不过，北京的老住户，仍然叫那园子为“王府花园”。

四月十五，姚先生大宴亲友，庆贺乔迁。木兰对荪亚说：

“不知道莺莺会不会来。我想看看她。”

“她当然会来。你想那类女人还怕我们这种正经人家的妇女吗？”

木兰又转向暗香说：“我希望你也去。你会不相信，但是我告诉你，花园里有一栋房子叫暗香斋，和你的名字一样。你说怪不怪？”

暗香显着有点儿吃惊。她现在觉得给木兰做事非常快乐，不过有些以前的回忆现在还没有消失。有时候，人家突然说句话，她的身体会颤抖，那是由于担心自己做错了事。若是她偶尔空闲一下，赶巧木兰来了，她就会立刻拿起点儿东西来，装作忙着做事。木兰不喜欢那种样子，告诉她空闲着没有什么不对，不要怕自己空闲，但是她会呈现吃惊状，抬头望着，直到看见木兰微笑，她才会镇静下去。她看得出锦儿和木兰说话时从容自若的样子，但是她却难以模仿。

刚才木兰告诉她“暗香斋”的事，她听了说：“我不知道为什么王爷的书房会叫‘暗香斋’。”

木兰说：“这并不是个普通的名字。这两个字是来自一首梅花诗。那个书斋正对着一个梅园，所以就叫了这个名字吧？”

“我想暗香这个暗不是个好字，我没听见别的女孩子叫过。我觉得这是‘坏运气’的意思，别人给我起这个名字是故意咒我的。”

木兰大笑，荪亚说：“这是个上等漂亮的名字。”

说也奇怪，暗香对自己名字的优越感，居然引起她看法的改变。她不再以为自己老是佩戴着一个耻辱的标志，并且她的命永远笼罩在阴历月末那荫蔽的月光之下，她再不那么想了。

木兰和荪亚准备好要去参加宴会，先到母亲屋里去看看，见曼娘的母亲虽然已经穿好衣掌，但仍然坚持要留在家里看家。

事情的原委是这样：桂姐因为小产之后，身体不好，不能去。凤凰正给曾太太梳头，素云和曼娘在屋里坐着，就要出发。这时曾太太低着头问了一声："谁在家里看家呢？香薇只能在屋里陪着桂姐呀。"

凤凰说："您若让我看家，我就在家吧。"

素云说："让孙伯母看家吧。"

别人若说这种话，或这话不是这么个说法，当然可以当是粗心大意。可是素云以前就说过曼娘她母亲的坏话，其中有一次说她无家可归。一而再，再而三，这次曼娘再按捺不住怒气。

她追问说："别人都去，为什么偏我妈非看家不可？谁应当去，谁不应当去，应当由太太决定才是。"

正在这个节骨眼儿，曼娘的母亲走进了屋来。曼娘站起身来说："妈，咱们没接到请帖，干什么也穿好衣裳要去呢？"

曼娘的母亲没说话，当时吓呆了。曾太太见曼娘突然发了脾气，也感到吃惊，赶紧说："您千万别错想。我是问谁在家陪着桂姐，也同时看着家。凤凰说她愿意。后来素云出主意说要您在家，我想她心里也没有什么别的意思，只是她不应当多嘴。素云，我想你应当向孙伯母赔个礼才是。"

素云又要说话，曼娘的母亲说："太太，我在您这儿是个客位，从来没抱怨过什么，因为您和表兄一直待我和曼娘非常之好。我们是穷人，我女儿也不能跟您的二儿媳妇、三儿媳妇相比。不过，虽然我是在您府上做客，我可不是无家可归。因为我只有这么一个女儿，我才和她住在一块儿。"

曾太太说："谁说您无家可归呢？"

曼娘怒冲冲地说："当然有人说过，还说我不应当收养个义子。人家若愿收养一百个儿子，也可以，只要自己高兴。收养的儿子就不是儿子吗？你难道要叫寡妇生儿子吗？"

这时候，木兰和荪亚走进屋来，正听见曼娘连珠炮般向对方指责的话，听来又觉得好笑。

曾太太问："什么人会说这种话？"

曼娘说："一定有人说过，不然，我和我妈也不会听见。"素云说："我从来就没说孙伯母无家可归，倘若我说有人无家可归，也不一定就是指的她。我才没有工夫想谁有家谁没有家呢。"

曾太太说："孙太太，您要原谅我们，若是我二儿媳妇对您说过什么失礼的话，我替她向您道歉。至于素云你，今天我亲自听见你说了。即使你不是心有所指，你那么说算对吗？"

素云说："留在家里不去又有什么稀奇？我愿在家看家。"

曾太太说："不要。凤凰在家好了。你一定要去，这是我的命令。亲家母，不要听孩子们乱吵。您若不肯去，我可也不去。"

木兰已经听清楚是怎么回事，并且看见曼娘已经快流出眼泪来。她也很恼素云，但是知道自己今天是主人，不能搅散这次宴会，所以勉强抑制着说：

"妈，您若准我做主人的说几句话，那我是一定要请孙伯母去的。孙伯母，您必须赏我这个面子。您不去，那我会认为您不承认我是曼娘最好的朋友。再者，今天宴会上都是至亲好友。第一，您是祖母的侄女儿；第二，您是父亲的表妹；第三，您是我的伯母。您若不到，我们宴会上的客人就不齐全了。"

经亚刚刚进来，正好听见木兰说话，摸不清楚说的是怎么回事。曾先生在另一间屋里都听到了，因为是女人之间的争论，当然由太太去管。现在他儿子也到了，桂姐正躺在床上，让他去调解，使大家平息下来。

他进去说："经亚，荪亚，妯娌之间有点儿争吵是家里难免的。做丈夫的，应当压制她们。不然，妯娌之间的争吵会变成兄弟之间的争吵，那就是一家要破败了。我不许你们谁再提这件事。"接着转过去向孙太太说："别听孩子们乱说。今天天气这么好，别把这些放在心上。"

结果是凤凰和香薇在家陪着桂姐，因为有孩子，锦儿和暗香跟着去。

出门之前，素云向她丈夫说："你站在一旁看着你太太受人欺负，一句话也不说。你听见木兰那张利嘴了吧。"

经亚反驳她说："为什么你自己不开口？我根本什么都不知道。我就是想说话，也不知道说什么呀。"

"跟这种乡下的蠢婆娘吵架，真是背运！"

"你又乱说，叫人听见怎么办？"

"她本来就是个乡下的蠢婆娘……好吧，你帮着你的亲戚说话，我只好向着我自己。今天若不是为了莺莺，我才不去呢。"

经亚说："咱们得顾点儿面子，守点儿规矩才好。"

曾府一行来到姚家新宅邸，大概是十一点半，因为在家吵嘴，到得稍迟。阿非和红玉正在花园大门前等着，因为红玉随同父母到得早，为的是帮忙招待客人。阿非现在已经十六岁，穿着西服，看来很英俊。因为家庭环境幸福，深受父母姐妹的疼爱，所以活泼可喜，态度大方。不过，也是像别的孩子一样，总是静不下来。红玉就烦他这一方面，因为她厌恶乱吵乱闹。但是，纵然如此，她和阿非在一起，总是觉得快乐。虽然她比阿非小一岁，但是智慧比他开得早，所以对这个青梅竹马的朋友，已经怀有一份痴情。她虽然觉得阿非太孩子气，但并不因此对他的痴情而稍减。

那天姚家让客人由后门进入，而不由向南开的大门，这是木兰的主意。因为那些正厅都聚集在前门一带，渐渐向北伸展，有人造的小溪和池塘迤逦蜿蜒，穿过走廊、小桥、亭台，而进入一个广大的果园。虽然有几个入口，可是由靠西北的门看，可以直接看见桃园的景色，可以看见一畦一畦的白菜，一个水井，房屋的顶脊则隐藏在树木之后，朱红的阳台和绚丽的梁椽，在绿荫之间隐约可见。从后门进去之后，犹如进入了农家，纡徐进入，渐至南边的建筑。西北边的门由木兰改称为“桃云小憩”，因为在春天，园中桃花盛放，红艳如云霞。

大家走得很慢，因为每个人都随在老祖母后面，老祖母由石竹和雪花搀扶着走。老祖母，现在真是很老了，因为驼背，人也渐渐显得矮小，但是虽然是老迈之年，步态却没减慢。大家不用忙，因为桃花正在盛开，而且桃树种类很多，有野桃树，青桃树，蜜桃树。其中还有些别的果木树，如梅、杏、山里红，都已经长出了绿苞。

老祖母说：“今年春天来得早。平常桃树开花儿是在三月下旬。现在我知道这个地方为什么叫‘桃云小憩’了。”

曼娘说：“我原以为云彩像桃红，但现在才知道桃花是红若云霞了。”

穿过了桃园，她们进入了“友耕亭”。友耕亭是个八角形的建筑，坐落在那条蜿蜒的小溪的末端，由此顺着小溪的一个长廊，通到南边的房子。亭子下面停着一条小舟。在老祖母悠闲地慢步而行时，曾先生曾太太和那些年轻人在后面走走停停，看走廊一边墙上的灰石嵌板。上面刻的是《红楼梦》大观园二十四景。再往前几十步，便是一座朱红栏杆的木桥，那座桥仿佛是把全桃园的大结构做一个收束。立在桥上，看见那条小溪汇而为池，在南端大约四十尺宽。池畔有一水榭，上面有露台，台上座位环绕周围，水榭的基础一部分在陆地，一部分伸入水中，上面有一木匾，匾上刻有三个石绿颜色的字，是“洄水榭”。几个女用人正在水榭上忙着做事，姚先生正在上面坐着，等着接待客人。水榭的左右，树木掩映，翠荫如盖，走廊在树荫中时隐时现，一直通到水榭。

木兰的父亲由水榭下来，走到长廊的中间去欢迎来客，大家随同他走上水榭去。这个水榭当初设计就是要面对池塘小桥，远望一片田园景色，正好夏天作为宴饮雅集之所。在南边木隔的房间里，镶嵌着四片一丈高的大理石板，上面刻的是明朝董其昌的字。里面有几张镶嵌花纹的乌木桌子，上面摆着形状正方上端向外开敞的景泰蓝茶壶茶碗，这种质料图形显得古雅而豪华。罗东的儿子，已经离开原来的主人，同他妻子青霞到姚家来做事。现在他正由几个女仆帮着，在水榭里照顾客人的茶水。因为珊瑚和莫愁正在里面指挥仆人做事，这时没在水榭里。

木兰的母亲走上前来，老祖母向她道乔迁之喜。姚太太的白头发和整个的外貌，显示出来她已经是一个神经衰弱的女人，有大福气也无法享受了。老祖母需要歇息，年轻人散开，坐在凉台的座位上。

阿非喊道："看荷叶动呢！下面一定有鱼过。"

荷叶浮在水面上，正像浅绿色的群月浮在深绿的天空，但由于树叶浓密，颜色更深暗了。这时在绿叶的周围有小水泡冒上来。靠近岸边漂浮的绿藻，使水显得浅绿而微黄，池子中央蓝天的倒影和水色相混，成为宝石蓝的颜色。

莫愁现在出来向客人行礼问候。老祖母说："过来！我老没看见你了。已经长了这么高！"莫愁静静地走过去，祖母攥住她的手，拉她坐在怀里。莫愁自然遵命坐下，但不敢把身体的重量完全放在老太太身上。因为她现在已经二十几岁，完全成长了，这样儿她觉得很难为情。她那雪白丰满的手从相当短的袖子里伸出来，就好像生来是为抱婴儿或拿针绣花的，或拿盘子拿锅的，有少女不可以言喻的成熟之美，正适于做妻子做母亲了。

老祖母伸出有皱纹的手指头，捏莫愁的脸蛋儿，她说：

"这么个漂亮孩子！可惜我儿子少给我生个孙子，不然一定要你做我的孙子媳妇。"每个人都笑起来，莫愁简直快要羞死了。

曼娘说："桂姐若是在这儿，她一定说老祖宗太贪心。说老祖宗要了姚家的一个女儿，还不满意！"

老祖母回答说："俗语不是说人越老越贪吗？你们可是要相信我这两只老眼！手长得这么好的小姐，谁家娶了谁家走运。"

因为莫愁不能老是费力假装着坐在老祖母的怀里，她现在站了起来。

曾太太想恭维姚太太，于是说："祖母的话说得并不过分。有一个年轻能干的儿媳妇像兰儿，从我手里把家里的事情接过去，我已经谢天谢地了。从现在起，家里的事情就都交在他们年轻人的手里。我有这个福气，应当谢谢我这位儿媳妇的父母才是。"

木兰的母亲说："兰儿若知道孝顺公婆，我就满意了。但求公婆对她要多加管教，可别宠着她。"

木兰说："我想咱们应当用桃云小憩作为经常出入的门才好。"这引起了姐妹之间一场争辩。

莫愁说："不行！那么人要走一百多码才到客厅。下雨天，又有泥，太不方便。"

木兰说："不是有一条砖路吗？天若下雨，不更有雨中佳趣吗？在门房儿可以经常放几件蓑衣。妈妈若是要走南边的旁门儿，也还可以开着呀。"

莫愁说："我知道你要把渔翁的蓑衣披在你的丝绸旗袍儿上，你喜爱那个样子。那虽然也美，但是有点儿怪。"

木兰说："我不在乎。那有什么关系？"

荪亚说："这就是为什么我说她是妙想天开呢。"

阿非说："这问题就在于你是要始于豪华而止于淳朴，或是要始于淳朴而止于豪华了。"

莫愁说："说得不错。我很懂二姐的意思。她的意思是我们应当掩藏豪华于无形，而以淳朴自然为本相。但是我想以豪华为表，却以淳朴自然为里，岂不更好？你若让人由后门出后门入，幽静就破坏无余了。"

长辈听着年轻人辩论。姚先生认为，在这一件事上，莫愁比木兰更为深沉。

但是木兰继续说："我还看不出有什么不好。由后面往里走究竟还好，可以由远处看见房子，渐走渐近。因为咱们地方广阔，就应当享受这种广阔。不要像贫穷人家，一进了大门，再一迈步就走进了客厅。再者，你若不利用这种空旷，就会一直忽略，把它弃而不用了。”

这时，苏亚喊说：“看！他们来了！”大家往桥那边看，看见立夫和他母亲和妹妹，从长廊上走来。阿非飞跑去迎接。环儿现在十八岁，衣裳穿得像当时的女学生一样，穿着一件红紫色的短夹大衣，紧扣在腰以下，黑长裤，高跟鞋。立夫挽着母亲的胳膊，母子之间有一种相依为命的亲爱，这在曾家，在姚家，都是看不到的。

立夫穿着灰蓝哔叽大褂。他立刻上前向老祖母和其他长辈行礼问好，然后过来和苏亚、木兰说话。他看见了一件事实，几乎都无法相信。那就是眼前有一位少妇，自从生了孩子之后，却丝毫没有丧失青春的美丽，肉皮儿还是那么细嫩，眼角还是依旧丰盈光润，仿佛生理上从未发生什么变化，那就是木兰。立夫走近之后，莫愁微微一笑就走开了。那时新式的未婚夫妇见面，因为对新社会的风俗还没有习惯，仍然感到局促不安。莫愁并不是天性害羞，而且一向大方，立夫到她家早已感到自然，但是在此大庭广众之间，她还是愿意保持一点儿矜持含蓄。

木兰对立夫说：“我们刚才正讨论进来走哪个门好。你觉得走哪个门，南边儿的正门，还是你刚才进来的后门儿？”

立夫问：“谁和谁辩论？”

木兰说：“妹妹和我。”

苏亚插嘴说：“不要告诉他谁赞成走哪个门！”

立夫说：“噢，我知道。木兰你认为走桃云小憩好，她认为走南边儿正门好。”

阿非喊道：“妙哇！”

苏亚问：“你以为如何？”

立夫回答说：“下雨天，我走前门。晴天，走桃云小憩。”

这时红玉大笑，觉得立夫真了不起。阿非要开木兰的玩笑，于是说：“难道晴天的时候没有人走前门，下雨天就没有人走后门儿吗？”

立夫抗议说：“怎么回事儿？我是来接受你们考试的吗？当然没有

那样的疯子。”

木兰说：“阿弥陀佛！”

阿非说：“你说二姐喜爱走后门吧？”

“我是说她不论晴雨，都喜爱走后门儿，并不是说只在雨天才喜爱走后门啊。”

木兰心满意足，面露微笑，而莫愁则颇以立夫的聪明而自得。

设计精巧的花园，一定有一连串隐秘之处，出乎人的意料，使人感到惊奇。每一转折，都费人疑猜，每一个门，都引人入胜。在大家从一个门穿过之后，忽然发现站的地方分隔为南北各半，南边名为“蜃楼”，供演戏之用，台子下是一片平地，用以防伶人跌落水中，小溪在西面围绕，在戏台前面东西向蜿蜒流过，有四十尺远近。

木兰把暗香拉近她身边，指向池塘对面一个厅堂说：“那就是‘暗香斋’。”

暗香把小孩子放在地上，自己站在那儿看那栋房子，简直无法相信。甚至在大家离开之后，她还站在那儿纹丝儿不动，呆呆地站着，穿过一个花格子的门，在春日的阳光中，望着一带梅林。

木兰最后很温和地叫她：“来吧。咱们以后再去看。”

暗香咬着嘴唇，抱起孩子跟过去。走近北边儿，她们看见红玉单独在那儿站着，正向远处瞭望，望得那么出神，竟没有理会她们。木兰忽然想到，红玉已然是十五岁的大女孩子了。在远处，阿非和丽莲正在桥那边亭子里说话。

木兰问：“他们在那儿干什么呢？”

红玉回答说：“他说他去等牛怀瑜。走吧。咱们跟别人们走吧。”

他们在铺砌的小径上走去，旁边是丛生的矮树。穿过假山中一条崎岖蜿蜒的小径之后，他们到了“自省堂”。这是一栋相当宽大的住房，由花格子隔扇分为若干小间，隔扇上糊着青绿色的纱，每一小间仿佛壁橱形状，称为“碧纱橱”，既像特别加大的床，又像一间缩小的屋子，由木格子窗子所隐藏，为绿纱所掩映，冬暖而夏凉，墙上装有橱子，可以放矮几茶具、香炉、水烟袋等物。在所有这些房屋之中，这一栋坐落最靠后，最接近花园的后面。由里往外向南看，正面对一片池塘，但是为山石树木所遮蔽，似乎与全部住宅隔断而远离人境。南边是一条石头子儿所铺的小路，由一段白墙阻断，墙上有一个像古钱状的圆窗子，由弯曲的陶瓦所砌成，分成若干窗格，穿过窗格往外望，只能看到外面的果树山石的断片而已。东西墙上有一个胆瓶状的侧门，通到另外的庭院。这时姚先生说他们最好往南走，到暗香斋去。

他们走上一段大石头台阶，到了一个小丘的顶上，在上面稍平的地方，立着一段化石树皮，有十二尺高，旁边有一棵松树，枝柯俯下伸展，仿佛伸向山石小树以外的水塘一样。房子相距甚近，因此站在这里只望见弧形的屋脊，但是往西，可以看见楼状的戏台，在池塘上伸出。附近石头上刻着“夕照”，在此可以看落日。他们正在看，一只鲜绿的翠鸟由一棵树里飞出来，在池塘上一掠而去，引动水面上涟漪荡漾，搅碎了水中一片碧蓝的天空。

他们由高处往下走，往西转，进入一条走廊，这段走廊犹如一座小桥，因为下面小溪通过，折向南去。这条狭窄的走廊上，安着各种颜色的玻璃窗，面向池塘，走廊通到一个宽广的大厅，大厅之外，也有一条带窗的走廊，有三十尺长，正对着戏台，显然充当座位，供王爷和家人在此看戏之用。砖墙只有下面两尺高，窗子可以在看戏时拆下来。戏台伸入水中的那一部分，被垂下的树枝所遮蔽，台的基地是巉岩的石头，所以戏台就犹如自水上浮起的空中楼阁，因此戏台的匾上写的是“蜃楼”，这两个字，从大厅的走廊上可以望见。一段短短的石头台阶，往下伸入水中。这片景色中唯一破坏此地风光之美而令人觉得俗气的，是在戏台正前面水池之中浮起的一个仙童的泥像，仙童手中举着一个立轴，上面写着“吉祥如意”四个字。

曾先生说：“这个地方设计得颇具匠心。听管弦之声自水面而来，越发可喜。”

这时木兰听见水对面传来的笑声，笑声之中竟有微波荡漾之音。戏台的西面，一条船的前端渐渐出现，随后就看见阿非和丽莲的红绿身形，他俩正把船划近前来。水的碧绿光彩照在他们的脸上。丽莲笑得好开心。

祖母喊道：“多么叫人高兴呀！”

姚太太说：“这园子里有水，孩子们玩儿水，可不是什么好事。”于是向他们喊说：“小心点儿！”

阿非喊说：“没关系。船是新修好的。”

木兰叫道：“我以为你们还等牛家呢。”

阿非回答说：“他们还没来。他们来的时候，我让他们坐船到前面去。”

他已经把船划到走廊边上，红玉很焦急，向他喊道：“二哥，你要小心点儿。”

阿非微笑回答说：“我知道。”

丽莲说：“你们不知道，在水上看是大不相同，你们在岸上的人好像在高楼上一样。”

姚先生说：“快回去等客人。若没有大人，你们不许自己上船。这个池塘很深呢。”

这个宽大的走廊上和大厅里，都摆上了桌子和座位。这个地方可供演戏前或演戏时大开筵席之用。

姚先生说：“咱们若在这儿等牛家，他们一到戏台这儿，就可以看见。不然，他们还不容易找咱们。”

于是大家分在各桌子落座。姚先生很欢喜，转身对年轻人说：“我考考你们。你们都看见眼前的景色了。小溪在西边绕着这片陆地，这一带山坡也在这边绕着这条小溪。看看谁能对上下面我出的这个上联儿：

“曲水抱山山抱水。”

这一句很难对，因为必须有三个字重复，还要适合眼前的景物，必须对仗工整。最年轻的一代，爱莲和丽莲自然没有对上的机会，因为她们上的是教会学校，甚至阿非也没有学过对对子。对对子是学作诗的基本训练，必须开始得很早。阿非和丽莲在外面，还没进来，这时只有立夫和姚家姐妹，还有曾家兄弟，只有这几个人比赛。

立夫先对。他说：

“池鱼穿影影穿鱼。”

木兰说：“立夫贪嘴。”

“怎见得？”

“你用‘穿’字儿，所以你是要用绳索把鱼穿回去做着吃啊。”

珊瑚说：“那是你自己贪吃。谁想到吃鱼了呢？”

大家都想了想。莫愁说：“你未尝不可把‘穿’字改成‘潜’字，成为：‘池鱼潜影影潜鱼’。”

木兰喊声：“好！这是你的‘一字师’了。不过你也大可以说：‘池鱼潜树树潜鱼’。”

珊瑚说：“这又是二字师了。”珊瑚总是跟立夫开玩笑。

莫愁说：“那不行。”

木兰回答说：“不对吗？若是池鱼潜伏在树影里，不真像是潜藏在树上一样吗？”

莫愁说：“你总是妙想天开，爱用危险的譬喻。”

木兰现在说出她的对子来：

“鸟歌鸣树树鸣歌。”

“好！”姚先生说，“上联写景，下联写声。”

这时曾先生笑而不语，他赞成这种旧的文字游戏。于是对他儿子说：“你们在兰儿面前要认输吗？”

荪亚说：“在她们面前，我们费力也是不中用的。”

经亚正在想：“将夜为书，将书为夜”。他说：

“但愿我能把这一句的下联对出来。这一句是：

“通宵达旦……”

“达”字下头再按“旦通宵”显然不行。

莫愁现在说：“这句怎么样？——

“白云隐塔塔隐云。”

姚先生说：“不坏，第一联写景，是从平处往上看，下联写景，是从立处往上看。不过不太合适，说高山上有塔才适宜。”

莫愁说：“爸爸，您没有看水里的倒影。水里的云影是被水里的塔影遮住。”

红玉这半天一直静悄悄的，不断思索她的下联儿。虽然她也在教会学校念书，她天性喜爱中文，有文才，一直浸润在中文里。她的下联是：

“闲人观伶伶观人。”

曾老太太说：“这位小姐是谁？”她觉得此女子突然脱颖而出，乃大声喊问。

姚先生说：“她是我内侄女儿。才十五岁。对得好！”

红玉夺得状元旗，自是毫无问题，她父亲大为得意。这一个下联还不仅是十分自然而已，而且更适于眼前的情景，并且后面有很深的哲理，意思是看戏的人本身也在演戏，而正被水对面的伶人观看。因此，后来姚先生就把红玉的佳作作为下联，连同自己的上联刻成一副对联儿，悬挂在暗香斋。

阿非在水那边十分激动地喊：“外面有打把式卖艺的。叫他们进来好不好？”

丽莲也喊：“一个小子，一个姑娘。真好看哪！”

姚先生问曾老太太要不要看，老太太说：“为什么不要？我见过。孩子们愿看哪。”

姚先生吩咐叫进来，不久卖艺的从戏台的后门儿进来，出现在台上。原来是阿非发现两个山东孩子，姑娘大约十三岁，她弟弟八岁，由父母陪着。他们原在街上卖艺，在一家家门前表演武艺，每次敛取几文铜钱。他俩的母亲生得两只裹得难看的脚，裤子的两个裤腿口儿用带子盘在脚腕子上，背上背着一个孩子。父亲拿着一个小梯子，一个手敲的鼓。女儿穿着旧紫小褂儿，肥袖子，那种式样十年前就已经没人穿。两只脚虽然裹着，但是移动起来十分灵便。脸很粗糙。

大家隔水观看时，看见阿非与丽莲和卖艺的人正在畅谈。

曾太太说："现在的女学生，见了人一点儿也不害臊。"

红玉对这种批评静静地听着，一言不发。红玉和丽莲而今在同一个教会学校念书，这种教会学校都以教学生英文出名。曾先生虽然有偏见，反对基督教和一切洋东西，在这件事情上让了步，送他的女儿进了教会学校，因为在政府办的学校，由于思想混乱，纪律荡然无存，而在教会学校，至少还教训学生尊敬老师。曾太太比她丈夫，对时代潮流倒更为了解，愿意让自己的女儿做现代的女子。一旦进了教会学校，中文是必然忽略的。但是红玉和丽莲之间却有一个不同之处，红玉仍是中国旧式家庭的女孩子，敏感而心细，丽莲完全学了现代的派头儿，任性自由，像鸭子下了水。

卖艺的表演以一个滑稽的乡村古代舞开始。父亲打鼓，全家四口分为两对，相向站立，唱一个短歌，伴有动作，有时女人向前，有时男人向前，用手指头指女人，唱的是同一个重复的收尾句。

得而——拉他飘一飘
得而——拉他飘一飘

可想而知的是，这两个重复尾句若是由一个好合唱队唱，会是很美的小调儿。但是他们一家人所表演的全仗着那个妇人和姑娘卖弄风情的姿态和那个男人与男孩子的调戏动作，而且表现得也嫌不充分。倒是那个姑娘和她弟弟的声音在春天的空气之中，畅快可喜，听着蛮好。

歌唱完了，鼓又打起来，小姑娘走到外面的一小片地上，向空中接连迅速扔出三把尖刀，用手接得十分巧妙。那片地有五尺宽，可是由观众那边看，小姑娘似乎是立在水边上，每个人都替她提心吊胆。小姑娘的眼睛丝毫不停地望着空中的尖刀，她用手一边扔一边接，从容镇静，显然是毫无困难。

她表演完毕，大家拍手，大家赞美，小姑娘很高兴，回去时，向观众微微一笑。现在父亲出来，隔着水向观众鞠躬为礼。他用手指着面前的水，说要表演一个节目。他把短梯子稳稳地立在头上，随即做蹲裆骑马式，这时小男孩儿准备爬上去。

红玉喊说："不要上去！"

卖艺的在水那边喊说："不用怕！"他一边顶着梯子一边说，"老爷太太，您若是觉得在下练得还不错，您就多赏几个钱。"他的嗓子紧张，声音粗壮。

孩子往上爬，手脚很灵便，一直爬到梯顶。两腿夹着梯子，坐在上头歇息。他伸起胳膊，用两只手摸戏楼的顶子。这时候，女人们大气儿也不敢出，那个小男孩开始在梯子空里来回钻，有时在上面倒立身子。其实这并不是什么了不起的功夫，因为小孩子个子小，但是看来却令人紧张。后来小孩子在梯子上旋转时，一只脚碰到屋顶的木格子，一下子飞了出去，但是说时迟，那时快，像闪电一般，做父亲的把梯子扔出手去，在空中把儿子两手抓住，在观众还没来得及害怕时，小孩子已然平安落地。姚先生派仆人送给小孩子一块钱。老祖母看了心中感动，也叫一个丫鬟去送他一块钱，她说当贫穷人家的儿子不容易。

木兰看表演的时候，阿满坐在她膝上，阿通抱在怀里。表演完毕之后，她忽然发现暗香没有在屋里，出去找她，看见她在花园里大厅南边梅花树下石头凳子上，一个人坐着。暗香，又小又瘦，穿着一件粉红色的衣裳，坐在那里，仰着头，正望着蓓蕾满枝的梅树发呆，太阳光下梅树枝干的影子落在她的脸上，她的辫子垂在一边儿。她在那儿想什么心事呢？

木兰问："暗香，你不看练功夫，一个人儿坐在这儿干什么？"

暗香赶快用手指尖儿擦了一下眼睛，满脸微笑，为木兰从来所未见，她说："我只是坐在这儿用心想事情。"

木兰说："我知道你想的是什么。王爷花园里的暗香斋是不是？你看见上面的匾了吧？你认得自己的名字吗？"

"认得，可是第三个字念什么？"

"那是斋，是书房的意思。"

"上面像个锅盖，下头像个火炉子，中间像一堆面条儿。"

木兰大笑说："这个房子也许是给你盖的，在今生老早以前。也许好久好久以前，你是这儿的一个小王爷，在这儿谋杀了一个丫鬟，这就可以说明你为什么受苦受难了。"

暗香非常快乐，眼泪从脸上流下来。她说："好了。一切都过去了。"

木兰说："暗香……暗香……冷香……暖香……都是好美的名字。你现在高兴了吧？"

"我的苦难终于过去了，这得感谢少奶奶您。若不是遇到您，我哪儿会有今天？"

木兰说："不是我，你来到这儿是你的命。以前我知道我父亲要买这座花园吗？你不要再想，越想越糊涂。现在你是吉星高照，就犹如当年我丢了的时候，那时我有吉星高照一样。"

暗香说："少奶奶……"欲言又止。

"什么事？"

暗香双眉紧锁，两眼直看着木兰的脸。她说："我要跟您一辈子。"

"怎么办呢？"

"像锦儿一样。"

木兰说："噢！"

现在木兰心里已经有把暗香嫁给丈夫荪亚做妾的想法。木兰是个现代女子，她有现代的思想，她反对缠足，她反对男人娶姨太太，但是这些只是抽象的观念，并不适用于现实情况。让丈夫有一个妾，她心里越想越美。一个做妻子的若没有一个妾，斯文而优美，事事帮助自己，就犹如一个皇太子缺少一个觊觎王位的人在旁，一样乏味，她觉得这其间颇有道理。一个合法的妻子的地位当然是极其分明，若是有一个“副妻子”，就如同总统职位之外有一个副总统，这个总统的职位就听来更好听，也越发值得去做了。

木兰一次向荪亚说：“为人妻者没有妾，就如同花瓶儿里的花儿虽好，却没有绿叶扶持一样。”

荪亚回答说：“妙想夫人，我原以为你是个现代派的小姐呢。”

这个也未尝不可以看作木兰的非非之想的一端。荪亚以为木兰心想丈夫有个副妻子，自己才够得上贵族的高贵气派，就像她有那些玉石雕刻的小动物一样。木兰对人友好，胸襟开阔，无限热情，亲密恳切，洒脱自然，穷达不变，甘苦与共。她一直对美的爱好，从未稍减，即便别的女人的美，她也一样迷恋。她有极其高贵纯洁的想法，却难免为社会礼俗所不容。诸位看官，您若愿意说木兰不道德，就任凭尊便吧。道德家和卫道派立下的规则教条，用来解释木兰的一言一行，可就用错地方了。

荪亚喜欢女色，木兰知道。有一次，荪亚去参加朋友办的“群芳宴”，回来后，说那些高等妓女如何如何，木兰听了，对那些名花的形容叙述，比荪亚自己还兴趣浓厚。荪亚认为木兰如此神往，说她是愚蠢。因为荪亚和木兰共同生活，感觉到万分幸福——这种生活的美满，毫无疑问，是由于木兰对荪亚去参加这种莺莺燕燕的群芳会毫不约束的缘故。

另外，还有桂姐，是个再好不过的例子。木兰可以安心稳坐妻子的宝座，正如曾太太一样。木兰的地位不会有危险，尤其是若有一个像暗香那样的女子来居妾位的话。

暗香刚才说要跟木兰一辈子，木兰心想她是要做荪亚的妾。暗香说

“像锦儿一样”时，木兰只答了一声：“噢！”木兰的心里含有失望的意思，就没再说下去。

她和暗香、阿满立在一个三四尺宽养有大金鱼的鱼缸旁边，正向四周眺望，曼娘带着儿子来了。

曼娘说：“噢，你们主仆二人离开大伙儿，在这儿享受清福呢。”

木兰说：“我也没有藏起来呀。”

曼娘说：“牛家人来了，我到这儿来是免得看见那位牛先生。他们的孩子都来了，太太、姨太太都来了。”

木兰问：“莺莺呢？她什么样子？”

“她好摩登啊。头发梳成新样子，穿着春季的洋装外衣，外国皮鞋。就像画片儿上画的上海现代女人一样。在屋里，她穿一件淡红的上衣，左肩上插着一枝牡丹。最滑稽的是，她和怀瑜挎着胳膊走进屋子来的，正像现代的一双情人一样，而怀瑜的太太和孩子在后面跟着。我还要告诉你，‘她’还是那个样子——简直把我气炸了肺。”

“你说谁？”

“素云哪。莺莺进屋时，当然向人介绍她的是素云。她们俩走到我母亲前面时，素云说：‘这是我那位乡下伯母。’若是你说这话，我不在乎，但是出自她的嘴里，就不同了。我想她对今天早晨的事，还怒气未消呢。”

木兰说：“这未免太过分了。即便是开玩笑，也嫌太粗野。我纠正她。你等着。”

木兰一心想看莺莺，她同曼娘走到一间旁边的屋子，从梅花阁子里向那边偷窥。

牛家一到，男客女客自然而然都散开了。怀瑜和曾先生在一处。姚先生和经亚在外面。立夫和荪亚一齐坐在一个角落里说话。

女人们都在屋里坐着。姚太太正和怀瑜的太太说话，怀瑜的太太周围站着四个孩子，莫愁则和孩子们说话。莺莺，当年是个名声狼藉的高等妓女，现在是姨太太的身份。她一到，使别的女人都局促不安，因为良家妇女都对那一等女人天生有反感。但同时，她们又很好奇，要看看她到底是个什么样子。

莺莺和素云坐在一处。她的确是富有性感美的，体态丰盈，白嫩活泼，肩膀上戴着一朵牡丹花儿，更提高了人对她青春的幻觉。她举止从容大方，似乎并不感觉到她和正派家庭妇女之间有什么不同，也许她是假装做那么自然镇静。有点儿奇怪的是，她并没有浓装艳抹。不过她过去妓女的本性还是泄露了出来，因为她说话的时候，把手中深紫色的手绢儿，老是在空中挥动。有时候，她坐着却把两条腿岔开得太宽，普通良家妇女是不会的。虽然是妾的身份，她穿的是裙子，和普通正式做妻子的新时代女人一样。她那淡红色的上衣，领子高，又紧又短的袖子，短得刚刚长过胳膊肘儿，所以把丰满柔软的胳膊露在外面。在一个手指头上，木兰看见有一个四克拉的晶光闪亮的钻石。她旁边是怀瑜的妻子，由于辛劳抚养孩子，看来又瘦又弱，像一张色彩褪掉的旧画儿，不过，看样子，她又怀上了孩子。莺莺挥摆着深紫色的手绢儿，从容不迫，谈笑风生，幸福美满，怀瑜的妻子却像一个沉默无声受苦受难厄运难逃的牲口。

孩子们围在母亲周围，以一片狐疑的神气，看着父亲身旁的姨太太。素云叫一个到她身边去，那一对双胞胎之中的一个走了过去。

莺莺显得很亲爱的样子伸出手说："到我这儿来。"那个小男孩儿，看见她那样伸手招呼他，有点儿吃惊，有点儿迟疑，不敢上前。但是莺莺伸出雪白的玉臂，把他揪过去，搂在怀里。莺莺打算和这个四岁的小男孩儿玩耍。但是在他那个双胞胎弟弟叫他时，他挣扎开，跑回母亲身边去。莺莺忽然站起来，回到丈夫怀瑜身边。怀瑜，假装做时新派头儿，赶紧站起来，但是曾先生和姚先生则坐着没动。怀瑜和莺莺一齐走到窗前，站着看外面的池塘。怀瑜递给莺莺一支纸烟，给她点上。莺莺就把一只胳膊搭在怀瑜的肩膀上。

曼娘在木兰耳边低声说："她真是无耻。她敢做的咱们都不敢做。"

木兰和曼娘进屋去和别的女人坐在一处。老祖母看见了暗香，指着她说："兰儿，那个漂亮小姐是谁？你的朋友哇？"

木兰惊呼道："老奶奶，她是暗香啊！"

老祖母说："我真老糊涂了。记人都不行了。她穿得这么漂亮，简直像做官家的小姐。"

这话暗香听了好高兴，也增加了她的自信心。从那一天起，木兰觉得她渐渐近于正常，有时候还会很开心地哈哈大笑。

大家过去赴席时，男人走在前面，女人和孩子还是在后面，等着老祖母在前面领头儿。

老祖母叫重孙子阿瑄："跟我来。"于是一边儿倚着阿瑄，一边儿倚着石竹，开始向前走动。木兰看见环儿搀扶着她母亲。她觉得从来没看过像立夫的母亲那么幸福、那么满足人生的女人。比较起来，她自己的母亲，那时正由莫愁搀扶着，她虽然现在是王府花园的女主人，却凄凉命苦。现在精神颓丧得连性格都变了，连老脾气也没有了。

顺着一条巨大的古砖铺的路走去，两边都是高树，春风吹来，带有草木芬芳的气息，她们一直走到摆设盛宴的大厅。

宴客的大厅是一栋老房子，大约有五十尺宽，三十尺深，前面有出廊大柱，门很高大，有十八到二十尺高，上面是绿底彩绘的顶子，正门上面悬有一块横匾，刻着"忠敏堂"三个大字。"忠敏"一词显然是王爷祖先的谥号。正前面是一个广阔的石头铺砌的庭院，西边有一通巨大的石碑，底座是石头雕刻的龟。石碑的顶端雕刻着两条龙。这是当年皇帝颁赐纪念老王爷的。大厅前面有两畦牡丹，静静地沐浴在春日和煦的阳光中。

男人们正在看那座石碑，这时荪亚和立夫走到，和他俩一起走来的还有素丹的哥哥素同，素同现在已经和姚家很熟了。素同穿的是西服，身体健壮，个子虽矮，肩膀很宽，说话沉稳，声音洪亮。立夫发现他只看那石龟，并没看碑文，用他的硬手杖戳那石龟的头。由于他天性沉默寡言，眼睛机警而敏锐，立夫很喜欢他。

看完石碑，怀瑜向姚先生说："三小姐的婚期在什么时候啊？"

姚先生说："大概今年秋天吧。"立夫两年前大学毕业，现在正在教书，因为他坚持结婚之前要自己先赚点儿钱才行。姚先生并不反对，而姚太太则但愿能把莫愁在家里多留一天是一天。

怀瑜向立夫说："恭喜！恭喜！久仰！久仰！将来您必是国家的栋梁之材。"怀瑜又殷勤不停地说："现在国家极需要像老弟这样人才。国家有好多事情要做，比如提倡工业，提高教育，开创学校，改良社会，澄清吏治，实行民主政治等。哪方面不缺乏人才呀？"立夫听他这一套，实在觉得怪难为情。

立夫觉得这些名词，这些成语，像连珠炮般爆发出来，就像学校毕业典礼时政客的讲演，实在听之熟矣。在政客的舌头尖儿上，总是挂着"改革社会""澄清吏治"等空泛的词句，这些颇引起他的不快，不过他只是客客气气地略做回答而已。

大厅里摆了四桌，曾老太太坐一桌上的主座，下面紧接着坐的是曾太太。曾先生则坐男宾席上的主座，怀瑜紧接着往下坐。第三桌是年轻的妇女，木兰的母亲坐主座，下面一边是怀瑜的妻子和素云，素云的下面是莺莺，这样就使怀瑜的妻子依身份而和莺莺那做妾的高下有别了。别人就自行选择位次，立夫、荪亚、经亚和年龄稍长的人同座。立夫的妹妹环儿挨着莫愁，坐在老祖母那桌上。木兰、红玉和那些年轻的妇女同桌。在四桌上，冯舅妈、木兰、莫愁、珊瑚，都坐的是末座，做主人，给客人敬酒。

木兰在她那一桌上算是主人，先向曼娘的母亲敬酒。以年龄论，曼娘的母亲坐主座是理所当然，她座位正对着怀瑜的妻子、素云和莺莺，谦让老半天才答应坐主座；她辩论了好久，非让怀瑜的妻子坐主座不可。孙太太说："我们每天见面儿，今天应当由牛太太坐主座才是。"但是年长者为尊，是中国的老礼俗，她只好就主座，因为怀瑜的妻子确是晚一代。

木兰说："这一杯敬孙伯母。"

曼娘的母亲说："兰儿，你应当先敬牛太太。"

木兰回答说："不行，那不行。第一，您是长辈。您走的桥比我们走的街也长。第二，您代表祖母的娘家。对孙伯母失敬，就是对祖母失敬。不管别人怎么说，我不能让人家说姚家的女儿不懂礼貌。"木兰站起来向曼娘她母亲敬酒，素云静静地坐着，知道话中带刺，那刺是向她发出的。

吃饭时，木兰想和莺莺谈一谈，而且觉得在近处看莺莺，比在远处更美。木兰在谈话时夸奖红玉的对联作得好，就把那句对联说出来，因为怀瑜的妻子和莺莺当时还没到。莺莺生得像北方人那样高，声音也洪亮。她说："我也想起一句来。"她说：

"幻云为雨雨为云。"

"云雨"一词用在青楼，自然可以，可是在这些人面前太不相宜，简直可以说是污辱人。红玉和木兰懂得"云雨"的含义，所以红玉立刻脸羞红起来，木兰则看看她，一言未发。

莺莺厚着脸皮说："这有什么不好？我们现在是摩登时代呀。"

但是没有人再说什么，莺莺知道自己太有失风度了。

在男人桌子上，怀瑜正在大发议论，完全像对这个世界看得万分透彻的人一样。不过他的世界，大部分是，或是说完全是政治世界，是一个令他觉得美满得意的世界。不错，在这个世界，袁世凯派人刺杀了宋教仁，在他们那套政治学里这是必须的，不可避免的。国会遭受了解散，国会议员都是笨伯，很容易就被人收买了。其实，当时真正需要的是一个有力廉洁的政府，二月里宣布的宪法倒还不错，可以说是民主政治的基础。国务总理可以辞职。内阁对总统负责可使政府更为稳定。但是三百五十万，足可以实行新的煤油统制政策，五千万元的新公债是五月节所不可少的……（立夫心想政治上的内幕，高级官员的秘密，没有一件是牛怀瑜不清楚的）。

大家吃这丰富的宴席以前，好像是先吃了一道菜，就是三百五十万石油统制政策；随后一道菜是五千万新公债，好像这笔巨款能帮助在座诸君度过五月节一样。怀瑜一边说话，一边不断清嗓子，唾沫星子乱飞，声音之高，使邻桌的妇女，有时会停下谈话来听他，好像大家都要准备听了不起的政治秘闻一样，连仆人都觉得他们伺候的必是一桌子内阁大员。只有老祖母还记得夸赞一下鱼做得好，鹅油卷儿做得好，这样夸奖厨子。

饭快吃完时，立夫已经烦躁得不可忍耐，而怀瑜还说："我们必须团结起来，拥护我们的新元首，在我们新元首领导之下来报效国家。"

立夫突然开口说："我不要报效国家。"

怀瑜吓了一跳。这种想法，他根本不能懂。这件事完全出乎他的预料，他当时呆了片刻没话好说，过了一会儿，又继续说："我们的元首，项城先生，他以前若做皇帝，若不是满洲人做皇帝，他早就把中国治好了。他若早生二十年，他一定会做了皇上，必然使国家走上进步自由的大道了。"

立夫说："他现在还可以把中华民国消灭呀。"

气氛已经紧张了。这时虽然是民国四年，已有谣传说袁世凯有推翻民国，自立为帝之意。即便是袁世凯最忠实坚强的部下，也没有人敢公然讨论此一问题。立夫是强硬的民主派，从怀瑜提到"拥护伟大的元首"，立夫就确信一俟时机到来，袁世凯就要自立为帝的。

由于立夫最后的猛烈攻击，大家的谈话就立刻停止。姚先生身为主人，即刻立起来，算把宴席终止。他把椅子往后一推，向众人说："谢谢诸位。"

众客人也立起身来。立夫的脸气得发红。木兰走过来，向他微笑。但是莫愁也走近，低声向他说："干什么对他说这种话？"

立夫说："我实在憋不住。"

图书在版编目（CIP）数据

京华烟云：全 2 册 / 林语堂著；张振玉译 .— 长沙：湖南文艺出版社，2016.6
（2024.3 重印）
书名原文：MOMENT IN PEKING
ISBN 978-7-5404-7624-3

Ⅰ．①京… Ⅱ．①林… ②张… Ⅲ．①长篇小说—中国—现代 Ⅳ．① I246.5

中国版本图书馆 CIP 数据核字（2016）第 112529 号

著作权合同登记号：图字 18-2016-128

上架建议：名家经典 · 长篇小说

MOMENT IN PEKING
By Lin Yutang
This edition arranged with Curtis Brown Group Ltd.
through Andrew Nurnberg Associates International Limited

JINGHUA YANYUN
京华烟云（全 2 册）

作　　者：林语堂
译　　者：张振玉
出 版 人：陈新文
责任编辑：薛　健　刘诗哲
监　　制：蔡明菲　邢越超
特约编辑：王　维
版权支持：辛　艳
营销支持：张锦涵　傅婷婷　刘斯文
装帧设计：利　锐
出版发行：湖南文艺出版社
（长沙市雨花区东二环一段 508 号　邮编：410014）
网　　址：www.hnwy.net
印　　刷：三河市天润建兴印务有限公司
经　　销：新华书店
开　　本：855mm × 1180mm　1/32
字　　数：670 千字
印　　张：25
版　　次：2016 年 6 月第 1 版
印　　次：2024 年 3 月第 13 次印刷
书　　号：ISBN 978-7-5404-7624-3
定　　价：88.00 元（全 2 册）

质量监督电话：010-59096394
团购电话：010-59320018

京华烟云 下

Moment in Peking

林语堂 著

张振玉 译

CNS PUBLISHING & MEDIA

湖南文艺出版社
HUNAN LITERATURE AND ART PUBLISHING HOUSE

博集天卷
CS-BOOKY

第二十七章　红玉阿非纯情挚爱　青梅竹马两小无猜

饭后不久，祖母说她要小睡片刻，年纪较长的几位太太陪同她到前面的庭院去。其余的人就散开了。怀瑜说他要和家里人早走一步，因为有个约会。对莺莺来说，在这次的宴会上，她不算成功。虽然她丈夫在宴席上大放厥词，莺莺却觉得没有得到一位正式夫人的待遇，而且别的女人对她也不够自然。

姚先生把怀瑜和他家里人送到后门儿，就回来了，走到立夫身前。出乎立夫的意料，姚先生竟说："你回答他很对。很好！很好！"

莫愁说："爸爸，您为什么这么说？最好不要得罪怀瑜这种人。"

姚先生大笑说："好，我想立夫在你身边儿，比在我身边更安全。"

立夫说："您听见他说拥护袁世凯那种元首，说那些废话，您不生气吗？几百万用来干这个，几百万用来干那个，好像国家大事由他一个人决定！"

莫愁说："那有什么妨碍？他说他的，你听你的，听他说就和看戏一样，有何不可？"

"这种官僚就会把国家弄亡的。简直给民国丢脸！"莫愁看见立夫又动了火儿，觉得自己虽然骑上了一匹烈马，有时候也得把缰绳放松一点儿，好让这匹烈马慢慢地跑一跑。所以她只好把话题改变了一下，她说："他在大庭广众之间，那么炫耀他的姨太太，对他太太似乎不太尊重。"

珊瑚说："我可不做他那个样子的太太。最好有人当面告诉他别人对他的看法。"

素云现在走过来，丈夫在那边和曾先生及素丹的哥哥素同说话，素同很认真谈起曾太太的胃疼。莫愁看见素云走近，就向立夫说："他妹妹来了，说话小心。"

珊瑚说："真是个好帮手！这么早就开始了。"

立夫的妹妹环儿说："您不知道我哥哥的脾气。他自己的事不在乎，和他不相干的事倒蛮认真呢。"

莫愁说："这是杨继盛的血统遗传。"

立夫说："我对政治没兴趣。"

莫愁说："你有兴趣，比别人都兴趣浓。我知道！"

"我？绝不会！"

姚先生说："立夫，我女儿知道你，比你对自己知道得还清楚。你遇事听她的就对了。"

现在谈话不知不觉说到立夫的前途。虽然立夫不太了解自己，他觉得愿意从事新闻事业，而且结婚之后，打算出国留学。他写文章表达情意是轻而易举的，并且对身外各种情势能洞察弊端，所以表达时能一针见血，把难达之情，一语道出，恰到好处。每逢人心里有一警句妙语，心想表达于外，或出诸口头，或形诸笔下，可以说是人之本性。也许立夫天性偏于急躁，愤世嫉俗，对诡诈伪善全不能容忍。因为不能容忍邪恶，就比普通人越发能看到罪恶。看见了臭虫，人都是把臭虫掐死而后快，清扫整洁也是小孩子的乐事，甚至于成人也是把污点消除，用竿子把堵塞的水沟疏通了才痛快。

这时传来了女孩子和男孩子的喊叫声，其中有阿非。一个"知了"

形状的大风筝正在东北天空中向上挣扎飞起，但是孩子们却被远处的花木和山丘挡住。过了一会儿，红玉从树林里慢慢露出来，是她一个人儿，窈窕的身段，穿着米黄色丝绸的褂子。有时停下脚步，看看一丛花，然后又往前走，完全没理会有人正在望着她。她今天对的那副下联，大家颇为诧异，连姚先生也赞不绝口，珊瑚都听见了。

珊瑚说："红玉真聪明！"

姚先生只说了一句："太聪明。"

珊瑚喊道："你为什么不和他们去放风筝？"

红玉回答说："我刚才跑得有点头晕。"她脸上显得苍白，而且还在喘气。珊瑚说："天气不好。抽冷子就热起来了。"

环儿说陪她进去，她说她很好，只是喘不上气来。环儿扶她坐在附近的石头凳子上。环儿说："这片树荫很好，可以遮太阳。"

红玉由小身体单薄，动不动就感冒，热天晒太阳，也容易中暑。所以她有躲避太阳的习惯，也因而面色苍白。她的身体由于吃药太多弄坏了。再者吃东西太精细，太讲究，又太爱看小说。自从十二岁，她就吃虎骨木瓜酒，这本来是老年人喝来健壮筋骨用的。

那天早晨她起得早，和父母到花园儿里去散步，在别人来到之前，又和阿非高高兴兴忙了半天。那天午饭又特别晚，对联对得好，心里又兴奋。午饭之后，她又勉强和生龙活虎的阿非、丽莲各处去玩儿，跟着他们喘不过气来那么各处走。阿非说要放风筝时，她又勉强跟着去，忽然天又热起来，这都是原因。

环儿问她："都是谁在那儿？"

"木兰，荪亚，他们。"

"'他们'你指的是谁？"

"阿非，所有那些孩子，还有曾家姐妹。"

现在大家看见木兰立在土坡上，手里拿着风筝，分明是站在高处好把风筝放起来，下面远处有人拉线。

有两个孩子的母亲，还是个有身份的母亲，居然还这样玩儿，是有点儿出乎常人的意料。莫愁说："哎呀，姐姐，真是不可思议！"

风筝放得高起来一点儿，木兰也跳起来，仿佛帮着风筝往上飞一样。但是风筝转了个弯儿，又钻下来。

几分钟之后，木兰不见了，阿非举着风筝爬上山坡，后面跟着丽莲，丽莲正在和阿非争着要那个风筝。

红玉打了个冷战，猛咳嗽了一阵。环儿说："你觉得不舒服，咱们进屋去吧。"

红玉说："我想我进屋去吧。"珊瑚就和她一齐走进屋去。

立夫说："你那位表妹身体太单薄了。"

莫愁说："每年春天她都觉得身体不好。去年春天，她在床上躺了一个多月，可是她并不休息，她看小说一直看到深夜。看小说太多对少女不好。不过这还不算太严重，最坏的是她不能把事情看得开，而且好胜心太强。这就是她的病根儿。你听到人说'庸人多福'吧？但是你听说过'聪明人多福'吗？人最好糊里糊涂，才容易享高年。"

立夫问："你和郑板桥看法一样了？"

莫愁说："不错。"

郑板桥是清朝的诗人、画家、书法家，曾经说："聪明难，由聪明转入糊涂更难。"

立夫问："那么你已经转入糊涂了？"

莫愁说："不错。"

"咱们去找他们好不好？"

莫愁和立夫找到放风筝的那一批人，一看所有的孩子都在那儿，有阿瑄、博雅、阿满、红玉的弟弟，另外就是木兰和她丈夫荪亚。曼娘在屋里，小喜儿看着阿瑄，玩儿得好快乐。莫愁问立夫，那群人里谁最快乐，立夫说小喜儿最快乐。

立夫问："她现在多大？"

莫愁说："我想是二十岁吧？"

"那么个大姑娘，还是那么天真烂漫。"

莫愁心中似含有隐秘，她微笑说："难说。"莫愁走近木兰时，她喊道："你们玩儿得好开心！姐姐，刚才我看见你放风筝了。好没羞！"

木兰擦了擦前额说："看看我的鞋吧。刚才我从山坡上下来，差一点儿扭了脚腕子。都是阿非的主意。他非把姐夫拉出来放风筝，就不叫他安静一会儿。"

莫愁问："你知道红玉病了吗？"

木兰回答说："是吗？我们一点儿也不知道。最初她和我们玩儿，我没看见她什么时候走的。"

现在风筝已经放高了，只要有人扯着线就可以，现在是由小喜儿扯着。别人都进屋去之后，丽莲还和阿非与别的孩子们玩耍。

木兰说："自从吃完午饭，阿非就忙着和丽莲玩儿，带着她看各式各样儿的东西，比如新装的电话等，红玉极力想跟他们玩儿在一起。他们在电话机一旁站了好久，想叫什么号儿就叫什么号儿，然后挂起来不说话，这样向接电话的人开玩笑。"

莫愁说："他们俩处得那么好。丽莲也是那么活泼。他们俩喜爱的东西也一样，都是洋东西——电话、照相机、电影院。丽莲背着她父亲去看电影儿。红玉就大不相同了。"

立夫说："她只爱中国的东西。她比丽莲聪明。"

木兰说："聪明百倍哟。"

莫愁紧跟着问："比谁？"

木兰向她妹妹大声说："咱们不是正说丽莲和红玉吗？"

立夫突然说："那岂不糟糕？"

木兰抬头向他看，问他："你指的谁？"

"那两个。"

木兰改正他说："你指的那三个吧？"停了一会儿，她又说："我想并不严重。”

莫愁现在赶了上来，在立夫右边走，木兰在左边走，因为路由此开始宽起来。他们三人进去看见那些太太们。木兰、莫愁、爱莲进去看红玉，她正在床上躺着，母亲坐在床边儿。环儿也在，正和她说话。

过了一会儿，木兰离开，回婆家去。环儿和莫愁还在。莫愁虽然是在公立学校念书，并非和红玉同学，但是她看红玉和自己的妹妹一样。她看见红玉的脸还显得激动未平，躺在床上，头和脖子用枕头垫起来。虽然她的下巴是圆的，样子蛮好看，像个少女的脸，但是显得特别清瘦，两颊的红则是虚红，不是真正的健康。

莫愁问红玉说：“你现在觉得怎么样？”

红玉回答说：“只觉得头沉。好像我那春天的病又发了。人和花草是一样的。你们那么强壮，那么幸福。我想你们的树结得果实累累的时候，我就像枯萎的花瓣在水上漂流了。”

莫愁说：“你这么大的女孩子说这种话！”

红玉显然是看了太多的诗词，太多的言情小说。莫愁坐在那儿沉思这位深闺弱质，非常感慨，不禁五内俱热，她过去摸了摸红玉的脉。

莫愁说：“四妹，平静一点儿。我念了几本医书，我觉得你是阳盛阴亏。人必须阴阳调和，才能健康。阳火上升，你身体的下部就太轻了，所以你觉得像飘浮一样。你需要的是把阴经提高。我想你若经常吃珍珠粉，按平常吃饭，想法儿叫血脉流通，很快就会好了。不要老是靠着药，人的身子是靠着吃五谷杂粮的。多喝粥，多吃青菜。咱们女人的根在肠子，男人的根往上，在心、肝、肺。这就是我为什么说女人要多吃蔬菜，男人要多吃肉的缘故。不过阴阳不仅仅是指身子，也指的是精神心思。男人有其当做的事，女人也有女人当做的事。看书太多，对咱们女人不好。什么都到了头上，就会阴亏。地为阴，是女人。脚要下地。咱们女人离不开的事是养孩子、做饭、洗衣裳。女孩子即使天生聪明，也要隐晦一点儿。看历史和诗当然好，但也不要太认真。不然，越看得多，和日常的生活离得越远。你病了，我劝你不要再看小说。可以编织点儿东西，对女人有好处。”

红玉静悄悄的一言不发，听着莫愁的忠告，深为她的真诚所感。莫愁又接着说：“四妹，我还有另一件事告诉你。把一切事情看得开，比什么药都好。大概是这样儿，人越聪明，越缺乏耐性。我可不是当面儿奉承你，我说公道话，你的才气在我们姐妹之上。正因为如此，你就应当越发小心。你看了那么多才女美人的故事，她们之中有多少有好下场呢？古人说：‘红颜薄命’。不过我却说红颜不见得薄命，而是聪明多才才薄命。后人看起来，很难说谁聪明，谁愚蠢。在人这一辈子，要一切事情任其自然，把一切看淡，不必多费心机。你若能学着对人生持这种看法，我担保你的病自然会消失于无形。”

红玉的眼里现在有了眼泪。她说：“好姐姐，多谢你告诉我这些话。以前从来没有人对我说过这些肺腑之言。”

莫愁伸出一只手，放在红玉的肩膀上说：“要吃珍珠粉，这是阴性的精华。要吃好久才行。现在睡一会儿吧。”

说完，莫愁就走了。

红玉想睡，却无法入睡。莫愁的话像一帖镇定剂，她开始想莫愁每一句话的意思，好像每句话都具有深意。她又想，别人都来看她，阿非和丽莲却没有来，她于是一直醒着。她的心思却按捺不住，想东想西，把那一天每一件事情都想起来。她把《三国演义》上周瑜临死说的那句“既生瑜而何生亮”改成“既生我红玉，何以又生丽莲”。

她开始想在历史和小说上看过的美女，比如梅妃、冯小青、崔莺莺、林黛玉、鱼玄机、朱淑贞。这些故事之中，大都有一个不解人意的蠢汉子。阿非并不愚蠢。她知道阿非爱她，因为她和阿非是一齐长大，一齐青梅竹马玩儿惯的。她自己智慧开得早，阿非却不是。阿非也不是古代佳人才子故事里风雅才子那一型。所以她若是“佳人”，阿非却不是“才子”。他作一副对联都不会，嘴里说着现代学校流行的怪话。电话、电影、英文单字，这些东西，他和丽莲都混用在嘴上，听来多么刺耳。

红玉念书的那所教会学校以教英语会话出名，但是她的中文太好，而英语不够好，因为她心不用在英语上。她总觉得英语听来太古怪，她又过于敏感，她总怕发音发错。所以，虽然她很容易就学会念英语，也能懂英语的意思，但是从来不用心学说。脸皮薄的人是没法子学洋文的。在学校，同学们是以密斯某某相称的，她就独独反对这种称呼，她以为这样岂不等于说中文没有称呼小姐的办法吗？

最后，阿非是晚到了。曾家走时，他要去送木兰和丽莲，在门前又逗留了一会儿，木兰说："你最好快去看看四妹。她病了。"他才进去。

所以阿非半个钟头之后才到红玉的屋子。他立在门口儿叫道："四妹！"里面没有人回答。红玉在床上静静地躺着，脸背着他。他又叫，红玉还是不动。他用脚尖儿轻轻走进去，坐在靠近床的椅子上，静悄悄地等着。红玉一直一动不动，但是没有均匀的呼吸声，所以她不会是已经入睡。忽然她的肩膀儿抽动了一下，阿非听到她嘤嘤啜泣之声，立刻走到床前说："妹妹，你怎么了？"她那啜泣之声提高到按捺不住的哭声，她猛然动了一下，把脸用枕头挡住。阿非扳她的肩膀，打算把她扳过来向自己。他说："千不是，万不是，是我的不是。我原来不知道……"但没等他把话说完，红玉把他的手推开说："别碰我，我不能像别人跟男孩子乱玩乱混。"

阿非说："好，我不动。"说着往后退一点儿，又说："你看，我坐在这儿。可是你得跟我说话呀。我发现你走了之后，并不知道你不舒服。妹妹，好了。"

红玉这时把脸转向他说："你怎么会知道！别人可老早就知道了呢。"阿非脸上流露出无限的爱意，还带着一副可怜相，这样向红玉看着，直到红玉觉得怪不好意思。她原打算根本不和他说话，但是现在阿非不回答，又显得后悔，又显得可怜，她未免心肠软下来，她说："二哥，这一整天你的魂儿都飞跑了。我没有力气跟着你到处跑。你不觉得累吗？”

在红玉的话里，有对阿非关怀之意。阿非递给她一块手绢儿，红玉用手接过去，擦了擦眼睛说：“你不应当划船，我好为你担心。在水上多么危险。”

“危险？有什么可怕的。明天我和你去划船。你静静地坐着，我给你划。”

红玉说：“不敢当！你爱划船，是不是？”于是引用早晨丽莲说的那句话：“‘在水上看是大不相同的’，是不是？”

阿非说：“不错呀。在船上看就是不一样啊。”

红玉说：“是啊，‘在水上看是大不相同的，在岸上的人好像是在高楼上一样啊。’你倒玩儿得很开心！”

阿非说：“你好坏。”

红玉说：“说实话，我不适于那样跟你玩儿。可是，你为什么不能文静地坐下，像大人那么说话，就像立夫一样？你知道我不喜欢乱吵乱闹。自从在什刹海看见那个淹死的小姑娘我就一直怕水……没关系，将来我死了之后，还有人跟你玩儿，还有人爱划船，爱放风筝，爱电话，爱玩耍运动呢。”

阿非过去，举起手来，做出要堵住她的嘴的样子。他大喊说：“你若再说，我把你的嘴堵起来！”

红玉用手去推他，阿非一边要胳肢她一边说：“你敢？你敢？”红玉开始求饶，说：“二哥，这一次饶了我吧。我再不敢了。”这时候，他俩可以说又成了小孩子，跟过去童年一起玩耍时一样了。阿非看见红玉因为笑而咳嗽得难过，就立刻停住。但是红玉说：“我去把这件事告诉‘密斯’曾。”

阿非对红玉一向特别体谅，因为她是自己漂亮的表妹，是青梅竹马的伴侣，纵然有过错，爱发脾气，还是爱她，佩服她的才华，怜惜她的体弱多病。他说：“鸭子死了嘴还硬。妹妹，不管什么事，你若不占上风，你是不肯甘休的。”红玉说：“都是我心胸狭窄嘴又尖刻的毛病。我告诉你，在我们几个姐妹之中，我最佩服三姐，人又聪明，又诚恳，又稳健。”

阿非回答说：“但是她对人没有二姐宽大，我还是更喜爱二姐。三姐那么沉稳安静，可是她一开始责骂我，我真怕她。我从来不怕二姐。我说，妹妹，你的脾气要改一改。”阿非觉得木兰最完美，他希望红玉能够像木兰。

红玉说：“我自己知道，但是人的脾气是改不了的。刚才三姐在这儿坐了半天，向我说了几句真心话。”

“她说什么？”

“她告诉我不要对事情太认真。这真是肺腑之言，是真心话。算你运气好，幸亏刚才她劝了我，不然现在我根本不会理你。”

阿非看见她通情达理了，心里很欢喜，于是说：“真的呀！那我应当去向她道谢。”阿非因为存心要逗她高兴，又说：“妹妹，人人都夸你那对子作得好。我也觉得脸上有光彩。的确是比别人对得都好，连三姐对的在内。不过我也有一个对句，比你的还好。我若在那儿，大概会夺得魁元了。”

红玉说：“那么，说出来让我听听。”

“好吧，是这样，妹妹：‘我爱你来你爱我。’”

红玉大笑。

红玉说：“好羞！好羞！韵都错了。你上洋学堂，连一副对联也不会作了。在古时候，你连进洞房都没有资格。来，我给你说个故事。据说在宋朝，苏东坡有个妹妹，嫁给了秦少游，秦少游会说英语。”

“胡说！”

“没关系。新婚的晚上，新娘让新郎作一副对联，若对不成，就让他在院子里过一夜。那天皓月当空。她把门关上，隔着门对新郎说：

闭门推出窗前月

“秦少游对不上，因为他上的是个洋学堂，于是只好在院里月光之下来回徘徊。新娘的哥哥苏东坡看见了，很可怜他，就捡了一块石头子儿投入院里的水缸。”

阿非问：“那是干什么？”

“他的意思是提醒秦少游对出下面这个句子：‘投石击破水中天’。”

阿非喊道：“妙极了！”

“等一等，可是秦少游当时没有明白苏东坡的用意，不知道究竟怎么样进入洞房。你知道后来他怎么进去的吗？”

“怎么进去的？”

“因为秦少游棒球打得好。所以他拿了一根棒子，用力在门上一打就进去了。”

阿非羞红了脸。他说：“在宋朝中国人还不打棒球哇。”

“我起誓，这个一点儿也不错。他甚至还说英语。新娘问他：‘你作的对联呢？’他回答说：‘大耳铃，而今在学校不学作对联了。我们只学打棒球！’”

阿非说：“你编这个故事特意来挖苦我！”又开始要胳肢红玉。

红玉立刻求饶，说不再挖苦他，因为她怕胳肢。

这时候，红玉的母亲走进来，看见两个人又说又笑，心里很喜欢。

红玉告诉母亲：“三姐说我应当吃珍珠粉。”

妈妈说：“若是真有好处，咱们也吃得起。”

阿非问：“是真正珍珠的粉末吗？一剂药要多少钱？”

他舅母说：“大概一百五十块钱到两百块钱之间吧。”

阿非说：“四妹若能吃了身体好起来，这钱又算什么？我去告诉爸爸。”但是冯舅妈说：“不用急。”阿非又坐下。

阿非见这么漂亮的表妹躺在床上，脸那么雪白，轮廓那么清秀，脸上因爱和兴奋而灿若朝霞。他这是生平第一次觉得热情的火焰不可抑制，和以前对表妹的那份儿童的爱不大相同。红玉看出来他向她那么痴情地望着。虽然有她母亲在一旁，他竟不知避讳。

红玉说：“你疯了？你望着我，好像以前没见过一样！”

阿非说：“我只是看看你。你老是这么坐着让我看好不好？你的名字叫红玉。你好像真是用玉做的，是软玉，是温玉。吃了珍珠粉之后，你会像夜明珠一样那么光彩照人了。”

红玉听了这话，脸绯红起来，喜而微笑，只说了一句：“你呀！”

红玉的母亲说：“你看他。他有时顾前不顾后的，其实心很好。我看着你们俩一块儿长大，两天好，三天坏的。现在你们俩都长大了，应当比以前要懂事。红玉，你不要再闹孩子脾气了。阿非，你呢，不要拉着你妹妹乱跑。她生性好静。让她好好儿躺几天吧。慢慢儿调养调养，也就好了。”

第二十八章　娼妓做夫人煞有介事　劣妇追时尚得意忘形

怀瑜的家在苏州胡同，靠近使馆区东交民巷，以前洋人住过，房子已经按照洋房修改过，有电灯、抽水马桶、电话。四合院里四面的屋子，都由增加的封闭的走廊连接起来，所以在冬天，由这边房子到那边房子，不必走到外面去。东房用作书斋，由北边通往北房，北房由怀瑜的妻子和孩子们住。莺莺在西边有一个独院儿，微微靠后，在他妻子住的房子后面，有一个四扇的绿平门通过去。她那院子中间有一个喷泉。他和莺莺新近才搬进这所新宅子。怀瑜把太太和姨太太的屋子花了同样多的钱修理，家具的格式也相同。饭厅在第二层院子里，全家在那儿吃饭。

床的问题比吃饭更为微妙。中间第二层院子的北屋，是怀瑜的书斋、大客厅，平时用不着。那里有一个小卧室，以前的主人用做客房，浴厕俱备，不过怀瑜从来没在里头住过。他在每月一日与十五日，住在妻子的屋里，其余的日子则都睡在姨太太房里。他太太带着最小的那对双胞胎孩子住。怀瑜说他自己要安静才能睡。这种安排完全是怀瑜决定的，大家谁都觉得满意。怀瑜的太太，名字叫雅琴，对于这样名分上的尊重，也认为可以。以前她听说丈夫要娶莺莺时，她已经做了最坏的打算，准备委屈求全，能太平无事就好。只要她能保住太太的名分，能做孩子的母亲，什么都不争，什么都可退让。

莺莺从姚家的宴会回来，颇不满意。那是她在亲戚之间初次露面儿，宴会上别人对她的看法，使她对姨太太的地位，深深地有所触动。不但太太坐上座，到场的所有女人都对太太和太太的孩子说话，对姨太太多少都有几分冷淡。木兰姐妹对她很客气，但是不热诚；而且在莺莺作对联惨败之后，木兰就不再和她说话，她只好和素云一个人说话。她离开宴会时，心烦得厉害，自己都厌恶自己。妓女永远是孤立的个人，不适应家庭中复杂的生活。她决定以后再不去参加那种性质的宴会。

所以到了家，她就进了自己的屋子，躺在床上，一直躺了一个下午。怀瑜问她有什么不对，她不回答。将近日落的时候，她说她要在自己屋里吃。怀瑜决定不去理她，让她的闷气自己消散吧。

仆人听说二太太身体不舒服，都来问候。厨子做了特别的菜送到她屋里来。

怀瑜一个月以前回到北京租这栋房子的时候，他带来牛家一个仆人，姓梁，为人机警精明，年纪是三十五岁，现在来做门房儿。老梁在北京长大，深知他现在当的这个差事的性质。他和别的仆人都知道主人的新宠原是个颇有名气的妓女，他们现在要讨欢心的是两位女主人，不是一个，当然新的更重要，而且不久，这两位女主人的势力就要分庭抗礼不相上下了。老梁出主意，说二太太屋里需要装一个电话分机才好。他这种善体人意，不久就赢得二太太的欢心。

众女仆都争着到二太太院子里去伺候，而莺莺却选中了老梁的妻子。这自然有她的理由。老梁的妻子去伺候莺莺时，莺莺对她说："我看你是个聪明人，我这样提拔你，你一定明白。你们两口子若是忠心好好儿伺候我，我会厚赏你们的。"老梁夫妇之外，他们的小儿子也帮着打杂儿，管买水果、买香烟等事，做事很伶俐。另外，还有一个汽车司机，当然给莺莺开车的时候多，给太太开车的时候少，因为她很少出去。莺莺带来了她的丫鬟蔷薇，蔷薇跟她已经多年，所以在她房里出出入入，是蛮有重要身份的。全家只有正太太的老用人丁妈，对她的女主人是忠心耿耿的。

那天下午，快近傍晚了，莺莺的院子里，就颇为忙乱，因为大家都争先恐后像伺候女王一样去伺候她。蔷薇传布命令，没人敢反抗她。厨子平日傲慢无礼，也去站在门外，接受蔷薇的命令。只有丁妈没有在这位新宠的院子里露过面儿。

莺莺叫老梁。老梁来了，到了卧室的门口儿，她叫他进去。老梁畏畏缩缩地向前走了几步，迈进了门槛儿。他看见莺莺躺在床上，半盖着身子，他不敢抬头看，毕恭毕敬立在那儿，眼睛看着地。

莺莺说："老梁，我有几件事情要跟你说。来拜访老爷的客人越来越多。你知道，老爷现在这个身份，他不能谁来就见谁。有谁来了，先来禀报我，我决定见不见。再者，你必须有适合你身份的制服。客人来了，必须有专人管茶水、送毛巾。这个我留给你做。不管事情大小，必须有一个首脑的人负责任。不然，有什么事要做，你让我做，我让你做，那就全乱了。不能再像从前那个样子。"

老梁回答说："是，太太。您吩咐得对。我原也这样想。人多口杂，没有一个头儿来管。您说做件制服，我想起来了。昨天我想买几个花盆，就很难办。丁妈不肯向太太要钱，我什么也就办不成了。"

莺莺很泼辣地说："我没想到事情会糟到这个地步。你若听我的命令，你想有谁敢不听你的话？"

"那当然没人敢，太太。只要您传下将军令，小的一定遵照您的吩咐，担保把事情做好。在我们牛府上，小的只知道有一位太太。"

莺莺微笑说："老梁，你真会说话。但愿能言行一致。我要用的是个忠心的仆人。我向来对我的人都有厚赏。"

老梁回说："我得夫人恩宠，真是三生有幸。您若降恩差遣，您就吩咐小的一件事，您就看得出我老梁是不是不识抬举，是不是知道感恩图报。”

莺莺大笑说：“难道你的意思是，我若万一叫你去杀个人，你也肯去？”

“不是，夫人，那小的不敢。”

莺莺微笑说：“过来。”老梁小心翼翼地向前走了几步，踟蹰不敢再往前走，但是莺莺叫他到床前去。莺莺从头到脚把他端详了一下，说：“比如说，我发下一支令箭，命令你做全家仆人的总管，你怎么报答我？”

老梁就像将军得到皇帝的圣旨一样，双膝跪下，扑通向夫人磕了几个头，他说：“夫人这么抬举小的，小的一辈子有了依靠，小的老婆和全家都永远向您效忠尽力。”

莺莺说：“起来。我会跟老爷说。现在没有什么事情让你做。但是……”她用雪白的手做了个手势叫他再往前走，要在他耳边低声说话，所以老梁必须走近。老梁看到这种阴谋诡计的样子，非常紧张。莺莺说：“你知道那个丁妈。她是这个家里的老人，现在渐渐端起架子来了。她是大太太的仆人，我不愿用人多管事。”

莺莺在老梁耳旁吩咐了他要去做的事。

晚饭之后，怀瑜来看莺莺好了没有，并且问她自己是否那天晚上到大太太那边儿去睡，因为那天是十五。

“你若是生病没好，我就明天再过去。”

莺莺说：“你到她那儿去吧。我并没有什么真病。这儿也有人伺候。叫我好好儿安静一晚上吧。”

过了一会儿，怀瑜又问：“你是不是跟我生气了？”

“不是，不是跟你。坐下。我想跟你说说话。你要不要听？”

“小心肝儿，当然要听。什么事？”

莺莺说：“我当初到你们家来时，我指望这个家真正像个家，平安无事，井井有条，像个做官的人家。在这几天看来，简直是乱七八糟。有的用人听这位太太，有的听那位太太。真有什么事要做了，反倒没有一个人做。圣人说：‘欲治其国者，先齐其家。’每个仆人的职责要划分清楚。得有一个人当权主事才行。”

怀瑜听了心才放下去。他说：“是这件事吗？你知道，雅琴不能管家。家里一直就是这个样子。你来管这些下头人怎么样？”

“不，你错想了。我没有工夫管这些用人。我只是想要有个头儿来管他们。比方说吧，像老梁，我看他可以。不然，你这边下个命令，叫一个仆人向东，那边又下一个命令，叫他向西。我想老梁人很好。”

怀瑜说：“就照你这个意思办吧。”所以第二天早晨，他就下命令，教老梁总管家事，别的男女仆人，一律听老梁吩咐，一切零用杂项费用由他决定。结果是，大太太开始感觉到有些小烦恼。她每找一个仆人，那个仆人总是忙着没有空儿，而丁妈必须要烧水沏茶，若是大太太需用东西不愿久等时，甚至于还要派丁妈自己出去买东西。

丁妈很生气，对家里这种新情况也弄不清楚是怎么回事。她跟太太雅琴已经六七年，她帮忙把孩子们拉扯大，帮着太太渡过多少难关，所以她就犹如雅琴的母亲一样。因此，她一向是家里最有地位的用人，而太太什么事也都听她的话。她带着孩子去逛公园。若请客，她帮着安排菜单子。现在这种权力被剥夺了。又多了个蔷薇，她在家里横冲直撞，根本不把丁妈放在眼里，而且她开始指派丁妈去做事。丁妈不服，反抗她，吵过几次。大太太弄昏了头，不知如何是好。

一天，丁妈哭着到大太太面前，当时莺莺也在。原来丁妈要出去买东西走出大门时，对家中的事情发了几句牢骚，偏巧让老梁听到，打了她一个嘴巴。丁妈一边擦着眼泪一边说：“太太我不能在您这儿做了，他们都跟我作对。老梁，他家的，蔷薇，联合在一块儿讨好二太太。别的下人，看见老梁有力量，能够向二太太说话，当然都去讨二太太好。司机愿给蔷薇开车出去办事，我找他干什么都不行。您看，咱们落到这步田地了。真是俗语说得好：‘一朝天子一朝臣。’”

牛太太把老梁叫来平息这种争吵。老梁来了，不是一个人，把他家的和蔷薇也一齐带了来。

老梁说："太太。家里有这么多仆人，老爷派我管着他们。他们各人有各人的事情做。只有丁妈不肯听我的话，仗着她资格老，比我来得早。我跟她说话，她连理都不理。我们都是伺候老爷和两位太太的，她为什么就特别一点儿？"

丁妈哭着说："叫你做总管就是教你打人吗？"但是丁妈还没来得及往下说，蔷薇就插嘴说："你顶好少开口吧。我若把什么都说出来，那就不好听了。"

老梁家里说："咱们要算旧账，索性算个一清二白。要说的话可多着呢！她说我们什么话，倒没关系。她说太太的话，可太不中听。"

蔷薇说："是啊，我听见她说二太太是狐狸精。"

丁妈说："我没说。"

蔷薇说："你说了。厨子也听见了。"

老梁说："你若想辞工不干，我们也辞工不干。"

莺莺刚才一直不说话，静静地听着，现在说："你们都不听管教。要知道，丁妈是家里的老用人，什么事都要让着她一点儿。丁妈，我不知道他们说你说我的话，是不是真的。我是不是狐狸精，与你没有关系。你的眼睛不要让米汤粘住，要放亮一点儿。你们用人之间说什么话，做什么事，只要不沾我的边儿，我都懒得管。"

莺莺又转过脸去对大太太说："姐姐，这件事闹得也太厉害了。不过，今天我不想把丁妈怎么样，就这么过去算了。可是以后不能老是这么吵哇闹的。不管在哪一家，大家都应当尊重一个管事的。比方叫丁妈做个管事的，我想她得不到大家的尊重，大家也不会听她的。所以，若是她还打算在咱们家做，她必须和别的人处得来，也让家里消停一点儿。您说怎么办？"

大太太没料到二太太有这段话，当时只说："你们都听见二太太刚才说的话了吧。谁也不要说辞活不干，大家要相安无事才好。"

老梁打了丁妈的嘴巴，主人并没有命他向丁妈道歉，而且不知为了什么，过错儿都落在丁妈身上，而且在每个人眼里，丁妈似乎并没被治以当得之罪，反倒是由主人从轻发落。老梁这一党是大获全胜了。

怀瑜听到大太太和二太太说这件事时，他认为莺莺很够宽大，他认为丁妈说闲话，嚼舌根子，把她狠狠地骂了一顿。由那天以后，丁妈的地位很快就保不住了。老梁对她是一副鄙视嘲笑的态度。有时到吃晚饭的时候，偏偏差她出去买东西；回来时，往往发现别的仆人早已把饭吃光。她很气恼，有一次派不动她，老梁又打她嘴巴，并且说："去告诉太太，干什么不去？到时候大家一齐滚蛋。"

丁妈哭着去见太太说："我不能在您这儿做了。"

大太太说："丁妈，你不能走。孩子们都离不开你呀。"

丁妈坚持说："没办法。我也顾不得这八块钱一个月的饭碗了。我宁愿去挣一月三块钱，落得个平安心静。不过，我只为您担心。我走了之后，您的处境可就更难了。"

她拿布衫的下摆擦了擦眼泪，大太太和她相对而泣。孩子们听到丁妈要走，也都哭起来。

丁妈刚走，老梁家的就推荐她的表妹来伺候大太太。大太太和孩子们开始觉得四周围充满敌意仇恨，甚至于在新来的这个李妈面前不敢说什么话。父亲和孩子们越来越疏远，孩子们心中暗恨莺莺。母子们都对这位姨太太怀恨在心，常常密谈，这样，大家越发相依为命。那些密谈成了母子之间的乐事，是雅琴和孩子们后来永难忘怀的事。儿子们不仅是怕父亲，而且因为他对母亲冷落，开始恨父亲。每逢父亲和莺莺一齐到天津去不在家时，他们才觉得精神轻松自然，才觉得快乐。

现在莺莺对付男人是训练有素，得心应手了。甚至她有病在身时，也能使男人觉得乐不可支，她若是没有病痛，她能显出一副病容，仿佛有病在身。她越是显得身体有病，她的魔力越不可抗拒。在宴会上，她能做出一个成熟高雅的夫人模样，在大官儿面前她显得很有身份，以从容不迫雍容大方的态度和他们周旋应酬。她只要一换衣裳，再换一副表情，她就像一个娇小玲珑天真无邪的少女。男人既喜爱少妇，也喜爱少女。但是莺莺知道少女投男人之所好，对怀瑜更是如此。约略来说，这两种不同的差别，主要在发型风格的不同。她的头发若梳起来，穿上裙子和高跟鞋，她就是社交上迷人的少妇。若是把头发梳成辫子，在家穿个坎肩和短裤，再穿一双拖鞋，她就像年方二九的少女，其讨人喜欢，竟会叫人丧魂失魄。

一天傍晚，她正是在那种孩稚般的心情之下，仰卧在床上，红坎肩上头敞开，好像心里有什么事情忧虑，懒洋洋地嚼着梨，若有所思，却是欲语还休。手里拿着吃剩的一半儿，胳膊伸在床上，嘴里却停止咀嚼。

怀瑜看见她那丰满雪白的双臂，摸起来那么滑润，辫子垂在胸膛的一边，人斜倚在柔软的枕头上。怀瑜闻了闻她身上的香味，知道自己在人世间所喜爱者，未有过于此妖姬者也，于是云雨之念不觉勃然而兴。但是她转过身子去说："不要。"

怀瑜一边把她手里的半个梨拿开，一边问她："怎么了？"她伏身在怀瑜的怀里，躺在那儿，一言不发，眼睛眨动着。她此时已经丧失了平日自高自傲独断独行那种硬气，全像一个安静可喜的小孩子。

怀瑜摸不着头脑，问她说："你心里想什么呢？"

她懒洋洋地回答说："我也不知道。"

"你跟我生气了？为什么？"

她坐起来一点儿，她说话时，和怀瑜在宴会上所见的那样成熟的妇人完全不同了，以一种温柔恳求的腔调儿说："不是跟你生气，可是和跟你生气也差不多。你从来没给人做过妾，你不知道做妾的味道。那一天在曾家的宴会上，人家都敬的是你太太，可不敬做妾的，我在人眼里就犹如一个'四不像'。做太太的偏向着做太太的，就像'官官相护'一样。现在我知道当初错了。看起来，毕竟是一夫一妻双飞双宿好。"

怀瑜说："你要我怎么办？雅琴毕竟是我孩子的妈呀。你不是要我和她离婚吧？”

“我并没有让你跟她离婚。但是天理良心！谁都愿意跟别人一样，站得直，坐得正。以后我可不要再在人前去丢脸。你肯听我的话吗？”

“你叫我怎么样都可以。”

莺莺的手指头摸索着怀瑜胸膛前的扣子，似乎不想急着说出要说的话。她的纤纤玉手在怀瑜的胸膛上漫无目的摸来摸去。怀瑜看见她那么文静，那么心事重重的样子，就把她抱得更紧一点儿。怀瑜作为男人自尊自重的面子，得到了满足，于是说：“宝贝儿，你想办什么我都替你办到。我是一家之主，我是一心要让你快乐。”

这时候，莺莺知道，她已经把怀瑜这个男人征服了，就抬头看着他的脸说：“我知道我要干什么，就是不知道你是不是能办得到。”

“告诉我。告诉我。我担保办得到。”

她坐起来，也命令怀瑜坐起来。她说：“现在坐在这儿，不要乱动，听我说完。”她用最有训练的闲谈方式，既含有女人的温柔，又有坚决的强硬，以能把男人化作绕指柔那般高明的语速，接着往下说下去。

她说：“大爷，我选定要嫁给你，是相信你可以做个终身的依靠。相信咱们一同携手，可以大有成就。你应当知道，我的处境太不容易。若让我以后再不受人污辱，只有在三种条件之下，我才跟你在一起。你答应不答应？”

怀瑜弄不清楚，他说：“我不知道你提的是什么条件，我怎么答应？”

莺莺说：“我要你答应。不要问。你答应了之后，我再告诉你为什么。”

“好，你说吧。”

莺莺开始说：“第一，至少在外面交际应酬上，我必须装作是你正式婚配的太太。我不能再忍受和那个女人一块儿出去。第二，在家，钱和仆人通通由我一人管。每月我给雅琴一笔固定的钱过日子。一个家不能有两个头儿。几个仆人听这个太太，另几个仆人听那个太太，那怎么可以？她若不找我麻烦，我会公公道道对待她。”

“第三个呢？”

“不要打岔，等我说完。汽车听凭我用。这个样儿，咱们可以过得很快乐。不久，你就会知道我对你有多大的好处。现在回答我这三个条件。我再告诉你其余的。”

怀瑜轻松地笑了笑，说：“我的好太太，我是唯夫人之命是从的。我答应这三个条件并不难。第一个容易，因为她并不喜欢在外头去应酬。用车的事是件小事，我并不想把你关在家里。第二，关于管理仆人，他们已经由你管理了。但是你管钱，那不是你把我也管住了吗？”

“不用怕。你答应不答应？以后，我再跟你说。”

“你要我答应你管钱干什么？”

“我那样儿才高兴。没别的。”

“我答应了，不过这是家事。我都答应了，你对我有什么奖赏？”

“我会叫你快乐。都答应了，是不是？”

怀瑜说：“都答应了。”

莺莺在怀瑜的嘴唇上长长地吻了一次，因为她知道她现在控制住的这个男人，为了实现她的野心，是个很有力量但又柔顺好用的工具。

莺莺说：“你这个人有智慧。说实话，你会看到我莺莺可以和你共大事，对你有好处。自从十六岁，我就想结婚。可是我遇见的男人都是又胖又老又蠢，不过他们有的是钱，不然就是追欢寻乐没有头脑的年轻人。我若是只图金钱，只图舒服，我老早就嫁了。有时候，我也遇见不错的年轻人。我和一个年轻人真正发生了爱情，爱得发狂，那时候我十八岁，但是他不敢娶我。他答应娶我，后来连一句话也没说就溜走不见了。我想他一定是个有妇之夫，而他太太又是个母老虎。我吃不下，睡不着，一直想他，到后来只好听天由命，放弃了他才完。再往后，我心变狠了，专找又老又胖又蠢的，只要他们肯大把地给我钱，肯给我买珠宝买礼物，我不再想嫁人。他们要什么，我给什么，但是他要付得出价钱。男人是怪东西，女人越不喜欢他，他越穷追不舍。等我把爱情两个字忘光之后，对付男人就更容易，于是想巴结我的人就越多。可是，最后，做歌妓的总会想到自己的将来。我曾经想，有一天，攒够了钱，嫁一个石油商人，安定下来，过一个小家庭生活，收养几个孩子。但是，你知道，花费太大，我挣的钱，又都从手里花了出去。我实在不能一边节俭花用，同时还保持豪华的气派。若是老顾面子，就得老是欠债，也不得不从有钱的老笨蛋身上去找钱，才能过五月节，过八月节。后来，你去了。我心想我和你携手共事，可以有点儿成就，我希望我没有选错。

"我现在要求你答应这些条件，都是对你有益处。咱们若是想飞黄腾达，就必须通力合作。家里必须平安无事，不叫人心烦才行。若打算在外面大有开展，在家里就必须二人同心。第二，你要知道，我不是到你们家来只图过舒服日子。若真如此，也就不必提那几个条件了。你知道，我也知道，做官的要想起来，必须经由女人，比如姐妹、太太、姨太太。政治就是社交应酬。对这种事我看惯了。我帮助几个人求过官职，全凭在枕头上几句话。比方说，你得现在这个差事，是由于大学士的三姨太太的五弟的关系。我可以直接去见他三姨太太。这就是我要为你做的，要在社会关系上去帮助你。我若天天在家为仆人的事情操心，又以情妇的身份出去应酬，那我怎么帮助你？我必须把身份提高，使身份和为你做的事符合。你若是当了京兆尹，或是天津市长，有钱有势，得好处的不是你自己的老婆孩子，还能轮到别人？"

怀瑜聚精会神地听，非常感动。他说："妙哇！什么事你都想到了。我的心肝儿宝贝儿啊，人长得漂亮迷人，又聪明有心眼儿。我想我是红运当头了。"

莺莺用手指头指着怀瑜说："不过还有第四个条件。你要小心！那就是除去我之外，不能再有别的女人。"

怀瑜斩钉截铁地说："有你在我身边儿，我用不着别的女人了。"

由那天起，莺莺常常和丈夫两个人出去，再没有怀瑜的正式妻子雅琴跟着。由于莺莺的名气、社交经验、灵活的手段儿，许多做官的姨太太都欢迎她，争着和她深相结交。在家，她高高在上，仆人们对她争相取悦。大太太反倒成了管家婆，指挥厨房准备饭食，和办理其他家事，但是都听命于莺莺。

此后不过几天，素云来看莺莺。

莺莺对她说："你应该在家里安个电话。我没有电话简直不行。有电话彼此联络多么方便哪。有时候打麻将找你也没法儿找。有事情一打立刻就通，而且在晚上咱们也可以多一块儿出去几趟。"

素云回答说："这不用你说。谁不想安个电话呢？可是我不像你，一家的主妇。我什么事都要公公婆婆准许才行。我要出这个主意安电话，一定遭驳回。你知道那个小狐狸精，现在家事都由她管。"莺莺知道她说的是木兰。素云又接着说："我真羡慕你！你完全自由，愿跟丈夫上哪儿就上哪儿。你若是在一个大家庭过，你就知道那是什么滋味儿了。"

"那么你为什么不搬出来呢？"

"我倒是也想过，可是不那么简单。老大和老三常常一块儿嘀咕我，我一近前，她们俩就不说了。我除去和我自己的丫鬟们说话，连个说话的人也没有。我那个死笨的男人哪！他给全家挣钱，还是挨骂，荪亚什么也不做，反倒受人高看。我想分财产，搬出来自己住，一个小家庭，像你一样。可是经亚不敢说，他说不行。"

"你不能叫他们分家吗？"

"公公婆婆还都活着，我有什么办法？"

"哎呀！你真老实！想办法叫他们赶出你来，才称了他们的心愿，这样不就也达成你的心愿了吗？"

"但是你知道不行啊。若是能办到，我自然乐意。可是家有家规。大家庭是怎么个样子，你全不知道。"

“好了，你要干什么，就干什么。自己要弄清楚自己的事。不能浪费青春。不能讨好别人，反而糟蹋自己。”

“我但愿能有你这番勇气。我得先把那个没出息的男人说服才行。”

“你是女人，若连自己的丈夫都不能对付，不就太笨了吗？”莺莺于是放低声音说，“你看我怎么做的。我都叫你哥哥听我的话，把全家的事都交给我管了。你看以后吧，若不然，我就把‘莺莺’两个字倒着写！”

“我今天来就是来说我男人的事。我相信你和我哥哥就可以提拔提拔我这个宝贝男人。倘若事情特别地糟糕，我们不能和家里分开，也该想办法给他在天津或是别的地方找个事做，我也就可以离开那个人间地狱了。”

“不用发愁，我可以想个办法。一个油矿管理局就要成立了，是用的美国钱。标准石油公司有计划在山西省探测油源。你哥哥现在就正做这件事，也许他能给你丈夫谋一个差事。”

素云说：“可是他不是工程师啊。他怎么会懂得油矿的事情呢？”

莺莺大笑说：“哎呀，傻瓜！那脏兮兮的事情才是工程师做的。你以为你哥哥他懂什么油矿吗？”

素云说：“不管怎么办，我一定要离开那个狐狸精。你亲眼看见了，她向曼娘的母亲敬酒的时候，她把我挖苦得好厉害。她那根舌头！不过，我真是没法子找话对付她。她知道怎么讨公婆的欢心。她正在用家里的钱讨好用人。用人榨取钱用，她不是不知道，她可不说一句话。”

“我觉得姚家姐妹俩都不容易对付。姐姐尖刻聪明。妹妹沉稳老练，比木兰还可怕，我一看见她，我就觉得……”

电话铃响了。莺莺拿起床旁的听筒说：“喂……陈奶奶……噢，是您哪！今儿晚上打麻将……好……我准到。”

莺莺把电话放下说：“你看，多方便！是陈五少爷的太太约人今儿晚上打麻将。你顶好和我一块儿去。”陈五少爷就是那个大学士三姨太太的五弟。

“我不像你那么自由。我得先向婆婆请示才行。”

“说的就是啊。你非出来不可，这样就闹翻了天。不久，他们就会乐得让你搬出来。”

素云说：“可惜我没有你这份儿勇气。”

莺莺说：“你也有。”

素云这次回家，对事情有了一个新的看法，也有争取自由更大的决心。她向婆婆请求那天晚上出去一趟，出乎她意料，婆婆立刻答应了，一点儿麻烦也没有。

素云跟莺莺出去的时候越来越多，有时也有丈夫经亚，有时候没有他。素云尤其以坐莺莺的汽车为无上乐事，而且晚上回去得晚。素云的汽车使曾家特别注意，因为曾家用的还是马车。素云不敢提出叫曾家买汽车，可是她确实提出了安电话。她说得很有道理。怀瑜家有电话，咱们曾家为什么不安电话？但是曾先生恨电话这种洋东西，破坏家中生活的安静。在这件事情上，素云却得到木兰的支持，因为姚家也有电话。木兰提出这件事，说是她的意思。曾先生不置可否。电话终于安上了。木兰常和莫愁、阿非、她父亲通话，却不和她母亲说话，因为只有别人叫号码儿接通了之后，她母亲才会用电话。素云和莺莺常常一说就说半个钟头。所以一有素云的电话，仆人们就知道是莺莺打来的。

此后不久，怀瑜在新机构油矿管理局弄到一个差事，同时仍拥有旧职。他也给经亚谋得一个职位，每月大洋五百元，可谓肥缺，再加上交际费六百元。这个待遇很好，曾先生答应儿子随同怀瑜到山西，在太原油矿管理局做事。

丈夫不在家，素云得到离开家的好机会。她向婆婆请求回娘家多住些日子。她感谢莺莺，使她得到前未曾有的自由，也得以在社会上广事交游。莺莺也常去天津住，但是不肯住在牛家。牛家公婆也并不想约束像莺莺那样的儿媳妇，莺莺再三说，她丈夫事业都是由于她社交的结果，而她自然应当独立不受约束。她说她的应酬交际比以前更多，而饭店是客人酬酢最方便的地方，随时事事有人伺候。其实这不算什么新鲜，因为好多在租界住的中国做丈夫的，家中虽是简陋的房子，在饭店则生活豪华。在饭店里谁也可租房子打一夜麻将；作家在饭店租一间房子写文章，省得在家孩子啼哭使人不得安宁；商人在饭店设办事处，谈生意；政客在饭店开房间勾结纳贿；娼妓长期住在饭店接待嫖客。饭店里永远热闹。在饭店可以喝茶、喝咖啡、吃西餐、吃中餐、抽鸦片、玩女人，不分昼夜，随时都可以，有抽水马桶、搪瓷浴缸、白瓷砖的浴室，总是那么漂亮干净，热水老是那么方便。饭店真是租界里使人心荡神迷的生活缩影。

素云对天津租界的生活爱得入迷。她每天每夜都去看莺莺。在饭店里钱像水般地流，素云看得目眩神荡。过现代生活多么惬意，床头有电话，睡弹簧铜床，床头上有镜子，躺在雪白的沙发上，冷热水随用随有，有仆人接受差遣，只听吩咐，不发问题。这儿真是太好了。

第二十九章 赏奇士莫愁嫁立夫 怀骨肉陈妈寻爱子

现在莫愁正由姐姐木兰帮助，细心计划自己的婚礼。她要在北京饭店举行结婚，但是还要旧式的婚礼，也要旧式家中的洞房。新娘穿白色结婚礼服，蒙新娘面纱，她要立夫穿西服，红玉和爱莲做伴娘，素同和阿非做伴郎，阿满做花女，丽莲担任弹《婚礼进行曲》。红玉紧张得跟新娘是自己一样。那一天，她在大庭广众之中，真是艳丽照人，引得好多人谈论她和阿非。婚礼之后，一对新人在北京饭店一个套房过夜。新娘不久就偕同丈夫赴日本，立夫就在日本读书。

立夫原想到英国去，但是姚太太身体已经很坏。商量了好久，大姐、二姐决定莫愁不应当走那么远。因为每次她说到外国，母亲就哭，说她自己已经没有多少日子可活，身体软弱得厉害，看来实在可怜。最后莫愁只好让步，不到英国去，到日本，较为近便。

莫愁未嫁之时，是她照顾母亲吃饭吃药，到了晚上，必得一个女仆睡在屋里陪着她母亲。事情是这样：有一次，姚太太听说有一个顶香的仙婆，能够招请亡魂，由亡魂附体说话。她坐着马车去看那位仙婆，没料到回家之后病情越发沉重，于是在银屏灵牌前烧香。那个仙婆，像平常顶香时一样，并不知道主顾的姓名家庭等情形，居然能称名道姓。姚太太原想招他儿子体仁的魂灵说话，结果来的是银屏，并且笑着叫了一声“太太”。姚太太想赶紧中止，但是仙婆已经有阴魂附体，不省人事，仍然继续说下去。她说话的样子和一嘴的杭州口音，简直完全像银屏，姚太太一惊非小。银屏命令她对她的儿子博雅妥善照顾，因为将来长大之后，他会成为要人。

姚太太恳求她说：“你可怜我这个老婆子吧。我起誓当初并不是想害你。我只是想让我儿子跟你一起过得称心如意呀。”

银屏的灵魂说：“不用担心。他现在和我在一块儿。因为我在阴间孤单寂寞，阎王爷可怜我让我变了一匹母马，把他带回来了。”

“你知道我还活多久哇？”

“太太，这个我不知道。不过我听见一个鬼说在你死前，这家里要先死一个人。随后才轮到你。”

姚太太几乎昏了过去，回到家里，躺到床上，躺了几个礼拜。从那次之后，她的病情越发沉重。她请尼姑为她念经，自己上庙去烧香拜佛。虽然姚先生不相信这等事，他还是不加阻挠。姚太太现在很少想今生，而是想死后，结果她变得非常虔诚，非常慈善。虽然住在这座王府花园里，却并不快乐。

立夫到日本留学所用的钱，是从莫愁的嫁妆里拿出来的。事实上，结婚的费用是姚家出的。立夫的储蓄仅足供办一次节省的普通喜事，而且他不喜欢铺张，但是木兰和别人都认为这样铺张办，对她妹妹才算公道。

莫愁为人重实际。谈到嫁妆时，她说她用不着很多东西，宁可折成现金。她父亲当时手上现金并不多，但是说要给她一万大洋，此外，婚礼也要用数千元。

木兰说：“爸爸，您怎么能这样儿呢？我当时有五万块钱的嫁妆。立夫哥和妹妹两人还要出国念几年书呢。”

她父亲回答说："立夫没有什么问题。莫愁也比你节省。你妹妹花一千块钱，比你花两千块钱做的事还多。你那次婚礼我是拿钱花着玩儿的。"

木兰说："那就不公平了！"

结果是，父亲给了莫愁一万五千现金，还有在杭州值五千块钱的一家茶庄，还有值几千块钱的嫁妆，婚礼的费用还在外，一共大概是三万大洋。莫愁是满意了。她用一分现款，胜似两分珠宝古玩的价值。

立夫和他母亲现在住着马大人胡同莫愁家的旧房子。新房是木兰姐妹童年时所住的。莫愁和立夫现在已经非常熟悉，所以她和木兰一同去布置新房。床是个老床，雕刻着花，上了漆，四角儿有立柱，床上有橱子抽屉。床头第三道栏杆有一点儿松动，木兰还记得她在小孩子时曾经多少次用手旋转着玩耍。她站在床前，徘徊在床头的抽屉前面，床头上彩漆着两只鸳鸯，当年童稚的想象中，两只鸳鸯引起何等的喜悦。她记得订婚那天晚上，莫愁在另一张床上睡得好甜，而她自己辗转反侧，不能入睡，她觉得莫愁比她有福气。现在她的预言应验了。

傅增湘先生现在正住在北京，新近接任了监察委员职务，是由天津的隐遁生活又出山担任了公职，在民国成立迄至最近，他一直家居整编古籍。在莫愁的婚礼前后，傅氏夫妇都极力帮忙张罗筹备，而且傅先生在婚礼时充任证婚人。他答应了立夫的请求，送给新婚夫妇一副对联，挂在新房里，留作纪念。出乎傅先生的预料，莫愁说："傅老伯，您写这副对联好不好：乾坤谐好；鸾凤和鸣。"

傅先生问："干什么写这种陈俗老套儿呢？"

莫愁说："我就要这样儿。虽然难免陈俗，但是文字也不坏呀。"

结婚之后，莫愁和立夫在新布置好的家中住了些日子，然后起程赴日本。前面说过，那房子是莫愁在里面长大的！而今所不同者，她现在是里面的女主人了。那房子的每一块砖，每一个台阶，每一个角落，她都熟悉。并且在这栋大房子里，她丈夫、婆婆、环儿，都住在一起，过小家庭的日子，简直是太理想了。冯舅爷、舅妈住在西南院儿，以前是姚先生的书斋。

自从红玉和莫愁在花园里长谈之后，红玉对莫愁的爱，完全成为成年人有思想的深厚的爱，她俩说的要韬光养晦，不要聪明外露，真是肺腑之言。有一天，红玉对莫愁说："说到性急，我想立夫是跟我一样。他也是好胜。三姐，有你能来教导他，他多么有福气呀！"立夫已经和红玉很熟识了。一天，立夫对莫愁说了一句怪话："宇宙之中，应当有六行，不只是五行。红玉应属于玉。她由皮到骨都是玉的，纯洁，高傲，坚硬，脆弱易碎。"莫愁说："身为玉质，有利也有弊。玉永远不受污染，并且硬而脆。但是最精美的玉应当发柔和之光。你看她硬是不肯讨我父母的欢心，是不是？"

立夫回答说："她是绝对以真面目示人，可是，我还是佩服她这一方面。"诚然，在立夫和莫愁的影响之下，红玉已经学会了克制自己，较为成熟，渐渐懂得反省了。

冯舅妈非常喜爱立夫对她的态度，那么亲切自然。冯舅妈是在旧家庭气氛中长大，自己一言一行，非常谨慎。在和姚太太相处这些年，虽然双方关系那么近，那么熟，她从来没有一点儿越礼之处。

但是和立夫家住在一所宅子里，情形就完全不同了。那种情形可意会而不可言传，她自己也不懂。立夫显然是视一切传统规矩为无物，可是仍然和他们和谐相处，不管多么熟，绝无轻贱之处。立夫的母亲常因为她儿子不守礼法，特别向冯太太道歉。风度好，和别的东西一样，全是属于精神方面的。虽然立夫蔑视一切礼法，但风度绝不下流。他只是以自然出之。所以这两家能和睦相处，彼此敬爱。

实际上，立夫颇受他岳丈影响，对于孔教，他是蔑弃那些繁文缛节的。姚先生叫他读《老子》《庄子》,《老子》书中最使他心折的是如下一段：

故失道而后德，失德而后仁，失仁而后义，失义而后礼。夫礼者，忠信之薄，而乱之首。前识者，道之华，而愚之始。是以大丈夫处其厚，不居其薄，处其实，不居其华，故去彼取此。

在家度蜜月，莫愁很快乐，快乐得几乎都不愿离开家，而想永远定居下来，一直管理她心爱的家庭日常事务。她没有去看看日本，或是看别的国家的欲望。在结婚后的头一个月，立夫发现了完全使他吃惊的事。他以前也是和女人一起生活，他母亲，他妹妹环儿，但是现在生平第一次看到女人的特点，为人妻者的特点，看到莫愁这个女性的身段儿。莫愁毫无疑问，自然认为这是她的家，只有她，没有别人来治理。她似乎，对吩咐厨子做什么菜，什么饭，注意洗衣裳，哪些是要预备洗的，哪些是已然洗好的，每天早晨在花瓶里插花儿，带着针管箩，坐在自己屋里有阳光的墙角儿，做针线活——对这些事，她有不可言喻的喜悦，这是天性，是深厚的女性特点。这样的生活是宁静平和的，是莫愁在尘俗生活里的美梦。这个美梦就是清洁整齐条理井然的家。这样的家，立夫不知不觉中得到了。

立夫改穿西服举行婚礼，然后穿着西服到国外留学，引起了很重大的后果。这样一来，他的衣裳橱子弄乱了。他过去一向自己管自己，自己的衣物自己留心。现在，他的衬衫，他的领带，扣子，手绢儿，袜子，都不知到哪儿去找了，自己觉得毫无办法。莫愁替他决定，替他决定衣裳应当放在何处。在装进箱子、打开箱子取出时，有时还要改变位置。立夫找一双袜子穿时，常会急躁，这时莫愁就微笑说："慢来慢来。"自己去替他找出袜子来。袜子往往闻着有樟脑丸的味道。立夫以前从来没看见过那种东西。樟脑丸是立夫这位年轻的妻子喜爱的东西，她喜欢多用。比如大箱子里、衣箱里、衣橱里。她把樟脑丸装在小口袋里，各处挂各处藏。

此外立夫的鞋，莫愁更注意。自从体仁买了外国皮鞋预备出国之后，莫愁知道了外国鞋应当是什么样子。结婚以前，她与木兰一同和立夫去鞋店看，决定了鞋的式样和皮子的种类，才给立夫买的。现在婚后，莫愁觉得那几双鞋不满意，一天带着立夫到鞋店，花了一百二十五块钱惊人的高价，给立夫买了三双鞋。

立夫说："你父亲说你花钱节省，我才不信。"

在赴日本去的航海途中，莫愁，青春貌美，派头儿摩登，给立夫结交了许多朋友。若是立夫一个人旅行，他是无法办到的。有一次，立夫独自坐在甲板上的椅子里，心里想了下列几件事：

自己的衣裳无法管理了。

他已然知道女人的衣裳必须折叠在特别的包袱里，而且在翻箱子时，谁也不能去碰。

莫愁有好多素色的绸子包袱。

一切衣裳都有樟脑味道。

鞋成了男子人品的基础。

咬指甲是坏习惯。

上汽车时，男人先上算是失礼。

现代对女人的表示敬意，是男士厌烦的事。

最后，他深信，不管怎么说，这些事没有什么重要。他深信他爱莫愁，但是并不了解女人。

后来，立夫又知道了一件事。那就是：莫愁像一个水母，总是黏着他，包围着他，不肯放开他。像水母一样，她富有弹性，极其柔软，常改变其外形，以适应他的愿望，适应他的任性，这样之下，就保卫了他，免遭外界的伤害。莫愁那无限的耐性，百依百随，完全不顾自己，真是使他惊叹。莫愁一心所想，一身所行的，就是为了他的舒适，为了他的幸福。他觉得，莫愁这个女人，若算个赌注的话，这个赌注是完全投在他身上，完全投在他的前途上了。

立夫，本来会成为一个孤独的书呆子，本来会以与草木、鸟兽、农夫、樵叟相处为乐，而不喜居于城市的；并且会对富有之家有反感，但是如今却有一个富足美满的家，有一个稳健实际的妻子，精于规划善理家事。这些都是硬送上门来，不求而至。他始终不习惯于富有之家的生活，他觉得自己腐化了。他并没有真正仇视朱门富户的生活，因为他在过去生活上一直顺遂，但是他却一直对童年时他家所不属于的那个富有的阶级，保持鄙视的态度。这种态度最好的表现莫过于他藐视饭桌上的礼貌规矩，厌恶在宴席开始前的洗手梳头，他不肯改正当众咬指甲的习惯，还有别的粗野不够斯文的地方。这些，他妻子一直极力想予以矫正，求其文雅。

莫愁常说："不要把手放在裤子口袋里。"

他会反问："为什么不要？"

"不斯文，不高雅。"

"为什么？"

"不为什么。就是不高雅。"

他还是不服，又继续争论说："你若不能举出令人心服的理由，你就不能改变我双手放在裤子口袋里的习惯。你办不到。你没理，我有理。"

话虽如此，因为是莫愁的意思，他又爱莫愁，他渐渐不把手插在裤兜儿里了。莫愁，眼睛雪亮，知道何时让步，但是永远有耐性等待，伺机进言。立夫脾气火暴，反抗性极强，贤慧的莫愁完全清楚，督促劝导他改正，用的力量适可而止，以不逼上梁山为度。因为莫愁有耐性，可以等待。每一次莫愁让步，立夫就知道他又被击败一次。莫愁越了解他，越相信只要不把他逼反，叫他干什么，最后他一定会照办，她渐渐使立夫变得切合自己的心意。

立夫现在花的是莫愁的嫁妆钱，他对钱完全不在意，而莫愁却节省金钱。可是在结婚后一年之中，莫愁没有一次使立夫感觉到他花的是莫愁的钱，因为两人相信他们是合二为一的。立夫终于感觉到娶个富家之女究竟不坏。有一次，他对莫愁说："我若是经亚，我会立刻和素云离婚的。”他的意思是，莫愁和素云大不相同，他很赏识莫愁，真正爱她，不过他觉得这样分明对莫愁恭维，是根本不必要的。所以莫愁虽然拿钱帮助立夫，可从来没有得到他分明的赞赏，也没听他说过感谢的话。

因为莫愁高度的智慧使立夫日子过得那么舒适，立夫有时候觉得自己愚蠢，不过却愚蠢得很高明，很出色。莫愁成熟，偏偏立夫不成熟。所以立夫就越来越接受莫愁对事对人的看法，接受莫愁的忠告，不重视自己的推理，佩服莫愁的通晓人情世故。他对莫愁极其高看，极其珍爱，觉得莫愁永远坚强而可靠，犹如大地一样。

可是，在他心灵的深处，记得自己是穷人之子，颇以此为荣，颇以自己的独立自主的硬性为荣。他恨富人的态度，恨那些社交界名女人的以金钱地位论身价，就如同素云一样；也恨政客的奸诈邪恶而貌似正人君子，正如怀瑜那样。他的此等憎恶厌恨，是毕生难改的。

立夫和莫愁到了日本京都才一个半月，就接到木兰一封信，说母亲病危，已经不能说话。第二封信是珊瑚写的。莫愁打算立即回北京，当然她也不愿离开立夫。但她必须回去，因为似乎是理所当然。再者过去几年之中，每逢母亲生病，总是由她伺候，她实在不能把照顾母亲这件事交给珊瑚、木兰，或是别人，是非她自己不可的。

莫愁这一回国，可就大大改变了她和立夫的计划，她也不知道何时再回到立夫身边。立夫说他能照顾自己，莫愁当然也相信，可是立夫这时才忽然体会出来平日是多么事事倚赖这位年轻的妻子。莫愁说她若不能离开家再赴日本团聚，立夫就在暑假回去。

分手之时，莫愁掉下了眼泪，因为她情不自禁。她最后说的话是：“自己多保重，要吃好，不要图省钱。若是用钱，随时写信告诉我。”

到了家，看见母亲确是病得很重。母亲用手指自己的嗓子，又指莫愁的胸膛，不能说话，看来真可怜。找素同看过，全身检查了一遍，但是他说不出是什么毛病。仆人们都认为她碰见了鬼，必然是银屏。体仁咒他母亲的话，现在应验了。现在姚太太不准银屏的儿子博雅接近她。

虽然是她真正的孙子，她好像是怕他。这个小孩子听人说他母亲是鬼，他勃然大怒，不管谁那么说，他一定极力为他母亲辩护。他已经知道他是姚家的长孙，也是这花园巨第将来的主人。他打算将来做个伟人，给母亲争光，好把母亲的遗像摆在忠敏堂的正中祭祀。他恨他的祖母。这种想法，常使如此一个小孩子态度很严肃。

现在两个女儿已经出嫁，母亲又生病，大花园子也显得冷落凄凉。这所大宅子至少有十个院子，姚家还没有足够的人住一半房子，所以决定把马大人胡同的旧宅子租出去，冯舅爷家和立夫的母亲就搬到这王府来住。搬过来之后，莫愁的职责就分而为二,一边照顾母亲，一边伺候婆婆，但是她住的院子靠近母亲的住处，立夫的母亲和女儿环儿单住一个院子。姚先生和阿非住在自省堂。红玉住的院子在莫愁的院子的前面。两个院子中间有一道白墙，墙上有花格子窗子，两人能隔着窗子说话，于是友谊日渐深厚。

在立夫暑假回北京的初夏，莫愁生下了一个男孩子。当时难产，二十个钟头才生下来。家里原先决定让莫愁在家生产，比到医院去方便，但是几乎送了命。临盆之前，木兰来家照顾，莫愁难产时，她正在家中。在紧张的时刻，她有几次觉得莫愁太费力气，所以一直在炉子上炖着高丽参，用以补莫愁的元气。后来生了下来，万幸母子均安，但是莫愁的脸像一张白纸，在床上躺了几个礼拜，体力才恢复。那一段日子，木兰一直照顾她。立夫到家时，她们姐妹正在他的屋里。莫愁当时正躺在床上，儿子躺在身旁，莫愁微笑，欢迎丈夫的归来。在木兰面前，立夫就俯身吻了妻子。

木兰说："你不知妹妹受的罪。"

但是莫愁现在高兴了，把孩子给他看，她说："他是你的儿子。我生他差点儿送了命。"她叫立夫坐在她的床上，手攥着立夫的手说："我觉得身子好像上了刑。不过总算值得，没白吃苦。我觉得身心整个清洗了一次，由于受过这次苦难，我的罪也得到赦免了。"木兰微笑问她：

“你有什么罪吗？她说她还要再受一次呢。”

莫愁说：“是，我还要，再要个小立夫。”

她告诉丈夫她要叫儿子小夫。

立夫说：“这名子听来像个清道夫，又像个挑夫。”

“我没觉得像。我从来没有那么想。我觉得小夫就是小夫，没什么。你想叫他什么呢？”

木兰说：“叫他‘孝夫’，孝字是入声，不要用个上声字。”

“孝夫这个名字有人用过。”

木兰又说：“不然叫小夫或是肖夫，取其有其父必有其子之意。”

莫愁说：“这还好。毕竟‘孝’就是‘肖’的意思。”

立夫说：“‘孝’和‘肖’以前大概是有关系的两个字。”

这时一个四十多岁的女仆进来说：“少爷，您回来了。您可不知道少奶奶受的罪呀。现在让少奶奶躺着，我伺候您吧。”

陈妈离开屋子之后，莫愁说：“这个女人与众不同啊。风度好，心肠好，人品高尚。你用不着告诉她做什么事。自从她一来，这院子里什么事都井井有条。她跟我说话，就像对她的孩子一样。”

莫愁于是开始说陈妈的事。她说：“她的身世我听了之后，整夜都没法入睡，现在我才知道做母亲是怎么回事了。立夫，你认为你母亲了不起，现在这儿还有一个了不起的母亲。”

莫愁继续说：“革命那几年，她儿子被抓兵的抓走了。她现在还不知道儿子是死是活。雇她的时候，什么事她都答应做，但只有一个条件，那就是，每个月她必须要请一天假。我问她：‘干什么？’她说：‘去找我儿子。’我答应给她一天假。她就来给咱们做事，现在有两三个月了。事情她做得很好，拿这儿就像她的家一样。在晚上，她不停地缝衣裳，是给她那个至今消息杳然的儿子做衣裳，当然她不能给儿子寄去。她给我看她给儿子做的一大堆衣裳，她把节省下来的钱都花在她儿子的衣裳上。她说她儿子现在是二十岁，失踪时是在北京东北昌黎县，在他们自己的村子里，那时她儿子十六岁，被一群抓兵的硬拉去给军队挑行李。我看见她给十六岁的儿子做的厚棉袄，另一件还大，是应当十八岁穿的，再有一件更大，是应当十九岁穿的。她把这些衣裳收得好好儿的，经常拿出来晾一晾。她说她知道每一年她儿子是多么高，袖子应当多么长。现在她正给他做蓝布单衣裳，夏天穿的，以便找着他后，立刻有的穿，若是知道他的下落，也好立刻寄去。每月一次，她起身很早，到我屋里来，脸上流露着无限希望的神气，说那天是她的假日，她就要出去找儿子。到晚上，她垂头丧气而归，拖着两条疲劳的腿，一包袱衣裳还是夹在胳膊下。她到城里各处去，东城、西城、南城、北城，有时还到城外去。”

立夫问：“为什么她相信她儿子一定在北京呢？”

“因为她不能到别处儿去找。她主要是到南城，因为南城有好多兵。她说：‘我一定认得他，即使是在几百几千个兵里，我也会认得他。’革命成功之后，她在村子里等了她儿子一年。后来，她把那庄稼房子脱了手，要到北京来找，因为好多兵都从北京过。她各处走，把年轻的兵拦住，端详人家的脸。人家大笑，问她要干什么。希望是太渺茫，可是我不敢这么告诉她。因为这么一说，她一定失去了指望，而她现在完全仗着这一线希望活着。她有生之年，找不着她儿子是不会死心的。”

木兰的眼睛睁得大大的，立夫叹息说：“战争就是这样儿，弄得人夫妻离散，母子各奔东西。”

木兰说：“你想想那个儿子！有这么个好母亲，而竟离散，不能见面。我但愿知道他长的是个什么样子。”

莫愁说：“她从来不说他儿子的事。她跟谁都不肯说。”

立夫说：“也许他是个傻小子，不过在母亲眼里还是个宝贝儿啊。”

木兰说：“不会，我觉得他一定是个很英俊的男孩子。因为他母亲的脸看来高雅不俗，人的品格又耿介。”

立夫问：“她到庙里去求神烧香吗？”

“没有。怪事就是她不信佛。她常说：‘诚在人心。’她的真诚你可以看得出来。像她这么干净的女人太少了。她的头发衣裳永远整整齐齐。她说：‘老天爷永远保佑善人。’有时候，我几乎相信，虽然已经过了四年，她也许还会找得到。”

立夫说：“咱们要厚待她，叫她觉得好像真正在家里一样。”

莫愁说：“你看吧，她对你会像待他儿子一样，像母亲一样照顾你，对我就好像对待她女儿。你要假装是她儿子，因为这种骨肉之情是不能借，不能买，不能顶替的。儿子就是儿子。”

肖夫开始哭了，莫愁过去喂他奶，觉得宁静平安，幸福快乐。这种时刻是如此之美，如此地自觉满足，那么富足无缺，她愿这种时光永不消逝。

这个夏天，过得十全十美。天刚黎明，立夫就从妻子香暖的身旁起来，走入花园里夏晨清爽的空气中，觉得要拥抱大地，畅快地享受人生。莫愁也起得早，要给婴儿吃奶，要过去看她父母。她父亲也起身早，老丈人和女婿，往往在早饭前在乔木之下漫步，长衫的下摆常被草上的露水弄湿。但是陶渊明的诗句是：“衣沾不足惜，但使愿无违。”

木兰，荪亚，曼娘，还有丫鬟和孩子，常在早晨来，一直在花园里待一天。午饭往往是清淡的绿豆粥，里面加糖加枣儿，吃完之后，这一群人，里头有珊瑚、红玉、阿非、环儿，往往在洄水榭徜徉闲话，将一个下午消磨过去。莫愁有孩子占手，还有别的事情，晚一点儿才去，和他们一同喝茶。午饭之后，姚先生照例回到自省堂去小睡片刻。

木兰已经开始教她女儿阿满认字写字，阿满认字很快。暗香对中国图画一般的字爱得着迷，也开始学认字。往往在大家说话时，她便把环儿拉到一旁，请环儿教她，居然学得很快。

有时候，曾太太也来，桂姐也来，带着她两个女儿。桂姐在小产后一病好久，现在有点儿发福。姚太太通常是卧病在床，睡也睡不稳，现在还是不能说话，总是在屋里的佛像前呆坐很久，烧香，心中默默祷告。家中曾请喇嘛来念陀罗尼经驱邪，但是没有用。她倒是能吃，咳嗽还如往常，只是不能发音说话。有时她的嘴唇会动，不过只是颤动，只是毫无意思的动作，没有声音。

木兰提说陈妈若去伺候姚太太，会很有好处。不过莫愁就会去了个好帮手。莫愁立刻照木兰的意思办，而她母亲在陈妈的伺候之下，病情确是减轻，因为陈妈懂得姚太太的意思，等于能和她说话。在随后几年，陈妈成了姚太太片刻不能离的伴侣。只有陈妈出去寻找儿子的那一天，珊瑚和莫愁才去接班儿伺候。

那年夏末，立夫返回日本，继续求学，莫愁留在家里陪伴母亲。

第三十章　贪利追欢素云甘堕落　因情应势木兰议从商

丈夫走了之后，素云觉得和婆婆住在一起太寂寞，实在过不了，就尽量在天津多住。她已经安排好，把经亚每月的薪金连同生活津贴，一共一千一百元，六百元寄往北京家中。素云坚持这是她丈夫挣的钱，应当属于她。曾太太不声不响，等素云不在家时，使汇票落到她自己手中。有时素云回到北京，她总是到莺莺处住一两夜，消遣得很快乐，往往到外面去赴约打牌。

曾先生很恨自己的儿媳妇和当过妓女名声狼藉的女人在一起混。他又听人传言她俩在天津时，有人常常看见她们在一处。他深悔当初结这门亲事。

桂姐说："您为什么不管一管？"

曾先生说："她在家惹的麻烦更多。江山易改，本性难移。"

素云觉得督促丈夫在事业上向前发展，自己为他推展社会关系，这是对曾家立下大功。她对莺莺说："咱们若是不提拔他，他现在还不仍然是户部里一个低级职员？"

莺莺说："这不过是刚开个头儿，袁大总统的六姨太太对咱们还能帮大忙呢。”六姨太太是颇有名气的洪某人的亲戚，正是袁世凯最红的姨太太。

素云看见银行家、退休的官僚，坐着豪华的巨型汽车，住在值千万元的现代西式的别墅之中。她看见那些人的妻妾、女儿，穿着摩登的晚礼服，出现在戏园子里、饭店的舞厅里、夜总会里，她觉得那正是她自己应当出现的场所。自从莺莺控制住怀瑜的银行存款，她就由怀瑜一个姓金的好朋友代为买卖政府公债，买卖金条，做投机生意。关于许多公债的名称、利率，这种投机生意的种种活动，素云是听熟了。有一天，在电话上素云听说仅仅过了一夜，莺莺就净赚了九千元。

莺莺说：“为什么你不来做呢？你也有钱哪。你若早听我话，恐怕已经赚了四五千了。”

素云说：“我若赔了怎么办？”

“不会赔的。在交易所老金消息最灵通。他都给六姨太太买卖呢。”

“我自己只有差不多一万块钱。我不愿冒那个险。经亚一点儿积蓄也没有。你也知道，他在家又不能随便用钱。”

莺莺微笑说：“哎呀，好笨。你从前说要搬出来单住。现在就是机会。我想起一个办法。你就运用那一万块钱，要是赚了，钱是你的；若是赔了，告诉经亚，叫他找他父亲去要钱。他若是反对，那更好，就提分家分产业。这样，你还有机会弄一笔钱。绝不冒什么风险。”

因此素云开始认真做起来。第一个月的月底，一算账，她赚了一千五百块钱。

素云说：“哗！咱们赚钱了，跟男子汉大丈夫一样了。”

莺莺说：“你毕竟不愧是财神之女。”

那天晚上，她们在饭店中莺莺的房间里，大事庆祝。老金是自己苦干起来的，机警，善交际，大学念了一年就不念了。由于社会经验，他学得非常随和，遇到什么人都处得好。他能开玩笑，能跳舞，北京城什么地方都熟悉，女人求他，都是有求必应；烟抽得凶，身上不是带一盒烟，而是带五十支的一筒，说今天早晨才打开，现在已然去了一半。女人们都喜欢他，叫他“老金”。他的两条腿永远不累，精神永远好。他能安排宴席，打电话替人订房间，计划到郊外风景名胜地区去野餐。夫人太太傍晚无事可做，感觉到百无聊赖，就打电话叫老金。他接到电话，不管在夜里什么时候，他都立刻撂下自己的老婆，跑到那些夫人太太们的住处，进入她们的房间。

“喂！吴将军！您有什么吩咐？您要我立刻去吗？好。”莺莺打出电话去，称对方为“吴将军”。

于是大家都兴致勃勃，那天晚上过得轻松愉快。

在老金面前，素云就变成截然不同的两个人了。她的傲慢自尊，她的社会地位，她的矫揉造作，都一扫而空，仅仅是一个寻欢取乐的少妇而已，并且跟老金一齐鬼混，也确实寻求到了欢乐。老金的一个朋友，批评素云在公开场合的傲慢态度，老金说：“老兄，您说这话，可冤枉人家。她是个心肠直爽的女人，太好了。你不钻到这些名女人的裤子里，你怎么会知道她们的心？她们也是平平常常的人哪。有时看完戏我送她回家去，她累得要命。在我认识的女人之中，她是最寂寞的了。她想找点儿快乐，这你不能怪她。你应当在她的正面儿去看她。在正面儿就是在夜里。”

的确不错，在一同寻欢取乐的爱人面前，素云的心灵是完全赤裸裸毫无遮掩的。仿佛时光倒流，童年再现，她和欢乐的朋友一齐玩耍，在重度早已失去的童年的快乐时，她又恢复了一部分童稚的甜蜜。所以追求快乐，也就使人恢复了人的本性。只有老金似乎还能了解素云。

莺莺既然让怀瑜答应不再另有别的女人，她意思并不是说她不再有别的男人。这并不是有失公道，因为怀瑜不假思索，率尔应允，就和他平日对别的事情一样，而且莺莺太了解他，而莺莺之让他答应，意思是说怀瑜和别的女人有来往，她若知道是不行的，如此而已。所以莺莺和素云这两个女人，就在众目睽睽之下，和老金常在舞厅、戏院、饭馆里出现，这种情形自然传到曾文璞的耳朵里。在戏院和舞厅里，她们也遇到过北京的官员，他们是在周末来天津消遣的，还有几位穿长衫的“将军”，还有几个怪里怪气秃头的清朝遗老，戴着呢帽，拿着手杖，但是穿着中国衣裳。这些人在十几年前是满清显赫的官员，而今时过境迁，他们只能做先朝遗留的残迹了。莺莺在她耳边低声说那个怪老头子就是前清的吴御史，另一个是有名的福建总督，素云简直无法相信自己的眼睛。那是一群形形色色老老少少的人。素云知道，只要没有孩子，她是安全无虑的。

素云写信告诉丈夫她很快乐，说老金是个大好人，说她自己在交易所正在做生意赚钱。这封信把经亚吓坏了，他害怕出麻烦，抑郁不乐了一整天。他大舅子怀瑜也正在太原，经亚就和大舅子说：“我在这个蛮荒野地，为的是挣几个辛苦钱，人都快累死了，这里没有戏院，没有个讲究的旅馆，我太太却出去玩乐，拿着我的钱在交易所冒险赌输赢。”怀瑜安慰他说：“别急。她们这俩女人会自己小心的。老金是我的好朋友，是个正人君子。”

“不行。我应当写信去告诉她赶紧罢手。我相信人吉凶祸福凭运气。你在交易所做生意，那可以，因为你运气好，你命好。我可不是有福之人，我命不好。自从我一降生，我就觉得命运不济。从来没走过运。我说这话，并不是说你妹妹有什么不好。可是你看看我的婚姻。我得到了什么好处？你看我弟弟和木兰好享福。我命里一定有什么不对。我怕你妹妹若再接着做这种投机倒把的生意，我会垮台呀。”

他的预言真灵。两个月之后，他听说他太太赔进去了那一万块钱，又向她母亲借了一万，让他必须把这个消息透露给他父亲，还得想办法归还借的那一万。

经亚大怒，写信回去，说他不能让他父亲来赔这笔钱，并且说他不久回去和她算账。

那年七月十七，祖母去世，经亚和素云都要回北京去。一天早晨，老祖母安然去世，没有一个人知道，当时她的头从光滑的皮枕头上滑落下来。

经亚回到北京，人很消瘦，脸色晒得黑，穿着西服上身，哔叽短裤，那是他和美国工程师一起工作时做的。他那消瘦的腿，穿着厚的羊毛长袜子，显得颇不好看。母亲看见他那么消瘦，比以前又变了不少，非常伤心。可是他说他身体很好，说他已经渐渐喜爱山西省的高山，说他那些冒险的事情，说在山路上掉下驴来，说他和工程师们的出差，住帐篷，他自己动手做饭，那是他生平头一次自己做饭吃。整个儿看起来，他的这种生活经验，对他有好处；接触大自然和朴实的农民，使他对人生有了新的看法。他说工作还在进行，不过根据工程师的判断，产油的希望并不大。

一年分别之后，一旦团聚，兄弟们非常亲热。在办丧事的前几天，那一万块钱赔掉的事，暂时搁置未提，但是素云已经跟丈夫提过。经亚不明白素云为什么非去做投机的生意不可。他见到了山地姑娘，她们挺直的身段儿，独立的精神，没有矫揉造作，没有故作娇羞，那种真纯自然，实在让他无法忘记。如今素云在困难中哭诉乞怜，只惹起他的憎恶之感。

经亚说："我告诉过你，不要做投机倒把的生意。"话说得比以前和她说话时，语气显得坚定沉稳，"好哇，你自己有钱，你赔了，你自己想办法弥补上。"

他说话的腔调儿，使素云大吃一惊。素云说："噢，想得倒好！我是给你赚钱，我赔了，我得自己拿出来！你可黑了良心。"

"好吧。你对父亲去说。我和这件事可没关系。"

但是在随后几天，她算把经亚说服，使经亚相信此事若都推给素云一个人负责，实在是有失公道。并且她也把经亚说动，使他认为已经到了分家析产的时候。因为他老是全家唯一负责挣钱的男人，却没有当家人的一点儿特权。最好趁此机会，提出这个问题，所以经亚同意向他父亲提这件事。

祖母之死和丧葬的花费，自然而然构成曾先生盘算一下家中财务情形的时机。这些日子以来，他觉得浑身患有虚弱的病症。清朝的太医称糖尿病为“消渴症”。他觉得内部发烧，素常口渴，常觉得饥饿，但是没有胃口，皮肤日渐苍白。喝的水越多，尿也越频繁。白虎剂和人参汤也失去功效。两腿发软，时常躺在床上或是躺椅上。等发现他的尿上浮有一层东西时，医生告诉他患的是严重的“消渴症”，他的肾脏受了伤。曾先生读书多，知道这就是西汉文人司马相如患的那种病，康复的希望不过十分之一二。医生告诉他不要吃油腻，不要与女人同床。他自然一直精神委靡，垂头丧气。

一天晚上，在客厅里，曾先生躺在卧榻上，要和儿子们说话，于是家里人都来在他面前。他说：“经亚、荪亚，你们祖母已经去世，我和你妈也年老了。仗着祖先在天之灵的保佑，这些年来家里平安无事。我将来在地下见着先人，没有做什么难为情的事，也没有不能见人之处。虽然我没有多少东西留给你们，也足够你们过的，不会饿着。在钱庄我们还有差不多十万块钱，是这些年来我省吃俭用积存的。家里由于你母亲善于操持，我没有搜刮老百姓，拿的只是做官应得的。和前清时代别的做官的相比，我也许可以称为腐败；若和民国时代这些做官的相比，我自己应当说是清廉。”他对当时民国的官吏这样攻击，孩子们听见都微微一笑。他接着又说：“现在除去现款，咱们只有这一栋房子，一家值一万五千块钱的绸缎店，乡间的地没有什么收入，税太重。我要你们知道这些事情。花费很大，这次丧事，至少要用几千块钱。”他还想再说，但是停下来喘了喘气儿。

素云看了看经亚，经亚犹疑了一下，然后鼓起勇气说：“爸爸，我想告诉您点儿事情。您千万别生气。”

父亲以清朝大员的权威口气问他：“什么事？”

“是这样儿。我不在的时候，您儿媳妇在天津股票交易所赔了点儿钱。”

这是木兰和她丈夫第一次听说这件事，他俩眼睛很快转向素云，素云的眼睛往地下看。

父亲喊说：“什么？”

“她买政府公债赔了钱。”

父亲喊道：“浑蛋！谁告诉你去玩儿那种东西——买空卖空！连那么点儿头脑都没有？”他的官腔像大官审案子，经亚觉得像犯人受审。当时气氛沉静而紧张。

父亲最后问：“多少？”

经亚说：“一万。她原以为能够平平安安给咱们赚一点儿钱呢。”

曾先生转向素云，在胡子里飞溅着唾沫说：“谁告诉你去做投机生意给咱们家赚钱来着？”

素云豁出来立即闹个决裂，因此挺起头来说：“爸爸，这纯粹是运气坏；有交易所消息最灵通的人给我出主意，他还给袁世凯的六姨太太买卖呢。”

“他叫什么名字？”

“他姓金。”

曾先生坐起来，把长旱烟袋用力在地上敲打：“你这个小笨蛋！我早就跟你说来着。现在当着我儿子的面儿，你知道一下也好。你不要自欺欺人，以为我不知道你在天津和莺莺还有那个姓金的做的事。为了这件丢脸的事，人家已经耻笑咱们了。你在北京有家，你却不愿在我们家住。你非要各处去跟年轻的男人乱来，丢我们家和你丈夫的脸。”

素云的脸变得绯红，经亚都气呆了，他向父亲说：“爸爸，您说的是什么？”

“你顶好知道了吧。全北京城都谈论这件事情呢。你下一步怎么办？”

素云现在要自己辩论。她说：“爸爸，您听人家说闲话。我没有做什么错事。而今这个社会，跟着男人出去也算不了什么呀。”

公公大喝一声："住口！你若是不知道什么是羞耻，我还知道。所有现代派头儿的女人都是王八！"

"王八"本义是忘了第八个重要美德，就着"孝悌忠信礼义廉耻"的"耻"字，但是习惯上和乌龟弄到一起了。这是大官儿常用来骂犯人的话。在暴怒的父亲面前，全家怕得鸦雀无声，父亲气得喘吁吁的。受了这么一顿毒骂，素云羞得掩面大哭。桂姐扶着患病的老人离开了卧榻，他恼怒得呼呼地喘着气，走到里间去了。公公走后，素云突然停止了啼哭，也走出屋去。曾太太坐着生闷气。经亚狼狈不堪，心中怀恨，觉得今天在全家面前丢了脸。

曾太太怒喝一声，把所有的丫鬟都赶跑。她说："儿子，这跟咱们家的名声有关。不管人传的话是真是假，你得想办法，不要再叫人讥笑。以前我若知道牛家的女儿是这样儿的人，我绝不给你办这件亲事。你媳妇儿若是再不检点自爱，她非把你父亲气死不可。"

经亚忽然哭起来，像个孩子一样。他号啕大哭，好像他郁积在心里多年的痛苦，从来没有说出过，也从来不能说，而今在母亲面前随着涌泉般的热泪倾泻而出了。看见儿子如此，做母亲的也哭起来，一边哭一边抚慰经亚，就仿佛经亚是小孩子一样，她说："先平静一下，我知道这够你受的。我告诉你父亲还这笔钱，弥补这项亏空。你若愿在家，就辞职不干。咱们家不需要你跑那么老远去挣钱。"

荪亚和木兰也过来用话安慰经亚。

荪亚说："哥哥，我们向父亲央求给你还那笔钱。"

木兰说："哥哥，你现在去看看素云吧。告诉她先静下来，告诉她家里没有解绝不了的事。一家人毕竟是一家人。不要把这件事太放在心上。事情总算已经过去了。"

经亚问："她在天津到底做的什么事？"

木兰说："我们不知道。父亲一定是在外面听人家说的。你现在还是去看看素云吧。"

经亚这才走出屋去，心里思潮起伏，感情理智在冲突。进屋一看，素云正躺在床上哭。他好言安慰，素云一言不发。

经亚忽然一阵怒气上冲。他说："你不用这么哭。我怎么办？你做的好事！你对得起我不？我被人耻笑，戴绿帽子！父亲骂你，骂得对。你自己丢人，你也让我丢人。看看你的妯娌。人家怎么能在家过？你就不安于室！"

憋着一肚子的委屈，经亚离开了妻子，出去和弟弟说话，谈论家里的财务情形。

他说："我这个做哥哥的很蠢笨。今天的事情也不能说完全是你嫂子的错儿。你们都不理她，她才去找莺莺。"

木兰说："二哥，您别冤枉人。没人存心排挤她。您知道讨二嫂高兴是不容易的。"

经亚停了一会儿又说："我要说的是，她在咱们家是永远不会快乐的。说实话，咱们应当分居另过了。现在办祖母的丧事，不久我还要到山西去做事。父母年老。你们若是同意，咱们就请父亲分家吧。我们搬出去，也减少摩擦。"

荪亚看了看木兰，木兰说："年轻夫妇谁不愿出去自己过？只是而今父母还在。父母在一天，谁也不愿分家。事情可不应当这么办。"

经亚又说："可是现在有这一万块钱的亏空。若让你们也来分担，不能算对。可是，荪亚，你为什么不找个职业？现在我一年挣这么多钱。大家都是花公家钱。我若把我挣的钱放在公家钱里大家用，素云会不高兴。我若不这么办，你们会说我自私。"

荪亚说："你那么办可以。你用不着太多心。这都是现代的新思想。咱们过去从来没有这些问题。那有什么关系？大家都是一家人。若是起，大家一齐起；若是落，大家一齐落。但是我知道二嫂子。至于木兰跟我，你放心，你挣的钱，你尽管自己留着。我们是在花父亲的钱。"

这次谈话没有结论。他们正在说话，小喜子跑了来，喊说："二少爷！二少爷！您在哪儿呢？二少奶奶上吊了！”

他们跑去看，见素云躺在地上，全屋里乱七八糟的。原来素云在全家的女人面前饱受羞辱，丢尽了面子，她就站在凳子上，把脖子伸进一条系好的裤腰带里，再把腰带挂在一根高的床柱子上，然后用脚把凳子蹬开。可是裤腰带断了，她就摔在地上。冷香听到跌落的声音，冲进去一看，看见屋里的情形，跑出屋外喊着求救。一个女仆进去，发现素云碰昏过去，但是还在喘气。桂姐来了，曾太太和曼娘则躲着，怕得打哆嗦。等发现素云并没有死，她们才来看她。大家把她抬到床上，二十分钟之后，她才开始呻吟，眼睛闭着，身旁如何，一概不理。

锦儿对木兰说：“那根裤腰带不是真断了的。我看见了。系的扣儿自己松开的。”

木兰望望她说：“顶好什么也别说。倘若她刚才真自杀死了，她家或许要告咱们逼死了她呢。”

素云的自杀企图，不管是真是假，总算得到了部分的胜利。分家析产原则上是拟定了，只是先记在账上。但素云并没遂了分居另过的心愿。家里三房，曼娘代表平亚，每一房名下只得到两万块钱和乡下的一部分田地；曼娘的儿子，算是家中的长孙，分得那家绸缎店，将来好做教育费；桂姐的女儿丽莲和爱莲分得五千块钱，将来做嫁妆费用。北京的住宅不分，只要父母在，就一直不分，将来卖出去的钱，只分给经亚和荪亚。其余的钱由父母自己留用。在曾太太的请求之下，曾先生由公款中给经亚付了那一万块钱的亏空，也就是说，这笔还债钱是由三房共同负担的。

每一房可以动用自己的钱，或是花用或是投资，但必须取得父母的同意，或是接受父母的指教。木兰倒很喜欢这种安排，她和荪亚开始认真思索怎样利用他们自己名下的那笔钱，心里暗中感谢素云。

经亚原是请了一个月的假，回来参加祖母的丧礼，但是因为他妻子的麻烦，在家待了五个礼拜。在第五个礼拜，他接到一封电报，电报上说美国在太原的代表问为什么祖母的丧事要办五个礼拜之久，所以他最好立即起程回任。

在离家的那一天，他对荪亚说：

“我现在把钱控制得很紧，她不会再去拿钱乱来。我每月给她四百块钱，足够她用的。为什么一个月一个女人要用三百块钱，甚至四百块钱，我真不懂。”

荪亚说：“为什么不懂？一夜打五十块钱的麻将，那算不了什么。她答应了么？”

经亚说：“不管她答应不答应，也只好如此了。你想我还要像奴隶一样那么拼死命供给她挥霍吗？我自己花一分钱，我都要盘算……这个道理你知道。我们俩不像你们俩……她恨我，我知道……哎，家就是个枷，是个枷！”

他从肚子的深处叹出了一口气。他摸了摸他的衣裳领子，仿佛他摸脖子上的枷锁一样，木兰和荪亚很为他难过。忽然，他直接向木兰说：“我若有像你这样一个妻子，我辛劳做事，挣的钱都花个精光，也没关系。至少我也得到了点儿快乐呀。但是现在我有什么快乐呢？”

木兰说：“二哥，现在你知道过去我为什么跟她合不来了吧。现在我们可以想办法让她在家过得舒服点儿，但是事情可不是一方面儿的，她得答应才行啊。当然现在她有点儿惭愧，过一阵子也就好了。至少过去的事我不会再提的。”

经亚坐着听，可是听而不闻。他结结巴巴地说：“若是我……我……”

木兰问：“什么？”

他喊说：“我和她一刀两断。我和所有的富家女都一刀两断。我若是，若是有机会再娶，你知道我应当娶什么样子的小姐吗？”他好像是自言自语说：“在山西，我看见了那么多可爱的乡下姑娘。我娶了谁，她都会感激我的。”

木兰说：“你说笑话吧？”

“你不相信？三百块钱一个月的薪水，甚至于一百，甚至于五十，都会使一个乡下姑娘乐得要死啊！她会把我照顾得蛮好，并且忠心耿耿，心满意足，会整天做事。而现在，这不是人过的日子，天天吵嘴。”

木兰沉不住气了，她问：“你不是想和她离婚吧？”

“离婚？随时。她说哪天就哪天。有什么关系？不过现在先别让她知道……你知道我要娶的是哪种女孩子吗？”由他的声音听来，经亚似乎已经自由而快乐了，“我要娶一个以前受过苦的。一个歉年逃荒的，比方说吧——小孩子时被人卖过的，做过奴婢的，挨过饿的，再卖给人做妾的，受过大太太打骂的。然后，第三……”经亚停下来。

木兰替他接下去：“第三，她跑到尼姑庵，跑到五台山上出家当过尼姑的，对这个人世间的繁华享受死了心的，然后碰见一个和美国工程师一同旅行的青年，两人一见钟情，于是决定再度结婚。是不是？”

经亚大喜：“正对！正对！那样的女人该是个多么好的太太呀！我会像公主一般待她！”

经亚走时，他最后的话是：“这次我真高兴走。也许五台山上一个尼姑正等着我呢。谁敢说不会？”

暗香带着阿满一直在一旁站着听，经亚并没有注意到她。他走了之后，木兰看暗香出神了很久，似乎一时心智不灵，不能一时把零散的过去的记忆串连起来。

最后，她微笑说：“暗香，你到不到五台山去？”

暗香低下头，用筷子喂阿满吃东西。

木兰对于荪亚和她自己那一笔钱应当怎么运用，煞费心思。她想用了那笔钱，荪亚应当也因此找到一个职业。她向荪亚说：

“咱们怎么办呢？”

“不怎么办哪。妙想夫人。”

“你喜欢干什么？”

“直截了当来说，我受的教育是为了做官，现在我不肯做官了，所以别的都不能做。”

木兰说：“荪亚，这一次，说正经话。咱们若是把钱放在钱庄，七厘的利钱，一年一千四，若是要付房租，根本活不了。说真格的，你得找一个职业。现在我是商人的女儿，我有一套不足登大雅之堂的普通老百姓的打算，你要不要听？”

“当然要听。”

“我是要做个平民百姓。不问政治，不求闻达，只求做个商人的妻子——丰衣足食，无忧无虑。这儿开一个茶馆，那儿开一家布店，再开一家小饭馆，咱们担保食有美味。等老人家百年之后，咱们搬到一栋朴质的房子，带一个小花园，无人来欺压，得空到水上泛舟为乐。你知道我从来还没游过杭州，杭州现在在我心里仍然还是一个梦境——只听母亲和红玉说过。杭州的沙锅鲤鱼头是很有名的。咱们在西湖边上买栋房子，我再学画画儿，住在那儿，孩子们也在那儿长大，我自己教他们。这对人生不算是什么奢望，你说怎么样？”

“妙想家，这已经是奢望了。你想咱们有那份儿福气吗？”

“说实在的，我所求于你者并不多。愿上苍保佑，咱们也不求什么功名富贵。我可以做普通生意人的妻子，你也许觉得意外。我能给你做很好吃的素菜啊！”

荪亚问：“那么开什么商店？”

“我父亲有好多商店。咱们可以向他老人家买一家茶庄，或是一家药铺。什么店都可以。即便是扇子店，杭州出名的刀剪店，都可以。什么都可以，但是当铺除外。我能过那种日子。”

“你若继承下一家当铺，你怎么办？”

“我把一切人家典当的东西全都退还，关门大吉！可是我喜爱别的生意，大家做生意都似乎那么忙。”

“妙想家，这都是你的想象。你是富家之女，你只觉得开家小商店也是诗情画意的。”

“你现在能不能经营一家商店？能不能？”

“当然我能，但是什么商店？”

“咱们跟我爸爸去说。”

木兰和荪亚去看姚先生，姚先生思索了一下，然后说：“你们若是愿意，杭州的商店我可以给你们一家。可是如今公婆父母健在，你们不能到南方去。为什么不把华太太的古玩铺的股份接过来呢？现在生意很好。去年赚了五千块钱。”

木兰说：“好主意！可是那股份是舅舅的。”

“这个可以商量。”

“您想舅舅会让出他的股份吗？”

父亲十分有把握地说：“为了我的女儿女婿，他会。”

“华太太也卖旧书吗？”

“大部分古玩店也卖旧书，华太太不卖。”

木兰越想那古玩铺，越觉得着迷。古玩铺是个悠闲的生意，顾客不多，而到古玩店的客人，也大都像古玩一样，他们会徘徊玩赏，一闲谈就一个下午。在古玩店可以遇到画家，遇到学者，若是再加上珍本书籍部，可以遇到更多的学者，也可以跟他们结交成朋友。

这个想法立刻就办到了。冯舅爷答应只保留他那全部股份的四分之一。因为那家古玩店几年来一直赚钱，他以一万五的价钱，卖给荪亚四分之三的股份，因为大家是一家人。荪亚把这个事情说明时，曾先生立刻同意。所以冯舅爷带着他夫妇去看华太太。她听说姚家的小姐要到她的古玩铺做股东，觉得万分地光彩。

巧得很，荪亚和木兰第一天在古玩铺时，正好遇见老画家齐白石。齐先生正坐在藤椅上打盹，鼾声大作，大腹便便，时起时伏，在肚子上的胡子也随之上下。木兰以为是个老用人，以为也许是华太太的亲戚，轻轻问华太太："那是谁呀？"

"是画家齐白石先生。"

但是齐先生并没有真睡着，因为他眼睛也没睁，用低沉的声音说了话："不要卖了我。我不是这儿的货。不过，可以卖一个晚上，只要两斤酒，一碟子酱羊肉就行了。"

木兰以低而富有音乐美的声音大笑出来。她说："齐先生，早就想认识您了。"

老画家还是闭着眼睛，他说："声音好妙！声音好妙！我真想画下来。"

他的眼睛慢慢睁开。一看见木兰，他坐起来，赶紧找他的拖鞋。

他问："你是谁？"还没等木兰自己介绍，他又接下去说："对不起！不要见怪！我早就想画一个像你这样声音的仕女呀！"

木兰大喜，她说："是吗？今天晚上您可以出卖了吧？我们愿用两斤酒来买尊驾呢。您说上哪儿，咱们就上哪儿。正阳楼，还是致美斋？"

对这位伟大画家，这样不拘俗礼，在她邀请了餐叙之后，木兰才觉得太唐突，心里才害怕，但是这却正投合这位老画家的脾胃。所以木兰和他在古玩铺闲谈了一下午。那天晚上庆祝新股东加入合伙，连同华太太、齐白石先生，大开盛宴。那是第一天荪亚做生意。

第三十一章　老多病遗臣却聘归隐　少年游才俊临水登山

曾家老祖母丧礼期间，曾文璞之痛哭，并不只是于礼当然，也是出自内心。由于对丧母的悲伤，由于自己的疾病缠身，由于关于素云的丑闻飞语，他的确非常难过。另外，国家多难，自己亲见清朝灭亡，更加深了心中的悲痛。

素同有时来看他，不久之前断言他患的是糖尿病，在西药里有一种胰岛素用来治疗，极为有效。直到现在，曾先生，除去金鸡纳霜因为在中国很普通，用来治疗疟疾，都知道甚为灵验之外，他从来不服西药。女人较为实际，没有什么不可动摇的思想非卫道不可，因此曾太太和桂姐都说试服胰岛素看看。他听说劝他试服西药，而西医又说这种病人尿中有糖，他不禁大笑。后来，木兰查中国医书，拿书给他看，中国医书上也说此种病患者的尿是甜的。于是他说："当然，咱们中国过去也知道这个。"虽然中国医书也提出多种治法，却没有什么特效。素同提出忠言，并非是以西医行医的地位，而是以家中朋友的关系。因为他说得斩钉截铁，曾先生终于屈服，答应一试。

但是他的自尊心受到严重的伤害。他的自尊心已经渐渐地萎缩，受到好多事物的破坏。他被迫放弃了清朝皇室遗臣的一副尊容，一统的安全世已然落了个丧家之犬的模样。他不得不屈服于妻子的压力，让自己的女儿进教会学校学英文，关于这种文字，他是一无所知，而且漠不关心，视如无物的。他怪现在官立学校教育之失败，是由于传统伦理道德的沦亡。他把现代称之为“无君无父无师的时代”——君，父，师，就是人类生活中权威秩序的三个象征。他不会查考女儿在地理、科学、历史学科方面的进步，可是他知道她们的国文确是已经不受重视。孩子们永远不用毛笔，只是用自来水笔写怪里怪气摇摇晃晃的中国字。现在素同告诉他中国医学不能治他的病，而西洋医学能够治！素同身穿西服，说的中国话毫不斯文典雅，甚至他若不用外国化学名词，他还不容易解释自己的病的性质。他遇到有难说明白的时候，常说“中文里头没有这个名词”。但是曾先生不由得对他怀有敬意，因为他头脑清晰，态度沉稳，除去文章经典之外，什么题目都能言之成理，有条不紊。

现在中国又受到外族征服的威胁了。

袁世凯在图谋恢复帝制之时，曾经问曾文璞是否有意参加他新创建的袁记王朝。当时筹安会已经成立，力图恢复帝制。但是曾先生看到民国思想的力量，深知当时的危机，以疾病缠身为理由，避免和袁世凯接近。袁大总统以茶会相邀之时，他应约前往，好让袁世凯看看他是真实有病，不致他疑。这次，木兰随同公婆前往。她得有机会一见袁世凯的庐山真面。她深感到吃惊的是，袁世凯竟生得像她父亲，身材短小而壮实，眼睛下面有皱纹，表现在脸上的精神的从容镇定、克己自持的态度，都像她父亲。袁世凯这时真看见曾先生面色苍白而憔悴，于是才算把他放过了，曾先生的心里也一块石头落了地。

由于当时日本加诸中国政府的耻辱，是史无前例的，使袁世凯的政权受尽国人的唾骂。袁世凯一则受日本政府的压力，一则惑于日本对于其称帝的野心曾表示予以支持的狡猾暗示，竟接受了毒狠的“二十一条”。根据“二十一条”的内容，日本不但掠夺了中国的铁路和矿权，并且允许日本控制中国一部分领土，并且在中国的内政、军事、警政、财政、教育等机构派遣“顾问”。中国因此必须被奴役，而变成了日本的保护国。当时日本已经有“共同亚洲文化”的论调，意思是亚洲商人有一个共同市场，一个庞大的亚洲大陆，要在日本的刺刀胁迫之下，由日本的财阀、工业家，及其他追求钱财的人，共同来控制。中国以挣工资为生的人就成了外国拜金主义者经济上的奴隶。这群拜金主义吸血鬼的国家，新近抛弃了亚洲文化的精华，染上了现代世界的两大罪恶——经商贪财，穷兵黩武。

曾先生对这方面了解不到这么透彻，但是他了解外国征服的威胁和中国人会沦为亡国奴的危险，至少民国四年时的情形他看得很明白。第一次世界大战爆发，日本利用欧洲的混乱，从德国手里攫夺青岛，然后凭武力占领胶济铁路，把力量伸入山东的心脏地区。在“二十一条”之中，山东已然分明标出，是日本在最短期间内要吞噬下去最大的一块肉。

曾先生是山东人，对这个非常愤恨。他看见母亲入殓之时，依照风俗，身上是清朝大员的夫人应穿的官服、褂子、裙子，那自然是一身荣耀。他觉得他那旧日的世界也随着母亲的棺材长埋地下了。他哭得极其伤心，竟至数度昏厥，桂姐和仆人把他扶起来，送进卧室，抬到床上，他呻吟不已，一卧数日。

他守制三个月，在前数周，他甚至拒绝服药，桂姐和曾太太轮流伺候，曼娘和木兰不许进入他的卧室，只是帮着烹茶煮汤，坐在门帘外侍奉，打听病况。没人叫素云去一齐伺候，她也不自行前去。

躺在床上，身体精神，两皆委顿，最后只好屈服，经常按时服用胰岛素。素同去看他，他感到非常欣慰，他的胃口渐开，体力渐复，后来居然畅谈这种西药的神妙，竟能使他康复，于是对西洋的仇视逐渐减弱。

数月之后，他可以下床行动了。在春天，他决定将母亲的灵柩移至山东祖茔埋葬，坟墓在母亲在时已经准备好了。

他急于离开北京，因为袁世凯的称帝阴谋已经公开，各处叛离也已发动。蔡锷将军，装作沉醉在青楼歌妓灯红酒绿的生活中，已经逃出袁世凯的警戒监视，民国四年十二月二十五日在云南宣布起义。袁世凯一崩溃，“二十一条”也随之失效。秘密起义之举，各地多有，即近在京畿，亦所不免，因此曾先生才急于暂时躲避。在次年夏天，袁世凯终被击败，阴谋成空，幻想破灭，旋即丧命。

曾先生自山东返回北京不久，因为在素同的手下，可以说是起死回生，心中非常感激。一天，他又拿起他那由来已久大官的严肃态度，对素同说：“我要招你做我的女婿。你救我一条命，我把我女儿嫁给你。”

他没有说是哪一个女儿，素同也不敢问。

素同说：“曾老伯，得和您府上结亲，真是在下的光彩。”

素同心里以为必是爱莲，因为他曾经见过爱莲，也跟她说过话，觉得是个好配偶，幸而正是爱莲。

曾先生欢喜之至，素同在婚前把他女儿带出去玩儿，他毫不反对，他接受了现代的自由生活方式，绝不责难。他决定爱莲一毕业，就举行婚礼，在民国六年夏天。

木兰趁爱莲在民国六年婚礼之便，和丈夫往南方游历，以偿夙愿。素同的母亲住在上海，因为有病在身，不能北上，所以决定婚礼在上海举行。因为曾先生怕不胜旅途和婚礼的劳顿，由桂姐陪同爱莲南下。荪亚请求代表父亲前去，木兰遂抓住机会一游上海杭州之胜。

阿非一听说姐姐要到南方去，他说也想去。这是红玉出的主意，因为她想倘若他俩能去，那该十分有趣。这表兄妹两个人关在王府的家中久了，天天见面，春来则满园春色，二人也满心春意，使二人陶醉，青春相爱，已致意乱情迷。阿非的母亲一心在想死后灵魂得救，又大部分时间卧病在床，何曾留意这小儿女间情事。因为病喑不能言语，所求者多是身体的需要而已。奇怪的是，她抽水烟则一如往常，水烟袋的呼噜呼噜声，吹通烟管的声音，这种近似清楚的语言的声音，是她唯一能发出的声音，因为她不能写字，没有人知道她心里想的什么事。姚先生虽然认为红玉不是他儿子最好的配偶，但是因为红玉美而慧，对她也颇为疼爱。而且，他也知道，若给阿非另择配偶，一定会使身体娇弱性格冲动的红玉伤心而死，无异是雹碎春红，霜凋夏绿。红玉的父母自然是极力促成这件婚事，因为阿非是姚家财产的继承人，所以这一对小情人无人约束，大可以放任自由。

在上年秋天，红玉疾病缠身，辗转床榻约两个月之久，这样使阿非对她越发疼爱，自从那时起，红玉就辍学了。她的病，颇使人怀疑是肺病。这种病使她特别敏感不安，她越发急切于抓住人生不放，似乎是要把人生的甜蜜幸福挤到最后的一滴而后已。这病使她多么羡慕人家的健康，也使她多愁善感，见一叶飘零，随风入室，便愁绪满怀，无以自解。她叫阿非到外面拾取最美丽的秋叶，压在书中，放在床侧的桌子上。她养成了一种对自己，对她住的屋子，特别精细好挑毛病的习惯，无论如何，总难以取悦。她还显出对虫子特别的恐惧，有时花瓶子里插花儿，是难免会带进个小虫子来的。她要伺候她的女仆必须穿新衣裳，她母亲也就放纵她，还有其他方面，无不尽量随其心意。今年春天，身体比往年好得多，颇思返回童年的故里一行。到杭州一游，与阿非泛舟西子湖上，以实现梦中的甜蜜。

因为阿非的暑假也正好此时开始，父母就答应他和姐姐、红玉同去。素同先一个礼拜出发，好准备婚礼。他妹妹素珍，因为学校放假前不能离开，就和姚家姐妹一同去，因为她们也是同学。莫愁懒得旅行，说她的孩子太小，不胜途中的炎热，并且立夫不久即将返回，所以没有同去。

这群无忧无虑的现代青年，是在六月底离开的北京。丽莲还有另外每个人，都认为红玉和阿非的订婚，已经为期不远，所以自然就不去亲近他俩。一路之上，红玉一直活泼愉快。木兰对红玉负起监护的责任，和她睡一个房间。红玉不肯吃快车上的西餐，阿非则跑出跑进给她叫特别炒饭。她甚至叫阿非为她打开衣箱，给她拿衣裳，阿非也以这些亲密的伺候服侍为乐。

木兰说：“你伺候四妹伺候得多好。你真是个小姐的闺中良伴，简直跟大哥体仁一样，只是他的多情用错了地方儿。今天早晨你已经把窗台擦了三四次。我看你不久要找把笤帚给她扫地了。”

阿非微笑招认说：“我已经扫过了。”

红玉啐了他一下。

木兰这个少女监护人并不高明，因为阿非大部分时间都消磨在红玉的房间里。红玉开始显示出成年女人的一些不坦白的特点。在木兰的面前，红玉和阿非说话，竟似旁若无人，阿非的领带松了或歪了，就替他系好，满脸微笑望着他；在领带系好之后，她那雪白如藕的玉臂还在阿非的胸膛上停留一会儿。

木兰问他们：“你们还吵架不？”

阿非说：“我每次都听她的话，怎么还会吵架？”

红玉说：“好没羞！”然后向木兰说：“每次吵嘴我若不让着他，他会更凶。他自己还不知道呢！”

阿非说：“天哪！每次争吵她都占上风，还说让着人家！”

红玉说：“我跟你说过什么难听的话没有？”

阿非承认说：“妹妹，你没说过。”

木兰说：“好了，我但愿你们永远在一块儿幸福快乐，那就好了。”

所以那天晚上红玉和木兰住在一间屋里，红玉向木兰吐露了心事，讨论了她和阿非情爱的事。她原先怕木兰要和她父亲一同促成阿非和丽莲的结合，现在才知道木兰是乐意帮助她。

红玉是一则以喜，一则以忧。因为她已经十八岁，阿非十九岁，但是姚先生姚太太方面还没谈起订婚的事。在这种情形之下，红玉自然不能相信姚家会忘记，就难免心存疑惑。但是姚家从来连暗示也没有，终属有点儿蹊跷。

红玉如今沉醉在恋爱之中，其甜融之情，为人间所不可多得。阿非现在长成了一个英俊挺拔的青年，家虽富有，但无骄纵恶习，对她则用情至专，两人相距，近在咫尺。在一个少女需要爱一个男人同时又需要男人的爱的年岁，能够得到像红玉现在的生活环境的，实在是少之又少。可是为什么姚氏夫妇从来没有过两家结亲的意思呢？他俩是不是爱她？还仅仅是宽容她呢？因为红玉天赋很高，因此也是个很任性的少女。她把真纯的爱完全倾注在阿非身上，她富有才气与娇美，不屑于为了什么动机去取悦于人。她年轻、自傲、任性，不屑于去用阴谋狡诈。不论在阿非父亲的面前，或是在阿非母亲的面前，她还是出之真纯自然，不稍虚饰。不喜欢谁还装作喜欢，这是她不能做的事，而她就不喜欢阿非的母亲。她虽然喜欢阿非的父亲，却偏偏流露出她的任性自是，只是因为，若不如此，怕被人疑作故意讨好未来的公公。爱情，她认为是纯粹自然真诚无伪的东西，不是年岁大的人渗入了利害阴谋之后的东西。爱阿非，她就爱得彻头彻尾，有时在年长者面前会显得太露骨。在求取阿非父母的欢心这件事上，她连一半儿都没做到。结果，没有正式提到两家缔结婚姻这件事，却招致了她几分心神不安。

红玉现在对木兰说了句良心话："我不知道我为什么那么怕失去了他。"

木兰说："这就是你爱得太深了。爱是永远不能封口儿的创伤。女人爱别人的时候，一定会觉得自己失去了什么，那是她心灵的一部分，她于是各处去寻找失去的那部分灵魂，因为她知道，若不去找到，自己便残缺不全，便不能宁静下来。只有和自己的意中人在一起时，才又完整如初；但是自己的意中人一旦离开，自己又失去意中人携走的那一部分，那就直到重新和意中人团聚时，才又得到安宁。"

木兰说得那么认真，红玉觉得她所阐述的不仅仅是爱情的真义。木兰停下来，在那沉默的片刻，红玉躺的是上铺，她极想看看木兰脸上的表情。

红玉最后又问："人若遇不到爱情上的知己，或是他若一旦死亡，那该怎么办呢？"

木兰回答说："谁知道这种精神方面的事情呢？也许自己失去的那一部分永远一去不归，也变成灵魂了。阳界和阴界似乎是不相交往的。不过还活在阳间的人若是再婚配，阴阳的和谐就又重新恢复了，那本不可治疗的创伤，由于有人来填补，就又可以痊愈。虽然痊愈，但究竟和原来不相同。"

莫愁向来没有把这种爱的经验告诉过红玉，也许是她不能说。红玉也没从别个女孩子口里听说过这种话。

木兰接着说起素丹。素丹已经离婚，现在住在北京，以那笔离婚赡养费维持生活。她拒绝去参加哥哥的婚礼，大部分生活是自己一个人过，离群索居，深居简出。

红玉说："他们结婚之前，还不是相爱很深吗？"

木兰说得语气很重："不是，那不是相爱！"

这话使红玉感到意外，她想到自己和表姐，心绪烦乱，不知不觉睡着了。

婚礼举行之后，一对新人离去。木兰买了几双丝袜，就同荪亚、阿非、红玉、丽莲，和丽莲的母亲桂姐往杭州去了，坐火车四个钟头就到。他们在湖滨的旧家度过了五天美妙的时光。那栋房子靠近岳王庙，一面是一条大道，一面正对西湖，所以房子是建筑在湖边幽静的角落里，而将一片湖水围入，作为池塘。

杭州城的美，使木兰非常迷恋。没有北京的壮丽，但是秀雅宜人。一片湖城，高山环绕，古塔寺院，散在山巅。游完北京，再游杭州，犹如饱餍甘脂之后，再喝一杯龙井。北京美景之中，木兰最爱西直门外的高亮桥和北海以北的什刹海，因为此两处具有田园之美，使人想起了江南。现在眼前的正是杭州，正是江南，也正富有江南的秀丽。颐和园的昆明湖，是慈禧太后在虚荣奢侈之下由人工挖掘而成的，其构想只不过模仿西湖而已，而现在摆在目前的，才是真正的西湖。颐和园的昆明湖虽然美，比起真正的西湖来，只似影子与实物，只似玩偶娃娃与活美人。西湖，常被比作古代美人西子，常被人看作一个娇嫩风流的江南美女。风和日丽时，她面露微笑；烟雨迷蒙时，她紧锁眉头。也像西施一样，她紧皱锁眉头时，更令人神荡魂销。杨柳掩映下的岛屿，似乎是飘浮在银灰的雾霭之上，究竟山峦飞腾而上接云雾呢？还是云雾下降而环抱山峦呢？实在令人煞费疑猜。

木兰现在知道了人多活一岁多聪明一分。除去西湖的自然之美以外，西湖过去是，而且现在也是诗人美人向往的圣地。西湖的传统比北京更悠久，在蒙古的大都还没建筑之前，杭州便是南宋的国都了。杭州的历史传统与文学艺术关系之深，实超越政治而上之。西湖的两道长堤叫白堤苏堤，就是唐朝白居易和宋朝苏东坡所构筑的。过去一千年之间，诗人、名妓曾经居住于此地，寻乐宴游于此地，且死后葬埋于此地。其住所，其坟墓，历历可见。木兰打定主意，将来父母百年之后，自己独立自由时，便举家迁来此地居住。那时节，她那宁静朴质的家庭生活的美梦就实现了。

木兰对她父亲那些商店甚感兴趣，花了几个上午和商店的经理畅谈，那些经理自然对他们热诚招待，其余的时间便在自然景色中悠闲懒散地消磨了。在夜间，湖面为轻纱似的白雾所笼罩，他们乘小舟徜徉于湖面，享受湖面轻柔的微风，听远处船上青年男女的歌唱。

一天下午，他们游月下老人祠，并且抽了签。签上的文字既含混不明，措辞又陈腐不堪。桂姐戏为丽莲抽了一签，上面写着：

枝头花开笑迎春
梅花争盛与芳邻

看他蜜蜂忙终日
甜为何人苦自身

苏亚说："没人信这些东西。和尚赚钱而已。"但是红玉又戏抽了一签，上面文句如下：

点画娥眉闺阁中
牡丹阶上乐融融
莫将真幻来相混
芬芳香过总成空

红玉双眉紧皱着将签文撕作碎片儿，对阿非说："你抽一个。"

阿非回答说："干什么？花钱给和尚，看两句胡言乱语？"他不肯抽。

但是木兰却不由得对签文纳闷儿，上面的"芳香"二字使她想起暗香来。

那天夜里在湖上，红玉不高兴，但是阿非和苏亚依然兴致甚佳。丽莲和她母亲都没拿签上的文字当一回事。红玉说她曾看见湖上远处有一小舟，上面有一个青年男子和一个姑娘，二人在船上闲谈，忽然消失在雾气之中，连一丝痕迹也不曾留下。据传说，明朝末年有一对情人，曾一同跳西湖自杀，后来在月明之夜，游人有时看见一只鬼船，载着那一对情人，出现在水面，共同玩赏。那一对情人永远那么年轻，还是穿着明代的服装。男的身穿灰蓝色长袍，头戴文人的黑帽，女人的头发梳在头顶，身上老是穿着紫衣裳。女的总是吹箫，据传说，她过去是青楼歌妓。

不过，那天晚上，除去红玉，谁也没有看见他们。

大家在杭州之时，接到立夫一封电报，说他已经从日本回来，那时正在上海。苏亚打回电报去，要立夫和他们在杭州相聚，但是回来的电报说，他须急速回家。所以大家叫他在上海等候，五号他们回上海。

立夫到上海火车站去接他们。立夫显得瘦了一点儿，但蛮健壮。那天晚上，大家在饭馆儿为他设宴洗尘。

木兰说："你在日本研究的哪一科，跟我们说一说。"

立夫说："是关于细胞，关于细胞怎么生长，还研究了关于昆虫的学问。"立夫并没有说他的主科是生物学，因为他不像别的大学生，他是不肯谈论他主修的学科的。他向大家问："辫子遗老张勋的复辟是怎么回事？"

苏亚说："我们也不知道。也只是看了看报。北京城一定闹得很热闹，听说南河沿儿都烧光了。"

"今天早晨报上说一切已经都过去，基督将军冯玉祥的兵现在正占着天坛呢。"

事实上证明，关于北京新近的局势，立夫比他们还都清楚。辫子将军张勋确曾发动了一次政变，又把儿童皇帝宣统拥上宝座，中间经过正好十天。立夫知道，袁世凯死后，真正的权力是握在段祺瑞手里，击败了复辟政变，那就是为人人所深恨的亲日派安福系即将大权在握了。他谈论政治之坚决热情，远非他对生物学的热诚可比。

坐火车在七月天回北京，是够热的。他们决定在曾家故乡山东泰安稍停，乘机会一游东岳泰山。立夫、阿非、红玉都没游过泰山。木兰打算登泰山看日出，于是决定在山顶过夜。他们早晨十点到了泰安。轿夫去催他们午饭后立即动身时，他们已经休息了两个钟头。

在中国，若论登山的路径宽广，铺砌得好，石级磴道构筑得好，爬上去感觉到舒服，只有东岳泰山。

在过去，登泰山的路的保养维护，一则来自政府的经费，一则由私人捐献，才使宽广的石头路一直完好整齐。过去两千年来，皇帝屡屡举行封山大典，以示对泰山的尊崇；多少世纪来的诗人，好多作出诗歌，赞美泰山，刻在岩石之上，一直留至今日。历史渐久，古物渐多，民俗传闻亦渐富，香客的故事口耳相传，越使圣山生色。从“孔子登山处”的“第一天门”，经过半途中的“第二天门”，一直到山顶的“南天门”，一路上都有极其方便的休息处所和里程碑石。

木兰这一批人共乘用了七顶轿，另外还有两个挑夫挑着他们过夜要用的铺盖。天是灰阴多云，所以大家都感觉凉爽舒适，尤其对轿夫来说。巨大的圆石，由多年溪流的冲击，已经光滑圆润，错落躺在路旁的沟渠之中，半露在外面，半浸在水中，看来像是水牛，又像河马。

木兰登泰山，从来没有像这一次在青年群中这么轻松愉快。这泰山，正是她在童年时和荪亚辩论的那个泰山。立夫的泰山之游，还是生平第一次，木兰可以看得出他脸上的兴奋。

自寺院再往上行，风景越险怪，越雄壮，路旁翠柏夹道，远处山峰上怪岩奇石如野兽蹲伏，姿势各异。过了水帘洞，见一飞瀑，高在顶端，水势下落，恍若银屏，水星飞溅，人衣尽湿。在歇马崖，轿夫停轿，暂息片刻，荪亚、立夫、木兰就在附近漫步，回顾远处来时蜿蜒的山路。路旁溪沟的水清澈可喜，阿非就脱下鞋袜，涉水而行，别的男人也涉水相随，木兰、丽莲、红玉、桂姐则在岸上徘徊。

阿非向她们喊说：“下来。”

红玉从来没想到要到溪流里去，可是丽莲看了看她妈，问她可否下水。

木兰因为自已想下去，就对丽莲说：“下去。”

丽莲说：“你若敢下去，我就下去。”

荪亚说：“下来吧，妙想家。好凉快。”

木兰坐在大圆石头上，大笑一声，脱下了鞋袜，露出了雪白的脚，那两只脚一向很少露在外面，现在轻轻泡入水中。

桂姐微笑说：“木兰，你疯了。”

木兰说：“好舒服，好痛快。你若不是裹脚，我也就把你拉下来。”

丽莲也脱了鞋袜，把脚泡进水去。荪亚过来，拉着木兰，进入了小溪中的浅水之处，木兰摇摇摆摆地走，几乎要摔倒，幸亏由荪亚拉住。轿夫觉得很有趣，笑了又笑。立夫坐在中流的石头上，裤腿儿向上卷起来，作壁上观。他觉得那确是非常之举，因为那时离现在少女在海滩上洗浴，还早好多年。一个轿夫喊说："洗个澡吧，洗个澡吧，小姐！只有你们城里的小姐才怕水呀。"

木兰向立夫说："你应当打电报给莫愁，叫她也来，大家可以在这儿过一个礼拜。"立夫只是微笑。

现在轿夫告诉他们说，若打算日落之前到山顶，可应该出发了。荪亚又怕木兰上来擦干脚，会费时太久。立夫上了岸，看见了木兰雪白的脚腕子，又光润，又细小。木兰根本就没想掩藏，反而抬头看了看，向立夫低声说："拉我起来！"不胜木兰的撒娇与美丽的魔力，立夫就把她拉起来。木兰的真纯自然，竟使尴尬的场面，一变而为天真美丽。立夫觉得木兰真是异于凡俗，也与自己的信念不谋而合。

红玉一边站在那儿看他们，一边想起木兰论爱情的一席话。

一个轿夫问立夫："您太太多大年岁？她看来好年轻啊。"

立夫回答说："她不是我太太，是我的亲戚。"

木兰听说，不由得有点儿羞愧。

大家坐上轿，又继续向前走。不久过了"杉木洞"，那是一个大杉木林，枝叶茂密得犹如屋顶，上不见天，据说嘉庆皇帝在此植杉木两万两千株，造成了这座树林。木兰希望在此地盘桓一番，但是已经耽误了时间。

过了"第二天门"，他们到了"快活三里"。他们问轿夫这个名字是什么意思，轿夫说，爬过了三里陡坡，这儿是一段平路，有三里长，爬山的人到此自然很快活，所以叫"快活三里"。由此地再往前，风景越发雄伟，高峻的山坡上的松树林，在山风中摇动，松声如海涛吼啸，自远而至。过了"十八盘"，"南天门"在望，在几乎垂直的悬崖之上，如危楼耸立。中间凿劈为门，有石级可登。轿夫现在将轿子斜着抬进，这样，前面的轿夫就在右边走，后面的轿夫就在左边走，因为石级太陡了。

到了南天门，他们下了轿，顺着“天门街”走向“玉皇阁”，那是山上最高之处，就预备在此处过夜。一个年约十七八岁的小道士，出来迎接他们，荪亚叫了七个人的饭。这时大家都立在石头铺地的庭院中的阳台上，庭院是围着一块拔地而起的巨大岩石而建，那块岩石据说是全山最高的岩石，叫泰山绝顶石。他们进了正厅，等着吃饭的时候，立夫问荪亚：“你累不累？咱们还要去看秦始皇的‘无字碑’呢。”

荪亚回答说：“现在我只想一件事，就是吃饭。”

立夫说：“去吧，就是几步的道儿。”

木兰也催他说：“去吧！过天门街的时候，我回头看，见身后的落照好辉煌灿烂哪。”

但是荪亚，因为身子胖，走得喘，说他要坐着轻松一下，桂姐忙着指挥仆人铺床，丽莲、红玉也正帮着她，所以只立夫和木兰、阿非三个人出去了。

现在他们是在云层之上。木兰站在那高出无字碑以上的台子上，一只手扶着阿非的肩膀，头发随着山风向后飘扬，看着犹如一个山上的精灵。她向远处望，远处那一块块灰的是山，一片片紫而深绿的是山谷。一带随时变色的霞彩神奇的光波，在大地上飘过。往西，只见红云似海，闪耀着金线银丝，好像斜阳照耀在老人头上一样。立夫已经走下石阶，正立在下面黑暗的石碑旁边。石碑有二十多尺高，历时已有两千年，上面罩着棕黄的干枯苔藓。立夫往上看，看见木兰秀丽的侧影，背后衬托着色彩富丽绚烂的晚霞。

木兰说：“立夫，你看见那个没有？”一边手指着西方的云彩。

立夫回答说：“我看见了。”

木兰也走下到石碑旁边来。这块石碑是秦始皇统一六国后，来封泰山时建立的。至于石碑上为什么没有雕刻上字，则不得而知。有人说当时他突然生病而死，石碑也就立而未刻。另一个说法，较为近似真实，就是刻碑的人不愿将此暴君之名永垂后世，故意将碑文刻得浅，所以不能经久，早就不耐风雨，剥蚀不见了。

木兰走近石碑，那时立夫还在近前站着，仔细看那苔藓封闭的石头，不觉看得出神。她伸手把一些苔藓揭下来，立夫说："不要！"

木兰说："这个石碑好大。"这时一阵子寂静。

木兰又说："还这么老！"又是一阵子寂静。

木兰也寂静下来。木兰、立夫和阿非三个人，坐在附近一块石板上，也寂静得和那个石碑一样，他们好像也变成了没有字的碑文。

最后，立夫开言，才打破一阵子沉寂。他说："这个没字的碑文，已经说出了无限的话。"

木兰看见立夫眼睛上那副梦想的表情。在这块无字的石碑上，他读到了兴建万里长城的暴君的显赫荣耀，帝国的瞬间瓦解，历史的进展演变，十几个王朝的消逝——仿佛是若干世纪的历史大事一览表。而这个默默无言的黑暗的岩石，在高山日落的时候，横压在立夫和木兰的心头，那块巨大的石碑，是向人类文化历史坚强无比的挑战者。

立夫说："你记得秦始皇怕死，派五百童男童女到东海求长生不死之药吗？而今物在人亡。"

木兰说出谜一般的话："因为石头无情。"

这时暮霭四合，黑暗迅速降临，刚才还是一片金黄的云海，现在已成为一片灰褐，遮盖着大地。游云片片，奔忙一日，而今倦于漂泊，归栖于山谷之间，以度黑夜，只剩下高峰如灰色小岛，于夜之大海独抱沉寂。大自然也日出而作，日入而息。这是宇宙间的和平秩序，但是这和平秩序中却含有深沉的恐怖，令人凛然畏惧。

五分钟以前，木兰的心还激动不已，现在她心情平静下来，不胜凄凉，为前未曾有，外在的激动不安，已降至肝肠深处，纵然镳镳而鸣，她的心智，几乎已不能察觉。她一边拖着疲乏的腿，迈上石头台阶，心里却在想生，想死，想人的热情的生命，想毫无热情的岩石的生命。她知道这只是无穷的时间中的一刹那，纵然如此，对她来说，却是值得记忆的一刹那——十全十美的至理，过去，现在，将来，融汇而为一体的完整的幻象，既有我，又无我。这个幻象，无语言文字可以表明。滔滔雄辩的哲学家对此一刹那的意义，会觉得茫然，也会觉得穷于言辞，无以名之，姑名之曰经验。

夜，对人也并不永远是平静安谧，正如对草木岩石一样，对不会做梦的鸟兽昆虫一样。民国六年七月十六的晚上，在泰山顶上，对木兰来说，是特别使人心神不安的一夜。他们的晚餐有四个菜：炒蛋、芜菁汤、藕片、香菇烧豆腐，另外是小米玉蜀黍粥，馍馍。旅途劳顿，山中空气新鲜，大家都非常饥饿，几盘子菜都吃得精光。虽然食物并不精美，远寺的钟声却使他们觉得此次晚餐风味迥异。饭后，又喝了极其清冽的山泉茶。荪亚与立夫闲谈，谈论的是关于在日本的生活经验，然后就寝。

荪亚一觉酣眠，鼾声大作，木兰瞌睡了一下，但又醒来，然后又打瞌睡。因为茶的力量大为不同，一直使她的头脑清醒，不过腿和身子却睡得很甜，自己也不知道是清醒，还是在睡梦之中。她觉得，仿佛是半在梦境，一直在费力解一个巨大的云雾般的结，那是一个谜，而那个谜是创造万物的主宰。她正在费力想解开那个谜，一阵山风吹过，撼动卧室的窗子，她又醒来。但是荪亚还在继续打鼾浓睡。

木兰被声音惊醒时，仿佛始终未曾入睡，睁眼只见灰白的晨光，正从窗板缝中自外射入。她推荪亚说：“天有点儿亮了！不能误了看日出呀。”

荪亚说：“管他日出不日出！”转过身子去，又睡着了。

但是木兰不能再睡。她听见厨房的声音，听见火炉里柴火噼噼啪啪地响，水勺儿在水缸上磕碰的声音。她起来，用脚尖儿轻轻走到邻近屋里去，看见桂姐还和孩子一起睡，她把他们叫醒。再回到自己屋里，点亮了油灯，自己梳头。一看表，原来才两点五十。

她穿好了衣裳，一直等到又困倦起来，这时厨房的用人来敲门，在门外说：

“老爷，太太，起来吧！不然就赶不上看日出了。”

木兰把荪亚叫醒。打开门，一阵子凉气冲进。鼻子闻起来，和别处的空气完全不同。她看见立夫已然穿好衣裳，正在院子里站着，往厨房里看。

木兰说：“你起得这么早？”

“我起来一个钟头了。天冷，我睡不踏实。他们起来了吗？咱们得赶快呀。”

木兰进屋去，又穿上一件毛衣。荪亚刚下床。

荪亚好不耐烦，他说：“哎呀，日出！日出！”

妻子说：“咱们就是为看日出而来的呀！”

早饭转眼摆好。仆人说：“大夜晚到外面去，要先吃点儿东西暖一暖。”木兰要了点儿热酒，她和荪亚喝了，但是立夫一滴未饮。大家热粥下肚，身上暖了，出去到“日观峰”。红玉又咳嗽，阿非带了一个毯子，给她围着。那时东海中的天边，只有一片白光而已。然后有一片淡红，渐渐爬进那一片白光，附近的山顶已经开始露出头来。在北方有迂回曲折的白色带子，人家告诉他们，那是流入大海的一条河。

云中静悄悄，丝毫无动静。在那片桃红变深而成金色时，云彩，好像听了什么命令，开始自夜中的睡眠醒来，在伸懒腰，在打呵欠。云彩的上层开始移动，移动之时，底层染上了起伏波动半透明的紫色。所有的云彩一齐向东飘去。云层上下堆积，成为天上金碧辉煌的宫阙。下面的山顶越发清楚，纤细可见，没被云层遮盖的大地，还在黑暗中静止不动。再过了一刻钟，一条纤细闪亮的金线，勾出了地平线的轮廓；再过几分钟，两道霞光射入天空，预报太阳行将出现，使云彩金光耀目，也照亮远处的海面。山风渐强。忽然间，一片赤红由地平线上升起，大家异口同声惊呼道：“太阳出来了！”一齐欢迎华严雄伟荣光显耀的日出来临。

“现在升上一半了！”

“看波光闪动的海面！”

“现在全升起来了！”

太阳巨大无比的圆盘，好像一跳而起，自地平线上升入了空中，观看日出的人，脸上都照上了日光。木兰看了看她的手表。才四点半。

红玉说：“看！那云彩！”

因为黎明的手指已经点触到依恋着群峰的云，那云，仿佛遵奉太阳的指挥，又悄然接受了山间微风的感应。堆堆片片，开始动起来，刚一移动，就沿着山谷飘去，犹如庞大的玉甲银龙，舞蹈前进，山谷间的风光就越来越广阔。大地觉醒了。

他们在清晨的空气之中，立了半个钟头。

丽莲说：“我觉得冷。”

红玉说：“我现在好了。”说着把毛毯从身上拿下来给丽莲，阿非帮着把毛毯围在丽莲的脖子和肩膀儿上。

木兰兴高采烈地说：“这次我们可看见大地怎么入睡怎么醒来了。值得看，你们说是不是？”

苏亚说：“不错，值得。可是现在我想去睡觉。我的腿都站僵了。”

他们这一批人漫步而归之时，另一批人走来看日出，才知道已经误过，大为失望。黎明之时，似乎特别安静，除去足音、晨风吹动衣裙的声音之外，可说是万籁无声。

木兰说：“好安静！鸟儿叫的声音都听不见。”

立夫说：“咱们在高处。鸟儿在下面山谷里睡呢，可惜莫愁没有来。她若来了，也会深得其乐的。”

他们去看唐代的巨大的摩崖碑，然后回到屋里去。轿夫在南天门待了一夜，现在已经来到，催他们早点儿回去，希望能赶得及当天再抬人上山来。

一个钟头的吃早饭和休息之后，大家开始下山，只用了一个半钟头就到了山麓。荪亚因为胖，自己坐了一顶轿，红玉和桂姐也各坐一轿，别人大都愿走下去。每个人都拄着一根手杖。诚如立夫所说，他们往下去，才听见山谷中禽鸟的婉转歌唱。

木兰和立夫自然而然地在一起步行，而且一直一路交谈。并不是因为立夫刚刚回来，而是他俩确是有好多话说，而且两人身体都轻，迈步也轻快，所以常需要停下来等着别人。到了“快活三里”，荪亚下了轿，和他们走了一段，木兰则从“第二天门”坐轿直到“下马隘”。由那儿又下了轿，和立夫走得很快，转眼把别人撂在大后头。现在只剩他们两人了。木兰过去从来没有像这次在如此美好的天气和立夫走下山来，心情又如此之愉快。因为她对妹妹莫愁有深爱，又对立夫有信心，所以自觉十分安全，不敢有何意外的发展，何况又喜爱与立夫独自在一起这种无可比拟的感受，所以两个人谁也没有说减慢脚步，好等待别人。他们到了杉木洞，觉得杉木清凉的树荫，实在诱人，于是走到树荫中休息，等候后面的人下来。

立夫移动过来一个树桩子，木兰在树根上铺了一块手绢儿坐下。木兰太快乐了，乱找些话来说。最后她说：“这比到圆明园的废址去好多了，你说是不是？”

立夫说：“是啊，我们说定要一起去游一次呢。”

木兰微笑说：“你还记得！”

立夫回答说：“我还记得。”

木兰手托着脸一边沉思一边说：“人生很怪，是不是？”

这问题无法回答。立夫问她：“你的话是什么意思？”

木兰说：“是吗，就是怪呀……我以前从没想到咱们会有这么一次快乐的游山，你看现在咱们在这儿……这些树。”她向上看，向四周围打量，又说，“我不知道，太阳一出来，使人间才有人性的温暖——把人内在的抑郁黑暗，清洗净尽，使人发善心，对所有我们地球上的人类怀有善念……还有你的回来。一切都那么出乎预料。”

立夫站在那儿，注视着木兰对他说话，也可以说是自言自语，在杉木之下，声音柔和，态度从容，人又高雅美丽，低的音调，和杉木的微风细语相混和。微风吹过，她的头发便横散在前额上，她就用手指掠开，但微风又再度吹来，送来杉木的香味，在空气中浮动。

立夫说：“你不会说日出也是出乎预料吧？每天照例如此的。”

木兰说：“我说也是……日出也是出乎预料的，和你的自国外归来是一样的……你知道，我三度在山上遇到你……第一次那时咱们还都是孩子……现在我们姐妹都做了母亲，你成了父亲，我母亲成了哑巴。”

立夫开始问她母亲，她妹妹，还有那个婴儿。木兰把她母亲的怪病告诉他。

不久，红玉的轿子自他们的上面出现，阿非和别人徒步走近，木兰站起来，心中难免有一半恨意，恨这段如此美好的时光竟会如此之短暂，不过虽然嫌其过短，倒觉得美好达于极点。来的人都到杉树林中休息，一小会儿之后，荪亚和桂姐也都来到。再度出发之后，不到半点钟，就回到登山的原处。这次游泰山十分愉快，不知不觉中回到了山麓。

当夜，坐夜车返回北京。

这次旅行留给木兰一个永久无法消除的影响。她深深体会到，只要和立夫在一起，她就会永远幸福，永远满足。他们一同看见泰山的日落日出。同是日落日出，不知为什么，在平地上看见就大为不同。立夫缄默无言，站在秦始皇无字碑前的黑影，黎明以前的那段散步，在杉木洞中几分钟的谈话，都富有精神上的深义。木兰不太了解那深义为何，也不能以言辞表达出来，但是她知道由于那些得之不易的刹那，又那么天造地设的机会，她把人生看得更透彻，更清楚了。

第三十二章　北京城新学旧派人文荟萃　静宜园淑媛硕彦头角峥嵘

立夫回到北京，看见莫愁在火车站向他打招呼。莫愁穿着一身白衣裳，青春年少，鲜艳美丽，精神健旺，一手拉着两岁大的孩子，另一只手挥动欢迎他。她并没有把感情过分外露，只是默默无言之下，紧紧地握了他的手一下，这就足以告诉他现在是欢迎他回到爱情深厚而稳固的家。他妹妹环儿也在，告诉他她已经转到国立北京大学念书。自从新文化运动之后，北京大学已经兼收女生，现在是男女合校了。

立夫到了家，先进屋去看母亲，母亲没有什么改变，然后又去看卧病中的岳母。姚太太正在坐着呼噜呼噜地抽水烟，仍然是发不出一点声音来。不过上天嘉佑，她的神志已经迟钝，她的爱好已然减低到几种身体的需要，此外无忧无虑，也不再精神不安。除去她生病之外，家事由莫愁、珊瑚管理，一切平安无事。姚先生对立夫，和平常一样，非常亲热。岳父和女婿相谈甚久，直到仆人去叫立夫洗澡。莫愁已经给他准备好了水。

立夫回到自己的院子里，看见屋里清洁雅静，外面的夏日阳光耀眼，屋里幽暗清凉。他的衣箱已然搬到院里来，衣裳正在太阳里晒。孩子站着，以尖锐的目光、纳闷儿的神气打量他好久，立夫才过去看他。孩子刚洗完澡，立夫看他头上、身上，干干净净。

他的书还像以前那样摆在桌子上。不过在他的书旁，却看见有几本英文书敞着，还有手指摸出痕迹的几本文学革命的刊物《新青年》，还有几册北京大学学生出版的《新潮》。

立夫问妻子："怎么，你念英文哪？"

她说："我现在和环儿一块儿念。我没有事情做。我到北京大学听陈独秀和林琴南的课。你知道，他们闹得水火不相容，就是为了新文学运动。现在洗澡水不太热了。"

立夫去洗澡。

莫愁在屋子那边儿说："立夫，你愿意听点儿消息吗？"

立夫从浴室里问："什么消息？"

"有趣的消息。"

"什么有趣的消息？"

"你记得曼娘的丫鬟小喜子吗？你说她非常天真无邪。可是啊，去年她给一个男仆人生下了一个孩子，已经嫁给他了。"

莫愁听见立夫在浴室中大笑。他说："我还是认为她天真无邪。"

立夫洗完澡，走了出来。

他说："我刚才和你父亲谈论你母亲的病。我想突然使她一震惊，也许能治好她的病，一震惊之下，会使她突然喊叫出声来。不过必须是使人愉快的震惊，不然会更坏。"

莫愁不相信，她说："我们真不知道怎么好。"

立夫拿起一本《新青年》。

他说："我在日本每一期都看。"

莫愁说："这个杂志在全国，简直如同狂风暴雨一样。看这杂志上的文字，听教授在自己教室里攻击对方，真有趣！"

当时北京大学是文学革命风潮的中心，文学革命的主张是在写作上要用白话，废止文言文。过去是用典雅的文言作文章，现在改用白话，最初似乎像乡下新郎闯进了贵妇之家的客厅去抢亲。旁观者看来，这个新郎真是粗俗，无礼，吓人，但也许是简捷有趣，适用而实际。这个乡下新郎用带泥的靴子在地毯上践踏了一番之后，把地毯卷了起来，富贵之家的新娘滑倒而惊呼。在这几个村野的新郎之中，有一个叫陈独秀，他是这入侵的一帮人中的魁首，而且他对那些千金小姐的举止，粗鲁而蛮横；另外一个则满嘴脏话，从旁相助，革命的群众围聚起来，看着笑不可支。

北京大学校长蔡元培，斯文有礼，前辈君子，菩萨心肠，举步常看蝼蚁，因为在办学政策上主张宽容，主张自由主义，于是北京大学成为两个敌对派的大本营，双方自由攻击。当时北京大学真是生气勃勃，精力充沛，只因为有真正的自由。翻译柯南道尔的《福尔摩斯侦探案》与司各特《撒克逊劫后英雄传》的林琴南，是旧派的领袖。老哲学家智者辜鸿铭，全心全力拥护东方文化，也是旧派中的健将。林琴南写了一封长信，骂白话文为“引车卖浆者之言”，把文学革命比作洪水猛兽，为害社会，流毒士林。新文学运动中四个领袖是陈独秀、钱玄同、胡适、刘半农。钱玄同戴着大眼镜，既怕女人又怕狗，把一群旧派称为“孽种”，称为“文妓”。胡适青春年少，刚自美国留学归来，说话写文章，完全一副学究教授态度，有高尚的英国绅士风度。他声称那不是革命，而是自然演化的一步而已，他用西方最新的学术思想来加强新文学运动的声势。陈独秀和钱玄同教授，因为在日本留学，态度较差，给新文学运动添上不少火药气味的攻击与辱骂性的言辞，使旧派大惊，使少壮派感到有趣，也使新文学运动增加了混乱。

古老的中国受到了震动。革命自然要使人民受惊的。语言文字上的打击还不足，因为随之还有对诗的韵律、诗的形式上的攻击，对贞操的攻击，对寡妇守节的攻击，对家庭制度的攻击，以及对“两重道德标准”、祖先崇拜，以及对孔教的攻击。这就引起了人心的动摇。一个激进派首领在寡妇的婚礼宴席上讲演，拥护她再嫁，把孔子学说称之为“吃人的礼教”。激进派的青年，听之大喜。混在些颇为有用的进口货之中，也有不少附带而来的东西，西洋归来的留学生极力鼓吹。少年的新中国不但有权利怀抱希望，而且确是大有希望。文化革命分子把阿妹·楼薇（Amy Lowell）的无韵白话诗当作他们的新福音。他们醉心自由诗，那种自由诗真自由到空洞无物，他们提倡无韵诗，那无韵诗真无韵到一无所有。他们还介绍山额夫人的节育理论，介绍“民主”和“平民”文学，以及易卜生、王尔德的戏剧，杜威的哲学，自由恋爱，男女同校，离婚，提倡已经过时的天足运动，攻击纳妾制度以及扶乩等事。

立夫概括起来说：“新派争辩得并不高明，旧派则根本不能开口对抗。”

在姚家，大家的思想也是有点儿分歧不一。因为当时偶像受到破坏者太多，涉及的问题也太广。姚先生赞成改用白话写文章，赞成寡妇再婚，但反对破坏家庭制度。珊瑚已经守寡很久，于是开玩笑说：“只要有人娶我，我可以再嫁了。”

莫愁赞成道德的“单一标准”，所以她赞成《温少奶奶的扇子》，反对《傀儡家庭》，断然反对白话诗，至少反对当时胡适等人作的那些鬼东西。红玉则对新派提倡的东西一律反对，最反对的是男女同校制。木兰赞成改用白话写文章，但是她所赞成的是已经在《红楼梦》里用过的文雅的白话，而不是“引车卖浆者”口中的白话，因为她崇拜林琴南，也喜爱中国旧文学。她服膺孔子的学说，反对易卜生的理论，赞成男女同校，赞成娶妾制度，赞成祖先崇拜，但反对缠足。

阿非崇拜新文化运动的领袖人物，这和当时新中国的青年一样。他反对孔教，赞成自由恋爱，赞成节制生育，也喜爱打网球。

曾文璞先生把所有那些革命派称之为野蛮人，“无耻忘八”，莫名其妙的假学者，信口谈论自己并不懂的理论，尤其是孔子思想更不懂（这话大概是对的），当时政治上的革命分子说话时，口头上时常带外国字，他也觉得令人厌恶。他对那些鼓吹文化革命的人，深恶痛绝，恨之入骨。他甚至恭请林琴南到他家一叙，木兰大为欢喜。

曾先生不许曼娘看《新青年》。曼娘在花园听见他们讨论的各种问题，十分吃惊，尤其是节育问题。

陈独秀把小册子作者犀利的笔锋，和急进派革命分子的热情，合而为一。他有一套直线的进步理论，在《新青年》杂志上提出来。大意是：时间的前进是无法挽回的。每十年，每一代，都是稳定地向前进展。在光绪二十四年，哪些人才是思想上的先驱呢？不是康有为梁启超吗？康有为在他那时代是维新派，可是现在却是个声名狼藉的保皇党，他的名字和民国六年的张勋复辟，是密不可分的。在民国七年，谁是伟大的翻译家和西洋思想文学的输入者呢？不是林琴南和严复吗？可是严复现在是个吸食鸦片的人，而林琴南只是一个引人生厌的老古董了。下一代，一定在上一代的维新派与那一代的先驱者身上，踏过前进。康梁林严，虽然对他们的时代确有贡献，可是他们的时代过去了。总结一句，他写出："同样，我们今天这批时代先驱，也会过时的，同样也会被十年后前进的那一代抛弃于道旁的。但是我们很乐于为后来者让路。"

若说那么极端急进派的领袖也会变成陈旧过时，那十年期间的青年是无法相信的。当时人无法相信人还能更为激进。可是，不到十年，更新的思想深入了当时青年的心中，易卜生、自由诗、自由改革，听来就犹如他们蔑弃的"知识分子"一样陈旧，一样过时了。只有陈独秀教授成了托洛斯基派，在狱中憔悴孤独，苦度时光。

立夫生性就是激进的性格，自日本回国后，看到在激进状态之下的中国，和他离国时的情形根本上大有不同了。但是他并没投身于此项战斗之中，一则是，他天生是个人主义者，不愿完全加入哪一派。他的本性是，若逢大家都异口同声附和一个意见时，他偏要表示异议。他头脑清楚，有真知灼见，所以不愿接受钱玄同对中国旧文学的诋毁。并不是他个人不喜欢钱玄同，因为钱玄同天真自然，像孩子一样害羞，这就表明他有接受新的现代思想、事物的无限希望。因为有一个归国的留学生告诉他，说俄国作家陀思妥耶夫斯基比《红楼梦》的作者曹雪芹更伟大，钱玄同就立即信而不疑。钱玄同有一点儿精神病——这种精神病往往使病患者升华而成天才。钱玄同住在大学的宿舍，虽然没有和太太分居，却单独居住，说话时常常脸红，老是爱嘻嘻地笑。立夫并不崇拜他，但是喜欢他。

立夫的激进的精神常受木兰和莫愁的抑制。夫妇二人常常在灯光之下谈论这些紧急的问题。他们讨论这些问题唯一实际的结果就是，他们必须多学一点儿英文，英文可以说是了解这个新世界的一把钥匙。立夫在日本学的英文太糟。他能读英文书，但不能用英文会话，用英文说起话来，他的表达能力还不如他妹妹环儿的一半，环儿可从没到外国去过。

莫愁的普通见识，一直不断地影响立夫。

立夫问："为什么你反对男女合校？"

莫愁回答说："因为女孩子不应当受男孩子那样的教育。她们生活的目的不相同。"

莫愁愿意举出具体的例子，而不愿推论出理由来。立夫问到她令人烦恼的自由恋爱这个问题时（当时的意思是男女自由选择意中人结婚），莫愁只是回答说："你看看素丹吧！"于是这个问题对莫愁来说，就算有答案了。

可是立夫，在感情上，是受木兰的影响而喜爱中国旧的一切，就犹如受莫愁的日常的见识的影响而批评一切新的东西一样。木兰还是喜爱林琴南，这是她少女时期就崇拜的老作家。因为忠于林琴南，木兰易于对革命派挑剔严酷。木兰对中国旧东西有感情上的热恋，立夫因为知道文学上美的真义，他也有木兰的想法。林琴南当时已是一个胡须稀疏的老人，他说的北京话是带福州口音的，听来非常要命，声音软而低。在曾家时，他不辩论这些问题。他只是觉得在曾家愉快而舒适。曾家好像是个失败主张者最后的一个城堡据点，在此无须争辩，只有了解体会。在这方面有安静中的尊严，这就可以影响人的判断。木兰和立夫觉得，即使在内心对此稍有相异的想法，也是亵渎不敬。

只有姚思安先生一个人，依然持有异议，在他的谈话里，立夫觉得他仍然持革新之论。

立夫问："他们现在提倡那些幼稚的东西，您认为有道理吗？他们甚至连祖先崇拜都攻击。他们要把所有旧的一扫而空。他们甚至把'贤妻良母'都骂作是阻碍妇女发展独立的落后观念！"

姚先生说："让他们去做。他们主张的若是对，自然会有好处；若是错，对正道也没有什么害处。实际上，他们错的偏多，就犹如在个人主义上一样。不用焦虑，让他们干到底吧。事情若是错，他们过一阵子也就腻了。你忘记《庄子》了吗？没有谁对，也没有谁错。只有一件事是对的，那就是真理，那就是至道，但是却没有人了解至道为何物。至道之为物也，无时不变，但又终归于原物而未曾有所改变。"

这位老人的眼睛在眉毛下闪亮，他犹如一个精灵，深知长生不朽之秘一样。甚至在大学的课堂上，立夫也未曾听到这套理论。他觉得其中大有真理。

姚老先生继续说："就拿这次的文学革命来说，很多人以为有道理。为什么？因为其中总有点儿对的地方。不管什么运动，时机不成熟，就不会发展，而那项运动的主张，很多人一定能切实感觉得到才行。很多人觉得中国的旧的非扫荡消除不可，不然我们永远没法子进步。人心思变。你不能去助长，也不能去阻止。是有过分的地方，但是人不会老是看不出来，不会一直保持下去。荒唐无理的主张，是不辩自明的。就像坏油漆，自己总会剥落的。现在你们希望这个老中国要改变！看看这些个政府、军阀、政客！"

提到当时的军阀政客，又燃起立夫激进的怒火。他那时不再想他的近亲骨肉，也不再想使他如今生活得如此舒服的人生关系。他头脑想象出一幅奇形怪状的军阀政客的嘴脸图——又想象出集新旧文化中之至恶所构成之最丑最怪的人物图形。大地上的怪物再没有比穿梭平津途中，钻门路求差事而自命为中国统治阶级的官僚，更为古怪的了。若是说年轻一代急躁的青年之中，有些古怪的家伙，老一代的则更为古怪。民国一代的暴发户，不管是文是武，正在利用清朝帝国的瓦解，忙于浑水摸鱼，做自私自利的勾当。看看他们的嘴脸吧！一大块一大块的畜生肉上，浮出贪婪肉欲的浊气，昏昏欲睡的眼睛，阴沉的面容，小日本胡子，妄图装出一副摩登庄严的样子。可以这么说吧，他们那种形象，在正直忠正的清朝遗老如曾文璞先生看来，固然痛心，在现代青年如孔立夫者看来，也是难过。看看他们的脚，那西洋皮鞋多么夹他们的脚，使他们不能自然迈步，而是跛足而行，可是不舒服固然不舒服，但是摩登啊！他们不知道怎么样拿手杖，却小心翼翼地捏在手指头上，好像是带着一串鱼回家，保持一段距离，莫让那一串鱼弄脏了丝绸长袍一样。在公开的场合，做官的人要凑在一处照个团体相之时，看那副样子！看那副德性吧！总是戴着礼帽，戴着单硬领儿！一个军阀出现时，总是穿着光辉灿烂的军服，其实他穿不惯，因为不能手伸到胳膊上部去挠痒，就发脾气骂人，所以刚一照完相，就解开领扣儿，摘下帽子，露出一个硕大无比的大光头。也有几个衣冠楚楚漂亮潇洒的年轻人，是亲日的安福系，都是日本留学生，看来非常有希望，看来他们救国救民的雄心壮志万分坚决，头发整齐平滑，从中间分开。日本回国的留学生，百分之九十是学政治的。老军阀则什么都未曾学过。其中有些还不能亲笔下手令！他们都尊孔，感情上都孝顺母亲，都爱吃鱼翅席。他们大部分抽鸦片烟，也可以说应当是曾经抽过的。他们的精神思想都残缺败坏，手提西洋手杖，往地狱的路上走去，旧文化一无所知，现代的社会意识，也一无所有，在民国的幼稚年代，兴高采烈地浑水摸鱼。

有一个狗肉将军张宗昌，嘴里叼着黑雪茄，怀里坐着白俄情妇，用这种形象，接待外国驻华领事。他身高六尺六寸，裤袋里放着成卷的钞票。在不同的两天，曾派了两个不同的人到山东某一县去做县长，结果闹出纠纷，当见到这两个县长时，告诉他们自己去“解决这件小事”。不过他做事情很讲公道，若是要了人家的太太，一定赏给人家官做。

还有一位姓杨的将军，夜里进省城，在城门口不向站岗的士兵说口令，却骂了一声：“他妈的！”军官开始模仿遵循，所以在那个城市里，这句骂人的话，竟然成了口令。

不错，新文化运动的领导人物是对的。旧中国的那一套必须铲除。在尊孔的军阀和反孔的新领袖之间，立夫同情于后一派。孔子何幸而有这一批拥护他的人，他老人家也很为难了。

立夫回到中国时，中国已经扰攘不安，内战频仍。袁世凯的突然败亡，反倒清理出广大的地盘儿，使军人们从事更多的内战。巨大的民国不胜自己的重荷而倾跌，把大好的河山送入割据各省的军阀手中，于是战争连年，生灵涂炭，而人民却茫然不解战争的原因。大军阀在稍长的一段时期之后，大战一场；在偏远的四川，小军阀在稍短的一段时期之后，小战一场。捐税繁重，名目繁多，用以维持日益增多的军队，同时，好像苍天震怒，旱涝为灾。在湖北、湖南、江西、福建、广东，都有战争，军阀政客，朝为密友，夕为仇敌，分散联合，联合分散，老百姓眼花缭乱，无所适从。北京政府的措施，若不合自己的口味，各省军阀便宣布独立。在北方，北洋军阀分裂成为两派：一派是以段祺瑞为首的安福系，当时段正做国务总理；一派是以曹锟为首的直隶系，两派系争夺政权，段的皖系似乎占上风。

民国六年辫子将军张勋的复辟之举，首次使北京城内发生了战事。张勋的失败，段的皖系军队开入了北京，北京南城的天桥平民娱乐场，各派各系的大兵蜂拥而至。这种动荡不安的余波，便影响到立夫的家。

在立夫到家的那一天，他们都已忘记了陈妈。

第二天早晨，立夫问：“为什么那个怪人陈妈不伺候咱们了？”

莫愁问："你没看见她在妈屋里吗？"

立夫问："我看见了。她为什么到那屋里去呢？"

木兰说："现在她伺候妈呢。这几天，她老是焦躁不安，我们正尽量设法把她稳住。她说她儿子回来了。我问她怎么会知道，她说她相信没有错儿。自从有新兵进城，她只要有空儿，不管下午或是晚上，她就请假出去。你知道妈随时要人伺候，我们不能老让她出去。但是她九点以后，已经把妈伺候在床上睡了，她就出去，过了十二点钟才回来。她穿好衣裳出去，满脸微笑，自言自语，好像那夜晚她一定找得到她儿子一样，胳膊下头一定夹着一个蓝布包袱，里头有一件新衣裳。她求我给她写了十几张纸条儿，寻找儿子的纸条儿，她就在街角儿上贴。我当然给她写了。但是，你知道希望多么渺茫。她心里根本不知道中国有多么大呀。"

立夫说："你不能叫她这样儿，若是找不到儿子，她会疯的。"

莫愁说："你想办法拦着她吧。我真不知道怎么办。前天，她来跟我说她不要做了。我说：'你不能走。少爷今天就回来。'你知道吗？她脸上好高兴，立刻跟你妈说：'孔太太，我儿子若回来，跟你儿子一样高哇。'"

立夫说："昨天，我觉得她对我有点儿怪。她拉我的手，看了我半天，脸上一直微笑。我不知道她当时心里想什么，只是看着我，样子怪怪的。"

"她一定在街上像那个样子拉住好多年轻人。可是，你要知道，在好多事情上，她对别人都很周到呢。"

"咱们应当帮助她，比方在报上登个广告。"

"不知道她儿子到底现在是死是活呀。"

"他叫什么名字？"

"陈三。你想有多少叫陈三的人哪！"

"你怎么给他写的海报？"

“我写了他的名字、年岁，他住的村子，他被抓去的年月，说他母亲正在寻找他，还有我们现在的住址。我但愿那些兵从来没有走进北京，她好能继续抱着这个希望，有这个希望她才能活下去。”

立夫显得很烦躁，几乎是气恼。正在这个当儿，陈妈进来了，衣裳干净，头发整齐，拿着一个大包袱，她的面容上表现出耐心和力量。

她说：“少爷，少奶奶，我现在跟您请长假。这是我的机会。我等他等了七年了，现在他也许正在等着我。我非得去看看是不是。我若找得着他，您若给他在花园儿里找点儿事情做，我们母子就一块儿回来；若找不着他，我就不回来了，那就跟您以后再见了。我不想老是把给他做的这些衣裳随身带着，打算存放在您这儿。”

她话说得很慢，很清楚，好像心里有什么重要的事。立夫说：“可是你不能就这么走哇！你要等一等。我们帮着你找他。”

陈妈摇摇头说：“我要去找。我知道他就在北京。所有的兵都回来了。”

“你身上有多少钱？”

陈妈拍了拍里面衣裳的口袋，说她有五块一张的票子两张，另外有两块大洋。

立夫、莫愁彼此看了看，莫愁进去拿了五块给她。但是陈妈不要，说她没做事，不能拿钱。

立夫说：“我们并不是勉强你在这儿做事。你知道我们很愿意你在这儿帮忙。你随时都可以回来睡觉。你若能找着他，一块儿回来，他也在这儿做事。”

陈妈说了声再见，迈着两只小脚走了出去。莫愁送她到门口儿，告诉她自己一切小心，随时能回来，就回来。

陈妈当天晚上没回来，第二天晚上也没回来，第三天晚上又没回来。立夫说他必须去找她。那天下午，立夫到南城去，南城是他从小儿就熟悉的地方。到了南城，他才觉得北京城之大，才又感觉到他原先属于而近来已然远离的大众生活。他一直走，直走到两腿发酸。他穿过了大街小巷，在空旷的地方停下来看孩子们玩耍，又想到了自己的童年。他到天桥的娱乐场，到野台子戏院，到茶馆，看见成群的人在开心地玩耍——有的祖父领着孙子，有的母亲一边抱着孩子在怀里吃奶，一边走路，也有些穿得讲究的年轻男女，但是大部分是底层社会的男男女女，穿着颜色深浅不同的蓝衣裳，处处都是穿着灰制服的兵。寻找陈妈恐怕是要白费心力，他于是在一个大茶馆里坐下，和一个茶房说话，好似漫不经心地问那个茶房，是否曾经看见一个中年妇人找儿子的。茶房说："您说的是那个疯女人吗？她常常打这儿经过。她拦住年轻男人就问。"

"她并不疯。她是找她儿子呢。"

"还不疯？在清朝丢了儿子，现在还找，这不是大海捞针吗？她儿子就是活着也许在天津、在上海、在广东、在四川。这么乱找，不是疯了吗？"茶房说完，把毛巾往肩膀儿上一搭，那姿势就表示他话已说完，心情愉快，颇觉满意。

立夫付了茶钱，跳上洋车回家去。

他对莫愁简短地说了句："当然我没法儿找到她。"

陈妈失去了踪影，立夫心里非常不安，虽然陈妈只伺候他才一个夏天。陈妈的影子一直停留在他心里，也使他不断想战争使多少母子分散，使多少夫妻们生离死别。

几个礼拜之后，莫愁正在北窗下阴凉的地方针线笸箩儿旁做活，立夫躺在床上休息，婴儿躺在父亲身旁。这时莫愁说：

"我不知道现在她在哪儿呢？"

立夫问："谁？"不知莫愁指的是男人的"他"，还是女人的"她"。

"我说的是陈妈。她难道就这么一去不返了吗？"

"我想在报上登寻人启事。"

"你为什么不把这件事写成一篇小说呢？"

立夫喊道："对！对！"从床上一跳而起，孩子都吓哭了。

莫愁责怪他说："对！对！你把孩子都弄醒了。"说着把孩子抱起来，又拍着他睡。

立夫说："你知道，我从来没写过一篇小说……"莫愁伸一个手指头横放在嘴唇上，立夫才低声说："我从来没写过一篇小说，但是我却要写这一篇。我就写出她的真名字，还有她儿子的，还有他们村子的名字。谁知道？如果她儿子还活着，也许能看见这篇小说，当然，他若是认得字的话。"

莫愁说："这真可以算个故事——再加上你的文笔。"但是她说"笔"字的时候，她女人的天性上，觉得不应当说出这个字。文人的笔和文人的舌头一样，是危险的武器。文人会以口贾祸，会以笔招灾。

立夫说："我会善用我的一支笔，向做母亲的尽颂扬之意。题目就叫《母亲》。"他想了一会儿，又说："我用白话写吗？你知道我从来没写过白话。"

莫愁说："当然。故事一向是用白话写的。不过不要用现在的怪里怪气的白话，那么一来，真正的作家会以为是普通老百姓写的呢。"

立夫以前只是写文言文，现在用新的白话写，对他也是一种古怪的考验。在那么炎热的夏天，他写那篇故事，一直写了两天，中间未曾停过。在他写作时，莫愁的心里十分纳闷儿，看立夫毛笔上上下下，由笔又看到另一张桌子上的一座显微镜，那个显微镜自从立夫带回来之后，她有时也偷偷儿往里看。她心里想玩弄虫子比玩弄文字要安全得多。她看得出立夫的表情上有一种改变，有一种增强的激动和紧张。往常立夫在默默地看了一个钟头的显微镜之后，他神情很宁静，只是有点儿感伤，有点儿疲劳。

莫愁走到他的书桌旁，看他已经写好的部分，出主意教他修正。她说："陈妈不是这么说的。"立夫就改正，然后又接着往下写。

立夫写完之后，立刻寄到北京的一家报馆。在文艺副刊上登出来，竟轰动一时。新文学批评家称之为“民主文学”第一篇成功作品，老一代的称之为是母爱的颂赞，更是有功于孝道的阐扬。一个教授写了一篇评论，把这篇小说列为“反战文学”，说与唐朝的叙事诗同为一类，并且经作者自己改写为诗体，颇有白居易杜甫的盛唐诗风。

但是立夫却大喊出来：“为什么他们把这篇小说非看作我的创作不可呢？为什么非看作‘文学’不行呢？每个人谈论这篇小说，好像只是小说，而不是真实的事情。好像陈妈不是一个还活在世上的人。就没有人真正想个办法纠正这种误解吗？”

事实上，立夫已经凭想象力创造了一个农村少年，这种农村少年他是从来没有见过的，而同时把他自己的母子关系写了进去。他把抓兵的那群贼寇，也写得生动逼真，令人难忘。描写失去爱子的母亲，坐在茅屋之中，一年四季一直等着儿子的归来，他只用了寥寥数句，简明扼要。那位评论的教授就把这四季的景色，改写成生动的诗句：

春花依旧到山村
母亲缝衣近柴门
春花长夏结成子
母望青山无子音

秋叶飘零入室飞
深冬残日有余悲
新年夜饭杯成对
黎明又至子不归

立夫说：“这诗无聊！”

在故事的结尾处，立夫描写自己在天桥人群中徘徊时的感想。他看见的不是一个兵，而是成千上万的兵，都是和家人分散的子弟，拥挤到天桥这平民娱乐场所暂求一时的欢乐。他们不都是同病相怜的吗？在那一群人里，都谈不上个体。但愿陈妈，陈三的母亲，能把她儿子看作是几百万儿子中的一个，都是战争使他们和家庭生离死别的呀！“可是陈三的母亲不能那么看，她执意去寻找她儿子，而自己也消失不见了。”

木兰告诉立夫最后苛酷的议论，应当表现得缓和一点儿就好了。但是立夫这位作家的名字已经尽人皆知。杂志的编辑来跟他要文章，以为他可以再创造一篇同样好的文字。

立夫的科学研究泄露了出来。他到北京师范大学去教生物学，但是终于无法避免被拉入了作家的团体，他于是开始偶然写几篇文字。这使莫愁常为他担心，彻夜不能入睡。

但是这些日子是姚家快乐的日子。在他家的花园里聚集了一群欢乐的亲友，有些年轻而喜爱文学的人，也是以摩登人物知名于时的。他们闲谈时事，谈论名噪一时的新文学作家。

姚氏姐妹现在在北京蛮有名气了，外人给她们起了个别号儿，叫“四婵娟”。这个名称指的是珊瑚、木兰、莫愁、红玉。也有人说应当把曼娘加入，用以代替了珊瑚。这个名称是谁创出来的，已然不可知，大概是巴固，他是刚从英国回来的年轻诗人，他以彗星的光芒，突然射入了北京的文坛，不论他在何地出现，都能以他的为人和蔼可亲和文才的异国情调而超群出众。他不管到什么地方，似乎都发出青春和煦的气息，每个女郎都会把他想象作自己的意中人。他很滑稽地把这四个人——立夫、荪亚、阿非，和他自己，称为“四声猿”。“四声猿”原为清朝徐文长的杂剧四种的名称，其一为“雌木兰”。

在这个社交集团里，人虽不少，木兰则是中心人物。在民国七年春天，他们常在王府花园中聚会，有时一同到西山，或到郊外其他地方，如长城、明陵。参加者每人捐出银元一元，供此雅集之用，虽无固定计划，亦无固定组织，但每两三周举行一次。珊瑚通常担任财务与经理之职，环儿做秘书。在姚家四姐妹（其中包括红玉）之外，有曼娘、环儿、爱莲、丽莲、素丹，后来还有怀瑜异母同父的妹妹黛云。桂姐有时带着她的女儿到这个她颇为喜爱的花园来，参加这种集会。比较年长的几位太太，如曾太太、孙太太、桂姐、傅太太、华太太，也偶尔有她们自己的聚会。

在男人里，有荪亚、经亚、立夫、巴固、阿非，年龄较长的有姚先生、傅先生、画家齐白石先生、作家林琴南先生（他俩是由木兰拉到一起的）。因为这些人都是无忧无虑乐天派的人物，自然也愿与青年人相处，大家常一齐在春天集会赏花。

林琴南和巴固在这个社交圈子中出现，需要几句话说明一下。林琴南反对整个儿的现代化运动，而巴固是新文学运动派的好友。木兰和立夫极其佩服这位宿儒林琴南和他诗情画意的生活。林琴南发现有那么一个年轻貌美的崇拜者如姚木兰，自然也心中窃喜。但是巴固是独树一帜的。立夫是个人主义者，一向避免与革命分子交往，因为他不能参加一群人去喊易卜生、陀思妥耶夫斯基和显克微支。他虽然也知道这些西洋名家，但是敬而远之。另外还有许多小团体，如法国回来的、日本回来的、英美回来的，每一个团体都有其周刊，彼此都动手交战，战斗得酣畅淋漓。一旦一个问题提出来，各周刊都有热烈的讨论，都主张自由进步，随时批评政府和古老中国的文化。也有一个团体是巴固加入的，其中主要是英美的毕业生，广征博引地写论文，把英国的妥协传统也躬行实践，和段祺瑞的政府妥协和好。这就是他们的敌对派讽刺的英国“绅士”派。他们的教授风度，他们的保守缓进态度，他们对政府的和好联络的趋势，都使立夫对他们避之唯恐不及。立夫预测说：“他们都会入朝为官的。”结果都不出立夫的预料。教授的卖弄学问，都是求取总长或顾问职位的敲门砖。由于他们对统治者所作所为每每予以粉饰或解释，总是站在统治阶级的立场，就以向日本借款一事，他们说那是政府唯一能存在的理由。立夫宁愿与一群作家来往，其中大部分并未出洋留学，而他们最大的乐趣就是讽刺这群“绅士”先生。

但是巴固却不同。虽然是作家那样富有才华，却天真无邪一如儿童，他不了解这些派系的性质，也不了解他们之间的恶感的原因。他甚至于非常敬慕林琴南先生，而他那一派则视林先生为古董而予以揶揄讥笑。他和作家、政客交朋友，和年轻妇女也一样交朋友，尤其是和年轻貌美妩媚迷人的女人交朋友。

他和素丹的结婚便是独具此等特性的。素丹已然离婚，尽量设法用前夫的赡养费维持生活，又身染肺病。巴固听说有如此一个幻想破灭情场失意的离婚女人，就打定主意使她生活上得到安慰。未经人介绍，他就前去拜访，立刻和她一见钟情。他的诗人的想象使他把素丹看作古代薄命的红颜，被别的嫔妃所嫉妒，失去帝王的宠幸而打入冷宫的。虽然他还能另去爱很多很多喜爱他而皮肉细白面相高贵的美丽少女，可是他决定跟素丹亲近。素丹由于不善经营，将资金误投，大部分金钱尽付东流，现在则决定开设煤铺，因为有人告诉她煤铺是好生意。巴固以为她是戏言，但是他到外地旅行归来，发现素丹当真开了一家煤铺，出卖煤球儿。他立刻觉得情不自禁，像戏剧般向素丹求婚，使这个富有异国情调的美女，不要做这像沥青般乌黑的生意而糟蹋自己。其实，他是在饱受感动之下，想写一首《美女与煤球》的赞美诗。由于向素丹求爱，巴固才认识了木兰，认识了姚家。

经亚常常不偕同太太素云，而是独自出去和这一群人欢度时光。他一年前由山西返回北京，因为探油失败，石油矿务局已然解散。他那一段生活经验使他增加了自信，心理上获取了平衡，他现在是公然对素云不理不睬。他和素云这对夫妇，心中有了默契，各自走各自的路。每有花园雅集，暗香经常参加。由于木兰的鼓励，经亚渐渐和暗香亲切地闲谈。暗香把和经亚的交谈，半视为玩笑，半视为正经，也由于两人对素云皆有憎恨之心，暗香从来没对经亚的接近表示淡漠。

在那些未婚的少女之中，红玉最美。老诗人林琴南、新诗人巴固，都对她念念在心。在林琴南的指导之下，她开始认真学写旧诗。由于住在花园里，又受众人的激励，她开始写明朝的南曲传奇，她这样写作也影响了巴固。她母亲却不赞成女儿这么劳神，因为觉得她患有肺痨，兴奋欢乐一天，就要在床上休养七八天。但是美丽的花园，那一群友伴，尤其是阿非，总括在一起，使她那么快乐幸福，而这种幸福，却使人担心，恐怕好景不长。

在餐饮之际，少男少女，错杂共座，对于爱情，对于政治，大家畅所欲言，杂以打趣诙谐。姚思安先生对在他的花园之中这种谈情说爱的场面，完全以特别的宽容处之。他一生最后的本分，就是看着阿非娶得佳偶。他对红玉的健康颇为焦虑，恐怕他瞑目之后，红玉不能和阿非白头偕老。所以他对于他俩的订婚，始终没有采取什么明确的步骤，但是他也并不去阻拦。这位道家姚先生完全是静观情势的自然演变，顺从自然之道。

第三十三章 论中西辜老发奇论 悟签文玉女溺荷池

暮春的一天，华太太带来了一个美丽惊人的少女，到姚府来求做用人。她名字是宝芬。问她父母住在何处，她犹豫了一下，说是住在西城，并没说详细地址。还是由于羞愧难为情，还是另有原因，总之，她脸上有点儿神秘的表情。华太太说有一个旗人的朋友，把宝芬介绍到她的古玩铺。她说宝芬家庭很好，但是现在迫不得已，不得不出来做事。

宝芬站在姚先生、阿非、姚家姐妹面前，长眼毛遮着眼睛。她穿的衣裳显然是一个很讲究的旗人家庭的衣裳；像一般旗人家庭的小姐一样，她梳着辫子，头发又厚又黑，垂在微有点儿前曲的背上；她的旗袍不是旧式的那样直筒子一样，而是按新式剪裁的。脚上穿着软底黑缎儿鞋，轻松自然地站着，因为按照旗人的规矩，旗人的女儿是不裹脚的。她那种出色的美丽，在场的人都觉得她求当一个女用人，实在奇怪。她似乎确是有点儿不对，因为美这种权利总是赋予富贵之身的。这么美而求用人之职，再加上对她自己身世的讳莫如深，使她加倍地神秘难测。她似乎淑静而知礼，风度可喜。她开口说话时，北京话自然优美，文雅高尚，正像有高度文化教养的旗人一样。莫愁低声对珊瑚说："我不敢带这样儿的丫鬟出去，人家会把她看作女主人。不管做太太的什么样子，也会叫她比下去的。”珊瑚情不自禁地伸了伸舌头。阿非瞪着眼看，好像上下牙粘上了漆，一动也不能动了。

姚先生一看见她，不由得有几分畏缩，觉得有点儿忧虑不安，仿佛宝芬是天降魔女，在他的老年前来诱惑。在珊瑚、莫愁、华太太，和这个旗人的女儿说话时，姚先生头脑里有千百个念头出现又消逝。他第一个想法是，除非雇用宝芬在客厅充当高级的女侍，否则，做别的事，实不相宜。但是怎么安排她呢？放在哪个院子里？伺候自己吗？还是伺候和自己同住的阿非？还是自己卧病的太太？还是莫愁？宝芬的父母为什么不把她嫁出去？她当然可以找个很好的丈夫。华太太又是什么意思？是不是华太太的阴谋诡计？即使宝芬是因家庭情势所迫，非出外找事不可，但这种女人似乎会给男人招风险，她自己也势不可免会陷入纠纷的。她是作家在书上描写的“天生尤物”，这种美人会使人倾家荡产，会改变一个男人的命运的。他又想到体仁。体仁若还活着，一定会沉迷于她的美色。自己活了六十多岁，从来还没见过像这个满洲姑娘这么出色的美人。他的头脑又回想到自己跑野马般的青年时期所遇见的那些漂亮女子。只有一个能跟她比——是自己最为醉心迷恋想得到手，而没能成功的。在他这样的年龄，居然又对年轻的女人感兴趣，自己也感到意外。

宝芬站着和珊瑚低声说话，但是话不多，偶尔皱一下眉头，好像处一个新地位，觉得有点儿不安。她唯一的缺点，就是双肩向前微微低垂。但是在她身上，即使这是一点儿小毛病，也似乎极其调和而美丽。

华太太说：“在您这样深宅大院，这么大的花园里，再多用几个人，总是可以的。再说她到哪儿做事，都会使哪儿生色，增几分美丽。”

姚先生心绪纷乱，百感交集，沉思不已，竟没怎么听到华太太说话。

华太太又说：“我说，姚叔叔，哪儿有她都会生色不少的。”

姚先生问：“为什么她父母不把她嫁出去？”

“在如今旗人里，不容易找到个合适的人家儿。家里情况又不怎么好。不然也不会让女儿出来挣钱了。”

姚先生说：“她当女用人太——太娇贵了。我们不敢——不敢用。”姚先生竟把话说得结结巴巴的。

华太太微微一笑说：“您说笑话儿。她若不特别出色，我能不嫌麻烦带她跑到您贵府上来吗？您知道，我可不是开雇工介绍所的。我给您介绍了这座王府花园，我没有什么过错吧。现在又给您找到这位在旗的漂亮丫鬟。您真应当好好儿谢谢我才对。姚叔叔，谁像您有这么好运气？至于您说她在您家当用人太娇贵，这尤其毫无道理。她若在普通人家做事，那才是有点儿不相配，她的父母也许还不肯答应。可是她父母听说，我带她到这座王府花园来，他们好高兴。说实在话，在清朝时，她当然会选进宫去的。”华太太又转向宝芬说：“你看，这儿像住在宫殿里一样。老爷和小姐人又这么好。”

姚先生现在要决定雇用这个旗人姑娘，比当初决定购买这座王府花园还费踌躇。一个花园只是一个花园而已，一个美丽的小姐是会引起无限后果的呀。多少人间佳丽曾经倾国倾城啊！

但是姚家的女人都很喜爱宝芬，很愿意雇用她，姚先生只好答应了。

红玉正躺在床上，听见母亲和莫愁说新来的旗人丫鬟那么惊人地美丽，她要看看她。宝芬进屋去，屈膝请安，这是旗人的礼貌。红玉问她的父母，又问她会不会读书写字，甚至还跟她开了个小玩笑。

“像你这么美的姑娘为什么不结婚呢？为什么出来做事？”

宝芬用高雅悦耳的京话回答说：“谢谢您夸奖，太不敢当。出来做事，也是没法子。谁有小姐这样好命啊！”

宝芬出去之后，红玉虽然觉得她比自己漂亮，但把心里刹那间出现的一点嫉妒之感抛开了，心想：“毕竟我是千金小姐，她只是个丫鬟。”她自己也不很清楚为什么觉得阿非对她自己的爱那么可靠。

姚先生若是怀疑华太太的用意，转眼也就丢开了。他觉得最好让宝芬伺候姚太太。几乎不可相信的是，宝芬立刻换上做事的衣裳，非常谦和卑顺地去做事，尽力讨好，唯恐得罪人，别人吩咐做什么，就去做什么，穿着柔软的平底儿鞋，在太太房间和厨房间来回轻快地跑。她真正是像仆人一样做事。

雇用了这个新丫鬟，大家觉得好兴奋，珊瑚打电话告诉木兰，木兰那天下午带着暗香过来。她到母亲屋里去看。珊瑚向她介绍说："这是我们家二小姐。"

木兰问她："你叫什么名字？"

"宝芬。"

木兰说："你们旗人非常喜欢这个'宝'字儿。"宝芬回答说："也不一定。宝玉、宝钗，是汉人。现在是民国了。五族共和，也没有什么满汉之分了。小姐，您说是不是？"

木兰大惊。宝芬不但说文言，如"五族共和"，而且还提到《红楼梦》里的人名儿。

"你看过《红楼梦》？"

宝芬微微一笑说："《红楼梦》谁没看过？您现在这个花园子，不就和在《红楼梦》大观园里一样吗？不是跟演《红楼梦》一样吗？"但是，她忽然停住，然后又说，"小姐，您原谅我失礼。"宝芬不知道为什么她一见木兰，就敢像对地位平等的人一样说话。

"那么你能读书写字了？"

"略识之无而已。别的不敢说。"木兰觉得宝芬是存心谦虚，她既会用"略识之无"，她读的书就不少了。宝芬继续说："您知道，在过去，我们旗人不必忙着做事，年轻的男人都是骑马射箭放鹰。女人就嗑瓜子，玩牌，闲说话儿。在旗的小姐即使不学读书写字，也从听戏和说不完的闲谈里学到不少。闲谈既久，博闻多识，就像学者宿儒一样了。"

木兰简直受了迷惑，心想，除去曼娘之外，她再没有碰到一个像宝芬那么令人心醉的小姐，而且她比曼娘更富有才艺。不过她觉得自己如堕入五里雾中，莫名究竟，她想事情确是蹊跷，无法相信。

后来，她又多次和宝芬说话，发现宝芬也通经典，也会诗词。她想到弟弟阿非。忽然她想起红玉在西湖月下老人祠抽的那句签文：

芬芳香过总成空

她名字叫“宝芬”！

木兰来了好几次，和宝芬说话。宝芬显然以前是生活在旗人的上等社会。木兰很喜欢听她谈论旗人的家庭生活。宝芬常常在畅谈之时，忽然住口不言，这更使人觉得神秘难测。

木兰那么喜爱和宝芬在一起，一天她去对父亲说暗香生病，暂时需要人过去帮着做事，问是否可以把宝芬借去几天。虽然宝芬喜欢木兰，可是她似乎不愿意去。但是既然要她去，她只好过去。

这时候有蹊跷的事情出现了。前几天阿非已经常去看母亲，比以前去得勤。现在宝芬在木兰那边儿帮忙，阿非又常去看木兰。木兰感觉到了危险，就明白告诉阿非不要和新来的丫鬟太要好。

她对弟弟说：“你要知道，你现在等于和四妹订婚了。”

阿非自己辩护说：“我喜爱宝芬正和你喜爱她一样。”

木兰劝他说：“可是你是男的呀。”

暗香病好一点儿之后，木兰还要留宝芬，但是宝芬说：“谢谢您对我这么厚待。但是我不能再在您这儿做事了。其实我心里但愿伺候您一辈子呢。”

“为什么不能呢？我们可以做好朋友啊。”

“不行。”

宝芬的这种态度，木兰百思莫解。难道她和阿非有了感情？

木兰说：“你知道，我弟弟和他表妹已经订了婚。”

宝芬一听，立即明白了木兰的意思，脸上立刻很郑重地说：“少奶奶，您弄错了。我在这儿是做用人。我并不存心巴结什么贵人。”

“那么为什么你不肯和我在一起呢？”

宝芬只是简单地回答说：“我不能。”木兰实在不能懂。

所以，过了几天，宝芬就又回到姚太太院子里去，木兰送她回去的。木兰把她留在母亲屋里之后，就到莫愁院子里，莫愁的院子正在母亲院子的右边儿。木兰把宝芬坚持要回来这种不可解的情形，告诉了莫愁，并且又把她看出来阿非对这新丫鬟的用心，也告诉了她。

木兰又说：“这边儿你看有什么异乎寻常的情形没有？”

莫愁说：“没有什么特别的。也许是阿非比往常更多去看母亲。这也是自然的。哪个男孩子不喜欢看漂亮小姐？不过宝芬人很正派，对阿非不肯接近。她不是下贱女人。”

“红玉怎么样？”

“大部分时间都躺在床上。阿非也去看她。你知道，在他们这种年龄最麻烦。若是红玉屋里没有别的人，他还不能进去。”

木兰说：“你觉得他们俩也该订婚了吧？一订婚就可以解决这个问题，红玉也比较安心。咱们得跟爸爸去说。”

于是姐妹俩到红玉院里去。近来红玉比以前更消瘦。过去圆圆的小脸蛋儿，现在看着细长了。手腕子上的骨头和手指节，都在白白的肉皮儿之下看得很清楚。木兰很担心，但是没说什么，生怕惹起红玉的自怜之心。

红玉的丫鬟甜妹，扶着她坐起来，把枕头安放好。红玉说：“二姐，你来看我，真好。你要多来几次，不然，你没有多少次好看我了。”她说着眼里含满了泪，拿块手绢儿擦了擦。

木兰说：“你乱说。刚才我还跟三姐说要吃你的喜酒呢。”

“我的身子若不争气，那又有什么用？新郎看见新房里都是些药瓶子药罐子，那又有什么乐趣儿？”

木兰说："你需要一个人伺候你，打扫卧室的地呀。"

红玉微笑说："二姐，人家生病，你还拿人家取笑。"往常她还会加上一句，"等我好了，再跟你算账"。但是现在，她不说这话了。

在红玉心里，她很感激木兰，觉得木兰最了解她，因为木兰了解爱情的真义，在往杭州的旅途中，她曾经听木兰说过。

桌子上花瓶旁边儿，有几张纸，上头写着娟秀的蝇头小楷。木兰的眼光一看到，红玉赶紧去拿回来。

她大声说："不要看。"

但是红玉够不着，木兰早抢到手。木兰把弄得褶皱的纸拿在背后，问她："上面写的什么？"

红玉回答说："只是两首诗。你若看，我可生气了。"

"我看你的诗进步了没有？"

甜妹说："小姐昨天晚上在灯下写的。我劝小姐不要费精神。小姐不听。"

木兰不胜好奇，对红玉说："让我看看。你我两人之间还有什么说的。"于是开始看。红玉憋气又羞愧，转过脸儿去。莫愁也立在那儿看。

纸上是两首诗。第一首是有感于她自己的掉头发，第二首是普通的题目《闺怨》，意思指的是杭州之游。

木兰说："写得很好。"

莫愁说："妹妹，我告诉你，最好不要写诗。对你的身体不好。可是你偏偏不听我的话。"

红玉说："这不是诗。我只觉得我心里有话要说，非说出来不可。没有人和我说话，一个人好寂寞，就对着纸说说而已。"

莫愁说："你若不动笔写，你就不会想写诗。诗是表现情感的，你越想表现，你的情感就越多。"

木兰说："莫愁说得对。我们若生在古代，我做大姐的，就应当打你。现在时代完全不同了。我自己也许还要写呢。但是治疗写'闺怨'

这类毛病，就是赶紧嫁人。那时候，你再写，写的也就不同了。”

红玉的脸羞红得像桃花一样，她自己辩解说：“我本意并不真想写诗，不论闺怨不闺怨。我只是看见枕头上有我落下的头发，就开始写了几行，不知不觉笔就写下去，我自己都忘了干什么呢！我得向二姐三姐告饶儿。”

红玉说话的腔调儿里，有一点儿与以前不同之处。还是病的缘故呢？还是爱情，使她更温柔，减少了平常的刚强好胜呢？还是因为在这种心事上，她觉得更需要依靠木兰呢？

出来之后，木兰对莫愁说：“你注意到她有了点儿变化吗？平常辩论什么，她坚持非她胜不可。现在她大不相同了。”

莫愁说：“我也看出来了。”

她俩听见甜妹轻轻叫她们：“小姐，我有话跟您说。”

木兰、莫愁立刻站住，很焦急地问：“甜妹，什么事？”

甜妹说：“是这么回事。我因为不分昼夜伺候我们小姐，我比别人更了解她。她觉睡不好，又没胃口吃东西。二少爷近来过来看她的时候越来越少，因为两个人都长大了。那一天二少爷来的时候，小姐微微地责怪他。您知道，我们小姐若说有毛病，就是她的嘴。她说什么‘在山泉水清，出山泉水浊’。我不知道是什么意思，但是必然和新来的旗人丫鬟有关系。阿非满脸通红，走了，非常烦恼的样子。小姐的母亲当时也在，但是那也没有什么关系……可是她哭了好久好久，我递给她大概有五六条手绢儿。那天晚上她什么都没吃就睡了，我劝也没用。您知道她的脾气……对了，我要说的是，您两位小姐应当告诉你们的弟弟，她在病中，应当对她多加体谅……不然，她会越病越重……一顿饭她只吃半小碗儿——她把饭动一下，就说够了，就说吃好了……求您救一救我们小姐。”

甜妹的眼睛湿湿的，莫愁告诉她好好回去，跟她说：“静悄悄地告诉你们小姐，就说我们俩就跟我爸爸说办订婚的事。”

姐妹俩在自省堂看到父亲，木兰向父亲提到阿非订婚的事。

木兰说："四妹病情不怎么好，您知道。现在他们该订婚了。"

姚老先生默不作声，好像心里盘算事情，眼睛在出神。两个女儿都看了看父亲，不敢再开口。过了一会儿，姚老先生说："你们还有冲喜的想法？曼娘那一次也不灵验，能有什么用？等她好点儿再说吧。"

木兰说："若是一订婚，红玉妹妹的病也许会见好。"

姚老先生说："最好等一等。等她好一点儿，再订婚也不迟。"姚先生好像心中别有所思。

两个女儿茫然不解。往回走的时候，两人商定给红玉一个明确的希望。所以木兰走了之后，莫愁回到自己的院子里，她派人把甜妹找来跟她说："虽然说着令人有点儿难为情，你是她的丫鬟，你可以好像若不经意地叫你们小姐知道，说老爷已经答应，一等她病好一点儿，就正式订婚。还告诉小姐，说我弟弟已经长大成人，她躺在床上，去看她也不怎么方便。告诉她，我弟弟若不常去看她，她要安心，不要错想。"

莫愁常常跟红玉说阿非问候她，红玉的胃口渐渐开了。这是夏天，有人谣传在秋天红玉就要订婚了。红玉相信是真的。

宝芬是个很好的丫鬟。除去回家看父母之外，很少离开姚太太。她看姚太太的神气，已经能知道姚太太的意思，猜她的心事。所以姚太太非常高兴她伺候，并且很喜爱她。阿非常常到母亲屋里去，因为母亲不能说话，少爷和丫鬟时常交谈，母亲在一旁看着，很满意，好像她很愿意听他们俩说话。阿非起身要走时，母亲往往做个姿势，要他再多坐一会儿。阿非，也有点儿像他哥哥，对年轻的美女极其殷勤。他常自愿帮宝芬做事情，比如擦擦茶杯、茶托儿，跑去找火柴等事。甜妹有一次发现阿非和宝芬一起笑，抢一盘子茶碗，她没和别人说。

到秋天，红玉恢复了不少，可以到花园儿去走一段路。一天晚饭之后，她漫步经过池塘，往自省堂去看阿非在做什么事。只见姚老先生一个人在里面。她问候之后又走出来，独自一个人徘徊，心中非常失望。

她在高树之下信步而行，忽然看见阿非在远处，站在忠敏堂的西北角，在看什么东西。她正在远望时，阿非走到忠敏堂后面不见了。

这惹起了红玉的好奇，她在树荫下的小径上走去，绕过北墙角。这儿是砌有方砖的庭院，里面陈列着盆栽的花木，在约一百步之外，有一个花木暖室，好多空花盆儿堆在前面。宝芬站在那儿，和阿非很激动地说话。旁边更无别人。红玉藏在矮树丛后，看见宝芬想走，但是阿非要拦住她。然后宝芬站住，阿非就一个人走开了。红玉向后退回，觉得若有人看见她偷窥他俩，实在太令人羞愧，若跟他们俩碰见，也觉得太丢脸。路在墙角儿往西北分岔，通到友耕亭的后面，她在这条路上踉踉跄跄往前走。眼泪使她看不清道路，跌倒几次。她在亭子下面坐了一会儿，才看清楚自己是在什么地方。她心想若经过自省堂回去，她的眼睛肿肿的，会有人看见，她也会碰见阿非，于是就等了一会儿，才举步折回原路，从树木之下的小径上，走回自己的庭院。

刚才阿非看见宝芬独自在暖室前走来走去。他仔细望去，见宝芬的动作极不可解。她完全孤零零一个人，对旁边儿的花草一眼也不看，只是迈着大小一定的步伐，在暖室前的一个中心点，往返步行。她走四五步，然后停下来，一个手指头放在自己的嘴唇上，低着头仔细看那地面，显然是心中思索事情，同时自言自语，然后又走到原来的地点。在她往返步行之时，似乎是在测量自己的脚步。阿非看得全神贯注，他在院子的边儿上走过去，直到离她很近，叫了一声她的名字。宝芬抬头一看，吓了一跳，看见阿非站在离她大概三十步之外，勉强微笑了一下。阿非走过去说："我吓着你了吧？你在这儿干什么？"

宝芬说："看花儿呢。"

"但是这儿没有花儿啊。花儿都在暖室里头呢。你刚才并没有看花儿。"

"你怎么知道？"

“我在远处望着你来着。”

宝芬便说：“我刚才找一个簪子。”随后又赶快补了一句：“你一个人到这儿来干什么？我伺候了你母亲一整天之后，到这儿来随便走走。”

阿非说：“我也是闲着走走。为什么一个簪子丢了，还这么费事找？要不要我帮你找？”

宝芬说：“没关系。”说着迈步要走，阿非想拦住她。

他说：“宝芬，我一直没有机会和你单独在一块儿。妹妹，我……”

宝芬瞪了他一眼说：“放尊重点儿，人若看见，会乱说话。”

阿非坚持不放她，她说：“去，不要管我。让我一个人在这儿。我感激不尽。”

阿非乖乖地走开，两个人不知道已经有人看见他们。

阿非回到屋里之后，他父亲说红玉来看过他。

父亲说：“你可以去看看她。”

阿非走到红玉的院子，红玉不肯见他。甜妹出来，告诉他，说她们小姐太累了，别打扰她。

阿非说：“告诉她，我听说她去看我，我立刻就来了。”

阿非走回去，心里非常难过，不明白为什么遭到两个小姐的拒绝，一个是他心爱的，一个是他仰慕的。

他心里在思索：“世界上为什么要有女孩子？女孩子是最无法了解的。”他父亲看出来他脸上的沮丧失望，但是没说什么。

阿非没把在暖室前面看见宝芬的事告诉别人，一则是他并不怀疑宝芬在那儿有什么秘密，二则是他不能告诉别人他和宝芬曾经单独见过面。他只盼望宝芬会再出来，能在原来那个地方儿再碰见。

第二天，甜妹来见莫愁说：“三小姐，您应当过去和她好好儿谈一谈。昨儿晚上她晚饭后去散步，回来的时候，眼睛肿肿的。过了一会儿，少爷去看她，她不肯见。我问她出了什么事，她不理我。他俩一定又拌嘴了，因为她在床上躺了半点钟，她让我打开抽屉，把她的诗稿拿出来，然后叫我去拿铜脸盆，她把那诗稿扔在脸盆里，点了根火柴烧了。然后转过头去大哭起来。三小姐，我跟她怎么说话呢？看见她，我就伤心。今天早晨她起得早，起来就咳嗽。我细看那痰里，有一块鲜血。我去叫她母亲，她母亲和她父亲一齐过来，去抓了一剂药。可是药有什么用处呢？昨天晚上的事情，我不能告诉她父母。都是二少爷！年轻的男人那么不可靠……我恨他！"

她这么气冲冲地说完之后，莫愁说："你也莫名其妙。你并不知道昨儿晚上是不是和阿非有关系。"

"小姐，请您别见怪。您知道，我说的话一点儿也不错。都是那个旗人姑娘！"

莫愁问她："你对你们小姐这么忠心耿耿，我很敬佩。可是咱们怎么办呢？"

"这种事我只能向您姐妹说。您能不能跟老爷说赶紧办了订婚这件事？"

红玉吐血这个消息惊动了全家。大家都过去看她，甚至姚太太在宝芬的搀扶之下，也过去了一趟。大家的眼睛都看阿非和红玉。但是甜妹站在红玉的床侧，把眼睛恶狠狠地瞪着宝芬和阿非。在长辈面前，阿非不能向红玉充分表示情意，他没说多少话。

红玉谢谢大家的关心，尤其惊动姚太太，实在于心不安。红玉的父母也向姚太太道谢，请她回去。他们正要走的时候，甜妹说出了惊人的话：

"老爷，太太，谢谢您来……"

她还要说别的话，但喉头梗塞，两眼闪亮，大哭起来。她一边哭，一边说秋天已至，然后停住，套用了一句谚语说："家财万贯，不如诸事遂心。"

姚老先生听了这个丫鬟的伤心话，感动至深，这比他两个女儿动人的恳求含义更深。往外走的时候，姚先生说："我一定让你们都诸事遂心。"

甜妹破涕为笑，把大家送到门口儿。

三天之后，花园里又有一次集会。巴固约了一位美国小姐名叫董娜秀的，来看看中国的庭园，并见一见他的朋友辜鸿铭先生。董娜秀是专学庭园设计的，对绘画也略有功夫。她是在环游世界的途程中，经过北京，决定停留下来，在北京城已经住了一年有余。她曾租了一所很大的中国住宅，房子多得她住不了，有一个中国厨子，一个华文教师，已经结交了些中国知识分子做朋友。在家她有时候甚至穿中国衣裳。北京的生活和北京的艺术家，实在使她迷恋。大部分北京的外国人，不同于上海的外国人，董娜秀也是如此，就是说，她非常聪明，有高度的文化教养，因为北京自然会吸引艺术家，就犹如上海之自然吸引追逐财富的人一样。有一天，董娜秀在木兰和荪亚的古玩铺里，见过他们夫妇，木兰答应邀她到家来。自然，她也迷恋巴固。巴固说一口漂亮的英文。在北京的人都认得巴固，因为什么地方也有巴固的足迹。木兰只能说一点儿英文的句子，而董娜秀也只能说一点儿中国话。巴固引荐她时，木兰曾笑她的名字，董娜秀很喜欢木兰的轻松自然，不拘俗礼。

有一个人，虽然董娜秀在北京已经一年多，但是没能遇见过，那就是老哲学家辜鸿铭先生。关于辜鸿铭先生，北京的外国人时常提起，所以董娜秀请求巴固给她安排个机会，两人好能相见。一般而论，辜鸿铭恨年轻人，他认为年轻人身上已然失去了中国固有的温文有礼的风度。可是，另一方面，他会把寻常的年轻人让进他的屋子里，只要他们是保守的且以身为中国人为荣，他就施以教训，只要他们肯听，他就说起话来，没完没了。巴固请求他光临那个集会，由于两个理由，他才首肯。第一，因为有"四婵娟"在座，其中还有个处女寡妇曼娘，而曼娘真不愧为古典美人儿，就像从中国古代小说上的插图里走下来的一样。辜鸿铭喜欢美女，他之如此，并不以为是什么可耻之事。巴固像他平常作诗那样大声疾呼，把曼娘胡乱赞美了一番，所以辜鸿铭之来是以得睹此古典美人为荣的。巴固已经给木兰打电话，要她担保曼娘一定要到场，木兰答应了。第二，巴固告诉辜鸿铭，说姚家几个姐妹都是反对新派的，而且红玉能够写明朝传奇式的散曲。

关于木兰和莫愁的外貌，巴固以他高度诗化的风格告诉了辜鸿铭先生。他说："木兰的眼睛长长的，莫愁的眼睛圆圆的。木兰的活泼如一条小溪，莫愁的安静如一池秋水。木兰如烈酒，莫愁似果露。木兰动人如秋天的林木，莫愁的爽快如夏日的清晨。木兰的心灵常翱翔于云表，莫愁的心灵静穆坚强如春日的大地。"

红玉决定无论冒什么危险，也要参加这次集会，因为她要见那个美国小姐和哲学家辜鸿铭先生。先一天她歇了一整天，又歇了一个早晨，中午吃了一顿清淡的午饭，又小睡了一会儿。她起来穿衣裳时，觉得兴奋愉快。梳头擦口红时，说说笑笑，真是平常少有，甜妹看了，非常安心。

红玉说："我觉得很好。一位很有名的哲学家要来。我想见他好久了。那位美国小姐也要来。我从来没有觉得像今天精神这么好！"

木兰、曼娘、苏亚三个人去看红玉，待了一小会儿，看到她精神那么好，真是出乎意料。她化妆化得那么好，除去两颊有点儿血色不够鲜艳外，简直谁也看不出来她有病。

他们听说巴固和素丹陪着辜鸿铭先生来到了，都到外面洄水榭上去喝茶。美国小姐董娜秀，已经学到东方人的悠闲轻松，所以还没有光临。姚思安先生、珊瑚、阿非、经亚、暗香，还有别人都在那儿，只有桂姐不在。因为照顾曾先生的操劳，她脸上增加了一点儿皱纹，也减少了一点青春的活泼，她女儿丽莲也不肯来。

曼娘松松绾着头发，袖子比较宽大，自然显得老式，但是显得异常富有青春气息，而老式的衣裳使她更为动人。她从来没听说过辜鸿铭，完全是由于木兰的面子，她才肯来的，当然木兰是花言巧语地哄了哄她。轮到介绍她时，她伸出手拜了拜，脸上羞红，就完全像在清朝时一样。

巴固说："这是曾先生的大儿媳妇，木兰的妯娌。"

虽然辜鸿铭拥护中国固有的文化，包括女人应当深居闺房，包括裹小脚，但是他和年轻的女人却随意畅谈，相信自己有此等权利。他认为，第一，他是男人；第二，是老人。曼娘向他问好，他看着曼娘微笑。

他问曼娘："你多大年纪？"

曼娘脸上羞红，拉着她儿子的手，好像借以自卫一样，露出珍珠一般的牙齿，微微一笑说："我是狗年生的。"她于是退到一群年轻女人那边，好像一只穴熊闪着晶亮的眼睛向外看，觉得这个留辫子的老头儿真有趣。这个老人之像一个古物，正如她自己一样。

辜鸿铭说："你二十岁？怎么会？"

曼娘微笑说："还大一轮，托您福，是三十二。"

木兰说："那是她儿子，已经十五了。"阿瑄近前向老人深深鞠躬。

辜鸿铭说："怎么能信！不过我相信你的话。现代的女人再没有这样迷人的气质了。你们知道她的驻颜妙术为何？那就是大门不出，二门不迈，深居闺房，并且裹脚的缘故。你们年轻女士若是出门儿，再加上打网球，像现代的女学生，三十岁就老了。"

人人听了都大笑起来，年轻人说："请您多讲一点儿吧。"阿非和红玉坐在一块儿，在老人接着谈笑诙谐，大家听着十分有趣时，他们俩彼此相视而笑。不过老人所说也不全是诙谐之词，他所说的话里，也有当视为教训的。

辜鸿铭先生，只要有人爱听他说话，他就很高兴，而且谈笑越发精彩。木兰想起来他在戏院里，当众站起来打趣西洋女人的衣裳那件事，自己颇想说点儿拥护妇女解放的话，但是由于尊重辜先生的高年，话又咽了回去。他虽然是厦门人，他的京话却几乎没有一点儿厦门话的口音，不愧是语言学名家。为纳妾发出了尽人皆知的名言的，就是他。他说，你曾经看见一个茶壶有四个茶碗，可是你见过一个茶碗有四个茶壶吗？不过现在他并没谈纳妾这件事。他正谈的是缠足的生理方面和道德方面的益处。他说的是缠足会增加女人的妩媚，改善女人的身段儿，使女人成为淑静节制的象征。辜鸿铭说：

“我以为使女人看来高贵文雅的，是皮肉细致——这种自然的高尚要从举止的优美得来。并且只要少在大庭广众间出头露面，你也能获得精神上自然的高尚。女人一旦不裹脚，把蒲扇般的大脚各处踩，她就失去了女性生理和道德的特质了。外国女人束腰，好显出上身的曲线，但是有害于消化。裹小脚儿有什么害处呢？什么害处也没有。于生理上主要的功能一点儿也没有妨碍。我问你们，你们是愿腿部受伤呢，还是肚子上面受伤呢？而且裹脚之后，站着多么挺直呀！你们见过裹了脚的女人走起来不是挺直而尊严的吗？外国女人束腰，使臀部挺出来，但是不自然。可是裹了脚，由于姿态上受影响，自然而然地使臀部发育，因为运动的中心后移到自脚到臀部一带，而血液自然去输送营养。”

那些年轻女人，尤其是曼娘为甚，几乎都要羞死了。可是，红玉聚精会神听着，非常着迷。

辜老先生又继续说：“我是不是毁谤诸位呢？天津、上海洋行橱窗里摆的束腰和奶罩儿，那才是挖苦女人、毁谤女人呢。在这所谓西洋文明的势力之下，女人的秘密已经揭露无余了，女人的身体已完全被商人利用了，从头到脚底。我告诉你们，改造你们的脚，切莫改造你们的肚子，肚子是生产的要地，经不起糟蹋。”

现在美国小姐董娜秀到了。使大家感到意外的是她今天穿了一身中国衣裳，暗香吃吃而笑，后来木兰告诉她那算失礼，她才停止。在她走近之前，巴固跟大家说董娜秀小姐多么漂亮聪明。在中国的眼光看来，她的身段儿若再小一点儿，就十全十美了。但是按西洋的标准看，她不能算高。穿着中国衣裳来见这位中国学者，足见她是极具深思、特表敬意的。

姚先生站起来和她握手，她就向姚先生伸出手来，然后走到辜先生跟前。

董娜秀用有英文腔调儿的中国话向辜先生说："久仰。"平仄的声音差不多算对了。

辜先生用英文对她说："你也说中国话？幸会，幸会。"

董娜秀说："只能说一点儿。"她转过身子去，因为认识木兰、巴固、素丹，就和他们握手。在中国人群里，不论她做什么，她的动作都嫌快了一点儿，当然也因为她是外国人，大家注意力都集中在她身上。巴固告诉木兰把她介绍给别人，木兰跟她说中国话。介绍到红玉时，木兰说红玉是她表妹，又插进两个英文字"most clever"，自己也笑自己的英文。

木兰叫巴固，对他说："关于红玉，你告诉她吧。"

巴固走过去说："她就是写诗写戏剧的小姐。"

董娜秀说："噢，我听巴固说的就是您这位小姐呀！"她于是靠近红玉坐下，红玉听得懂英文，但是自己只能说几个单字而已。那位美国小姐不住看曼娘，觉得她好像自己在中国画上看到的仕女。

董娜秀用英文向辜老先生说："不要让我打断了您和诸位的谈话。用中国话说吧。我听听也可以多学一点儿。"

辜老先生说："我们刚才正说裹小脚儿在生理上、在道德上的好处。"

董娜秀说："多么有趣呀！"

"不过你大概是不喜欢。"

"辜先生，我无须跟您一致。不过您说什么我都爱听。"

这时候，素丹跟木兰低声说了点儿什么，木兰又低声向荪亚说。荪亚就高声向大家说："我有重要消息向大家宣布。咱们的朋友巴固和素丹就快结婚了！"

这个消息立刻使全屋热闹起来，大家都向新订婚的这一对道喜。

素丹简直没有像今天这么快乐过。她过去经过的那一段生活，只留给她凄凉厌倦的模样，而这种模样却增添了她几分妩媚。她过去都习惯于有气无力地说话，声音含糊而微弱，但现在却活泼愉快，像回到了学生时代。她的头发前面留着刘海儿，每逢笑时都有少女的神态，而且她的眼睛里也有一股水汪汪儿的奇妙光亮。她像孩子般任性，虽然过去结过婚，她今天来不是穿的裙子，而是穿的裤子，肩膀上披了一块紫纱围巾。围巾是北京女人上街常常围的，有风沙的日子坐在洋车上，常用围巾遮着脸。

因为天渐渐热起来，今天吃晚饭就要早一点儿，饭后仍然可以在花园儿里徘徊游玩。美国小姐对这花园之美，真是十分迷恋。巴固出主意说吃晚饭之前可以在园内走走。董娜秀请红玉一齐去，于是阿非和素丹都一齐去了。

过了一会儿，红玉说她得歇一歇儿，阿非就跟她一齐停住，别人接着向前走去。他俩走到暗香斋南边儿的梅园，已经离红玉的住处很近。那儿有很精巧的假山，假山的南边儿是一座小桥，桥下是一片池塘。红玉在小桥上徘徊，观赏水中墨黑和赤金色的金鱼，在水里悠然游泳。

现在只剩下他们两个人。阿非说：“妹妹，那天晚上我去看你，你为什么不肯让我进去？”

红玉向他望了一眼，只说：“冤家！”停了一下，她又说：“你自己心里明白。”

“说实话，当时我不明白，现在也还不明白。”

阿非心想也许她看见他和宝芬在一起了。他想要告诉红玉他是看宝芬在那儿做什么，但心想恐怕有点儿不相宜。最后，他想应当告诉红玉为什么红玉去看他时，他不在屋里。

他开口先说：“妹妹，让我解释……”

红玉一句话堵住他的嘴：“不用解释。”

阿非恳求她，声音非常温柔：“妹妹，你知道过不久咱们就要订婚了，不要再争吵。”

红玉自己也不知道，为什么在阿非面前，她总是要把话说得那么惹人生气，其实心里并没有那么凶狠，结果自己一回房中，想起他来，又深悔不应该。这也就是男人头脑比较简单的缘故，也许是女人有一种要制伏自己所爱的男人的天性，也许只是女人要考验一下她对男人是不是真控制得住。所以现在红玉只是说：“你去找她们吧。我要进去歇一会儿。”

“你来吃晚饭？”

“我来。”

“要不要我去接你？”

“不用，我自己能去。”

阿非站着，一直看着红玉进了侧门儿，消失了踪影，自己很凄凉地走回去。

红玉一到屋里，又后悔刚才自己太冷酷无情。

红玉回去时，大家已经往忠敏堂去了。她正要转回，听见阿非的声音，也看见环儿的头在忠敏堂内，然后又听见美国小姐的声音。

她正往里走，在台阶儿上，听见阿非说订婚的事。她就躲在假山后偷听。阿非刚才是说巴固要和素丹结婚，是因为不忍心教素丹做卖煤球儿的生意，但是说话的声音低，她只能听见说话的片段。

她听见阿非说：“男人就是那个样子。为自己心爱的小姐怎么样都可以。我也是那样儿。”

环儿说：“我听说她有个痨病根儿。”

美国小姐问：“痨病是什么？”

阿非很严肃地说：“就是 tuberculosis。”

“那么你还娶她吗？”

“我当然还要娶她。男人就是那样儿……由于怜香惜玉……宁愿伺候她一辈子……她好美，就是任性。”

红玉一心只惦记着自己的心事，竟没有听出来那段话是指的素丹。她能听到自己心怦怦地跳，羞愧、自责、爱怜、惋惜、自尊、牺牲——一切想法乱作一团，眼花缭乱，晕眩不定。那一群站起来走开时，红玉看见他们出来，赶紧自己藏起来，两腿打战，不知不觉中抓住一块凸出的石头，才站稳没跌倒。

他们走去之后，她才摇摇摆摆走到洄水榭去，瘫软在椅子上，她的两颊一会儿气得苍白，一会儿羞得通红。她的自尊受到了破坏，她的爱情受到了创伤。他爱她，可是……事实是……他那么说了……可是他会娶了她，由于怜香惜玉而伺候她一辈子……他爱宝芬不？她该怎么办才好呢？

她觉得应当去吃饭才对，一定要见阿非。

她到时，别人都已坐好，正在等着她。她笑了一声，看着阿非说：“阿非，我一直想找到你，我以为丢了你了。”

她的两颊鲜艳娇红，眼睛闪亮，阿非很高兴，因为红玉显然是饶恕了他。

宴席上今天有酒。一道菜一道菜端上来，红玉却眼睛一直盯着阿非。辜鸿铭先生一直在谈论爱和淑静高雅。他的话里有一点，就是小姐若去物色男人则不道德，而且是伤风败俗。现代小姐再不能讲求淑静高雅，因为一淑静高雅，就永远找不到丈夫了。男人选妻，也只从敢向男人卖弄娇媚的小姐群中去寻求。贤淑的小姐不肯出去自己物色男人，她觉得那会羞死的。

红玉只是听，自己的思想断续纷纭，无法把话听得清楚，但是似乎辜鸿铭先生正是谈论她，正是当众指责她。

她忽然大声说：“阿非，你心里想什么呢？”她看着阿非微笑，又说：“来，我喝这杯，祝你幸福如意！”

阿非举起杯来喝下去时，姐妹几个人彼此望了望。

莫愁说："你有病啊。"

红玉说："我很好。"接着咳嗽了几声，喘不过气来。一咳嗽，酒也吐出来，酒中带血。

木兰立刻起来，坚持她非立刻回去休息不可。

红玉说："我什么时候这么快乐过？你为什么非要我走呢？"

但是她们让她站起来。莫愁和木兰立起来去扶她。红玉转向阿非说："你来不来？"阿非一跃而起。每个人都想不通为什么红玉突然这个样子，因为她并没有喝多少酒。

到了她自己的院子之后，红玉说："三姐，您可以回去。二姐也回去。我要和阿非说话。"

木兰对阿非说："你和她吵架了没有？"

红玉立刻回答说："没有，我们很好。我只是有话跟他说。"

木兰低声告诉阿非要特别小心，并且说她们会在路上等他。

这一连串的事情，阿非实在无法了解。刚一剩下他们俩，红玉就说："我要你把心里的事完全告诉我。"

这话说得非常突然，阿非一时踌躇狐疑，莫名究竟。他在暗中仔细望红玉的脸，把她拉紧到怀里说："妹妹，当然你知道我的心。我的心早就交给你了。"

红玉说："我就要知道这个。"

阿非说："咱们不久就要订婚了。"

"是啊。"

他俩走进她屋里去，手拉着手。阿非说："你躺下。叫甜妹来。你今天晚上有点儿怪。"

"不，一点儿也不怪。我只是爱你。从来没有这么爱过你。"

阿非靠近过去，好热切地吻她，红玉任凭阿非吻，并不反对。阿非也觉得以前从来没有这么甜蜜。过了一会儿，阿非去把甜妹找来陪着红玉，他就走了。红玉的眼睛在后面一直望着他，直到他失去了踪影。这时红玉的神情突然改变。她静静地坐着，一动不动，好像一块岩石一样，这样坐了很久；后来渐渐松弛下来，甜妹看见红玉脸上显出宁静平安的表情。忽然间，红玉狂笑起来，笑了又笑，笑了又笑，直到流出了眼泪。

甜妹说："不要这么吓人，您到底笑什么？"

红玉笑着说："我现在都明白了。"

"明白什么？"

"我应当早就知道。"

"您和他拌嘴了吗？"

红玉说："没有！没有！过来，我告诉你。"她接着向甜妹低声说："你知道阿非是真爱我吗？他才说了这话不久。"

甜妹现在以为她知道了为什么刚才小姐那么笑，自己也很高兴。

红玉问她："他是个挺好的青年。你说是不是？你说是不是？"最后五个字说得语气好重。

她走到梳妆台前去照镜子。

她向甜妹说："你信命运不？"

"是啊。可是您为什么问这个？"

红玉不回答，只是坐在梳妆台前，又开始化妆。她现在已经平静下来，她对甜妹说："现在用不着你了。你回去吧。我只要静一下。"

甜妹问红玉是不是还要到宴席上去看那些客人。"也许去。你在那儿愿待多久就待多久。我妈还要你照顾呢。"

红玉坐在梳妆台前重画娥眉，甜妹就走去了。

一个钟头之后，甜妹回来，一看，小姐没在屋里。她显然已经换了一双新鞋，梳妆台上还放着一支眉笔。她相信红玉一定又回到宴会上去了，所以就坐下拿起针线做活，心想今天晚上小姐真有点儿古怪。

甜妹在那儿做针线做了多久，她也不知道；大概有一个钟头。她想宴会一定已经散了，就到自己院子里的小厨房去沏了壶云南普洱茶，等小姐宴会上回来喝了好帮助消化。她把茶壶端回来，放在茶壶套里，又到院子里把灯点上，走回去的时候，自言自语地说，倘若小姐熬到很晚才睡，又要病个五六天。这时她听到有说话的声音。甜妹跑出去，看见珊瑚、木兰、莫愁、曼娘、阿非，都在门口儿。

莫愁问："你们小姐怎么样？"

甜妹喊说："她没跟你们在一块儿吗？"

阿非问："没有。我走的时候让你陪着她了，不是吗？"

大家都跑进屋去，七嘴八舌地说话。

甜妹说："刚才她非常高兴，告诉我回到客厅去。我就去了，因为当时大家正吃饭，伺候的人手儿不够。我离开的时候，她还大笑，脸上不断有笑容，坐在梳妆台前头描眉，她也换了一双鞋。所以我以为她还到宴席上去呢。"

木兰忽觉心里一阵恐惧袭来，阿非也觉得可怕，由前门冲出去，大喊："红玉、红玉，你在哪儿？"过了片刻，他走回来，眼睛瞪得大大的。"外头没有她。"他大喊说，"她到哪儿去了呢？"阿非于是像疯子一样，在黑暗中跑向冯舅爷的院里去，问是不是她到那儿去了。红玉的父母和两个弟弟，立刻跟着阿非回来。

她到哪儿去了呢？木兰觉得糟了，出了事。她翻被褥，什么也没找着。她看见一管笔，还有白铜墨盒儿，放在书桌子上。她从笔帽儿里拔出笔来，一看，笔头还潮湿。她翻那些文稿，希望能找到点儿信息。她打开抽屉，看见一个包儿，上面写着"交甜妹"。

她说："我找着点儿东西了。"别人也过去看，是一个首饰盒子，里头有几个玉耳环，还有一个很美的簪子。

阿非喊起来："这儿也有点儿东西。"他说着从抽屉里拿起一张纸来。

纸上有血渍。字的样子是手颤抖时写的，纸最后是红玉的名字，大概有一寸多大，是割破手指头写的，字迹潦草。纸上血泪模糊，有的字弄得漫漶不清了。

冯舅爷把纸抢过去看，他的手颤动不已。那正是红玉写给她父母的，是文言骈体：

父母大人膝下敬禀者，不孝女幼承抚养，未报万一。姑母姑丈钟爱至深，视如己出。起居务尽其豪奢，衣物力求其舒适。不幸生而体弱，卧病时多，所进药物，多于羹饭。虽欲侍双亲于百年，恐终累人于晨夕。呜呼！生死有命无如之何。幼读诗书经传，长难逃乎情网。经月老之垂示，遂启我于愚蒙。

神意既明，如梦方觉。感天地之无穷，叹儿命之有数。已矣乎！生死难逃，勿为儿悲。纯洁骨肉，璧还父母。姑母姑丈厚我至情，务请代为申谢。弱弟黾勉，敬事双亲。恕小女之不孝，容图报于来生。

薄命女红玉绝笔敬叩

冯舅爷一看见女儿用血签的名字，立刻明白这是诀别书。他刚才匆匆忙忙看信，用脚顿地，悲痛万分，对他太太说："不好了！"泪从脸上流下来。他太太开始号啕大哭。阿非坐在那儿，茫然不知所以，脸藏在自己手里，也大哭起来。曼娘把儿子抱得好紧，一手扶着木兰。

冯子安过了那一阵临时的震惊，立刻说："赶紧！赶紧去找她。甜妹，你离开她多久了？"

甜妹回答说："那是我到您那边儿吃晚饭的时候，恐怕有两个钟头了。"

现在别人也听见这边儿喊叫。立夫、他母亲、他妹妹都走进屋子来。宝芬来听听出了什么事，回去告诉姚先生夫妇。

有人猜想红玉可能跳进池塘淹死了。

也许是上吊自尽，可是到别的地方去上吊，而不在自己的屋里，这个说法也没有道理。所以结论是她跳了池塘，因此仆人们都到各院里去找她。姚先生、冯先生、立夫、荪亚，一直向池塘走去。

挤在屋里的一群女人之中，只有莫愁还能保持头脑的冷静。大家都因红玉的血书而心情激动不已，就忘了她留给甜妹的小包儿。那封皮纸现在扔在地上，莫愁看见上面有字，就去捡起来。在反面儿有一封短信，只是：

告知阿非，依月下老人祠神签行事。我祝他婚姻美满。

红玉

这一定是先写的，因为上头没有血迹。

在外面，噼啪乱响的火把的光亮，在池塘周围移动，惊动了树上安息的夜鸟，火焰的光亮在水中反映出来，而池水在苍白的月光之下平静无波，硬是紧抱住深绿色池水中可能的秘密，心惊胆战的池边人莫名其究竟。男人们若说话，也是压低了声音，各有心思占据心头。只有仆人在池塘对面说话的声音、受惊的乌鸦啼声、猫头鹰的尖叫声，震破了深厚的沉寂。

立夫默默无言，把红玉住处的对联指给荪亚看。

曲水抱山山抱水

闲人观伶伶观人

后来姚先生教人把这一副对联摘下去，免得看了伤心。

在戏台那边，池塘有五六尺深，在书斋那边则有十二或十五尺深。红玉从那边跳下去可能性较大。夜里打捞是办不到的。只有几个仆人在浅的那一边走下水去，也只能尽可能往里走而已，天那么晚，做什么也困难。大家都相信她若两个钟头前跳下去，已经救援不及了，只好等到第二天早晨。他们坐在那儿，等往后花园去寻找的仆人传回消息。他们回来，说一无所获，冯舅爷说他们应当去休息，向大家道声辛苦。木兰、苏亚、曼娘回到曾家时，已经半夜，仍然没有带回确实的消息。荪亚曾经说在姚家过夜，但是他们怕曼娘胆儿小，只好回去。甜妹哭得好伤心，大家勉强把她拉到冯舅爷的院里去，大家一夜没睡。

天还不到黎明，冯舅爷就起身，又出去找他女儿。他到“蜃楼”，在晨曦中，看见靠近暗香斋的基底的附近，有一个微微闪亮的黑东西。他越看，越像一只女人的鞋。他过去一看，果然是一只漆皮鞋。他跑回去告诉太太。甜妹告诉他红玉换的鞋是漆皮的，所以她应当是从池塘的那一边跳下水去的。现在可以看得出来，红玉可能是从西边旁门儿出去，到了暗香斋，那里前天夜里冷清清一个人也没有，她可能从敞着的窗子，跳过走廊上二尺高的矮墙，那样跳下去的。冯太太放声大哭，一边哭着一边说她那苦命的女儿，自从孩提时在什刹海看见淹死的那个小姑娘，就一直怕水。

她的尸体必须赶紧捞起来，不然是会泡坏的。现在已然确定她已死去，所以又雇了外头人来打捞，除去红玉的母亲和几个老仆人之外，让所有的女人都离开。阿非站在自省堂里等，就在自省堂的拐角儿上，前天下午，红玉听见他和环儿，还有那个美国小姐说话。

红玉的尸体从水里捞上来时，阿非赶紧把眼睛转过去。他现在不能看她。纵然她跳水自杀之前，不惜精神，化妆打扮得整齐漂亮，她的脸上身上，如今也是泥污一片，长辫子上的泥水，向池塘里滴滴答答地落下。

第三十四章　利欲熏心王府探宝　职责已尽四海云游

第二天早晨，木兰和她丈夫，另外有曼娘、桂姐、丽莲，又都来到姚家看红玉的母亲，她哭得像个泪人儿似的。大家安慰她说，红玉富里生富里长，快快乐乐过了那么多年，做父母的应当心满意足了。又说红玉实在病得重，不容易好，一切都是天命。不过关于她对阿非的情爱和那封诀别书，大家一字未提。女人们自然谈论她的好多长处，她缠绵的疾病，她们越说越哭。所以木兰到莫愁的院子时，她的眼睛还是红红的。

木兰说："昨天一定出了什么事。她从宴会上来的时候，她已经打定了主意。你记得她进屋时神气就不对。"

莫愁说："阿非说离开她时，她很高兴。"

立夫说："那是因为她知道是他们俩最后一次的见面。我一定问阿非究竟出了什么事。"

环儿说："我倒想到一件事。宴会开始以前，那个美国小姐、阿非，还有我，我们三个人在阿非的院子里说话，那时候你已经走了。我们出去的时候，我好像看见有一个人藏在假山后头，一定听我们说话了。大概就是红玉。"

立夫问："你们说什么话了？"

"是关于素丹订婚的事。我们说她有肺痨病，阿非说巴固娶她是由于怜香惜玉的一番爱心。四妹可能听见我们说话，也许以为阿非说的是她自己。"

别人都静悄悄，一言不发，只是心里想这件事，唯有莫愁说："你们看见没有，她到宴会上去时，好像精神错乱一样。她看阿非的样子，她向阿非微笑的样子，好像当时别人都不在场一样。真是会赶得那么巧？真不幸！我觉得四妹的死有几个原因，一部分由于神，一部分由于人。第一，由于素丹与巴固订婚这件不幸的巧合，并且她自己也有痨病；第二，因为她的生活里佳人才子的事情太多，又多愁善感；第三，因为她太相信杭州月下老人祠的签了。"

正在这个时候，华太太走进来，惊慌得不得了，因为她刚才听到这件事。

立夫问："她说的'依月下老人祠神签行事'是什么意思？"

木兰停了一下才说："这是个问题。我也不懂是什么意思。"

华太太一听杭州月下老人祠神签的事，也弄糊涂了。别人就告诉她红玉和丽莲在西湖抽签那签上的话。

木兰说："月下老人倒是个蛮有趣的故事，但是她未免把那话太认真了。不能说有命运，也不能说没有。因为她相信，才在她身上应验……那就要了她的命。可是真苦了她啦。我可以在大家面前说，她是真爱阿非，她死好让阿非快乐。她最后的愿望就是让阿非婚姻快乐。"

丽莲说："按我的意思看，她是死在和尚的手里。那天下午，她看了签上的话很伤心。谁信和尚，谁就受他制。"

在丽莲的口气里，对死去的情敌还恨意未消。丽莲原已经认命叫阿非和红玉订婚，但是她却不喜欢红玉。那时曾先生已经谈到给丽莲订婚。但是，像好多现代的小姐一样，丽莲不肯答应，父亲很生闷气，丽莲暗中勉强她母亲桂姐来阻止她自己不愿意的那件婚事。

木兰曾经看过那签上的文句，“芬芳香过总成空”，意思指的不是暗香就是宝芬，大概指的为宝芬，因为暗香比阿非大好几岁。到目前看起来，签上的话已然应验。但是那话没说红玉“总成空”之后怎么样，没有分明说谁要嫁给阿非。红玉临死嘱咐的“依月下老人祠神签行事”，也许可以随人怎么解释就怎么解释。宝芬的神秘影子时常在木兰的心里出现，但是在丽莲面前，她没再说什么。她只叫人去告诉阿非，说她们要见他。

阿非来了，看来像个鬼，也可以说像个见了鬼的人。他也不向桂姐和客人问好。女人都很可怜他。桂姐说：“不要太伤心。人死不能复生。”

木兰问：“爸爸干什么呢？”

“他和舅爷舅母在暗香斋呢。正给她穿衣裳。”

说了这句话，阿非突然立起来，走到前院儿里去，看见甜妹正哭着找东西给红玉入殓。

阿非问：“我要问你，她怎么死的？”

甜妹抬头望了望，半恼怒，半悲伤。

她回答说：“我怎么会知道？”

“你应当知道，四妹怎么死的？”

甜妹回答说：“你不会看她留下的信吗？”说完接着找东西。阿非站着看这个没规矩的丫鬟，甜妹好多方面都像她死去的小姐。她抱了一抱小姐的衣裳，就要回暗香斋的时候，阿非拦住她说：“甜妹，我的心已经碎了。你可怜可怜我吧。我只想知道什么事情使她去寻短见。”

甜妹转过脸来以悲伤怜悯的腔调儿说：“你们男人怪得很。女人爱男人时把她逼死，然后再哭她。哭有什么用？人死还能还阳吗？”

阿非喊说：“甜妹，你这话冤枉人。我肝肠寸断了。我心也不能想。我有什么不对呢？”

甜妹眉毛一扬说：“你们俩好的时候，你们俩很好。然后你再惹她流泪，一连好几天，昼夜不干。那天，她回来后，就把诗稿烧了。我知道她活不长了。我觉得她好像前辈子欠你的眼泪债一样。现在她还完了你的债，泪也干了。你还要干什么？”

甜妹看见阿非那副可怜的样子，她的怒气也消了一点儿。她说：“她只祝福你婚姻幸福。她为你而死，这还不够清楚吗？”

阿非倒在红玉的床上大哭起来，甜妹不理他走了。

后来是木兰和桂姐过来，把阿非从红玉的床上扶起来，把他带到莫愁的院子里歇息。

阿非说：“都是我害死她的。都是我害死她的。”

立夫告诉他环儿刚才的猜想，那才是她死的理由。那个想法倒是很近乎实际情形。可是阿非坐在那儿，头脑昏乱，想也不能想。

华太太说她们去看看姚太太，于是桂姐、木兰就过去，这是照例去请安。宝芬静悄悄地坐在姚太太的床边。姚太太看着是病情不轻，皱纹纵横的脸上显出可怕的神情。

宝芬说：“昨天晚上，老太太没睡好。半夜的时候，她要起来念佛。在供桌前头坐了几个钟头，不肯回床去睡。”

姚太太好像新有了一种变化。因为她不能说话，没人能猜透她的心事。但是她的耳朵还蛮能听。和她说话的人必须一直猜她要干什么，直到她点头为止。她若伸出三个手指头，宝芬会问她意思是三块、三十块，或是三百零三块钱。宝芬很快就能猜出她的心思，这样就方便多了。有时她觉得病轻一点儿，就叫宝芬给她念书听，但是念的也只限于佛教的报应神灵的记载，或是什么灵验良方。民间有好多这样劝善的宗教小本子，叫人不要杀牛，叙述菩萨显灵的传闻，都是由善男信女私人捐钱印好赠送的。姚太太最喜欢的是目莲僧劈山救母的故事，以前她在杭州时，曾经看过《目莲僧劈山救母》那出戏。

红玉的死引起她病情的改变，她似乎老是非常害怕，睡不着觉，而且情形迅速恶化。因为红玉是个少女，所以丧期念经只前后二十一天。可是姚太太一听见和尚敲鼓敲钟打钹的声音，她就好像感到一种不可思议的恐惧。可是她又要请尼姑到她院子来念经。

银屏和体仁生的儿子博雅，一直就没敢让姚太太见，可是珊瑚，她是一直照顾博雅的，现在常常在姚太太屋里。博雅虽然九岁，但是长得很高。一天，博雅来找珊瑚，赶巧被祖母看见。祖母尖声号叫，用手捂住脸，出了一身冷汗。

让大家一惊非小的事，是姚太太忽然哭出声来！她说："你是来要我这条老命。"话居然说得清楚了。

珊瑚赶紧叫那个孩子出去，孩子就走出去，自然觉得受了委屈，丢了面子，又不明究竟为了什么。

宝芬喊道："太太说出话来了。"这么惊吓吓出了话来。这么突如其来，珊瑚、莫愁谁也没想到。她们走近床前，听见她嘟嘟囔囔地说："哎呀！可怜我吧！我受不了啦。"

莫愁流着欢喜的眼泪说："妈，您病好了！您能说话了！"

母亲说："什么？"

"您现在能说话了。"

博雅虽然已经离开了屋子，但是还站在外面听着呢。他从外面向里面偷看，并且对珊瑚说：

"奶奶好了吗？"

姚太太对博雅在近前与否，有一种神秘的感觉。所以还没等珊瑚回答他，姚太太就说："噢，快叫他走！他来要我的命了！"

珊瑚向那个孩子大吼一声，他就偷偷儿溜走了。

姚太太突然间恢复了说话的能力，引起全家的激动之大，竟胜过红玉的丧礼。不过这也只是落日的回光返照而已。木兰从电话上听到消息，赶紧跑过去看，父亲、珊瑚都在母亲的屋里。

她母亲正在说："没有用。我在世的日子快到头儿了。你们顶好给我准备后事吧。在庙里多给我烧香，求我到阴间的路上好能平平安安的。"

木兰说："您心里别乱想，那都是您的梦。"

"不是梦。是真的。银屏的魂灵告诉过我，咱们家死了一个人之后，再就轮到我死。现在红玉既然死了，随后轮到的就是我。"

木兰说："爸爸，四妹死在庙里的神签上，一个人难道还不够吗？难道还叫妈也信神邪的话这么受罪？"

姚先生简略地回答说："她信咱们的话就好了。"

随后几天，病情越来越坏，阿非因为疲劳伤心，也病倒了。遵照病势垂危中母亲的话，阿非搬到母亲院里靠外的房间去睡，由宝芬服侍。他病好了一点儿，仍然睡在那儿，常常进去看母亲，所以在母亲去世的前几天，他和宝芬常在母亲面前。

宝芬一直忙着伺候病中的太太，根本没有工夫回家看看。她父亲到古玩铺去过，知道姚家发生了事情。一天，宝芬家中有一个人到王府花园，要见宝芬。

阿非说："请他进来，我还没见过你们家的人呢。"

宝芬说："他只是个仆人。"

阿非说："你们家也有仆人！我本来就知道你们家不错。"

宝芬觉得很尴尬，一句话也没说，出去见那个人。她回来说，她母亲有件重要的事要见她。

阿非说："叫家里的马车送你回去吧。"

"不要。那样儿不对。别的用人要说话的。两个钟头以内我就回来。"

宝芬回到家，看见父母和叔叔。她父亲是个很斯文的中年旗人，一见就问她："你在王府花园已经有三四个月，有什么消息没有？"

宝芬说："没有。我实在没办法下手。"

"为什么？"

"我必须一直伺候着太太，现在她内侄女儿死了，太太自己又病得很重，谁还有心去办那种事情？"

“你连那个地方儿也没找到吗？”

“有一次我晚饭后出去，他们家少爷看见我，我只好找个借口搪塞过去。后来我就再不敢出去。”

她父亲继续说：“你别把事情弄坏。别启人疑心。他们家少爷怀疑你了没有？”

“我想不会。阿非是个悠闲懒散的男孩子。他当时问我在那儿干什么，我说东西丢了，在那儿找。他要帮我找，我叫他走开了。”

“谁是阿非？”

“他们家的少爷。”

“你为什么那么叫他？”

“他告诉我要那么叫他。他说主人和用人之间的分别实在无聊可笑。他说……”宝芬说到这儿忽然停住，脸羞得红起来。她不知道为什么自己脸红，也不知道为什么说那么多关于阿非的话，而不提他家别人。自己觉得话说得太多了。

她父亲说：“不用忙，要细心进行。你要知道，这对咱们家是一笔大钱。”

宝芬皱了皱眉，她说：“爸爸，您给我的这件事太难做了。我害怕……若不是为了爸爸和妈，我可死也不愿做。”

突然间，宝芬用手捂住脸哭道：“我没法儿办！我没法儿办！人家待我那么好，咱们却跟贼一样。”

宝芬的父母非常疼这个唯一的女儿，但是父亲说：“并不是像你这种想法。那宝物不是他们的。他们买的是那座花园，不是藏在地下的宝贝。不然，我们也不会派你去。也许那批宝贝的价钱和花园值得一样多呢。”

现在要说明一下了。宝芬的祖先在满洲八旗军中，随同顺治进关；因功皇家赐予世袭爵位。在乾隆年间，爵位期限届满，但是家境富有，历代都在朝为官。到清帝逊位，清朝瓦解，由于继续过旧日的生活，保持场面，家中财产，不久耗尽。革命一发生，宝芬才十一岁，她智慧开得早，那时就感觉到家道中落。虽然还能雇得起用人，其实也只是保持个表面，正是外强中干。

宝芬的父亲，在华太太的古玩铺买到了一卷文稿，那是华太太从王府花园儿的王爷手中，买古玩时一齐买回来的。宝芬的父亲已经改用汉姓姓董，是个读书人，对满族家谱很感兴趣，因为自己太穷，买不起那一批古玩，就用两块钱买了那一卷旧文稿。那批文稿之中有单卷的书，有诗稿，还有游记，都是未曾出版的。一天，在细检看旧书时，他发现了当时那位王爷的祖父的一本日记。里面记载英法联军抢劫北京的情形，尤其记载清楚的，是咸丰九年英法联军烧毁圆明园和圆明园中藏书楼的情形。在北京被抢之时，王爷的祖父的日记里说曾经埋藏宝物于地下，并且说明了在花园中的地点。老祖父显然是不久即去世，也许是逃离北京并未返回，因为日记没继续写下去，就此中断。当时好多这种掘地藏宝之事，不过家人亲友都从未听人提过，自然慢慢就被忘记了。因为此次掘地藏宝，是这座大花园建成之后数年的事，而且当时老王爷正在皇恩厚赐之下，官运亨隆，荣华正盛，那所藏宝物价值之高，自然可以想象。而过去几座别的王府花园掘土重建之时，亦曾经发现藏宝之事。

现在宝芬听父亲说姚家只买的是花园，并没有出钱买地下的宝物，她说："可是，爸爸，那花园现在究竟是人家的，不是咱们的。"

她父亲于是说："宝芬，我们要你做的，就是查证一下那个地点。其余的事情，就全留给我们办。"

宝芬的母亲说："现在先不用愁那个，我只是盼望你现在在他们家做的事不至于太难，因为你从来没有在自己家做过什么。"

女儿说："事情倒没什么，很轻松，全家人又好。您真应当见见他们的几个女儿。"

"我听华太太说，有个红玉和他们的少爷订过婚。"

宝芬迟迟疑疑地说："是，我也听说过。"

“为什么跳水自尽呢？”

“我也不知道。”

宝芬离开家，不久就回到王府花园儿去。

红玉出殡之后，姚太太的病越来越坏，大家都看出来恐怕拖不过几天了。现在很怪，在她能说话之后，她只讲南方的家乡话，这叫宝芬茫然不解，也感到很烦恼，使她很难了解她说的到底是什么意思。姚太太老在静静地回忆往事，说她在少女时期她家的历史。阿非爱听这些事，他也懂杭州话，所以他常把听来含糊难解的话，讲给宝芬听。虽然是在忧虑的气氛之中，阿非和宝芬之间，有时候也有青春的快乐。甜妹，现在侍奉红玉的母亲，过了许久之后，由于莫愁和环儿的解劝说明，说红玉是偷听阿非和那位美国小姐的话，并且误以为是指的她自己和阿非，因此才自尽的，她对阿非的一腔仇恨，才算消掉。

一天，姚太太正躺在床上看着阿非和宝芬说话，她忽然问宝芬：“你父母把你许配人家儿没有？”

宝芬低下头说：“没有。”

姚太太说：“我在这个世界也待不久了。在我最后这一段日子里，你一直伺候我。你知道别人说我恨银屏，说我反对我儿子和那个丫鬟的婚事。其实不是这么一回事。我现在倒要找个丫鬟，叫我儿子娶她。”

宝芬满脸羞红，一句话也没说。

姚太太又说：“不用害臊，婚姻是天意，我看你们俩是天赐良缘。你们俩处得也挺好。告诉我你们家的情形。”

宝芬说：“我们是穷人家。”没再说别的。

姚太太这几句话说了之后，这两个年轻人感觉到他俩之间有了一种关系，这是以前一直在压制着始终不敢承认的。宝芬对阿非开始严肃起来，而且自己也感到羞惭不安，二人之间也再没有少爷丫鬟之间那种轻松随便，宝芬也再不允许阿非帮她做那些洗涮抹擦的杂务。另一方面，宝芬向阿非说话时，更有一番前所未有的温柔，是无法掩饰的。别的女仆注意到宝芬比以前更留心她的衣裳。阿非不再把她当丫鬟看待，也不肯再让她伺候。在这种情形之下，宝芬也无法不依从。有时候阿非不知不觉地拿她比红玉，觉得红玉是比不上宝芬的。比如说，宝芬从未和他吵过嘴，身体又强健。阿非这么想时，忽又自觉良心不安，觉得不该想已故情人的短处。

在宝芬的心里，不断有几种挣扎出现。第一，她没把父母派她来此要做的事认真去办，而且几乎是完全置诸脑后。第二是，在情人面前，一个恋爱中的小姐要保持自尊和体面。这种内心的挣扎，已经使她愿意把自己的家庭情形暗中告诉阿非一点儿。

一天，阿非问她："为什么你们家雇有用人，你却出来做事？"

宝芬回答说："我从来也没出来帮人做过事。"

"那么为什么现在你出来做事？"

"我以后再告诉你吧。不过别把我今天说的话告诉别人。"

这种小秘密又增加了他俩几分亲密的滋味。

不但姚太太、阿非和宝芬自己，觉得他俩的关系很明显触目，木兰、立夫、莫愁，思忖红玉的遗言，也觉得红玉指的是宝芬。甜妹对阿非不忠于她已故去的女主人所表现出来的抗拒，更使事情明显，除去宝芬，更无二人。木兰觉得宝芬比起红玉来，和阿非匹配，更为适宜。因为宝芬有旧家庭的教养，比起轻薄、新派头儿的丽莲，也好得无法比拟。桂姐虽然也关心，但正值红玉死后不久，就把这件事故意压在心头，一字不提。

过了不久，姚太太病势越发沉重，虽然还有气息，但是又不能说话了。有三天，一直什么东西也没吃。宝芬让她喝杯人参汤，有时喝了下去，有时候吐出来。家里认真准备起后事来。

最后那一天下午，木兰、莫愁、阿非、宝芬都在屋里，姚太太醒过来，睁开了眼睛，做了个动作，显得是要说话，可是说不出来。宝芬和别人都走近床边儿。姚太太抓住阿非的手，又软弱无力地去抓宝芬的手。宝芬不敢动。莫愁明白，就拉起宝芬的手。姚太太把那两双手放在一块儿，她的嘴唇好像是动，但是说不出话来。不久身子往后一沉，就再没醒过来。两个钟头之后，一命呜呼了。

珊瑚和莫愁看见当时的情景，告诉了父亲和别的家里人。

姚先生又再度表现出行动的迅速敏捷，女儿们看见颇觉吃惊。似乎是他刚在自省斋打坐，已经预先算出什么事情要发生。他已经有一整套的办法。他一定早已看中了宝芬，不然他不会让阿非去到母亲那边儿住。他告诉大家，这件婚事正合乎红玉和他太太的遗言，说宝芬一定会做个极好的儿媳妇，并且这也是宝芬应得的，因为她在婆婆死前尽了孝，总而言之，是“天作之合”。

姚先生把华太太找来，把情形告诉她，让她做个媒人。

华太太说：“这么快？”

姚先生说：“说办就办。”

姚先生向华太太说，那是他在世上最后的本分，他愿亲眼看见自己的小儿子成了亲，因为若不现在办婚事，就要等三年居丧期满再办。今年夏天阿非已经毕业，他正打算把儿子和媳妇一齐送到英国去，结婚之后，到英国去念三年书。

在姚太太丧礼之前，赶紧完成这件婚礼，也是合乎中国的古老风俗的。这样在姚太太出丧的时候，不但有儿子，还有个儿媳妇送殡呢。婚礼必须特别简略，而穿孝服也必须停一天，也就是举行婚礼的那一天。婚礼之后，新郎新娘就要立即出席正式的丧礼。

订婚礼立即正式举行。姚先生发现新娘的父亲是旗人高官，并没有太出乎意料。他知道他们现在家道中落，但没想到别有用心。他只是相信这是华太太高明的头脑中又一项计划，也是华太太精通人情世故的一次胜利。订婚的那一天，他向华太太说：“你把旗人的花园卖给了我，你又给我找了个好儿媳妇。我觉得宝芬很好，我得向你道谢。”

宝芬的父母既惊又喜，有王府花园的少主人做女婿，比挖到地下藏的宝物更可靠。即使挖到宝物，打官司也许还会输，徒落个坏名声。宝芬回到家里准备婚事时，她告诉父母和叔叔，不要再妄想原来那个掘宝的打算。她说："若是有宝物，我现在也不会偷走了。"她母亲说："找到个地下的宝物，不如找到个好女婿。"

但是阿非是那么个懒散的大好人，和宝芬相爱又那么深，婚后不久，宝芬决定把花园内地下可能藏有宝物的事，告诉阿非。宝芬虽然承诺过父母永远不把到姚家去做女仆的用意泄露出来，她终于还是暗中告诉了阿非。阿非大吃一惊，但是心里明白。

他问："你们若是找到，那该怎么办？"

"我也不知道。他们只是告诉我要找到那个地方儿。后来见你们家人都那么好，我实在不能做，所以事情就作罢了。"

宝芬深怕阿非会说什么话或是有什么行动，但是，出乎她意外，阿非却很高兴地说："事情好妙哇！若不是这种原因，我怎么会遇到你？不过，他们的宝贝已然丢了。"

宝芬听不懂，问他："你这话是什么意思？"

"我指的是你。他们没找到地下的宝贝，反而失去你这么个活宝贝，把他们最亲爱的活宝贝丢到我手里来了。"

宝芬听了好快乐，吻了阿非一下。

阿非问她："要不要让爸爸知道？"

宝芬说："不要，千万不要。我们娘家人就太没面子了。"

可是两个人还是抵挡不住寻宝的诱惑。阿非说："咱们怎么办呢？"

宝芬说："那儿有一块大圆石板。你就说你要用它做个石头桌面儿，摆在院子里，所以要掘起来。那时候咱们就知道下头有没有宝贝。"

一天，阿非若不经意的样子叫两个园丁跟他去，去掘那块大圆石板，大概有三尺见圆。把石板抬起来之后，看见下面有两个缸。

阿非装作和园丁一样惊奇，他问："什么东西？"

一个园丁说："一定是藏宝贝的。"

阿非下命令说："拿起来看看。"

两个缸都是空的，只有一个里头有一小块儿旧缎子，几块泥土，没有别的。宝物一定早被别人发现，大概是以前的主人，也许是他们的仆人。

阿非和宝芬非常失望，宝芬仍然站在那儿，眼睛不住看那个窟窿的底部。

她说："看！那儿还有东西！"

大家都往下看，看见在黄土里有三颗珍珠，像大豆子那么大，晶圆闪亮。工人下去捡起来，又翻土往下找。

一个人说："还有一个。"

最后一共找到五个同样大的，显然原来是一副，散在土里了。宝芬收起来这五颗珍珠，算是她自己的私房东西。

他俩告诉了姚先生。姚先生现在才明白了华太太介绍宝芬来到他花园做丫鬟的用意；但是装作不知道，只是说："你们运气不好。一定有人先掘去了，不然你们可以找到全部的宝物呢。"

他对阿非说："可是，阿非，一件宝贝你还不够吗？你娶了这么个好新娘，谁娶到她也该满足了。"

姚先生向宝芬微微一笑，宝芬也微笑谢谢公公。这就是掘宝的冒险记，到此为止。

阿非和宝芬的婚事匆匆完成，可以说是姚思安早想出外云游的全盘计划中的一步。举行婚礼的那天晚上，他对全家发表了一篇奇怪的训词。

他的腔调悲伤而平静。他向一对新人和舅爷、舅妈，以及三个女儿说：

"子安、辇儿、阿非、宝芬、女儿：咱们家最近事情是接二连三。你母亲现已去世，阿非宝芬已然结婚。我在人世对这个家的职责，已然完了。我在你母亲去世时为什么一滴眼泪也没流，你们大概会纳闷儿。

一读《庄子》，你们就会明白。生死，盛衰，是自然之理。顺逆也是个人性格的自然结果，是无可避免的。虽然依照一般人情，生离死别是难过的事，我愿你们要能承受，并且当作自然之道来接受。你们现在都已经长大成人，对人生要持一个成人的看法。你们若在人生的自然演变方面，能看得清楚，我现在就要告诉你们的事情，你们也不会太伤心。

“阿非，你和宝芬婚配，我看见很高兴。不要忘记她在你母亲临终的那段日子，伺候你母亲，可以说是在未嫁到姚家来时，就已经尽了儿媳的孝道。我要送你们俩到英国去。宝芬，你的本分是照顾我儿子，我把他交给你了。我把儿子的命运交给一位小姐照顾，也等于叫她照顾我们姚家的前途，还有比这项任务更重的吗？我信得过你，很安心。

“我告诉你们，我就要出外云游了。大家谁也不用掉眼泪。你母亲的丧事一完，阿非和宝芬也出发往英国去之后，我就要离开你们。不用伤心。世界上，没有父母会跟儿子一辈子的。十年后，我若还活着，我会回来看你们。不要想法子去找我，我会回来找你们。

“你们曾听见有人离家去当隐士。世人对人生只有两个态度：入世，出世。不要怕这两个名词。我和你母亲和你们，已经在一起生活了多年，看着你们长大，美满地结了婚。我们已经过得很快活，也尽了人生的本分。现在我可要松松心了。不要以为我去修仙。我若给你们讲些道理，也许你们不能懂。

“我要出外，是要寻求我真正的自己。寻求到自己就是得道，得道也就是寻求到自己。你们要知道‘寻求到自己’就是‘快乐’。我至今还没有得道，不过我已经洞悟造物者之道，我还要进一步求取更深的了悟。

“红玉自己有了她独特的了悟。你们要想她的好处。阿非，记住，她的死是为了让你快乐。除去至道，谁能注定事情会这样演变呢？”

这时候，红玉的母亲和阿非都很难过。女人有人低声啜泣。姚先生又接着说：

“阿非不在家时，莫愁木兰两个人要共同管理家里的财产，当然还得舅爷帮忙。详细办法以后再说。”

他说完之后，冯舅爷问他：“你要到哪儿去呢？”

“我不能告诉你。我知道你们会快乐，我也会快乐。”

冯舅妈，现在是家里最年长的女人，劝姚先生不要离开家，央求他跟大家还住在一起。她说：“即使你要修道，在家也完全可以过轻松自在的日子啊。”

姚先生说：“不行。办不到。在家，思家。这些道理我没法子对你说透。”

木兰和莫愁知道她们父亲那么镇静清楚地说这件事，是再不能劝他改变主意的了。他似乎计划这件事有好几年了。

由于母亲去世，父亲离家入山修道，木兰的生活至此告一段落。姚先生离开家，是在世之日，而非死亡之时。这使母亲的丧事更令人加倍难过，也使阿非夫妇离家往英国时对故园更是难分难舍。阿非和宝芬三番两次坚持延期起程，好和父亲一起多盘桓些日子。但是姚先生态度极为坚决，又把他的哲学向他们讲解，让他们看得更远一点儿，更透彻一点儿。

姚先生已经立了遗嘱。阿非是财产的继承人，和体仁跟银屏生的儿子博雅共同享有姚家的财产。博雅在未成年时，珊瑚代表他，但是阿非是一家之长。阿非不在时，木兰和莫愁共同代表他，和冯舅爷共同管理姚家的财产。姚先生一离家，三个女儿每个人都得到现款一万元，她们可以支出来用，也可以存放在店铺里，完全听其自便。

木兰想起在杭州开个商店的主意，这件事姚先生也做了安排。木兰须要拿出一部分自己的首饰，在自己的古玩铺里变卖，卖后的现款大概接近两万块，就用这些钱买父亲在杭州的一家茶叶店。木兰在杭州有了一家茶叶店，莫愁在苏州也有一家商店，那是原来给她的一份嫁妆。

阿非起程的前一天，和宝芬带了一篮子酒、水果、鲜花，到红玉的坟上去祭奠，坟在玉泉山附近他们那所别墅的后面。

他们是带着甜妹去的。在环儿解释之后，又告诉甜妹，阿非和宝芬的婚姻，是依照小姐的遗言办的，甜妹才算接受了这新的现实。有一天，她告诉阿非，倘若最后那天晚上红玉不告诉她阿非对红玉是真爱，她会永远不饶恕阿非的。

那是晚秋的一天，三个人出了西直门，向玉泉山而去。阿非和宝芬都穿着朴素，一看见红玉的坟，阿非控制不住了，甜妹和宝芬，看到阿非的悲痛，也和他一起哭起来。阿非跪在坟前，宝芬跪在阿非旁边，甜妹在石碑前摆放水果、鲜花和酒壶，然后在他俩后面跪下。

阿非把酒洒在地上，然后读祭文，祭文是宝芬帮着他写的。每句都是四个字：

鸣呼！红玉四妹。表兄阿非，来哭汝曰：
童稚之年，汝来我家，羞涩淑静，沉默无哗。
喜怒无常，青梅竹马，同窗共砚，惠我无涯。

少时欢乐，往事难追，同为孩稚，刘海齐眉。
什刹观水，见溺神摧，遽传凶耗，汝溺秋水。
汝我渐长，移住名园，春秋佳日，徘徊追欢。
寻捉蟋蟀，同放纸鸢，情怡心旷，福乐无边。
冬夜灯下，笑语声喧，汝谈诗赋，故事连篇。

馨香默祷，厮守终身，得蒙喻允，我幸何深。
卿竟卧病，探视不勤，误解滋甚，秋暮杀身。

卿今已矣，爱我何多，恕我愚蒙，祝我福乐，
我何能忘，遗言碧血。四妹红玉，汝其静听，

阿非前来，唤汝芳名，来享酒果，呜呼芳灵！

阿非精疲力竭，昏晕过去，站立不住，竟长伏于地上。宝芬和甜妹劝他节哀保重，扶他站立起来。他浑身瘫软，宝芬叫他日落之前赶紧回家，以免在秋风萧瑟里着凉感冒。

第二天，他夫妇起程往英格兰。宝芬的父母去送行。阿非向父亲告别之时，喉中梗塞，几乎不能成声。

阿非走了之后，姚思安剃去了头发，换了一件粗布长袍，向哭泣的家人告别。不许家人相送，说十年后再回来探望他们。于是拿了一根拐杖，走出家去，消失了踪影。

下卷

秋季歌声

故万物一也，
是其所美者为神奇，
其所恶者为臭腐，
臭腐复化为神奇，
神奇复化为臭腐。

——《庄子·知北游》

第三十五章 堕落无耻素云遭休弃 钻营有术怀瑜又高升

红玉死前不久，姚家接到一封信，上面的蝇头小楷是“敬呈静宜园主人”，信寄自安庆。信内自称是陈妈的儿子陈三，他在当地报上看过那篇小说。北京当时是全国文化中心，北京的周刊，或是大报的文艺副刊，往往全国地方报皆予转载。

陈三的信很简单。但是信内封有交他母亲的信则有一千多字长，略述他被抓服役的情形，描述他的逃亡，他服侍过的几个主人，他的自修读书，投考警察学校，说他现在在安庆当警察，每月薪饷银元八元。信内说如果他母亲来到姚家，请姚家念给他母亲听。信内还说他正打算辞去职务，一俟筹足旅费，就北上寻找他母亲，北上的旅费大概要三十元。

莫愁和立夫看完那封信，自然心情很激动。立夫觉得写了那篇小说，能有这样的结果，非常高兴，立刻给陈三电汇四十元，急切等待他到达，想知道陈妈这个儿子长成了什么样子。

环儿说：“看他写的这笔字，那么工整。他自己怎么下功夫自修的呢！现在很不易看见人写这种蝇头小楷的了。”

自从清朝废止科举，写这种小楷的人几乎已经绝迹。写小楷要有无限的耐性，可磨炼出人的耐性，每一笔都要合规中矩，写时要心气平和。说也奇怪，写小楷却在警界颇为提倡，凡是警察每日每月公事报告文字写得工整者，常常提升很快。

立夫说："他一月才挣八块钱，而且一定还拖欠。政府的职员挣四五十块钱的，还写不了这么一笔好字。他的文字里除去文言成语用得稍有小错儿之外，可以说是简单明白。"

姚太太去世之后没几天，陈三来到了姚家，这时大家正忙着办丧事。带他进去见到姚先生时，他向姚先生下跪磕头，拜谢姚家照顾他母亲。姚先生赶紧把他扶起，让他坐下，但是他却一直站在一旁。

他肉皮儿黑，个子高，前额大，嘴和下巴显得很端正。他穿的一身大衣裳是制服改的，扣子换了下去，警徽撕了下去。因为不能买一顶帽子，又不能戴原来警察的帽子，所以来时是光着头，头剃得光光的。他立得笔直，两个肩膀宽大而强壮。他的眼睛和五官，很像他母亲。说话是清清楚楚的汉口口音。姚先生说："你母亲不愧是个伟大的母亲。你为什么始终没给她写封信？"

陈三勉强抑制住感情说："我写过，不知为什么没能寄到。革命成功之后，我正在湖北，我又寄了一封信。信退回了，上面写'查无此人'。我本想回家，但是没有旅费。我想我每一封信都退回，我母亲也许已经去世。"

姚先生说："我们想办法帮着你找她。你就住在这儿好了。"

陈三为人沉默寡言。他即使思念母亲，也不形之于外。又有人把他带到立夫的院子里，立夫、莫愁、环儿正等着看他。

莫愁问他："你把你的遭遇告诉我们，好不好？"他说："少奶奶，这话说来可就长了。在军队里，我扛几十斤重的东西。那时候我很年轻，一天要走一百里地……我生过病，又好了……腿都肿了，有一个礼拜，没有饭吃，没有事情做，躺在山坡上等死。后来一个村里的女人给我饭吃，给我地方住，她救了我……我病好了之后，到汉口去拉洋车。后来走了一步好运，有人雇我去给私人拉车。几个月之后，那位好心肠的老爷搬到别的地方去，我又换了几家主人。后来我决定独立生活，考了警察。”

“你成家没有？”

他回答说：“没有。穷人哪有工夫成家。”然后他问：“您有没有我母亲的相片？”莫愁说：“没有。”他显得很失望，沉默了一下。莫愁很留心，没把他母亲给他做的那包衣裳给他看，恐怕他太难过。但是环儿站起身来，一句话也没说，走到后屋里去，把那一包衣裳拿了出来，一直走过去和他说：“这都是你母亲给你做的衣裳。”

环儿的声音有点颤抖。这位穿着讲究的小姐站得离他那么近，陈三站着怪不好意思，也一时弄不明白情形。环儿解开包袱，看了他一下就走开了。看见母亲给他做的这衣裳（这在小说上已然看到过），陈三突然放声大哭起来，简直就像个小孩子，眼泪竟把衣裳哭湿。立夫和莫愁大受感动。过了一会儿，莫愁才勉强说：“你母亲老想打听你的下落，好把衣裳寄去。你要好好收存这些衣裳。”

陈三勉强收住眼泪，他说：“我一定永远不穿。”

环儿又不见了。他们听见隔壁屋里有哭泣之声。莫愁看了看立夫，脸上显出十分惊异的神情，但是继续说些别的事情。

立夫说：“你愿不愿在我们这儿做事？我们会给你假去找你母亲。你总得有个地方做事才行啊。我知道你不愿意当用人。”

陈三说：“我母亲在您这儿做过事，只要您让我在这儿，我做什么都可以。您让我做什么我都感激。我母亲也许会回来的。”

立夫问他看文字的能力如何，有意给他个书记的事情做。

但是陈三自己说愿看守花园儿，因为他枪法好，是个神枪手，在警察大队射击比赛他得过奖，虽然姚家不需要这等人，姚先生还是答应了。

陈三回到老家村子里，回来说他母亲一年以前回去过，但是不久又走了。在白天，平常他没有什么事，因为人勤快，他就去问莫愁有什么事要差他去做。立夫就给他书看，有时候叫他抄稿子，但是告诉他不要太费事像绣花那么精细。

陈三一直没找到他母亲。他面色沉重，不但不肯把母亲做的衣裳穿在身上，连同样蓝色的布也不肯穿，后来他一生一直如此。他买了一个很贵的皮枕头套，大概有两尺长，是抽大烟的人在外出时用来既做枕头又装烟枪的。陈三在里面装几件衣裳，夜里枕在上面睡。在晚上，他不值班时，发狠用功，熟读立夫借给他的书，就在夜里曾经照过他母亲缝衣裳的灯下读，仿佛他是故意折磨自己。那个灯是环儿给他的。现在在进院子的门口一间小屋子里，他挂了两尺长的一副对联，他自己用工楷写的，是普通常见的两句：

树欲静而风不止

子欲养而亲不待

陈三焚香敬书

他有时候心里想一下给他这一包衣裳的小姐是谁，后来发现是立夫的妹妹。他在莫愁的院子里遇见她时，她总是和他说话，但是陈三则尽量躲避她。莫愁和立夫说，自从立夫发表了那篇小说之后，环儿显得比以前沉静，而且拒绝母亲为她安排婚事，实际上她已经二十二岁，早已到了结婚的年龄。她似乎常常若有所思，神情沮丧。在她没见到陈妈的这个神秘的儿子之前，在想象中显然对他已有好感，现在见到了他，也并没有失望。

另一方面，陈三对哪一个丫鬟都不轻薄，不调情，他简直就像一个痛恨女人的男人。莫愁后来才发现，陈三在汉口时，有一个丫鬟追求他，为躲避她的献殷勤，只好辞职不干。

次年春天，暗香常常愁眉苦脸，喜怒无常。这种变化还有一些别的情形，自然逃不了木兰尖锐的眼睛。

暗香的地位当然不止于一个丫鬟。甚至于桂姐和曾太太也知道经亚喜欢她，而素云现在实际上已经不能算是经亚的妻子，家里已经承认了这个新形势，因为总比经亚到外面去寻欢取乐好。暗香现在由于接触渐多，富家女儿的行动习惯她也学会了。她而今快乐而满足，经亚有时候还觉得她够美的。她现在穿得好，只是在平常日子不敢太讲究耳环手镯，衣裳也不敢剪裁得像小姐的衣裳那么好，因为习惯是这样，丫鬟模仿小姐的衣服，只要够新式就好，但不可至于争奇斗胜的程度。穿高跟鞋，那时只是贵妇的特权，北方的女仆不可以乱穿。暗香总是穿一件长袖子的褂子，用以遮住左胳膊上一块烫伤的红瘢痕，那是以前一个女主人用热烙铁给烫的。又由于木兰的做法和地位，全家对她或和她说话，几乎像对姚家的小姐一样。但是她仍然是个丫鬟，从来没有想过自己不是。由于她过去受苦的经验，最初来此过温和舒服的日子，颇觉不安。渐渐习惯于新环境之后，才开始接受人与人之间正常的礼貌和相互的尊重，不过仍然觉得自己还是有点过分。对自己社会生活上地位的提高，她十分喜欢，于是便表现出乐于取悦于人，而自己对什么事情也诸多满意。因此上等社会那套人情世故矫揉造作，她一直学不会。再者，由于过去一向坐惯了末座，而今只要再往上升一个座位，也就十分快乐了。

经亚对她的殷勤，特别讨她欢喜。自从经亚回家之后，木兰就问他是否已经找到一个“山地姑娘”。因为他对素云越来越冷淡疏远，也就越来越喜爱荪亚和木兰，对他们俩那种生活思想，也渐渐看出其中的道理而乐于接受了。一天，木兰暗示暗香做他的妻子很近乎他的理想。经亚便把这个意思看得十分郑重，开始对暗香表示几分情意，觉得暗香的淳朴老实和太太素云正好是个鲜明的对比。暗香，按传统习惯，早就该结婚了。这个问题不但暗香自己挂在心中，连木兰也始终把它当成一件心事。

最后，追求得太露形迹了，锦儿开始把暗香叫“山地姑娘”来向她取笑。

一天，桂姐对木兰说：“我看经亚对你们暗香很好。”

木兰未置可否，只是问了一句：“妈知道吗？”

桂姐说：“那一天，妈对我说这件事。你知道她说什么？她说：‘经亚真可怜。当初不应当给他成那门子亲。现在连个人照顾他都没有。他若认真的话，应当再娶才是。暗香人看来老实忠厚，很容易知足。比在外头娶一个咱们不认识的小姐好。’老人家也很通情达理呀。”

“爸爸怎么个看法呢？”

“他还不知道。”

木兰说：“素云怎么样？情形并不简单吧？”

桂姐说：“俗语说：‘男大当婚，女大当嫁。’我的意思，既然已经开始，就应当有个结果才是。暗香这个女孩子很好，值得要，别叫别人抢走了，还是咱们自己弄到手吧。我说这话并不是因为我当初也是丫鬟的缘故。丫鬟不也是人吗？我对老爷去说。暗香若是不应当嫁给少爷，我当初也就不应当嫁给老爷了。并且，经亚又没有儿子。这条理由也就够了。老爷若是答应，素云也只好服从。谁叫她不给曾家生个儿子呢？不过，这件事不到时候不能泄露出去。”

等暗香由偶然的关系找到了自己的父母，事情又弄得麻烦了一点。暗香是六岁时被人拐卖的，小孩子时期一直受苦受折磨，她早忘记父母，连自己的姓都忘了。一天，和木兰到城南游艺园，她经过了她童年的记忆中的那一条河沿，上面横架着一座小石桥，岸上的百年老树，枝柯低垂，阴影映在一个黑红两色的门上。暗香叫拉洋车的车夫停下来。她下车向四周围打量，头脑立刻想起童年在此玩耍的那片地方。她深信童年时在那小石桥上玩耍过——她记得那石头栏杆和石板，记得非常清楚。低垂的树枝、树桩子、大门、门台阶，楣石上面隆起的瓦的花纹，这一切都那么熟悉。她心惊肉跳，向木兰喊：“这是我家。我以前在这树下，在这桥上玩儿。一点儿不错。”

她们一看门牌，姓舒。

暗香喊起来：“对了，对了！我们家姓舒。现在想起来了！”

她觉得很想一下子冲进去，但是激动得浑身颤抖，不敢进去。她叩门，转身向木兰说：“若不对怎么办？”

一个年轻的仆人打开门，暗香转身看了看木兰。

木兰问：“请问这一家是姓舒吗？”

仆人看了看这两位女子，觉得是上流人物，回答说：“是姓舒。您有什么事？您找谁？”

暗香怯生生地说：“您这儿若是舒家，我想找舒先生。”

木兰说：“我们的情形，你告诉他好不好？这位是舒暗香小姐。她要找她的父母。麻烦您进去问问舒先生，他们是不是丢过一个叫暗香的女儿。”

门于是关起来。暗香心里七上八下，觉得等了好久。

不久，门又打开，出来的是一位弯腰驼背头发雪白留有长须的老先生，戴着眼镜。他仔细看这个成年的小姐，似乎无法确定，暗香也不认识那位老先生。

老者问：“贵姓？”

“我的名字叫暗香。您丢过一个叫暗香的女儿没有？是十几年以前的事了。”

“你今年多大？”

“我二十岁。”

老人想了一会儿，在感情激动之下说：“你就是我的暗香吗？”

他犹疑了一会儿，然后伸出颤颤巍巍的两只胳膊把暗香抱住。

老人说：“我的孩子！”他转身向家里人喊，叫他们出来。但这并不必要。一个年轻男人和一个年轻女人已经飞跑出来，只见老人和那位小姐正在一齐哭。

老父说："这是你哥哥。这是你嫂子。"暗香像陌生人一样向他们行礼问好。

暗香问："妈在哪儿？"

父亲说："你妈……她死了，三年了。"

木兰带着女儿阿满站在一旁，这时舒家请她进去坐。父亲在前带路，手里还拉着女儿的手，好像恐怕再丢了。

双方情形互相告知，但是分别太久，说起话来，还是如同陌生人。木兰已经知道暗香家里的情形，不久就站起来告辞，她说："我要带着孩子回去了，以后锦儿可以照顾她。"

暗香问："我什么时候回去？"

木兰很温和地告诉她："你今天庆祝骨肉团聚。有什么事情，明天回去告诉我。"

第二天，暗香回去，把她家的情形告诉了木兰。

木兰很急切地问她："现在你还愿帮我们做事吗？"

"我也不知道。我家好像对我那么生疏。哥哥嫂嫂似乎不喜欢我回去。"

"你若愿意，回去待个十天八天的，看看情形再说。阿满现在也不太需要人照顾了。我也可以看着她。"

暗香回家去，过了十天又回来，说她还愿意伺候少奶奶。母亲既然死了，现在那也不算什么家。她父亲只剩下她哥哥那么个儿子。父亲年老，嫂子虽然能干，人很坏，她管家，暗香回去，她很烦恼。

暗香说："她对我父亲也不好。那天晚上父亲说要多做几个菜，她说临时来不及。我父亲说至少吃一顿面，她做了面，但是在厨房嘟嘟囔囔地抱怨。父亲一边流泪一边告诉我，说儿媳妇不孝顺。我哥哥听说我还没嫁人，他显得很不安，后来说我出嫁还得花钱。"

木兰问："你们家日子还好过吧？"

暗香说："他们有点儿产业。因为父亲年纪太大了，钱都由我哥哥掌管。我父亲眼睛不怎么好。他们想给他吃什么，就给他什么。我们这儿的丫鬟也比他们那儿的主人吃得好。”

“你父亲说把你怎么样呢？”

“他说给我找个好人家儿嫁出去。”

“你是不是叫你父亲给你安排呢？”

暗香说：“不。”语气很重。

“你怕不怕素云？”

“有时候我想孤身一个人，也比睁着大眼跳火坑好。不过二少爷若是待我真好，那就又不同了。”

所以暗香还照旧和木兰在一起。暗香的父亲常来看她，她哥哥从未来过，这样把她摆脱开，心里还高兴呢。

两个月之后，木兰看出来暗香常常精神不安，身体也像有点儿小毛病。她怀疑出了什么事情，于是对她说：“暗香，你怎么回事？”

暗香无精打采，叹了口气。

“告诉我，是不是经亚？”

暗香羞得用手捂住脸说：“少奶奶，您得救救我。我不敢拒绝他。”

“他说没说要娶你？”

暗香点了点头。

“他说什么？”

“他说二少奶奶不算他太太，他很寂寞。他说我若愿意，他愿娶我。我没办法，我怕我父亲把我嫁给别人。”

“那就可以了。他若跟你站在一块儿，你就用不着怕素云了。太太和桂姐都跟我说过这件事。二少奶奶也没有生孩子。太太赞成，老爷也就赞成了。”

暗香这才抬起眼睛来，显得心里一块石头落了地。她恳求说：“少奶奶，我的身子现在是他的了，这种事情不能只说不算。您一定要帮助我。太太老爷若反对，我这条苦命也就不要了。”

木兰说：“不用怕。我已经和桂姐商量过了。”

“我一辈子对您感恩不尽，但是还得求少奶奶保守秘密，不要让别人知道。即使锦儿也别叫她知道。”

“有多久了？”

暗香说：“一两个月。”又低下头。

木兰说：“事情得赶紧办。”

经亚和暗香的私房韵事，还有经亚和素云的疏远，在经亚对他的大舅子牛怀瑜的态度上，也可以看得出来。经亚返抵北京之后，在水利局做事，他已经和怀瑜以及怀瑜那个圈子断绝了来往，这很使素云失望。由于大局的突然转变，怀瑜已经失去官职。袁世凯这位大总统一死，莺莺在袁世凯六姨太太那儿下的功夫，连根烂掉。倘若怀瑜在袁世凯图谋恢复帝制公开之时，不远在山西，他一定会跟那群拥袁称帝的人一齐垮台。袁世凯一死，怀瑜不管是在公开或私下，都大骂他，说他是个野心勃勃的老贼，既不懂得时代精神，又昧于“民主势力”。安福系得势之后，怀瑜和交通总长曹汝霖勾结上，在交通部担任参事之职。因为那正是安福系大权在握之时，所以怀瑜同时兼了三四个差事，每月薪金能领到一千五百元以上。

他尚不以此为满足，他另有更大的野心。他看出来，在那种混乱时期，耍枪杆子领大兵的人才有实权。只有和军阀秘密勾结，他才能做到一个省长之职，才有权有钱。在统治阶级看来，中国各省仍然算得上“富”，也就是说有油水。直接统治一省，比在北京政府当差自然要好得多。在偏远的省份如热河能搜刮到几千万银元，这些老百姓是很少知道的。

所以怀瑜和莺莺开始在身居天津的一位吴将军身上下功夫。那位将军迷于莺莺的美色。有人说怀瑜曾经正式把莺莺献给吴将军，充当将军的情妇，这也是传统的政治策略；有人说莺莺仍然是怀瑜的妻子。不管怎么说，也没有什么关系，因为莺莺做了吴将军的情妇是公开的，坐着吴将军的车一同出去，并且在吴将军家一住就几个礼拜。这种丑闻有一种威吓作用。素云在这件事情中也有牵连，不过地位不太明显罢了。

这时候，中国正在酝酿一次政治风潮，起因是一个反对安福系的学生运动。

安福系的组成分子全是极其活跃的政客，贪婪诡诈，肆无忌惮，其个人则颇有才干，令人感觉愉快。在安福系短短的大约两年执政当中，种种举动措施，无不令人痛恶欲绝。在中国现代史上，安福系与贪污无耻，是合二为一的名称。王克敏做财政总长时和日本西原藏相达成的西原贷款案，便是一例。后来在民国二十七年，日本在沦陷的北平成立的华北政务总署，就是以王克敏为督办。这些借款，是以合法的建设方案，如修铁路、开矿、饥馑救济、疫病防治、购买军火等名义借来的，但是政府仍然是穷，各机关中小学校、大学、驻国外的使节，常常欠薪。每一笔借款都是增添新机构的借口，用以安置政府官员无数的儿子、弟兄、侄子、外甥，以及他们羽翼之下的那群人，而这群人中许多人在别处兼职，拿干薪，不上班。

但是新文化运动已经产生了功效。中国青年政治意识的觉醒是一个明显的标志，他们对北京统治阶级和那个政府分明采取反抗的态度，因为那个统治阶级和他们的政府，还是本着“当一天和尚撞一天钟”的老样子，对全国没有威信，对政治的分裂、财政的混乱，提不出解决的办法，最坏的是，对中国不抱希望，对自己无信心。

在民国八年五月四日，有三千学生在北京的大街上整队游行，烧毁了交通总长曹汝霖的官邸，痛殴了一个亲日官员，促成了全国罢工罢市，要求改组内阁，并撤换中国出席凡尔赛会议的代表。那一天可以算作中国青年直接参与了政治事件，并影响了国家的命运。

这个运动的中心是要求日本把山东交还中国，因为日本在第一次世界大战中攫夺了青岛。由于此“五四”运动的影响，在凡尔赛会议上山东问题遂悬而未决，后来，民国十年，在华盛顿会议上才解决。中国虽然在欧战期间派有十万华工到法国，虽然中国是英法的同盟国，但是英法在一项秘密条约中，却答应把山东归于日本的势力之下，中国是被英法两国出卖了。同时在安福系政府和日本之间也订有同样的协定。一年前，以西原借款方式，日本的钱好像金蚨自天外飞来，落入安福系政府的手中，日本外相要挟中国驻日公使章宗祥把山东的势力让予日本。为了日本的两千万贷款，安福系政府已经同意，中国驻日公使已经在条约上签上了“乐于同意”四个字。等这个秘约在凡尔赛会议上泄露出来，中国代表团自然无话可说。

这个卖国消息从巴黎由电报打回中国之后，全国对安福系的首脑人物，尤其是曹汝霖、章宗祥，以及另一个前驻东京的中国公使陆宗舆，当时他正任中日外汇银行经理，群情激愤，怒潮遂起。

在五月三日，北京公布了消息，说山东已经卖给了日本，安福系政府已经打电报到巴黎，给凡尔赛会议的中国代表团，命令代表团接受将山东让予日本的条款。当时本来就有一个庞大的学生游行示威运动在计划中，原定七日举行，警察正在逮捕学生领导人物。一个姓钱的女生被捕，促使领导人物决定改变日期，提前于第二天举行。第二天下午一点钟，学生自十三个学院、大学出发，在北京天安门前集合，另外还有别的学校的代表。学生扛着旗帜标语，标语写的是：“打倒卖国贼！”“讨回山东！”“废除二十一条！”一个姓谢的学生，走到讲台上去，当众咬破手指，用血写在白旗子上：“还我青岛！”

这个示威运动，表面上竟成了卖国贼曹、章的出丧大典，因为有一对白旗子，像丧礼的挽联一样，上面写的是：

决心媚外，章贼头颅今有价

卖国求荣，曹家后代碑无文

游行的大队原先计划通过使馆区东交民巷，但是商请通过，未得允许，群众受挫折后，如洪波巨浪，涌向曹汝霖的公馆。当时曹汝霖正和章宗祥讨论进一步的中日协商问题，章宗祥当时受召自东京返国，即将升任外交总长。曹家公馆警卫森严，大门紧闭。有的学生爬墙进去，警卫人员颇受学生爱国热情所感动。后门终于打开，曹汝霖已经逃走，章宗祥则藏在院子里的一个木桶里，被学生发现，揪了出来，由他的日式胡子泄露了身份，遭了殴打。群众没能找到首恶，失望之余，打碎了曹家的门窗家具，纵火烧房。

当时，傅增湘先生正任教育总长。因为教育部没有钱，又有许多学生问题，所以教育总长一职是内阁中最不受欢迎的差事，因此才留给安福系以外的人去做。群众散去之后，三十二个学生被捕。当时谣传被捕的学生将处死刑，北京大学将予解散。保释学生的商谈失败后，傅先生和十四个大学、学院校长呈请辞职，学生终于释放。

事件的发展，证明学生全部胜利。这个运动转眼风靡全国，各主要城市的商会也激起爱国的热情，于是形成了全国罢市。在六月十日，声名狼藉的曹、章、陆三人遭政府撤职。在二十八日，中国派赴巴黎的代表团撤退回国。

曹汝霖自住宅逃出后，住入六国饭店，牛怀瑜前去探望。在全国怒潮澎湃之下，曹汝霖和其他人等，决定到天津日本租界去躲避。怀瑜和他们一齐去日本租界，他自然心中别有所图。素云和莺莺不久之后也跟了去。经亚问他太太素云为什么要去，素云回答说："你不用管。"

素云离开后，第二天，她的异母同父的妹妹黛云来看木兰。黛云现年十七岁，现在和自己的父母一同住在北京。有一件事看来很怪，就是她父亲牛思道，在六十岁的年纪，竟而遗弃了他太太，拿了自己大部分的钱，不顾他太太的反对，公然和黛云的母亲福娘住在一处。福娘自然比他年轻得多。黛云则是一个极端维新的女孩子，是民国十年左右那一代典型的性格。那一代腐败官僚的儿女，有的效法父母那种榜样，有的则完全成了父母的叛徒，毫不妥协地斥责父母的生活方式。受了当时青年的热情的激励，黛云痛斥旧官僚的生活和家庭的腐败，正像从那种生活的内部揭起了叛逆的旗帜，具有十分彻底的自信。因为当时把家庭关系看作“封建”观念，所以她批评父亲、母亲、同父异母的姐姐、她的嫂嫂、她异母同父的哥哥怀瑜，无不万分地坦白。她父亲本质上，她认为是纯洁天真，但是她承认她家的钱是不义之财，她父亲就是那一大批贪官污吏中的一个，一旦革命到来，是应当枪毙的。她说话声音粗，不像高贵妇女的声音。她留着短发，穿着白上衣、黑裙子，长得刚过膝盖，完全是当时女学生的装束。木兰听她说话，就犹如听一个使人无法置信的家庭传奇。

黛云说：“哈！我哥哥听说章宗祥被我们学生痛打，他自己藏到屋里去，把门插起来，头都不敢往外伸。第二天早晨，曹汝霖叫他到饭店去看他，他把小日本胡子刮掉，化装改扮之后才敢出去。你知道曹汝霖和章宗祥都留有日本仁丹胡子，所以章宗祥藏在木桶里，我们还是认得出他来。我哥哥到家之后，他告诉我嫂嫂他们也许有危险。”

木兰问：“哪个嫂嫂？太太，还是姨太太？”

“当然我指的是我嫂嫂。那个我就叫她莺莺。因为我也参加了示威运动，我哥哥结结巴巴地骂我，那个样子，可惜你没有看见。他说那些学生什么都会做得出来，他们应当到六国饭店才安全。你知道他一激动起来，结结巴巴地说话时，那个样子完全像我父亲，大嘴唇一上一下地动，就像一条鱼——我们全家都嘴唇大，我也是……嘿，他唾沫飞溅着结结巴巴地说，我就坐在那儿，不言不语，微微发笑。后来他转过来对我说：‘你们男女学生不好好儿念书，对政府毫无敬意！’我说：‘对卖国的政府，我们当然没有敬意。我们若把山东卖给日本，你们赞成不赞成？’我极力和他辩理。他又跟我说：‘你们哪儿懂政治！’我说：‘至少，我们知道卖国总不是对的。只有黑良心的才赞成把山东送给日本人。’他更恼怒起来，他对我说：‘都是你们女学生——在街上和男生一齐游行，看着和娼妓一样，真是无耻。’我立刻还回去说：‘你们当然认为女学生在街上爱国游行是无耻。可是，我不是天津妓院里出来的呀。’可惜你没看见莺莺的脸变了色，而我嫂子瞪着大眼望着我！”

木兰问：“你也敢说那种话？”

“我怕什么？他不敢把我怎么样。我不要他的钱花。我也不想当阔家小姐。我自食其力。对莺莺我完全不在乎。因为不叫她嫂嫂，我就叫她的名字，只有她怕我。”

木兰问：“莺莺和吴将军的事情你知道不？是不是真的？”

黛云回答说：“嘿！他们叫我们共产党，共妻共夫。我哥哥和吴将军才是烂透了呢，因为他们俩共一个妻。北京、天津人人都知道，我用不着保守什么秘密。他把莺莺献给吴将军做姘头。吴将军不要莺莺的时候，他才和莺莺在一起。莺莺还以此自鸣得意。一天，我哥哥在我和他太太面前，他告诉莺莺说有朋友问他这件事。你知道莺莺说什么？她说：‘由他们去说。他们是嫉妒。好多名女人都想得到吴将军的垂青，可惜还办不到呢。’一点儿也不错——你是不相信——吴将军还邀他和莺莺一齐到吴将军家去吃饭呢。吃完饭，我哥哥找个借口微笑着离开，叫莺莺留在那儿陪着吴将军打牌，然后一起过夜。去年春天，她在吴将军家过了七八天。那是开头。”

木兰问：“你相信素云也纠缠在里头吗？你可以把真实情形告诉我，你我无话不说。我必须顾及我大伯子的名誉。”

黛云说：“那个我不知道。我知道她们在天津是一块儿到吴将军那儿去的。”

“你嫂子还在北京住吗？”

“是啊，她在这儿，和孩子们看家。倒是没人管她。”

木兰觉得牛家这个小叛徒好有趣，告诉她有空儿常来串门儿。

那个时代的中国，就是如此。到底是老一代的迷惑，还是年轻一代的迷惑？实在不易确言。一切价值标准都告崩溃。老一代腐败而无能，少一代反叛而欠教养。老人对中国，对自己，都失去了希望，少一代对将来则抱有无限的热心。年轻的一代若没有权利抱有希望和热心，谁应当有呢？他们把一切都抛弃之后，自己似乎不成熟，粗野欠修养。他们确实是缺乏教养，不过有热血，有良心。

“五四”运动只是好多学生运动的开始。以后，每逢国家有危难，政府里心已经变凉的老一代人的措施，一触怒了热血的青年，就有学生示威运动。老一代总是抱怨年轻人不努力求学，少一代则抱怨老一代治国无方。老少两代之间的冲突越发强烈，老一代苛酷的讥诮，自然而然会引起少一代的反叛不服。这种情形一直到民国十六年国民党利用青年的爱国热情的伟大力量，推翻北京政权革命成功为止。

但是改变木兰和我们这个故事中其他人物的生活的，也是这样的一个学生运动。

木兰必须把莺莺的丑闻和立夫、莫愁说，这是势不可免的，而且黛云仍然是常到王府花园来探望他们。

立夫问：“你哥哥为什么干这些事情呢？他日子过得蛮好嘛。”

黛云说：“他？”这个字用强势的鄙夷腔调儿说出来，“这些狗官若不弄到百万千万，是一辈子不满足的。穿长袍的要依靠着系皮带的。他现在还想发更大的财，打算凭裙带关系当个军阀的小舅子呢。”

她问立夫：“你能写，为什么不揭发这种妖魔鬼怪的丑事呢？”

莫愁对立夫说：“你要小心哪。”

立夫说：“我不怕。全国都恨死这一批人了。”

莫愁说：“但是很多安福系的人现在还当权呢。他怎么也算咱们一个亲戚。”

黛云说：“你太封建。他也是我异母同父的哥哥呀。”

立夫问：“你真正不在乎吗？”

“在乎？我会供给你一切资料。”

木兰看着，一言未发。

莫愁说："按道理，这些狗官，应当全部揭发他们的黑幕。可是他是咱们的亲戚，应当宽容他一二，而且不能用你的真名实姓。还是让别人去写吧。"

立夫说："这些狗官若不给他们个当头棒喝，他们是有进无退的。"

莫愁说："你是生物学家，为什么不研究昆虫，为什么不用你的显微镜？"

立夫说："昆虫？我只知道有两种虫子。第一类，是军阀的小舅子。第二类，是想做军阀的小舅子还没做成的。这些都是我的虫子——这些寄生虫快把中国吞吃完了。"

木兰说："立夫，你是少见多怪。那种寄生虫哪儿都有。你知道一个接受法国政府的勋章的'伟人'吧？他就是凭送给袁世凯一个妾才平步青云的。"

立夫说："那又不同。他不是把自己的妾送呈御用的。他只是知道袁世凯喜爱那个妓女，买到手送给老袁的。这不一样。他还不算那么无耻。"

莫愁一看立夫还不能就此止住，只好打圆场，以妥协结束。

立夫写作时打算用一个笔名，只把真名字告诉编辑。怀瑜、莺莺，以及吴将军的名字，巧予隐秘。莺莺的名字改为"燕燕"，因为莺莺燕燕常用以指一群打扮得花枝招展的女人。"怀瑜"改成"卞宝"，因为古时卞和发现了一块巨大的宝玉。

立夫写了一篇故事，由陈三誊写。他模仿旧小说说书人的风格，着意描写莺莺的风骚丑态。也并没有说明是小说或是真实故事，因为莺莺在此小说里的特点是很容易辨认得出的。怀瑜的仁丹胡子提到了好几次，也分明说到他是卖国贼曹某的狗腿子。

这篇小说在北京的报上登出来，有些读者猜想"燕燕"就指的是莺莺，有些人一看就立即认出来。

莺莺把这篇小说拿给吴将军看，怪得很，吴将军大笑。莺莺说："这篇小说真讨厌！”吴将军说：“这篇小说上对你的美丽迷人，可恭维得很呢。”吴将军觉得小说上把他写成一个风流人物，那样年岁还能和少妇闹风流韵事，对此颇为沾沾自喜。他说：“我看这篇小说上没有什么可以反对的。只是一篇小说嘛，有什么关系。”

这一揭发，最恼怒的是牛怀瑜。他觉得若公开采取行动，反为不美，因为等于自己承认是小说中的卞宝了。他给北京一个同僚写了一封信，让他调查清楚，并要编辑道歉，至少编辑要声明那篇小说纯属杜撰，对当代人绝无含沙射影之意。他的朋友把这件事一笑置之，并没采取什么行动。那个朋友问编辑作者是谁，编辑因为是立夫和傅增湘先生的朋友，拒绝相告。他说怀瑜若自己一定以为是卞宝，他可以控告他们毁谤他的名誉。怀瑜若一控告，一定要显露自己身份，反倒越描越黑。并且那位编辑有傅增湘先生的后台，傅先生虽然已辞去教育总长，自然还不乏有势力的朋友。怀瑜痛心疾首，但是毫无用处。他怀疑黛云与此事有关。几个月之后，怀瑜发现了真正的作者是谁，起誓要报复。

这时候，在北京有很多“通讯社”，成立的目的是专向政府机构每月领津贴，事情是不做，其存在的目的只是正常合法地勒索，所有政府的首脑人物，都愿意和他们保持友好的关系。每一笔向日本借到的款项，虽然不啻是北京政府财政沙漠上的甘霖，那些通讯社也都得到好处，因为政府这项“油水”得向各机构善加分配才成。有的只要有津贴就领，不管是什么来源，甚至从敌对的政治派系处来的也不管。安福系的敌对方面也有一个这种通讯社。一看见孔立夫的小说，那家通讯社仿佛看到一个给曹章集团严重打击的机会，于是印了一篇类似的小说，就用牛怀瑜和莺莺的真名字，但只是说“某”将军。怀瑜在北京的朋友事先风闻此事，因为这件丑闻已然成为大家茶余酒后的闲谈，那位朋友想贿赂那家通讯社，但被拒绝了。

第二天，北京很多报上都登出那篇故事。在故事里，怀瑜的妹妹素云三次被提到，都是名声极坏的角色。将军此次真正发了火，在被劝促之下采取了行动。事情闹大是没有好处的，但是必须采取惩罚行动，以满足他们复仇的愿望，并给将军增加几分面子。吴将军不能直接要求段祺瑞去办，因为他是奉系的人，并且奉系和直系的军人当时正联合反对段祺瑞的皖系。但是他给北京警察局写了一封私人性质的信件，要求将那家通讯社查封。吴局长属于安福系，他采取了行动。那家通讯社果予查封，但是对那位编辑则没有害处，因为他立即换了个名字，又成立了一家通讯社。这事唯一的结果就是街谈巷语多了新材料，莺莺的丑闻则全国皆知了。

素云牵入这件丑闻，立即有了影响。黛云来了，告诉她父亲在报上看到这个故事时的情形。

"他正看报上那个故事，越往下看脸越白。那时候，我正和我妈在一间屋里坐着，因为我们刚吃完早饭，我们已经看完那份报，所以已经全知道了。我说：'爸爸，这家报上也有这个小说。'他不想看，他嗓子里吼了一声，把报扔在地下。他说：'看你哥哥和你姐姐做的事吧！咱们家多么难为情！这是莺莺做的，不是怀瑜，我知道。'他看见我还在微笑，瞪着我说：'坏东西，你还有什么好笑的？'我说：'爸爸，我们自己也得反省一点儿。我哥哥跟着汉奸曹汝霖干，也不是件有脸面的事。'我爸爸问：'你怎么知道曹汝霖是汉奸？'我说：'全国人都说他是汉奸，他当然是汉奸。'我爸爸向我狠狠地看，一句话也没说。我又想法子平平他的气，我说：'您的孩子也不都是坏的呀。我若当军阀的姘头，您赞成不赞成？'他好像感到意外，对我说：'当然不赞成。为什么问这个？'我回答说：'我是跟您开玩笑。您总是说我哥哥我姐姐都像他们的母亲。'他说：'是啊。都是那老婆子的功劳，与我没有关系。'他恨怀瑜和素云的母亲。他又接着骂他那老婆子。我妈和我静静地坐着，听着他骂。当然我妈听了心中欢喜。"

这件事影响经亚更深，因为直接害到曾家的名声。

经亚来问荪亚和木兰："谁写的那篇小说？"

荪亚说："那谁知道？"木兰默不作声。暗香也知道作者是谁，但是没说什么。

经亚说："我想写的人是立夫。"

木兰问："你怎么会这么想？"

"我觉得，他一向很恨怀瑜。"

木兰说："即便是他写的，里头也没有关于二嫂的事啊。"经亚说："不用怕。从现在起，我与她毫无关系。我想在报上登一个启事，断绝我们的夫妻关系。"他向暗香看了一眼，暗香低着头，流露出胜利的微笑，她的开心实在无法掩饰得住。但是荪亚说："二哥，这件事，你必须得到父亲的同意才行。我们一直费尽心思瞒着他。不知道他老人家听到之后会怎么样。他病得那么重。"

木兰说："这个很难。他若知道咱们曾家的名声都受到了牵连，他会和素云断绝关系的，那正合乎你的打算。在另一方面，他病得那么厉害，这件事会加速他的末日来临。但我们若不让他知道，以后他知道了，他会怪罪咱们瞒着他，因为这和咱们家的名声有关系。"

经亚说："这一步早晚要走的。我若不和那个婆娘一刀两断，她会把我拖累得更要命。我到办公室去，怎么有脸见同事呀？我要和她离婚，然后要娶暗香做正式妻子，不是讨她做姨太太。"

暗香听到这话，走出了屋子去。木兰想起来，这件婚事不能往后拖得太久。

木兰说："暗香也是好人家的女儿，你应当把她明媒正娶，最好跟妈和桂姐商量一下。"

经亚去见母亲，说他要娶暗香做妻子，要和素云离婚。曾太太知道报上揭露了素云的丑事，曾家的名声很受影响，而且，虽然木兰关于暗香的情形一字未提，她也怀疑暗香有点异样，恐怕是出了什么事。她想要使曾家的名声免于这件丑闻的破坏，于是她和桂姐决定叫丈夫知道这件事。

曾太太这时在床上的时候居多。说来也怪，虽然她身体软弱，却比曾先生活得寿长。桂姐先做了个引子，说经亚没有儿子，曾先生似乎也有意考虑这个问题。

曾太太和经亚进到屋里，她说："我想咱们老二很受苦，也没个人照顾他，二儿媳妇又不生育。"

曾老先生问："你打算怎么办？"

他太太说："木兰有个丫鬟。我们大人也仔细看过，觉得她很合适，脸上没有怪样子，将来会是个贤慧的内助。经亚也愿意。"

经亚不说话，全指望他母亲和桂姐替他说。

父亲说："那么，好了，就办了吧。素云答应没有？"

经亚说："爸爸，我若娶暗香，就打算把她当作正式妻子。她并不是丫鬟。她已经找到她父母了，人家日子过得也不错……我打算和素云离婚。"

父亲问："为什么？牛家若不答应怎么办？"

"他们一定会答应。"

"为什么？你有什么理由？"

经亚看了看他母亲，他母亲于是说："我们本来不打算跟你说的，你别心烦。根本不要把素云看作咱们家的人就好了，那么对咱们家的名声也还好听。"

父亲问："怎么回事？"

"我们打算一直瞒着你，可是没有用。现在和她早断绝一天，对咱们家也好，对咱们儿子也好。现在牛家不会反对，因为事情都上了报了。"

曾先生的脸变了，鬓角上粗筋暴露。他说："我原也知道。她老跟那个婊子在一块儿。报上怎么说的？"

经亚把报上登的尽量轻描淡写说了一下。父亲要看那份报，经亚递了过去。父亲戴着水晶眼镜细看的时候，既因年老软弱，又因怒气难消，两只手一直颤抖。

他气喘吁吁地说："这个牛家婊子！咱们家清白的名声会叫她弄坏，真算倒了霉！跟她离婚，不用迟疑！在报上登个广告就够了。不用担心牛家。"过了一会儿，他又说，"经亚，你最好说这几年来，一直跟她没有任何关系。说一年……两年……三年吧。说我们跟牛家也几年没有来往了。洗清你的名誉，也洗清你父母的名誉。不，等一等！这个广告应当用我的名字登。拿笔拿纸来。"

在太太和姨太太面前，父亲口授那条离婚启事。然后他又思索了一下，又口授了致牛思道的一封信，大意是自己采取这一步，实出鲁莽，但曾家清白家声，不容玷污，万祈谅宥等语。

曾先生怒气已消，躺在床上喘气，精疲力竭。

他又对儿子说："经亚，我们不慎，这次婚姻让你受罪。当初想总不会坏到这种地步。现在给你好好儿办一次婚事吧。把暗香带来我看看，不能一错再错了。"

雪花原在外间听着呢，一切都听见了，一听见这话，赶紧跑去向暗香道喜，带她来见老太爷。

暗香走进来，后面跟着木兰和荪亚。暗香向老太爷请安，曾先生上下打量她时，她低垂着头。

老太爷问："你会做衣裳做饭哪？"

暗香回答："会。老爷。"

"你会读书写字不会？"

暗香脸红了，不说话。

木兰说："她念过《百家姓》。水果青菜的名字都会写。"

"你能真心伺候我儿子，照顾他穿衣吃饭？"

暗香羞惭得不能回答这种问题，头垂得更低了。可是曾先生觉得这种羞愧淑静，就是她最好的回答。曾先生向她那低垂的脸看了一会儿，简短说了一句："我答应了。"

桂姐说："赶紧跪下给老太爷道谢。"

暗香跪在地上，给曾老先生磕了三个头。

桂姐又说："再给太太磕头。"

暗香又跪下给经亚的母亲磕头，然后桂姐把她领了出去。

第二天报上登出了曾先生的启事。曾家派了个媒人向暗香的父亲正式商量安排婚事。

媒人向暗香的父亲说，新郎的父亲病很重，希望立即举行婚礼，就在下礼拜。暗香的兄嫂听说她就要正式嫁给曾家做儿媳妇了，对她特别亲热，为讨她欢心，万分热诚，什么都帮着做。

经亚和暗香非常欢喜，第二天一齐来看木兰和荪亚，感谢木兰的帮助。这种幸福使暗香更增几分美丽。

木兰说："噢，现在你比我高了。你叫我木兰吧。"

暗香说："那怎么可以？您比我大，我叫您大姐吧。"

"可是我得叫你二嫂哇。"

荪亚说："不要，像姐妹一样，大家叫名字。"

暗香说："我叫您姐姐，您叫我的名字，情形真很怪。最初您在山东德州遇见我时，我愿叫您妈。我的生活是连蹦带跳带转弯儿，就像'九龙瀑布'一样。变化太快，太出乎预料。"

木兰说："吉人自有天相。我有一个主意。现在你是少奶奶了，你不用再穿那长袖的衣裳挡住胳膊上的疤痕了。这能提醒你现在的好运，让你更快乐。"

但是暗香仍然继续穿长袖的褂子。因为她过去受了那么多罪，经亚对她特别温柔体贴，那红疤痕就是她过去受苦的标记，经亚常去吻。经亚也愿把那个疤痕保持做一个宝贵的秘密，只许他见，只许他摸。

而暗香也常常把经亚前额的皱纹舒展开。这些皱纹，是经亚在过去数年痛苦的婚姻生活中形成的。由于爱情的魔力，过了一段日子，暗香居然使经亚的那些皱纹消失不见了。

第三十六章　挥笔为文孔立夫结怨 爱国游行青少年遭殃

启事登报之后，第二天，曾文璞接到牛思道的一封信，信内措辞的语气，比所预期者缓和得多。当然，老牛若像当年在职时，曾先生不会采取这样强硬的行动；不过，即便如今，他也预料素云家不会没有麻烦，至少也不愉快。出乎他预料而且使他放了心的是，牛思道信里说小女不肖，贻羞两家，他本打算私下商谈离异，而不必见诸报端，因为如此使他有伤颜面等语。曾先生对来信的温和极其满意，又口授了一封语气极其谦恭的信，大意为：若不是素云的谰言飞语已然在报上登载，曾家为维护家庭清誉外，绝不会在报上登此启事，实为不得已，万分抱歉，务请原谅等语。

过了几天，怀瑜寄来一封信，内容较为严厉，信内附寄天津报上的一份剪报，上面是素云的启事，大意说，自从嫁到曾家，因为从未生育，颇为翁姑所不喜，一直遭受婆家虐待，几乎全花自己积蓄维持生活，如今离异，再好无比。这样一来，显得她并不愿意与丈夫共同生活，于是双方都不丢面子，无人吃亏受害。实际上，素云对曾家的离婚启事是异常愤怒的，她认为那是公开的污辱。但是莺莺劝她要用另一种眼光看这件事。莺莺告诉她，现代妇女离婚吃不了什么亏，并且为了社会地位的缘故，她再和丈夫在一起，实在并无道理可言。并且，由于正式离婚，以后她就更为自由，毫无拘束了。她听后，算勉强同意，才在报上登出一条相对的启事。

怀瑜的信以为妹妹辩护开始，说下流不负责任的报上的无聊小说不足为信。他妹妹的行为并无不当，蓄意中伤的谣言，外人不知，误信犹可，曾家则最不当轻信。此等无谓的谣传，曾家不予以有力的澄清，反于此时刊登启事，声明离异，不啻予谣传以正面之支持。他说在此道德沦丧的社会，黑白颠倒，实无正义真理之可言。涉及他个人处，则无须辩解。人性险恶，但不料竟落井下石，一至于此。他愿恬然忍辱，不事争辩，因为问心无愧，可对天地。但终有一日，屋瓦也会翻身，曾牛两家，必为死敌。容后再会！

这封信颇惹曾先生气恼，但决定不予答复。

从现在开始，素云完全和她哥哥那一帮人沆瀣一气。莺莺虽然并没有嫁与做股票生意的老金，却和他亲密了好几年。怀瑜成了吴将军的机要秘书，得力的助手。他不久携带他的情妇、妹妹素云，随同吴将军一同到东北，直到民国十三年奉军入关，他才又回到天津。

怀瑜事实上把他太太和五个孩子遗弃了。黛云很同情她嫂子，劝母亲把他们接过来同住。牛思道很喜爱孙子们，直到这时候，怀瑜的孩子们才过到正常的儿童生活。两年之后，牛老太太，当年的马祖婆，喝消毒水自杀身死，死前她这个被遗弃的老婆子独自住在天津巷子里一所小房子里。那时怀瑜和素云正在东北，只有老牛、怀瑜的太太和五个孙子去参加丧礼。当年北京城人人畏惧的母夜叉，就这样离开了人间。

素云丑事的宣扬和随后与经亚的离异，曾先生受到不少的打击。怀瑜那封傲慢无礼的信，曾先生虽然并没答复，他却把素云和她哥哥骂了好几天，所以他太太说他最好写一封驳斥的信，好出一出胸中的怒气，不要在家里发脾气，怀瑜是听不到的。但是曾先生忽然病重，一天早晨患了中风。大家都立刻把那封信的事忘记了。等他中风的病况减轻之后，经亚和暗香的婚礼就在他床前举行，参加的只有少数亲友。新郎新娘向公婆行礼，向暗香的父亲行礼，然后相互行礼，奏乐表演等娱乐节目在外院举行。婚礼仪式简单，因为经亚是续弦。

宴席上，经亚的母亲最为欢喜，好像儿子的第二次结婚，是她时常记挂在心中的过去错误的补救。所以她在这次婚礼之中最为活跃。不过她也上了年纪。她穿着整洁，和五十岁年纪的妇女一样高雅，头发有四分之三成了灰白。那天看来她还是个小巧玲珑颇为秀气的女人。

使她觉得最快乐的是，她现在三个儿媳妇她都喜爱，而且她们妯娌将来都会和睦相处，这在家庭中太重要了。喜宴结束后，桂姐在女人桌上说：

"我从来还没看见一家像这个样子的。三个儿媳妇都像家马引野马进入马栏一样，老大引来老三，老三又引来老二。"

客人大笑，暗香的娘家嫂子看着有点儿胆怯，局促不安，只是吃吃地笑。

曼娘说："一点儿不错。当初若不是我，木兰还不知道飞到哪儿去了呢。我腿快，把她逮住了。"

婆婆说："不对，你不要一个人独居大功。木兰是你爸爸找到的。"

木兰听了，心满意足，于是说："没人能说暗香不是我找到的吧？"

婆婆兴高采烈地说："既然这样儿，你们就应当彼此像姐妹一样。我倒有一个想法。老大和老三从孩子时候起，彼此就以姐妹相称。你们大可以结为干姐妹。曼娘最大，算是大姐，木兰是老二，暗香最小，虽然她是二儿媳妇，算老三，不要再叫'嫂子'了。"

出自婆婆的这样的提议，自然大家不反对。桂姐于是离开座位，给大家斟酒，庆祝三个妯娌结为三个干姐妹，毕生和睦相处。

那天曾太太喝得微微有点儿醉。

木兰对女性友谊的需要，就这样满足了。只有锦儿由于暗香突然高升，难免有点儿酸酸的，不过她说人生而有命，心里也就平和了。

经亚婚后，曾老先生只活了两个月。他的糖尿病又厉害了，身体越来越虚弱，只是躺在床上喘气。

在去世前不久，他把儿女、儿媳妇都叫到床前，对他们说：

“看样子，我也不久于人世了。我死之后，你们一定要继续和睦相处，听你们母亲的话，就跟现在一样。把仆人减少，年岁大的丫鬟要把她们嫁出去，不要再像以前过日子那么奢侈。我的丧事要依照礼俗办，但是不要铺张。只要你母亲在世，这栋房子不许动，以后可以卖出去。时代是变了。现在，你们要用仆人，在我们这个家里用这么多仆人，就工钱一项，一月也要一百多块钱。不要忘记‘男子治外，女子治内’这条老规矩。若不分工合作，永远不能兴家。曼娘，你是老大，事事应当以身作则。木兰，你最能干，应当帮着为大家分担责任。爱莲，你的婚姻很美满，我用不着担心。丽莲，你相信自由结婚，要自己选择配偶，我可提醒你，不要做错了事。你看现在多少新派的姑娘，和虚有其表的草包男人恋爱，或者弄得一辈子不嫁人。你可要小心。听母亲的话，让大人替你挑选，将来就不会后悔。这个时代不容易过，国家纷乱。你们不论男女，一切要小心谨慎，求福避祸。民国这十年以来，比过去有皇帝时一百年内的战争都多。以后恐怕还要大乱……”

他还想再多说，由于疲乏无力就停下来，但只加了一句：“一切要小心。”

然后，他又吩咐把孙子叫来，向孙子阿瑄、阿通祝福，又向孙女阿满祝福。他躺回去，伸出两个手指头，仿佛说这些年只有两个孙子。老年人长辞人世前只有两个孙子，未免心里不够安慰。

这时桂姐低下头来在他耳边说暗香已经有了喜，老人微笑一下就断了气。

曾文璞先生未享上寿有两个理由。桂姐的说法是，素云的丑闻揭露，加速了曾先生的死亡，因为他的中风是接到怀瑜的信后第三天早晨，中风之前他仔细再三地看报上登的那篇小说。另一个说法是，经亚续弦，顺利实现，他颇为满意，因而心情放松下来，死而无憾了。

丧礼是一件大事。准备十分妥善，讣告上写得极为详尽，孩子们为求心之所安，虽然父亲曾嘱咐不要铺张，还是愿多花钱，把丧礼办得体面隆重才好。曾文璞先生，盖棺论定，可以说是一个正人君子，自律严，有修养。一生做大官如侍郎、电报局副总监，及其他官职，宦囊积蓄才有十万元，足以证明为官清正，区区此数，民初的小官六个月即可搜刮到手。全家觉得他晚年的日子过得很凄凉，为了家里，他个人确是牺牲不少。旧日同僚的祭文挽联自远方城镇纷纷寄来，山东的旅京同乡会又都来帮忙。清朝有显爵者出丧时的仪仗执事又都摆列出来，他入殓时是项戴朝珠，穿的是全套官服。

木兰一边是母亲去世，一边是公公去世，并且在一年之内，所以她现在是双重居丧穿孝。但是自然之道是无往不复，生死相续的。可能和儒家之礼相违背的是，木兰竟在曾先生去世之后的那个月受了孕，所以在次年，她的孩子的出生是晚于暗香的孩子五个月。几百年之前，有一位道学家在日记上记下一条忏悔自责的话，就是“昨夜与内子乱伦一次”，原因是正在居丧之中合房。虽然现在中国社会不再讲究这个细节，可是曾太太，还是自认中国旧礼教中人，因而暗中怪她的两个儿媳妇不该接连那么早生孩子，并且暗香的孩子是婚后七个月生下的，孩子倒是不大，当然也没有人明说什么。这样多生，家里自然人口增加，暗香生的是个男孩儿，木兰生的是个女孩儿，终究算家庭繁衍人丁旺盛。曾太太虽然觉得违背了周公之礼，其实还是很欢喜。

由于红玉的死和姚思安先生离家隐遁于不知何山何寺，静宜园而今已不再有青年的欢乐玩赏。不知为什么，那个无名的雅集连会员也都忘记，乐天无虑地偶然一聚，都不再举行，那个会社自然也就解散了。年老者去世，年轻者不是东零西散，就是结婚成家，远去海外。姚家姐妹感到奇特的悲哀凄凉，心头压着一副重担。红玉早亡，阿非、宝芬婚后出国，巴固和素丹也已经结婚，自从姚家姐妹居丧服孝，也就很少来探望，而自己另有聚会了。老作家林琴南已回到南方。美国小姐董娜秀偶尔还来看他们。有时老画家齐白石从古玩铺带来华太太的话，因为齐先生是闲人，又喜欢坐在王府花园内观赏。曼娘那时胸膛上生了一点毛病，不肯叫医生看，不管是中医或是西医，幸而木兰乡下的姑母告诉她贴一张膏药才治好了。

当代政论文章，立夫越写越多，除去写了一篇思想丰富的很长的文章，题目是《科学与道家思想》，这当然是发挥他岳父得意的哲学，其余都是时事论评。董娜秀答应把那篇《科学与道家思想》译成英文，但是迄今尚未脱稿。那是一种科学的神秘主义，以他对生物学深刻的观察研究而获致的对生命的神秘感为根据。他又写了一个短篇杂感文字，题目是《草木的感觉》。这篇文字纠正了传统的对“感觉”与“意识”的观念，并引申到动植物对环境的知觉，比如蚂蚁知道狂风暴雨之将至，是个不可置疑的例子。在文章内，他指出，感觉能力绝不限于人类。他又把表达情感的语言含义扩大，所以他坚信花儿含“笑”，秋林的“悲吟”。他说人折树枝时，或是揭下树皮时，树也会痛苦。树会觉得折枝是“伤害”，揭皮是“污辱”，是“羞辱”，等于“被人打了脸”。树之看、听、触、嗅、吃、消化、排泄，和人类不一样，但对其生物的作用，并无基本不同。树能觉得光、声、热、空气的移动，树之快乐或不快乐就在于能否得到雨和阳光。这些和《庄子》上的道家神秘主义完全相符合。于是他转回来贬损人类的傲慢狂妄，说人类认为“情绪”“意识”“语言”是人类独有的，这更是无知。这是一篇随笔，自然可以发展成一篇哲学的论文，但是他没有写。

这是科学上的泛神论。庄子曾经写：“道在蝼蚁……在梯稗……在瓦甓……在屎溺……”立夫告诉他太太说，孩子生下来那一天，母亲乳房分泌出一种消毒的黄色液体，用以保护婴儿。他说：“那种东西可以称之为上帝，称之为道。那种东西就在母亲的乳房里。不要以为那种奥秘只在人身上，最低级的生物的身体内也具有那种天性，用以发挥完美的调整作用。微生物利用的化学知识，最进步的化学家还苦于无知，而微生物却运用得简单、完美，而毫无错误。蚕仍然吐出最好的丝，人只能把它卖了赚钱；蜘蛛还能吐出防水、并且任何种天气都适用的黏液胶体；萤火虫仍然放出最有效的光亮。庄子说‘道在蝼蚁’，就是这个意思。”

由于丈夫时常谈论，莫愁也渐渐知道细胞内之染色体、荷尔蒙、酵素是什么东西了，但是立夫的科学基础也反映在他的政治态度上。这就表现在他对以段祺瑞为首的北洋政府的一切难以忍耐，对贪污无耻肆无忌惮的安福系政客，尤其难以容忍。

木兰常去看他们，研究些商业上的问题，诸如一般的节约、现金的巩固、洪水对茶叶和药行的影响。在生意上，莫愁比她父亲做得有生气，逢年过节，她都请店铺里的同人吃饭，这种事她父亲是想不到的。立夫提议把一些著名的补药装瓶出卖，就犹如西洋的专卖药品一样，但是木兰反对，认为这样变更推销方法，未免滑稽可笑，因为中国人习惯于看中国药材的样子，他们不会买那难以辨认的提炼的药丸。试想人来买人参，若不能看出来人参的纹络、颜色、形状，那怎么行？卖人参精这类东西，就要大规模的广告，完全变更的新人员，不再用多年烟熏的旧招牌，不再用为人所熟知为人所深爱的木刻印的包装纸，废弃中国药铺药材的香味，还要废弃那叮当响的砸碎药材的黄铜杵臼声音，要这样改变，就要说服顾客才行啊！再说，他们为什么急于卖出更多的茶叶、更多的药材呢？听木兰这么说，立夫立刻就把这个问题搁下不谈，因为他根本也没太认真，只是他的一个想法而已。

因为黛云常来串门儿，这一小伙人也就常常谈论当时的政治事件。立夫的叔叔听说他现在日子过得很好，开始写信向他要钱，并且把一个儿子送到北京上学，由他供给。因为莫愁母亲去世，父亲离京，立夫在姚家不太像一个外亲，他那个表弟来就住在他家一间屋子里。

这一群年轻人在学生运动中非常活跃。一般中国青年对政治破产的北京政府，都持反叛的态度。大家有一种共同的信念，就是必须有一个第三度革命来扫除军阀，使中国产生一个真正现代的政府。国民党正好对中国提供了一个完整的建国计划，对有政治觉醒的现代青年具有强大的吸引力。北京大学仍旧是激进主义的中心，因此也最为北京政府所厌恨。北京大学有几个教授是国民党员，也有一两个已经证实是共产党员。在报纸和刊物上显出来一种分明的改变，就是由无组织的改革主义与模糊不清的全盘西化的热忱，转趋于严肃的讨论政治问题。里面用了很多的外国怪名词，意见似乎是越来越激烈。年轻富有活力的学生不加入国民党，就加入了共产党，公然以挑战的态度批评政府的措施。而政府既然知道自己的弱点和舆论的力量，对他们只好宽容，政府几个官员偶尔到学校毕业典礼上去致辞，把不喜欢政府的学生称之为“共产党”或“苏维埃特务分子”。国民党员被诋毁为“红色分子”或“危险思想派”。

立夫、木兰、黛云、环儿、立夫的表弟、较为温和的莫愁，都被卷入政治的潮流。荪亚在场时，总是用他那任性可笑的话在大家热烈的讨论上泼冷水，莫愁往往和荪亚合力来抑制他们，于是大家就称他们俩为保守派。莫愁常常说：“那有什么用呢？”环儿，面色微黑，沉默寡言，但有时候却作惊人语。

立夫的朋友和同事开始到他家来坐，有时候大家就在花园谈论。这个小团体具有政治意识，大不同于红玉跳水自杀之前由巴固、素丹所发起的那个艺术团体。陈三已经被立夫提升为家中的书记，管理账目，但是他在每一夜睡觉之前还是照例在花园里巡查一遍。他也参加大家的讨论会，为大会做记录。环儿见拒于陈三之后，不管什么问题，总跟他采取敌对方向，做激烈辩论，声势汹汹。环儿的母亲急于把她嫁出去，可是立夫告诉母亲那样办对环儿不行，而且现在小姐虽然早已过了二十岁，不嫁也没有什么可急的。可是，后来立夫觉察出一种改变。环儿和陈三在好多事情上都表示意见一致，环儿不再反对陈三，而陈三也似乎颇多赞同环儿提出的理论。陈三表面上还是沉默寡言，似乎是与儿女情长风马牛不相及。不过，他已经表示尊重环儿。事情的发生是这样：

一天，环儿给陈三一本书，问他为什么那么沉默。

陈三说："人身份不同。"

环儿说："我懂。我知道我会有什么感觉，倘若我……你知道我们都对你母亲很崇敬。"

陈三对谁都不提他母亲，所以默不作声。

环儿接着说："你要知道，她在这儿时，她的感觉，她的行动，就全像在自己家一样。我们也希望你也那个样子才好。"

环儿低下了头，因为她情不自禁，话说得感情流露。陈三说："我谢谢您，小姐，我也得谢谢您哥哥、您母亲。请您原谅我好多失礼之处。因为自从我被抓去当兵和母亲分手之后，我一直自己生活，无亲无友，我孤独惯了。我看这个世界和你的看法，当然不相同。"

环儿说："你不知道，你母亲跟你太不一样。她也是一个人，但是她和我们谁都说话。她对我很好，她照顾我好像照顾她自己的孩子一样。"

这话引起了陈三的注意，他开始问他母亲在这一家做些什么事，日子怎么过。环儿就告诉他，他母亲以前是怎么照顾她嫂子和她母亲，又渲染了一点儿，说他母亲和她自己晨昏无事时，常一起说话。她继续说："你也可以这样儿，就像在自己家一样，不必拘束。你若有衣裳要修补，就拿过来，女用人可以替你做。"

"我怎样敢？我也是在这儿做活的。我不敢那么自大。"

环儿说："那就看你把礼貌怎么解释。你知道，我把你妈给你做的衣裳交给你，你连谢我都没有。"

陈三看了看，想起来第一次看见她时，她把那包衣裳交给他，她的眼睛凄然欲泣，声音颤抖，好像她对他母亲的感情是真的。

环儿突然问：“你将来要做什么？”

陈三说：“我，我是个看守花园子的，没有人提拔，能做什么呢？”

环儿脸色很郑重地说：“我知道你是一个孝子。你一心要做的就是报母亲的恩。但是报亲恩的真正的办法就是做个堂堂正正的人，在社会上要有成就，有地位，这样才能光宗耀祖。你天天离开人群，跟社会不来往，愁眉苦脸，闷闷不乐，你还能有什么成就？”

陈三带着书回到自己屋里去之后，他开始认真想这位小姐和他说的话。他，是个看守庭园的，和主人的妹妹是不会有什么关系的。但是在那一群人谈话时，谈论政治之外，他也听见他们对婚姻观念的漫谈。大部分人认为结婚典礼是多余的事，因为婚姻是以爱情为基础的。环儿认为结婚证书只有在法院打官司时才需要提出来，所以是不必要的。

立夫说：“这并不算新奇。你们知道郑板桥怎么样嫁女儿的吗？一天，晚饭后，他带女儿去散步，到邻近的村庄去看个朋友。到了那儿，他对女儿说：‘这是我朋友的儿子。今夜你就住在这儿，要做个好儿媳妇。’说完，拿着手杖一个人回家去了。”

黛云说：“一切婚姻仪式都是封建。”

立夫被人认作是“共产党”，至少是有极端激进思想的危险分子，就是由于与他妹妹有关联的一件事。

一天，过了中午不久，他要他妹妹和他一同到西山别墅，说天气晴朗，他想到野外走走，他让陈三陪着他们。他们到了山上树林里一个庙，等到日落时分，然后到庙所在的那一带高处去漫步。那是四月下旬，晚霞满天。停在通往上面树林的小径的开始处，他对他们说：“环儿，陈三，我想叫你们俩结为夫妇。一切仪式全免。树，鸟儿，云，和我，作为媒证。你们从这松树间的小路走到上面晚霞映照的一个亭子上，彼此相吻，这就是空前庄严美丽的婚礼。这个庙里我给你们已经订了一间房子。”

环儿乌黑的眼睛瞪得好大，她说："哥哥！"

立夫说："就照我的话办。"

"妈不知怎么样呢？"

立夫说："我本以为你有现代思想。你说过不赞成结婚仪式。现在就照我的话办。我知道你们俩很相爱。"

环儿从幼年起就对哥哥的话无不遵从，现在只好答应了。陈三，完全出乎意外，一时手忙脚乱，不知如何是好，只是结结巴巴地说："我不配。"一说再说。但是也不敢不遵从。立夫把陈三的手拉过去交给他妹妹说："我祝你们俩幸福快乐。"

环儿羞答答地把手放在陈三的手里，跟陈三走上松林的小径。立夫站着，看着他俩走出松林，身影正对着夕照。他俩在亭子中止步。他看见陈三微微停了一下，两只胳膊抱住环儿，吻了环儿的脸。立夫以为环儿若把脸抬起来朝向陈三，这个婚礼之完美无缺就恰如他所想象了。

这种婚礼是正合乎立夫的道家自然主义——否定文明，返回自然，抛弃礼仪，虽然看来古怪，其实合乎道理。

陈三和环儿下山之后，他们看不见立夫。

环儿喊："哥哥，你在哪儿？"

陈三喊："少爷！"

立夫走了。他们到庙里后院儿时，听见钟声阵阵。后来听说立夫给一个和尚钱，让他鸣钟，自己就由大门匆匆走出去了。所以陈三和环儿就在山顶上过了新婚之夜。

这个计划，立夫事前只告诉了莫愁。那天他很晚回到家里，妹妹没有跟他一齐回来，他才把这件事告诉他母亲。他母亲自然感到意外。第二天大清早，新郎新娘回到家里，一进门就有爆竹噼啪声响，欢迎新人归来。他们两个人看着傻里傻气，好像被人开了个真正的大玩笑。立夫和莫愁出去接他们，引他们到母亲院里的客厅，让母亲接受他们的叩拜。在立夫大笑声中，他母亲早已派个仆人出去买几码红丝绸和彩绣球回来，一边挂在环儿的屋门上，一边挂在母亲的屋门上。

这个婚礼如此稀奇，仆人就把这件事告诉了外人。这件事情在北京一家报纸上登出来，成了茶楼酒肆的上好谈笑材料。陈妈的儿子终于找到了，一直秘而未宣，只有几个好朋友知道。但是现在他的归来和这个奇异的婚礼便一齐被揭露了。

立夫就这样以极端激进派的形象为人所熟知，有人把他看作共产党。这个婚礼是异想天开的革新，只有在那混乱中的中国，激进分子比现代的西方还更激进的情形之下才能发生。当时钱玄同把家庭的姓斥之为陈腐的时代错误，含有有毒的家庭制度意识，会完全淹没了“个人”，所以已经把他自己的姓弃而不用，改称自己为“疑古”。

民国十三年秋天，阿非和宝芬自英格兰返国。他毕业之后，又在巴黎停留了一年，宝芬在巴黎学绘画。他们还没有孩子，但是宝芬已经怀孕。在姚家，兄弟姊妹别后又大家团聚。阿非对荪亚的感情比对立夫好，因为荪亚在童年便是他的朋友，并且荪亚为人随和乐天，而立夫和他说话，爱谈抽象的道理和专门的学问。第二天，宝芬带她丈夫回娘家去，住了三天。然后，又到红玉的坟上去，只有他们两个人，看见墓地上以前种的小柏树长得很好，觉得很欣慰。

立夫现在住的是以前红玉住的那个院子，正好在莫愁那院子的前面，现在正用来做研究室。莫愁有一些迷信心理，以为用红玉的院子不吉祥；但是立夫不听，莫愁只好由他，因为研究室在那儿离自己的院子近。莫愁是太纵容她丈夫，鼓励他买最贵的参考书和研究仪器，所以他的私人生物学图书室和其他有关科学的书籍，在北京私人藏书方面，是无人可比的。莫愁又生了个儿子，立夫在研究学问时，她不许仆人和小孩子去打扰。经常在十一点钟，莫愁自己送一杯牛奶、若干片饼干去，把东西放在桌子上，不说一句话就转身离去。在夜里，立夫工作时，莫愁也无法真正睡着。因为她有那种本领，有些女人有，那就是显然是已经睡着，但是再细微的声音还能听得见，所以立夫说莫愁睡着了也能听见东西。

莫愁是希望丈夫专心去研究“虫子”。而立夫也确是有时几个礼拜埋首在研究室里，但是他对时事的兴趣有时又抬头。莫愁以为加入立夫政治性的朋友的那个圈子，也许比自己置身圈外，还容易引导他，所以莫愁也在他们集会上出现。

她内心很为丈夫忧虑害怕，但是又不能告诉他。

阿非回家之后不久，到立夫的书房去闲谈，看到在一张没上油漆的大木头桌子上，乱摆着些试管、显微镜，写着潦草字迹的一张张的纸，半打开的书。

阿非问：“告诉我，这次战争是为了什么？”

立夫回答说：“哪次战争？你指在北京吗？还是在东南？还是在南方？还是在华中？还是在大西部？有好多战争呢。”

“我意思指的就是在咱们北方。”

立夫说：“都是意气之争罢了。”

“你说意气之争是什么意思？”

“他们只是为北京这个死尸争得你死我活。北京现在还是‘中央政府’的所在地，谁能控制北京，死了之后，在讣闻上所印的官衔儿里就多了四个字，或是八个字。当然也多了一点儿外快。此外，也没有多大的好处。所以这个战争，就是争取死后官衔儿的战争，要看躺在棺材里听到朗诵祭文时谁的官衔儿长，谁的死脸就多微笑一会儿。”

“但是跟谁打呢？”

立夫说：“我若说得详细，你会听糊涂了。”他于是拿过来四件东西：两个夹子，一管铅笔，一块吸墨纸。他以专家的样子解释道：“把这四个东西当作四个军阀派系。把这第二个夹子看作是从第一个派系倒戈的，或是发展出来的。把他们叫作甲、乙、丙、丁。甲，这管铅笔，是奉系；

乙，这第一个夹子，是直系；丙，这块吸墨纸，是安福系；丁，第二个夹子，是基督将军冯玉祥。自从你走后四五年，他们之间一直有战争。

“第一，甲、乙联合打丙；然后，甲、乙战胜丙之后，开始自己打；第三，甲、乙正在第二次交战时，丁与乙分裂；现在丁和甲又联合打乙，同时由丙帮助。我想这次丁会战胜，所以不久之后，甲会联合他现在的敌人乙要打他现在的盟友丁了。

“所以安福系失势之后，因段祺瑞得势又重新上台。逮捕他们的命令发出之后，一两年后又赦免无罪。基督将军冯玉祥刚刚回到首都。现在吴佩孚恐怕必须先与奉系交战，后与基督将军交战。”

“你觉得冯玉祥不错吧？”

“不错。他的兵从来不扰民，买东西给钱。冯玉祥是奉令打奉系张作霖；可是他却迟迟不前。他出兵之后，却让他的兵筑路，以备兵变火速撤军。他已经包围了总统官邸，内阁已经辞职，只有安福系的王克敏，逃走藏起来了。”

立夫描述得那么惨烈的战争的结果，是吴佩孚战败，奉军一部分进关，奉军在长城内扩张势力。抽大黑雪茄抱着白俄情妇的狗肉将军张宗昌，控制了山东省。

此后不久，立夫有所感悟，加入国民党。党的创办人孙中山先生在民国十三年十二月三十一日，自南方北上来京，受到北京民众的热烈欢呼，尤其是大中小学的师生。不幸的是几个月之后，他因病在北京协和医院逝世。夫人宋庆龄侍奉在侧，宋女士也许可称得上中国妇女中最优秀的人才。孙先生丧礼进行当中，公众在感情上的激动真是难以言表。这种情形，只有在民国元年革命成功之后不久，他自海外归国时公众情绪的昂扬，可以相比。出丧之时，遗孀穿着孝服，跟随在灵后，全国失去了伟大的领袖，和她一齐哀痛。街上左右两侧站立的人，无分老幼，看见灵柩过时，无不两眼含泪。北京政府看见国民党拥有的这股子民众力量，着实害了怕。深受孙中山先生去世的影响，孔立夫加入了国民党。

这件丧事之后，又过了两个月，上海英租界几个国民党党务运动的人员，被英国警察枪杀，酿成了“五卅”惨案。在国民党的组织下，学生、工人纷纷活动起来。全国学生罢课，在各大城市的街道讲演，唤醒民众。

学校既已停课，每天街上进行着游行、集会、讲演、贴标语。立夫和那一批志同道合的人也参加了活动，立夫的实验室一变而成了宣传局，高高堆满了纸，供写标语之用。甚至莫愁也受了热情的感染。陈三和环儿到街上向群众讲演，陈三骑着自行车跑着办一切杂务零差。木兰并没做重要的事，但也帮助料理一些细小的事情。

北京大学的教授和作家分成了两个敌对派。现在提出并且争论的问题是，民众运动和唤醒民众的宣传，到底有没有用处。文学革命运动的领导人物已经落伍，变成了反动分子。偶然发动了一下唤醒民众的宣传之后，他们现在不再想继续干下去，自己内心里怕起来。除去共产党陈独秀一个人之外，他们现在都怕群众，恨群众。

当时有一个周刊，是“正人君子派”办的，公开辱骂这个民众运动。这群“正人君子”大多是英美大学归国的留学生，认为统治阶级有道理，认为自己的学问智慧高于众人，认为秘密外交有其必要，他们几乎天性上就不信任群众，并且认为倘若把国事完全交给他们一手包办，一切便无问题了。他们卓越的智慧，全不受感情冲动的一群小伙子的影响，他们认为自己会救中国，使之内免于军阀之灾，外免于帝国主义之害，但究竟实际如何，却又无明确办法。其中一个人叫吴沙的写文章讽刺说，这群青年男女学生在墙上贴完标语，感情发泄之后，热气也就消失了。另一个作者，一个伟大的“科学家”，惯于和军阀交往，人倒是个好人，曾经写道：“争取到一百位拉洋车的，不如争取到一半儿坐洋车的。”结果自己招到头上一场风波。但他遭受群众反对，却自认为光彩，因为这表示他智慧卓越，非常人可及。这使立夫大怒，他写了一篇毒狠的文章，公开攻击这位“科学家”。立夫愤怒时，往往口不择言，想什么写什么。一般人以为这是两派之间的宿怨，这两派都有读者甚众的周刊。

立夫自己耳朵亲自听见的这些事情，使他越发冷眼看世人。有一位反对派周刊方面的作者正给天津一家报纸写社论，立夫认为是对安福系政府大胆的批评。后来在一次宴会上，那个作者的朋友说，他对政府攻击得那么激烈，他被拉入那个集团的前途看好。那个作者微微一笑，显然是感谢朋友的好言善意。

立夫对莫愁说："那些作者都是婊子，一旦进入了政府，也会跟别人一样。现在他们口口声声拥护言论自由，拥护出版自由，他们一朝权在手，压迫言论自由、出版自由的首先就是他们。"

莫愁问他："你为什么对他们那种人那么痛心疾首？"

"因为他们把写文章当作自私自利的敲门砖，这还是老传统。《论语》上说过'学而优则仕'。他们认为能在军阀家中饮酒，是件体面的事，不管那军阀是谁，能沾边儿就好。他们都在政府大门前徘徊流连舍不得离开。那个科学家就是。为什么他不钻研科学呢？"

莫愁故意逗他说："你为什么不埋首实验室专门研究生物学呢？"

立夫说："这又不同。我不是写文章用来敲诈，我是要唤醒民众。"

立夫于是写了一篇文章，题目是《文妓说》，里面指的是谁，暗示得很清楚。这篇文字登出来之后莫愁才看见，她很生气。

她对立夫说："不要锋芒太露。这样会太突出，会招人攻击，这样树敌没有好处。得罪人干什么？"

立夫自己辩护说："我只是替龚自珍的那句'盗圣贤，市仁义者'作一篇历史性的评注而已。"

莫愁反驳说："这离历史性太远了。谁都会看得出来。"

这是立夫莫愁夫妇之间最难适应的方面。立夫自己承认对妻子很体谅，可是他认真要做一件事时，却对她完全不尊重。莫愁对立夫的生活，甚至对他的种种幻想，都肯宽容，可是对他写这种攻击性的文章，则绝不肯让步，一分一寸也不让。对于丈夫应当写哪些文字，不应当写哪些文字，她认识得很清楚，态度也很坚定。她对人生有一个明确的目的，那就是求家庭和两个孩子的幸福，使立夫不要自己招祸。

若是没有狂热的学生运动，若是没有民众的觉醒，民国十五年至十六年的国民革命是不会成功的。但是要革命成功，必须要流血，青年必须要牺牲。这种情形，使木兰家也遭遇了悲剧，也完全改变了她整个的生活。

暗香是姚家所买的，也可以说是凭契约雇用的丫鬟，最近几年，仆人只许雇用，每月付与工钱。暗香结婚之后地位提高了，木兰只好雇用一个女仆照顾小孩子。她最小的女儿阿眉，只有五岁；儿子阿通，已经十二岁，因为是男孩子，自己各处乱跑；大女儿阿满，现在十五岁，几乎是那位美丽的母亲的复制品。

阿满从小就懂事，即使正在玩耍，母亲一叫，立刻就去。暗香一出嫁，她自然而然地接过来照顾妹妹的责任。做大姐并不是一句空话，对弟弟妹妹要有一个明确的道德义务感。她现在正在上中学，打扮穿着自然是一个中学女学生的样子。她是她们班的班长。木兰在不知不觉中，要让阿满受她自己从母亲那儿接受的那种训练。逐渐长大的女孩子照顾小孩儿，可以获得天赋母性的满足。再者，她感觉到自己和妹妹都是女孩子，跟弟弟自又不同，所以并没有什么规定，只要阿满从学校回来，看阿眉就是她的事。阿满也帮着母亲做事，用不着吩咐。有时候，甚至木兰还需要把她赶走，叫她和弟弟去玩儿，可是过了不久，她又回到屋里来。女孩子就是女孩子。木兰是偏向着儿子，不过不许他欺负仆人和姐姐妹妹，这又和她母亲当年骄纵着体仁不一样了。

阿满幸福愉快，很敬爱母亲，但是她对伯母曼娘更为迷恋，爱听她讲母亲童年的故事，尤其是跟着义和团时的真实情形。最为特别的事，是在祖父办丧事期间，阿满那时才九岁，就学会了在棺材一旁像成年女人那样拿着腔调儿哭，使每个人都觉得很稀奇。女人的天性是在群众的悲哭中获得很大的安慰，同时使自己觉得和广大的人群取得了结合。

在五月十三那天的示威游行中，阿满和曼娘的儿子阿瑄也以学生身份参加。由黛云领导的一个小组，计划在街头演一个短剧，描写上海英国警察枪杀中国人，自然比标语力量更大。最引起群众愤怒的，是警官发“开枪射杀”命令（这在警察的口供中也供出过），而示威者正在逃跑时，枪是从背后发射的。阿满知道这种情形，也了解“恢复关税自主”，取消“治外法权”那些标语。她想参加演这出戏，但是木兰不许她演。不过这戏的预演是在王府花园的一个空院子里，阿满和她母亲也去看过。演群众的那些女学生，不知道警察开枪学生逃跑时该怎么哭。

阿满对其中一个说：“你一定要哭得真掉眼泪。”

那个女生问：“怎么办呢？”

阿满说：“在你快上台时，掐一点葱。”

这是个好办法，每个人都大笑，阿满的母亲很得意。

此等游行示威真是使政府头疼的事。在北京的大街上，学生、工人和警察之间，已往发生过几次冲突。逮捕游行示威的学生之后，要求释放被捕的学生或工人，就引起了更大的示威游行。那一年的十一月，数千人之众的群众举行了一次“国民革命大游行”，要求安福系政府辞职，宣布召开国民党所主张的国民会议。那是以暴乱的方式举行的，袭击了安福系首脑人物的官邸，那些官僚之中，如王克敏和梁鸿志，后来在民国二十七年分别充任日本占领区北平、南京的傀儡首脑人物。示威者有几次公开要求推翻安福系政府。他们之所以能如此，完全由于受冯玉祥部队的秘密保护，因为冯玉祥同情国民党，他的部队也正驻扎在北京四周。段祺瑞虽然在北京统治，但革命的群众就在他的面前。

次年的三月，日本炮艇和冯玉祥的部队互相开枪射击，于是国际危机发生。别的派系现在联合起来包围了冯玉祥，将他驱逐出北京，正如孔立夫两年前对阿非所预言的一样。奉系的海军打算在天津攻击冯玉祥的部队，但冯玉祥已经在大沽口布下水雷，封锁了大沽口。有几艘日本炮艇向大沽口开炮，大沽守军也予还击。北京的外交团，代表八个国家，送给冯玉祥四十八小时的最后通牒，要求他在三月八日中午以前撤销大沽口的封锁，否则有关各国海军将采取必要措施。这等于外交团袒护奉系部队。日本要求中国政府道歉，将大沽口司令官撤职，并要求赔偿日本损失银元五万元。

在十七日，段祺瑞的卫兵和群众代表之间发生冲突，几个代表被刺刀所刺伤。段祺瑞和安福系的几个首脑人物，似乎发了怒，决定给青年煽动者们一点教训。

三月十八日，在天安门前有个规模庞大的集会，有中学和大学的学生代表，工人商人组织的代表，手中拿着最大的白旗帜，在晴朗碧蓝的天空飘动，再度要求关税自主，要求对外国通牒采取强硬的立场。有些国民党的大学教授在台上讲演。

吃完早饭，阿满刚洗完手绢儿，一如往常，放了一块新的在口袋里，就到学校去了。不久之后，木兰接到阿满打回的电话，说学校要参加今天的游行，中午大概回家要晚点儿。

木兰在电话里告诫女儿说："要小心。"

阿满说："好了，没问题。我们校长说游行的领导人已经商请卫戍司令保护我们。再见！"

阿满的话在木兰耳朵里响，声音轻松愉快。

十二点一刻，立夫给木兰打电话，问她："阿满今天去参加游行了没有？"

"去了。干什么？"

停了一下，然后立夫说："噢，没关系。"木兰听见咔嗒一声，立夫挂上了电话。

立夫刚刚从一个私人方面听说今天段祺瑞要认真对付示威的人了，所以对示威的人恐怕不利。有人看见武装卫兵进入段执政的执政府，将来游行者就要在那儿呈递请愿书。

立夫和陈三跑出院子去，立夫坐上一辆洋车，陈三骑着自行车。立夫告诉陈三往前去找阿满，把她从人群中叫出来，自己则去找领导游行的人说话。到了天安门，见大会已然解散，通过了决议，大队已经穿过了哈德门，在往执政府走。到了东西牌楼，他才赶上队伍，队的前端已经到了执政府。游行的人和看热闹的人有好几千，街上拥挤得水泄不通。立夫下了洋车，在宽广的人行道上往前跑。

到了总理衙门的入口，他从院子外站着的几千学生中，往里挤进去。他听见尖锐的来复枪声。一听到射击声，学生开始尖声喊叫，向大门涌过去。这时早埋伏好的段祺瑞的卫兵，从各处角落里跳出来。他们枪上带着刺刀，另有拿着单刀和短刀的，一齐挡住了大门，向逃跑的学生连劈带砍。又放了一阵枪。学生已经中了埋伏，入了牢笼，后路已被截断，出现了空前的大混乱。立夫看见青年男女学生被砍，被刺，被踩在地上。他看见一个魁梧高大的卫兵，脱去了上衣，一边挥舞铁鞭，一边发狂般大笑。铁鞭是中国以前的武器，是一串有节的钢刃，每一段有六七寸长，合起来这件兵器有三四尺长。这铁鞭挥舞起来，削掉了人的鼻子、前额、手、胳膊上的皮。但是群众仍然往那鬼门关上挤，因为后面有兵用刺刀连刺带戳，向前追赶他们。立夫被挤在群众的边缘上。他看见一个卫兵在他前面挥舞着一条沉重的铁链子。立夫把一切付之于命运，往前冲去，听任毁灭。那条铁链子发出震耳欲聋的一声，打上了他的右踝骨，他想他的右脚一定打断了。但是他还往前挤，脚下踩着了一个躺在地下的人。卫兵们现在似乎打得筋疲力尽了，过了好久才再向群众的血肉之躯逞凶，但是凶险程度已大为减低。只有那个使钢鞭的人，不显疲劳，因为人渐渐稀少，他更有较宽敞的地方施展。他用有节奏的吼叫配合着钢鞭的响声，再找人逞凶。

进了院子的大约有三百人，二分之一当场死亡，受伤的将近两百。只有一小部分，大概五十人，夹在人中间，被别人挡住，才没有受伤。在门外，立夫瘸着走了几码远，倒在地下，爬起来又瘸着走了几码远。四周围躺着的都是受伤的男女学生。哈德门大街都是些心惊胆战的看热闹的人，一行一行的洋车拉走受伤的青年男女，他们身上脸上还在流血。原先在碧蓝的天空中飘扬的白布旗帜，现在扔在地上，踩得又是泥，又是土，又是血。

立夫觉得一阵剧痛，一看右脚还在，一股子血染湿了他的长袍、袜子和鞋。他叫了一辆洋车回家。

陈三，在立夫前头，到了执政府大门，无法进去。他听说阿满的学校在前头，大概在院子里呢。等他听见枪声，看见学生受到攻击，他立刻跳上自行车，赶紧去告诉木兰出了事。那儿离木兰家很近。

家里午饭已经摆上，正等着阿满回来，木兰正在喂阿眉。她一看见陈三的脸，陈三还没开口，她手中的饭碗已经掉在地上。

荪亚在屋里，赶紧问："怎么回事？"

"卫兵向学生开了枪！我和立夫哥去找阿满，我进不去。"

木兰问："她在哪儿哪？"

"我不知道。那边儿乱得厉害。学生们都想跑出来。您知道，我不是想吓唬你们，可是我听见里头哭叫……"

荪亚大喊："来，咱们一块儿去。立夫在哪儿呢？"他们立刻坐着洋车赶去，希望能在道上碰见阿满回来。等他们到了屠杀的现场，那景象真像停战后的战场。附近胆小的商人还关着店门。卫兵做完了好事，已经完全不见了。有些学生的亲友现在走进大门去。有一个荪亚认识的美国教授，正在找他的学生。

那个美国人说："这样的屠杀，不管在哪个美国城市，也立刻会引起革命的。"

荪亚和木兰没工夫听他说话，他们在躺在地下的尸体之间走。在三十几个男生的尸体之旁，大概有十五个女生的尸体，有的躺在地上，有的倚着墙，姿势是奇形怪状。荪亚看见一个死尸坐在另一个死尸上面，眼睛向他瞪着，他赶紧转过头去。不久，看到一个尸体在另两个尸体下面移动。木兰把女尸体一个一个地看时，找不到阿满，不由得心里又燃起了希望。

然后，又看见院里拐角儿处有两口新棺材，靠近一个高台子。政府当局居然那么周到，竟然事前准备好了棺材，不过他们只愿供给两口棺材而已！她往前走近时，看见阿满的小身体，躺在一个棺材里。

木兰哭出来，横倒在棺材上。

荪亚低下身子摸女儿的脸和手，还没有凉。有人把她抬进棺材去的，她也就是在棺材旁被枪打死的，一个嘴角上还有一股子血往外流。荪亚把尸体抱出来，自己坐在地下，把尸体放在自己的膝盖上。木兰开始号啕大哭，听之令人心碎。她哭着说："哎呀，我的孩子！"

木兰一拉女儿的手，还温，还软，她问："还有没有救？"

荪亚把阿满的眼扒开，那眼就一直开着不动。打开她的衣裳，脖子的背后有一个子弹伤口，内衣都被血染红了。那个美国教授走过来，一句话也没说，只低下头看了看眼珠子，听听心脏的声音，摇了摇头，走开了。

木兰还坐在地上哭："我的孩子，我的孩子！"她的脸靠近女儿的脸，不肯离开。

阿满学校的校长走过来，想说几句话，但是话又有什么用？阿满旁边另一个死的，也是他的学生。受伤的多少，他还不知道。他认为阿满最年轻，站队也站在最前面，所以是最先遭射杀的。

木兰不肯走，一直紧抱着女儿的尸体。荪亚站起来告诉陈三去喊洋车拉他们回家去。荪亚，伤痛万分，两眼无神，抱起孩子的尸体，校长和陈三把木兰拉起来，一齐回家。

莫愁、环儿，还有珊瑚，慌慌忙忙来到木兰这儿。听说立夫已经回到家里，右脚踝骨受了重伤，不能走道，现在躺在床上，已经去请医生。

袭击无抵抗能力的爱国青年，对他们进行史无前例的大屠杀，这件事震动了全国。段祺瑞的安福系政府正好在三十三天之后垮了台。在四月二十日，段祺瑞辞职，安福系的政客都躲进了天津的日本租界。但是在安福系统治的最后一些日子，却留给革命的中国一件要记忆的事，那就是在民国二十六年至二十八年，在日本的刺刀支持之下，安福系的政客又再度在北平出现。

阿满只是一个小女孩子，是残忍的谋杀凶手刀枪下偶然的牺牲者。但是在三个月之后的革命里，好多爱国的青年，却抱定决心牺牲自己的生命，使中国再生，使中国复兴。

第三十七章 姚木兰痛悼爱女 孔立夫横遭拘囚

在女儿死亡的惨痛打击发生之后不久，木兰终日默默无言，她不再问什么，也不哭泣。尸体停在宗祠里。曼娘过来和木兰做伴。她儿子阿瑄，那天没去参加游行，因为他在税务专门学校读书，那个学校由海关税务司办的，管理学生比一般纯中国人办的大学严。阿满学校的学生，还有学生总会的代表都来吊唁，但是木兰没有见他们。

那天晚上，木兰在荪亚和曾太太勉强之下，才喝了几口汤，很早就寝。半夜，丈夫和用人听见她哭。

第二天，她没起床。丈夫听见她在梦里断断续续喃喃自语，她身上发烧，眼睛有时睁开往屋里四下打量，然后又闭上。

自从童年起，命运对她一直善加呵护。她对母亲的死亡，不如妹妹莫愁感受之深刻，也许是她出嫁较早，而母亲长期卧病中伺候汤药的是妹妹。父亲的外出倒是使她感觉更深。而今是她生平第一次，悲痛深深伤到了她的心。她甚至对杀害她女儿的凶手没有感觉到愤怒。女儿是死了！只有这件事，她现在知道，和别的有什么关系，她还想不到。

她的头脑，在她童年那些岁月上，又在她最近这几年的生活上，漫无目标地思来想去。那些显然细微而又重要的刹那，在她眼前交杂错乱地出现。她看见自己在花园里采花，曼娘告诉她怎样把凤仙花瓣研成花泥染红手指甲。她在曼娘的院子里做花生汤，曼娘在鞋上绣花儿。荪亚来到，她把花生汤给他，他很高兴。她看见红灯照那个义和团婆娘，暗香和她自己被关在那间小屋子里，还有她迈步到运粮河船上的情景。这些画面看来非常逼真。曾太太和三个孩子坐在船头，后来曾先生穿着小褂儿，只穿着袜子没有穿鞋从船里出来看她，手里托着水烟袋。她看见荪亚咧着大嘴笑，还有曾先生手上手绢里那块甲骨。由甲骨，她的头脑又飘浮到她童年所珍爱的那批玉和琥珀的小动物，又想到和父亲的对话，就是在将要南逃之前关于古玩宝物的对话，以及对好运厄运的看法那种发人深思的话。没有福气的人找到地下的珍宝古玩，那些东西会长上翅膀儿变成鸟儿飞跑。可是现在那些珍宝还在她手中保存。有一个细白的玉狗，伏在地上的样子，她那么心爱。还有那个绿猪、小象。还有那两个猴子，一个在另一个猴子耳朵里捉虱子。那另一个闭着眼睛，张着嘴，歪着头，显然是觉得舒服快乐。只要一个猴子掏另一个猴子的耳朵，那个多么快乐！不错，那些猴子过日子，长生不老，它们和神仙一样。昨天阿满还玩儿那些东西，阿满而今何在？阿满是死了吗？眼前的情景成了乌黑的一团。忽然在眼前一片黑黝黝的幕布上，出现了棕黄干枯的颜色形状，她正在注视一个庞大的无字碑。这是秦始皇的碑，她正和立夫在一起，是在泰山顶上。为什么立夫那么沉默？她想把碑上的干苔揭下去，立夫说："不要！"

泰山顶上日落的时刻，她和立夫站在无字碑前，这情景又重复出现。他们在一起谈过永生不朽，谈过生命长在，她告诉了立夫若干朝代、帝王早已消逝，那通石碑依然屹立，只因为石碑没有感情。地球旋转，人也旋转，和地球一同旋转，又见太阳出来，可是他们仍然站在石碑前面。

转眼间，她又在杉木洞里，在山上，和立夫在一起。哎呀，那么宝贵那么短短的一段时光！立夫用脚踢一段树桩子，她在树桩子上坐着。林中的微风把她的一绺头发吹到前额上，她用手指头掠开。她用手指头掠头发的姿势，也不是漫不经心的。那具有什么含义，她却说不出来。她告诉立夫，他俩三次相遇都是在山上，好奇怪。

荪亚听见她在梦里说："咱们现在到了山谷里了，现在到了山谷里了。"

过了片刻，又听见她说："我那块甲骨！我那块甲骨！"

荪亚以为她是在说梦话，但是她的眼睛是睁开的。她清清楚楚地说："还给我那块甲骨！"

丈夫走近她，怕她精神错乱了。

荪亚问："你要什么？"

"我的甲骨。在外面橱子里。我好久没有玩儿了。"

荪亚一肚子忧愁，去把甲骨拿进来，那是当初嫁妆中的一部分。

木兰拿起一个来说："古老的东西。四千年了。我生下来之前四千年的东西。"

荪亚傻傻地说："是啊。"

木兰很感伤地说："我后来没研究过这些东西，你答应我替我研究一下好不好？"

"好，妹妹，只要你高兴就好。"

"你知道，这上头记载的是几千年前帝王的大事。"

"你饿不饿？"

"我不饿。你知道，那些帝王也过活，也是一样过日子，也结婚，后来也死去了。"

荪亚觉得木兰精神错乱了，又怕起来。木兰眼里含满了眼泪。

她向荪亚茫然无神地望着说："我那些玉雕的小动物呢？"荪亚又去把那些东西全部拿来放在床上。木兰认真地看，然后一个一个地玩弄。

她身上发烧，一下午没退。他们给了她一粒药丸子吃下去，使她镇定一下，再服汤药使她退退肝火，舒一舒胰脏。到了夜晚，她酣然入睡。

立夫躺在床上，十天左右不能行走。下午莫愁来看过木兰。

第二天早晨，莫愁又来，知道木兰睡了一夜，烧已经退下去，但是她不肯多说话。她说话也是说老早过去的事，不说目前的事。问她什么时候办丧事，她只简单地说：“准备好就办。”

莫愁说：“学生团体要知道，准备派几百名代表来参加丧礼。”

到这时，木兰才怒冲冲地说：“他们要把我死去的女儿当作英雄吗？不用。阿满是我的。不要外人来参加……妹妹，你从我这次经验也应当得个教训。你的孩子长大之后，永远不许他们去参加什么公众活动。看着他们，别放开。”

莫愁又说：“今天的消息说内阁已经全体辞职，对死伤的学生负起责任，南方有电报来，要求逮捕段祺瑞公开审判。”

木兰对这些概不关心。她对事物价值的判断似乎有了一个新想法。那天她起床后，像往常一样照顾幼儿。在为阿满办理丧事时，她特别镇定，特别严肃。谁也没有看见她再哭。她的悲伤非眼泪所能表达。她把悲痛坚忍住，犹如一位皇后一样。

她对那些玉刻的玩物之感到兴趣，不止是一时的。她一直把那些东西摆在寝室的桌子上。那些东西对她富有精神上的意义，提醒了她童年时喜悦的时光，但也告诉她什么是时间，什么是永恒。她似乎觉得刹那和永恒是合二为一的东西。这些无生命的东西就代表不朽的生命。那些甲骨就象征四千年前生活的帝王皇后，象征王侯的生死，象征战争、死亡、远古时对祖先的祭祀。虽然有好多是神谕的圣骨，木兰并不感觉到它们有什么宗教和历史的意义，而是从中体味到哲学的神秘意义。

阿满的丧礼之后，过了几天，木兰和荪亚说了一句话，大出乎荪亚的预料。

她说：“现在我不想住在北京了。”

荪亚以为木兰的意思是，自从阿满死后，北京城在木兰看来，实在是触目伤怀。因为第一个礼拜，她用力抑制着情绪，丧礼完毕之后，每天上午和每天下午，荪亚总看见木兰自己到一个屋里去，独自待一会儿。他知道她是去自己哭泣，免得被别人看见，也免得受人打扰。所以荪亚说：

“妹妹，我知道你受不了这个打击，慢慢会好一点儿。”

木兰回答说：“不行。我需要安静。这个世界乱得不堪。处处都有战争，离北京也越来越近。我只要和你和孩子们一块儿过。我再不许孩子们离开我。我要自己教育他们——咱们不能到别处去吗？南下到杭州，住在西湖旁边儿，过个简单平静的日子不行吗？”

她的语气很认真。

荪亚说：“但是妈和家里人都在这儿，还有这房子。等一等，再想办法。”

木兰又重复说：“我只要在平安中过日子。难道没有地方儿让咱们可以过平安日子吗？”

荪亚说：“咱们再仔细商量，看看怎么办好。”

立夫刚一能走，就来看木兰。他的伤万幸还好，没有引起什么别的毛病。但是几块小骨头和筋受了伤，所以后来他一生一直走道有点儿瘸。他现在拄着一根手杖。木兰抬头向他看了看，无限伤神，半晌没说什么话，然后勉强说话，谢谢他在那种恐怖的日子去想法找阿满，想法子救她，说得真情流露。但是立夫不提自己，只说丧礼那天不能来，心里很难过。

他现在还是满肚子愤恨，十分激动，他大喊说：“你知道医院里受伤的学生又死了六七个吗？有些人对这次谋杀的态度，我硬是不能懂！”

他手里有最近一期的一份周报，他拿出来给他们看，他说：“你们能想象不？那些‘正人君子’还把过错推到学生领袖身上呢！那个作者说教授和学生领袖无权去牺牲学生的性命。他说，他们若知道政府的态度和预备采取的行动，他们应当对死伤的学生负责任，他们若对政府的态度和办法茫然无知，就是无能。作者还暗示说几个学生领袖是共产党。这完全是政府在公文上说出来要逮捕学生领袖的理由。他们暗中为政府开脱！政府当然‘也’错，作者居然说政府‘也’错！他说，政府不是凶手，只是‘也’错而已。多么漂亮、冷静、公平的态度哇！我知道，学生领袖是得到卫戍司令鹿钟麟平安无事的保证的。鹿钟麟也不知道段祺瑞的卫兵预备怎么办。那是秘密的陷阱，是埋伏袭击。学生领袖怎么知道是领着同学去找死？这篇文字的作者说这种话，是在掩饰政府的罪恶！下流！无耻！”

立夫越说越怒，满脸通红。

木兰说：“立夫，以后说话更要小心。现在忠贞爱国而死，还会被称之为愚蠢无知呢。”

但是立夫回答说：“我还有话要告诉你。几天以前，九个大学校长开了一个会，对这次屠杀起稿发表一项声明。你知道出了什么事？其中四个人反对政府应对此项罪恶负责。他们自己就是政客。那个声明的措辞，他们讨论争辩了两个钟头，想法子找个公式，既不伤害政府的感情，同时还表示他们对这件事有几分恐怖。那就要玩弄几个字眼儿，如‘卫士凶残’‘武器不仁’等。措辞那么温和，政府看了一定欣然色喜。‘在一方面……在另一方面……’，哎呀！那种公平合理审慎的观点！这些大学校长是正在顾虑自己的饭碗呢！”

木兰很为他担心。

木兰说：“北京我看不适于你住了。在这儿住，你会越来越气闷，尤其是因为你们大学同事当中有这种人。”

“我已经寄去了一篇文章，批评这些大学校长，也就是对那个作者的一个答复。”

木兰惊喊说：“已经寄去了！我妹妹答应了没有？”

“她不知道我就寄了。”

荪亚说：“立夫，你应当抑制你自己一点儿。这是乱世，一切小心为上。”

立夫说：“你看不出来这必然是安福系最后的挣扎吗？全国情绪激

愤。这个政府已经破产。这次屠杀也就是他们自杀。”

木兰很伤心地问他：“你怎么知道再来个新政府就会好一点儿呢？”

立夫不回答，但是往窗子前的桌子那儿走去。桌子上就摆着木兰的甲骨和玉刻的小动物。木兰的眼光在后面跟着他。

木兰说：“立夫，我有一句很郑重的话跟你说，你看看这些小动物。这些小动物里面，比你的文章里，比你的政治理论里，都更有道理。这些小动物能够使人平静。”

立夫把几块甲骨拿起来放在手里，开始看上面雕刻的东西。过了半分钟，他的脸改变了样子，流露出新奇快乐的光辉。

木兰不住地看着他，跟他说：“有一次你告诉我，你要到西藏去看看。”

荪亚说：“我从来没听他说过。”

木兰说：“我第一次看见他时，他告诉我的。好久以前了。”

立夫微微笑着把甲骨放在桌子上，他说：“问这个干吗？”

“你为什么不研究一下甲骨文？关于甲骨文还没有一部有价值的著作出现。我知道你喜爱甲骨文。我也要荪亚学呢。不要再谈论政治了吧。”

立夫一瘸一瘸地走回去坐下，和他们静静地谈了一会儿，然后拄着手杖走了。

北京现在加速混乱，直奉联军越来越逼近。北京仍在冯玉祥军队的控制之下。以段祺瑞为首的政府开始密谋反冯而欢迎直奉联军。这项阴谋败露，卫戍司令鹿钟麟改变了态度，派兵包围了段祺瑞的官邸。段祺瑞和安福系的政客逃入了租界。在奉军逼近之时，鹿钟麟将兵撤至北京城外，避免战斗。安福系群丑又自隐蔽处出来，但当时直系首领吴佩孚下令逮捕安福系，而把段祺瑞严予监视。安福系官僚在无可奈何之下，向奉系暗送秋波，派代表到天津去欢迎少帅张学良。但是张学良对安福系代表拒而不见。安福系官僚左右碰壁，知道政治生命已告终结。四月二十日，段祺瑞辞职。

北京的情势至为古怪，政府之中缺乏首脑人物。“中华民国”总统曹锟，已遭监禁，过一段时日，也通电辞职，竟忘记自己以前曾经辞职一次，那是两年之前。段祺瑞在那段期间，必须自己发明一个“执政”的名词，用以代替“总统”。现在段祺瑞已经辞职，北京政府里既没有总统，也没有执政了。

四月十八日，奉军进入北京。那批部队是狗肉将军张宗昌的部下。张宗昌那时是山东督军，但是他的势力现在扩展到了北京。他的兵开始用不值钱的“奉票”买东西时，几乎起了暴乱。因为他们拿不值五分钱的一元票子，要买一包纸烟，还要找回九毛七分钱。商店纷纷关门，交易完全停止。民家的住房由军队占据，妇女儿童老人纷纷逃往乡间。

狗肉将军有三不知：一不知自己有多少兵，二不知自己有多少钱，三不知自己有多少女人，其中包括中国女人和俄国女人。他高大魁梧的身材，他巨大的黑雪茄，他一嘴骂人的脏话，就像一头巨大的猩猩在说着人话。事实上，他有猩猩的智慧，有乡下人的老实心肠。他拿着一大卷钞票，谁有困难就给谁，或是俄国女人，或是中国的庄稼汉。他喜爱光明正大，他懂得朴质的语言，他孝顺母亲。若是文官用的词句典雅，他不能懂，他就辱骂大叫说：“你说的是什么，咱们听不懂。”他爱打麻将，一边打一边自己定规矩。一条唯一不变的规矩就是，他得赢。他若有“索子”，那“索子”就能够吃“饼”。他手里若有一个“饼”，那个“饼”就可以吃“索子”。他的属下对一切事情，都和他同一个看法。大家在麻将桌上输给了他，就能讨得此位大将军的欢心。他也有粗俗的诙谐，关于“索子”吃“饼”的笑话，他也会哈哈大笑。在这一方面，他不算独一无二。因为总统曹锟也打麻将，而且整夜在坐庄，直到天亮。所以在社交界有“曹氏连庄法”之说。

狗肉将军的军队开到北京是为了“消灭共匪”。他并不懂共产主义是什么，他只宣称共产主义就是“共产共妻”。

他常说：“我倒是赞成共妻，但是反对共产。东西是我的，怎么能是你的呢？你只能拿你的东西，我的东西你不能拿。你若能够拿得了去，那就算是你的。你的东西，我若能拿得过来，那就是我的。但是在女人方面，必须公平。一个晚上，你不能和好多女人睡觉，那为什么不让她们和别的男人去睡呢？”他是怎么说就怎么办的。

不过狗肉将军是来北京“消灭共匪”的。他恨共产党，因为共产党不尊重他们这种当权者。另一件事情他恨的，是让良家妇女逛公园。他天性上认为一逛公园，就必然成了坏货。他统治山东省时，就禁止良家妇女逛公园。在北京，他除去“消灭共产党”之外，他还提倡公共道德，他还恢复尊孔。他的反共政策之中，除去不准良家妇女逛公园之外，他还禁止女人留短头发。他认为短头发和共产主义是一回事，是密不可分的。

他把安福系的警察局长撤职，换了一个他的人，姓李，是个无知的旧派军官。这位局长的“消灭共匪”的办法，是“杀鸡儆猴”，逮捕头目警告喽啰。

国民党的领导人物都已经逃走，到南方去加入了国民党政府，那时国民党政府正准备北伐推翻军阀统治。北京当时有两个报馆的编辑，一个是邵飘萍，一个是林白水，直言无隐，继续发表攻击局势混乱和暴政扰民等言论。两个人都遭逮捕，诬以“共匪”身份。邵飘萍是夜里十一点被逮捕的，夜里一点钟枪毙的，没有审问。林白水和邵飘萍的命运也一样。文化中心的北京，人心惶惶。谣传当局正计划大规模逮捕所有言论激烈的教授和作家，而一个可能是，一旦被捕去，将会立遭枪毙。

黛云一天跑来告诉莫愁，说有人看见了五十二个激烈派教员和作家的黑名单，并且说怀瑜已经回到北京。她来警告立夫要注意，根据谣言，黑名单上倒是没有立夫的名字。据说黑名单上有名字的人，大部分已经逃离了北京，有的进了东交民巷租界的德国医院或是法国医院，那是中国警察势力所不及的外国安全区。另一派作家，“正人君子派”，当局认为是安全无虞的。其中有一两个例外，但黑名单上也没有他们的名字。

听见立夫的名字不在黑名单上，莫愁心里一块石头落了地。因为立夫写了那篇论大学校长的文章，莫愁和他很激烈地辩论了一次，使立夫答应以后不经莫愁看过，他不能私自寄出文章发表。结果在上个月，他什么也没写。

不过莫愁仍然告诉他一切要小心。她说："谁真知道那名单上是哪些名字。也许会再改变，也许会再补上几个名字。抓去不审判就枪毙，连个自己辩护的机会都没有。"

立夫说："可是我并不是共产党。"

"不是共产党不一定就不枪毙。他们若是不喜欢你，也就够了。在这个年头儿，你到哪儿去讲理。你若自己不在乎你那条命，你也得想想我和孩子。"

由于莫愁这么分明来管他，他很烦恼地说："知道了，知道了。我会自己小心的。"

莫愁到立夫的实验室，翻遍丈夫的笔记文稿，发表过的和尚未发表的。他没有共产学说的书，但是有孙中山先生的建国方略、国民党的宣言，还有国民党党员证。有一本在他们花园开会的记录，好几个人记的，但大部分是陈三记的。在文稿里，有几篇论时事的文字。有一篇是为祖宗崇拜做辩护，她就故意和几篇无害的文字放在一起，夹在论文里了。那天晚上，立夫看见莫愁一直整理他的文稿。这时莫愁又已怀孕，已经六个月。她坐在矮凳子上，很粗重地喘气，低着头整理地上的文稿。立夫对一个快要生产的母亲，有无以言喻的尊敬。

他问："你整理那些东西干什么？"

莫愁说："为了慎重，该收拾的就收拾开。"

"你不能烧我那些文字。"

"我不烧。不过有几本书和国民党党员证要烧。你知道国民党现在也算赤色分子，也要枪毙的。"

"枪毙，枪毙！他们能把北京人都枪毙吗？他们怎么能把剪短发的姑娘都枪毙？枪毙邵飘萍和林白水只是警告别人罢了。"

可是，莫愁还是把国民党的书、国民党党员证、记录册，都烧毁了，同时还有在环儿屋里找到的几本书。他写的论文，都装起来，放到别处去了。

第二天早晨，木兰来和莫愁商量当前的情形。她也听到黑名册和怀瑜回来的事。她答应把立夫那一包文字拿去放在华太太的古玩店里。她还出主意让立夫离开北京些日子，等时局好转再回来。

那是早晨十一点钟，木兰姐妹正和立夫说话，陈三跑进来说："警察进来了。"

姐妹二人脸变得煞白。

莫愁说："由后门跑。"

立夫泰然自若说："那有什么用？一定都包围了。"

四个警察立刻进来。

莫愁出去见他们，问："你们要干什么？"

警官说："少奶奶，我们有拘捕状，要逮捕孔立夫。"

陈三迈步向前，手放在枪上。

立夫出来喊说："别胡来！"

于是他问："犯什么罪要逮捕我？"

"我们不知道。那不是我们的事。到了警察局再问吧。"

莫愁说："你们不能带他走。他是良民，他是研究科学的。"

警官说："到了警察局再说吧。"

忽然他们听见木兰在里面悲惨的哭声："你们不能带他走！你们不能！你们不能啊！"

警官说："你还是好好儿跟我们走，还是戴手铐？"

立夫说："我没犯罪。我跟你们走。"

警官派两个警察和立夫一齐走，他和另一个警察留下来。

木兰听到立夫要走了，她流着眼泪跑到门口，她身后是立夫的母亲和妹妹。立夫看见家里这些女人一起哭，十分关切地看了一眼。然后他转身告诉陈三立刻去见傅增湘先生，再去见齐白石先生，他们有好多有势力的朋友。

莫愁在门口，呆呆地站着。她的眼睛望着丈夫，一直到丈夫失去了踪影，心中怒火如焚，又觉得灾难终于临头了。警官问她话时，她却回答得体。警官问："他的书房在哪儿？"她从容不迫也十分客气地回答说："随我来。"她带着警官走到前院，进入了实验室。

警官问她："您是孔先生的什么人？"

"他是我先生。"

"他是什么职业？"

"我告诉你。他是个科学家，是个生物学家。他研究树木和昆虫。他和政治没有关系。他天天在实验室里研究生物。"

陈三因为当过警察，知道警察办案子的规矩，也跟了进去。

警官见这位太太在丈夫被逮捕之后还这么沉静，十分诧异。她给他看显微镜、玻璃片、标本，还有她知道那些毫无危险性的文稿。

莫愁拉开抽屉说："这些是他写的文字。您若要带走，就请带走。我跟你说，他没有犯罪，他是很清白的。"

陈三说："您应当带几本书，好做证物向上峰报告。"

警官问："你是谁？"

"我以前也做过警察。"

警官觉得好像见了一家人，就问他："你现在在这儿做什么事？"

"我看管花园。孔先生犯了什么罪？"

"不是共产党还有什么呢？"

莫愁说："我们有这么一座大王府花园，干吗我们赞成共产？"

警官说："有人说坏话。我想孔先生一定有不少有势力的朋友。有那种朋友就好了。"他好像态度已然好转。

那位警官吩咐他的助手带着那些文稿和几本书，他和莫愁说："太太，打扰您，真对不起。我这是当官差。我看有您这么一位太太的男人，不会是共产党的。您要找有势力的朋友给他说几句话。再见。"

莫愁和陈三把警官很客气地送走，回到家里。他们发现木兰已经昏过去，环儿和立夫的母亲正用一块凉毛巾抹她的前额，好使她苏醒过来。木兰的脸苍白，嘴唇显得死灰。阿非、宝芬、冯舅妈，已经都进来，屋里乱作了一团。

但是莫愁知道事情的缓急，她对陈三说："赶紧去看傅先生傅太太，让他们快来。我给华太太打电话。"

她低下头看着姐姐说："阿满的事她已经太伤心、太累了。这几天她脸上就显得好苍白。"这样，在表面上，算把木兰的昏晕过去解释了一下。

立夫的母亲恐怕莫愁流产，就对她说："你要小心。不要太激动不安。"

莫愁说："妈，我知道小心。"她向来相信妊娠期间女人心理状态对婴儿的感应。她避免见奇形怪状的东西和残废异乎正常的人，她只做静静的针线活，阅读圣贤的传记，心中也摒弃邪念，常常歇息。虽然孩子还没生下来，似乎她已经与孩子共同生活了。

但是今天早晨，她没有掉一滴眼泪，那确不是普通的克制可以收效的，那是由于她的理性，她知道那是应当采取行动的时刻。

华太太的古玩铺没有电话，不过古玩铺对面一家裁缝店有，那家的电话华太太可以用。莫愁打过去，请裁缝店的人去叫华太太，华太太答应立刻跑去见齐白石老先生。齐先生住的地方离华太太很近，走十分钟就到。

宝芬进来说："我父亲认得王世珍。阿非，你最好立刻去告诉我父亲马上找王世珍接头。"王世珍老先生，今年八十岁，在清朝做过官，现在正为了国家的太平，尽力调解各军阀派系，使之和平共处，免起战端。在北京无政府的情况之下，他充任地方临时和平维持会的会长。

现在莫愁又转过身去看姐姐。环儿说："要不要去叫荪亚？"

莫愁说："不要吓唬他。叫木兰也歇息一会儿吧。"

木兰这时渐渐苏醒过来，也许听见她们说话，但是一直没说什么。

现在莫愁低下头跟她说话。木兰睁开了眼睛，看见妹妹的脸正在自己的脸上。

“你现在怎么样了？”

木兰向四周围一打量，看见别人也在，她说：“我现在好一点儿了。最近心脏有点儿弱。”

莫愁大声说：“你要特别小心。这几天你的脸色就那么灰白。今儿你一进来，脸就一点血色也没有。”

木兰以无限的柔情看了看妹妹，然后又把眼睛合上。

华太太一会儿打电话来，说齐白石老先生没在家，她已经留下话。木兰一能坐起来，她说要和妹妹一起吃午饭，叫环儿给荪亚打电话，告诉他立夫被捕的消息，并且叫荪亚过来，商量商量事情该怎么办。

荪亚来了，看见木兰的眼睛肿肿的，脸苍白得没有血色。华太太已经到了，她看了两姐妹，什么事情也逃不过她那两只聪明锐利的眼睛，内心十分敬佩莫愁遇到这种急事，还能那么泰然从容。她们正吃饭，齐白石迈着笨重的脚步走了进来，他说他要给几个朋友打电话，那几个朋友可能会帮得上忙。不过他认为最有用的还是傅增湘先生。因为傅先生是前任的教育总长，又是立夫的好朋友。下午宝芬的父亲来说他已经见到王世珍老先生，王老先生答应尽力把立夫保释，事情看来有了希望。后来傅先生又来说，他已经看见立夫和警察局长，可以担保不会立刻有什么危险。有关被怀疑到是共产党的案子，一定经过警察局和军事法庭办理。他说警察局长很知道立夫的有利关系。有人曾经密告立夫，但是没有正式的原告。

大约六点钟，黛云走来。吃晚饭的时候，警察又来了，但是那个警官没有来。管这件事情的这个新警察，是个又矮又丑的小警官，眼睛细得成了一条线。他拿的命令是逮捕陈三和环儿。

荪亚问逮捕的理由。

这个警官很粗暴地说：“我们有拘捕令来逮捕这个男人和这名姑娘。

他们若是共产党，那就要枪毙；他们若是善良百姓，当然会放回来。”

环儿的母亲开始哭，她说：“为什么运气这么坏？一天抓走我的两个孩子！他们若是放不出来，我也不要活了。”

荪亚想办法安慰她。那个矮个子警官一眼看见黛云，他说：“这一家怎么这么多剪发的女人。这恐怕是个共产党的窝吧。你最好也跟我去回话。”

黛云大怒说：“什么？逮我？你这个军阀的走狗！”

矮子警官说：“哼！好哇！你是想找逮捕了。我不想带你走也不成了。”他转身向那个警察喊说把那两个剪发的姑娘（黛云和环儿）带走。

荪亚问：“你有什么证据没有？”

警官回答说：“当然有证据。你想我们闲着没事干各处乱抓善良的老百姓吗？”

陈三的手枪交给了警官，自请前往。

这一步新发展使整个情形愈发凶险。全家更忧愁起来。宝芬的父亲说王老先生答应在受审期之前，担保平安无事，不过在这种年头儿冒不得险，决定当天晚上交钱保释。此外，他们还得把黛云被捕的事去通知牛思道。

那天晚上很晚了，十一点半，荪亚和冯舅爷陪着立夫回来了。因为王老先生写了一封亲笔信给警察局长，他们交了三千块钱，把立夫保释了出来。另外那三个人却不能保释，一则因为王老先生的信上没提到那三个人，一则因为陈三看来像个共产党，那两个小姐，都剪了发，看来大概也是共产党。那时候的警察局里办事的乱来，就不用说了。

女人都静坐着等候消息。他们进来时，第一个听到立夫声音的是木兰，她立刻喊：“他回来了！他回来了！”那一整天，莫愁没有掉一滴无用的眼泪，但是一看见丈夫的脸，她跑过去拉住他的手，这才因喜而泣。立夫向她解释说：“有人向警察局长密告我。我想是怀瑜。”

“为什么把环儿和陈三也逮走？”

“这就让我想是为了个人间的私事，由家里的仇人鼓动的。这和那黑名单没有关系。三点左右，又带我去过堂，法官问我：‘你把你妹妹嫁给了一个苦力吗？’我回答说：‘是，我把她嫁给了一个警察。警察不也是人吗？’站在那儿的几个警察听见我的回答，微微地笑了笑。‘有人告你把妹妹嫁给一个苦力，所以怀疑你同情共产党。’我说：‘法官先生，我若再有几个妹妹，我要把她们都嫁给您贵局的警察。至少警察是自食其力的。我赞成自食其力的人。这就是共产主义吗？’旁边的警察大笑。法官说：‘不要说题外的话。我们正在尽力消灭北京城的共产党。不要讨我们的欢心。’他们就把我带到拘留的小房间去，后来你们就到了。”

冯舅爷说：“那么陈三和环儿也不会有什么危险了。”

立夫说：“不见得。”

莫愁说：“还控告别的罪名没有？”

“那得到正式审问时才知道。有关我毁谤当局的事，只要经过正式审问，我就不怕。你们找到王世珍帮忙，这运气太好了。”

立夫的母亲问：“环儿和陈三怎么样？”

“出来之前我看见他们了。他们和几个学生关在一间屋子里。环儿在那儿哭。我告诉她那个矮子警察说的话是乱说的，他们的案子大概不会严重。我告诉陈三说，他的罪只有一条，就是他以前当过警察。”

立夫一回来，再加上有公开审问的机会，家里就大为放了心。荪亚和木兰回家去了。

傅先生第二天早晨到警察局去看看环儿和陈三能否释放。警察局长说他们的案子很轻，没有危险，但是不允许保释。

他在那儿看见了牛思道，正想办法把黛云保释。警方对黛云没有不利的证据，也没有人密告她。

警察局长问牛思道：“你是这个姑娘的父亲吗？”

“是。”

“那么她也是牛怀瑜的妹妹了？”

“当然。”

“那请您千万别见怪。我会立刻放了她。可是您女儿真像个共产党。您要教训她，要她懂礼貌。谁是好家庭的儿女，谁是坏家庭的儿女，可太难认了。”

牛老先生万分感谢，并且谢罪说：“您知道，现在这个年头儿，做父母的也管不了自己的孩子。我这个女儿，年幼无知，就是太摩登了。”

黛云当时在一旁，不准她父亲说自己年幼无知向局长道歉。她对警察局长大吼说：“你说好家庭坏家庭是什么意思？好家庭你是不是指的做官儿的，欺压老百姓的？你若因为我是怀瑜的妹妹才放了我，我就是不肯走。”

警察局长微微一笑，看着牛老先生。

警察局长说：“她说话简直就像个共产党。因为您老先生的面子，我放她走。我们拘留所里都是这种年轻人。您教训她以后说话要小心，总是有好处。不然她还会再招麻烦的。以后恐怕就不容易给您留面子了。”

黛云说：“告诉我谁告孔先生和他妹妹，是我哥哥怀瑜不是？”

局长大吼说：“那不是你的事！”

傅先生向牛思道和黛云告别，并且问那警察局长立夫的案子是不是要经过正式法庭审判，局长说：“是。”

傅先生又说：“孔立夫的案子什么时候审？我要给他当辩护人。”局长立起来，向傅先生鞠躬为礼说：“傅大人，您别挖苦我们了。您知道，我们当差有时候真难办事。将来审问时您若光临，我怎么敢坐下呢？被告是您的什么人？”

傅先生说：“跟我的儿子差不多。”

“我告诉您说，将来一定公平审判。您知道他得罪了人，大概写文章又得罪了当局。我们现在正研究他这案子的文件，我告诉您说，我们一定尽量快办就是了。”

傅先生把这些话告诉了姚家孔家，立夫向傅先生道谢，谢谢他为他奔走辛苦受累。

第三十八章　审案件法官发迂论　入虎穴木兰救立夫

四天之后，是五月一日，孔立夫被传受审。是军事法庭，私下举行，并不公开。家属不得出席，但是傅先生坚持到庭。警察局长为原告。警察局长已经仔细看过文件，准备了一份措辞慎重的报告，使控告不至于过分严重，这是由冯舅爷暗中和这位警察局长接洽安排的。立夫的案子先审，陈三和环儿在候审室中等待。

法官矮小软弱，身着军服。傅先生在一旁坐着。初步仪式之后，法官念起诉书。

“孔立夫以发表文字攻击政府、提倡异端邪说，惑乱民心，并对劳工寄予同情，不无共产党徒之嫌，由其私人住所及他处获得之文件，显见思想混乱，对孔教学说时而卫护，时而诋毁。以上各项，将逐一查证。第一,三月二十八日发表文字一篇，攻击政府残杀学生，措辞无礼，甚至辱及教育主官。本庭知悉汝身为教授。”

立夫回答：“庭长先生，我谴责埋伏袭击学生，写文章时，持此谴责态度，现在的看法并未改变。”

“但是你似乎为游行的领导人物辩护。你知道，他们是共产党，也许是国民党，两者是一样的。”

“庭长先生，我不知道他们是不是共产党，我只知道学生游行是出于爱国心。我外甥女，是个女学生，十六岁，也被枪杀。我是大屠杀的证人。但是庭长，我并没写文章攻击现在这个政府，攻击的只是诸位推翻的那个政府。吴佩孚将军曾通电要求逮捕段祺瑞和安福系，而安福系的内阁自请辞职。全国人人谴责这种屠杀，并不是我一个人。”

“你文章里用‘贪官污吏’‘军人擅权’。你知道我们民国这种混乱时期，我们军人只是要恢复国家的和平秩序。您同意吧，总长。”这时他转过去看傅先生，并向仆人喊声给“傅先生倒茶”。傅先生一看立夫能自己辩护，于是只是很客气地点了点头。

立夫故以相当典雅的词句说：“庭长先生，为官者众，或廉洁，或贪污；为吏者多，或肮脏，或清正，即便在太平治世，亦复如此。我若说为官者无不贪污，‘贪污’一词，自然用之不宜。我若说为吏者无不肮脏，亦属措辞失妥。我并非不分青红皂白一概而论。”

那位军法官，似乎是个旧式文人，而误入了当时的军界，披上了军服。他看了看被告，似乎颇赏识被告答辩的文句措辞得宜、铿锵有声。他清了清嗓子，又开始说：

“你的思想似乎很不清楚。我看你是个读圣贤之书的人，因为你赞成祖先崇拜。这一点对你很有利。但是你说‘树也有感情’，其意何在？有一篇这种理论的文字，是你几年前所写。你怎么能一方面提倡祖先崇拜，一方面又说‘树也有感情’呢？这很矛盾。”

立夫听了，心中不禁暗笑，真没想到法官会提到这个。法官还接着说：“你现在还是持这种意见吗？”

“是。”

“我很为你可惜。你若是读圣贤书，志贤希圣，就不应当泯灭人类与草木鸟兽之分。你若说树亦有知，那你就是共产党。我也念过孟子。人兽之间最大的差别，也就是恻隐之心、是非之心。你说树也有感觉，岂不是把人降低到禽兽的地位了吗？你还说树和禽兽的‘语言’，就和现代教科书上所说的一样，有什么‘熊说道……’，又有‘狐狸说道……’。这些都是魔鬼般的共产主义，分明存心要把人变成禽兽啊。”

立夫说：“庭长先生，您若容许我来解释的话，那就在于把圣人的话怎么理解了。孟子见齐宣王，论到仁爱及于动物，不忍见牛之觳觫。《尚书》上说尧舜之乐师奏乐，而百兽率舞，圣人之德，化及鸟兽。鸟兽若无感觉，怎么能感于圣人之德呢？《周礼》上也说沉埋献祭，以祭湖泊森林之神。”

这位法官听来似乎有点混乱，说实话，他还没有真正了解《周礼》，因为《周礼》这部书，在古籍之中极为艰涩难解。傅先生感觉满意，面露微笑。

法官说：“你的辩护要局限于你写的文章。”于是法官又很快说下去：

“我们今天论到的是共产学说，不是中国的经典。中国的经典向来有诸家不同的看法。你承认你提倡的学说是人与草木鸟兽相同，人如同鸟兽，鸟兽也如同人一样吗？你要知道这种学说是会扰乱民心的。”

立夫回答说：“庭长先生，我是站在科学的立场说话。我只是说人与兽只有在有感觉方面是相同的。不过此等感觉的性质是不属一类的。”

“所以你承认人与兽相似。但这一点并不重要，这只表示你的思想是多么混乱，对人心引起多么大的迷惑。另外有一个对你严重的控告，那就是你在山顶上，不经过正式仪式，就把你妹妹嫁给一个苦力。是不是真有此事？”

“是真有此事。”

“那个苦力的名字叫什么？”

“陈三。”

“他什么职业？”

“他以前在安庆当警察，现在是我家的秘书兼花园看管人。”

“他娶了你妹妹之后还当看管人吗？”

“是，名义上还是。”

法官说：“这很不正常。你知道不知道你把家庭秩序和主仆之分全弄混乱了？这是不是和共产党的做法一样？你和共产党有关联。”

“我相信人是平等的。孟子说，圣人亦犹人也。”

“婚礼时谁是证人，谁是媒人？”

“我是证人，没有媒人。”

“这不是和共产党提倡的一样吗？”

法官似乎很想确定关于立夫共产党嫌疑的控告。

立夫说：“我再没有什么话说。”

法官吩咐传别的人进来过堂。陈三和环儿进来。

“你叫什么名字？”

“陈三。”

“这个女人是谁？”

“她是我妻子。”

“孔立夫是你的大舅子吗？”

“是。他是我妻子的哥哥。”

“你们的结婚很不正常。孔环儿，你承认陈三是你丈夫吗？”

“我承认。”

“他在你哥哥家做什么？”

“他是秘书、出纳和花园儿看管人。”

“你是你们家主人的妹妹，怎么会让你丈夫做个仆人呢？你嫁给一个普通的工人，你不害羞吗？”

环儿回答说：“我不害羞。他自食其力，没有什么可羞的。”

“你说的是共产党的话。你们结婚没有媒人。”

“我母亲同意了。我嫁给他，只因为他是个孝子。”

“怎么个情形？”

“我丈夫是陈妈失踪的儿子，陈妈以前在我们花园里做事。陈妈不愧是良母，陈三不愧是孝子。”

法官向陈三说：“你说你以前是个警察。告诉我你后来怎么受雇于孔家的经过。”

陈三告诉他自己怎么跟母亲分开的，他母亲怎么寻找他，他怎么读到立夫写的小说而后决定到北京来寻找母亲，到了北京之时，母亲已经走了。话越往后说，越发情不自禁，法官也似乎受了感动，转向立夫说：

“你就是写《陈妈》那篇很有名的小说的吗？”

立夫说：“是。为了这样的贤母孝子，请庭长开恩。”

傅先生这时插了话。他说：“庭长先生，我可以不可以把我所知道的说一说？”

“当然可以。”

傅先生说：“这个陈三是个孝子。他不幸生于贫家。我见过他住的房子。他睡在他母亲为他做的衣裳上。他起誓绝不再穿那样的蓝布。他做事很负责，为人也诚实。我曾经见他屋里自己写的对联：‘树欲静而风不止，子欲养而亲不待。’这样的好儿子，不会是共产党。”

法官细心听，在最后，他想做一个大的手势。他站起来，向陈三伸出双手说：

“今天得遇你这么个孝子，实在高兴。你和你妻子走吧。”

陈三和环儿向法官深鞠一躬，流露出快乐的微笑。

法官又回到座位上，脸上做严肃状，他说：

“孔立夫，由你的自白看，你是提倡邪说扰乱人心。再者你把你妹妹嫁给工人，没有媒人，没有仪式，而在荒野，和不知仪礼的野蛮人无异。你也许不是共产党，可是你的行为近乎共产党。这些年来，人心已经颇为不安，对一切再扰乱人心的人，我们必须要压制。我判你监禁一年。不过，姑念你赞成崇拜祖先，提倡孝道，你若答应从今以后，不再鼓吹异端邪说，不再批评政府，我把一年监禁减为三个月的拘留。”

立夫的脸色沉下来，傅先生站起来说：“请求庭长开恩，再为减轻。”

但是法官站起来很客气地说："实在对不起。我实在无能为力。他得罪了人。您若好好开导他，以他的学问能力，将来必能对社会国家大有贡献。"

傅先生知道法官最初的想法也就是如此，怀瑜是要求给立夫一点惩罚的。他于是向法官道谢，法官向傅先生鞠躬还礼，退席而去。

现在只剩下立夫跟傅先生、环儿、陈三几个人。立夫教他妹妹告诉莫愁和母亲不要担心。傅先生说他再努力去想办法，务使立夫早日获得开释。但是他不必担心立夫监禁中的生活。卫兵都很敬佩立夫的学识，也知道他是王府花园的主人，自然会对他客气，因为可望得到厚赏。

由开庭审问起，全家就聚在一起，等待立夫的归来。莫愁看见傅先生和环儿、陈三进来，她立刻失望了。环儿伏在母亲怀里哭了。

母亲问："怎么回事？"

傅先生说："不用担心，孔太太。比原先所预料的好得多。只是暂时关在那儿，不久就会放出来的。"

莫愁惊呆了。她问："多久？"

"三个月。但是，我们还要设法叫他早点儿出来。"

傅太太也在那儿。她问："为哪一条判罪？"

"他的理论近乎共产主义。"

环儿几乎大笑出来，她说："真是可笑！我们从隔壁屋里听到了。就因为那篇《论树木的情感》，就控告他提倡异端邪说。"

傅先生向莫愁说："你先生有那等口才，我得向你道喜。他和那位法官引经据典辩论起来，法官输了。立夫引证《周礼》，法官立刻改换了题目！"

于是，傅先生叙述那场审问和立夫的辩护。

傅先生最后说："那是文不对题。法官由一开始就决定要找他的罪名。他一定是受了人的委托，大概是怀瑜。幸而在文稿里立夫有一篇赞成崇拜祖先的文字，才确立他绝不是共产党。共产党是不为祖先崇拜辩护的。不然的话，判得要重多了。"

莫愁很高兴她把那篇主张祖先崇拜的文字故意留在立夫的实验室

里，不过她只说："傅老伯，我想主要还是由于您亲自出席的关系。妈和我们全家都谢谢您。"

傅先生说："两者都有关系。"

莫愁说："都是咱们的错儿。咱们早就应当去向那位法官送一份礼。原以为和警察局长说好就行了。现在要花点儿钱了。"

傅先生答应再去设法。木兰只是满脸悲愁地望着他。

荪亚说："现在咱们能做的就是多花钱，叫他在里头舒服一点儿。"

冯舅爷说："我们在警察方面花了五百块钱。你现在还想得出什么别的主意呢？各部门的官儿都得打点打点。"

冯舅爷伸出他的手指头，先伸出了四个，后来伸出了八个，他静静地问莫愁："这个，还是这个？"他意思是四百或八百，"咱们花的钱越多，他在里头就越舒服。"

莫愁说："狱卒是容易对付的。重要的是给他一间舒服的屋子住，一个好床睡觉，被褥要好，饭食也要好。若打算他早点儿放出来，就不是几百块钱的事了。"

冯舅爷说："现在花几千块钱都算不了什么。"

宝芬说："被褥容易。我那儿有十几床新丝绸棉被和毯子，还没用过。狱卒一看见犯人有好被褥，就会对他优待。咱们去探望他时，一定尽量穿得阔气，好给他面子。当然了，狱卒心里的盼望也就大了，咱们必须预备下钱给他。"

现在既然有一个临时的解决，立夫的性命至少算平安，全家也就安心接受这个新情势，开始谈论去探监，并确保立夫在里头舒适不受罪。在整个讨论当中，木兰一句话也没说。

当天下午，荪亚、阿非、莫愁，三个人一同到监中去探望立夫，给了狱卒点儿赏钱。第二天木兰去见莫愁，把她拉到一边儿，拿出七个旧的圆珍珠，像大豆子那么大，原来是镶成一条蜈蚣，做头发上的装饰用的，她把那条蜈蚣拆散，拿下这七个来。

她说："妹妹，这儿有七颗旧珠子。我没有什么用处。我就去跟宝芬说，这和宝芬找到的那五个正好配上。我想把这七个和那五个凑成十二个，让宝芬的父母去送给王老先生。颜色大小正好配上，我记得……知道这三个月届满以前谁当权呢？你以为怎么样？"

莫愁看了看珠子，又看了看姐姐，自己却说不出话来。

木兰说："妹妹，有什么难处吗？不管怎么样，咱们也得救他。"

"我是想……宝芬会不会乐意。不然我从她手里买那几个好了。"

木兰说："没问题。阿非当然愿意。在咱们家，珠宝算不了什么。"

姐妹二人眼里都流出了眼泪。她俩一齐过去，找到阿非和宝芬。阿非说："当然。"宝芬说："这个主意很好。没有人，珠宝又有什么用？我真没想到那宝贝会有这么大用处。"

这项计划按预定进行了。事实上，两家还都够殷实，人人都愿出钱，连珊瑚、曼娘、暗香在内。

那天下午，木兰和莫愁决定去看立夫，想办法使他搬到好房子去。阿非也跟去了。环儿要去看哥哥，母亲说她刚从监狱里出来，不让她去。他们另带了一个枕头、一个热水瓶，莫愁从书架子上拿了一本生物学的书带去。

他们先到典狱长办公室，商量给立夫换个好屋子。

典狱长说："他现在的屋子就是个好屋子，一个人住。"说话时向富家少奶奶微笑，又接着说："但是过几天，我也许能给办到。那就看有没屋子空出来了。不太容易。不过我一定尽力给您效劳。"

阿非说："我知道不容易，不过您若特别想办法，我们会特别道谢的。"

按一般常情，典狱长是不陪伴探监人的，但是这位典狱长知道这几位来客有钱，家住在王府花园，所以他立起身来亲自陪同引路。进去之后，他们经过一个空房间，门开着，太阳从铁栏杆中间照进去，没有人住在里面。

莫愁说："这间屋子不坏。"

典狱长说："不久就有人进来住了。这个人家境很好。"

木兰知道典狱长是故意表示困难，好再卖人情。木兰说："我们的家境也不坏呀。"然后向他微微一笑。

典狱长说："也许可以想办法，我还得和别人商量商量。"

他们走到立夫的房间。立夫看见大家，欢喜极了。里面允许他穿普通衣裳，他在里面住了一夜之后，看样子一点也不坏。木兰回头看见那个典狱长已经把他们交给了一个狱卒，可是他还顺着走廊慢吞吞地走。木兰赶快过去。他停下来，眼睛向四周围扫了一下。

他问："您是不是忘了什么东西？"

木兰说："不是。您知道，若是使我们的亲戚住进有太阳的那间屋子，我们是太感谢您的帮忙了。"

木兰那条银蜈蚣上的十颗珠子，那天给了宝芬七颗，还留下三颗，用一块手绢儿包着，放在衣袋里。她打算都用完。她在衣袋里摸了摸，拿出来两颗，藏在手心里。她把那两颗交在典狱长的一只手里。

他一看手里的珠子，说："噢，不行，太太，我不能收您的礼物。我伺候您是应当的。"

木兰说："拿着吧，不要见外。您总得给我们个机会对您表示一点心意啊。"

典狱长满脸赔笑说："我会尽力而为。"

木兰走到立夫的房间去，碰见外面的那个狱卒，他刚才一直在远处望着她。木兰把剩下的那一颗交到他的手里之后，她若不经意地说："这间屋子太黑了。"

那个狱卒回答说："是啊，晒不到太阳。"他的手正攥着那颗珠子呢。

阿非见木兰进了监房之后，问她："你刚才干什么了？"

木兰回答说："我去告诉那典狱长别忘了那间屋子。"

立夫已经从莫愁嘴里听说，他被捕的那一天，木兰昏了过去，莫愁和阿非刚才在说那珠子的事情。莫愁说："二姐拿出了她自己的七颗珠子凑足了十二颗。"

木兰走近他时，立夫说："木兰——"沉默了一会儿，一句话也没说。过了一会儿，他才接着说："我给你添了这么多麻烦。不要为我发愁伤心呀。"

阿非说："我姐姐若是没有了丈夫，珠宝玉石又有什么用呢？大家都愿帮忙，而且都是心甘情愿的。"

莫愁说："你若知道你让多少人担心难过，你以后就应该小心点儿了。现在人人在尽心尽力。珊瑚拿出来她自己的五十块钱，舅爷拿出来一百，曼娘也拿了一百。经亚和暗香觉得对这家庭的仇恨应当负责任，拿出的还更多，不过我只接了他俩一百。宝芬捐出了她的珠子。"

阿非说："用不着提这些个。二姐提供的最多。"

为大家的至情所感，立夫觉得泪眼模糊，他一边看着木兰一边说："我心里感激大家。我希望以后能对得起大家的盛情。"

正在此时，狱卒进来说已经找到一间好屋子，向大家道喜，开始张罗搬毯子、脸盆，以及其他立夫的东西。忽然从附近一间监房里发出尖声的号叫，小姐太太们都吓坏了。

那个狱卒一边很愉快地打开门，一边说："诸位先生小姐，这跟您没关系。"然后他们看见两个年纪很轻的男孩子，脸色灰白，哭着被领走经过他们面前，向走廊那方向去了。

他们震惊得颤抖不止，随着狱卒走到刚才看见的那间空监房，进去给立夫铺床，整理好别的东西。这间房子前面正对着一个狭小的空院子，院子地上铺的是碎砖。莫愁拿出二十块钱，给狱卒说："好好伺候先生。以后还有重赏。"

狱卒露出感激的笑容，告诉说一切不用担心。

他们坐下谈论当时的局势。时局的确很混乱。颜惠庆正在设法组一个新内阁，用以代替已经"辞职"的总统行使职权。他受到直系吴佩孚的支持，可是奉系的张作霖反对。直奉两系各派都有卫戍司令。现在他们达成了一个妥协的办法，由吴佩孚的人王怀庆来做阁揆。

这时忽然听到几声枪响，然后又寂然无声。他们面面相觑，知道刚才面色苍白的两个少年是领出去枪毙了。

大家到典狱长办公室道谢之后，回家去商量下一步。前清遗老王世珍老先生已经给当地驻军司令官写去了一封信，还没接到回复。北京的情势依然异常混乱。中国在军阀统治之下，就和后来在日本政府之下一样，没有军方支持，是无法组成新阁的。军阀是真正的统治者，文人的统治是获得他们的许可之后而行的。由王世珍老先生领导的地方秩序维持会，还在执行职权，以待互相敌对的军阀所认可的政府出现，但是军阀们一时又难以达成协议。密使在北京、天津、沈阳之间，往返不停，极力促请妥协。立夫的自由就看将来的政府是何等性质了。颜惠庆若能组阁成功，他的力量就能影响军方，使军方支持他批准早日将立夫释放。王世珍老先生在那些日子时常见到颜惠庆，而傅增湘先生也和他有交情。但是吴佩孚支持颜组阁任新国务总理之时，奉系，也包括狗肉将军张宗昌在内，却对他表示反对。谣传直奉两系大概将会同意组织一个联合内阁，但是颜惠庆的前途未明，对帮助立夫这件小事，仍然没有什么把握。

同时，北京大学一位高教授也被捕了。他那年轻貌美的妻子到奉军司令部去为丈夫求情。奉军司令官要求若想准其所请，须以肌肤之亲为条件。教授之妻拒绝，丈夫则被枪毙。这消息传扬出去，文化界又引起惶恐。此外，狗肉将军张宗昌，据传闻将被任命为关内直奉联军的总司令，一二日内将全权统治北京。这位头脑简单做事直截了当的旧式武人，将来的行动如何，那是无法猜想的；必然是比北京地方秩序维持会期间，法律更不受尊重，社会秩序更坏，比段祺瑞内阁期间维持法律与秩序的能力，是更等而下之了。

木兰现在是焦急万分，心里也万分恐惧，已然丧失了勇气。她回到自己家中，什么也不看，什么也不听，吃了晚饭，但不知道是吃了什么东西。于是到自己屋里，换了衣裳。

荪亚问：“你干什么？”

“我还到妹妹家去，我答应要把甲骨文的书送去给立夫看，我应当给莫愁送去。”

“什么？这么晚她还去探监？”

木兰说：“可以。狱卒吃咱们的油水都吃肥了。”

“你也去吗？干吗打扮得那么讲究？”

“我陪着妹妹去。”

“那么我也跟你去。”

“不用麻烦了。阿非或陈三陪着我们去。”

荪亚说：“你要知道，不要太激动不安。”

木兰照了照镜子，看见自己的眼睛，水汪汪的，转动得特别灵活，闪耀着狂热的光亮。她把头发梳好之后，立起身来，从书架子上拿下两卷《殷墟书契》。

她问丈夫：“你觉得他看什么书最好？”

荪亚说：“拿罗振玉那本。那是研究甲骨文最早的著作。”

木兰到了妹妹家，莫愁很感意外，问她：“姐姐，你为什么这么晚又出来！”

“我拿来一本书，答应送给立夫的。和我一块儿到监狱里去。”

莫愁问：“干吗这么急？”

“今天下午我答应给他的。宝芬的亲戚来过，就把事情耽误了。我不愿说了话不算话。”

“这么晚能进去吗？”

“我想可以。卫兵已都认得咱们了。”

“那么叫陈三送个信儿去，说咱们有事，今儿不能去了。”

木兰坚持要去，她说：“我已经穿好衣裳了。他要什么东西，我一定都会送去。也许监狱里有什么消息呢。”

莫愁说：“那么等一下，我跟你去。”

立夫的母亲说：“不要去了。监狱里又黑，走进去不容易。在黑暗里摔倒怎么办？你是一身两命啊，不是一个呀。”

于是莫愁没有去，陈三陪着木兰去的。

到了监狱，陈三把那一包书递过去叫人转交。

卫兵说：“太晚了，狱卒都回家了。这也不合规定。”

木兰打开，把书给卫兵看，说那书里没有什么有害的东西。

卫兵说：“不能私自送东西进去。送进去的东西，都要在办公室经典狱官看过才行。”

木兰问：“我们可以不可以看他一下？一小会儿工夫。”

卫兵说：“不行。”

木兰说：“那么我们明儿拿来吧。不过请您告诉犯人说我们来过了。”

木兰和陈三在狱门分手。陈三一定要陪木兰回去，木兰说不必，自己跳上一辆洋车走了。这时木兰心中忽然出现一个很强烈的念头，就是要单独见立夫一面，即便是短短的五分钟。以前在泰山上杉木洞的一席谈心，使她的生活从此更为充实，更富有力量，她和立夫在泰山顶上一同观看日落日出，那对木兰的重要性是无可比拟的。但愿在监狱的夜里单独见他一面！万一立夫被枪毙，她一生心里的记忆该多么宝贵呀！她要见立夫的愿望实在压制不下去，走了一小段之后，她下了洋车，又走回监狱去。

卫兵说：“怎么又回来了？你要干吗？”

木兰说：“让我进去一小会儿。我是一个女人，也不会把他偷跑了的。我有很重要的事情告诉他。”

她把五块钱的一张票子塞到卫兵的手里。卫兵向四周围张望了一下，说：“那么要快，不要出声音。只许五分钟！”木兰在黑暗里也看不见道路，跟着卫兵穿过了一个漆黑的大厅，走过一个灯光不明的走廊，心扑通扑通地跳。她心里暗想：“他会怎么想呢？我也没有什么借口。”

到了立夫的房间，卫兵向那值班的典狱官低声说了几句话，就招手叫木兰进去。

立夫正在一盏小油灯下看书。这事完全出乎他的意料。

站在立夫前面，木兰脸上有点羞惭，几乎流露着可怜状望着他。

“噢！木兰！有什么事？”

木兰向卫兵指了一指，叫立夫小声说话。

木兰开始说：“我有点儿消息告诉你。”

立夫拿枕头放好，给木兰当座位，说：“坐下。”木兰结结巴巴地说：“今儿下午有点儿消息，但是没能够来。”

“什么消息？”

木兰忽然停住，说不出话来，满眼眶的泪，嘴唇颤动，忽然哭了，手捂着脸，哭道：“噢！立夫！”

她不敢大声哭，怕被人听见。卫兵和典狱官从门上的洞里往里看着。

立夫站得笔直，低头看着她，也不敢碰她，只弯下腰说：“有什么难过的。我在这儿很好，很舒服啊。”木兰的手去找立夫的手，她低声啜泣说：“我知道我不应当到这儿来，可是万一你若死……我……”

“有什么消息？”

立夫很了解自己的这位大姨子，难免受了感动。但是他只是很温和地说：“是不是莫愁让你来的？”

木兰擦了眼泪，用力抑制住自己，静静地想了一会儿，然后抬起恳求的眼光看着他说：“妹妹和我今儿下午要来看你，但是来不成。我想到甲骨文那部书，我就和陈三给你送来。太晚了，他们不能从外面传递东西进来，也不肯教陈三进来，因为他是男人。我告诉卫兵我是女人，他才放我进来。”她用大拇指和其他手指摩擦，表示送了赏钱。

“可是有什么消息呢？”

“王老先生已经给司令官写了一封信，你想有什么用处没有？”

“就是这件事吗？”

“据说狗肉将军张宗昌，几天之后就要做北京最高军事统帅……噢，立夫，我不知道——我好为你担心。万一你发生什么事……”她的声音听不清楚了，她向椅背倚过去，似乎力量精神都耗尽了，然后又开始哭泣。

典狱官在外面叩门。木兰站起来，又拿出一张票子，走到门口央求他："再等五分钟。"

立夫看见她那微微遮住的眼睛在暗淡的灯光下闪动，她的鹅蛋脸上的表情那么温柔而又勇敢。

她说："我不应当来。但是情不自禁，非来和你相见不可，你不会恼我吧？"

立夫也抑制住自己说："恼你，怎么会！你对我太尽力了。你拿出珍珠来救我，我得多么向你道谢！"

在情不自禁之下，他低下身子，拿起她那雪白的手，很亲切地吻了一下。

木兰恳求他说："你要知道，我为了救你的性命，付出再多再多，我都愿意。我并没有做什么错事，难道我做错了吗？"

立夫回答说："为什么……除非人们误会。"

"立夫，我打算离开北京。你出去之后，带着家眷，也离开北京吧。以后再埋头研究学问。你知道你的安全对我妹妹是多么重要——还有对我。"

卫兵又敲门了。木兰站起来，伸出她的双手，握住立夫的两只手，说声再见而去。

她出了监狱大门，站住了一下，似乎犹豫不定，然后转向右，走了一小段。她脚步有点儿踉跄，心扑通扑通跳，忽然颤抖了一下。她几乎都没法儿站稳，站住喘喘气，倚在一根电线杆子上。一个过路人停下来，以为她是个野鸡，转身望了望她。她大怒，又往前走。二十几步外，有一辆洋车在那儿等座儿，灯还亮着。木兰咬紧着牙，叫那辆洋车。

她说："到总司令部！"她的心跳得更响，她想洋车夫一定也会听得到。高教授的妻子去为丈夫求情，她为什么不可以去为立夫求情？可是，她自己说与立夫是什么关系呢？莫愁若知道了怎么办？荪亚听说了怎么办？最重要的是，事情该怎么办呢？不过有一件事，她确实十分清楚，那就是立夫必须立即获得释放，再晚就危险了。

在总司令部前面她下了车。卫兵问她何事。

“我要见总司令。”

“你是谁？”

“我是谁没关系。我一定要见他。”

卫兵相视而笑，进去报告说一位不认识的漂亮女人要见总司令。司令官命令他把女人带进一间屋子里去。

木兰走进去，浑身颤抖，前额上冒着冷汗。她极力使自己镇定。她知道自己很美，但是司令官肯听一个美丽的女人为别人求情吗？这位新来的司令官，会不会跟枪毙高教授的那个奉军司令官一样呢？

司令官走进来，看见这个美的幽灵，吓了一大跳。他向卫兵说：“不要来打扰。”卫兵出去，关上了门。

木兰跪下叩头。她说：“总司令，求您答应小妇人一件请求。”

司令官大笑说：“请站起来。你这么美的女人给我下跪，我可不敢当。”

木兰抬起眼睛，站起来。司令官请她坐下。

“我是来为一个犯人求情的。他被逮捕，非常冤枉。他是一位大学教授，黑名单上没有他的名字。他有个仇人挟嫌诬告。他只是写了一篇文章论‘树木的感情’，而今被关在监狱里。”

司令官听着木兰那低沉富有音乐美的声音，不禁神魂颠倒。木兰的北京话说得那么慢而清楚，还那么漂亮。

司令官喊说：“什么？写篇文章论树木会被逮捕？”木兰微微一笑说：“就是啊。一篇文章论‘树木的感情’。法官说那是共产党的思想。”

司令官以愉快的声调儿说：“那怎么会？好吧，告诉我。我帮你办。”

木兰说：“好吧。这个人说……”

“等一下。你说这个人是谁？”

“他叫孔立夫。他现在在第一监狱。”

“你是谁？”

“我若不回答您这个问题，您不会介意吧？”

“哈哈！这还是个秘密。”

木兰鼓起了勇气：“我能求您大力帮忙吗？”

“当然，像你这么美的女士。”

“请您把我这一次来拜访您的事，千万别泄露出去。”

司令官哈哈大笑说：“你看这屋门不是锁着吗？”

“可真不是玩笑哇。”木兰说，“您知道有一个大学教授，一个礼拜以前被捕的。他妻子到那个奉军司令官那儿去求人情。那个司令官并不是个正人君子——您知道进关来的那些奉军——那个司令官对高教授的妻子没怀好意，那个妻子不肯答应，她丈夫就被枪毙了。我知道您这位司令官大不相同，所以才敢来见您。人都说吴大帅部下的军官都是受过良好教育的。”

那位司令官听着这个不相识的女人做此非常之论，脸色渐渐变了。木兰接着说：

“您知道，若不是吴大帅的力量，万恶的安福系现在还照旧当权呢。您看奉军硬是用烂纸似的奉票儿，向老百姓买东西！简直就像贼匪一样。”

木兰成功激起了直奉两派几乎在北京同时任命的两个司令官之间的嫉妒仇恨。这位司令官叫卫兵把这屋子的门锁起来时，不能说他是安着好心，不过他是吃捧的，乐意人家赞美的，木兰提到那奉军司令官的“没怀着好意”，他的好意不禁昂扬起来。他刚刚因功提升到现在的官阶，自己还正以不同于流俗自居。他不再咧着嘴笑，而是露出严肃的神情。

“这位女士，我不知道你的底细——我也不知道你尊姓芳名——不过你知道我这个职位是保护善良老百姓的。”

木兰说：“那么请您先保护他这个善良百姓吧。我们对您是感激不尽的。”

木兰说着站起向司令官又行一礼，她自己有这份勇气，自己也深感意外。她进来时，完全是无可奈何，是跳火坑，不知道要怎样才出得去，但是现在她心里的恐惧已然消失。

司令官对木兰的从容自然，深感异乎寻常。

“不要说那么快。你若能让我确信他不是共产党，我一定释放他。”

“好吧。我告诉您。这位孔先生的仇人是我家的亲戚，实际上，也是孔先生的亲戚。所以我知道。他和奉军走得很近，那个法官也是奉系的。你想想，写一篇论‘树木的感情’的文章，怎么会是共产党呢？”

“的确是毫无道理。但是为什么判刑呢？”

“在文章里他写树木有感情，就和禽兽一样有感情。我们若折断一个树枝子，树木会觉得受到伤害。若揭下树皮，树就觉得好像被人打了脸。”

“这跟共产主义扯不上关系呀。”

“法官认为他说树木有感觉，就是把人的地位降低到与草木鸟兽同等。您也认为树木有感觉吧！”

“我不知道。”

“这并不新鲜哪。我们都知道老树成精，没有人敢去砍倒。老树砍倒的时候，常常有人看见树里流出血来。”

司令官大笑说：“当然，当然。甚至泰山的石头还成精呢！当然是有感觉。”

木兰说：“司令官，那么您可以把孔先生释放了吧？”脸上流露着迷人的微笑。

司令官又再细问详细的情形。木兰说立夫是个自然科学家，他的名字又不在黑名单上，完全是私人挟嫌诬告。

“为什么会有这种私人仇恨呢？”

“这都是我们家庭亲戚的关系。姓牛的涉及一个污秽不堪的丑闻，孔先生写文章揭露这件事。姓牛的有个妹妹，嫁到我们家。这件丑闻弄得满城风雨之后，我们不能不和他妹妹撇清关系。姓牛的写给我父亲一封信，起誓要报复，他就这么报复了。”

司令官向木兰带有迷人微笑的脸望了半天，然后发狠说道："你是逼得我不做好人不行了。"他于是叫卫兵。一个卫兵进来。

"拿笔拿纸来。"

木兰立在一旁，说姓名和监狱的地点，心里真是喜出望外。司令官坐在桌子那儿写。木兰出主意要在"释放"一词之上，加"立即"两个字。于是几乎是木兰念，司令官写。

木兰拿到那张纸条，就要下跪，司令官止住她。

司令官说："我可以求你一件事吗？"

木兰说："我怎么敢不遵命？"

"告诉我你的名字。"

"我的名字是姚木兰。"

"今天晚上你战胜了。请向孔——先生道喜。我希望你相信我到这儿来的目的，是保护善良百姓。"

木兰说："我会为您传播美名。"

司令官大笑说："那么没有什么秘密了？"

木兰说："没有什么秘密了。"满脸露出感激的微笑。木兰把那个纸条儿放在手提包里，她说："那么我要走了——多谢多谢。"

司令官显得很惋惜的样子："这么急着走吗？"

"是，要赶紧走了。"

司令官送她到屋门口，叫卫兵很客气地带木兰到大门，然后他转回身来，向空空的走廊咒骂了一句。

在门房，木兰借电话打回家去。在意外大获成功的激动之下，她打电话给妹妹莫愁。

"立夫就要放出来了……我得到他的赦免令了……我是二姐呀……我在王司令的司令部……现在没关系了……我马上就回去见你。"

现在太激动，不能坐洋车，那太慢，她叫了一辆出租汽车。汽车来到之后，她想到自己的丈夫，告诉司机先开到她家。刚过十点钟，荪亚还没有睡，但是正在屋里焦急，几乎就要出去找木兰了。他一个钟头以前打过电话，知道莫愁没有到监狱去，而木兰已经和陈三走了一会儿工夫，后来陈三又一个人回来了。她到哪儿去了呢？他已经等了四十五分钟。后来莫愁打电话给他，说木兰就要回来，也告诉他立夫就要放出来了。现在忽然看见太太走进来，十分激动，大声喊说：

“立夫就快放出来了！”

他又问：“你这半天到哪儿去了？”

“直接到王司令的司令部去了。你看这张赦免手令！”

“我以为你到监狱去了。”

“我们进不去，我和陈三去的……立夫快要放出来了，你们当然好高兴，是不是？”

丈夫问：“当然。可是你怎么弄到这张手令呢？”说着一边细看那张手令。

“到妹妹家我再跟你详细说。来！租的汽车在外头等着呢。妹妹一定也急着呢。我在电话里说直接到她家，后来我想我得先回来看你。”

在汽车上他又问木兰怎么得到那个手令，但并不太急切。

他只是问：“你怎么弄到这个手令呢？”

“我直接去找王司令。”

“但是你怎么使他给你的呢？”

“只是和他理论。”

“那么容易呀？”

“当然。你以为我怎么样了？”

荪亚没再说什么。

“是我设法把他释放出来的，你向我也夸赞两句吧。荪亚，你不欢喜吗？”

荪亚停了停才说：“你怎么向人家说明你自己呢？说是我的太太呢，还是别的？你怎么想到去那么做？为什么不跟我先说一声？我一直担心，不知道你到哪儿去了。”

“我根本就没介绍我自己。我没做什么错事。我有什么错儿吗？”

“你知道，那很危险。”

“荪亚，我告诉你，我是不能不这么做。我离开监狱时实在抑制不住心里的冲动。我想要向司令官直接去恳求，一个女人去求他，也许有点儿用处。他是直系的，和怀瑜那一派正是对头。结果我想对了。”

荪亚说：“你真是个精灵鬼儿！”一半是颇以为然，一半是讨她欢喜。

车已经到了静宜园了。门口的灯已经打开，仆人们正在等着呢。陈三站在门前。木兰叫车停住。

莫愁在通往院里的走廊上正迎着他们。木兰把那一纸手令塞到妹妹的手里，说：“看！上面盖着司令官的印呢。”在走廊的灯光下，莫愁念的时候眼睛里流着泪。她说：“二姐，你怎么弄到的呢？”她开始在他们前头跑，因为怀着孩子，跑得很费劲。她到里面向大家说立夫就快放出来了。

莫愁说：“告诉我们你怎么弄到的。”

“噢，离开监狱之后，我心里想高教授的太太怎么去见奉军司令官为她丈夫求人情……”

荪亚说：“你也想到了！”

木兰说出这话来也有点儿羞愧：“那倒让我想起来，我想这个司令官也许还通点儿人情。”

珊瑚说：“我真佩服你的勇气。倘若他不……”

“你们听我说。我装作一个陌生的普通女人，说要见王司令。卫兵就带我进去。门锁上之后，他胡子后头咧着嘴笑，我怕极了。我知道他恨狗肉将军张宗昌派的那个司令官。我开头儿先说他那敌对的司令官枪毙了高教授。我说那个司令官不是好人，要贪高教授太太的美色。他的脸色立刻变了，可惜你们没有看见。他变得很严肃、很高贵的样子。这使我提起了勇气赞美吴大帅的军官。等我看见他做出极正派的样子，我不再害怕，和他从容不迫地谈起来。我告诉他这是私人挟嫌诬告，而诬告的人是我家的亲戚，也是孔立夫的亲戚，所以我们知道。他说：'我的职务是保护善良百姓。'所以我再进一步，求他救立夫的命。我真不知道他为什么那么好对付。然后他让我确能使他相信立夫不是共产党。我告诉他立夫的罪名是因为他写的那篇文章论'树木的感情'。我知道他迷信，我就使他承认树是有感情的，我们说的是多年老树能成精，老树砍倒之后会流血。他十分同意，大声喊说：'当然，当然。树木当然是有感情的。树还能成精呢。'所以我就弄到这张手令了。"

大家一直聚精会神地听着，木兰一说完，珊瑚说："就那么容易呀！妹妹，你是真正念通了《战国策》了。"

阿非说："真像一篇《战国策》。二姐总是有奇思妙想啊。"木兰得意扬扬地说："谁让父母不把我生成个男孩子呀？"

立夫的母亲说："木兰，我明天一定做好菜谢谢你。"

荪亚一直细心听木兰的叙述。最初，有点怀疑，可是到末了，他终于相信木兰的口才，别人也深信不疑了。荪亚这才大得其意地说："木兰很值得孔太太的一顿宴席，也值得立夫莫愁一顿。这等于入虎穴，得虎子。"木兰看了看荪亚，脸上显得放了心，一天云雾随风散尽了。

木兰说："但是咱们应当立刻叫立夫知道。今天晚上能教人把他保出来吗？能不能打电话去？"

荪亚说："有这位司令官的手令，什么时候都能叫他们放人的。"

陈三说："典狱官已经不在了。一定要先找到典狱官。"

荪亚、陈三、莫愁在黑夜里一齐去监狱。莫愁也要她姐姐一齐去，但是木兰觉得自己已经做得有点太多了，只好违背着本意说："不要去了。荪亚，你们进去时，只要我妹妹把消息告诉他就够了。"

所以木兰和别人一同在家等着立夫的归来。

那天晚上大概十二点，立夫才回来。那是五月八日，是狗肉将军张宗昌在北京附近就任直奉联军总司令的前两天。

立夫在监狱里关了正好八天。

第三十九章　素云伴舞银屏得祭 姚老归来木兰南迁

下一个月，六月，木兰染患痢疾，差一点一病不起。她现在进入了生活里最伤心的阶段。过去的两个月，耗费了她的元气，她一直消化不良，比从前瘦多了。阿满的死，在她心灵上留下了深深的创伤，几乎一年过去都无法恢复。

家里人也全都改变了。只有一个人没有改变，那就是曼娘。其实，曼娘也老了一点儿，可是在木兰眼里，曼娘始终是木兰从小就崇拜的那么美那么心肠好的曼娘。曼娘的养子阿瑄现在已经大学毕业，在天津海关做事。阿瑄敬爱曼娘，就犹如对自己的生身之母一样。他也学到母亲那高尚精细的态度，和同时代的其他青年大不相同。

北京的恐怖岁月中，经亚逃走了。立夫被捕之后，他恐怕自己遇到麻烦，就逃去外地，情形较为安定之后才返回北京。爱莲和丈夫在一起，不在家中，不过没离开北京，有时回家探望一下，现在已经是两个孩子的母亲了。她给妹妹丽莲物色到一个丈夫，也是个西医，所以桂姐的两个姑爷都是西医。桂姐的头发已经发灰，人也发福了；但是看见两个女儿婚姻很美满，自己无忧无虑，若说她做了祖母，看来还不像呢。她不愿各处去，这是她享福的时候了，因为她年轻的时候很辛苦。她现在还爱兴致勃勃谈往事，年轻一代听来觉得很有趣。可是她和曾太太比起来，曾太太在晚年显得更好看。曾太太年来多病，但是脸上依然清秀而精明，一看就知道年轻时很美。她俩之间，有这样的不同：曾太太还描眉擦粉，但自曾先生去世之后，桂姐就不再化妆了。

除去曾太太尚在之外，曾先生和木兰的母亲去世，木兰的父亲离家修道，木兰觉得自己责任重大。阿非已经成年，他可以照顾自己和宝芬。他夫妇自英国回来之后，完全是现代时新派，生下的婴儿也由一个受过现代教育的护士看护。

因为北京还是动荡不安，在军阀压力之下，立夫也许还有二度被捕的危险，所以他接受劝告，暑假中离京赴沪。在北方，奉系张作霖的势力日形扩大。

立夫究竟要做什么，颇难决定。国民革命军已经自广东开始北伐，黛云、陈三、环儿，已经到南方参加国民党的工作，他们参加的党的工作是很重要的。莫愁坚持立夫必须放弃政治活动，专心从事学术研究。她想限制立夫，不让他参加国民革命军的北伐，这实在不容易，不过她成功了。有时候，莫愁的决心硬如铁石，她丝毫不考虑别人的观点，只坚持自己的想法，即使招惹不快，也在所不惜。她已经做了最后决定，硬是不许丈夫涉身政治，决定就是决定，不能动摇。立夫的家要搬到南方去，这也大致成了定案。

木兰躺在床上，思索自己，思索和自己亲近的人——就是荪亚和剩下的两个孩子。孩子还小，婆婆年老多病，全家的重担在她身上。她想离开，但是办不到。

荪亚对她态度冷漠，是为了什么，她知道得很清楚。她晚上单独到监狱里去看立夫，隐瞒着没告诉他；立夫怕引起了误会，也没把这件事告诉妻子。但是立夫获释之后，那天晚上吃饭时，人人向木兰敬酒，恭维她在营救立夫这件事情上的功劳。这时，荪亚才听说木兰把珠串拆散去做打点之用。荪亚明白，珍珠，从钱的观点上看，木兰是认为无所谓的，即便是她嫁妆中很稀有的珍珠，也是无足轻重的。木兰和立夫是朋友，他自然知道，自然她没有不去营救的理由，但是立夫监禁期间她分明有点激动过甚，大失常态，关心也太过分。荪亚和木兰还是寻常一样和美，只是彼此之间，总是有点什么没有说出口的事情。再者，荪亚开始越来越注意钱，自己也开始从事一些小营业。古玩店的利润很大，他对股票投资也越发有兴趣。现在他正是三十五岁左右的年纪，性格上发展出独断自得的态度，青春时代的轻松愉快的心情、轻视金钱地位那样诗人逸士的胸怀已然消失。他精神上的这种变化，多少表露在他的脸色上，这就颇使木兰难过。她很怕这种卑俗现实的态度的渣滓，会存在丈夫的灵魂里。

木兰病时，曼娘来探视，第一次发现他们夫妇吵嘴。

木兰说："我还是愿意离开北京。"

荪亚说了一句："你为什么老是安定不下来？"

"阿满一死，我就告诉过你我要立刻离开北京。"

荪亚说："你知道立夫就要搬走了。"木兰饮泣不言。曼娘插嘴说："她现在身体这么虚弱，你要对她温柔一点儿才是。"

木兰抬起头来，看看丈夫，仿佛恳求般地说："荪亚，你应当记得几年之前，我们说过放弃这种富家豪宅的生活方式，到乡间过一种草木小民的淳朴生活。我说我愿意做饭，自己洗衣裳，有你在我身边就好。我只需要过平安日子，我能不能过平安日子呢？"

丈夫回答说："咱们怎么办得到呢？妈还在，已经年老，怎么能放下不管呢？我哥哥和曼娘怎么办呢？这都是你的情绪不稳。"

木兰说："荪亚，我原以为你会懂得我的心。"她的病使她的声音非常地柔和，非常地低。

看见妻子生病，又这样恳求他，荪亚说："好吧。我答应你。可是母亲年岁这么大，不能离开不管哪。"

木兰很谦顺地说："荪亚，你只要肯答应，我一定等。"

曼娘说："荪亚，我是做大嫂的，说几句话你别介意。你是个瞎子。你是天下最有福气的人，但是你自己并不知道。有这么个太太，愿过一个简单的小户人家的生活，愿为你做饭，洗衣裳，教育孩子——这是平常人能得到的福气吗？你好像并没有把这个看得多么珍贵难得。你不了解女人，你也不了解木兰遇到阿满这件事受打击多么大。"

荪亚现在仿佛受到了感动，心也软了，转过去对妻子说：

"妹妹，你要原谅我。"

曼娘又对木兰说："荪亚说的话，也有道理。从孝道上说，我觉得妈妈还在，你们撂下她也不应当。"

等木兰恢复到可以出去的时候，阿非和宝芬在北京饭店请了一次客。这次请客有双重目的。阿非看见姐姐非常伤心，人又消瘦，存心让她散散心，所以这次请客是庆祝姐姐的康复。另一方面，立夫由上海回来度假，不久就要和母亲、妻子搬家到南方的苏州去住。在苏州他们有一家茶庄，而且在苏州立夫已经租到很好的一栋房子。因为经亚也已经回来，于是又邀了曾家全家。曾家来的人有曾太太、桂姐、曼娘、曼娘的母亲、阿瑄、荪亚、经亚、暗香、素同、爱莲、丽莲、丽莲的丈夫——北京协和医学院的王大卫医师。在姚家和孔家这边儿，有冯舅爷、冯舅妈，红玉的两个弟弟、阿非、宝芬、珊瑚、立夫、莫愁、博雅。这真是个家庭大聚会。只有傅增湘先生和傅太太算外人。

他们在北京饭店吃饭，饭后要跳舞。在那么多人之中，只有七个人能跳舞，男人里就是经亚、阿非、素同、王大卫医师；在女人里只有宝芬、爱莲、丽莲。其余的人只能作壁上观。爱莲和丽莲，现在嫁给了西医，生活在说英文的环境，都起了英文名字。

这是曼娘第一次在洋饭店里吃饭，也是第一次看见摩登人物跳舞。倘若她公公曾文璞先生还在世，她就不会去了，现在曾先生已然作古，她倒很想看一下跳舞。在她看来，那完全不遵守古礼了。但是她现在是个中年的妇人，她以为，同时曾太太也以为，她过了受青春诱惑的危险时期了。

因为在外国饭店里，阿非、宝芬又是摩登人物，已经摩登得夫妇分开坐。洋人的这种风俗习惯极其荒唐，简直不可饶恕，恐怕其原因，是洋人特别重视男女恋爱和闹风流韵事的缘故。木兰感到惊异，但是阿非说：“在这种洋地方儿，我们若不笑，谁会笑？”再者，他们坐的是一个长条桌子，若想像坐中国圆桌那么自由谈话，就办不到。向邻座的女人说话，而不是自己的太太，也的确够怪的。王大卫和少数几个男人，则真正和邻座的女人谈起来，别的男人则并没说话。别的女人也都不说话，而是静静地坐着，眼睛尽量往别桌上的女人那里望，或是和自己邻座男人一旁的女人说话，这样一来，当然并不舒服。

立夫和傅先生坐在一头，靠着宝芬，木兰和莫愁坐在另一头，挨着阿非。曾太太和傅太太坐在中间，正对面。荪亚坐在他母亲和曼娘之间。暗香对着曼娘坐，是靠近阿非坐的那一头。桂姐和她女婿王大卫挨着坐。

木兰还是虚弱苍白，虽然全桌气氛轻松愉快，她说话不多。她点着一支纸烟，但是并不爱抽。荪亚想和曼娘说话，但是曼娘很紧张，怕犯错失礼，所以对荪亚的说话没有多少回答，他只好向对面他母亲和傅太太说话。

这时候，中国女人忽然不穿褂子裙子了，改穿旗袍。木兰和莫愁自然也穿着入时。莫愁穿着一件白色的旗袍，但是很宽大，因为她怀着孩子，已经七八个月。木兰的旗袍是桃红色的，黑色滚边儿，使她的身段完全改观，她丈夫看着也大感新奇。因为穿褂子裙子时，她身体的轮廓在腰以下就被褂子的下端遮住，现在穿上旗袍儿，她那身段的自然之美完全显露出来了。

几个极端摩登的女人，已经开始只穿奶罩，露了胸部。曼娘是向木兰借了一件衣裳在今天宴会上穿，所以她看起来和平常她自己就大为不同。她不住地看那几个穿时髦晚礼服的女人，她吃一口东西，很快斜过去看那几个女人，又赶紧羞得低下头，然后又抬头看。赶巧有一个金发碧眼的高个子的洋女人，穿着闪亮的夜礼服，从他们的桌子前走过。她看见正前面两尺外，一个完全的赤背。那时她刚用叉子从肉上铲起一小口东西往嘴边送，顿时她的叉子从手里掉下去，呛啷一声掉在盘子上，她发出了老鼠般的一声尖叫，倒吸了一口气。那个洋女人转身看了看她。曼娘向来怕见洋人，用小鹿似的目光，很害怕地向上望。

在用餐时，有几对已经开始跳舞。傅太太和曼娘坐的正是斜对面，她看见曼娘的嘴唇因激动与惊奇而颤动，然后她又把眼睛低下去看自己前面的菜，仿佛即便望一望那跳舞的人也是违背道德的。吃饭之后，王大卫和素同开始去跳时，曼娘才认为她看一看并不算不正当了。丽莲身材苗条，跳得很好看。她回到桌子上来时，脸上发红，她看见曼娘瞅着她微笑。阿非来请宝芬跳，宝芬的座位暂时空了，立夫向荪亚招手，让他过去坐。刚才立夫和傅增湘先生说迁到南方去的计划。今天他到北京饭店见到荪亚时，觉得荪亚对他冷冰冰的。这是他第二次注意到这种情形，因为他从监狱刚出来时，他就注意到荪亚对他态度变了。但是现在他要走了，这次请客也主要是请他，他们遇见时，荪亚应当对他说几句话。见老朋友对自己冷淡，或是多年不见之后看见老同学，自己非常热诚，而发现对方却无丝毫亲热表现，再没有别的事更能使他伤心的了。又像看见一片美景，使人心神振奋，而同游者却木然无动于衷。不过在自然风景方面，玩赏的人还可以自得其乐；在友情方面，则以相互感应为基础，否则便无友谊可言，对方若无反应，则犹如美景消失，又如同儿童看见玩具破碎了一样。所以立夫一看宝芬的座位空出来，他就招手叫荪亚过来和他以及傅先生一同谈话。荪亚过来坐下，和他们俩闲谈，一如往常，立夫心里才觉得舒服一点儿。木兰的眼睛一边看跳舞，一边不断往这边望。

宝芬舞罢回来，一看座位上有人，她就坐在荪亚的座位上。过了一会儿，经亚过来请她和他共舞。那天晚上，她穿着打扮十分漂亮，又是到场的女人中最年轻的。经亚新近和国外回来的留学生时常过从，他今天穿的是西服，他修长的身材以及巧妙的步法，引导着宝芬翩翩而舞，宝芬看来真是艳光四射。

在舞池里，中国人、外国人、年老的、年少的，杂沓共舞。好多欧洲人和身材苗条而稍为矮小的中国女人跳。说来也怪，好多旧式尊孔的官吏和银行家，并不反对跳舞，倒是喜爱跳舞。两个中国老年绅士，穿着长袍在里面跳，特别引人注目。其中一个身体圆而短，脚上穿着中国的平底鞋，仅仅在地板上转圈儿走而已。他是走呢，还是舞呢？简直没有分别，只是一只胳膊伸出来，另一只胳膊围绕在女人的腰上而已。

经亚靠近这位老年绅士时，他一瞥见了他那个女舞伴，浑身震惊了一下子，原来那是素云，他离婚的妻子！但是素云改变了很多。他俩分手不过七年。素云显然是没有看见经亚，转眼她又消失在人群中了。

宝芬注意到经亚突然一停，问他："怎么回事？"

经亚又恢复了舞步之后低声说："是她！"

"谁？"

"我的前妻素云。"

宝芬以前还没见过素云，现在想仔细看一眼。经亚说离开舞池，但是宝芬说："为什么？你怕她？"

他说："不是，不好意思。"

他俩于是又接着跳，宝芬叫他跳近那个圆胖老绅士身边去。她算把素云的脸瞥了一眼，走近的时候，她看见素云戴了好多钻石，穿的是非常贵的衣裳。纵然如此，她的表情却显得有一种不满足的神情，因为面露怏怏不乐之色，脸上干枯失润，是永远不能再幸福快乐的憔悴。眼睛周围有深的皱纹，两颊不复红润。纵然眼睛里不失尖锐的光芒，但表情的抑郁寡欢，使涂上唇膏的一点朱红，与整张脸显得多么不相配！

他们越来越近，素云看见了离婚的丈夫，她的眼光突然闪亮。那只是一刹那。彼此没有打招呼的必要。她以敌对的眼光看了看经亚那极为美丽的时髦舞伴。宝芬向她回看了一眼，看见她胸膛上那巨大的钻石饰针，和她脸上那不自然的微笑，那当然是无法动人的，令人觉得那样的笑容和她的脸无法配合。

宝芬向经亚低声说："微笑！笑出声来！尽量显出快乐的样子。"

但是后来看不见素云了。他们回到桌子上去，告诉别人这个惊人的消息。

曾太太说："你没看错吧？"

经亚说："当然是她。以前的太太我还不认得！她和那个穿长袍的胖老头儿跳舞呢。"

这话传到全桌，片刻之后，每个人都伸着脖子往舞池里看。

木兰问："那个胖老头儿是谁？"

没人知道。阿非问茶房，茶房说："那是吴将军。"

阿非说："吴佩孚不跳舞。"

"不是吴佩孚将军。这是奉军里的吴俊升将军。他们已经来到北京，现在住在北京饭店。"

木兰问："和他跳舞的那个女人是谁？"

"那是他第五、第六，也许是第七个姘头。谁知道究竟是第几个。"

"她和吴将军住在一块儿吗？"

"不是。吴将军和他的三号半住在一起。那个女人住在隔壁房间。"

木兰、莫愁、暗香，都倾耳细听。

"你的话是什么意思？"

"三号半是他最喜欢的姨太太。她现在坐在那一头呢。她非常时髦，非常好看。"

阿非问："为什么她叫三号半呢？"

"噢，她应当是四姨太太。不过，她虽然公开和吴将军住，她又是别人的姨太太。他们三个人常在一块儿吃饭。"

木兰问："三号半也跳舞吗？"

茶房回答说："跳。"

"为什么今天晚上没有跳呢？"

"我怎么知道？"

虽然宝芬、爱莲、丽莲又跳了几次，是打算走近一点儿看看他俩，素云却再没和那个胖老头儿跳舞。

过了半点钟，他们看见吴将军从远处的角落站起来，走出屋去，身后跟着素云和另一个女人，他们都看出来是莺莺。素云往外走时，回头往这边看，似乎是看见了他们。

那三个人走后，他们用不着那么低声细语了，他们刚才说话就仿佛对方会听得见一样。莫愁叫阿非从茶房嘴里多打听点吴将军和那个女人的情形。茶房走过来，很愿意告诉他们。他走去问了问别的茶房，回来告诉他们说，吴将军是三天以前才来到北京的。三号半和他同住，三号半不是别人，正是大名鼎鼎的莺莺。莺莺同时是一位牛某人的姨太太，但是已经献给吴将军了，而这个莺莺的丈夫，正是吴将军的心腹。那个瘦一点的女人不是别人，就是牛某人的妹妹。那个茶房最后说："您想姓牛的在吴将军手下做事，那地位还不稳吗？全是一家人。"

阿非问："他们来北京干什么？"

茶房回答说："还不是玩乐？他们贩卖大烟也赚足了。他们在天津的鸦片公司，在天津也算第一流的，在日本租界里。他们钱太多了，在天津有几家大饭店，在那几家饭店里，客人可以抽大烟，有日本人和吴将军保护。我一个朋友的哥哥在天津一家饭店做事，什么事都知道。我给您说个笑话儿。每一个姨太太，将军都给她们买了一辆汽车，每一辆汽车都可以用来运'白面儿'（海洛因）。女人来来回回带那种东西最方便。她们都有个简单的执照号码儿，警察背得过，所以她们非常安全。三号半的号码儿是三〇三。一天，有人在后头加上了一个符号，成了 $303\frac{1}{2}$，正好是三号半。天津人人拿这个当笑话说。那个瘦女人叫白面儿皇后。您记住我这句话，那种黑心钱，来得容易，去得容易。她没有好结果。不过我跟您说的话，可千万别跟外人说。”

阿非赏给他一块钱的一张票子，微微一笑，让他走了。这一群人直待到十一点钟才回家。不但莫愁坚持她丈夫当专心致力于学术研究，甚至木兰也同意他不要再从事政治活动，因为他天性不适于政治生活。立夫在这几个人包围之下，他算屈服了，并且在民国十七年早秋，莫愁新生的孩子才一个月大，他们南迁到苏州。在苏州城外河边上一栋独立的房子中，立夫和图书、仪器共度时光。不过他读书的时间多，做实验的时间少。

在那个河道桥梁纵横的古老城市之中，立夫坐拥书城，潜心攻读。再没有别的地方比苏州更适于研究学问了。苏州的居民对传统的生活，琐谈闲事，吃小吃，十分满足，他们制定了一条法律，不许汽车进入城门。当地的父老，在一年之后，甚至于反对使苏州做江苏的省城，让镇江去享受那份荣誉，因为做了省城就会有军队驻扎，而附近必有战事的危险。苏州的居民但愿自己过自己的日子，不愿与闻天下事。

在那个古老安宁的城市中那样恬静的角落里，也许人以为会平静无事。但是立夫发愤治学，却常感急躁。可以这样说明，他对木兰叫他研究的甲骨文极有兴趣。研究这种古代的图形符号，辨认尚未经别人辨认出来的图形，观察比较字的变体，追究这些字转变进化成孔夫子时代的形状，的确是时时有真纯的喜悦。这项研究工作也非常重要，因为甲骨文代表中国字最早的形状，能时常有助于中国字的历史和宗教风俗的解释，也会引起文字和宗教风俗等学说的修正。没有一个古文字学家会在这方面的研究上落了伍，还够得上称为现代的。立夫研究的结果，有不少独特精辟的看法。

这门学问的重要性，并不是直接使他有时狂喜有时易怒的原因。对他来说，古文字学的研究是一种特殊感情的忏悔，是逃避某种感情的方法而已。首先，国民革命军正在北伐。陈三、环儿、黛云，正在革命军中工作，由于党内青年一代的工作人员在军队未到之时，就先去宣传，获得民心倾向革命、唾弃军阀，革命军正在逐城攻取，势如破竹。环儿由前线寄信回家，总要一个月才到，信上有几个不同的发信地址，因为正在继续北进。数月之内，革命军已然克复了几省，占领了汉口。上海、苏州还在老军阀孙传芳控制之下，立夫必须十分谨慎，因为凡是同情国民党的很容易遭受逮捕。在上海，老百姓手里有国民党的传单就会被捕，其实那传单是街上陌生人散发的。立夫每逢收到环儿的信，就细心看信封，看是否经过人检查，或是文句经过人篡改。信里越是热心描述国民党的胜利，一路之上同志间的友爱快乐，立夫就越发不能安心。

另外，并不是有意，而是自然而然地，他眼前老是有木兰的影子，一直使他不安。他一直感觉到木兰是在等待他那甲骨文著作的完成。在这种伟大的热情的力量之下，他是决心要写出一部最深入、最富有权威性的甲骨文著作。古人称之为“决堤改流”，现代人称之为“升华”作用。第一年，木兰写给妹妹的信里，最后附有向立夫致意，后来在她信里这种问候逐渐减少。立夫常让莫愁在给木兰的信上代他致意。木兰看那些信的问候，似乎没觉得是出自立夫的意思。

木兰的话常在他耳边出现：“即便是积年累月，也要写出甲骨文方面最好最卓越的著作。”他想把木兰的话和声音从他头脑里用手掠开，正如木兰在杉木洞中用手掠开前额上的一绺头发一样，刚一掠开，又被树林的微风吹过来，并且带有阵阵杉木的香味。

木兰的这几句话是立夫还没离开北京之时说的。莫愁和立夫去看木兰，荪亚没有在家。莫愁有一个习惯，就是在出外老早之前，就整理东西，因此会有一天空闲的快乐。木兰提议在他们离去之前，要到他们以前从未去过的一个地方去看看。

木兰说：“还有什么地方比什刹海好呢？”

什刹海是木兰和立夫多少年前去看洪水的地方。那一次莫愁在家没有去，是在家给立夫烫衣裳，他们那时都还没有订婚。于是他们一同去那个老地方，进入那个老饭庄子会贤堂，坐在那个老走廊下。赶巧也是同样的月份。远处还看得见鼓楼和北海的小白塔。

他们说的话并无任何重要性，只是感触良多。木兰一向把和立夫度过的刹那，全都深记在心。她回想当年初来此地，正好二十年以前，她父亲和红玉都在。她父亲今在何方？他已经一去七年，父亲若还健在，三年以后就要返回北京了。她想到红玉的跳水自杀，又在悲伤的心情之下和妹妹谈起来，她眼里有眼泪。莫愁以为木兰这样多愁善感，太不适宜。木兰也提到自己有南迁之意，但因婆婆年老多病，实在难以成行。

这时大家都谈到立夫到南方之后的治学计划，木兰这时对立夫说出了写那部巨著的话。

立夫对木兰用戏剧式的努力使他从监狱里获得释放，他也只用普通道谢的客套话表示谢意而已。但是后来他思索那冒险的含义，他的感受很深。他想起了木兰和他单独在监狱的夜晚木兰所说的话，那是在去见王司令官之前。木兰说："我会不惜更大的牺牲救你的命。"万一王司令像那奉军司令之对付高教授太太，那该怎么办？木兰会不会牺牲了她的贞洁救他的命呢？木兰，他知道，一向不受世俗的思想的拘束，也许她会不惜一切！这个问题自然不能问，只好藏在自己心里。他记忆中那伟大的爱情的考验，他无法摆脱，那爱情变了形，成了他感情的动力，倾注在学术研究上。

立夫和木兰都对莫愁很忠实。在他工作时，每逢木兰的眼睛和声音在他心里出现，他就有一种犯罪的感觉。在人的心灵隐蔽的深处，社会上的批评是达不到的。

莫愁也感觉到这种情形，但是她处理得非常得体，以致不会有流言飞语发生，使丈夫和姐姐不会受到伤害。她从来没露出嫉妒的感觉。木兰多年前在她订婚前说过："妹妹，你比我有福。"这话的意思，她现在明白了。但是她对姐姐和丈夫知之极深，信之极坚，所以每逢接到木兰的信，她就告诉立夫木兰的近况。姐妹两人经常通信，但是莫愁比木兰写信要多一些。

在北京，木兰和丈夫、两个孩子，比以前过的日子更为平静。一向忠心耿耿的锦儿和她丈夫还照旧伺候他们。阿通已经上学，现在上学平安无事，因为三月的屠杀之后，一切学生游行完全停顿。狗肉将军张宗昌正在当权，学校的老师和做父母的，谁也不愿让孩子们冒险惹事。

木兰抱着半听天由命的想法，也在半满足的心情之下，安定下来过一段平静的日子。毫无疑问，她并不快乐。她心里现在也认清了把年老多病的婆婆留在北京不管，既于理不应当，事实上又不可能。北京已经对她失去了可爱的魅力，但是她自己的屋子、自己的庭院，对她还是一样的熟悉亲切。一次，她向荪亚承认，倘若她在南方重新建立个家而离开他们，心里也是很难过的。

既然探监那件事情已成过去，木兰也同意继续暂住在北方，荪亚对她也一如往常。她对丈夫也还算满意，只是他把钱看得太重，她把这种态度称之为"俗"。荪亚脾气极好，不管遇到什么事情，他紧张一下也就过去。实际上，跟这样的丈夫相处才更容易。荪亚的个性是圆的，立夫的则是方的。荪亚实际，客观，无雄心大志，爱妻子，对孩子温和，大部分家庭的事情由妻子做主。立夫在这方面自认为是应合时代潮流，可是他言行并不平衡，他只谈纯粹的理论，有时候把工作看得比家还重要。荪亚常陪同妻子去买东西，对妻子买的东西也喜欢看看，立夫则绝对不这样。莫愁深知丈夫的性格，因此完全适应他。丈夫激动时，她持之以稳静；丈夫情绪软弱柔顺之时，她才坚持己见。这并不是说木兰在丈夫方面问题比莫愁小，以后自然可以看得出来。立夫虽然任性急躁，他给莫愁的问题倒不复杂，只是让莫愁必须费心提防他以写文章招祸而已。

现在木兰开始对自己的肉体发生了奇特的爱。她晚上洗澡时，总是欣赏自己的玉臂玉腿。她爱多用西洋的面霜和香水，多用西洋精美的香皂。她心中颇以自己的青春美丽而自负，同时又深恨驻颜乏术，美貌无常。她现在依然年轻，略小的骨架使她看来娇小玲珑。她那一头秀发，一丝没有稀少，她也像时髦的女人一样，不再隐藏乳峰的丰满，也开始戴用奶罩。锦儿给她从一个乳母那儿，每天早晨早饭前和晚上睡觉前，各弄来一小碗人奶给她饮用，据说这样能保持肉皮细嫩。

但是她知道身体的美不能永远保持，并且有时觉得自己软弱而愚蠢，由于有一个肉体，自己受役于冲动，受役于情感。她救了立夫的命，虽然由于自己显得不顾一切，因而惹人猜疑，但她并不后悔。她知道自己是感情用事，也许是愚蠢，也许同时又是英雄行径，但是她觉得自己仍然是个软弱的女人。她的感情越强烈，越觉得自己软弱。立夫若不是自己的妹夫，她会和他形成什么关系呢？她越想自己是个有生有死的凡人，越羡慕那些半透明没有感情的小玉石动物的不朽。因为自己的肉体既给自己快乐，又给自己痛苦，她就尽情贪求快乐，抵消痛苦，只追求快乐的感受。所以她有时候对荪亚很热情。但是她的纵情于色欲还有想象的一面，她苦于无法形容。

只有锦儿知道她对立夫的感情，和她对自己肉体百般的调养珍惜，锦儿知道这一切秘密。

曼娘现在又搬回静心斋，妯娌三个人住得更近，成个三角形，曼娘的院子在后，木兰和暗香的院子在前。自从曾先生去世之后，仆人们已经解雇了不少。有的庭院没有人住，屋里摆的盆花已经减少，空地上的一片花园，也在那儿任其自然生长。仆人少，宴会也少，也安静了许多，木兰反倒更欢喜。曾太太身上的隐痛加剧，健康大不如往常，但是看见三个儿媳妇和两个儿子在她身边和睦相处，心里很高兴。她总是偏向着木兰，木兰对婆婆的感情，似乎比对生身之母的感情还深。

在婆婆病中，曼娘全副精神伺候她。暗香有一度管理家事，但是她还不能发号施令，因为她过去曾经一度和几个年岁较大的仆人地位一样。所以在她的情形上说，能服从者必能领导，这话并不对。对两个妯娌，她甚至不能坚持自己的主张，常常最后说：“还是你们对。”

经亚觉得她脾气特别柔顺，也最容易讨她欢心；她觉得经亚特别慷慨，对她又特别体贴。她很快乐，又生了一个孩子，是女孩儿。她已经请老父亲一同居住，住的地方就在她那院子和木兰的院子之间，就是那位山东泰安时期的家庭教师方老先生原来住的，不过这位老师早已去世。因为水利局的经费已然用光，机构解散，所以经亚现在暂时赋闲，在政府时常改变之下，他和一般吃官家饭的人是同一命运。但是因为对商业特别审慎，他把钱投入有海关收入为保证的公债，所以往往可获厚利。

曾太太身上的隐痛更行加剧，她现在有两个西医女婿，所以找素同和王大卫来看病。他俩怀疑是癌症，在住院期间，试过几种治法。荪亚和经亚天天去探望，三个儿媳妇轮流陪伴。她对人生的态度是这样，住医院如同在家一样，她总是尽量压住呻吟，大痛则小声呻吟，小痛则隐忍不呻吟。守在病床边最多的，是木兰；但是暗香哭得最多，因为她从经亚嘴里听说他妈的病是不治之症，只是时间上拖多久而已。有一次，看见暗香哭，曾太太说："哭什么？我周围是两个好儿子，三个好儿媳妇，两个女婿，七八个孙子。"

一天，孩子们都在，她对他们说："我活不了多久了，我也没有什么可说的。我比一般人过的日子好，活得快乐。给儿子娶媳妇，我也挑选得不错。只有素云给我添烦恼不少，不过那已成过去。家里的房子是你父亲做侍郎时买的，现在跟咱们的生活和收入，也不相称了。咱们用不着住这么大房子。把正院子租出去，你们若能有个小点儿的房子，就索性卖了吧。你父亲留给我差不多两万块钱现款，还在银行里。给我办丧事，用的不要超过两千块。拿五百给雪花，因为她伺候了我一辈子。咱们现在不能再留她了，帮着她找个好事情做，或是帮助她做个小生意。叫别的仆人走时，也都要给他们点钱，三十、四十都行。这事由木兰做主。你们知道，厚道的人有福。把我埋在泰安，和你父亲在一块儿。桂姐，你不用愁，两个女婿会照顾你。"

她用两只含泪的老眼，以亲爱的眼光看着围绕在床边的孩子们。几天之后，是民国十七年三月十一，她去世了，年五十九岁，嘴唇上还露出美而恬静的微笑。

回家安葬现在是办不到，因为山东过去几年在张宗昌的糟蹋之下已经混乱不堪了，乡间土匪遍地，上有荒唐浪荡的省长，自然下有贪污腐败的县官。好人也不肯来，也不能来在大字不识的军阀手下做事。但是现在真正不能移灵归葬的理由，是胶济铁路正在日本海军占领之下。

在华盛顿会议上，日本被迫将山东交还中国。现在国民革命军已然把长江流域控制巩固，又继续北伐。先头部队在四月到达泰安，数日之后，即把省城占领。张宗昌和奉军退守德州。日本海军存心阻挡革命军的前进，以保护日本人的生命安全为借口，登陆山东并占据胶济路。日本有两次轰炸曾家的故乡，他们轰炸最凶的那一次，在济南，中国人三千六百五十二人丧生，据官方估计，财产损失为两千六百万元。并且有九百一十八名国民党员被捕，并予监禁。日本海陆军把革命军政治部的外交官蔡公时挖眼、割鼻、割耳之后，把他和他办公处的同僚一齐谋害。这是济南惨案，日本违反了《九国公约》，美国提议调解，为日本所拒绝。

在日本这件野蛮凶残的行动之后，紧接着在六月四日，日本人又在南满铁路皇姑屯日本军岗哨警戒的地方，以电线触发铁道交叉处的地雷，炸死奉军军阀张作霖，同车几个东北将军也一齐丧命。吴将军也在内。

日本人这些非法行动引起了中国全国愤怒的火焰和抵制日货的运动，蔡公时的遗孀是领导人物。这项惨案的协商拖延甚久，直到所有日本军队撤走，山东的秩序恢复之后，曾太太的灵柩才得以运返故乡泰安，葬于曾先生之旁。那是次年的春天。曾家在泰安的住宅幸免于难。但是日本人的那种凶残暴行，唤醒了木兰潜在的政治倾向和新的反日仇恨。甚至曼娘和暗香，过去做梦也没梦到对日本有什么好感恶感，现在也开始痛恨日本人了。

春天，北京已经进入国民党的治下。奉系少帅张学良，痛心于父亲之被日本谋杀，不顾日军多次的威胁，毅然归顺中央。狗肉将军则逃往日本占据的港口大连，安福系诸政客也都宦囊丰满，全逃往此处。中国至此，至少是名义上，在国民党之下全国统一了，建都在南京，北京改名为北平。

木兰想南迁杭州的老问题又被提出来。先要处理了北平的房子。他们已经贴出房帖招租，要租出正院。北平现在腾出很多房子，因为好多政府机关人员都要南下。但是，一天，一个新官员来打听房子，并且说若是适宜，他预备买下来。他只出四千银元，但也算难得的机会，于是曾家兄弟决定接受，自己再租个小房子住。

桂姐要去和女儿爱莲一起住，木兰说她那一阵子预备迁往南方，但是因为静宜园还有一半空着，曼娘和经亚家可以搬进去住，他们名义上付一点租钱也就算了。这会使王府花园再出现欢乐的气氛，这样也比租出去好。

这个想法大家同意。阿非仍然住在自省堂。珊瑚住莫愁以前住的院子，因为再往里面是姚太太的院子，现在由宝芬的父母住着。没人愿住红玉的院子，因为大家都嫌不吉祥。暗香和丈夫带着孩子搬进暗香斋。这时暗香欢喜地叹了口气说："一切似乎都是天命。我过去一直觉得我要搬到暗香斋来住。"

王府花园的仆人大部分是新的了，因为宝芬有好多旗人亲戚没有事情做，她就把花园内的各种事情分派给他们做。

博雅现在已经二十岁，非常严肃沉稳。虽然他仍叫珊瑚伯母，其实珊瑚像他的母亲一样。他现在认为自己是姚家的长孙。一天他决定把母亲银屏的灵牌移进忠敏堂。他从父亲体仁给母亲照的好多照片里，选出一张放大，供在忠敏堂正中父亲的相片一旁。他吩咐在供桌上要不断点巨大的红蜡烛，他自己时常进去拜祭。他对当年遭受虐待的母亲的孝敬之心，和对祖母的仇恨，是同时存在心里。他只觉得祖母是一个满脸皱纹、疯狂的哑巴老婆子，他也只见过很少几次。听见人说是他母亲的鬼魂把祖母弄哑的，他就真相信他母亲的灵魂曾经出现过。

祖母在时，银屏的忌日都要祭祀，一则是安抚亡魂，一则希望使姚太太恢复说话的能力。现在是二十年的忌日，博雅也正好是二十岁，他想要举行一个大典礼。他这种孝思，全家无不赞成，于是大事筹备。请和尚念经，宰羊献祭。晚上设有宴席，下午六点钟光景，点上了蜡烛，和尚敲着木鱼和钟钹高声诵念经文。

住在花园的两家人都去行礼，华太太是银屏的好友，也请来参加。只有桂姐和女儿没到。博雅跪在父母的灵位前面磕头流泪。祖母的相片也摆在桌上，博雅大不愿意，由于阿非坚持，才勉强没有撤走。所以在体仁和银屏的相片的高处，挂的是他祖父母的相片。因为姚先生已经离家十年，音讯杳然，所以把他的相片也供在那里，借以表示孝思。

和尚们正在念《金刚经》，宝芬的女儿从外面跑进来，向母亲喊说："一个老和尚进来了，他瞪着好亮的眼睛看我。"

宝芬说："干吗这么大惊小怪的，他也不过是念经的和尚罢了。"

孩子说："不对，他看来好怪。我问他是谁，他不理我。"

"他进来了吗？"

"我看见他进到自省堂去了。仆人们想拦住他，他睁大了眼睛看看他们，还照旧往前走。妈，他的白胡子好长，眼眉又白又浓——好像个老寿星。"

现在，大家正聚集在大厅的蜡烛光中行礼祭祀，那个老和尚走进来，静静地站着。和尚们忙着念经，也没人注意他进来。念完经，为首的和尚走上前来，准备到院里去烧纸，有几个人跟随着他到院里去。在屋里的人这才发现这位老和尚。他走到供桌前，背向他们，合掌为礼，口中念念有词。家人都毕恭毕敬地站着，等着他做法事，但是不知道他要如何。

老和尚慢慢转过身来，面对大家，蔼然微笑说："我回来了。"

在他没转过身来时，木兰已经觉得有点激动，因为从背面看她认为她能认出父亲的头，心里已经有一半相信也许是父亲。一看他那脸，长长的白胡子，浓白的眉毛，炯炯有神的眼睛，大家都倒吸了一口气。

木兰跑过去说："噢，是爸爸！"

宝芬对她的孩子说："是祖父！"

阿非和珊瑚跟着木兰跑过去，荪亚和经亚也过去挤在老和尚的周围。博雅听见里面的欢叫声，还有也在外面看着烧纸的另外几人，一齐跑进去。

姚老先生嘴在白胡子后面微笑，问候大家好，但是他的目光温和之中却有疏远冷淡之意。

木兰、珊瑚、阿非，都流下了眼泪。曼娘和暗香踯躅退缩，不敢向前。博雅到跟前时，姚老先生把手搭在他肩膀上说："这是我孙子，长得这么大了！"宝芬把两个女儿介绍给姚老先生，两个小孩子望着这个怪样子的祖父时，不由得害怕颤抖。冯舅爷过去和姐夫说话，是两个老人的别后重逢。红玉的两个弟弟，现在都成年了，流露着纳闷的眼光看这位伯父。

一眼看见华太太站在远处，姚老先生走过去，以精力充沛的声音说："您好吧？今儿大家都在这儿！"然后转身问："立夫和莫愁呢？"

木兰回答说："他们在南方呢。"

"他们好吧？"

木兰说："他们很好。爸爸，您身体还是这么硬朗！这些年您都在哪儿了？"

木兰再三追问时，他说："我在妙峰山住了一年。我怕你们找到我，我到山西五台山又住了一年。然后又去陕西华山，在山上住了三年。然后到四川峨眉山……"

还没等父亲说完，木兰情不自禁插嘴说："爸爸，为什么不带我去呀？"

姚老先生安安静静地说："我甚至还到了立夫的老家那个村子，傅先生傅太太在那儿，我险些被他们认出来……我往南到天台，到普陀。"

木兰热情激荡，不胜羡慕，她说："您若当初让我知道，我一定跟着您去了。"

父亲回答说："你怎么可以去？你们年轻人要坐船坐轿。我上华山要爬一万尺高，我到四川峨眉山是来回步行的。"

宝芬的二女儿问："爷爷，您到普陀岛，是不是在水上走过去的？"

姚老先生说："也许是在水上走过去的，也许不是。"他话说得那么严肃，神情那么脱俗，小女孩儿真觉得祖父是个神仙圣徒。

姚老先生从容微笑说："在华山我从一只老虎前面经过，我望了望它，它望了望我，它偷偷溜走了。我告诉你们，孩子，我这旅行，一半是游山玩水观赏风景，一半是自我求解脱。这两个目的是不可分的。也许你们不明白。自我解脱的基础在于身体的锻炼，人必须无钱无忧虑，随时死就死。这样你才能像个死而复生的人一样云游四方。你要把每一天、每一刹那都当作苍天赐予的，你必须感谢上苍。你身上不带钱，则盗贼不近身。但是你不能这样子旅行，那就必须把身体锻炼好——你的手，你的脚，最重要是你的胃。必须能够找到什么吃什么，或者能挨饿，不吃东西。必须室内室外都可以睡觉，不管什么天气都能忍受。你若没有这么一个身体，就不能旅行。"

大家问："到哪儿找东西吃呢？"

"我在路上向人家乞讨，村里的人对老人很慈善。我能躺在硬石头上过夜。到了庙里，人家总是给我饭食住处，因为我身上带有五台山正式盖有印章的法牒。我随身带着药，到庙里就送给庙里一部分。在四川的树林子里，我看见长在老树桩子上的银耳，我们药铺卖银耳赚了好多钱，就是那种东西。"

老爷回来的消息全家都知道了，仆人们，旧的、新的，都来看这位长者。宝芬的父母也来看他，恭维他是"高僧转世"。他的脸上皱纹很深，面如风吹雨打中的红铜色。他虽然是七十二岁，但是步履轻快，声音洪亮而微带柔和，目光则神采照人，一如往昔。他说曾经在黑暗中锻炼目光，所以在夜间走山路，毫无困难。

那天晚上虽然是银屏的忌辰，但全家宴饮欢乐，为前所未有。姚老先生仍然身着道袍，坐在席上吃鱼吃鸡，仿佛并没有出家。

宝芬的父亲说："您到底是不是已经得道了？"

姚老先生回答说："不是。我一路之上，只是一个乞丐。有时连青菜也没的吃。那时候有人给我鸡吃，我就得吃鸡。这有什么关系？"

等老方丈进来，他认得出姚老先生，他说："大哥，我不知道您就是王府花园的主人哪！十天之前您不是在我们西山的庙里住过吗？"

姚老先生说："不错，是啊，多谢您的厚待。我听说他们请您来做佛事，所以我一直等到今天。"大家这才明白为什么他正好在这个时候回来。冯舅爷想把茶叶和药材生意的情形告诉他，但是他不愿听生意方面的事，又转身去看他的孙子。

宝芬的五岁小女孩儿，又聪明又淘气，指着屋里姚老先生的相片说："你不是我爷爷，那个人才是我爷爷。你是个神仙。"

宝芬忙解释说："你爷爷十年前出外去了，现在才回来。"

他们告诉了姚老先生立夫的被捕监禁和释放，以及他怎么样才搬到南方去的经过，也是为了安全的缘故。他们提起立夫被控告的理由，一件就是他在山顶上把他妹妹嫁给陈三的事，姚老先生说他喜欢这件婚事。

木兰给莫愁打电报，第二天收到了回电，说她和丈夫不久就返回北平看父亲。木兰和荪亚正计划搬到杭州去，他们的东西有的已经装了箱子，现在正住在花园里一个较为破旧的院子里。木兰现在又遇到问题，就是老父刚回来，她不久就要南迁，简直犹如生离死别一样。她对父亲又敬又爱，实不忍心离去。倘若父亲愿意，她很高兴在父亲晚年能够伺候父亲。所以她去见父亲长谈。她说："爸爸，我们要到杭州去住。您记得我丢了的时候妈做的梦吗？我是扶着您老过桥的人。您需要一个安静的家，那也正是我们的心愿。这儿太乱。并且，杭州是您的老家。杭州也有好庙。您若愿意，咱们可以在灵隐寺附近买栋房子，在那儿过一段安静隐居的生活，是再好没有的了。”

父亲当然愿意和儿子一起住，但是木兰说：“莫愁妹妹也在南方。古语说‘一个女婿半个儿’，两个女婿不就是一个儿子吗？”

阿非当然不愿意父亲到南方去。父亲问他：“你为什么不也到南方去呢？”

但是阿非说不能去，因为宝芬的父母和他住在一起，除去店铺的事情之外，他还在帮助岳父在禁毒协会的公务。

姚老先生答应和木兰到南方去，但是说在南方的房子弄妥当之前，他先住在北平静宜园家中。他打电报给莫愁，让她在南方等着，因为他不久就到南方去看她。但是莫愁要一个人从南方回北平来，因为她急于要见父亲，木兰等着莫愁一齐南返。

莫愁一个礼拜之后到的。姐妹俩分别了将近三年，见面非常欢喜。姚老先生问了好多关于立夫的事，但是木兰只问了一句：“他走道儿还瘸吗？”莫愁简单地回答说：“还有点儿瘸。”

所有亲戚家的女人都很喜欢莫愁，好多人请她吃饭，为她接风，有些家请客有两个用意，一是为莫愁接风，一是为木兰送行。在临走的那天晚上，曼娘最后请他们。阿瑄也在座。他在吃饭时说禁毒的工作不容易，因为走私毒品的人有日本人，也有韩国人，都受日本领事保护。他也提到素云的事，素云在日本租界经营很多业务，所以有“白面儿皇后”之称。曼娘也痛骂日本人，木兰深感意外，这原因她后来才明白。

木兰和曼娘、暗香两个妯娌分手之时，非常难过。然后南迁杭州，重建新家。他们先和莫愁到苏州。木兰快乐而激动，因为她梦想已久的简单淳朴的田园式生活，就快实现了，而且她向都市里那个奢侈和富有的社会，也永远告别了。她却不知道这个田园生活的美梦却含有她前所未经的辛酸。

在苏州，他们停下来到莫愁家探视。立夫和孩子们到火车站迎接。荪亚和立夫很亲热。立夫虽走起路来还有点瘸，但一定要帮着荪亚把行李提到马车上去。木兰看见立夫比在北京时面色苍白，立夫看见木兰和以前一样活泼愉快，只是在苏州人眼里看来，穿着打扮得太讲究了。立夫只穿着一件布大褂，布鞋，戴着眼镜，看来就像个学者。他说自从来到苏州，他一直没穿过西服。

他们雇了一条船，可以轻松自如地到城西莫愁的家。在河上乘舟而行，木兰和孩子都感到新奇，十分高兴。过了好多半圆形的桥，河面渐宽，岸上越发显出田园风光，莫愁的家就在这一带的岸上。

立夫的母亲和妹妹在后门儿等着他们呢。环儿现在回来和母亲住，丈夫陈三在军队里做上尉军官。荪亚和木兰把行李一直托运到杭州，只带了几件随身物品，打算住一夜。

木兰极想看看立夫的书房，还没有吃饭，就要到书房去看。苏州的房子里院子很多，因此立夫用一整个院子做书房。屋里陈设稀疏，光线很好。在靠墙的长案上有一尊两尺高的西藏佛像。在书架上，还是他生物学的旧书，好多中国旧书，都有很好的布套。封底的书名，大都是陈三用工楷写的，有的字不够工整，那是性急的人写的，当然是立夫自己。他从事古文字学研究，自然与金石学发生了关联。荪亚看到几本书，书名是《西清古鉴》《金石录》，另有一堆古物的拓片。在一个有抽屉的书橱里，有立夫自己搜集到的甲骨。在西藏佛爷的一旁，放着一块巨大的骨头，上面刻着字，显然是巨兽的肩胛骨。靠近北窗，那窗子正对着他妻子的庭院，有一块未经油漆的旧木板，就是他的书桌，桌子前头有一把棕色光亮的藤椅子。

木兰问："你就坐在这儿做事？"

立夫点头儿说："是。"

她认出来一个粗脖子的玻璃瓶子，里头放着烟头烟灰，那是在北京立夫实验室里的旧东西。因为这个烟缸子可以由外面清清楚楚看到里头烟灰堆积的情形，令人心里很畅快，也因为在这样的烟缸子里烟灰不会乱飞，莫愁很喜爱。立夫有一次说这个想法很别致，而且不费一文钱。

木兰问："你的稿子呢？我没看见。"

立夫回答说："都放在抽屉里了。"

现在莫愁来叫他俩去吃面。而今正是春天，面是春鸡肉白面。木兰把汤里的白肉蘸了点儿酱油吃下去，立刻就觉得苏州生活蛮合乎自己的习惯。

立夫很得意地说："吃鸡，苏州第一；做鸡汤，我母亲第一。"

莫愁说："男人在家吃得好，宠着，惯着，立夫第一。"

他们又接着谈论立夫的治学，何时可以把书写好。

立夫说："这本书很大，印起来，也不得了，而且，除去我太太之外，真不知道有谁会看。出版之后，恐怕三年也卖不了两百部。"

木兰问："就因为这个你才慢下来吗？"

立夫说："也不是。还有几点我不很清楚，还要研究。就是最难最有兴趣的那些字之中，还有几个问题。你知道这会推翻经书上的文句的。在《大学》上，有'汤之盘铭曰：苟日新，日日新，又日新'，根据甲骨文，应当是：'兄名新，祖名新，父名新。'孔子的弟子把甲骨文念错了。这一定是他们老师教错的。在孔夫子的时候，甲骨文已经一千多年了。"

环儿开玩笑说："你的著作里若有好多这种说法，人家要说你是共产党了。"

立夫用很挖苦的口吻说："应当有一种共产党语言学，另一种民主语言学，法西斯语言学。"那时候，民主主义，法西斯主义，共产主义，在读书人嘴上渐渐成为口头禅了。

环儿，可以说思想本来左倾，现在则有点厌恶那种激进思想，往往出语讽刺挖苦。国民革命把军阀政府推翻之后，国共分裂，国民政府开始剿共，国民党成了右派，青年人成了左派，共产思想则转入地下活动。木兰听说在政府剿共期间，黛云一度坐监，后来被释出狱，现在藏在上海公共租界，没有举行结婚典礼，和一个叫罗曼的男人志同道合，二人同居。那时左派作家中，有不少人起的名字好像是从欧洲人名译成的中文，好像这样才够革命。罗曼、巴金就是此类。

那天晚上，他们雇了苏州河上一个有房间的大船，在月光之下，大家宴叙。这些船以前是官人用的，或是举子往北京去赶考时在运粮河上用的，现在主要往太湖游玩时才乘坐，有时也充作水上饭馆之用，因为船上的厨师多以精于烹调出名。这种船使木兰和荪亚想起了逃拳乱时的那段日子。

月亮升起得很早，船划行出去，不是往繁华的万年桥，而是往乡间去，河道渐宽，岸上陆地宽阔，在月光之下，一片恬静。一个船娘会吹箫。饭后，木兰只想要月光，令人把一切灯光完全灭去，然后由船内移到船头上坐。女人坐着，立夫躺在光亮的甲板上，两只脚高高放在栏杆上。木兰因为是生平第一次欣赏到江南之美，深信举家南迁之得策。苏州周围地区没有一点北平的富丽堂皇之美，但是空气湿润，乡间的风光有诱人的温柔。苏州的女人之美，据说与当地的水软气润大有关系。苏州方言的水汪汪的柔弱的味道，也正跟当地的河渠纵横水稻盈野相符合。这种吴侬软语出诸青春的苏州船娘之口，使木兰听了简直着迷。莫愁的孩子，尤其是最幼小的，也学会了苏州话。在这几个孩子之中，木兰很喜爱的是最大的那一个，就是肖夫。肖夫今年十四岁，立夫说他已经能认八千个字，因为父亲是用一种新方法教他的，用的是合乎科学的偏旁分类法。

夜渐深，人真正浸润在朦胧的月色和柔美的语音中。木兰渐渐轻松下来，先是用一个肘斜支着身子躺着，最后平躺在甲板上，身旁是她的孩子，孩子再过去躺的是立夫。不过莫愁因为荪亚在，为一个礼字，还仍然坐着。

萤火虫自岸上飞来，落在他们身上，一个在木兰伸出的胳膊上爬。莫愁伸手打下去。木兰喊说："你一定打死它了。你打得那么重！"

木兰坐起来，看看那个受伤的萤火虫，已经滚在甲板上。转眼之间，那光亮消失了。

木兰很难过地喊："你打死它了！"

莫愁回答说："那有什么关系？只是个萤火虫儿罢了。"

木兰说："但是多么美呀！"

立夫说："她常那么弄死昆虫。"

莫愁不服说："一个虫子又有什么关系？"

木兰很伤心地说："妹妹，你的确不应当。它也是一条生命。"

这件小事算过去了，但是木兰还难过了几分钟，没再躺下去。立夫开始说飞萤和火萤的分别，还有那种光的神秘，那种没有热的光，科学家还不能制造。由萤火虫他又说到电鳗，电鳗能发电电死敌对的动物，孩子们坐着听得出神。

他们大约十一点才回到家里，小孩子已经睡着。第二天，荪亚和木兰向立夫家告别，往杭州进发。

第四十章　老实人偏拈花惹草　贤父女知釜底抽薪

杭州是南宋的国都，马可 · 波罗曾有一篇生动的描写。他把杭州写作一个巨大的商业中心，有隔海而来的印度人和波斯人的特别居住区，在错综交叉的河道上有九百座桥。他说杭州是个湖滨都市，王公贵人及其贵妇猎罢归来后，在湖中洗浴。他说杭州居民有文化教养，态度斯文。他说那个民族文质彬彬不长于战争，而受制于蒙古人。直到今天，杭州的居民还保持着古时淳朴的遗风。来杭州游玩的人很多，尤其新婚夫妇，多来此地度蜜月。

木兰和荪亚在城隍山上物色了一栋房子，因为那一带极其幽静，离开湖滨那些新式的别墅有一段距离，但是离街道也很近。由山上走一百码，即已到了城中心地区。但是木兰选这个所在主要还是为了居高临下，可见美景。杭州城市如一条宽带子，西湖在其前，钱塘江在其后。在高山上，在一边可以望见西湖的一大半，并可以看见垂柳长堤，在另一边，可以看见钱塘江上风帆隐显，汽船上下。一边为静，一边为动。木兰爱看远处的帆船。他们附近的别的房子，只是疏疏朗朗几家人。那栋房子已经多年，前后空地很多，铺卵石的街巷弯弯曲曲，高低不平。再往西到山上，一望都是有孔洞的岩石，拔地而起，巍然耸立。这些岩石上有海浪的痕迹，在史前时期一定浸沉在海下，所以才形成那种画家都喜欢描绘的奇形怪状。

木兰的房子有几个院子，因山坡高低而分为数层，顶上一层院子里有一栋两层的楼房，又还有一个观望风景的高阁。那栋房子，像大部分南方的房子一样，是用砖盖好，外面涂上白石灰，在墙上露出红漆的柱子椽子。那栋房子的右边，又有一栋房子，左面后面则竹树交荫。观景高阁的后部，与一些树木枝柯相摩。木兰刚一迁入，觉得以前的住户很不仔细。墙壁表面损伤，上高阁楼梯吱嘎有声，墙壁之内也有老鼠跑的声音。高阁显然是一直没用。她雇工匠修理楼梯，粉刷墙壁。小石门内是一个铺砖的庭院。楼顶的横匾上写的是“衣山带水”。门旁的柱子上是四言的对联，荪亚和木兰都很喜爱。那对联是：

山光水色

鸟语花香

木兰看到山的光亮和水的颜色，自朝至暮，确是变化不同，而鸟的鸣声和花的香味，也因春秋季节的运行而有变化，实在感到诧异。西湖和环湖的山，也因天气不同而形状有别。烟雾蒙蒙或急雨骤降之日，尤为美妙。

在大厅里，木兰悬挂了齐白石的画和古人的对联。齐白石为她画的像，则悬挂在卧室里。卧室所在的那个庭院，还高一层，位置也在后面。她的卧室面对一带竹林，竹子的绿荫映入屋中。她在北方还没见过那样的竹子，她很喜爱那竹枝的娇秀苗条。那竹叶特别的形状和竹竿的纤弱细长，总是使她联想到一个少女，婀娜多姿，面带微笑，而且前额上还飘动着一绺秀发。她常想那竹竿棕黄带绿的表面，正象征一位潇洒的君子；挺直的线条，象征中立不倚；身子的中空，象征虚怀若谷；坚硬的竹节，象征坚贞正直。

苏亚想出一副对联，由一家文具店转托一位书法家写好。文句是：

地处幽隐　主人清逸

古木稀疏　枝影横斜

这副对联挂在上面庭院的客厅。

现在木兰来到杭州，为的是实现田园生活的梦想，那是自从她和荪亚结婚第一个月就常谈论的。主要的是，她希望安静，小家庭的安静。往大处看，这也可以说是一种逃避。但是过了不久，另一种变化却几乎毁灭了木兰如此苦心筹划的家庭安静。那种变化似乎含有一种讽刺的味道。后来，木兰才深信“谋事在人，成事在天”这句谚语。

依照原定计划，木兰采取了一个全新的生活方式。她只带来锦儿、锦儿的丈夫曹忠、他俩的儿子，这个孩子和阿通同岁。这个儿子叫丙儿，这是依照天干纪年起的，因为和“饼儿”是一个音，所以有人开玩笑说他也可以叫“包子”。丙儿这个孩子很有趣，爱吃东西爱说话。木兰和荪亚商量好，不再增加别的仆人，有他们三个人已经够了，因为他们生活主要是图个清静。锦儿帮着做饭做衣裳，曹忠做沉重的事情，那个孩子就打杂儿。木兰自己做饭缝衣裳，照顾最小的孩子，九岁的阿眉。跟前有阿通、阿眉，木兰尽量想忘记阿满，要以现状为满足。

木兰自己换上一般人的衣裳。现在只穿布，不再穿绸缎，不过布旗袍还是时兴的式样，不再戴乳罩及其他装饰品，那些东西在北平的大宅门的生活里适宜，在杭州就不相当了。做家里和厨房的事，高跟鞋也就不能穿。她把头发往后直梳，在后面结起来，不再卷曲。对能欣赏她的美的人，她的样子依然动人。但是邻居却不知道这位穿着朴素的女人，当年在北京过的却是奢侈豪华的日子。

荪亚每天早晨到铺子里去，因为姚家在杭州的生意，除去当铺之外，全都归木兰所有了，所以荪亚有好多业务要照顾。阿通已经上学，晚上木兰帮着他准备功课，下午有空闲时，也自己教阿眉。她知道自己是真正快乐了。

只有一点小事情使她思念北平，那就是北平的西洋糕饼点心，杭州的西点太差。还有，过去她很喜欢早晨喝咖啡。在北平的时候，她跟别人说，她一闻到咖啡味道，她才起床。荪亚始终不太喜爱咖啡，而今在杭州过简单平凡的日子，他讽刺她还爱喝洋咖啡这种习惯，显然是自己矛盾。木兰觉得要忠于自己的理想，于是放弃喝咖啡，以喝粥代替，不久也就习惯了。

对生活的态度，荪亚始终没有和她抱同一个看法。因为是富里生富里长，他喜爱物质生活的舒适和应酬宴饮的欢乐。最初，他看着木兰去过她原先计划的那种生活，自己到厨房去做事，觉得滑稽可笑。他说做厨房的事会使木兰手变粗，可是木兰却真喜欢拿个锅铲子去铲掉饭锅底上的黑烟子。

他看见木兰做这种事时，他问："为什么不把这种事交给曹忠去做？"

木兰喘着说："我喜欢做。你不知道多么有意思呢！"

"可是你的手要起茧呢。"

"那有什么关系？我的孩子就快长大成人，快结婚了。"

有时在下午，她甚至和孩子们一同去捡柴，自己亲手折断树枝子，这时锦儿在一旁看着，微微地笑。这对木兰都有诗意，因为很新鲜。有时她甚至戏称自己是"乡下老婆子"。她进城看电影也是穿着布旗袍，简单朴素，整齐清洁，她觉得比那些中产人家的女人穿着各种颜色的人造丝的料子，要高贵得多。她对实现生活的理想非常坚决，但不幸发现了自己的错误，很伤心难过，追求理想太过火，实嫌操之过急了。

荪亚爱吃美味，爱看戏看电影，爱游湖游山。他爱钓鱼，常和阿通去到湖上垂钓。他和木兰都爱吃杭州的鱼虾，爱逛街买东西，月夜在湖上泛舟，春天到灵隐寺，到天竺，到玉皇顶。

可是有时木兰会看出丈夫很烦闷。木兰觉得生活很完美了，但荪亚并不见得觉得完美。以前在北京，有“吃花酒”这种事，通常每个客人旁边都坐着一个妓女。木兰并不在乎这个，她甚至于说过给丈夫纳个妾呢。但是暗香既然很适于做经亚妻子的条件，她就不再抱最初那个想法，荪亚也就不再想那件事。如今在杭州，法律禁娼，荪亚就很想北平的欢乐。他常到上海去，坐火车只是四个钟头的旅程，回杭之后，再做事情，便倍加有精神。

木兰问他：“你怎么回事？你厌烦你这老伴儿了？”

他说：“乱说。到上海有生意做。”

他到上海去得越来越勤。有时木兰和他一同去。有一两次，她写信和妹妹约好在上海见面，木兰往北走，莫愁往南来。由苏州到上海只坐两个钟头的火车，但是立夫恨上海，很少去。

等姚老先生来到木兰处住，莫愁和立夫到杭州去探望。发现木兰的改变，大家都觉得奇怪。在细看了她新的生活方式之后，立夫欢呼赞成。莫愁比在北平穿戴打扮得朴素多了，但还不失中庸之道，仍然穿得不错，没有木兰突然改为村妇的样子。

一次，他们上山逛庙归来的途中，莫愁说：“我爱杭州的空旷。苏州像个住在大宅门里富有而漂亮的寡妇，杭州像水边浣纱的少女。”

木兰问立夫：“你以为如何？”

“我喜爱那富有而漂亮的寡妇。杭州游客太多。”

莫愁说：“他在苏州过得蛮快乐。”

荪亚问：“你的写作怎么样？”

“就快完了。困难的是不知怎么样把那些古字印出来，每一页的文句中都有，因为笔画稍微一变动，就有所不同。我不能交给别人去抄，我若把整本书自己抄完，眼都会累瞎的。”

木兰说：“为什么不教陈三抄现代的字，只留那古体的你自己填进去呢？”

立夫说：“我也许可以这么做。我妹妹说陈三不愿再干剿共屠杀农民的勾当，就要退伍了。”

荪亚说：“石印用的钱并不多。我们至少要预约五十部。”

木兰说：“当然，你不能太费眼力。等大作完成之日，我们要大开盛宴庆祝一番。”

在那次来杭州走亲，发生了一件事，虽然很细微，也得记下来。木兰由于妹妹和立夫这次来，她知道了立夫爱吃鸡。一天早晨，大概十一点半，木兰从厨房出来，走到上面的院子里，端着一个盘子，上面有一只鸡，刚刚做好，预备中午吃的。立夫正一个人坐着看书，木兰忘记了带筷子。立夫看见了鸡，抬头看了看，微微一笑，就要用手指头去拿。木兰说：“噢，我忘了！”木兰用自己的手在立夫嘴前拿起了那个鸡肫，问他：“这么吃没关系吧？”就放进立夫嘴里。谁也没有看见。吃午饭时，荪亚找鸡肫吃，因为他也爱吃鸡肫。他就问：“那个鸡肫呢？”木兰回答说：“在立夫的胃里呢。”她很坦白地微笑着看着荪亚的眼光。荪亚没说什么，但是也没笑。

莫愁和立夫回苏州不久，荪亚每到上海，一去就一个礼拜，回来之后，他倒是很安静。木兰觉得一定有了变化。是不是立夫表示喜爱木兰朴素的生活方式，荪亚起了嫉妒之意？木兰也不知道是不是丈夫过了中年，对妻子就冷淡了这个老问题出现了呢？元朝书画家赵孟頫也遇到过这个问题。

木兰说：“你不高兴住在杭州吗？”

荪亚说：“不是啊。你怎么会想到这个呢？”

木兰微笑说：“不要瞒我。我不是赵孟頫的太太，也不能写一首词来改变你的心。但是我看得出来你日子过得不满足。你若想纳个妾，我不反对，但是不要叫外头人笑你糊涂。”

荪亚心里向来没想纳妾，何况现在已经不流行纳妾，若是纳妾，会被人看做是老式的男人。现在他这个家，他已经满意，只是他喜欢现代上海的舒适生活而已。

来到杭州之后，他又开始称木兰为“妙想家”了。现在他流露着爱意说：“妙想家，你想错了。我嫌杭州生活太无聊，这是真的。我只要到上海新鲜新鲜也就够了。我只是到舞厅坐一坐。你知道我不会跳舞。那有什么害处呢？”

木兰回答说：“没有什么害处。我只是要你快乐。男人生而与女人不同。我心里纳闷你是不是在中年荒唐起来了。”

荪亚说：“那么，我就不到上海去了——不然你陪着我去。”

“你生意上有事，你还是要去。我在家过这个日子，心里很满足了。”

这次交谈之后，荪亚一个月没到上海去，但是木兰却催着他去。他的心里似乎有事，似乎做什么都心不在焉，他太太是第一个看出来的。她虽然忧愁，但是没说什么。他常常在商店里，回家回得晚，也不像以前带着阿通去钓鱼。在礼拜天或礼拜六下午，商店里无事可做，他常常一个人出去，说是出去看朋友。木兰确信这必与女人有关，自己在心里思来想去，看看如何应付这个问题。问题在于那是一个什么样的女人。比如是个贫家之女，已经有了孩子，毫无问题，她一定把他们接到家里来。她在丈夫家中已然见过这等事，她知道怎么办才对。并且她也自信自己的妻子身份不会受什么损害。也许情形不那么严重，也许根本没有什么事情。

一天，丙儿说他在一家饭馆里看见老爷和一个时髦女人在一起。木兰立刻紧张起来。

木兰喊说：“你乱说什么？你真看见那个女人了吗？那个女人什么样子？”

丙儿说：“很年轻，很漂亮，很时髦儿，烫发，高跟儿鞋，像上海来的。”

锦儿从隔壁屋里听见儿子说话，进来在他头上打了一巴掌，大声喊说："我要撕你的嘴，你乱说话！"

木兰说："不要这样。让他说。你看准了那是老爷吗？"

现在丙儿迟疑支吾起来："我不知道。我觉得是看清楚了。我看见他们走进一家饭馆儿。我只看见老爷的后背。"

"他看见你了没有？"

"没有。他们在街上靠近饭馆儿的地方走，后来进去了。"

"你离他们多远？"

"就是几步。"

木兰觉得自己既不冲动，也不发怒，为什么这个样子，自己也有点奇怪。恰好相反，她倒觉得松了一口气，因为一件秘密有了线索。她至少知道那是一个时髦少女。

锦儿说："你若叫孩子们或是别人知道一个字儿，我可拧断你的脖子。"丙儿听了真怕起来。

木兰对丙儿说："好了。不要告诉孩子，也不要告诉别人。你告诉我，并不算错。"她在丙儿肩膀儿上拍了拍，想压压他的惊慌，又说："你若再在饭馆儿遇见他们，也要告诉我。"

木兰找到那家饭馆的名字，是一家不出名的小饭馆。她自己去吃饭，想再打听点详情。茶房可以告诉她的，只是那个女人大概是个画家，因为他俩谈论的是她的画。木兰推想那个女人可能是艺专的老师，也许是个学生，因为杭州艺术专科学校里有很多时髦的年轻女人，都是烫发的。杭州艺专在西湖中间的一个小岛上，有堤与岸上相接连。在星期天，她提议全家出去游玩。有时荪亚去，有时候不去。有一天，她坚持到艺专去看看。他们到了那儿，荪亚有点儿紧张不安，想尽早离开，说是没有什么好看的。

木兰从来没有说她所知道，或是她所猜想的。她暗中请教老父。她父亲说："你若找到那个女人，你怎么办？"

木兰说："那看情形而定了。"

“你没有那么笨，想到离婚吧？”

木兰说：“离婚？我就是怕离婚。那对不起孩子。”然后又说：“我想没有那么严重。”

她父亲说：“那么，我的忠告是你到苏州妹妹家去住半个月，然后我帮助你。无论如何，要用机智手法，不要结仇恨成敌对。有我们两个人，这件事是可以办得了的。”

所以木兰把孩子放在家，到苏州去探亲。她说去换换环境，新鲜新鲜。丈夫表面上不让她去，不过并不太认真。莫愁和立夫意想不到木兰会去看他们，非常高兴，可是不久发现她心里有愁闷，于是她把心事告诉了他们。

莫愁问：“你怎么办呢？”立夫在一旁听着，很生气。

木兰说：“我不知道。爸爸让我离开家些日子。”

“你敢说是个烫发的时髦儿少女吗？”

“我也没有见过她，也不知道她的名字。”

莫愁说：“我告诉你，你自己也要负一部分责任。”

立夫问：“你这话是什么意思？”

“我意思是，姐姐，你把荪亚关在山顶上，自己打扮得像个乡下女人，我乍一见，都吓了一大跳。”

立夫问：“那有什么不对呢？”

贤明的莫愁对丈夫说：“你不懂。荪亚跟你不同。我若穿着打扮不相当，你愿意不愿意？”

立夫语气很火暴地说：“相当？怎么样还能比木兰那样穿戴打扮相当呢？难道女人要永远穿绸裹缎戴些零零碎碎的东西吗？四十岁的男人还要绣花枕头吗？”

木兰说：“立夫，大多数男人就是这样儿。也许妹妹说的对。”

立夫开始咒骂，但是莫愁劝他说：“人心里好多隐秘的地方儿你还不知道呢。”

立夫怒冲冲地说："我真想不到荪亚会这样儿……不知好歹！"

姚老先生的目光是明察秋毫，明明洞察一切，却装作一无所见。木兰不在时，他正好观察荪亚。虽然这个女婿有其弱点，可是基本上仍不失为一个好丈夫。

一天，他闲溜进那家商店去，现在算是属于他女婿女儿的了。他偶尔看见荪亚的桌子上有一个淡粉色的洋信封，那是女学生常用的。他仔细一看，上面的字迹是女人的，下角印着杭州艺专的牌楼图案，但是那红绿的颜色，似乎是用手画的——特别显得女人气。上面没有寄信人的名字，只是一个"曹"字。字是丰满柔软的赵体，但是笔道特别细。过了一会儿，荪亚高高兴兴地离去，并没注意到岳父已经细看了那个信封。

现在杭州艺专的男女学生都到西湖写生，姚老先生扮作道士模样，好几天都到西湖去，希望多知道那个曹小姐的情形，或许会见到她也不一定。一天早晨，姚老先生漫步走出公园，靠近了学校，他经过三个拿着画图纸和折凳的女学生。她们正在戏谑玩笑，他听见一个女学生叫另一个"密斯曹"。他转身一望，赶巧三个女生之中两个也向他张望，因为姚老先生长须雪白，戴道冠，披道袍，形貌奇古。

他立刻装作游方的出家人，对她们说："小姐，您行行好吧。"

三个女生笑起来站住。刚才没有回头看的那个也回过头来看这个出家人，她似乎比那两个年岁大，也还严肃，穿着绿色的长旗袍，高跟鞋。那几个女学生站住了，姚老先生走上前去。

他又说："小姐，您行行好吧。"

那个高身材的女子低声说："咱们求他让咱们给他画像好不好？"于是走过来说："你要干什么？"

"小姐，您帮助一个穷出家人吧。我从黄山来，一路化缘重修文殊菩萨庙。您施舍点儿吧！"

他递过去一本化缘簿。

其中一个说："你知道，我们是学生。"

"没关系。随便施舍。菩萨保佑。"

一个女生说："丽华，你顶好施舍点儿吧，菩萨好保佑你婚事如意。"

高身材的说："我也没法儿多施舍。咱们一共凑三毛钱，请老人家坐一会儿叫咱们画像。"于是转过来对他说："我们能布施一点儿，只是太少。我们是学绘画的学生，很想给您画像，您过来到树荫里坐一会儿。"

姚老先生犹疑了一下。

他说："这不是谈生意吗？我若不坐下叫你们画，你们就不布施——是不是？我不愿意。我不喜欢画像。"

那个高身材的女子说："不要那么说。来，我布施。"她掏出两毛钱递给这个出家人。她说："这可以吧？"

出家人说："菩萨保佑小姐。"于是打开化缘簿说："小姐，请留下芳名吧。"

"这么一点儿钱还值得写名字吗？"

"是，小姐，一个铜子儿也要留下名字。"

那位小姐说："你这位出家人太好了。"她把自来水笔掏出来，写了名字"曹丽华"。姚老先生一看，正和荪亚桌子上那个信封上的字体一样，都是赵体。

其中另一位小姐说："您真是一位高人，您大概可以给她看看流年运气吧？"

出家人谦恭有礼地说："在下学识浅薄。"这话越发增加了他的神秘，令人更感莫测高深。

曹丽华说："现在咱们到岸边树荫里来。我在这儿给您画个像，您给我们说个故事听。多谢您，老善人。不会耽误您太久的。"

姚老先生看那位小姐风度很好，脸是普通很正派的脸型，显得聪明伶俐。

他们走往高大的柳树下的一条凳子。几位小姐把她们的小凳子放在地上，拿出写生簿来。

姚老先生问："你们要我告诉你们什么呢？"

一个女生说："告诉她，她的命运如何？"

"谁的命运？"

"丽华的。是她。"

他又很坦诚地问："哪方面的命运？"

她们说："婚姻方面。"

姚老先生问："是不是她要订婚了呢？"

丽华看了看别人，好像很烦恼的样子。

另一个女生说："告诉他。没关系，他是过路人。"

丽华点了点头，脸垂下去。

姚老先生说："伸手给我看。"丽华伸出手，手心向上。姚老先生拿在手中看。手很柔软，手指纤细。

"你今年多大？"

"二十二岁。"

"小姐，现在你在恋爱。"

那几个女生笑起来。

"你爱的男人比你大很多。他家道很殷实，有点儿矮胖。对不对？"

三个女生大声惊叫。

"不过这个男人你不应当嫁。"

丽华刚才因为害羞把脸歪过去，现在转过来仔细看老人的脸。

姚老先生说："你不要难过，我告诉你，他已经结婚了。"

丽华把手从老人手里猛然抽回来。

她说："不对！"

老人说："也许我看错了。不过你自己可以查出来。"

另一个女生说："他也不是先知，也不会每次都看对。"

现在丽华很大胆地看着他说："老先生，您是不是骗我？"

姚老先生说："对不起，小姐。我刚才说过，我也许看错。我但愿我看错。小姐，不要难过，你会遇到一个更好的男人。他离这儿不远。你等一年，看看我的话对不对？"

这一段对话使丽华很难过，她没法再画下去。姚老先生默默地望着她，另外那两个女生试着画他的脸。他立起来走时，问了一句："是不是我把两毛钱退还给你？"

丽华说："不要，拿走吧。"脸色很凝重。

出家人很温和地问："告诉我，这是不是你的初恋？"

丽华很羞惭地抬起头望着他，似乎是说："是！"

姚老先生换了衣裳回家。刚刚中午，没人注意到他不在家。他自己这么成功，真是出乎意外，他立刻写信叫木兰回家来。

木兰回来了，荪亚发现她买了几件新衣裳，丝绸的睡衣和粉红色的套裙，几种面霜、洗涤水，几双值钱的鞋。她几乎花了二百块钱，还买了六罐著名的墨西哥牌子的咖啡粉。

荪亚大喊说："嘿，妙想家，你买了这几双鞋呀？"

木兰说："给你买的呀。你喜欢看这种鞋。"说着把那几件睡衣和套裙扔在床上，多少有几分看不起的样子。

荪亚对木兰的意思，自然有点纳闷。在外表上，木兰对他还是一如往常，装作一无所知。她到厨房去的时候比以前减少了。荪亚问她时，她只说："噢，有点儿累了。"她一回来，父亲立刻就把和丽华的巧遇告诉了她。父亲说丽华看来像个心肠很好的姑娘，是和荪亚发生了爱情，不知道荪亚是有妇之夫。木兰只好一边等着一边注意事态发展。至于荪亚，在他那一方面，把以前木兰的改变梳妆打扮，归之于立夫的影响，因为立夫自己已经改穿朴素的衣裳，并且在他们第一次到苏州去探望时，立夫对木兰的漂亮衣裳打扮感到意外，并且表示不赞成。现在木兰这种显而易见的改变，他又想不通了。

姚老先生遇到丽华三天之后，荪亚又见到她。因为丽华写信，说一定要见他。他俩第一次的相遇是在西湖的一个下午，丽华正在写生。荪亚惊于丽华的美，走近去看她的画，称赞了一番。荪亚很会说话，二人于是就此相识，也就成了朋友，几乎立刻互相发生了爱情。荪亚从未提过他自己已经结婚。丽华只知道他那茶庄的地址，但是并没有去过。

现在两人在饭馆儿又相见了。丽华进去时，面色悲伤而凝重。荪亚走上前去帮她把大衣脱下，拉她的手。

他问："你有什么事要和我说？"

丽华说："坐下，我有话说。"

他们坐下，荪亚叫了茶，因为丽华必须回学校去吃晚饭。

丽华问："荪亚，我要问你一个问题。你要说实话。"

"当然。"

"你今年多大？"

"我刚过四十。我不会再大呀。"

丽华问："我原以为你小得多，为什么你没有结婚呢？"

冷不防遇到这样的问题，荪亚结结巴巴说不出话来。丽华觉得那个出家人的话说对了，于是安安静静地说："你太太还在吧？"

荪亚点了点头。

"你为什么过去没告诉我呢？"

荪亚回答说："我怕说出来你就不理我了。我和你在一起好快乐。但是，你知道，我太太是个……乡下人——旧式妇女。她只是给我做饭洗衣裳，她什么事情都做，有时去外头捡柴。你知道，我们不幸娶了那样旧式妇女的男人，都想要一个像你这样的时髦的妻子。我原本不想告诉你的。"

"你能把你太太的相片儿给我看看吗？"

他立刻回答说："不能。你是不是要甩了我？你为什么要问这个问题呢？你为什么急着要见我？"

丽华说："是这么回事。我遇见了一个算命的。他是黄山来的道士。他留着白长胡子，向我们化缘。我给了他两毛钱。别的几个女同学逗我，请他给我算命。他看了看我的手心，说我爱的那个男人是个有妇之夫——你就是呀。最叫人吃惊的是，他说那个男人比我大得多，身体矮胖。你看，他说得满对！"

荪亚问："你知道他准是个出家人吗？"

"当然。他有一本从黄山带来的化缘簿，说话有口音。"

荪亚这才放了心，向丽华说："虽然我已经结了婚，我们不能照旧做好朋友吗？我爱你，你也爱我。"

"你是不是会和你太太离婚呢？"

"不，那不能。可是咱们俩可以不管这些事情，只享受快乐就好了。"

丽华长叹了一声，一时也拿不定主意。当时那么多做丈夫的——有的是大官，有的是教授，有的是作家，都甩了自己的旧式太太，另娶时髦的小姐。她上的那艺术专科学校就有三个教授跟太太离婚，娶了自己的学生。

他俩凄然而别。荪亚央求她再和他见面，再仔细商量一下怎样办才好，丽华答应了。

两天之后，出乎丽华的意外，她接到一封信，信上签名是"曾太太"，约她私下相见。信写得很客气，很简短，笔力遒健，不太像出诸女人之手。字有半寸多大，字体庄严大方，笔法奔放，字与字间，时有连笔，足见写信人潇洒豪迈。丽华大惊。荪亚曾经告诉她他太太是旧式的乡下人，但是写信的人至少中文大有根底。

丽华之急切于见情人的乡下太太，正如木兰之急切于见丈夫的情人。丽华推想这个太太若只是一个嫉妒无知的女人，她不会要求一见，一定只会鲁莽无礼地要求她与她丈夫断绝来往。她觉得这个女人有点莫测高深，同时又有点害怕。她的命运是握在那位太太的手里，如何决定，就在此二人之一见了。

木兰没有写出自家的地址，只是请她在西泠印社最高处的亭子里一见，那个亭子是人人可以进去的。丽华到底要穿什么衣裳，要给人家什么印象，心里踌躇了好久。她越研究那封信文笔书法，越没法想象那个乡下太太什么样子，究竟多大年岁，怎么样和她相见。那位太太一定聪明，但是聪明女人往往不讨人喜欢，往往女人男相，由她信上的笔迹就可以看得出来。无论如何，自己必须显得高尚，给对方一个好印象。她决定穿朴素高贵的现代式服装。

由艺术专科学校到西泠印社，只有步行十分钟的距离。西泠印社是个诗社，由一群诗人组成，已有百年的历史，在西湖上极占风景之胜。入门处是一段粗糙的石头台阶，两侧假山嵯峨，直至山顶。那个亭子是在西湖中心的孤山顶上，登亭四望，周围景色，尽收眼底。后面便是些富豪的别墅，由里西湖隔开，和孤山对面相望。前面是“外西湖”，里面有“袁庄”和“三潭印月”。对面是钱王祠，也叫“柳浪闻莺”。远处右方高山耸立，出没云霭间，靠近湖的对面，便是杭州城，湖滨有很多别墅，迤逦错落。下面很近的地方就是艺术专科学校的大门，那儿正是“平湖秋月”。

丽华两点钟离开学校，先到西泠印社，激动得心扑通扑通地跳。她早到了十五分钟，等起来真觉得日长似岁。后来看见一个穿得很漂亮的少妇走上来。她不敢想这就是她要见的那位少妇，而宁愿来的是一个年岁大身体肥胖的女人，是受过教育但是外表粗蠢的女人。那个女人走得渐近，丽华发现她的眼睛那么美，那么神采照人。她看来太年轻，和荪亚并不相配。她一定是来游西泠印社的游客。

但是木兰一直向丽华走过来，轻松地微笑了一下说：“这个坡儿太陡，走得都喘不过气儿来了。你是曹小姐吧？”

这么一问，丽华希望是个游客的想法，完全破灭了。

丽华站起来问：“您是曾太太吧？”再说不出别的话来。

木兰今天穿的是一件鲜艳的海蓝色旗袍，是用老贡缎做的，人都说这种料子是皇族穿的。这料子原是她的嫁妆，现在按最新式样剪裁的。今天她戴了奶罩，可以说是当时最时髦的东西。她的腰细，头发漆黑而浓厚，两眼是秋水般明丽，双眉画入两鬓。

她说：“我现在老了，爬这么一小段儿路就喘成这个样子。”她的声音并无敌意，丽华的恐惧消除了不少。

丽华说：“夫人，您还这么年轻。”不由得用了指达官贵人太太的称呼。

木兰说：“我听说我先生新近认识了你。我也很愿见见你。”

“您真是曾太太吗？他告诉我……”丽华突然停住。

“他告诉你什么？”

“夫人，这让我很难为情。但是我不知道他已然结婚，所以才敢接近他。”

“曹小姐，我很高兴见到你。我想和你谈一谈。你已经知道他结婚了？”

“是，因为我问过他。他承认了，他还说……总而言之，您和我想象的太不相同了！”

“我想他告诉你我是一个乡下老婆子吧？”

“倒不是。但是，夫人，我若早知道，我就不想……我真不懂。”

“你不懂什么？”

“我不懂一个男人有像您这样的太太还……”

“曹小姐，我比你大，你不了解我这个丈夫。因为他是你的朋友，我愿告诉你，他是个好人。可是世界上没有丈夫觉得自己的妻子美的，尤其他娶了一个漂亮的太太。你知道那句俗语吧？‘文章是自己的好，太太是人家的好。’这是北平的一句新谚语。”

丽华不由得微笑了一下，这一笑使她增加了勇气。

丽华问：“您是北平人？无怪乎官话说得那么好。”

“是，我们搬到杭州才一年多。”

“我也是北平人。您在北平住哪儿？”

“我父亲是姚思安。我们住在静宜园。”

“您是王府花园姚家的小姐？那时候我在学校念书，听说过她们，但是没见过。”

“我是姚木兰，姚家的大女儿。”

“您说是姚木兰？哎呀！这怎么会？您先生……”

“没关系。我先生一定是觉得你很好，所以我也愿意认识你一下。”

“夫人，我原以为他太太是个乡下老婆子。您有儿女了。我听说您女儿在三月屠杀案中牺牲了。”

木兰说：“是，人生痛苦已经够多，为什么还再增添痛苦呢？”

但是木兰并没逼迫她放弃荪亚，丽华则以再提他的名字为耻。她只是说：“曾夫人，您若能原谅这次的误解，我也深以能认识夫人为荣了。”

木兰也说以认识丽华为幸，并且希望和她再见，可是并没有往深里再叙。现在木兰对丽华了解得更清楚，分手时心里也就更觉得安心。她不必再有别的举动，这次简单大方的会见也就足以把这件事结束了。

丽华回到学校寝室时，心中认定毫无疑问，必须与荪亚一刀两断。看情形的发展，对她是越来越坏。她原先听荪亚说他太太是个旧式妇女，不管情形多么复杂，她还是希望继续二人之间这种不正常的关系。她也像不少时髦小姐一样，认为只要有真正的爱情，就像她的情形，就觉得男人需要，并且应当值得一个像她这样的小姐。但是现在希望完全破灭了。一半为自己的糊涂而懊悔，一半为被欺骗而愤恨。接下来的星期天，她接到了荪亚的一封信，一时不能决定如何回答。要不要最后再见他一次？若是见了他，关于他对自己说谎这件事，自己要说些什么？但是当天晚一点儿，她接到姚木兰的一封信，这才解除了她对荪亚要实言相告的一个难题。

信写得非常动人，信里写的都是不便口头说的话。

丽华小姐：

日前相见，幸何如之！快何如之！承蒙不弃，赐予接谈，谦和坦率，相知恨晚。兰未嫁时，家中情况，既承知晓，拙夫又已相识，故将区区下怀为女士一详陈之。

兰家虽富，素抱新奇不羁之思。常欲摆脱朱门之生活，度渔樵之岁月，荆钗布裙，相夫教子。但翁姑年老，不克南行，客岁始得离平来杭，度安闲之生活，得偿夙愿。躬亲缝爂，深居简出。日前相会，女士所见之木兰，固非我今日之庐山真面也。若谓余系一村妇，或余正求为一村妇，此言亦非全然子虚。但事与愿违，非所逆睹，竟有如是者耶？

夫妇间之关系，殊不可以与外人言。然可得而言者，拙夫之行径，多少系木兰之过。余亦曾见为夫者舍弃其妻，其妻之贤，多有非余所及者，故拙夫之所为，非不可解。余曾见现代女子，甚多与有妇之夫相恋，我对彼等，亦能了解。余知热情为何物，亦曾为热情所苦。女士与拙夫相识，原不知其为有妇之夫，非女士之过也。

女士较余年幼，我有数言，敬祈垂听。若未深陷情网，应挥利剑，以断情丝。时代改易，本分与义务已为“爱情”一词取而代之。夫妇之能白头偕老者已不多见。但我曾读诗书，囿于旧习，旧日之愿望，仍然眷恋。我尚有一子一女，余纵不为身谋，亦不得不为子女之家庭与前途着想也。

女士若已深陷情网，敬祈以轻松视之，万勿操切行事。在此情形之下，牺牲适应，必不可免。愿与女士商谈之。星期日于原时原地一见，不知可惠允否？望秘而不宣为感。

姚木兰拜启

丽华颇为这个意料不到的新要求所烦恼，她认为这根本已无必要。不过仍为来信所感动，于是决心再见曾夫人。曾夫人信里说的商谈是什么意思呢？她给荪亚写了一封信，说因功课太忙，不能相见，准备在指定的时间地点去见曾夫人。

这次木兰去时，打扮得比上次朴素。她穿了件新衣裳，但是穿这件衣裳，是不存心给人什么印象的，态度比以前更从容，更亲切。

丽华说："曾夫人，多谢您给我写那封信。"

木兰问："你打算怎么办？"

"就照您所说的办。"

"怎么个做法呢？"

"我跟他断绝来往。但是我打算告诉他我对他欺骗我的想法。当然他还会告诉我他之说谎，是因为怕我不理他。"

木兰说："多谢小姐。"心里知道自己是胜利了，又说："这么容易就和他分手了吗？"

丽华现在几乎觉得心里恨木兰，于是说："大姐，您不要再挖苦我，我对情形根本并不清楚，您不能怪我。"

木兰回答说："这个我知道。我这次写信见你，是打算帮助你解决这问题，我知道这对你对他都很难受。若是有什么问题我们可以商量，在没见他之前，我们不妨商量一下。你要知道，我对你绝没有一点儿恶意。我只是想把你们这件事想个办法补救。你想我全是自私吗？"

丽华大声说："还有什么多说的必要吗？我知道我必须跟他断绝来往。如此而已。"

但是木兰说："难道没有什么可以商量的吗？你想你一定能和他断绝来往吗？你这么做，心里都已经想清楚了吗？"

丽华断然回答说："当然想清楚了。"

木兰说："我想也许还有别的问题。我听说你把这件事看得轻松，心里很高兴。你也许以为我言不由衷。让我告诉你，女孩子爱上一个男人，再失去这个男人，对她来说是如何的感受，让我告诉你吧。天下的确有此等伟大的爱情。你知道，在古代，另有一种解决的办法。女孩子爱上了有妇之夫，办法是去给他做妾。到现代，爱情伟大到这种程度，实在太少了。你知道——我为人胸襟开阔。你若是有两条路要选择，一是悬崖勒马，和他断绝关系，一是进入曾家，和他共同生活。你何去何从，可否坦白相告？”

丽华大感意外，向木兰看了好久。

她最后说：“不行，我办不到。”

“我只是要你知道，你还有选择的余地，不要铤而走险。你若不相信我的真诚，可以问我丈夫，是不是我曾经说过要他纳妾的话。”

丽华很自负的样子说：“不用。我宁愿自由自在。”

“咱们是不是还可以交朋友？”

丽华说：“当然愿意。”

“你对我先生要说什么话呢？”

“我就告诉他和他永不再见。”

木兰说：“等一等，我愿你和我先生坦白讨论这件事，而达到一个通情达理的结论。当然我不会挡你们的路。我还有一个想法。不要说我异想天开。你要不要到我家去？让我把你引荐给他，就当你是我的朋友。我们一直做朋友，你在我家一直受欢迎。事情一旦挑明，你就觉得大不同了。”

木兰这个想法，丽华又大为吃惊。她心里想木兰这个女人真是不俗，对和她和荪亚一直做朋友，她倒高兴，她首次露出真正的微笑说：“我倒要看看他见到我时是什么样子。但是这样会让他太难堪呢。”

木兰说：“他只好忍受了。我们不会使他太难堪。你我都要表现出愉快的样子。”

于是她俩决定下礼拜六晚上，在木兰家相见。

事情这样解决之后，丽华觉得木兰解决这个问题，完全平静以对，不由得对木兰私下佩服不已。

荪亚正在为丽华的态度转变和拒绝赴约而烦恼。他没想到太太会知道这件事。他在苦恼沮丧之时，却发现妻子愉快欢笑如常，而且比以前打扮得更为仔细用心。礼拜五晚上，她换上从上海买来的那身新衣裳，和他一同去听戏。这引起他一点儿疑心，以为她是有意重新赢得自己的欢心。但是已经看见木兰改变了那么多次，想到什么就做什么，所以他也不太惊异。

他和木兰那天晚上看戏归来之时，他说："妙想家，你心里想什么新花样儿？我简直没法儿了解你。"

木兰说："还是妙想天开呀，胖子。一辈子，我都是凭妙想决定行动。有的成功，有的不成功。这个荆钗布裙农家妇的妙想这次没有成功。"

"为什么没成功？"

"因为没成功。我另一个想法是，你应当娶个妾。"

荪亚说："你意思是要个妾陪伴着你呀？"

木兰说："因为你哥哥爱上了暗香，我那个想法只好作罢。"木兰又突然加了一句："你们男人哪！"

"我们男人，什么呀？"

"没什么。你们男人心里想什么，却不告诉太太。"

"你为什么这么想？"

"比方说吧，你说你赞成我采取这种淳朴的生活，穿这种朴素的衣裳，但是你却不是真心。是不是？"

"我如何没有告诉你我内心的想法，难道我没答应照你的意思做吗？做丈夫的总是应当顺从太太的心意的。"

"现在你还不肯跟我说实话……比方说，你愿不愿要个妾呀？"

"说实话，我不要。你认为我应当要吗？"

"那就看你是不是爱一个小姐爱到要娶她为妾的程度，也要看是不是有一个小姐她爱你爱到不在乎身份地位，不在乎社会的非议，而甘愿做妾的程度。"

"你现在怎么会有这种怪想法？为什么我会和一个小姐恋爱呢？"

"直接回答我这个问题。比如我给你选一个小姐，或者你爱上了一个小姐，你要不要她？"

"你太不切实际了，太想入非非了。我怎么能够呢？这在而今也行不通。而且现在的小姐也不愿为人做妾了。"

"你若对她爱之欲狂，爱之欲死，难道她也不肯吗？"

"社会上人会说话呀！社会上人会说话呀！"

"所以，我明白了，还是爱得不够强烈。你们男人哪！"

"我们男人讲究实际。你今天晚上为什么有这种想法呢？"

"咱们这方面不要多说了，我要告诉你另外一件事。明儿晚上你不要出去应酬，我要请上海来的一个女朋友。是我在苏州妹妹家认识的，约她明儿晚上来看我。你会感到意外的。"

"我见过她没有？"

"没有，我想你没见过她。"

第二天早晨，木兰告诉锦儿预备家中请客的菜，暗中告诉她自己的计划。

木兰说："是星期六晚上，你可以带着孩子出去吃饭看电影儿。"

锦儿说："太太，您让我待在家里吧，我要看看她。再者，我也要帮着做菜。"

"那么我让爸爸带着孩子到西湖去吃饭。也叫丙儿出去。他也可以和孩子一齐去。"

木兰仔细计划，直到吃饭时再叫荪亚见到丽华。丽华是七点到的。经木兰很细心安排，由锦儿带她到木兰的屋里去。丽华穿的是学校的制服，但是发现木兰比她穿得更朴素，深感意外。

丽华说："我差一点儿都不认得你了。"

木兰回答说："我在家就是这样儿。"

“现在我明白了。”

“这就是我告诉你说我是个乡下女人，真正的乡下女人。但是男人不注意女人的内在美。他们只看外表那层脂粉。这就是为什么……”

丽华又说：“我明白。”

荪亚现在就要进入太太的屋里去，但是发现门锁着，十分诧异。

他隔着门叫：“妙想家，客人来了没有？我饿了。”

木兰喊着说：“她来了。我们马上就好。”她转向丽华说：“他老是饿。”丽华微微一笑。木兰又说：“你到后头那间屋去，我叫你，你再出来。”

丽华走进去。木兰去开门。

荪亚问：“你的朋友在哪儿？”

木兰说：“她在后头化妆呢。”

木兰走近桌子，把灯捻亮一点，站在门口问：“你好了没有？”

从后头屋子的黑暗中，荪亚看见一个女人走出来，和木兰手拉着手。

木兰向荪亚介绍说：“这位是曹丽华小姐。”

荪亚一见丽华，一惊非小。他知道自己中了圈套，勉强说了点什么。

木兰说：“曹小姐是艺专的学生，你知道吧？”

荪亚一副茫然若失的样子说：“噢，是。”

木兰很狡猾地微笑着说：“你以前不会见过她吧？”

荪亚说：“没有……有……不记得……”

丽华说：“你告诉我你结过婚，你太太是个乡下老婆子。”

荪亚站在那儿，脸一阵红，一阵白，眼睛看看木兰，又看看丽华，看看丽华，又看看木兰。他现在明白这完全是她们两个女人的诡计，他索性直接说：“算了，够了，我以前见过她，向她表示过爱慕之意。”

丽华向他走过来说：“曾先生，我们最好彼此坦诚相向。你告诉我你太太是个乡下老婆子。我若不偶然遇到你太太，我还在受蒙骗。幸而我了解真情实况还够早，还没到事情发展到太深的地步。”

荪亚很卑顺地说：“都是我不对。”

丽华看了看木兰，又说："我真不明白为什么对这样的一个妻子还不忠实。"

荪亚说："你知道，人没有十全十美的。我知道我有缺点……可是你也应当了解你自己。"

木兰向他很快地望了一眼，狠狠地看了一下。知道荪亚话中的含义，但是保持沉默，一言未发，不愿再进一步招惹他，因为自己心里有一个秘密，这个秘密是神圣不可侵犯的，完全是属于她自己的，别人不可动，别人不可说，别人不可听。

丽华对木兰说："您已经原谅了我，您也能原谅他吗？"

木兰微微一笑，伸出了她的手。荪亚接过去吻了一下。

荪亚说："多谢多谢。幸亏你使我免得深入迷途。"

木兰叫锦儿，他们走到外间桌子那儿就坐。桌子上摆了三套碗筷，预备的一顿小吃。木兰说这次犹如戏院中的一场戏。荪亚还是觉得不自然，但是木兰谈笑甚欢，所谈都是些不关重要的事。荪亚知道木兰和他是棋逢对手将遇良才了。

饭后，丽华到后屋去了一会儿，荪亚对他妻子说："你这机灵鬼！"语气中既含宽容，又含恨意，又觉滑稽可笑。

饭后，三个人在另一间屋里坐着时，锦儿进来倒茶，木兰说："我父亲回来时，请他老人家也来坐一坐。"

姚老先生参加了这件事全部的计划，知道今天晚上还有他的戏。他回来时，叫孩子们各自回屋去，他轻轻走到木兰屋里。

丽华看见老人家的眼光和长白胡须，是绝不会认错的，不由得倒吸一口冷气，转身望着木兰。

她低声问："这位是谁？"

木兰很温和地说："是我父亲。"于是站起来介绍他们。

"爸爸，这位是我的一个朋友，曹丽华小姐。"

姚老先生很庄严地鞠躬为礼。

丽华喊着说："老先生您是黄山来的那位出家人。"

姚老先生从容不迫地回答说："不错。这儿就是我的黄山。"

丽华说："但是，老伯——"

姚老先生拦住她说："我知道，我知道。你们年轻人，我给你看相时，我没看错呀。不过不用等一年，你已经可以证实了。"

姚老先生接着说："明天见。"转身把荪亚拉了出去。

这时屋里没有别的人，丽华对木兰说："他就是我告诉你的那位算命先生，一点儿也没错。这是怎么回事啊？"

木兰很和蔼地对丽华说："我知道这对你犹如一出笑剧，也就是一出戏，我父亲是幕后的导演。"

到了外头，姚老先生对女婿说："这件事我全知道。不过这没有什么关系。我年轻时，也做荒唐事。我比你还荒唐得厉害。我这么做只是要保护我的女儿。"

荪亚说："爸爸，我很感谢您。幸亏您救了我，使我免得铸成大错。不然不但害了你女儿，也害了曹小姐。"

丽华回家之后，木兰告诉她丈夫所有的经过。荪亚越想越觉得感激自己的妻子，赏识她的胸襟风度。这次经验恢复了他俩之间的爱情，荪亚也变得更聪明懂事，遇事也看得更清楚，也体会出来什么是永久的真爱了。

丽华成了他们的朋友，常来看他们，荪亚帮忙她嫁了艺专的一个教授。

木兰把这件事写信告诉妹妹。中秋前几天，莫愁和立夫来探望。这时，木兰又把经过说了一遍。他们也见到丽华，觉得这件事颇有趣味。

荪亚问木兰："那件事你告诉了你妹妹没有？"

木兰说："我告诉了。"

荪亚说："你不说就好了。我在人眼里岂不太愚蠢？"

木兰问："那有什么害处？天下有这种事的丈夫也不止你一个人，但是别人的不见得这么有趣，也不见得有这么幸福的收场。"

从这次事情之后，莫愁和立夫也有时候叫木兰为"妙想家"。

第四十一章　疯狂掠夺日本走私　病榻缠绵木兰探父

在民国二十一年秋天，立夫的古文字学著作出版了，那是在淞沪抗战后不久。一如事前所预料，这本书一般读者很少注意。写作时间二年有余，修改和排印需时约一年。陈三辞去了军队上的职务，回来抄写这部稿本。他放下了枪，再拿起笔来，练习了一个月，才又恢复了他那笔工整的楷体字。

那本著作完成之后，立夫和莫愁到杭州度假，自然是大功告成，大大庆祝一番。阿非和宝芬也南下来访，拜谒老父，邀请父亲北上和他们同住。宝芬告诉了阿瑄的新娘惨死的情形。她是产后死的。曼娘就得又抚养一个婴儿，就和她当初抚养阿瑄一样。宝芬也告诉他们曼娘和珊瑚两个寡妇之间感情越来越好。两人都已年岁渐长，都有一个青年做儿子。珊瑚抚养的博雅，已然大学毕业，和阿瑄相交日深。曼娘正打算叫阿瑄离开海关，因为她听了阿瑄告诉她私枭走私鸦片烟的凶险故事，她很害怕。万一阿瑄出了什么差错，她就要一个人独力抚养孙儿，她觉得自己年岁太大，怕不能胜任了。她希望阿瑄早日续弦，那样又有个儿媳妇可以依靠。宝芬没再生儿子，莫愁没有生女儿，两家说把最小的孩子交换，不过迄今未有何行动。

陈三和他太太也来到杭州。他听说阿瑄在海关的工作，他说他愿意参加海关的缉私队，以便完全脱离政治关系，而且他武器熟练，枪法好。阿非和禁烟局有关系，说他可以帮陈三谋个位置，曼娘也愿陈三和阿瑄离得近一点儿。所以阿非、宝芬和姚老先生回北平时，陈三和环儿也都随同北返，陈三就进入海关工作。

此后几年，木兰的生活可以算平安无事。夫妇二人安居过日子，家庭生活尚称满意。从丽华那件事情上，夫妇都获得了教训。荪亚对妻子说他那次也许是糊涂，但是在那种情形之下，他也知道会出事情的。他说他自已既非圣贤，当时也的确生活上需要一点刺激，需要有点变化。他说，事实上，他也只是好奇，就犹如每天的饮食上有点变化一样。木兰充分了解，于是不让婚姻生活日日如常毫无变化，不以事事固定规律为满足，在饮食、住房、生活的乐事上，她不断创造新奇，以成熟的精细优美，不断给丈夫新奇之感。她用酒泡枣，用蜜枣和火腿调制食品，用新法做酱油味道很厚的碎鳗鱼，做八宝饭，做焖鸡榨菜蒸笋、甲鱼汤烧鹅掌，鲍鱼煮后切片做冷食，还有蜜饯熏鱼、醉蟹、醉蛤蜊。她发明新的盛菜和吃东西的方法，实验用本地出产的器皿，用杭州的竹篮子。她想起了北平一家著名馆子的蒙古烤羊肉的方法。她在一个粗盆里点上炭火，上面扣上凸面的钢丝网子，预备好泡了酱油的极薄的牛肉片和鱼肉片，把炭盆端到庭院之中，在网子上烤肉，每人用粗糙的木头筷子，自烤自吃。她坚持一定要站着吃。她又仿照南方的风俗做“叫化鸡”，把一个整鸡拿出去野餐，鸡的内脏当然先拿掉，羽毛则不拔掉。她用泥在鸡上涂满一层，在火上烤，和烤白薯一样。二三十分钟之后，当然以火的强弱和鸡的大小来决定具体时间，把鸡拿下来，羽毛会和泥片一齐掉下来，里面便是热气腾腾的鸡，鲜而嫩，汁液毫无损失。他们自已用手把鸡翅膀、鸡腿、鸡胸撕开，蘸着酱油吃，觉得这种“叫化鸡”味道之美，为生平吃过的别种的鸡所不及。她说最简单的烹饪方法是最好的烹饪方法，自然的方法胜似烹饪的技术。上等厨师如上等教育家。上等厨师能使鸡味发挥出来，并使之发挥得最充分，上等的教育家使一个青年内在的潜能发挥出来。鸡本身味道之美，如果诱发过甚，填充东西过多，过于压榨，加香料过多，反倒破坏了原来的风味之美。她说得很对，关键是“一热当三鲜”，刚一做好就吃，不然的话，食物从烹调器皿中拿出来之后，烹制作用所引起的变化仍在进行，余热还停留在食物里，肉、鱼，或竹笋的肌理组织就会改变，所以烹制恰到好处的食物也就变老了。

所有这些小事情荪亚已经满意，对立夫则犹有未足。姚氏姐妹之不同十分明显。莫愁所希求于生活者少，于是嫁予一个自己崇拜的男人，而在崇拜与照顾丈夫儿女时，便获得了人生的幸福。木兰天性是追求理想，因为她已届中年，能把她个人生活中之所有，充分发挥之，利用之，使自己之生活达到最美的境界。在这方面，有更多可感受的艺术和精美。虽然烹饪是最明显具体的，但是这种快乐，只是她追求幸福的一方面而已。在这方面，是自然必须以感官的感受为基础。她是自幻想中觉醒，也是迁就现实迫不得已。所以自从曹丽华那件事之后，她不再去做好多家事，她又对衣裳的式样多予留意。她的发型也常加改变，就和刚结婚那几年一样，有时穿长裤，有时穿裙子，有时穿旗袍，要看心情和季节而定。在夏天，比如说，她就不穿旗袍，改穿类似睡衣的宽大衣裳。春夏秋冬之不一样，对她而言，并不止是温度的改变。她的盆花也随着季节改变，她的心情，她阅读的书，每天做的事，生活的乐趣，无不随着季节而改变。栽植盆花，近来荪亚也和她有了共同的癖好。

立夫的书在那项专题上，成了最好的著作，也是内容最丰富的著作。专家虽不能立即接受他在若干方面的解释，却都承认他立论的精辟，承认了他的学问。因为语言学和经典有密切的关系，所以很为人所尊重，立夫的名字渐渐为国学教授所知。有一段时期，他受聘到离家不远的一个学院去教书，对学校的改革甚为热心。但是不久，他发现自己可以说根本是个草食动物，只喜欢自己在草原上吃草，而在教育圈内有不少同事，可以说是肉食动物，专喜欢伤害别的动物，不许人家在草原上舒舒服服吃草。他发现学院越小，政客越多，里面的政争越复杂。那些人的卑鄙龌龊胸襟狭小，很使他受刺激。在这个小城市的学院里，他比别的教书的当然要算杰出，因为他是前国立北京大学教授，是一部重要著作的作者。学校里那些卑陋褊狭的同事传出一种谣言，说他极力要推动学校的改革，是因为有意要做那个学院的院长。这种想法他觉得既奇怪又可笑，所以暑假之后他就辞职不干，结果正中那些同事下怀。

一天在南京，他赶巧遇见前清御史魏武，当年曾弹劾过度支部大臣牛思道，现在任职政府监察院，是一颇有地位的监察委员。魏武年近七十，因为过去直言敢谏的名誉，政府才给他此一重要地位。他知道牛家的兴衰，揭发牛怀瑜的丑闻，那件事情上，他也知道孔立夫的角色。他俩谈了片刻，就谈到彼此的兴趣，这位老人就邀请立夫去帮助他做事。在南京，他因为弹劾了几个政府大员，已经在监察委员中有铮铮之誉。他的任务上需要好多实地调查工作，详查证据，准备文件，然而他却缺乏能胜任的青年人帮助他。这时国家的监察机构是政府的五院之一，其地位与行政院、立法院、司法院、考试院同一等级，各自独立，在全国各省皆设有监察局。国民都可以自由上书弹劾不肖的官员，各监察局都派官员出外查访，或公开或乔装私访，就地调查案件。

立夫和妻子说："我喜欢那种工作。我若隶属于政府，这正是我颇以为乐的工作。"

莫愁说："我知道，我知道，你这位杨继盛的后裔。我不知道怎么好。你最好去问你母亲，杨继盛的血统是由她传下来的。"

立夫去问他母亲。这位太太却和祖先大为不同。她早已听说过三百多年前杨继盛的忠烈牺牲。但是儿子却把母亲劝服了，说现在是民主国家，有宪法保障现代的御史。立夫为使母亲和妻子放心，他说监察委员不受别的官员的管辖，执行公务时，有正式法定条文的保护，这是政府进步的实例。这和以一介平民写文章批评官吏大为不同。做母亲的以自己儿子做官是一项荣誉，并且他不喜欢教书，总得有个工作或是职业。莫愁也以为立夫现在年事渐长，应当不像过去那样火暴脾气。所以妻子母亲都答应他充任监察院的参事一职，每月薪金三百元。

他到南京去就职，果然证明是魏武的一个得力的助手，魏武越来越倚重他。监察官知道的当然是官场里的丑事，常常谈论行将遭受弹劾的官员，并谈论何时将采取行动，往往以此为乐。弹劾要付诸行动之前，办公厅里往往紧张激动，尤其是将遭受弹劾者地位崇高时。立夫很喜爱那侦察工作，搭箭上弦，瞄准射击，看歹徒中箭跌落，使正义伸张于民间。不过他所进行的弹劾工作，皆以魏武之名行之，他颇以做此实际基础工作为满足。

他常往返于苏州和南京之间，有时在调查案件时，回家探望。

他的工作进展得颇为成功。莫愁曾听说官僚贪污压榨的内幕，因而深信丈夫的任务的重要，有利于国家人民。

种种征象皆已分明显示出来，国家终于走上了进步的大路。内战已经停止，国内建设正在突飞猛进，由于国家统一，政府安定，财政在稳定之下日渐改善，而最可喜的是，全国军民和政府官员，都有一种新的爱国精神和坚强的自信。

虽然在华中及全国各地各种建设都在突飞猛进，北平可是闹得十分荒唐。东北满地是惊涛骇浪，不祥的预兆，非言语可以形容，气氛险恶，令人神经紧张，简直是山雨欲来风满楼。北平则处在半自治的冀察政务委员会之下，这是南京政府苦心孤诣制造的一种缓冲形势，以延缓日本武力从长城外的南侵。由日本在非军事地区煽动支持的所谓“冀东反共政府”，已经把势力扩展到通州，离北平不过三十里地之遥。老百姓惶惶不安，觉得大难即将来临。华北既非日本所有，亦非中国所有，既未脱离中央政府，亦不属于中央政府，竟不知是谁家之天下。伪冀东政府是日本和韩国走私者、贩卖毒品者和日本浪人的人间天堂。滔天的洪水已然突破了万里长城，毒品和走私货品的细流已然泛滥到北平。南到山东，西至山西东南，日本人所说的“亚洲新秩序”已经呼之欲出了。

因为一次战争即将来临，是中国和日本之间的殊死战。人的能力和先见之不能阻止这场战争，正如人之不能阻止海洋上一次飓风一样。人有时会纳闷为什么一定要有战争；但是一研究战争前的气氛，比如法国大革命前夕，就不难了解此等战争爆发的原因。我们可以分析一下中日战争的原因，可是也不过如同气象学家在风暴之前看晴雨计上有趣的猛烈起落，或是地震学家在地震后分析地震仪上的振动一样。在战争来临之前，先有“神经战”。这场“战争”，事实上，自从日本在民国二十一年侵入东北之后，就始终没有停止。而“亚洲新秩序”，在民国二十一年至战争爆发的二十六年之间，已经在东北及冀东出现。若了解了那所谓“新秩序”和那一段神经战，也就了解那场战争发生的原因了。

姚老先生回到北平之后，无意再度南返。他已经七十九岁，和儿子阿非、儿媳妇宝芬一齐住在王府花园。在民国二十五年五月，木兰和莫愁接到弟弟的电报，说老父病危，要她们速返北平。姐妹便带着几个孩子北上，立夫因公务羁绊，直到后来才能脱身赶去。

到了故园家中，发现父亲躺在床上，憔悴而消瘦，但是神志清醒。似乎他的身体已经老化，正像一部机器一样，只是精神仍然存在而已。病的开始是由于感冒，因为晚上睡觉他坚持要开着窗子。阿非心想这场病可能很危险。虽然一直没离开病床，可是姚老先生似乎克服了病魔。他感冒渐好之后，还坚持屋里要有新鲜空气和充分的光线。他的声音低弱，胃口一直衰弱下去，肠子失去了功能。他躺在床上，又看见两个女儿、荪亚、孙子在旁，颇为欢喜。

姚家这次团聚是既喜又悲。家人团聚，但是其中有了变化，则最令人伤心。珊瑚是去年死的。博雅娶了一个上海的时髦小姐，这位小姐是位篮球明星，在北平上过学。曼娘现在是个五十岁的妇人，头发半灰，也算取得了祖母的地位。儿子阿瑄在她的极力主张之下，已经再娶。他每周末才能摆脱天津海关的工作，回到家来，所以曼娘现在跟儿媳妇和孙子同住。孙子四岁，是阿瑄的前妻所生。

看了父亲之后，木兰到曼娘的院里，和曼娘长谈一番。

曼娘说："兰妹，我原以为一辈子见不到你了。你在南方住，总算有福气。在这儿住没有好日子过。我天天害怕。阿瑄在海关做事，太危险。每个礼拜他回家之前，我都提心吊胆，怕发生了什么差错儿，幸而至今还平安无事。环儿也是发愁，因为陈三驻扎在昌黎，昌黎是他的老家，他在昌黎抓走私的。你看，咱们全家都牵扯上了。阿非在禁烟局，每天在东查西查，抓贩卖毒品的人，或监禁，或罚款。我儿媳妇也和我一样为阿瑄担惊受怕，我们都愿他辞去那个差事，可是他不肯。他下礼拜六回来的时候，你要帮我劝劝他。"

木兰问："为什么会那么危险？我原以为陈三跟他在一块儿呢。"

"没有。他们每天的任务是赤手空拳抓私货，日本人和韩国人天天用石头棍子对付他们，有时还用手枪。即便陈三和他在一块儿，又有什么用，因为陈三也不能带手枪啊。"

木兰问："为什么？"

"你细问阿瑄吧，他会跟你说个一清二楚。日本人不许中国海关的人员带武器。"

这时候环儿走进来，也加入了谈话。她说："再过一个礼拜陈三就回来了。我给他寄去了一封信，告诉他我哥就要回来了，我要他请假回来看你们。立夫什么时候来？"

"我们离开时，他说一个礼拜后到。几天之后他就应当到了。"

"我妈和他一齐来吗？"

木兰说："我想不会来吧。她要看家，也上了年纪。"

曼娘挨近木兰小声说："这是家里的事，你可别让外人知道。博雅抽'白面儿'，正在戒。人若知道咱们家里一个人在禁烟局做事，一个人吸毒，那怎么办？”

木兰问：“不是吸毒的人枪毙吗？那太危险了。今年在南方好多人因为吃日本的‘红丸儿’，枪毙了。”

环儿说：“所以我为他担心呢。禁烟法执行得越来越认真。每个礼拜阿非一个人都逮到两三个吸毒的呢。他说由一月一日起吸毒人犯在北平也要枪毙了。新命令是贩卖毒品和制造毒品的一律枪毙——这话当然是说若是中国人的话，日本人咱们是不敢碰的。对吸毒的人，在两年前制订一个六年计划。所有吸毒的人都要登记，进入医院戒毒，或是在家治疗。时限过去之后，戒绝而又再吸食的人，也是要枪毙的。”

木兰说：“咱们为什么不叫博雅在家里戒呢？”

曼娘说：“他正在家戒，不过太麻烦。他抽的是‘白面儿’，不是鸦片烟。他说他之所以染上这种恶习，是因为抽日本多福牌香烟，那种烟比鸦片烟还要命，因为不知不觉就要越抽越多，若不抽，就两眼流泪，骨头节要断掉，简直就要死。”

环儿又打岔说：“您知道谁让他下决心要戒掉吗？一个日本水手。一天他正同他太太在东安市场闲遛，你知道东安市场总是人多拥挤。一个穿日本水手制服的人在后面走。那个日本水手开始用手摸他太太的臀部。她一回身看，那个日本人还继续摸索。她好害怕，对丈夫低声说了。日本人第三次调戏她时，她尖声喊叫，博雅大怒，转回身一看，日本人打了他一个嘴巴，然后哈哈大笑。博雅对日本人的恨深入了骨髓，他心里立刻明白使他抽‘白面儿’的是日本人，就决心戒掉。”

木兰问：“日本人打了他，他怎么办？”

“他能怎么办？中国警察不敢碰日本人。那是治外法权哪！”

木兰吓得要命。

环儿接着说：“我告诉您，这就是亚洲新秩序。在东北也是如此。已经发展到北平来了。北平已经是妖魔鬼怪的世界，不是人的世界了。咱们妇女孩子上街时要特别小心……北平有几千日本人和韩国人，五个里头倒有四个是贩卖毒品的。有些叫作‘医院’的地方，有江湖医生给你注射古柯碱麻醉剂，收一点点儿钱。陈三回来时，他会把冀东的事情说给您听。”

木兰问环儿：“你想陈三愿不愿辞职呢？”

“不会。情形越坏，他们越有干劲。他说那叫团队精神……我告诉您，这种情形拖不久。到底我们是要国家的独立自由呢，还是要和一个所谓‘友邦’在保持和平之下，而甘心让中国妇女在本国领土上遭受此种污辱呢？不如现在就和日本决一死战，胜败落个分晓！”

立夫和陈三都是礼拜五到的。姚老先生似乎元气还够足，看见立夫时，他还和他说了一会儿话。木兰、莫愁也在屋里。姚老先生问立夫工作的情形之后，他说：“我记得你写了一篇文章，题目是《科学与道教》。你应当再拾起这个题目，写成一本书。这算是经你手写成我对这个世界的遗赠纪念品。你应当再写一本《庄子科学评注》，来支持你那篇文章的理论。要做注解，引用生物学，和一切现代的科学，使现代人彻底了解庄子的道理。庄子不用望远镜，不用显微镜，他就预测到无限大和无限小。你想想他说过水之不可毁灭，光的行进，自然的声音，物之可测量和不可测量，和主观的知识。你想想他那‘以太’和‘无限’之间的对话，‘光’和‘无’之间的对话，‘云’和‘星雾’之间的对话，‘河伯’和‘海若’之间的对话。生命是永久的流动，宇宙是阴和阳，强和弱，积极和消极交互作用的结果。庄子的看法真使人惊异。只是他没用科学的语言表现他的思想，但是他的观点是科学的，是现代的。”

虽然姚老先生的皮骨几乎干枯，他说话时显出的思维力还很强。

立夫深有所感，他回答说：“我一定会照您的吩咐做。庄子的名文《齐物论》就是一篇相对论。庄子说：‘……蛇怜风，风怜目……’我所要做的就是加注解，注出每秒光速为多少，最大的风速为多少。他的物种进化的学说——人从马进化而来，当然可笑。但是我已经放弃了科学。我现在正研究人类的害虫。我每次见一个，就捏碎一个。这才是真正的生活。”

木兰微笑说：“你捏碎害虫，妹妹打碎萤火虫儿。在你们俩合作之下，虫子就要在人间绝迹了。”

姚老先生说：“世界上的虫子之多，非你二人之力所能消灭得完的。我警告你们，我大去之后，会有战争发生，是中国历史上前所未有的。”

木兰问：“那我们怎么办？”

“那很可怕。你们会怎么样，只有天知道。我不会为你们担惊受怕，你们也不必担惊害怕。”

木兰问：“爸，您想中国能作战吗？”

老父回答说：“你的问题问错了。不管中国能不能打，日本会逼着中国打。”他停了一下，又慢慢说：“你问曼娘，曼娘若说中国非打不可，中国就会赢的；曼娘若说中国千万不要打，中国就会输的。”

这几个年轻后辈听了颇感意外，但是木兰知道曼娘是激烈地反日的，所以她了解父亲的意思。立夫微笑说：“为什么曼娘的话这么重要呢？我们和博雅、阿瑄和别的孙子的态度就不算了吗？”

姚老先生很郑重地说：“不要怀疑我的话，只问曼娘怎么想。你们没有什么重要性。”

“为什么我们不重要？”

“等着看吧。”

姚老先生显然是以谜语做预言，佛教禅宗高僧往往如此。

他现在疲倦了，莫愁和立夫走出去，只留下木兰在父亲床侧。这时姚老先生问：“曹丽华怎么样了？”

“她结婚了，已经生了一个孩子。”

姚老先生微笑说：“我做得不错，是不是？等我大去之后，做侦探得靠你自己了。”

木兰说：“爸爸，他现在真的很好了。”

姚老先生嘴边流露出微笑。

木兰问："爸爸，你信不信人会成仙？道家都相信人会成仙的。"

父亲说："完全荒唐无稽！那是通俗的道教，他们根本不懂庄子。生死是自然的真理，真正的道家会战胜死亡。他死的时候快乐。他不怕死，因为死就是'返诸于道'。你记得庄子临死的时候告诉弟子不要葬埋他吗？弟子们怕他的尸体会被老鹰吃掉。庄子说：'在上为乌鸢食，在下为蝼蚁食。夺彼与此，何其偏也？'至少在我的丧礼上，我不愿请和尚来念经。"

木兰听见父亲引证《庄子》时微弱的笑声，很受感动，也颇觉意外。

木兰说："那么您不相信人的不朽了？"

"孩子，我信。由于你，你妹妹，阿非，和你们所生的孩子，我就等于不朽。我在你们身上等于重新生活，就犹如你在阿通、阿眉身上之重新得到生命是一样。根本没有死亡。人不能战胜自然。生命会延续不止的。"

莫愁和立夫离开屋子之后，莫愁跟丈夫说："我原以为你会早点儿到呢。"

立夫回答说："我在天津停了一天。做侦探。"

"什么侦探工作？"

"我现在并不是请假回来，我还有秘密任务在身。我在调查一个案子，与这个案子有关系的人，我不能说他的名字。这和搜捕上海的一个贩毒的人有关系，这里牵扯到一个要人。你知道，在天津和上海之间有很重大的贩毒交易。我在天津停下来就是调查此事。我请假时，他们要我调查这个案子，并且把整个儿走私情形做一个彻底的报告。关于这个数百万走私的情形，绝不可以在中国报上登出来，怕激起老百姓的反日情绪，没法儿控制。但是在伦敦和纽约的报上正在详细刊载，因为英美在中国的商业在这种不公平的竞争之下，正在亏损不堪。"

"那么你还是公务在身！多久才能做完？"

"我也不知道。要多久，就得多久，也许要一个月。因为这种缘故，我不便出去见人。我如今在北方，知道的人越少越好。"

莫愁说："你只要在家就可以了。阿非、陈三、阿瑄，可以供给你情报。"

立夫说："看看情形再说吧。"

因为立夫对贩毒的情形想得到透彻的了解，他去看博雅。博雅正在家中戒毒，颇有显著的进步。博雅是一副可怜相。他脸上，是恐惧、祈求和仇恨的混而为一的表情，同时还有一种精神上无可奈何受折磨的神态。在他那消瘦低陷的双颊、高颧骨、深眼眶之后，两个转动的大眼睛流露出高度的聪明。他的嘴，宽大而有粗短的胡子，生得很端正好看，使人想起银屏的嘴。他旁边的桌子上有不少的瓶子和几碟子糖果。他说在伯母珊瑚去世之后，他住在天津的饭店里养成了那种要命的习惯。一个茶房引诱他吸一支头上藏有"白面儿"的香烟。他说他由于好奇，就吸了那支香烟。不久染上了那种坏习惯，需求越来越多。他告诉立夫，说他曾看见有人买多福牌香烟，只是把烟头掐下来，放在锡箔上点着吸。

立夫临走时说："不要忘记你母亲，你就会戒除了。"可是博雅的表情不像是听见的样子。

第二天下午，阿瑄回家度周末。晚饭之后，立夫打算和他与陈三谈一次。曼娘和其他女人都不在座。现在立夫虽然不是曾家的人，阿瑄心中却佩服他，阿非则与荪亚较为亲近。

问到一般的情形，阿瑄解释说：

"是这样儿。我们海关上的人员，不能带武器，但是认为应当对走私的日本人和高丽人执行中国法律，而他们是不守中国法的。我们尽量抓他们的货。今年这四月、五月，每个礼拜都闹了一件事。铁路当局更是有苦难言。每天早晨，'走私者的专车'离开他们的巢穴开到天津，私货就扔在火车站，预备往本地分发，或是再运往山东。通常是几个韩国人和小日本儿在那儿看着货。每天有十班货车开来，停在用卡车运来的私货旁边儿。最初，日本人很客气，日本军事当局向火车站要特派货车载运私货。我们的铁路当局若不答应，日本当局指控说‘缺乏合作诚意’和‘反日’。但是现在他们不再费事通知我们要车皮。武装的日本人和高丽人索性把私货一包一包地扔到二等车三等车上，把乘客赶下来，把窗子座位毁坏，殴打妨碍他们的苦力。有时到最后车要开时，货车必须加挂，或是卸下，结果耽误时间，车不能按时开出。”

立夫问：“铁路警察怎么办？”

阿瑄回答说：“他们能干什么？走私的人有治外法权保护，路警也不敢碰他们。他们只是袖手旁观，敢怒而不敢言。就在这个礼拜，一百多日本人和高丽人，闯进火车站，因为他们无处放货，就把铁路局和海关的职员连踢带打。我们同事有的被打在头上，好多人由于路警劝解才免得挨揍受伤。”

立夫又问：“为什么你们不带武器呢？”

“看来像笑话儿，其实也很简单。去年好多白银走私出去，主要是从长城的关口，在那儿自然有中国海关人员巡逻，也自然带有武器。两个走私的人由长城上跳下去时受了伤，先是个韩国人，后一个是日本鬼子。于是日本军方要求五千块钱给受伤的人，并且要求整个长城沿线取消海关的巡逻。如不接受要求，就以武力恫吓。为了避免武装冲突，我们不同意又怎么办？这样，就失去了长城线上具有优势的地点，只得在长城下头小心翼翼地勉强维持，还要避免进一步的冲突事件。您看‘冀东防共政府’是真正日本人的，但是海关则仍是中外共管，所以我们仍要尽职责，但是实际情形却如此荒唐古怪。

“去年九月，日本司令官通知海关税务司说，由于政治情势，海关巡逻队应即停止携带手枪。后来，另一个日本司令官又要求海关缉私船只，应当解除武装，机关枪也都没收。又过了不久，来了进一步的要求，就是所有海关的缉私船只，不管有没有武装，一律撤离‘非武装地区’三里，就是从东北的海岸线延伸到天津附近的芦台。好像这还不满足，日本海军当局拒绝承认中国海关人员有在十二海里之内行使职责之权，中国海关人员并无权向可疑的船只发出信号使其停止航行，并且警告中国海关人员不得干涉日本船只，不论船只有无日本国徽，否则以在公海上犯有海盗行为论处。

“所以由山海关到天津整个海岸不但成了自由港，也成了自由海岸。大批的拖网船和汽船，从五百到一千吨，停在海岸边，汽艇直接开进大沽口。”

阿瑄结束了他这一大段报告，大家都聚精会神地听着。

陈三说：“这不能算是走私。这是一个友邦在青天白日之下抢劫中国的国库了。我在海岸亲自见过。一天，我算了算有三十八条走私的船靠近山海关的港口。海岸上搭起帐篷，好像一个小市镇。多少堆的人造丝、白糖、烟卷纸、自行车零件、煤油、摩托轮胎、酒精、金属网，大白天堆在那儿，每一堆上都插着一个白旗子，上面写着日本运输公司的名字。这些货由那儿往南运，用载重汽车拉，用牲口驮，用挑夫挑，通常是由几个日本人或高丽人护送。我们也设法阻挡。我们接近时，中国司机就逃跑，但是日本人和高丽人则用石头投我们，石头是在汽车上先装好的。”

环儿说：“我曾经听说两个国家会为商业发生战争，但是还没听说一个国家会用走私做商业竞争的手段。若是不卖多余的煤油和金属网子，难道日本帝国就会亡吗？”

阿瑄说：“这并不是小事儿。日本走私的货已然南达长江流域，逼得英美没有生意可做了。我们海关税收的损失，每星期超过一百万。在四、五两个月走私最凶的时候，每星期的损失几乎达到两百万。”

立夫问：“中国人之外，你们也抓日本人吗？”

陈三说：“必要的时候也抓他们。有时候会误抓。有时候日本人假扮作中国人，甚至也起个中国名字。但是一看他们矮小的身材，黑浓的小胡子，罗圈儿腿，走起来那副怪样子，就认出来是日本人。”

立夫说：“他们一定是日本和高丽的贱民。”

陈三说：“不错。一个国家派本国的贱民到外国去，使他们不守人家的国法，还给他们本国官方的保护，自然就发生这种怪现象了。”

“你们抓日本货或是日本人时，怎么办呢？”

陈三说：“若在乡间，那又不同。我们把他们送交日本领事馆的警察。这时日本人来要求退还他们的货物，往往有麻烦。但是我们很细心。货包上若写着‘军用品’，或是‘交日本司令部’，我们知道那是吗啡、海洛因、鸦片，但是我们却毫无办法。在过去一年半之间，我们抓住了几百次这种货物。”

立夫问：“海关税务司不向日本当局抗议吗？”

阿瑄说：“啊，那就妙不可言了。税务司是提出抗议，但是日本军事当局又把他们送往日本的领事馆的警察。而我们向日本领事馆的警察抗议之时，你知道他们说什么？他们说，第一，向中国走私，在日本法律上并不算犯法，因此不能限制他们的此种活动。那意思是，所有抓到的日本人走私的，全都要释放，这是根据日本的法律。第二，他们说，走私只能在国界上发生，所以应当在万里长城上去制止，离开长城，是不可能发生的！这是他们禁止我们在长城巡逻以后说的。”

曼娘说：“立夫，你觉得阿瑄不是应当辞去那个差事吗？至少也要调到上海或是别的地方儿啊。我只有那么一个儿子，老来是个倚靠，他的太太年轻，孩子小。”

立夫看了看曼娘，他还没来得及回答，阿瑄说：“妈，您不知道。上海、厦门、汕头，哪儿都是一模一样。不管哪儿，只要有日本人，就有走私。再者，我若辞职，一定让同事笑话，说我没胆子。他们精神很好，苦干有朝气，我不能离开他们。现在我们政府最后终于采取较为强硬的措施了，情形会好转的。人人若都离开，海关的事怎么办？”

立夫说：“你也许要仔细想一想。你上有老母，下有娇妻幼子。你又是曾家的长孙。”立夫听见自己以如此客观的语气对一个青年人进此忠言警告，自己也感觉到意外。家人这个聚会散开之时，曼娘向他很感激地看了看。

第四十二章 制毒牟利牛素云被捕 伤时忧国姚思安遗言

姚老先生虽然卧病多日，但精力仍不枯竭，仍然病而不危，食欲还略见好转。木兰和莫愁决定继续居住下去。木兰给阿通打电报，叫他毕业后北上。

如今日本走私已经遍及全中国。国民政府向日本抗议，内称四月份一个月税收损失不下八百万元。日本并无令人满意的答复。世界其他国家在华商业继续遭受损失。在日本外交部发言人的记者招待会上，关于走私的丑闻，记者纷纷向他发问。日本发言人表现的态度很可笑。他说中国的关税太高，所以中国应当对大量的走私直接负责。他又进一步指称，过错在于中国海关人员缺乏工作热情。国民政府为遏止此恶劣情势，做了最后的决定。在五月二十日，中央政府委员会决定：凡是中国人帮着日本人走私的，一律处以死刑。

阿非已经逮捕了些人，并且突击检查贩毒的人和北平的毒窟。在政府的新政策激励之下，他更加强了他的工作。他已经给当局上呈文，请求调陈三到北平禁烟局工作，现在陈三正帮助他突击检查毒品，抓拿贩毒和吸毒的人。

一天，有一个报告，说有一个海洛因制造厂，隐藏在大部分为欧美人居住的一条街上。

阿非对立夫说："今天下午您要不要去？我们要去突击检查一个毒品工厂。"

五点钟，阿非、立夫，带着陈三和武装警察到了那栋房子。房子在两栋高洋房之间。因为是外侨住宅区，只有"碧眼儿"出出入入，没有人会怀疑到有毒品工厂。陈三奉命到那栋房子的后门去把守。因为又带上了手枪，他又心情愉快了，手不断在光滑的木头枪把上摩擦。

阿非和立夫及岗卫走往前门。一个便衣的警察去敲门。一开门，藏在两侧的警察就冲了进去，使大门不能再关上。开门的仆人被警察揪住，不能跑进去报信。此等工厂通常并无警卫，一则以为无人知道其秘密，一则仗着有日本人保护。

在院子里，立夫看见屋里地板上摆着一排一排的东西，很像洗脸的香皂。阿非指出那种东西正是海洛因，即将装箱子，上面贴上标签儿"卫生药皂""哥德香皂""葛勒格香皂"，以及其他外国牌子。

在没有糊纸的小窗子的空格后面，有一个人脸向外望了望就不见了。突击的这一批人一直向前走去。那是一栋平房，往里有西耳房，样子像一根拐，大约有七间屋子大。他们把门推开，阿非下命令逮捕一切在场人手。四个女孩子和四个男人，嘴上用白手绢儿围着，正在两条长板子上工作，这两条板子就充作桌子之用。地上有两个炉子。屋子里充满刺鼻的恶臭气味。一个桌子上摆的是缸子、瓶子、大大小小的勺子，一张张大白纸上是白粉末，几个女孩子就在那儿做事。男人在另一张桌子上，上面安着有小轮子的机器，机器上有牛角状的出入口，以供调配和喷射白粉末之用。靠着墙有一个特别的机器，上面是个搪瓷的盖子，是把毒品压切成为香皂状用的。

他们到后屋里去，看见成堆的标签，各种奇形怪状的盒子、罐子、竹子器皿。奇怪的标签如"有光堂月饼""月盛斋酱羊肉""巴黎玫瑰香皂”，还有用竹筲子包着的缸子，普通是用来装酱豆腐、酱咸菜的。在后面屋里一个黑暗的角落里，立着几个密封的瓦缸，阿非说那里头是装的制海洛因的原料。

这时候，陈三进来，说抓到一个女人，她是正想跑到后门外的汽车上逃走时被抓到的。

“把她带进来，和别人一齐关在前面的屋子里。”

那个女人带进来了，陈三有力的手揪住她的胳膊。

女人反抗说：“不要揪得这么紧。这件事你们要对日本领事馆负责任。”

阿非和立夫正站在后面屋子里，看见那个穿着讲究的女人，从院子里被揪着一直走向前面屋子里去。

立夫喊说：“怎么，是素云！”陈三从来没见过素云，以前阿非也不常见她，因为素云在曾家住时阿非还小，而且素云又不常在家。

他们回到前面屋子去，犯人都挤在一块儿，几个女孩子吓得直哭。

立夫告诉阿非那个女人是素云无疑。素云穿着米黄的夏装，在黑暗的屋子里，面容显得苍白消瘦。陈三还用手揪着她。立夫在后面沉默不语，阿非走近她问：“你是谁？”他的剑桥教育使他沉稳庄严。

素云已经认出了立夫，但是不认得问她话的人是谁，所以很傲慢地回答说：“不用管我是谁。官长，你放开我。我也没犯罪。我本是来看朋友，走错了地方。”

阿非问司机：“你的女主人是谁？告诉我实话，不然有你好受的。你要自己洗脱干净，我可以赦你无罪。”

司机看了看素云，没有答话。

陈三说：“车是私人汽车，天津日本租界牌照，505。”

阿非问：“你的车停在这儿多久了？”

司机回答说：“大约一刻钟。”

阿非对那个女人说：“快点告诉我你是谁，免得多找麻烦。”

素云回答说："你若问天津日本租界，你就知道我是谁了。"

阿非说："我警告你，不要逞强。按照政府新公布的条文，你这个罪名是可以枪毙的。"他又转向那个雇工说："你们都可以枪毙。帮着日本人毒害咱们中国自己人，现在是死刑。"

他们听见这话，四个女孩子，其中两个才十二三岁，哭起来求饶命。他们还没听说这新法令。几个女孩子和男的都跪在地下哀求释放。

阿非转向那几个年岁大点的姑娘，叫她们站起来。他说："告诉我实话，这个女人是什么人？告诉我实话，我就饶了你们。"

一个女孩子说："她是这个地方的老板。我们叫她王太太。我们和她并不熟。她住在天津，不常来。"

阿非问："王太太，你自己的名字是什么？"

素云在吴将军保卫之下，并没有改入日本籍。她听了阿非说的话，又看见立夫在后面站着一言不发，她开始软化，于是回答说："咱们大家不必再装不认识。咱们实际上是一家人。那边站着的不是立夫大哥吗？我是素云。"

陈三喊说："是真的吗？是真的吗？"

立夫仍然不说话，只是站着望着她。素云转过脸去对他说："我知道你恨我。"

立夫说："不是。"

素云说："过去的就算过去了。我若是你，我就是这样的看法。若不然，两家的仇恨几时完结呢？即使这次你把我逮住了，我哥哥，还有别人，也会为我报仇的。"

立夫不动声色问她："这是威胁我吗？"

"我怎么敢威胁你？我是请求找个合理的办法解决这件事。请你告诉我，这位官长是谁？"

"他是木兰的弟弟。我只是陪着他来的，这并不是我的差事。"

阿非用办公的腔调说："我从来没想到会在这种地方碰见你。我现在是办公事。对不起，你得跟我走。”

他下令搜集屋里的文件，并且把毒品没收。雇工又恳求释放。但是阿非告诉他们都要先到拘留所。他们若能证明自己是雇工，对审问老实回答，就可以获得释放。

现在素云开始害起怕来，在阿非不在屋里时，她向立夫说：“你们把我怎么办呢？”

立夫回答说：“我怎么知道？你的事要依法办理。”

素云说：“我求你放了我。将来我会报恩的。我过去也没有做什么对不起你的事。你把我一生都毁了，那还不够吗？你非要把一个人逼到没路走不可吗？”她的声音和面容都十分可怜。

“我告诉你，这是禁烟局的事，我和禁烟局没有什么关系。我们从未想到会在这种地方找到你。你为什么干这种事？”

“这个说来话长。你若完全知道，你也就了解了。你若不替我说话，你能不能让我和我的前夫说几句话？也许念在以前的关系，他会为我说几句好话。我已经上了岁数儿，受的折磨已经够了，别再给我罪受。”

阿非搜查完毕，回来时听见最后一句话，心里也觉得难过。可是他仍然下命令把所有人犯都带到拘留所去。外面已经由禁烟局来了一辆密封的囚车，有卫兵看守，把人犯和检查出来的货品装载回去。

上车之前，素云转身问阿非说：“经亚在哪儿啊？”

“他在北平，已经结婚了。”

“娶的是不是一天晚上我在北京饭店跳舞时看见的那个漂亮小姐？让我见一下他，或者是那位小姐吧。”

素云和别人被一齐关进囚车，由陈三押解着开回去。

家里听到这个消息，非常吃惊。

立夫微笑说：“我们不是去找她，这一次是她找上了我们。经亚，你的看法怎么样，她请求见你和你太太。”

暗香说："为什么她要见我？"

"她要见嘛。她说经亚会为她说情。她说：'念在以前的关系。'"

经亚大吼一声："以前的关系！"

"她说她要和你太太说话。她以为你现在的太太是和你在北京饭店跳舞的那个舞伴。那是爱莲吧？不然就是丽莲？"

木兰说："是她。"说时手指宝芬，宝芬微笑。木兰转向暗香说："你愿不愿和你丈夫的前妻说话？会出乎她的意料，叫她大吃一惊的。"

暗香问："我们女人怎么能管禁烟局的公事呢？"

立夫说："我告诉你，我们把她送到这儿来，当然由警卫人员看守着。我提议你们妯娌三个人和以前的妯娌谈一谈，看她要说什么。她好像在她现在干的这件事之后，还颇有内幕，我想听听。"

经亚问："你们要怎么办她呢？"

阿非说："我也不知道。这是政府新法令颁布后第一件案子，我还没有细看文件。你要知道，中国人和日本人勾结走私是死刑。走私的首领公然对抗缉私队也是死刑。逮捕时她倒没有拒捕。但是另一条文上规定凡是逃避关税达到六千元者，也是处死刑。由这一次搜得的货物看，一定也超过六千元。情形看来不妙，我手里这是个人命案子。"

曼娘说："你若把她处死刑，你可别把她带进家来。"

现在到了吃晚饭的时候了，大家分散开去吃饭。在各院里的晚饭桌子上，大家还是讨论这件事。

阿非进去看父亲。父亲说："你可不要杀人。把她带来，我也许要亲自和她说话。"

第二天，全家都同意素云应当有个机会和以前的丈夫交谈一次，这也许是因为家中的女人实在好奇心太强，很想在这种情况之下和她见一次面。因为姚老先生也想和她说话，那就必须在特别安排之下，把她带到静宜园来。大家都相信她是犯有重罪的。阿非也须要向禁烟局特别保证把她妥为送回，同时要在警卫看守之下才能把她带出来。在办公室里，阿非研究他搜获的那些文件，发现在“天津王太太”这个假名字之下，又有些别的地址。他也盘问那些雇工，答应可以交保释放，但是一定等把案子审理完毕，一切线索都查明之后，以防消息走漏。另外必须提防这次搜捕消息传到日本使馆。虽然阿非知道这纯是中国人的案件，但因为素云尽人皆知在和日本人合作，这当然可以解释为和日本人“勾结”，没问题，这位大名鼎鼎的“白面儿皇后”应当枪毙，但仍然不可不保密。他说这个案子必须速办速结，不然因为她的地位问题，一定会和日本当局发生纠纷。

那天下午，素云在严密警卫之下，戴着手铐到达，穿着女犯的旧黑衣裳。到了前院的一间屋子里，蒙眼的布才解下来。她睁开眼一看，见屋里好多人都是家人亲戚。曼娘、木兰、暗香，她立刻认出来。经亚站在旁门那边，她看不见。

她自己身上的东西都已经拿下去，现在穿着一身黑，没有化妆，看来苍白消瘦，面色微黄。虽然比木兰仅仅大一岁，脸上已有深纹。她低下头，一言不发。

阿非走过去问她：“你愿和你的前夫说话，是不是？”

素云问：“他在哪儿？”

阿非转向经亚，经亚不肯从墙角走过来，只是说：“她说想和我太太说话。让暗香和她说话吧。”

素云抬起头来，但是看不见她要找的那个女人。木兰碰了一下暗香，然后对素云说：“有话和她说，这就是经亚的太太暗香。”

素云抬起头来，表示惊讶。

她慢慢说：“各位妯娌亲戚，我最好向大家一齐说吧。大家若还念及以前我们是一家人，在一起住过，我想说几句话。大家若不顾以前的关系，我也就不用说什么了。你们若是要的是钱，说出价钱来，我会给钱。我付得出。”

木兰以不屑的口吻说：“你不要以为我们跟你要钱。”

素云说："我只是要保命。我活了这么多年，我知道钱并不是一切。我知道你们看见我戴着手铐，大家很开心。你们若想报仇，我要问，我有什么对不起你们哪一位的地方？我被迫离婚，受了你们家的羞辱。那还不够吗？你们得有良心。不要以为立夫的坐监是因为我，那是我哥哥，完全和我没关系。"

似乎而今他们见到的素云，不是以前大家所知道的素云了。但是木兰说："若照你说，你不在乎钱，那为什么你干这种事呢？"

她回答说："木兰，我知道你恨我……"

木兰打断她的话说："我没有。"

"你恨我没关系。咱们都长大了不少。我非常孤独。"

木兰也受到感动，简直不记得曾经恨过她。但是曼娘说："你为什么做这种事？为什么帮着日本人残害中国人？"

素云说："您若明白一切情形，大嫂，您会饶恕我。"她忽然用一家骨肉称呼相称，"我是迫不得已。我的存款都在日本银行里。我若不接着干下去，钱就会被他们没收。"

木兰问："为什么你不让他们没收呢？"

素云叹了一口气说："毕竟是一大笔钱，是一辈子挣的钱，我怎么能甘心损失。有几百人现在依靠我过活。我若洗手不干，我就得离开日本租界，我的房子、饭店，该怎么办？我这个岁数儿，分文没有，到哪儿去呢？我告诉诸位，因为以前我们是一家人，不管你们还认不认我，我现在老了，孤独无依靠，就是这么个老婆子。我虽然有钱，钱对我又有多大用？我看见你们在北京饭店，大家团聚，好快乐。我知道我走错了路。我不怪我丈夫。暗香，你有福气。我祝你快乐。我但求饶我一命。"

现在全屋的女人都流了眼泪，都用手绢儿掩盖着擤鼻子。素云的话，完全出乎大家的意料。大家原来以为素云如今是个傲慢残忍得意的富婆。

"经亚在哪儿？为什么他不跟我说话？"

阿非向经亚招手，经亚带着孩子过来，但是孩子跑到暗香那边去。

暗香用双臂把他们抱住，半为保护他们，半为给自己勇气。

经亚说："你当初若知道知足，不会有今天。"

而今素云似乎觉得经亚当年对她并不坏，但她只是说："你若还念当年夫妻之情，你应当给我说说情。"

暗香的六岁孩子问："为什么爸爸是她的丈夫呢？"

暗香说："她嫁你爸爸比我嫁得早。"

小孩子向素云说："你以前嫁过我爸爸？"

素云不由得伸手想摸孩子。素云若是不堕落，也许早有了这样的孩子了。

小孩子向后退，问她："你是不是中国人？"

素云不能回答。

孩子又问："你为什么帮着日本人呢？"

泪珠从素云的脸上流下来，暗香把孩子叫回去。

阿非说："你这样叫我们很为难。我们现在已经了解你。你要知道，你做的事每天要害死几千中国人。你还忍心干下去吗？"

"你若放了我，我答应以后一定洗手不干。我一定给禁烟局效力。"

曼娘问她："你不恨日本人吗？"

"我恨所有的日本人。我也恨跟我一起干的所有那些人——中国人，日本人，还有别的外国人。"

立夫问："你哥哥在哪儿？"

"他在大连，也是干这种事。他还能干什么？"

阿非说他父亲要见素云。

素云问："干什么？"

"他想跟你说话。他病得很重。这就是为什么我们费这么大力气把你带到家来。也许是你的好运气。"

阿非只要木兰、莫愁一同跟着到父亲屋里去。警卫留在屋子外面，心里很纳闷。

姚老先生正躺在床上。暮春的太阳从窗子外面照射进来，把影子照在姚老先生脸上的皱纹上。

姚老先生说："请坐。"

素云说："我不敢。"

姚老先生又说："我说你坐下。"

他开始说："你是我的一个远亲。我不知道你愿不愿听我这个不久于人世的老人说几句话。你这件案子赶巧由我儿子办，你赶巧被他抓住了。这是天意，不是人的意思。我告诉过我儿子，我们家的人不能杀人。我要告诉他，把这件案子要尽量从宽办理。"

素云说："多谢，老伯。"

"听我这个老人的话。记得这个寓言，塞翁失马，焉知非福？世界上什么是福？什么是祸？焉知你今天被捕不是你的福气呢？"

素云说："老伯，我听不懂您的意思。"

"阿非若是放了你，以后一切全在你个人了……但是，我告诉你，中国日本之间，大战就要发生了。等一打起仗来，要记住，你可是个中国人。"

老人家停下来，眼睛甚至连看都没看素云。

姚老先生说："好吧，再见。"眼睛也没转过来看她。

大家静静地走出屋来。

警卫和陈三把素云带到囚车上，阿非下令不再蒙起素云的眼睛。阿非现在要安排释放素云这件事，程序上是很困难的。他仔细研究素云的案子，把这个案子叫局里同事们办，请求他们从宽办理，因为这是老父死前的嘱托。因为这可能是北平第一个中国人制造毒品要处死刑的案件，局中委员愿意慎重处理。阿非要准备一篇详细的报告，在报告中要尽量低估货品的总量，并且说逮捕时人犯毫无抵抗，而且突检的房子完全是中国的住房，与日本人毫无关系，与日本人勾结一款，于本案并不适用。最后他陈明犯人表示悔罪，并愿向禁烟局捐出五十万元推动禁烟运动，最后姑念罪犯由于情势所迫，并非怙恶不悛，请求从宽处理。

数周之后南京方面的决定到达，素云被判开释。

一天晚上，姚老先生在睡眠中逝世。这是自然之死，身体元气渐渐耗尽了。最后几天，他的食欲渐减，直到连稀饭也不能吃，后来连水也不能喝。看来是显然死去好久之后，他微弱的脉搏还在跳，而且眼睛并不闭上。这真是道家的仙逝。

现在，他的儿子、女儿、儿媳妇，在床边有的立着，有的跪着。大家一齐哭泣，为他沐浴、更衣，依礼抬入棺木中入殓。阿非向局里请假，依礼治丧。阿非把陈三留在局里办公，因为陈三是姚老先生的远亲。木兰、莫愁和两位女婿换上白孝服，曼娘和暗香依礼穿蓝孝服。

丧礼举行两周。傅增湘夫妇已返回原籍，宝芬的父母全力帮着办理这场隆重的丧事。美国小姐董娜秀，因为是画家，早已成为宝芬的至交，她也前来吊唁。华太太和老画家齐白石也来帮忙。阿非是孝子，不能来注意诸多琐事，只能由两位姐夫帮着料理。

不过立夫仍然进行他的走私调查。逮捕了素云，他对贩毒情形得到了深切的了解，远非其他情形之下所获得的了解可以比拟。阿非虽然悲伤，但仍然和立夫讨论案件，因为老父之去世，早已在意料之中。阿非所提供立夫的，一是直接的消息资料，一是官方的报告，所有海关的报告，国际联盟禁毒委员会英国人调查员米如·赖斯特小姐的报告，尤其后者所描写的真实情形，使全世界为之轰动。阿非也告诉他，天津的美国大学妇女协会已经做了贩毒调查，发现贩毒组织其蔓延之广，实令人憎恶，令人恐惧，只好把此一报告压下，不予发表。立夫看起英文来还感觉吃力，若想翻译得精确，还要问阿非。立夫常常挖苦留英的那些“绅士”的矜持造作的态度，这就使他和阿非始终有点格格不入，不能打成一片。但是现在第一次彼此渐渐了解，立夫把他自己对留英学生的偏见，也多少克服了几分。

在天津，一个外国医生，在日本租界附近一个中国小学旁边，向一个小贩买了些糖果，化验的结果，证明那糖果里有麻醉剂。立夫对这件事特别注意。

立夫说："我简直不能相信。"

阿非说："我可以证实这个报告是千真万确的。近学校也好，不近学校也好，这与贩毒的人没有什么关系。在日本租界，没有一条街没有毒品制造厂、毒品批发或是零卖，即便在最讲究的住宅区，也是如此。贩毒的人何必为一个学校搬家呢？"

立夫喊道："这就是'亚洲新秩序'吗？"阿非听见立夫骂，是用绅士所不肯用的脏话骂。

立夫决定再到天津去，他和阿瑄商量好，他化起装来，阿瑄带他穿过日本租界。立夫会日文，对他的调查工作很有利。

他们看见一家一家的商店，在现代钢筋水泥的洋房子里，叫作"洋行"，门上把日本国旗挂得很明显。他们进了那些房子，发现里面除去毒品，没有别的货物。在一条街上，他们看见有十几家这种洋行。他们又走进别的街道，在那儿他们看见似乎是住宅，阿瑄却告诉他那是制毒工厂和大宗批发商行地区。正在日本领事警察局后面，在旭街接连东马路处，连隐藏也是多余的，只见一个低级吸毒窟，衣衫褴褛的穷人在那儿进进出出。

立夫看那些人类中的堕落渣滓，实在不忍心，转身走开。

"您要不要看还好一点儿的——高级的？还是中级的？"

"带我到个中级的地方儿去看看。"

他们坐了一辆洋车，到了一栋房子。立夫一进去，令人作呕的气味袭人鼻孔。屋里很黑，在坐榻上不是站着躺着的，就是坐着的，姿势不同，都是瘾君子，有中国和高丽女招待陪伴。

一个女招待问他们："抽呢？还是扎？"

阿瑄指着立夫说："我这位朋友刚刚学。"又转身对立夫说："有三种方法用这种毒品。'抽'是把烟抽下去，'扎'是注射进去，注射的是古柯碱，或是吗啡。第三种办法是用鼻子闻，瘾头大的才闻。”

阿瑄说：“给我拿五毛钱的‘白面儿’。”

女招待把他俩带到一个坐榻上去。一个中国女招待拿来了一小包海洛因，是放在一张特别的纸上，另外有半盒洋火。

阿瑄对站在一旁望的女招待说：“我只是让我朋友看看怎么抽。”

那个女招待微微一笑说：“我教给他看看好不好？”

立夫回答说：“不必麻烦了。”女招待走开。

“在高级的地方，那些女招待还操副业，只要您肯花钱。您和那个小姐关在一个特别的房间里，您不叫，没有人进去。”

现在这是半敞开的屋子，客人叫时，女招待就前去伺候。阿瑄指着一个仰身躺着的男人说：“看那边儿那个人，他正打飞机呢。”那个人把一卷纸放在一根香烟上，那个纸卷里有“白面儿”，在下面仰着脸抽。有人用一根小管子，就是把一支毛笔管，插进一个大竹子节里。别人坐在床上，用火柴在锡箔下点着，锡箔上有“白面儿”，等受热的“白面儿”冒出紫蓝的烟，就用管儿往肚子里吸。

阿瑄说：“那叫‘哈’，用嘴往里抽气。”

有几个新主顾进来，一个男的，才十八九岁的光景。一个男招待走过去，显然是知道他要什么，那个青年把衬衫拉起来。

阿瑄说：“注射有两种方法，一种是静脉注射，一种是皮下注射。你看那个小伙子背上有好多针眼儿。最坏的时候，皮肤会因感染而腐烂。静脉注射没有这种毛病，但是太危险。有静脉注射后当场毙命的。所以有瘾的人大都喜欢皮下注射。”

立夫回到北京，准备一篇报告。除去海关的报告之外，中文在这个专题上完备的著作还没有，所以立夫要采用好多外国资料。

他写的文字里有：“天津日本租界是世界海洛因的大本营，是日本、大连、沈阳、朝鲜的鸦片输往南北美的中心。世界最大的海洛因工厂设在唐山。仅只在张家口的一家日本工厂，即日产海洛因五十公斤，也就是全世界合法需要量的十五倍。司徒 · 福乐（Stuart Fuller）在他为国际联盟禁毒委员会提供的报告上说：‘日本势力在东方进展所及之处，与之同时共进者为何？贩毒。’他把东北和热河的贩毒情形描写为‘令人战栗’。根据日本报纸，鸦片的种植和贩卖是由朝鲜总督指挥下的专卖局长细心计划管理进行的。鸦片制造商公会，由政府给予津贴，对公卖局负责指导种植鸦片，借款与种植鸦片者，并负责鸦片原料的运交工作。”

在他那篇报告的结尾，他写道：“禁毒和消灭走私最大的困难是日本的军事当局和治外法权。如果远东之情形如此，而日本竟要求世界承认，真是匪夷所思。如果这是一个友邦的政策，则中国应当多要敌国而少要友邦。如果这是亚洲的新秩序，则所有人类的良心应当要求返回于原始野蛮时代的旧秩序，那倒不失为一个更文明的生活方式。天津转日本租界是中国政体上一个毒瘤，是日本荣誉上的一个污点，是全世界公众健康的一个威胁，应当自地球表面上扫除之。”

姚老先生的丧礼办得很隆重，很冠冕。自他出外十年归来之后，邻居都称他为“老神仙”，他的丧礼也被称之为老神仙的丧礼，当然文词上有点矛盾不符。参加葬礼的，除去宝芬家的旗人和这个茶商巨子的老朋友之外，还有好多年轻一代的亲友。由于阿非的工作的性质，他在官场上具有相当的地位。北平市政府好多代表来参加送殡，送殡的行列达一里长。那时洋鼓洋号的音乐队应用在丧礼上已经流行，所以有若干个团体送了两队。姚老先生生前吩咐过不要和尚念经，不过西山一个庙里的和尚坚持来致敬。这实在不好拒绝，阿非只好接受，但是只请他们送殡。结果是新旧混合，有点古怪，因为和尚的脸和袈裟是黑黝黝的，职业乐队的肩章和制服非常鲜明，吹奏着柴科夫斯基的丧葬进行曲，两者对照，很不协调。

木兰自杭州北上之时，在一个火车站上看见两个军乐队，由两个官员送的，来欢送一个省主席。火车一开动，两个乐队同时奏乐，成为滑稽可笑的杂奏。所以她让阿非告诉两个乐队，他们要自己协调好，不要同时演奏，而且不可以那个刚一奏完，这个就接起来。

丧礼给木兰、莫愁一个机会，重见一次以前的亲戚朋友。那些人之中，有素丹，现在是个寡妇，桂姐和两个女儿爱莲、丽莲，两个人似乎婚姻很如意，派头儿很时髦。黛云的母亲也来参加。她丈夫已经去世，她说女儿在苏州又坐监，是在去参加共产党代表会议的途中被捕的。

阿瑄特别请假回家参加丧礼，虽然他不是姚家人，但是曼娘坚持这样做。出殡是在星期三，第二天他立即返回天津。他听说前一天，另一帮日本浪人在天津车站，把两百件货硬往三等车一个车皮里装，又把驱逐出来的乘客打伤了几个。

在六月，这种事已经有八九次，把海关的职员惹得实在忍无可忍。在一个礼拜五晚上他们得到了一个消息，说一大批货，分装在六辆骡子车上，在通往天津的大道上被海关职员抓住，但又被三个日本人和三个高丽人抢回去，他们人多势众。阿瑄的办公室则找志愿人员，要前去再抢回来。几个最年轻和最强壮的自告奋勇，愿意前去，阿瑄也在内。那几个浪人据说身上没有武器，因此这边认为有十二个人足可以对付他们。他们自己也不得带武器，目的只是在夺回货物、击退私枭而已。

大家知道骡车的大道，那十二个人先到一个小村子里，只带着绳子。在村里一家商店中，他们之中一个人看见有大火炮，他们买了几个，预备吓唬私枭。大约两点半的光景，他们之中带着望远镜的那个人，看见骡子车来了。第一辆车上只有一个矮小的人，大概是日本人，坐在一堆货物上，另外几个人坐在最后的两辆车上。问题是对付后面车上的保镖之时，而不让前几辆车逃跑了，所以要点在完全施以突袭，攻其不备。三个人被派去对付前面的日本人，逮住赶骡车的，还要同时扣留住货物。另外九个人分成两部分，藏在大道的两边，攻击保镖，阿瑄在后面那一组里。他们蹲在一道旧墙下面。

第一辆车过去之后，为首的发出暗号，叫他们自己人爬近大道去。为首的把大火炮点着，扔到车上去。这个暗号一发，大家一拥而出。日本人和高丽人大吃一惊，开始乱扔石头。海关人员迎着飞来的石头跳到车上，双方揪打起来。

阿瑄是在为首的官员之后第三个人，在他正跳到车上时，一个两磅重的圆石头打中他的头，把他打昏，他一下子跌到地上。幸而别的人已经赶到，日本人不能再扔石头。一个日本人带着一把斧子，对准为首的人就劈下来，为首的人迅速一拳打中日本人的肚子，斧子落在车上。

赶骡子的中国人跑掉，车停住了。双方混战了片刻，后面的两个日本人和三个高丽人被制伏，被捆缚起来。前面车上的日本人，因为喝了半醉，在六月的下午正在困倦，没有抵抗，束手就擒，用听不懂的日本话乱骂。

领导人下车来，看见阿瑄躺着失去了知觉，头皮上流血。他派人雇了六个农人，把车赶往最近的海关检查站，他们把阿瑄抬到一辆车上。阿瑄受的伤不重，到了检查站时，他已经完全苏醒过来。医生把他的伤洗干净，用绷带包扎起来。只是伤了表面，并不严重。这一批人，大功告成，十分兴奋，然后押解着那几个日本人和高丽人，送交日本警察局。

在七点半左右，六个日本人进入海关的庭院，从办公室的窗子往里望了望，随即闯了进去。他们问搜到的私货放在何处。主管人员告诉他们私货已送到总处去，一个日本人开始大骂，出手打了中国关员一个嘴巴，然后搜查客厅，拿走了那把斧子。临走时，骂人的那个日本鬼子用他那难听的中国话威胁说，如果告诉他的话不对，他要回来杀死那个中国关员。

第二天，阿瑄早晨没上班，坐着九点的快车回北平去，过中午不久就到了，家里人还没想到他会回去。

看见他头上缚着绷带，他太太好害怕，赶紧叫曼娘。

曼娘说："我告诉过你会有今天。你若叫人打死，我们婆媳怎么活？"

环儿、宝芬、莫愁听到这消息，也来到屋里，阿瑄把事情的经过完全告诉他们。木兰得到消息稍晚，听见曼娘话说得很激动，一半责备自己儿子，一半骂日本人。

木兰听见她说："你干的是什么差事？官儿吗？又不是个官儿。土匪？又不是土匪。赤手空拳去擒虎狼。我恨死那些矮鬼子了。为什么咱们的官员不能带武器？为什么人家可以？若真是两国打仗，要清理好战场，双方摆成阵势，摆好刀枪，那也像个公平的交战哪……"

木兰问："你赞成中国和日本开战吗？"

曼娘说："若是像我说的正式打，打仗倒还好。怎么能叫阿瑄赤手空拳去和矮鬼子打呢？"木兰想起她父亲说的话："你问曼娘，曼娘若说中国非打不可，中国就会战胜；曼娘若说中国不要打，中国就会战败的。"

木兰慢慢说："你相信中国能打败日本吗？"

曼娘说："不管中国愿不愿打，中国是不得不打了。"

曼娘可说中国要打了！

姚老先生说过，战争是要发生了，是一场你死我活的殊死战。

木兰说："曼娘！你已经向日本宣战了！"

曼娘说："我懂什么宣战？我只知道，咱们不能束手待毙。"

环儿问："木兰，你怎么想？"

"我怎么知道？现在但愿我能问问我父亲。但是他常说，人的运气和个性息息相关。人若有福气，一缸清水变白银；若没福气，一缸白银变清水。人必须享有福的个性。日本人没有统治中国的个性，所以也没有统治中国的福气。即使把中国送给日本，他们也没有福气消受。"

第四十三章　报国洗前愆香消玉殒　除奸生差误李代桃僵

第二年七月七日，战争爆发了，是由华北的情势发展而成。正如地震之后，必随之而有洪水，乃是自然之事。犯罪学家若发现两个案子是用相同的方法作的，他们就认为两桩罪案是同一罪人。日本征服中国的计划和他们的走私政策是一致的。方法相同，特点相同，动机相同；鼓动，计划，指导，也是出自同一个机构，那就是日本陆军。

从抢劫中国政府的税收，到抢劫中国的疆土，日本陆军只是采用同样残忍的方法。说也奇怪，人类的心理对偷窃一个国家的领土，比偷窃一个妇人的皮包，多少看作更为光荣，更为对得起良心，辩论起来也更为振振有词。古时庄子就写过：

窃钩者诛，窃国者侯。

这个真理的后一半，提供了一个问题。虽然无数智慧卓越的经济学家、国际法理学家，在渊博的论文里，非常慎重认真地在事前事后时常研究、查考、论断、争辩、解释、辩护、诡辩、讨论，其中的真理仍然逃过了他们的观察，就犹如在灵魂学家所举行的降灵会上，有人说看见了那个鬼，有人说没有看见一样。

但是，也许木兰是对的，日本人没有享福的特性，这是不会变的。

认真说，战争已经“自然而然”地开始了。卢沟桥“事变”，其实不是个事变。日本军队在非法的地区夜间演习之后，在凌晨四点半要求进入中国军队防守的宛平县城，要搜索一名“失踪”的士兵，他们先是说中国兵向他们开枪，后来又自相矛盾，说那个兵并不是失踪。但是那时的中国人，都知道战争是迟早要发生的。日本占了东三省之后，侵占了热河，悄悄地进入了察哈尔，创造出冀东伪防共政府，现在日本想使北方五省与中央脱离，他们以为中国会把这片领土送给他们的。中国人恨死了日本人，但是日本人却爱煞了中国的领土。日本人越喜爱中国的领土，中国人越仇视日本人。

于是两国开始了亚洲历史上最可怕、最残忍、最不人道、破坏性最大的战争。

其实神经战早已开始了好几年，而中国人的神经现在已经兴奋起来。中国人必须要打日本，杀日本人，才能不使全中国陷入精神错乱。中国政府努力压制国人的反日行为，不管是写文章、讲演、开会、游行示威，可是老百姓被压制之下日趋高涨的反日情绪，如水决堤，终于爆发而不可遏止。戏剧性的西安事变几乎使蒋委员长陷身旋涡。日本人说中国人民反日，话真是说对了。他们说蒋委员长鼓动中国人民反日的情绪，话却说错了，因为他没用手指头弹动一下。他们若以为日本人以战争毁灭加诸中国人的头上，就能消除中国人对他们的仇恨，使中国人视他们可喜可爱，那是另一件事，是日本人该用他们自己的智慧去了解的事。姚老先生、木兰、曼娘，即使中国最伟大的哲学家，在这方面，也没有一个人能帮日本这个忙。

从客观的角度看起来，从民国二十一年到二十六年战争爆发，整个的动态是这样：侵占东三省是日本对中国的第一次进击。民国二十二年热河省失陷给日本之后的塘沽协定，要求中国长城沿线划作非军事地区，是第二次进击。在民国二十四年春天，中国大部分军队在“剿共”战役中把共军驱入中国西部时，日本人强迫中央政府自河北撤退某些单位的驻军，是第三次进击。这样与当地军事当局勾结，鼓吹“自治运动”，让它们宣布脱离南京中央政府，在华北五省创造了一个像“满洲国”那样的傀儡政权。日本因为发现甚多地方当局都与日本“合作”得不够“诚恳”，在民国二十四年秋天，打算把力量集中在河北与察哈尔两省，但是中国政府的回答是从西部调回“剿共”军队布防在陇海铁路沿线。日本人大惊，看出了危险，暂时放弃了远大的计划，而创造了“冀东防共政府”，抓紧了冀察政务委员会，增加了华北驻屯军，比《庚子条约》规定在过去三十六年之中列强认为必需的军事力量，多了四倍。这是第四次进击。在民国二十五年秋天，日军占据了北平附近铁路的交叉点丰台，丰台是南下东去的火车必经之地，而且是《庚子条约》中禁止外国驻军的地区。这是日本向中国的第五次进击。紧跟着的第六次进击是日本煽动的蒙古伪军进攻绥远。在这次战事中，中国军队第一次正式出面，将伪蒙军击退。再后便是第七次进击——卢沟桥事变。

道家思想和现代科学都同意这一点：作用与反作用的力量相等。中国的反抗精神就是反作用力量。由民国二十一年到二十六年的日本侵华行动，就是引起反作用的作用。中国反抗的力量应当看作是战争开始前日本对友邦侵略的罪行的直接反击。只有这样才能了解这次战争。不幸的是，世界上力量最大的陆海空军力量，不能炸毁作用与反作用这条千古不变的法则。

现在战争已经不可避免，因为两国都打算在华北认真一试了。停火的商谈不停，战事时断时续。蒋委员长在牯岭召集各省军事长官，研讨重大决定。日本大军在毫无阻碍之下源源而来，用以加强天津铁路沿线的防地，为时达三周之久。在卢沟桥事变后九天之内，据称有日本五个师，总数达十万人，进入中国本部和内蒙地区。多少火车的军火和军队补给品涌到天津，分发到丰台和其他地点。战争真正在北平附近地区开始时，日本军队已经进占北平数里之内的战略据点。冀察政务委员会委员长兼二十九军军长宋哲元，对七月二十六日日本要求将中国陆军三十七师全部撤退到保定以南的最后通牒，予以断然拒绝。二十八日，中国军队发动猛攻，可是宋哲元将军在当天夜晚十一点钟，出人意料地离开北平，派了当时一般人认为亲日的天津市长张自忠将军代理公务。二十九军的抵抗在二十九日午夜停止，北平已然落在日本手中。

父亲丧事完毕之后，木兰和莫愁已经全家南返，战争发生之时，正各自住在杭州、苏州。阿非和别人仍然在北平。卢沟桥事变之后，北平谣言满天飞。南京中央政府在努力做重大决定之时，北平的居民天天盼望中央的飞机在天空出现，但是望不见踪影。各处都窃窃私语希望这座北平古城得免于战火的破坏，各处也都在悄悄传言，都恐怕战火难免。人们对入侵的敌人有仇恨，是埋在心里的深仇大恨，在几百年的忍耐磨炼之下暂时缓和下来。他们看见日本飞机在头上绕，他们暗中咒骂，但是十分谨慎。

这座古城中大部分的居民，真正的北平土著，仍然泰然自若，在家中，在茶馆里，甚至心情愉快地闲谈战争的来临，预测战争的后果，个人生活，一如往常。

他们厌恨入侵的外国人，不过以前早已见过别的外敌。在北平的居民，是形形色色的，老年退隐的清代官吏、年轻的爱国学生、胆小怯懦的官吏、温和而出语讥诮的政客、诚实规矩的商人，以及为日本做谍报的赤贫贱民。但是一般人，因为文化教养高，都厌恶暴力和战争，不喜欢上海那种恐怖和暴乱，而是温和，节制，爱好和平，非常有耐性。

在北平，真正古老文化的继承人，不介意于现代文明的侵扰。他们祖先怎么样生活，他们现在也是一成不变。他们家庭生活有满足的气氛，这显示他们对人生的看法上有无穷智慧的源泉；在生活方式上，对岁月保持达观；在谈话上，则表现得明智温和，轻松而悠闲。因为在老北京，刹那与万古没有什么分别。别处的数百年，在北平只是几段瞬息的时刻，在其间，由祖父至孙子，生活的传统，绵延不断。因为在老北京，大家都能够等待，在等待中由少而老，但是百年如一日，虽说由少至老，实则从未变老。老北京遭受异族的征服很多次了，但被征服者却将入侵者征服，将敌人修正过来，使之顺乎自己的生活方式。

满洲人来了，去了，老北京不在乎。欧洲的白种人来了，以优势的武力洗劫过北京城，老北京不在乎。现代穿西服的留学生，现代卷曲头发的女人来了，带着新式样，带着新的消遣娱乐，老北京也不在乎。现代十层高的大饭店和北京的平房并排而立，老北京也不在乎。壮丽的现代医院和几百年的中国老药铺兼存并列，现代的女学生和赤背的老拳术师同住一个院子，老北京也不在乎。学者、哲学家、圣人、娼妓、阴险的政客、卖国贼、和尚、道士、太监，都来享受老北京的阳光，老北京对他们一律欢迎。在老北京，生活的欢乐依然继续不断。乞丐的社会、戏园子、京戏科班儿、踢毽子人的联谊会、烤鸭子蒸螃蟹的饭馆子、灯市、古玩街、庙会、婚丧的礼仪行列，依然进展，永不停息。

若说老北京的天坛、紫禁城、皇家的宫殿会在轰炸下毁灭，那真是荒唐无稽。在日本军队占领的许多城市之中，老北京，真是像一个神仙福地，竟逃避了被破坏的厄运。

在老北京，不能慷慨激昂地谈政治、谈时事，那样，你那老北京的文化教养便是白璧微瑕，你也在老北京白住了。北京话和别的省份的方言不同之点，不在母音子音上，而是在平静的拍子和从容的腔调，愉快而沉思，说话的人只欣赏说话的风趣而忘记了时间。这种清闲，表现在言辞中的隐喻上。比如到市场买东西，叫“逛”市场，在月下步行叫“玩月”，飞机投弹叫“铁鸟下蛋”，被炸着叫“中了航空奖券”。甚至于太阳穴伤口流血，居然会叫“挂彩”！死只是“翘辫子”，像叫花子倒毙于路旁一样。

但是在北平，至少有一个人是容易激动的，那就是黛云，她在五月底刚被从狱中释放出来。黛云不真正够“老北京”，她是属于具有政治意识尚武精神的少壮中国。在她看来，已经发生的这场战争绝不是什么大灾难，而是令人鼓舞求之不得的机会，中华民族对抗敌寇为国家求自由的机会。若是了解前些年中国的含羞忍辱，就立刻明白这场战争之发生，是足以破除中国人心头的郁闷、恢复其心智的平衡、发泄出其储藏的精力的。中央政府终于领导全国对抗日本了，这消息好得几乎令人难信。若知道过去七年里国家的消沉，人们心理上的挫败烦恼、对英明领袖和坚定国策的期待、对全国各党派的通力合作的希望，就了解如今全国的团结抗战，在黛云看来，不啻是美梦的实现。

黛云的热心具有感染性，影响了她的侄子，也就是怀瑜的孩子，甚至怀瑜的太太。怀瑜已经回来，带着莺莺，他们住在德国饭店。他父亲已然去世，他的孩子和妻子与黛云的母亲同住，黛云的母亲叫福娘，她已然回来，又恢复了过去的家庭关系。

一天，怀瑜来到黛云家里。他现在五十岁，小日本胡子已经变白。有钱，蛮阔气，穿着西服，戴着金边眼镜，也染上了日本人的习惯，比如在牙齿之间发出咝咝的声音，叫仆人时拍拍手。

怀瑜的儿子国璋，现在已是三十岁的壮年，恨父亲，也看不起父亲。他问父亲：“你回来干什么？还想在日本势力之下找官儿做吧？”

怀瑜以教训的口吻说：“年轻人，你懂什么？中国怎么能跟日本打？”

“你不赞成抗日啊？”

“我很不赞成。这简直是飞蛾投火——找死。过来，我要跟你说话。”

他把大儿子领到另一间屋里，才五分钟，国璋的母亲在外间屋，听见儿子在里间屋喊叫，然后猛跑出来，脸气得通红。

国璋大喊：“汉奸！汉奸！”

黛云问：“怎么回事？”

“他是日本特务，也想让我当日本特务！”

他父亲走出来，一副泰然自若的样子。

黛云向他喊："亡国奴！卖国贼！"

父亲说："这么大惊小怪干什么？对父亲都不尊敬！我没想到你是这么个不孝之子！"

国璋说："什么？父亲？你——是我父亲！我父亲早死了。我长起来这些年他在哪儿了？我早就不认他了。"他又转向黛云和母亲说："他说给我三百块钱一个月，让我做日本的特务！"

怀瑜受罪多年的妻子雅琴，忽然大喊："滚出去！滚出去！你给我滚出去！"

雅琴拿起一个玻璃杯，向怀瑜投过去，不偏不歪，正好打在怀瑜的金边眼镜上，眼镜掉在地上，玻璃碎了。

怀瑜喊："你！"

雅琴又喊："滚出去！别再来打扰我们母子。我们受了多年的罪，幸而没被饿死。别再沾我们的边儿！"

怀瑜大怒，他说："好，好！简直是家庭革命！"

怀瑜向妻子走过去，举起金箍手杖，样子像是要打她。

儿子说："你立刻走开！"用手揪住父亲的衬衣领子。

怀瑜憋了一肚子气，转身走去，一边走一边说："无法无天！中国不亡，是无天理！"

小儿子说："这是你的眼镜，拿着走吧。"在后面踢了父亲一脚。

怀瑜滚出去的时候骂道："坏蛋！杂种！将来就知道你们对，还是我对。大家都是为国家……"他的声音转眼听不见了。

素云还住在天津，天津正在戒严。不论在租界，或是在中国地区，行人常受检查。日本兵和军火，正源源而来。中国铁路专用来运输这些人和补给品。宋哲元将军为避免使情势恶化，只好允许车辆通过。天津的紧张情势，引起老百姓纷纷逃难，有的逃进租界，有的往南逃到上海。天津每天有很多人被捕，有的被刺。最严重的是特务的恐怖，常常有人死，日本特务杀中国特务，中国特务杀日本特务。近几年来，天津的海河上有尸体漂流，是常见的事，不过现在尸体增多了。大家对这种原因，自然颇多猜测。有一种说法是，除去抽“白面儿”的，是有些中国工人为日本人在海光寺做军事防御工程，做成后被日本人谋杀弃尸，因为怕他们泄露军事机密而被灭口。

既然日本知道战争来了，普遍设在中国的间谍网，自然正在加强。华北的总部设在天津，后来把最高机构设在北平，由一个日本人负责。这个间谍系统密织如网，延伸至内地，担任间谍工作的有中国人、高丽人、中国台湾人，还有若干白俄。这个组织在中国已经成立有年，担任职务的间谍，主要是专营日本药品、旅行各地的推销员和毒品推销商，其他有以新闻广告社的摄影记者为掩护的。也有在航空、政治、军事等机构工作的职员，他们倘若被收买，每月付给薪金。这些人都受有训练，会照相、画图、传递秘密信息，由日本间谍机构供给照相机、化学药品，甚至无线电机。目的主要是获取中国的军事秘密、地图、防御计划，以及其他军事资料。只有最优秀、最聪明的人员，其中有些是女人，才选派担任接近中国军官等艰难细密的工作。对这等担任特别工作的高级谍报人员，奖金极高，并给他们提供助手，由他们差遣。

素云还住在天津。一天，日本人找她去日本特务机关。特务机关属于日本军部，和关东军土肥原主持的特务机关，往往龃龉不和。

素云进去时，一个年约四十岁的日本人坐在办公室里。他的脸圆而骨头突露，大圆头剃得精光，留着小黑胡子，没戴眼镜。不戴眼镜这在日本人里不多见。笼统说来，脸上流露出聪明，使人感觉愉快。他说的中国话勉强可以，还夹杂一点很难听的英语和俄语。

素云知道找她来此处的原因。她在日本租界开了几家饭店，还有财产，并且是毒枭的首领，已有数年之久，日本人对取得她的合作，是深信不疑的。去年她被释放之后回到天津，日本当局都知道她的案子。她捐赠了五十万元给禁烟局，日本人认为那是纳贿，是释放的代价。因为她在北平的其他公司也被搜查过，日本人认为那是因为她运气坏，并不相信禁烟局对她有好感，或是她对禁烟局有好感。她还一直过以往的日子，显然是不得已，不敢真按着自己的想法做。不过她对自己的事业不像以前那么热衷发展，只要维持就满意了。

那个日本军官很客气，对她说："牛小姐，请坐。你长期跟我们合作，我们很感激。我现在有点儿事情给你做。我们对于你把全部的钱都存在我们日本银行，也要向你道谢……现在我们谈事情。现在我们日本租界，有不少饭店是你开的，每个饭店都有些舞女。你回去挑十二个到十五个最聪明最漂亮的，带着她们来见我，我有什么事情再吩咐她们。我们特务机关需要她们帮忙。当然我们忘不了你。我让你做她们的首脑。挑中国人、高丽人、白俄。每个月每人薪金两百块钱，最聪明的可以高到五百块……特别费用另给。这清楚了吧？"

素云并不觉得意外，她并不愿做；但是在目前的情形之下，她知道她必须遵办，不然会丧失了财产，甚至会丢了命。

她说："好，我一定尽力办理。"

日本军官站起来，和她很热诚地握手。素云也表示热诚，可是心里真有点恶心。

她回到家里，焦躁不安地把当前的问题思索了一遍。做鸦片烟生意赚钱和这个自然不同。她已经不知不觉溜进了那一行，也难再改行。但是现在已经打起仗来，是日本和自己同胞之间的战争。

她要不要做日本的间谍害自己的同胞呢？她恨自己，恨自己的事业，恨自己的整个的环境，这种恨变成了恨日本人，因为自己现在被日本人抓在掌心里。必须要做个决定。她或是豁出自己的财产被日本没收，金钱一扫而光，或是向日本屈服，服从做汉奸。"汉奸"这个名词现在哪儿都有，每天都有逮捕的消息。自己将来落个什么结局呢？为敌人效忠，即使能保住一条命，将来又得到什么好处？钱，她已经有了不少。她若被捕枪毙怎么办？她的神经紧张起来。

这时姚老先生的话又在她耳边响了："战争发生的时候，可要记着你是中国人。"那位老先生怎么会未卜先知呢？他真是个仙人吗？最不能忘的是暗香的小儿子的问话："你是中国人吗？你为什么帮着日本人呢？"

她决定虚与委蛇，到有机会能抢救一点财产，就神不知鬼不觉地逃走。她约了几个舞女，其中只有两三个中国人。一个断然拒绝她说："我要钱，但是卖国，我不干！"其他大都是高丽和白俄舞女。第二天，她带着那几个舞女到特务机关，让那个日本首长去过目。因为她做事迅速，备受赞扬。另外那几个舞女走了之后，日本军官让她留下。

日本军官问她："牛小姐，你是一位中年女士，我对你十分信任。战事就要发生了，你当然知道。半个月以后，日本兵就要进北平。我们已经把北平包围起来。我们一定要用最能干的人才，你的职务就是调查二十九军军官的政治立场。我们希望不流血而获胜，至少要牺牲越少越好。我们和张自忠、潘毓桂已经有接触。可是你是个中国女人，你能得到内幕消息，别人是不易得到的。挑两个最漂亮的小姐献给张自忠做礼品，但不要说是我们送的，说是你送的，让她俩在里面下功夫——你懂吗？另外几位小姐我派她们到中国地区，英租界和法租界做工作。"

素云准备到北平去。她到日本银行，提出三万块钱，不敢多提，恐怕招日本当局注意。她带着两个高丽小姐到北平，住在东交民巷一家外国饭店里。

黛云已经听说她这个异母同父的姐姐的被捕，后来由于姚家帮忙才得释放，已经到天津去看过她，赞美她决心改邪归正，并且劝她洗手不干，越早越好。现在素云走投无路，自然而然想起黛云。怪的是，自从她离开吴将军之后，怀瑜完全自己混，不再理她了。她知道她若向黛云问主意，黛云会说什么话，可是不由得还是去和她一谈。因为黛云和怀瑜的太太、孩子是这个世界上她仅有的亲人了。

在七月半，她到了妹妹家。怀瑜的太太对她尽管客气，却难掩冷淡。

那几个侄子也不知道对她有何观感。她把黛云拉到一边说："我有话跟你说。咱们的父母已经不在，咱们都到了这个年纪，怀瑜已经不算我的哥哥。你知道，自从他的事业和我的事业发生了冲突，我俩争吵过。"

黛云说："他也在北平呢。"于是把怀瑜到家来的一幕丑剧笑着说了一遍。

素云微笑说："我也是汉奸。"

黛云说："真正的汉奸自己不说，自己肯说的不是汉奸。"

"我说正经话。我要和你说一下……"

黛云喊说："你也是卖国贼？你来收买我，是不是？"

素云连忙叫她低声："我求你给我忠告，在这个世界上没有别人给我出主意。我现在的境况这个样子，我还不如死了好！"

她把损失财产和丧失生命的进退两难的情形，向黛云说了个大概。

素云说完，黛云说："噢，是这样！再简单不过。你是不是中国人？问题就在这儿。姐姐，只有一条路走。中国人怎么能帮着敌国害自己的同胞呢？即使你比你现在还富有，那又有什么好处？十之八九你要枪毙。既然你对我这么真诚，我也应当对你真诚。有个爱国锄奸团，哪儿都有他们的人，我就是其中的一个。姐姐，你若跟着小日本儿跑，我可要亲手把你毙了。你要人家在你脑袋上穿个窟窿吗？"

黛云说着大笑，虽然她的话够威胁，态度仍很亲热。

素云又问："你认为我应当怎么办？"一副很忧愁、很害怕的样子。

"怎么办？当个爱国英雄！问题是你恨不恨日本人。你没看见每个中国人，每个男人、每个女人、每个孩子都反日吗？你看不出来中国一定会胜吗？ × 日本鬼子的妈！ × 汉奸的妈！你看不出来我快乐、你不快乐吗？"

黛云说这种脏话，素云听了觉得真好笑。黛云精神振奋得使素云吃惊。

"中国能打胜吗？"

“当然——毫无疑问。咱们也许都死光，但是死也和中国人死在一块儿。”

“你若死，和中国人死在一块儿，难道你一定死得快乐？”

“当然我快乐，你还看不出来？”

素云觉得一种新奇的感觉在心中激荡。快乐的感觉和她生疏好久了，而且从来没听谁说抱着这种爱国必死的心会快乐。

她自己小声说：“快乐，快乐。”似乎是要体会一下这个字眼的意思，看看自己还能不能感觉。于是她说：“妹妹，我希望一直和你在一块儿。我四周围都是妖魔鬼怪。我真恨日本鬼子，还有那些中国同事！”

“你恨他们？”

素云说：“我恨他们。”过了片刻，她又说：“看见他们就恶心！”

“那么逃到中国这边来。咱们在一块儿吧。”

“你刚才说你在锄奸团？”

“是啊。这是一个秘密组织。你若帮助我，我和你一块儿到天津去，拿枪先干掉几个日本特务。”

素云突然怕起来，软作一团，哭着说：“我怕死！”

黛云的眼睛光芒照人。她说：

“嘿！现在就是爱国的好机会。我带我们几个同志，和你到天津，咱们搜集点儿日本的秘密。我扮作间谍。你就是爱国的英雄。为什么怕死？”

黛云快乐昂扬的勇气感动了、甚至感染了姐姐，打开她心里一个前未曾有的新境界。在她精神上的空虚冷落的情形之下，她就贴近妹妹，抓住不放，就在妹妹跟前，做了一项重大的决定。

素云要和黛云、国璋、陈三一同到天津。黛云要以妹妹的身份由素云介绍给日本特务机关。素云要留在日本租界，和日本特务机关接触，她得到什么情报就传给中国地区。同时，她分期从日本银行提出自己的存款，一次提出两三千，免得启人疑窦。

每隔两三天，素云就到日本特务机关去一次。她得到了玲玲的帮助，就是上次说不肯做汉奸帮助日本人的那个舞女，她起誓保守秘密。第一天，素云将黛云介绍给日本特务机关长。特务机关长看着黛云有点怀疑，素云说黛云是她妹妹。黛云这样就知道了日军所有的秘密信号，又得了一个通行证，可以自由通过卫兵的岗哨。

的确很怪，好多日本特务，其中包括素云以前物色的几个舞女，不是遭人暗杀，就是神秘失踪了。

一天，素云到特务机关去，特务机关长问她："你知道中国锄奸团吗？我们的特务人员遇到的凶险太多了，一定什么地方出了纰漏。我警告你，你要特别小心。可是，我顺便问你一下，你由北平回来之后，为什么七月十号在银行支出三万块钱，七月十六号支出五千，十八号又支出两千？"素云泰然自若，回答说："这些日子情形很乱，谁不提钱准备急用？那三万块钱是付由大连运来的吗啡。我可以给你账单看。"

"噢，我只是叫你小心点。"

素云假装玩笑说："机关长，我这件事酬劳多少？我至少一月要一千块。我若能收买了张自忠反叛南京政府，那什么价钱？"

"算了吧，你要钱干什么？你已经是个百万富婆了。"

"我若不为钱，那你想我为什么干这个？"

"好吧，一千一个月。特别任务另发奖金。你想花五十万能不能收买张自忠？"

"我试试看。"

这段对话算暂时把特务机关长的猜疑压下去。但是素云不再从日本银行取钱，开始尽可能以现金收账，因为一切支票都要经过日本银行。她又告诉黛云不要再到日本租界去。

现在平津情势越发危急。二十八号激烈的战事爆发，日本飞机开始轰炸平津铁路沿线的中国驻军，并在北平前线增兵。

素云传递过重要情报，那就是日本驻屯军已减到仅仅两千多人，大部分的兵已经派往前线，这件情报由中国舞女玲玲传给陈三，陈三住在中国控制的地区。

根据这个情报，陈三和天津的保安队计划向天津日本租界突击。他们知道第二天在冀东通州敌伪组织的“冀东防共政府”的保安队要起义，那批军队是日本人训练装备的。再者，又有国军要全线反攻的消息，还有丰台和廊坊已由国军夺回的消息，于是他们就决定了一个把日本人全部驱逐出天津的大胆计划。

在七月二十九日夜里两点钟，天津市内战争开始。中方辖区整天遭受炮击和空军轰炸。郊区的南开大学遭受猛烈轰炸，几乎被夷为平地。市区大火蔓延，无法扑灭。

十一点钟，素云接到消息，玲玲第三次往中方辖区时被哨兵逮捕，已经送往日军司令部。素云几乎吓死。前一天日本特务机关长以怀疑的眼光望她，显然以为她不忠于日本皇军，从别的特工手里获得了情报。

她决定逃到邻近的法国租界，于是化装之后，从住宅的后门儿出去，只带了一个手提箱。她还没上洋车，一个警察走过来问她：“你上哪儿去？”

素云向他做了个秘密的信号，表示她也是为日本皇军工作的。

警察说：“那么你是牛小姐，我正在找你呢。跟我到总部去。”

他给素云戴上手铐，带她往前走去。

素云问他：“你是中国人吗？”

“是，可是我也不能保障你的安全。”

“你放了我。我们都是中国人。”

警察说：“那么你怕为中国牺牲？”日本租界的中国警察以身材高大出名，也以对中国人趾高气扬出名，还以贪污出名。连从停在路旁等座的洋车夫那儿勒索几个铜子儿的事都干。

素云对警察说：“收了这个手提箱，放了我。里头有三千块钱的票子。”

警察接过手提箱，一边迟疑一边害怕地低声说话，眼睛向四周张望。这时一个日本哨兵，离他们不过十码远，看见他们说话。他走上前来盘问，跟他们一齐走。机会已经错过。素云又和中国警察说话。日本兵不懂中国话，打了素云一个嘴巴，叫她不要说话。日本兵看见警察手里的箱子，他吩咐把箱子和钥匙一齐递给他，三个人一齐走去，素云在中间。

一个嘴巴打得素云很疼。她心里想："这就是向日本人效忠的结果。"她的怒火上冲，一时无法控制。她听警察说"你怕为中国牺牲"时，心里涌起一种特别的感觉。现在她一边走的是中国人，一边走的是日本人。左边的中国人代表中国，而她就要为中国牺牲了。她知道末日到了。

在总部，问了她几个问题，她又大胆反抗。问话的日本军官向特务机关打电话。

素云打断他的电话说："枪毙我！我但求一死。我恨你们日本鬼子！"

那个军官说："好，就枪毙。带她出去。"

素云就在院子里被日本人枪毙了。

黛云、陈三、国璋再也接不到玲玲和素云的消息，心中一直纳闷儿。几天之后，听说日本报纸已经发出"白面儿皇后"因做中国间谍，已经被枪毙的消息。天津的中国读者越想越糊涂，但是哪儿来时间去揣想？

中国的保安队和二十九军某些单位联合起来，已经突破日军的防线，在日本租界的街道上同日军发生了战斗。在中方辖区，日军用炮弹轰炸，用空军投弹，用机关枪向街道扫射。有段时间，在日军派往内地之后，守军遭到突袭，毫无准备之下，似乎日方在天津业已战败。中国部队只有一千，攻克了东车站和老车站，阻挡住了日军向北平前线的增援，又再进一步继续去攻海光寺的日本军营，最后包围了东堤，准备去破坏日本飞机场。有些日本军队已退到塘沽。到深夜，中国铁路人员告诉起义军，说二十九军已经开始撤离北平。

一个铁路上的职员说："你们停止吧，不必做无谓的牺牲。二十九军已经撤退，你们也没有后援了。”

保安队虽然一听发了愣，但是有些人还坚持不退，有些人自动散去，日本又进入中国保安队夺去的地方，又占了天津，也占了以前的奥租界和俄租界。

日本恼羞成怒，采取了可怕的报复行动。男人、女人、孩子，填满了街道，乱作一团，四散奔逃，用煤油点着的房子火势熊熊，无法通过，于是被刺伤，被践踏，被空中的机枪扫射。有些地方，在日军和残留的保安队之间，还时打时停。保安队中有不少人直战到子弹用尽，奔上前去赤手空拳和日本兵揪打。

在混乱之中，国璋被流弹击中。陈三极力帮助他，但是不到五十码，他就倒地而死。陈三只得弃尸而去。他的遗言是请他姑姑黛云安慰他母亲，杀死他父亲。

黛云和陈三现在必须逃难了。火车已然无望，必须步行回到北平。在路上，他们遇见好多兵，正在去找南下保定的队伍。在八月三号，他们听到通州起义的伪军屠杀了三百日本人。

陈三他们的问题，是如何能回到北平找到家人。他们知道北平已然在亲日的一个委员会手里，进城时都要在城门检查。

他们往前走，路上尘土飞扬，人是又饿又累。黛云听见陈三骂二十九军，骂二十九军军官的三代，她从来没听见一个男人这样骂过。

她问：“下一步怎么办？你要去干什么？”

陈三说：“干什么？接着干！在北平若没事干，我到南口进军队去，不然去打游击。那批武力将来必然是中国军队的精华。”

黛云说：“我跟你去。罗曼已经在西北。环儿也要去，我敢说。不过我想去打死我哥哥，要把国璋留下的话做到。那应当是我们要做的第一件事。他住在德国饭店。我相信他安福系那一群狐朋狗党就要从东北回来，要在北平建立他们的傀儡政府。”

看见北平城墙时，天已经黑了。他们在一个村子里过夜。知道穿着身上那种衣裳进不了城，想进几个人家换洗一番，但是人家不开门。

陈三微笑说："现在怎么办？要在露天儿过夜，明儿早晨叫人逮走吗？"

最后，他们说是天津的难民，一个老太太让他们进家去。

陈三和黛云必须装作夫妇。

黛云跟那个老太太说："老太太的心肠真好，求您答应我们在您这儿过一夜吧。明儿早晨我们就走。"

老太太到厨房给他们热了点儿绿豆稀饭。

老太太问："你们不是兵吧？看样子真可怜！通州起义之后，杀光了东洋鬼子，逮住了殷汝耕，打算把他押往北平交给宋哲元，谁会想到二十九军撤退了呢？那些兵城都进不去。他们把殷汝耕错交给城门的巡逻队。谁会想得到？"

陈三问："通州那些中国兵现在在哪儿？"

老太太说："我听说他们绕道去加入永定河那边的国军了。我上了年纪，只是牙还好。我若年轻十岁，我要到山上领导我自己的一股游击队。"

黛云恭维老太太说："中国人若都像老太太这样，日本人用一万年也征服不了中国。"

现在知道安全无事了，陈三说出他在天津跟中国兵打日本，拿出他藏在身上的手枪。

"你太太和你一齐打了吗？现代的姑娘真行！"

黛云望了望陈三，有点不好意思，回答说："我是锄奸团的。到了北平再用这把手枪打死几个汉奸，然后我们再离开。您想我们能平安进城吗？"

老太太说："带着枪不行，你们会被逮住枪毙的。城门都关了，只有西直门开着。你们必须绕到西直门外。我想你太太留着这样头发，穿着这样儿衣裳，她进不去城。"

于是他俩心生一计，陈三扮作农夫，明早进城去卖菜，黛云帮着他卖菜。

陈三说："老大娘，您得帮帮我们。我给您两块钱，还有那把手枪也给您。穿着这靴子也进不去。我们交换。您给我和我太太一身乡下人穿的衣裳，两筐子青菜。"

老太太立刻说："你得自己去摘菜。我收下这钱，借给你们几件衣裳。我可不要你的手枪和靴子。你们一定已经看见，城内外，来复枪、手枪、军服，靠近城墙扔了好多，谁愿拿谁拿。新任警察局长派大卡车去装，再送交日本人。"

陈三和黛云出去摘青菜，老太太在黑暗里看着。

然后老太太带他俩到一间黑屋子，屋里有一个砖炕。老太太走后，陈三说："你睡这，我在外面凳子上睡。"

黛云说："那不行。她会怀疑咱们。咱们穿着衣裳靴子睡吧。"

所以黛云和陈三那夜一同睡在那个小炕上。

天还没亮，两人就起来了。陈三舍不得扔掉他的手枪，决定藏在菜筐子里。他扔了军靴，但是找不着鞋穿，只好光着脚走。黛云把头发用黑布包起来，扮作农妇模样。天刚有一点发灰，他们向老太太告别，起程上路，陈三用扁担挑着菜。他们到了西直门，城门还没开。恐怕惹人注意，他们离城门远一点儿等候，等别的乡下卖菜的来到，他们才走近。黛云看见有乡下女人进城卖鸡，她买了两只，她提着鸡腿，好像是进城卖鸡的。和七八个乡下人混在一块儿，陈三挑着菜，黛云提着鸡，在后头跟着走向城门。到了城门脸儿，新警察把他们拦住，那是新任职的亲日警察局长潘毓桂派驻城门的警察。

陈三停下来，把菜筐子放在地上。

警察开始检查菜筐子。警察的两只手摸到了菜筐子底。幸而手枪是藏在另外那个筐子里。

黛云站在陈三的旁边，简直要急疯了，心想再过一刹那，手枪就会落在警察的手里了。她不知不觉一只手一松，鸡掉在地上，咯咯一叫逃跑了。

黛云喊："糟了，鸡跑了！"在后面追去。别的农人也帮着她去逮那只鸡，在混乱中，黛云一不小心，另外那一只也跑了，于是农人和警察都大笑大吵起来。北平的老百姓就是这样。甚至一个警察也帮着去追鸡。

黛云学着乡下人说话的腔调说："噢，老佛爷！这两只鸡若跑了，我要饿三天了。多谢您！多谢您！"

这一乱，大家都心情愉快了，连警察在内，没有检查，就让他们进去了。陈三和黛云回到王府花园，进去洗澡换衣裳，告诉大家早晨冒险的紧张趣事，还有昨夜那位好心肠的乡下老太太。环儿看见丈夫安然归来，好不高兴，因为已经听说天津的混乱和屠杀，又五六天没有听到他的消息。

这时在北平只有亲日的报纸可以发行。阿非和别人在报上看到素云以国特名义为日本枪杀，不知道是怎么回事，等陈三、黛云告诉他们素云最后牺牲赎罪的情形，才弄明白。

陈三陪同黛云回家，把国璋为国牺牲的消息告诉雅琴，但是把要杀他父亲的话瞒住没说。雅琴已经想到会有坏消息，因为她知道天津陷落之后男男女女死了几万人，所以她倒有勇气硬起心肠来接受这个噩耗。

她镇定一下之后，黛云告诉母亲和侄子他们路上的惊险和素云的死。

黛云问："北平的情形怎么样？"

他们说："你最好小心点儿。北平而今在汉奸手里头。家家搜查青天白日旗。三民主义、总理遗像都烧了。"

"谁来检查？日本人？"

雅琴说："不是，这事用不着日本人做，汉奸警察局长潘毓桂为他们做。他解除了旧日警察的武装，送给日本驻军总部去做礼品，用每名两毛钱的代价雇些苦力贱民去欢迎日军进京。北平就这样被出卖了。"

黛云问："到底怎么回事？"

“你不知道吗？七月二十八，传出各线大胜的消息，全北平都万分兴奋。第二天早晨，国栋弟兄们早起要看更多打胜仗的消息，可是报纸没有来。老妈子买菜回来，说街上冷冷清清的，沙土袋堆的防御工事都没有了。兵也都不见了，也没有中国兵，也没有日本兵。夜里宋哲元到保定去了。国栋出去看看，经过警察分局，只见几个警察坐在院里，低着头，没穿制服。一整天，北平像个鬼城一样。商店都关着门，散兵游勇，还有伤兵，哈德门大街满街都是。电车还照常开，只有司机叮当叮当踩铃锁，车上空空的。他们兄弟好几天没出门儿了。”

黛云问：“那老东西又来了吗？”

“谁？”

“我那位好哥哥。”

“他来这儿干吗？”

黛云没再说话，她没告诉雅琴她和陈三打算刺杀怀瑜。刺杀他那件事，要在陈三离北平之前才动手。陈三那一批人之中，很多人要去山西加入共产党，因为那时共产党已经在山西开始活动。黛云极想去，因为自从她坐监以后，就和她丈夫罗曼分手了。

陈三、环儿、黛云准备立刻发动一次暗杀。环儿给阿非留下一封信，让她转交给她哥哥和母亲，就去了黛云家。黛云辞别母亲，只说他们那群人要到西北去打日本。她母亲知道不能阻拦她，福娘没有别的孩子，只有女儿黛云，当然和她分手很伤心。自从搬过去住，雅琴的孩子们就叫她奶奶，而实际上，那些孩子们就像她的孙子，雅琴也像她的儿媳妇。素云上次回到天津之后，她给黛云留下了一万块钱现金。现在黛云把这笔钱给她嫂子，供母亲和家人生活之用。

怀瑜住的德国饭店在外城的东南角，离东交民巷使馆区很近。陈三和另外两个人去，都暗藏手枪。到的时候刚过八点钟，因为他们知道怀瑜晚上要出去和其他安福系分子开会。他的汽车停在饭店前头，车头向西。陈三和他的同志藏在一条正南北向的巷子里。

过了一会儿，那辆汽车向他们开来。陈三站在巷口，躲开灯光。汽车刚刚发动，渐渐就要开快了。陈三藏在墙角里，拔出了手枪瞄准发射，车歪到右边去，碰到电线杆子上，司机显然是当即死亡。陈三听到一个女人的叫声，由车头灯照在墙上返回的光亮，陈三看见一个女人的影子，在后面座位上。他和那两个同志都对准后座又放了六七枪，看见女人低下了头。因为路人已听见枪声，陈三告诉两位同志从黑暗的巷子里逃走，他在后面跟着跑。

他们跑到苏州胡同黛云家，因为只有短短一段路。黛云、环儿还有别人，正在等他们。

陈三很冷静地说："做好了。"

黛云的母亲看着这三个人进来，喘喘的，心里纳闷儿。

她问："什么做好了？"

陈三说："没什么。出发的事准备好了。"

陈三把太太拉到一边儿之后，对她说："我相信那是莺莺，不是怀瑜。车上看不见别的男人，只有一个司机。"

环儿把这个消息告诉黛云，她不由得为成功低低欢呼了一声。

这一群青年人，四男三女，决定坐洋车到城门，在乡间走到永定河对岸，那儿还有国军驻扎。

因为早已准备好立刻出发，而且暗杀了莺莺之后，再住在北平也不安全，只好暂时留下怀瑜一口活气儿。后来怀瑜在北平傀儡政权安福系王克敏手下，成为一名显要大员。

到这儿，我们必须把陈三、环儿、黛云撇下。至于他们怎样出城，怎么失散又重聚，怎么到达山西省北部，后来阿瑄又去找到他们，怎么打游击，在战争开始后几个月，后来竟至几年，他们阻挡日本进军西北，都要读者诸君自己去想象了。他们是勇敢爱国的中国青年，在物质环境最艰难的情况下，他们的精神奋发旺盛，他们的斗争勇气坚强不摧、不屈不挠。

第四十四章　日寇屠杀曼娘自缢　京华沦陷经亚南逃

莺莺遭人刺杀的消息，北平各报一律不许刊登。好多中国报这时都停刊了。一个傀儡报，叫作《新民报》，在六月份曾遭封闭，如今又复活出现。在天津意租界发行的天主教《益世报》，有人私运到北平，售价甚高，但是卖报的若被发现，即遭逮捕。傀儡报纸上只发表日本的同盟社的稿子，或东京来的电文，社论也是有关“亚洲新秩序”的文字。北平是与外界隔绝了。家里有钱的人才有无线电收音机，用户急切于收听到南京的消息。

警察对凶手的线索一无所得。但是怀瑜既惊怕又恼怒，眼睛死盯在姚家的王府花园。

第二天，一群警察到姚家花园，仔细打听居住的每个人，把人名字记了下来。家里的人是冯子安、冯太太、阿非、经亚、博雅，冯氏夫妇和宝芬的父母都是老人。幸亏立夫、环儿、陈三的名字早已不在。警察确定家中只有那几个人之后，看了看房子，没有骚扰，客客气气走了。

阿非已经听到莺莺的被刺，对陈三和环儿与此事有关，半疑半信，但是幸而他们已经走了。他也怀疑警察来搜查会与刺杀案有关系，也相信十之八九是由牛怀瑜派来的。后来他听说警察也到过黛云家，黛云的母亲说她女儿在天津，没有回来。

在这种情形之下，阿非认为他自己和花园这个家，是有危险了：第一是怀瑜又回到北平，第二是他在禁烟局任职期间已经树敌不少，而且会被人认为是中国政府的官员。他邀请宝芬的美国朋友董娜秀小姐来住在花园里，立了个合同，把静宜园转卖给她，告诉她在门上插上美国旗。他知道董娜秀小姐为人正派，绝不会占便宜。而那个合同不过是个形式，若有什么麻烦时，警察也容易找理由应付交差。至少有一个白种人住在里面，日本兵、日本浪人，也有几分顾忌。

警察来调查时，册子上漏了曼娘和阿瑄。因为卢沟桥事变刚发生之后，曼娘怕日本人抢到城内，已经决定搬到乡下去住。她以为姚家的别墅靠近玉泉山，很不错，可是曼娘的媳妇坚持她娘家在京北，更为安全，因为离北平更远。曼娘的母亲孙老太太，已经在去年冬天去世，所以阿瑄便和曼娘、他太太、一个五岁大的孩子，搬到他老丈人家的村子去住。

那村子离火车站有三里远，他们是坐火车去的，那是在北平陷落之前三天，一路没有什么困难。阿瑄他太太娘家姓朱，那村子叫朱家庄，是一个集镇，坐落在山区，全村人都姓朱。曼娘全家一到，是村子里一件大事。曼娘和她儿媳妇穿的朴素衣裳，在乡下人看来，简直是奢侈华丽的上等衣裳。乡下女人都凑在一处，来看王府花园的小姐太太。

他们住的房子是阿瑄的老丈人的姐姐的。这栋房子是用土坯盖的，虽简陋，不过因为四周有围墙，很与别家不同，因此很显眼，前面是个空院子，院里是打麦场。墙的下一截是用山上的圆石头砌起来的。

乡下老太太把自己的屋子腾给侄女住，自己搬到后面屋里去，再三说招待他们太简慢。因为没有别的屋子给曼娘住，阿瑄说他可以睡在外面客厅里，让他母亲和他媳妇、孩子睡一个炕。

在北平城被围困的那些日子里，在乡间倒是蛮愉快。村子靠近山丘，平静无事。在傍晚天气凉爽下来，阿瑄和他那时髦的妻子、他的孩子，一同漫步，走到附近的一条小溪旁，走近火车道，看见满车的日本兵往北开往长城上的南口。乡村里还没出什么差错。

又过了五天，日本兵开始在乡间经过，大都顺着铁路走。他们开始看见农夫带着家人逃难，还带着猪、鸡，以及别的家畜，有的是从靠铁路太近的地方逃往别处，有的是从北平郊外逃来的。这些只是华北乡间大动乱的最初征兆，而将来遭受蹂躏最厉害的地方，会使人畜一扫而空，甚至一棵树也不留下。逃难的妇女向村中的妇女低声说受污辱的经过。一个做丈夫的从日本兵手里抢夺他的妻子，他的头被日本兵拿棍子痛击。男人告诉他们村子里住着日本兵，鸡猪都宰杀吃了，门窗都打烂了，木器家具都拿去做柴烧。因为在华北木柴缺乏，每一有兵灾，第一件事就是木制的东西遭受破坏。

现在，说来也怪，朱家庄竟能免于灾难。因为朱家庄和火车道之间有一条小溪，村子在山坡上，经过的日本兵走不到。传闻南口附近有猛烈的战事，但是距离太远，连炮声也听不见，只看见远处有数千之众的日本军队沿着铁路走过，配有坦克车。夜里有时可以看见远处有大火，他们知道那是烧的农人的家具、织布机、门框。可是朱家庄虽然在日本兵的眼界之内，却能安睡无惊。

现在又有大批难民从北方源源不断而来。他们说全村子都烧毁了，几百妇女逃到矿穴里去避难，藏在里头，一连几天没有东西吃。成群的土匪，也在乡间时时出没。

一天，因为看不见日本兵的踪影，阿瑄冒险渡过小溪，走到一个荒凉的小村子里。村子里已经荒废无人，因为正在日本兵行经的路径上。他在死气沉沉的村子里走，处处都是曾经遭受抢劫蹂躏的样子。在墙上有一张日本军队的布告，中文还不错：

大日本皇军布告第一号

本司令官将下列命令告知汝中国民众：我军为实现大日本帝国之使命，只求在远东建立和平，增加中国民众之幸福，但求中日合作，共存共荣。此外，别无所求。此次，虽本军为中国军队之荒谬无理之态度所激动，但本司令官仍一再容忍，深盼情形不致恶化，并能早日获得解决。但中国军队尚未自知错误，停止挑衅。中国军队之行动，不仅污辱大日本帝国之光荣，并危害东亚之和平，陷人民于千载不复之灾难。因此之故，本皇军仰体天心，俯顺民意，对残忍不义愚蠢顽梗之匪徒，决予严惩。但对本皇军毫无敌意之善良百姓，皆视为本军之亲友，绝不加害，且为彼等谋永久之幸福。希望居民慎勿惊扰，明辨是非，深体本军之诚意，各安本业，静待福祉之来临。凡乘时局未定，造谣滋事，或帮助匪徒者，决予严惩不贷。

大日本皇军司令官香月清司

昭和十二年七月十二日

阿瑄看的是商店一旁的一个布告，商店的货架子上空无一物，地上满是碎玻璃，桌子翻在地上，半毁的木门框横躺在门槛上。

看了这一个布告，几天之后，阿瑄对从北方逃来的难民口中所听来的事情就更明白了。下面是某弟兄二人告诉他的：

他们村里有人在日本军队的布告里的“大”字右上角添上了一点儿，成了“犬”字，于是成了“狗日本皇军”，其他所有“大”字都改了“犬”。后来有四五十个日本兵从那村子里经过。有一个兵让日本军官过去看。那个军官把村长传来。村长跪在地上说他不知道是谁写的，说他以后留心就是，并且说愿在布告前跪一天来赎罪。日本军官一定要他找出改字的那个人，村长说实在不知道。

那个军官喝道："起来！去给我找！我给你十分钟。"

没到十分钟，日本兵在村中各处泼煤油，把全村房子都烧起来。居民想逃命，但是全村都被日本兵包围，谁逃跑就射杀。全村都烧毁了，人都死在火里。那兄弟二人藏在破砖瓦下，藏了一天一夜，后来才跑出来。

现在他们又看见成群的伤兵从南口回来，据说有两万五千日本兵集中起来猛冲南口，真是血流成河，尸骨堆山。显然军队铁路已经无法全部运输，因为还要运军火、重炮、补给品。

情形越来越可怕。疲惫不堪的小股的日本兵，开始在邻近的路上回来。有的直接穿过村庄，女人开始害怕。普天下的战争都是一样，但是日本男人对女人的态度，或者说日本人的性生活这个题目，尚待专家研究。

阿瑄很焦虑，坚持要逃离日本兵经过的路线再远一点。听说几里地之外，有一个村子，隐避在幽深的山谷里。一天，他自己去看，好安排睡觉的地方。他出了一个高价钱，一家人愿意让他们去住。

黄昏时节他赶回来，遇见同村住的一群人，哭喊着说日本兵已经进了村子。父亲背着祖父，丈夫背着受伤的女人，说出惨绝人寰的遭遇。

阿瑄问："我们家的人在哪儿？"

大家说："谁知道？各人只能自己逃命。"

阿瑄一直奔向自己的住处。日本兵已经走了，冷落的街上只看见几只狗悄悄地走动。

他进入自己的家。在外间屋里，一个桌子翻在地上。他进入卧室，他太太赤裸裸躺在炕上，肚子上有刺刀伤痕，已经断气。他脊梁骨不由得发麻。孩子四仰八叉倒在地上。他赶紧去抱，只是一堆血肉，两个对角线的伤口，显示当时划得很熟练，在脖子和两肩之间交叉。阿瑄把儿子抱在怀里，抬起头来看看妻子那赤裸裸还在流血的肉体，自己也忘了怎么回事，手一松抱着的孩子就软软地掉在地上。他有一种古怪的感觉，觉得自己堕入了地狱，要千年万代受苦受难。并不是感觉到自己此次得免于难，而是自己正陷在紧紧的魔掌之中，而自己完全无力挣扎对抗。他并没有哭。他浑身的循环系统似乎都颠倒过来，唾沫向外流，眼泪和汗向里流，两眼出奇地发干，汗毛倒竖，好像外面泡着冷水。

后面屋里有呻吟之声，把他从神志恍惚中惊醒。

他冲入后屋，看见母亲曼娘的身体用绳子吊在窗子附近，衣裳脱了一部分。他吓得闭上眼。

又一个呻吟声，使他毛骨悚然。

一个有气无力的声音说："把她的身子解下来，好好儿盖上。"

他睁开眼睛，往床的方向一看，从那个黑暗而遮着布的角落里发出说话的声音，似乎一个人在移动。

阿瑄走近床铺，发现她太太的老伯母软弱无力地正想抓一块席子。

阿瑄问："您受伤了没有？"

那声音又说，软弱无力："把她放下来。"他又看曼娘那可怕的姿势。她那一生从来没有被男人的眼睛看见过的身子，现在挂在那儿，一半赤身露体。

阿瑄把视线一转，鼓起勇气，迈步向前，首先把母亲的裤子提起系好，再把母亲放下来。现在一摸到母亲还温暖的身体，他才能哭出来，好像才又回到人间。他看见母亲的脸，人虽已死，脸还是平静而美丽。他接触到母亲柔软下垂的胳膊，就是从婴儿时抚摩他，抱着他，把他拉扯大的胳膊。从他灵魂的深处，泪如涌泉奔流出来，那无法抑制的眼泪。

他也不知道他坐在曼娘身旁抚尸而哭了多久。等他的眼泪流干了的时候，才又想起了那位老伯母，站起来向她走去。

那声音说："点上个灯。"

阿瑄很急躁地找火柴。他又走到他太太和孩子的尸体所在的那间屋子，忽然恐惧起来，跑到院子去，深深吸了一口气。这才又想起来自己正在找火柴，于是走进厨房，拿起一个盆子，走回那黑暗的屋子。一迈步进屋，眼泪又涌出来——曼娘虽死，尸体仍然使他触动不已。

他划了一根火柴，把小油灯点着。灯一亮，这个世界似乎变了形状。火柴，灯，他的手，都失去了意义。什么是灯？什么是火焰？什么是人的手？什么是他手指头的骨节？他在半精神错乱中，渐渐恢复了知觉。不错，他是在那间屋子里。他的妻子死了，还有他的孩子、他母亲。只有他一个人和一个老伯母在那屋子里，离北平有很多里路。他明白了那可怕的现实，他心里清楚他在这个世界上是孤身一人了。他心里忽然有一阵子冲动，想把这栋房子一把火点着，自己与家人同归于尽。但是床那边儿的声音又说话了。

"给我一点儿水喝。"

他的精神又回到了这个现实世界。他走到厨房去，端了一碗水来，走近老伯母，把灯端得离床近一点儿。他看见老伯母的头有擦伤。他把老伯母轻轻扶起来，递给她那碗水。

阿瑄说："您往后躺，我洗一洗您的伤。"

他又去端了一盆水来，拿了一块手绢儿，蘸了水，把老伯母鬓角儿上的血洗下去。老太太直喊疼，可是他看出来只是表皮受伤。

他说："告诉我是怎么回事。"

老太太哭着说："真丢脸，我都五十多岁了。为什么他们不杀了我呢？"

阿瑄说："这也不算什么丢脸。"

"不要告诉村子里的人。"

"村子里都没有人了。"

"他们呢？"

"都逃跑了。全村都空了。告诉我到底是怎么回事。"

老伯母提起精神来说：

"东洋鬼子来了。谁知道什么时候来的？也不知是怎么来的。他们闯进院子来，你太太正和孩子在前面院子里玩儿。一个凶神般的日本兵走进来，你太太就拉着孩子跑，那个日本兵在后面追。她把门闩上，可是那个日本兵把门撞开。曼娘和我跑到后面这间屋子来。我们听见喊叫声，随后听见铁东西呛啷一声，孩子的哭声就停止了。过了一会儿，听见你太太尖声喊叫。我爬到床底下去，你母亲上了吊。日本兵进来，把我从床底下拉出来。他大发脾气，打我，把我放在床上，我就昏过去了。我苏醒过来之后，房子里什么声音也听不见。我看见你母亲的尸体在那边儿挂着。你看，女人死了之后，他还戏弄她。你太太和孩子也都死了吗？”

阿瑄没说话，点了点头。他不敢进他太太所在的那间屋子去。他只是坐着，注视母亲躺在地上的尸体。说也奇怪，每一次他一看母亲，他就有了勇气。曼娘并没有可怜的表情，只是死了，在儿子眼中和以前一样美。最后，他终于鼓起全身的勇气，走到前面屋里去，把孩子摆在母亲的身旁，找东西遮盖起来。

老伯母说：“你想吃东西吗？”

他说：“不，我吃不下去。”

“到橱子那儿把右边儿抽屉里一根人参拿出来，给我熬点汤喝。我没有力气。”

他照吩咐去做。他要把那人参，切，煮，做汤，这使他平静下来，使他稳定下来，但并非因此就忘了当时自己的处境。自己的骨肉都死了，都在地上躺着，他却安安静静地做人参汤。他觉得什么都奇怪，什么细小的事情都不应当像那种样子。他看火焰乱闪，不觉陷入沉思。慢慢地，静静地，他心里构成了一个新的决定。

回去，他又看了看母亲的尸体，他对母亲说出声来：“妈，我要替您报仇。我要杀！杀！杀！”

他现在对死已然毫无恐惧，并且自己也再没有什么忧虑。若与今天早晨心中的紧张不安比起来，他现在突然觉得轻松了。他现在准备随时遇见一个日本人，随时准备死。他毫无牵挂，毫无恐惧了。

他走到外面去，向四周邻居的房子看了看。不见一个活东西，只是处处是死尸，但是他不再感觉恐惧。他再往远处去，听见受惊的脚步奔跑声，还有活人。他觉得自己是一个健康有活力的人，正在一个鬼世界漫步。他走到黑屋子里去，大声咳嗽。

真正是万籁无声，他自己有一点儿紧张。

他喊叫："我是中国人。这儿有人吗？"没人回答。

他又向黑黝黝空洞洞的地方，重新问了一遍："不要害怕。鬼子走了。"

有脚步移动窸窣作响的声音，他仅仅能看见两个人形向前移动。

一个女人的声音问："你是谁？"

"我姓曾，北平来的。我家的三口人都死了。"

一个女人去点灯。

他问："你怎么活命了？"

"我们婆媳两个人藏在厨房炉灶后面一个角落。"

他告诉她俩说："明天早晨你们最好到山里去找亲戚朋友。日本鬼子也许还会来。"说完，回到自己屋里去，那天夜里他就睡在母亲的身旁。

第二天早晨，他帮着伯母和另外那两个女人搬往山里，然后又回来，回到自己死去的骨肉身旁。在村子里，只有他一个人。他找了把铁锹，在后院子里把死尸埋葬，直到黑夜才完工。

他觉得饿了，走进厨房去，自己做了一顿简单的饭吃，又出来，在母亲、妻子、孩子的坟头儿上坐着。

第二天早晨，他不忍心离开他们，又多待了两天——他仍然是村庄群鬼中唯一的活人。

第三天早晨，他按礼俗向坟墓哭别而去。

他两个小手指头上各戴一个戒指，一个是他母亲的，一个是他妻子的；又在衣袋里带了三绺头发，他母亲的，妻子的，孩子的。

他一路走向游击队的大本营，去参加打游击。加入之后，他总是在前线作战，而从未受过伤。他的性命好像是疯魔了一样。他的同志都奇怪为什么他打起仗来那么勇敢，打得那么狠。他没有告诉他们是因为母亲、妻子、孩子的阴灵保佑，增加了他的勇气。别人不知道他是孤身一人了，但是他并不孤单。

在北平，家中得不到曼娘的消息。自从警察来搜查和美国小姐迁入后，表面上一切倒安静无事。阿非和宝芬则打算离开北平，因为情形很清楚，只要牛怀瑜和亲日的官僚想以他曾充任国民政府的官吏为理由而来逮捕他，他是随时都会被捕的。经亚和暗香也决定逃出怀瑜的手心，才感觉较为安全。

这些个人的情形姑且不表。北平现在是一个真正沦陷的城市了，和自由中国完全隔绝，一切陷入混乱、非法、流血的气氛之中。

日本人并没有公开接收市政府，但是一群傀儡政客则急于成立一个地方维持会，好帮助日本维持地方秩序，和日本合作。亚洲文化协会转眼兴起，提倡学习日本话。学校的教科书要改编。过去几年鸦片烟馆本来已经减少，如今又兴隆起来。好多日本商人开始进入北平。大部分日本女人有的穿西装，有的穿旗袍。穿旗袍的原因是因为旗袍是满洲旗人的衣裳，穿旗袍就是“和满洲国团结一致”，是表示爱国。不过可以注意的是，自从通州伪军张庆余率军杀光三百日本人之后，日本女人才有穿旗袍的时尚，以前却没有。在中国人看来，北平在各方面都是个亡国的城市。老安福系的政客王克敏，当年西原借款计划下中国段祺瑞政府的财政主持人，现在又和他的同僚在积极筹设傀儡政权。

阿非和经亚讨论准备携眷到上海去。博雅吸毒的毛病已完全戒除，决定和太太仍住在北平不动。冯舅爷和他太太都上了年纪，还有宝芬的父母认为他们自己无须离开，他们愿和董娜秀小姐一同看守王府花园。

这时，上海的保卫战已经爆发，但是外国轮船仍然在津沪之间定期航行。阿非他们一旦上了船，离开了天津，个人就不会再有什么危险。

他们知道若是坐火车离开北平，一定要受检查，不过头等火车的乘客，遇到的骚扰会少一些。最容易遭受严密盘查，甚至被逮捕的，是学生和二十岁到四十岁之间像军人的那些人。商人通常是容易通行的。经亚将近五十，应当是平安无事。阿非在四十以下，他特别小心，改作商人模样，戴上旧式眼镜，拿着旱烟袋，胡子故意不剃，尽量显得岁数大。他们还要带着药铺和古玩店商业上来往的书信账簿等东西。

暗香扮作商人妇，自然很容易通过。宝芬看来时髦又年轻，但是和阔气的商人乘头等车，有丈夫同行，还带着孩子，也还可以。再者董娜秀那位美国小姐也愿和他们一同旅行一段，送他们到天津平安上船。因为知道有美国女人在场，容易提醒日本人在举止行动上，要像个“文明”国家的人。

所以在八月半，他们向古老的北平告别。他们过哈德门大街时，又看见那熟悉的店铺，阿非和宝芬在压抑的情绪之下，紧握着彼此的手。过东单牌楼时，阿非告诉司机往西转，走东长安街，以便再看一眼金碧辉煌的紫禁城。

董娜秀小姐用英文说幸而北平的皇宫仍然无恙，她觉得北平还是北平，没有什么变化。

那天一大早，他们到了火车站。车八点半开。火车站前成群的人，男女老幼，转来转去，中间有洋车、汽车、马车，上面高高地装着行李。

进火车站时，旅客必须接受身体搜查，不论年龄、性别，在外面的人要等候很久，通过身体检查之后，再在月台上打开箱子、旅行袋。阿非这一批人，没遇到什么困难就进入了头等车的中间。那时已经十点钟，车还没有要开的样子。

阿非等得不耐烦，下车到月台上走一走，告诉宝芬和暗香好好看着孩子，不许下车。他看见别的旅客还正受搜查，行李也在检查当中。

一个警察对轮到检查的旅客说：“打开箱子！”然后又低声说：“不相宜的书跟东西不要带。”两三个一组的日本宪兵拿着枪，枪上上着刺刀，只是在一旁看着。

再往前走到三等车箱，看见乘客站成排，在上车之前，正逐个儿遭受搜查。他们已经自己解开衣裳的扣子。一个女学生没有解开她的上衣，因为她以为衣裳上没有口袋。

一个日本宪兵走过来，指着那个女学生，和一个中国翻译官说了几句话。

一个五十岁的中国商人，站在女学生旁边，向女学生说："这种年头，最好随和一点。"

那个女学生开始解开上衣，脸上很羞愧，在衣服里面贴边有几个字。

日本宪兵指着那几个字问是什么。

女生回答说："是学校洗衣裳的号码。"

幸而中国翻译官，他显然是沈阳人，特别帮助她，替她翻译得很好，那日本宪兵才走开。

十一点半，火车才开。火车每站都停，甚至在离开北平城之前，也遇站就停。有两次，日本兵由中国警察陪同，上车再度检查行李，头等车则草草了事。

离开北平之后，他们看见一队日本飞机，有十架，也许十二架，在头上往西北飞去。大战还在南口和别的地方进行，日本忙着运送军用补给品，所以火车每站都停。后来看见往西开的列车通过，车上装着大炮、军火、几车厢的马，车过后，掉在地上一些草料。铁路沿线曾发生激烈战斗，小镇都遭炮火之灾，极为凄惨。处处日本兵成群，蹲在地上，秩序散乱。一路中国村子的房顶子上飘着日本国旗。树木砍倒在路边，显然是为了日本军队的防御之用，但是倘若防御不周密，也似乎为中国军队提供了埋伏偷袭的绝好机会。

下午七点半钟，他们才到天津，这段途程竟走了八个钟头，若是在太平年间，两个半钟头就够了。

通过天津火车站是最不容易的事。

卫兵警告他们说："过桥，走中间，不要忙！"

由美国小姐相陪，他们出火车站毫无困难。他们正说运气好平安通过之时，几个卫兵近前来说："到左面去排队。"他们看见人们三三两两慢慢走过去。四五个日本兵站在左边儿，把旅客一个一个挑出来再仔细盘问。商人，学生，男，女，穷，富，身份似乎无所谓，只是随便挑。那些被挑到的人必须散开，站在外面去。

轮到他们的时候，日本兵忽然揪到经亚十七岁的儿子，把他拉出去。美国小姐董娜秀从中干涉，向日本人说话，但是日本人只是望望她，叫经亚的儿子站在一边。暗香不由得颤抖起来。他父亲递给儿子一个小衣箱，里头有商业信件等东西。日本兵看见了，并不拦阻。

家里人正焦急地等着他回来时，他却和另外一些人被赶到附近的一个办公处去。他父亲曾经告诫过他，不要怕，不要慌，小心回答问题。他知道有的立即放回，有的留上两三天，有当过兵证据的就枪毙了。凡是经过盘问之后就匆匆忙忙走开的，还会被叫回去再盘问。

经亚的儿子很仔细，他提着手提箱，很有耐性地站着等轮到自己去回话，一点儿提心吊胆的样子也没有。等轮到他时，他被带到一间办公室去，里头有三个日本兵，各坐在一张桌子旁，脸上表情非常严肃。下面是问的一串问题：

"你反对日本吗？"

"你是国民党吗？"

"你是蓝衣社的吗？"

"你是共产党吗？"

"你是英美派吗？"

"你念过三民主义吗？"

"你崇拜孙中山吗？"

"你拥护蒋介石吗？"

"你对满洲国怎么个态度？"

“你觉得日中满应当合作吗？”

“中国的以夷制夷的政策对吗？”

“你什么时候生的？你有几个姐妹？她们多大年岁？叫什么名字？上什么学校？”

这些问题很机械地一个一个地问，答案被很认真地记下来。日本军官自己非常严肃，绝不许自己流露一点笑容。在那种情形下，仿佛谁都应当用个“是”字答前几个问题。

“你带的是什么东西？”

经亚的儿子打开箱子请检查。在仔细看了大概有半点钟之后，一个日本军官让他从一个门出去。

他知道已经获得释放了，慢慢走下楼梯，来到外面的空地，看见家里人正很焦急地在入口等着他，一见他出来，好不欢喜。暗香拉住他，好像他死而复生一样。

他们到英租界，住在一个外国饭店里。在三天以后才有船。董娜秀一定要陪他们，直到他们平安登上了驳船，把他们送往停在塘沽的英国轮船才肯走。宝芬告诉她说他们已经安全无事，催她回去，对她这份患难之中的深厚友谊，表示衷心的感谢。

董娜秀是在他们开船的前一天动身返回北平，因为她担心她不在家时王府花园的人会有麻烦。阿非和经亚两家坐了五天的船才到上海，因为每处都停。一进黄浦江就发现一个日本舰队正停在港口，炮轰上海市区，火光闪动，浓烟蔽天。

轮船在公共租界靠岸。他们住进一家饭店，打电报给木兰和莫愁，说他们已经到了上海。

第四十五章　追随政府携稚小木兰入蜀 全民抗战汇洪流国力西迁

战争开始之时，木兰正和全家在牯岭避暑。牯岭是长江沿岸的名胜。

阿眉现在已经是十七岁的少女，在南京一所教会中学念书。阿通已经大学毕业，正在上海附近政府电信局的无线电台做事。这个电台能以强大的电力越过太平洋把信息发到旧金山。他请了六个礼拜的假，随家到牯岭。

杭州现在是中国公路网的中心，这些公路能把中国各地都联系起来，是政府近年来十万火急下加速赶建的。在杭州背后的钱塘江上，一座公路铁路两用的大铁桥刚竣工通车，在乡下人看来，是现代工程上的奇迹。另有一条新完工的铁路，把南京、杭州直接和牯岭附近的江西省城南昌联系起来。这条新铁路通过多山地区，工程虽然艰巨，但也在一年半竣工。国家这样突飞猛进地建设发展，事实上，也是引起战争的原因之一，因为日本看出来，若想进攻中国，再晚就永远没有机会了。在中国方面，人人有了民族自信心，也有了对抗日本侵略保卫国家主权的决心。

蒋介石和夫人宋美龄女士这时正在牯岭，牯岭已然成为政府官员的消夏胜地。木兰的房子正在蒋氏伉俪官邸的上面。虽然蒋氏官邸是在木兰的院子的正前面，可是有五十码的荒野山坡相隔，木兰可以望见官邸中仆人的操作。官邸的入口在一条山路的开端，但这条路为自上而下的一条溪谷所阻，与此溪谷并行有一百码之遥，然后相交叉，一条较为宽阔的公路由此开始。在交叉路口，设有岗哨。在此交叉路口或在溪谷对面，可以望见官邸之中紧张的活动。各省的高级军官，南京的重要大员，不断出出进进，有的步行，有的坐轿。中国将来的命运如何，或沦为日本的保护国，陷于万劫不复之地，或抗战建国，使中国成为一个自由、团结、独立的国家，就要在这栋房子里决定了。

在七月十七号，终于达成了最重要的决定，蒋介石向全国广播抗战到底的国策。他警告全国，必须准备重大牺牲，中途绝无妥协可能，否则其恶果不堪想象。

荪亚说："他这个人，别人做不了的事他都做成了。北伐战争这项空前艰巨的任务，他必须要担当起来，他已经完成了。现在他又遇到更艰难的任务，要领导中国对抗日本。他已经习惯于在风暴里干自己的事，也许他以此为荣。他一定能够把这场战争进行到底。过去这十年，我一直注意他。他瘦削硬挺而骨骼嶙峋，可是你看他的嘴！他的脸上显出的坚强不屈与足智多谋，两者配合得那么神奇，我是从来没见过的。"

阿通说："我愿给他做个渡船夫。"

木兰喊道："什么？"她的脸突然沉下来。

"妈，怎么？您不恨日本吗？"

木兰看着荪亚，默不作声，荪亚也一言不发。

阿通又问："您不赞成？现在国家需要人人奋斗哇。"

但是木兰却走开了，依然没说话。又经过一个钟头，她也一句话没说。她失去了心情的平静。她突然的感觉，就犹如战争来临时普天下的父母的感觉一样。战争已经来到门前。为什么过去她没想到呢？中国现在向她来有所索取，索取她的儿子。

她和丈夫商量这件事。一个钟头之后，她和荪亚把阿通叫去，有话和他说。

她问："你已经决定去打仗了吗？"

阿通回答说："我若不去，我受教育有什么用？妈，我不了解您的意思。"

"你不能了解……我只是问你是不是已经决定。"

阿通说："是，我已经决定。"

木兰心里在挣扎交战，她眼中流出泪来。她说："阿通，我就只有你这么一个儿子……"说着哭起来。

荪亚说："儿子，你现在年轻，你不懂父母的心……"

木兰喊道："我宁愿自己死，不愿看见你死。我受不了。"

他父亲又说："阿通，你听着。你妈和我已经商量过。国家若需要你，你必须要去。可是你要知道，在我和你妈这方面忍受的牺牲比你的牺牲要大。年轻的爱国志士在战场上死得光荣快乐——他也有他的战友——可是他年迈的父母在家里活着，怎么受得了。我们并不是阻拦你，你也要为家里想一想。"

阿通说："国若亡了，家还有什么用？"

父亲很有耐性地说："这个我自然知道。我现在若像你那么年轻，我自己也是要去打仗。但是我们家只有你这么一个儿子。我们已经把你大姐献给国家了。你妈和我都上了年纪，再不能有儿子。由个人和国家的观点看，你应当去；从曾家的观点看，若没有特别的理由，你不能轻易牺牲。你的情形与众不同，曾家可能绝了后。日本但求中国人都死光，而家庭是国家的第一道防线。你想想祖父祖母。这些年曾家生了多少孙子呢？我们三代只生了你和你经亚伯父的两个儿子。阿瑄不是我们曾家亲骨肉，现在也不知道他流落何方。曾家的血统不能断绝，要一直传下去。你也许觉得这话不切实际，也许你不懂，可是中国四千年就是这么延续下来的呀。甚至在征兵制度的国家，没到万不得已，也不征召独生子去当兵打仗……”

阿通两手很紧张地攥住椅子的两臂，他说：“爸爸，妈，我知道您两位老人家难过……可是我不得不去。”

木兰脸上流着眼泪，抬头看了看儿子，她说：“好，去吧！我命里是要受罪，是要伤心的。”

荪亚说：“告诉我，你要去干什么？你要去从军？”

“我要去从军。国家要我干什么我就干什么。我一定要为国家做点儿事。”

父亲问：“你为什么不能照旧在电台做事？虽然不是上前线，也同样是报效国家呀。”

木兰把握住这个想法，她说：“你说你要去做渡船夫，太平洋上的无线电就像一个渡船，你为什么不做这件事呢？”

阿通慢慢说：“好吧，若是对国家重要，我可以继续做。”

这似乎是父母和儿子之间的一个折中办法。可是事实上，阿通做事的那个电台靠近江湾，正是战争的中心。

阿眉并不像她大姐阿满那么聪明有才气——也不那么活泼愉快——但是谦和高雅，是不知不觉从母亲身上得来的。她也敬佩曼娘，而她的端庄腼腆也正像曼娘。在现代的女学生之中，她完全是家庭教养良好的那一等少女。

现在南京金陵女子大学的几个女传教士，同时也在金女大教书，也正在牯岭消夏。阿眉很得老师的喜爱，有一位康宁汉小姐特别关心她。这几位老师都在牯岭木兰家住过，她们也曾邀请木兰到她们的住处去过。八月十三号，上海战事爆发时，金陵女大是否秋季还开学，大有问题。倘若不再开学，阿眉不愿在学校白白耽误一学期。因为阿通的假日即将期满，木兰正说带他回杭州，在他回去上班以前，一同住些日子。康宁汉小姐说让阿眉继续在牯岭和她们同住，将来一齐回南京。秋天学校若不开学，阿眉可以坐火车回杭州，也很方便。康宁汉小姐是个心肠很好性格温柔的新英格兰女人，木兰很喜欢她，所以就同意让阿眉和她一同多住些日子。

回杭州去的前一天，木兰说："阿通，阿眉，你们兄妹俩暂时要分别些日子了。这个战争要打多久，我也不知道。不过我和你们相隔不远，阿眉，若有什么急事，赶紧给我打电报，立刻回家。念书不要看得太重要。战事若不久就停，明年我给阿通娶个媳妇。你看，乡间，这儿多么太平安静。咱们可以在这儿买几百亩地，我要看着阿通和儿媳妇在这儿安居乐业，务农为生，给我生几个孙子孙女儿。"

她是一半开玩笑，可是孩子们懂她的意思。

阿通说："战事不久就会结束的。我们已经向虹口进攻，就要把日本鬼子赶下河了。"

第二天，荪亚和木兰带着儿子回杭州，坐的是很舒服的船，从徽州附近的一个小镇出发，一路风景极美，尤其是七里泷那一段。一边岸上有两块巨大的岩石，叫严子陵钓鱼台。那两块岩石高出河面至少有六十尺，船在那儿抛锚过夜的时候，木兰心中纳闷：当年严老先生怎么从那么高的石台子上往下钓鱼呢？她心想是不是地升高了，或是海面降低了，因为那是两千年以前。大家听了这种想法，颇有感慨。在河面船上过夜，明月高高在山上，微风自河面吹来，其美真是无法描绘，荪亚和木兰小饮了数杯。

阿通在家和父母过了几天，回到上海去办公。不久，他父母接到他的一封信，说无线电台的高塔，都在日本第一次轰炸下毁灭了，其他一同遭受摧毁的还有图书馆、博物馆、体育馆、江湾市民活动中心的体育场。他们只能尽量抢救设备，以供将来在公共租界恢复电台的活动。

中国大批援军进入吴淞地区，在上海附近长江三角洲上将要进行大规模的阵地战。战事已全面发展，范围势将越来越广。京沪铁路沿线的城市时常遭敌机空袭，乘火车旅行已经不安全了。杭州已遭轰炸数次。

很多上海杭州的居民四散逃难。杭州人往上海的外国租界逃，以求安全；上海居民则往内地逃，逃离日渐扩展的战事地区。

大约就在这个时候，木兰接到阿非的电报，说他到了上海，和经亚家住在沧州饭店，但并没提曼娘和阿瑄。他们为什么没出来呢？木兰很担心，有意去看阿非、宝芬、暗香，打听点详细消息。

到九月一号，情势十分危急，荪亚和木兰决定把阿眉接回杭州来，情势若再坏，就欲归不得了。坐火车回来还可以，当然也有几分危险，并且必然会比平常慢得多。公路当然随时都通。为了不使女儿冒险，荪亚和木兰决定由荪亚去把她接回来。木兰说她也要到上海去，因为她急切于得到有关曼娘的消息。木兰心想也许曼娘已经和他们一齐出来了。想到也许有这种可能，她心里觉得好兴奋。

他们出发的头一天晚上，接到阿通的一封信：

父母大人尊前，敬禀者，儿已从军。念及国若不存，家有何用？若为人子者皆念父母儿女之私情，中国将如何与日本作战？祈勿悬念。不驱倭寇于东海，誓不归来。

儿　阿通

木兰看完信愣住了。儿子已经从军，但是去何处从军？在何部队？为何不先告知父母？这样，她越发急于往上海一行，也许阿通正在上海某处作战，亦未可知。乘着交通情况还不太坏，先使女儿离开南京。这是一个明智之举，因为倘若阿眉还留在南京，等十二月南京成了难民妇女集中营，她必然也成了日军暴行的牺牲品。那种暴行使文明人无法想象，在未来几百年，会使天下所有的人都一直看不起日本人，都一直看不起日本军人。

他们到了上海，找到宝芬、暗香和他们家的人。他们正住在一个舒适的旧式家庭饭店里，那家饭店以前是洋人开的，现在由中国人经营。

使木兰失望的是，曼娘没跟他们在一起，他们也不知道木兰的这位结盟姐姐家出了什么事。木兰很担心。

荪亚到南京去接女儿，木兰就和他们一起住着。由南京到上海平时只走七个半钟头，但是目前由于军运频繁，自然要耽误。莫愁已经到上海看过他们，也已经回苏州去了，她心里非常不安，因为倘若国军撤退，苏州就处于下一道防线上。搬家到上海自然安全些，但是立夫是政府的官员，若是搬家逃难，会让他显得意志不坚定，而且他回家也越来越不容易。木兰告诉她丈夫在苏州停一下，去看看妹妹和立夫，劝他夫妇再到上海去一次。

荪亚去了之后，木兰才得有时间多打听点亲友的消息。素云的死她非常受感动。她听到黛云和陈三的事情，以及他们怎么在西北参加了游击队。他们无法告诉她曼娘和阿瑄家的情形，大家都恐怕他们很可能出了差错，因为好多难民告诉过他们在北平日本兵蹂躏乡间糟蹋妇女的暴行。

因为木兰的亲友都属于上等社会，受战事的灾害还算是最小的。但是那些日子在上海，并不太平。轰炸机天天在头上飞，空中机关枪的扫射常常打在街上和屋顶上。爆炸之声，昼夜可闻。老百姓凑集在江边上，看日本炮艇和浦东中国军队之间的炮战，有人站在楼顶上看闸北和江湾火光熊熊的天空。最坏的是，逃难的男女、孩子，由闸北涌来，在大街上踟蹰犹豫而无所归。北平来的这批人看见上海阔绰的人还在戏园子、电影院、舞厅里追欢寻乐，不觉大惊失色，就如同两者属于不同的国度一样。北平人懒散轻松，听天由命，逆来顺受，但是而今至少脸上是显出愁眉不展、垂头丧气的样子，内心则隐藏愤恨，敢怒而不敢言。对比起来，这个富足的通商口埠——上海的市民，似乎是完全不知道战争正在疯狂进行，因为人人都能从他们的行动上看出来。固然不少人忙于救济难民的工作，忙于到医院探视伤病者，为士兵送慰劳品，安慰鼓舞士兵，因为他们补给并不够充分，但是整个上海则呈现两个划分得显然不同的阵营：一类人享受欢乐，一如往常，有西洋租界保护，正合心意；另一类普通老百姓、保国抗敌的士兵和流离失所的难民，在战争的摧残蹂躏之下，则首当其冲。

木兰现在对战事的关心，不是只限于个人了，她不能忘记自己的亲生儿子正身处惊天动地的炮声中。她接到儿子的第二封信，由家中转寄来，说他在杨行前线一个无线电单位服务，说在请假期间也许能和父母一见，也许父母能到战地去看他。

第三天，荪亚和女儿安然归来，立夫和莫愁也全家同来。

立夫的长子肖夫，也在请求父母允许他去打仗。荪亚告诉他们说他的儿子阿通已经从军，肖夫的问题也自然不难解决了，因为立夫有三个儿子，不能不答应。立夫和莫愁决定自己带着肖夫和他两个弟弟一同前去接洽，看能否使肖夫和阿通两个表兄弟在一个单位工作，这样也可以减轻两位母亲的悬念。肖夫刚从中央大学毕业，文笔很好，写作很快。他有轻度的近视，戴着眼镜，在做写报告信息的参谋工作，是个有用的人才。

肖夫立刻就要到前线了，这减少了亲戚聚会的欢乐。虽然没人说出口来，姐妹见面时的气氛却明显并不轻松。暗香的儿子也说要去，但是叔叔荪亚说："给曾家留个根吧。并且，你还年轻。"

问题是现在怎么把肖夫送到阿通服务的单位去。立夫费了一天的工夫办这件事。

傍晚，他回到饭店，告诉他们说："运气不错——我找到的那个团长，是我的学生，几年前在北平跟我念书的。他太太住在法租界。我去看她，她帮着打电话给她丈夫。"

莫愁问："他答应对肖夫特别照顾了没有？"

"他说了。他说尽量让他表兄弟俩在一起。"

木兰问："他知道阿通在他那一团吗？"

"他说他会立刻查出来。"

现在莫愁掉下眼泪来，因为儿子从军已经无可挽回了。

立夫说："我带他到前线去。"

荪亚说："你自己到前线去？"

立夫说："你若打算看阿通，你最好也一齐去，我们明天晚上走。"

荪亚问："为什么晚上去？"

"晚上安全。团长会派车去接我们。杨行离上海很远，普通车也不准到前线去。有副官坐车来带我们走。"

木兰坐着发愣。

她突然问："立夫，女人也能去吗？"

"我想团长会让你去，不过对你不会很欢迎。"

"我听说妇女慰劳队也送慰劳品到前线去。"

"那又不同。她们是自己情愿冒险。"

荪亚说："你最好不要去。冒生命危险有什么用？"

"我儿子在那儿几个礼拜都不怕，我为什么怕去一夜？要走多久？"

立夫说："大概来往要一夜。当然夜里灯光要很暗，而且走得很慢。"

木兰又问："危险不危险？"

立夫说："最好你在这儿和妹妹一起住。为你手里这些条性命着想吧。"

木兰再没说什么。全家都笼罩在恐怖的气氛之中。第二天整天，莫愁和她儿子待在屋里，静静地坐着哭。木兰让荪亚去买四木箱橘子给前线士兵带去。

吃晚饭时没人说话，今天早晨每个人都在报上看到了惊人的消息，但是没人敢提。前线的战事是自开战以来最惨烈的。日本人宣称已攻下宝山，但是中国的报道是，还有一营仍在靠近吴淞的那个海岸城市抵抗中，不过已完全与外界隔绝。两天之后，一个生还者说全营战到弹尽粮绝，全部牺牲。

在十点钟，一个穿着肮脏军服的青年人，戴着钢盔，显得蛮精明伶俐，走进饭店来，说车在等着接他们到团长的司令部。现在不可避免的场面来到了。在不断流泪之下，木兰和莫愁再三嘱咐肖夫，话说得那么简单，可是儿子却永难忘记。告别的话再三说，因为情无尽，意无尽。

最后，立夫叫儿子上车，别人随后进去。莫愁往车里窥探，肖夫伸出手来握母亲的手，车一开动，才把母子的手挣开。

副官在前面和司机一起坐。他们刚一开出租界，进入房屋稀疏零落的市郊，司机便把灯关起来。天黑无月，这样很好，免得夜间轰炸。

苏亚问："这么黑你怎么看得见？"

"一路我们都知道，眼睛习惯了。我们很喜爱这种夜晚。前线的夜晚好美。"

副官是一个聪明愉快的青年人，开始说些战地见闻。

"你在战场上害怕不？"

他喊道："害怕？我们等着会会对方的朋友好多年了，我们会怕这个好机会？我们弟兄们最初的毛病是蛮劲太大，耐不住要冲出战壕去，听到撤退命令，硬是不肯退回来。在前线有一种激励的力量。以前从来没有这种机会。一个人的勇敢会让别人觉得自己脸上无光。有一个乡间的小伙子，才十九岁。他妈刚给他娶了一个乡下姑娘。他离开新娘，来到前线。他常说：'日本鬼子的枪射两千公尺，咱们的枪射一千五百公尺，咱们要往前跑五百公尺，大家扯平。'他往前跑了，也死了。"

"口令！"黑暗里喊了一声。

副官回答了。手电筒的强光一直照进他们的汽车，照到他们的脸上，然后灭了。万籁无声，又是可怕的黑暗。

"我们怎么走过去呢？"

副官说："我们就快到大场了。过了刘行，你们会听到机关枪声音，过了杨行，会听到大炮响。再过去就是无人地带，在那一带已经接连打了一整天。"

过了大场，他们看见日本军舰上发射的探照灯，在天空转动，往各方向照射。除去汽车引擎低沉的声音之外，只能听见田里蟋蟀的叫声。

苏亚说："我听说有满洲国军队，当然也是咱们中国人，也在敌方呢。"副官说："不错，不过没有多少。那一天，有近距离战斗。我们接近对方四五十码的时候，听见对面用中国话喊：'都是中国人，别过来！'他们当然是满洲国军队。他们喊：'别过来！过来我们可要开枪了。'我们的士兵回答说：'你们要不要尝尝我们的来复枪？'一个大个子的在对面喊：'我们的比你们的好。'我们看见他开枪，但是他往天上放。转眼间，一个日本兵从后面过来，用枪从背后刺死他。我们的士兵看见，立刻扣动扳机，结束了那个日本鬼子的狗命，替那个中国人报了仇。满洲国军队也很为难，他们身为中国人，却被迫杀中国人。"

现在他们开始听见机关枪嗒嗒地响，声音越来越大。每隔一分钟，他们就看见远处突然一闪亮，十秒钟之后，就轰的一声传过来，跟远处的雷声一样，同时伴有音乐似的呼哨声，然后砰然一响。这时一个尖锐的声音，经过他们上空飞过去。

肖夫问："那是什么？"

副官大笑说："是子弹。"

立夫问他儿子："你怕不怕？"

肖夫说："不怕。"但是信心似乎不够大。

"你现在还可以回家去。"

"怎么能回去！"

司机说："我们到了杨行，还有好东西看呢。"现在路弯弯曲曲，前面有看不清楚的一块块的黑东西。司机把速度减到蜗牛那般的慢。

"口令！"

副官回答了。又一个手电筒的强光从黑暗里照到他们。

"前进！"

他们听见跑步的声音。

"士兵正开进战壕去。"

“这么黑暗行吗？”

“夜晚是最好的时间。”

在寂静的黑暗里，他们听见人小心翼翼的脚步声，但是没有人的说话声。

肖夫买了一个手电筒带来了，他不胜好奇心的驱使，用手电筒照了一照在黑暗中的行动队伍。真是奇观！兵戴着钢盔，穿着制服，枪挂在肩膀上，在黑暗寂静中移动。坚决而冷酷的男子汉在走向战斗。

他还来不及再看一眼，一个声音喊：“关起来！”然后骂一声：“他妈的！”

肖夫立刻咔嗒一声关上。

副官很严厉地说：“这你不应当。”

司机说：“看，漂亮的东西来了。”

他们在他指的方向看见高空中有两条光，一红一黄。副官说那是大炮的指示信号。

炮弹开始在较近的地方爆炸。爆炸前先有嗞嗞声，然后轰然一响。地面震动，他们的军车也震动。

车开始转很多弯，不久到了司令部。副官领他们进了大门。苏亚、立夫、肖夫，在屋门口站着等候。

那是乡下房子。屋里电话一旁有个行军床，床旁的桌子下面有一盏灯，窗子都是封闭的。

团长正打电话。

“什么？全团完了？我们再派一团去……不？……是，司令官。”

刘团长咚的一声把电话挂上，站起来欢迎客人。

团长说：“我正等着您呢。老师，您请坐。”

立夫向刘团长介绍他儿子。团长说：“来参加我们？”说着向立夫微笑一下，然后派副官到无线电单位去找阿通。

刘团长说：“他在过去二十四小时一直工作没停。我们正缺人手。

我恐怕宝山完了。我们部队曾打无线电要求增援，但是全被他们切断了。一营在城里撑了三天，但是没办法去增援。我们的援军第三次被消灭了。我相信他们孤军奋战，一定要战到最后一人牺牲为止的。”他似乎非常受感动，几乎忘记了他们是客人。

过了一会儿，阿通进来，向团长敬礼。他穿着军服，和以前看来不同了。他的上衣和裤子都很脏，可是脸上却流露着坚决的快乐神情，迈步时显出前所未有的威仪。

荪亚问：“你的工作怎么样？做着有兴趣吗？”

儿子说：“我们只有两个人，轮班管无线电。连想兴趣不兴趣的时间也没有。工作当然很重要。”

肖夫突然问：“我可以去下厕所吗？”

阿通微笑着说：“我们刚来时也是这样儿。”

肖夫往外走时，阿通向团长敬礼问：“我可以喝杯水吗？”

团长从热水瓶倒了一小杯水，递给阿通，他慢慢地喝下去，直喝到最后一滴。

团长说：“水在我们这儿很宝贵。”

立夫听了很感动，他说：“我们怎么帮助你们呢？我们带来了几箱橘子。”

“橘子很好。我们弟兄饿得倒不厉害，渴得厉害。这村子的老百姓帮忙很大。我最受不了的是我们的伤兵。什么都缺乏。伤亡的很多。告诉后方老百姓给我们送绷带，纱布、药、香烟。”

这时荪亚和儿子说话。肖夫回来，走到阿通一旁，立夫也走过去。

荪亚说：“不管平时或是生病，要互相照顾。不要忘记往家写信。一个人若是太忙，另一个人可以替他写。”

肖夫问：“我能在无线电单位学着做吗？”

立夫转过身去看刘团长。

刘团长向阿通说：“带他去，你们俩若谁太累或是困了，至少他可以帮你们看。”

阿通说：“我教他，他会学得很快。并不太难。乔治胖，爱困。”

“你说的是谁？”

“我的同伴。他是大学一年级的学生。”

立夫对儿子说：“是你的好运气。和阿通一起工作，跟他学，要像亲兄弟一样……”

甚至立夫也忍不住掉下了眼泪，话停住，掏出手绢来。

阿通说：“我现在必须走了。我的十五分钟满了。今夜很忙，我若不去，乔治会睡着的。”

现在两位父亲低下头吻自己的儿子的前额。

团长说：“带六个橘子，你们俩吃。我知道是你妈买的。”阿通的眼睛亮起来。

电话又响了，团长立刻过去接：“反攻——五点半。是，司令官。”

荪亚和立夫最后向儿子告别，告诉他们有假时回饭店去。说完立刻走了，每个人都有自己的心事。蟋蟀，金钟儿，纺织娘，依然在道路旁歌唱安静的万年太平曲。听见这些虫声，荪亚立刻想起他当年跟平亚、经亚斗蟋蟀的童年故事，于是觉得自己特别年轻了。他们到达大场时，天开始发亮。这一夜是他们俩毕生难忘记的。

他们到饭店时，大概是早晨四点半。木兰和莫愁一直坐了一夜，静等他们回来。现在木兰在沙发上打盹，莫愁穿着衣裳倒在床上。

立夫和荪亚用脚尖轻轻走进屋去。莫愁是第一个听到他们的声音的，她立刻坐起来。他们低声说话。他们听见木兰在沙发上翻动，忽然她尖声叫：“阿通！”

荪亚跑过去唤醒她，她已经流出了眼泪，她刚才在梦里哭了。现在她抬起头来看，有点发愣。

她喘了口气说：“噢！你们都回来了。我刚才做了个梦——看见阿通中了子弹，在泥里打滚儿——后来肖夫背起他来。”

大家劝慰她时，苏亚看了看表，四点五十。

他们叫来咖啡喝，荪亚、立夫说他们到前线去的经过。木兰听着，一言不发。她心里七上八下。

立夫叫饭店的茶房去拿所有的报来看，把消息念给他们听，木兰听着打盹。

国军反攻宝山，收复若干失地。孤军一营，立誓战至最后一人。浦东国军炮兵与日本军舰全夜炮战。黄浦江两岸在继续炮战中。自八月十三以来，最惨烈之战斗。华盛顿电：罗斯福总统警告美国侨民撤离中国。华北战线自天津至山西东北全长二百里。据称在河北省有日本二十万人……自八月十四至九月一日，在浙江、江苏、安徽，日机遭我军击落总数达六十一架……

那一天，木兰一直心中不安，希望得到阿通的消息证明她所梦不实。她叫荪亚再送十箱橘子去，让中国妇女战地劳军团转交，宝芬就在那个妇女团体里工作。

莫愁说他们一家必须赶紧回去，因为立夫的老母一人在家，苏州也不安全。那天她和宝芬谈了一次。莫愁最小的儿子和宝芬最小的女儿同岁，都是十一。宝芬没有儿子，很喜爱莫愁的小儿子，她提议双方互收他俩为义子义女。但是莫愁说："无须交换，他们是姑表兄妹，索性我们请求你把你的女儿许配我儿子，让你女儿做我的儿媳妇。"

宝芬微笑答应。她们俩说这话，彼此的丈夫都听见了。

第二天，木兰也和丈夫商量带着阿眉回杭州。莫愁和立夫在过了真如之后的一站，坐火车回苏州，姐妹和连襟于是就此告别。他们不知道彼此要好久才能见面。木兰向宝芬和暗香辞行，相信阿通在放假时她会回上海去看他。

民国二十六年九月八日早晨七点半，木兰、荪亚带着阿眉到梵皇渡车站去搭火车。那天早晨雾气迷蒙，他们头脑里也是混沌不清。木兰没接到阿通的消息。火车站有好多人在等车，堆着大堆的行李。有些难民据说是前天来到火车站的，就在露天之下睡，等着机会上车。孩子们躺在箱子上。有人躺在通往月台的路边。中国和公共租界的警察联合维持秩序。

幸而木兰、荪亚没有多少行李，因为火车上挤，阿眉从南京上车时也只带了两个小衣箱。荪亚花了两块钱给一个挑夫，他答应至少能给他们找到两个座位。

群众拥挤不堪，但是荪亚他们终于上了二等车，三个人占了两个座位，甚至站的地方也没有了。他们对面坐着一个有钱的中国人，穿着哔叽西装，带着一个十三岁大的孩子。父亲似乎有五十岁，头发平滑，从中间分开，戴着眼镜，不时用鼻子吸气做声，显得斯文镇静，悠然自得。那个孩子穿着西服上衣，下穿短裤，叫那个男人父亲。

一个满脸油腻的老年生意人，站在附近的通道上。火车开动了，火车站上的人仿佛还像刚才一样多。火车在龙华站突然停住时，前后一摇动，老人猛转了一下，摔在穿西服的孩子身上。

那个孩子的父亲喊说："你不长眼哪？"老人赶紧道歉。

火车一开动，又一摇动，老人摇摆了一下，不知怎样，总算又站稳了。他怯生生的，好像不要惹人注意，开始轻轻坐在靠近那个穿西服的孩子的椅子的臂把上。那穿西服的绅士看了看他，掏出手绢，以十分厌恶的样子捂上鼻子。

那个老人说："老兄，我借坐一下。我上了年纪。"

"为什么你不早来？中国人就是不懂礼貌。若有个外国人看见你坐在椅子的臂把上，怎么办？人家回国去，说中国人肮脏没秩序。"

木兰热血沸腾起来。

她说："这种时候，将就点儿吧。"显然是对那位绅士说的。

木兰因为眼睛哭肿了，所以戴着一副墨镜。那位绅士不知道她是否望着他说的。他拿起一份英文早报看，立刻神游到安全乐土，高高超出气味恶臭的人类之上了。

但这次与雅士同车，也并不是什么旅行的吉兆。木兰又陷入沉默。这位老人也似乎是不通情理——不过也看你持怎样的观点。他有一个孙子，有五六岁大，正抱怨说站得累得慌，老祖父就把他挤到那个穿西服的小孩子的座位一旁。戴眼镜穿西服的那位绅士说："这是怎么说的？你看不见乘车规则吗？'每排只限坐乘客二人'。"

老人央求说："您多包涵。他不能站一道儿啊。"

那个穿西服的小孩子并不见得真正反对，但是他父亲却把他拉近自己，免得受了污染。木兰说："这叫什么事？阿眉，你到对面儿去坐，让那个小孩子到咱们这边儿来。"那个穿西服戴眼镜的绅士大感意外，抬头看了看。

他用英文说："谢谢您。"

阿眉过去，坐在那个穿西服的小孩子和老人中间，老人坐在椅子的臂把上。阿眉向母亲做了一个暗号，表示老人身上有怪味道。那个老人的孙子过来，靠里面坐，挨着荪亚。现在天空渐渐黑暗下来，开始细雨纷纷，窗外仍是绿黄相间的田地。一连数里的金黄油菜花，在烟雨迷蒙的九月，平静而美丽。

火车进了松江站，雨即停止。火车外面，仍然是人潮汹涌。

火车头已然把车卸下，要到另一头去向前把车拉动，因为车没办法转头。

对面那位西装绅士正在吃一个包装得很清洁的夹心面包。他告诉儿子那纸是消过毒的。荪亚拿下一包苹果还有一包蛋糕来打开。

他觉得身旁坐的那个孩子显然是很饿，就给了他一个苹果。这时有人喊："飞机来了！"

那位绅士正在吃他那夹心面包，一听见人嚷嚷飞机来了，面包掉在地上。立刻大家乱作一团。人人都想由已然停下的火车上逃出去。有的带着行李，有人空身逃走，有的从窗子里跳出去。孩子的哭声，女人的尖叫声，男人的喊叫声，乱在一起。

飞机的嗡嗡声越来越大。那位绅士拉起儿子，从座位上跑开，面色苍白，一边连骂带叫“My God”。老人跟孙子也不见了。转眼间，火车上几乎全空了，除去木兰家以外，只剩下了五六个人。

木兰天性快，而荪亚天性慢。

木兰喊：“咱们怎么办？”

用了非常大的力量，木兰把右边的百叶窗关上。

她向阿眉喊：“过来，蹲下！”阿眉蹲在火车的地板上。

木兰的话刚完，就听见“滋滋滋滋……嘭！”的响声，火车几乎震得跳离了车轨。车里的玻璃、灯、碎片、电扇，震得各处飞。机关枪在天空中嗒嗒乱响。外面的难民鬼哭神号。车一端一个人喊叫，说他自己已经炸死了。

飞机的嗡嗡声渐渐微小，机关枪声也停了，只剩下外面人的哭喊声。

暂时平静下来。万幸木兰家没有人受伤。逃过了大难，木兰说：“把那扇百叶窗也拉上！咱们死在这儿和外头是一样！”

荪亚把那扇百叶窗也关上，开始把箱子堆在他们座位的左右两旁。

他说：“一直躲在下头，飞机走了再出来。上头若有炸弹掉下来，咱们一家人死在一块儿。若是榴霰弹和子弹由外面进来，还有逃命的机会。”

不久，外面喊声又起，飞机的嗡嗡声又回来了。

荪亚蹲在中间通道的边上，阿眉和木兰几乎在座位下平伏，阿眉吓得直哭。他们把衣箱拉到头上遮挡。这时有一个巨大的爆炸声，全车都震动了，一定是前头或是后头中了炸弹。然后是空中机关枪嗒嗒的声音凶猛地响。外面的难民自上空遭受屠杀，犹如猪狗一般。

又一个炸弹投中。荪亚看见一只人腿自窗外飞进来，落在通道上，正好倚在一个座位上，血流到地板上。他闭上眼睛，肠胃直翻滚。

又一个巨大的爆炸声，呛啷一响，好像附近的水箱被炸中。

此后，飞机的嗡嗡之声渐渐消失，听见外面人说敌机已经飞走。

荪亚觉得有神灵保佑一般，他向木兰说："飞机走了。你躺着，我去看看。"

他站起来。一个女人站在车那一头，腿已被炸掉，大哭："救苦救难观世音菩萨！"

他往窗子外面看。月台上，田地里，处处躺着死尸，受轻伤的人正在走动，晕晕忽忽，正找自己的家人和行李。荪亚说："现在算过去了。咱们总算平安。"把挡着身子的箱子搬开。

木兰和阿眉站起来。木兰的右裤腿上一大片污痕，是阿眉的头刚才放的地方，完全湿了。阿眉还在打哆嗦没停。

荪亚说："大难已过，咱们平安无事。"

他们带着行李，下了车。

那个女人又喊："善人，救命啊！观音菩萨保佑您哪！"

荪亚告诉那受伤的女人说去找人来救她。

外面，火车站，就像个露天屠宰场。民国十五年北京的屠杀学生，与这个相比，那不过是儿戏而已。后来报上报道，此次轰炸，死了四百人，伤了三百人，都是自上海坐火车逃出来的。只有大约五十个人没受伤。来此轰炸难民的敌机十一架，共投炸弹十七枚。

一辆救护车来到了，这么大的灾难，真是无济于事。火车后面两个车厢还燃烧未熄，烟柱上升，在九月灰暗的天空，弥漫不散。荪亚找人来救车上那个受伤的女人，并且帮助把她运送到救护车上。但是伤员太多，所能给予的救助则少得可怜。

在火车站外乡间的路上，他们看见那个穿西服的绅士平躺在地上，身体一半泡在池塘中，白哔叽西服上溅着水、血、泥。

他们经过了好多困难，才到了嘉兴，在那儿过的夜。隔天，雇了一辆汽车回杭州。

木兰越回想她家逃过的那场大难，越觉得那么奇迹般的逃脱之可惊。她虽然已经在家平安无事，可简直还不能信以为真。他们回来的第二天，接到阿通的信，至此由于木兰的梦引起的忧虑才算消除，后来阿通几乎天天写信，木兰也就为这些信活着。

火车上那次经验使他们改变了计划。即使阿通能请假回上海，木兰也不能去看他，他也不能回杭州来。

前途如何，茫然不可知。杭州暂时还算平安。敌人虽然对杭州空袭，无非是扰乱人心，很多居民开始往内地迁移，但杭州城市的生活依然如故。荪亚叫左忠和他儿子在后面房子下掘个防空洞。

在十月初，阿非把阿瑄的一封长信转寄给木兰，叙述曼娘和他家遇见的那场惨祸。信是寄给阿非和木兰的。木兰看描写曼娘和家人的死时，她开始哭，然后又看，又再哭，一直哭着看完那封信的最后一行。信纸上都是她的眼泪。她躺在椅子上，目瞪口呆，一直发愣，信从手里掉到地上。荪亚进来看她。

荪亚吓了一跳，喊说："喂，妙想家，怎么回事？"

木兰指那封信，她一时说不出话来。但是她站起来，脚拖拉在地走进卧室去，猛一下子倒在床上，哭得一摊泥一样，好像吃了天大的亏似的。她那样躺了一整个下午。虽然进去劝她，她根本不听劝。

那天傍晚，那天半夜，她醒后，点上灯，走到化妆盒那儿，拿出她那位干姐姐在山东曾家给她的那个玉桃。她把那个玉桃挂在脖子上，垂在胸膛前，又上床去睡。第二天，她在头发上特别戴上了一个蓝绒线结子，像戴孝一样纪念曼娘。有好多日子她一直不说话，被逼得不得已，才说句话。

在十月二十七日，也就是英勇抗战后的第二十七天，拿中国人的血肉和优势的大炮飞机对抗之后，中国军队开始撤退，阿通和肖夫两个姨表兄弟，在前线随军向北移动。

莫愁已经将家搬到南京，好和丈夫接近。在猛烈轰炸下，苏州已然不能居住，而且全城正在新战线上，必然会遭受空中轰炸和炮击。到十一月二十一日，中央政府决定将国都迁往汉口，命令所有与军事防御无关的政府官员，都要把家眷迁往重庆、汉口、长沙。人口之撤退于是开始了。庞大的迁移顺着长江逆流而上，任何可用的运输工具无不利用，逃离即将来临的日本的虎狼之师。以前逃避最可怕的瘟疫，也没有这样可怖。世界历史上逃避入侵的军队，没有一国的人口逃难，是像中国人这样逃避日本的，实在是一次罕见的大迁移。

二十三日，木兰接到妹妹莫愁的信，说她和立夫要在一个礼拜之后，带着孩子迁往重庆。木兰知道要很久不能见到他们了。他们这个要迁往内地的消息，引起了木兰的思索。杭州将来会怎么样呢?

她儿子还有信从前线寄来，当然是绕路辗转寄到的。阿眉还和董娜秀小姐经常通信，由一种特别的外国邮包传递。这样，阿通的信有些由董娜秀小姐转寄交杭州弘道女校的司宽顿小姐。因此阿眉开始与司宽顿小姐有了交往。

只要有信寄来，木兰就不能打定主意往内地迁移。杭州好在与往内地逃难的各地点都有路线相连。再者，日本军队的真面目还没有揭露，阿眉的外国朋友还在说她们对日本军队的纪律很有信心，而且不把日军在华北的暴行信以为真。

木兰一天天地过，无时不在等儿子的信。据她看来，不到战争结束，是没有机会见到儿子的，不然就要等他调到内地。她现在已经觉得自己是个无儿之母，也开始了解陈三的母亲等儿子回家的心情。望子归来似乎永远是母亲生活之中的一部分。

她想陈妈时，她就想到陈妈的儿子陈三。她觉得人生一向就是如此，天地开始就如此，于是她极力想从父亲的道家哲学里寻求一种安慰。

现在她觉得自己的人生到了秋天，儿子的人生则正在春天。秋叶的歌声之内，就含有来春的催眠曲，也含有来夏的曲调。在升降的循环交替中，道的盛衰盈亏两个力量，也是如此。实际上，夏季的开始并不在春分，而是在冬至，在冬至，白昼渐长，阴的力量开始衰退；冬天的开始在夏至，那时白昼渐短，阳的力量开始衰退，阴气渐盛。所以人生也是按照此理循环而有青春，成长，衰老。陈妈已经逝去，但是儿子陈三则正在壮年。曼娘逝去了，但是阿瑄则正在继续。木兰觉得自己的生命已经进入了秋季，她也清清楚楚感觉到生活的意义，也感觉到青春的力量正在阿通身上勃然兴起。

在她回顾过去的将近五十年的生活，她觉得中国也是如此。老的叶子一片一片地掉了，新的蓓蕾已然长起来，精力足，希望大。

这些想法使木兰耐性渐大，更能达观知命，虽然是来日岁月渐少，她却勇气再现。荪亚发现她的面容已经改变，虽然有点伤感，有点衰老，却显得慈爱多了，她已经不再对死亡恐惧，也不再担心自己的遭遇，不再担心自己的利害。

在十二月十三日，日军进了南京。日军的无耻行为使全世界人的良心翻腾不安。他们荒唐堕落到无以复加的程度时，他们才停下来喘喘气，这一段日子有几个月。

上海以南，也就是杭州湾以北，自从十月底就在日本占领之下。进入杭州似乎是自然之事，并不困难，因为杭州是在浙江省的北部尖端，战略地势上正控制通往南部、西部和西南内地的公路网和一条铁路。

木兰的头脑还在懒散消沉听天由命的状态之下，有什么变故并不很在意，这时谣传中国军队即将弃城撤退，到十二月二十二日，横跨钱塘江的大铁桥和一个大电力厂，这都是杭州人颇引以为荣的建设，被我军自行炸毁。撤退的国军实行“焦土”政策，把遗留下可能为敌人利用的东西完全毁灭。撤退甚为成功，城外道路桥梁完全炸毁无遗。

但是杭州这个湖山城市，像北平一样，立刻又受到人的青睐，当地所受的破坏不像苏州、无锡、南京那么厉害，因为在杭州没有作战，日军占领之后，也不会有重大的破坏，因为是国军自动放弃的。

在十二月二十四日，日军到了！三三两两，在街上散漫乱转，疲乏而厌倦，既没有军人秩序，也没有任何警觉，因为知道城内已经没有中国军队。他们在几天行军之后，显得又累又饿又肮脏，漫无目的，各处徘徊，寻找食物。

其实这正是一个好机会，日本可以表现出保护善良百姓的军纪和能力，让百姓在他们统治之下重度正常生活。

最初，老百姓并不很怕占领的日军。木兰在城中城隍山的家里，在圣诞节，听得见天主教修道院的歌唱。后来可怕的事情发生了，恐怖让女人开始在外国学校、外国医院、外国修道院躲藏。两个最大的外国教会住宅，原先打算各自收容避难的妇女儿童最多一千人，后来各收容了两千五百人。走廊、阳台、楼梯的梯顶，每一个可坐的地方都有人占满了。

日军占领了五个礼拜之后，一个美侨医生觉得实在是抑制不住了，写出这样的话来："我不知道哪一家商店，哪一个人家没遭到骚扰。各处恐怖暴行公然进行。在日本人占领之前，中国朋友所说的日本人的暴行，我们曾给打了折扣，现在我们在万分悲伤之下承认，那还不足以充分描写实际的恐怖……现在日本人已经占领了五周，你不管在城内什么地方走，几乎都会看见日本兵公开抢劫，而日本当局毫无干涉制止之意，即便到现在，妇女到什么地方也得不到安全。"

惊人的传闻都是抢劫奸淫，千篇一律。木兰说对了，日本人的劣根性是改不了的。

城隍山因为是俯瞰西湖和钱塘江的高处，有几个日本哨兵驻扎在木兰家附近，这很使木兰家受到威胁。阿眉认识美国老师司宽顿小姐，但是学校离他们家太远，可是天主教的修道院则在木兰家附近。司宽顿小姐给修道院的院长写了一封信，请她允许木兰母女和一个女仆去避难。

所以在十二月二十六日，木兰和阿眉，还有锦儿就迁入修道院。男人不许进入，分手时也有点难过；但是荪亚算放了心，他自己没有什么可怕的，就和左忠、丙儿回家去。

十二月二十七日早晨，阿眉吃了早饭之后，走到修道院的花园里去散步。她母亲正在小教堂里，看早晨的祷告。那天早晨天气晴朗，阿眉越走越远，忘记了会有危险。

忽然她看见十五尺之外修道院的墙外，一棵树上有一个人头往里窥伺，显然是一个日本兵，因为戴着军帽。

阿眉尖声号叫，赶快奔跑。日本兵跳过墙来追她。路很弯曲。她绕着一条小径奔跑时，日本兵从那边跑过来，差几尺没抓住阿眉。

阿眉用尽吃奶的劲跑，跑上一个矮树丛周围的石头台阶。日本兵在石头台阶上摔倒，但是又终于离阿眉近了。阿眉喊："救命！救命！"

这时日本兵已经抓住了阿眉，用力吻她。他们现在是在上面院子里，离修女做早祷的小教堂很近。木兰正在看那新奇的典礼和修道院院长的动作，心中则力图把家中新近遭遇的突如其来的杂乱的变化都想起来，再联系在一起。木兰不像她母亲和大多数女人那样在佛教的气氛中长大，现在她觉得这洋神洋教很特别，和中国的信仰那么不同，可也那么相近。过去几个月来不幸的事故，使她越发接近一位不可知的主宰，这位主宰，她父亲名之曰不可以名之的道，而她自己则称之为命运。现在和以前一样，她一想到道，就想到父亲。修女的特别的诵经声和纯白的脸，非常感动她，她的眼睛湿湿的，觉得自己正面对着永恒。

忽然间，阿眉大声喊救命的声音把她从沉思中惊醒。修道院院长突然停止了仪式，命令几个修女出去看发生了什么事，然后又继续祷告。

木兰已经冲出了小教堂，四五个修女随后跟出来。她们看见阿眉在日本兵的掌握中，正揪日本兵的头发，拼命地打他。木兰也冲到日本兵身上，用嘴咬抱着女儿的日本兵的胳膊。日本兵放开她的女儿，转过身来，在木兰的头上打了一拳，木兰趔趄了一下。阿眉还尖声号叫，还想再打。但是日本兵看见白脸的外国人出现了，很快但平静若无其事地走开，木兰母女哭作一团，头发散乱。

修女走过来，想安慰母女二人，用柔和悦耳的法国话低声说了几句，但是木兰母女听不懂。木兰一生没被人打过，甚至也没被畜生撞过，现在女儿和自己受了日本鬼子的攻击殴打，又愤怒，又恐惧，又觉得丢脸，她一边哭一边骂：“你们三岛的三寸丁！你不得好死！”阿眉怒气冲冲地把日本兵在脸上吻过的地方擦了擦，简直想把那块肉擦下去一样。

这时祷告会已经匆匆结束，修女们原来都来到外面，现在修道院院长又把她们领进教堂去。院长这个女人，人矮声音大，在温和的态度之下，显出内在强大的精力。她大怒，把阿眉搂在怀里，用中国话安慰她。虽然危机已过，阿眉还抽抽噎噎地哭，浑身颤抖不已，嘴唇的颤动也和木兰当年一样。一个中国修女前来跟她们母女说话，阿眉的哭泣渐渐平息。

刚过了十分钟，那个日本兵带着另外四个日本兵来了，要求见院长。

院长向他们喊：“你要干什么？”

一个日本兵说：“我们要搜查共产党和反日的女人。你们这有很多这种女人。”

院长坚决地说：“不行，不能搜。”

在小教堂内有三四十名妇女，看见日本兵之后，她们便赶快溜进里面屋子去。吻过阿眉的日本兵现在看见阿眉和木兰，他说：“她们在这儿——反日的共产党！”他把一只袖子卷起来说：“那个女人咬我。这是对天皇陛下的污辱。必须处罚。”院长说：“你不能抓她！”说着在胸前画十字，低声祷告了几句。

一个日本兵打了她一个嘴巴。院长一看这情势，不再多言，立刻走开，用法文向修女说把中国妇女从教堂后面领走，把门锁起来，她自己从前门走出来，从外面上了锁。这么一来，日本兵还不知道，已经被锁在里面。

院长给美国教会医院打电话求救。几分钟之后，一个美国医生和一个日本军官来了，那日本军官是赶巧那时到美国医院去有事。院长把经过情形告诉他们，并领他们进去，几个修女在后面跟着。日本军官问那几个日本兵，日本兵用日语回答。第一个日本人卷起袖子，告诉他被女人咬的地方。出乎大家的意料，日本军官没再说什么，出手在那个日本兵的脸上打了一巴掌，然后向修道院长转过身来。

他用很坏的中国话说："那个女人和她的女儿呢？我要见见她们。"

院长走进去，把木兰和阿眉带出来。日本军官一看木兰和阿眉如此美貌，转过去对那个日本兵狠狠瞪了一眼。那个日本兵显然是报告过他们原是搜查共产党。

阿眉和修道院院长勉强用英语和美国医生说话，美国医生用英语和日本军官说话。阿眉把事情的经过说明，美国医生再转告日本军官。日本军官似乎是个好人，而且已经懂了事情的真相。但是他仍然想保持日本军队的尊严，所以他问了一个问题。

美国医生说："军官问你们是不是反日的共产党。"阿眉说："我恨他们！"木兰说："我们不是共产党，但是反对日本人，因为他这个日本兵侮辱我女儿。"

日本军官直接对木兰说："你很生气。"

虽然日本军官的发音不好，木兰懂得angry这个字，木兰现在对美国医生说话，美国医生中国话全听得懂。

木兰说："您告诉这位日本军官不要无理取闹。他怪我生气，我是生气了。但是您告诉他不要像无盐一样。"美国医生问："谁是无盐？"

木兰说："她是中国古代最丑的女人。她的名字叫无盐。英文是No Salt。无盐这个女人去见国王，请求国王娶她爱她。她应当有点自知之明才是。"

美国医生微微一笑，觉得把这种譬喻翻译过去不太适宜。但是日本军官却把英文的No Salt听清楚了，他问美国医生木兰说无盐是怎么回事，美国医生只是说："她说无盐那个女人很可怜，因为生得丑，没有男人爱她。"

美国医生笑起来，日本军官也笑起来。日本军官笑是表示他很欣赏这个典故，当然他并没有懂木兰用这个典故的意思。他以为木兰是说只有丑女人才没被污辱，他把“无盐”两个字写在手心叫木兰看。木兰冷笑了一下。日本军官也张开嘴唇半笑了一下。那几个修女觉得很怪，日本军官居然向中国女人有和善的笑容。

美国医生对那个日本人说：“这次你可以算在现场把他们抓住了吧？过去，你可以说你不相信。”

日本军官回答说：“我们是正在尽力维持军纪和秩序。我们在这儿的纪律已经很好了。你知道南京、苏州、嘉兴吧！”

那位军官似乎是在尽力而为，可是自己的部下以外的日本兵，他就不能管了。他转过身去，用日本话吩咐日本兵出去，他们便由小教堂的大门出去。

日本军官临走时说：“你们最好撤出这些女人，把她们迁到别处去。这个地方太偏远，我们的兵我无法监督。”

这件意外事故过去之后，美国医生和修道院院长决定暂时撤空这个修道院，因为地点不相宜。妇女们由救护军送到天主教医院，所有的难民当天都搬走了。

出乎荪亚和左忠的意料，木兰、阿眉和锦儿，那天中午以前由修道院回到家里。木兰前额上挨打的肿处尚未消失。等她把修道院发生的事告诉他们之后，大家都说：“杭州怎么还能住下去呢？”决定往内地迁移。

他们决定往内地迁移，开始准备那艰难漫长的逃难。他们的财产现在值十万块钱，荪亚的商店已经和全杭州城别家商店遭受了同一的命运。日本兵闯进去抢劫过，伙计们已经逃走，荪亚是一筹莫展。在一个月前，他总算弄到两万块钱的现款，只能带着这笔钱走。荪亚把一万分在他自己、木兰和阿眉三个人身上，缝在内衣上的小口袋里。因为锦儿全家也跟着他们一齐走，他们每个人身上也都同样藏了一百块。剩下的钱木兰缝在棉被里。木兰也像当年她父亲一样，把最好的古玩字画藏在以前掘好的防空洞里的地下。她也把一切玉和珍珠藏在行李袋、铺盖之内、她身上和女儿身上。他们知道路上一定有地方要徒步而行，因为不知道能否雇到车辆，所以带的毯子、衣裳，只以锦儿的丈夫和小儿子丙儿能带得动的为限。丙儿和阿通同岁，现在是个很健壮的青年了。

他们和美国老师司宽顿小姐商量好替他们转信，木兰给阿通写了一封信，告诉他妹妹遭遇的事情。她很恼怒地写："不要忘记你伯母曼娘和你妹妹阿眉遭受的污辱，不把日本鬼子赶下海，誓不停战！"

因为钱塘江大铁桥，当初是花了数百万兴建的，后来国军撤退时自行炸毁，他们现在决定向东逃，再转向南过江，然后再乘车往南昌。大桥若不断，只要往西走，离城不远即可乘火车，但是现在西方与西南方都有战事，在哪方面通过都有危险，每个难民的钱和值钱的东西，都被日本兵搜劫一空，他们指称这些钱和东西是抢来的，必须由他们退回原失主。

所以，在十二月二十九日早晨，木兰全家人撇下了家，加入千万人的难民群，往中国内地逃难。他们是三个男人、三个女人，都是成年人。左忠和丙儿扛着大件行李，锦儿提着布包袱，苏亚提着一个小皮包，里头装着贵重的东西和文件。现在木兰的大脚对她太方便了。阿眉因为身体消瘦，走起来倒轻松。锦儿虽然是个女人，身体却不软弱，木兰和女儿好多的地方要依靠她。事实上，他们谁也不知道那段旅程是什么样子，因为情形时时改变。

过了不久，他们遇到一条小溪，二十尺宽，一座桥已经炸断。水只有一二尺深。但是锦儿说，她把木兰和阿眉背过去，免得她俩把脚弄湿。但是她丈夫说不必由她背，丙儿就可以把她们背过去。所以锦儿由她儿子背过去，然后左忠和丙儿把木兰和阿眉再背过去。这样情形之下，很奇怪的是，主仆之间的分别自然消失了。这时所需要的，是力量、智慧、忠诚。木兰由左忠背着过去时，她向那边岸上的锦儿喊：

"锦儿，我应当赞美你！"

“为什么？”

“因为你嫁了这么个强壮的丈夫！”

荪亚这时已经站在对面的岸上，他说：“妙想家，你还能开玩笑哇？”

木兰很快乐地喊：“胖子，为什么不能？”

所以他们继续往前走，精神满愉快。当时天气晴朗，冬天的太阳照起来，步行最好，只嫌穿的衣服多了一点。过了一会儿，木兰和阿眉只得脱下外衣，在自己手里拿着。前面是美丽的乡野，有富足的村庄，高大的竹林。在一处竹林下，他们停下歇息，那儿的竹子高达四五十尺。

不久，他们走到一个村子，过了那村子，前面是一个渡口。渡船夫告诉他们再往前走两里有一个市镇，到那儿，若是运气好，可以雇得到车。他们接着往前走，不久，就看见一行行的难民，由东方与东北方往那个市镇走来。在那个市镇上，不论出多高的价钱，也雇不到什么车。因为洋车、摩托车、轿子、驮载的牛马，或是被军队征用，或是被前面的有钱人雇走了。但是荪亚还抱希望，他以为他们一到通往天台山的公路上，也许就能找得到车。

歇息了一会儿，他们又开始出发，加入了人越来越多的难民群。虽然是离乡背井的悲剧，但是大家都有耐性，也都精神愉快。有时在这儿那儿，也看得见一辆洋车，拉着老母，或是有病的女人。有弟兄二人用一扇门板抬着老母，中间拴一根杠子，抬在肩上。有儿子背着母亲的，有父亲用一根扁担挑着两个筐子，一头是小孩子，一头是饭锅和铺盖。有一个病人捆在水牛背上走。

几千人的脚在跋涉前行，那么艰苦地跋涉前行，逃避可怕的敌人。但是他们的脸上有沉静的刚强毅力。没有什么人谈论过去；将来也是茫然一片；他们只想眼前的需要——比如，肩膊是否疲倦，到下一个市镇还有多远，今晚天气是不是够好。一个巨大的、顽强的、跋涉的人群，整个抛弃故国家园的人群，凭着不屈不挠的勇气，向前走，向前走，到中国的内地，重建自己的家。

木兰和她全家人和这人潮一齐向前进，都是奔向同一个方向。荪亚说他们一到了大路上，他看能不能雇到一辆汽车，即便付出荒唐的高价钱。但是，至少现在他们还得向前徒步而行。那天晚上，他们在露天旷野，和数百名别的难民，扎营过夜，用少数的毯子和衣裳遮盖着身体。

第二天，他们走到了一个小镇，幸而左忠看见一家的后院里有一辆手推车。荪亚进去打听，发现那个农夫刚从天台山去了一趟回来。荪亚劝动了他再推车去一趟，幸而人家答应了。这样，左忠就可以减少一部分负担，木兰跟女儿也可以轮流坐在手车的一边。一年以前，或者也可以说一个月以前，坐手车旅行，木兰一定觉得很有诗意，但是现在她以为，与其说是诗意的事，还莫如说是使人舒服的东西，是两条劳累的腿的救星。

现在他们靠近大道了。那天下午，他们看见路旁一个大概一岁大的婴儿，在死去的母亲身旁啼哭，母亲显然是因为肚内无食露宿在外而死的。木兰荪亚两人没说一句话，同时走过去，木兰把婴儿抱起来，放在手车上。阿眉照顾他，免得他掉下车去。

那天晚上，他们找到一个农家过夜。

第三天，十二月三十一日，他们走近了公路。他们接近了天台山脉的开端，花岗岩的山峰在平原上插天而立，大道就由中间穿过。公路宽广笔直，难民的行列在广阔的平原上伸展到好远好远，仿佛一条由人类构成的活动的长城，似乎长得无头无尾，随着公路越过山坡，消失在远处的地平线上。

在公路上还没有走很远，他们来到了一个所在，两个巨形的峭壁分立在大路的两侧，好像多少年前巨大建筑的大门的残基废柱。不久，在他们前面的远方传来轰然巨响，正像雷声。最初听来像遥远处的海啸，又像洪水决堤的奔流声。声音起落相续，在山谷中回音传送。渐渐走近，发现原来是人声，又像在空中撕裂巨幅的绸缎。大家非常吃惊，非常恐惧，心中以为听来像古代的战场，又像叛军的喧嚣。大队的难民从大道上让开，因为在远处，接连一串串的黑物体向他们坚定稳重地移动过来。过了一会儿，他们看清楚是军队的卡车，上面载的是中国兵，高举着手向这些难民欢呼。如洪波巨浪起伏相续的欢呼声，向他们涌近，又由巨大的峭壁将声音传回。他们是开赴杭州前线的部队。

军队的卡车近了。士兵戴着钢盔在车上站得威风凛凛，向老百姓招手。士兵得到民众的欢迎，开始唱军歌，那军歌的重复句子是：

> 上战场
> 为家为国去打仗
> 山河不重光
> 誓不回家乡

木兰的眼泪开始往下掉。这时她四周每个人都参加了震耳欲聋的欢呼。歌声渐渐在远处变小，站在道旁的群众的欢呼声也渐渐淹没了那远处的歌声。靠近木兰的难民站着往后看，很多人还在欢呼，有些人在流泪。

过了一个钟头，有五十辆军车经过，刚才那样的场面又重复出现。这一次，几架中国飞机从他们头上飞过，往北方飞去。疯狂般的欢呼声又从群众中飞起，又在山谷中震荡。天台山花岗岩的峭壁也似乎加入了群众的欢呼，那声音似乎是由岩石内部震动而发出的，几乎和人的腔调相同，那声音是军歌中的重复词句：

> 山河不重光
> 誓不回家乡

这样，岂非山岩也说出话来！

木兰感到一种突然的解脱，深深在内，非语言可以表达。她以前也曾有这种解脱的经验，那是三十年前的中秋夜，她发现自己和立夫相恋的时候。在那次解脱时，她发现了自我，而在这一次的解脱，她却丧失了自我。因为由于这次的新的解脱，在这次的逃难的路途中，她开始表现出前未曾有的作为。

将近一点的时候，他们遇到两个孤儿，一个十四岁的女孩子和她九岁的弟弟，两人向他们要饭吃。木兰想到自己孩童时迷失的情形。

木兰问："你们的爸爸妈妈呢？"

小女孩回答说："死了。"

"你们是什么地方的人？"

"松江。房子和街道都炸了，点火烧了。我们原不想离开，但是全镇上只有五个老年人、几条狗，他们也没法子管我们俩。善心的大娘，我弟弟饿了。"

"你们由松江一直走来的吗？"

"是。一路要饭来的。"

那个小弟弟以前显然是很健壮的，但是现在看着呆呆的，毫无办法的样子，似乎一切完全依赖着姐姐。

木兰说："咱们带他俩走吧。"

荪亚问："那怎么带得了？"

木兰说："放在手车上。"

那个女孩子说："好大娘，我们能够走。至少我还能走。您先给我们点儿吃的东西吧。"

荪亚说："来，上手车上来坐。"姐姐弟弟大感意外，和那个一岁的婴儿一同坐在车上。

推手车的乡下人说："太太，您真是个好心人。您若再这样，您自己就不能坐车了。"

木兰回答说："好了，我们就带他们俩，不再多带了。我们大人可以走。"

那个乡下人喊说："太太，我也跟您到内地，给您做个仆人吧。"

松江来的那个女孩子是真累了，她和她弟弟都面有饥色。锦儿把他们在前面村庄买的饼拿出来给他们吃。姐姐弟弟两个人只吃不说一句话，只有真正饿的人才这样吃东西。

快到日落时，他们走到一条小溪。过桥时，看见下面岸上躺着一个女人，丈夫和四五个孩子围绕在她身边。

木兰说："站住！"

荪亚说："现在又干什么？妙想家。"

"那个女人生孩子呢。"

木兰往回跑到岸边儿。推车的停住了，吓了一跳。荪亚在后面向她喊："你现在又有什么新主意？再带个孩子吗？"

木兰往岸上跑着说："我知道怎么办，不会乱来的。"

那个女人躺在空地上，新生的孩子躺在妈妈身旁一块蓝布上，丈夫正用一块旧毛巾擦孩子身上的血。但是脐带还没有切断。那个乡下女人正在自己接生，她正向丈夫说："先把孩子盖起来。把胎胞和脐带先放在外面。我只要休息几分钟，慢慢就可以照顾他了。"现在木兰和锦儿已经走近，荪亚和阿眉站得远一点儿，做丈夫的向他们默默地望着。

木兰说："我来帮忙。"

做丈夫的说："那怎么好意思？"那个女人睁开眼，看见了木兰。木兰上身穿的是一件贵重的西服。那个女人说："好大娘，我一会儿就好了。这么脏，怎么能麻烦您？您若能给孩子一点儿衣裳，我就感激不尽了。我们一点儿准备也没有。"

锦儿很了解他们太太，所以她听见那个女人的话，就跑上岸去拿一个干净的小褂来把孩子包上。

木兰对她说："拿把剪子来。"

产妇说："不要用剪子，那对孩子不好。给我个碗。"又说，"打破。"丈夫把碗打破。木兰还不太懂，她问：

“干吗用？”

“用新瓷碴儿割断脐带。”

木兰说：“我给你割，你躺着歇息。”

木兰选了一片干净锐利的新瓷碴儿，蹲下低着头给新生的婴儿切脐带，把剩下的脐带系了个结，把肚脐用锦儿拿来的毛巾小心包好。丈夫把孩子的胎胞扔到小溪里，木兰也到溪边去洗手。那个男人站在一旁，不知道该怎么向这位好心的女士道谢。

但是那位母亲说：“太太，您真是好心人，你若要，我就把这个孩子送给您。我们这么多口子，都养不起了，又在逃难，您看，这是个男孩子。”

锦儿望了望木兰，木兰也望了望锦儿，两人都低下头看了看那个婴儿。

锦儿说：“收养他吧。我照顾他。”

木兰转身对那位母亲说：“您真是这个意思吗？挺好的孩子。”

那个女人费力坐起，想把孩子抱起来。木兰就递给她，母亲把婴儿紧紧地抱了一会儿，然后很坚决地看着木兰说：“好大娘，您若愿意收养我这个孩子，我知道这是他的福气。您一定很有钱。我若自己养，不知道养得活养不活。我们一路上吃的东西都不够。”

荪亚在一旁站着看，见木兰跪在地上，伸出胳膊去接受那个孩子。做母亲的把婴儿抱着挨着自己的脸，含着眼泪微微一笑，把孩子递给木兰。父亲没说什么话。几个姐姐哥哥都走过来，看新生的小弟弟那么快就由一位阔太太收养了。

木兰站起来，解开自己的外衣，把婴儿放在胸膛前温暖着，走向溪岸。荪亚走过去问那做父母的关于他们家乡的问题。

木兰从上面喊：“告诉他们咱们的地址。”

“什么地址呀？”

木兰说：“咱们杭州的茶庄的地址。告诉他们说一打完仗咱们就回去。”

于是木兰叫锦儿给那夫妇拿过十块钱去，然后又继续向前走。车夫更觉得有趣，他说："现在两天之中您就捡了四个孩子。若按这个速度推算，您很快就会收养到一百个了。"木兰说："这一个一定是最后一个。"

车夫说："全中国若都像您这样儿，日本对咱们就无可奈何了。我上次推车去，一路上看见道旁有三次生产的。日本就杀咱们一百万，咱们还能剩下四万四千九百万人，而且每天还有孩子生下来！"

现在锦儿和木兰轮流着抱那个孩子，有时候坐车，但是大多时间是在地下走，因为手车上已经推着那一岁大的婴儿、九岁大的男孩子，另外还有行李。木兰心中在想那个男人说的话，她就对荪亚说："你记得咱们告诉阿通的话吗？中国人的血统一定要传下去，不管是我们家的，或是别的人家的！"

婴儿哭起来。木兰随身有一个小药箱，她拿了一块棉花，蘸了点糖水，让婴儿从棉花里把糖水吸走。

那一夜，是新年除夕，他们停在天台山下的一个庙里。这一带乡间是浙江省第一等美丽的地区，公路未兴建之前是人迹罕至的，所以也是游客所稀见的地方。在遥远的地平线上，看见巍峨的花岗岩山峰拔地而起，高耸天际，半入云端。庙里挤满了难民。老方丈听说他们是杭州有名的茶商，说他认识他们的父亲姚老先生，招待非常热情，虽然地方那么拥挤，还是在里院给他们找了一间屋子。

木兰要了点儿蜂蜜，说是给婴儿吃。老和尚给拿来了三瓶，因为蜂蜜是本地的特产。锦儿提出她要带着婴儿过夜，但是木兰有一种特别的感觉，她说："不要，今天晚上让我带着他睡。你带着那个小的睡，照顾那对姐弟。"

荪亚说："妙想家，今天晚上你需要好好儿睡一夜，明天还要往前走呢。"

木兰回答说："让这算最后的一次妙想吧，下不为例。今后我让锦儿和他睡。"

夜里，婴儿哭时，木兰用棉花蘸了一滴蜂蜜，擦了自己的奶头，使奶头儿发甜，她把婴儿抱到怀里，婴儿就吮着奶头儿睡着了。木兰觉得有一种奇妙的快乐，觉得来哺育这个婴儿，她不是为自己，而是为了中国的将来，是绵延中华民族的生命。这个婴儿是中华民族延续的象征，比她以前玩玉石玛瑙小动物，可有天渊之别了。

这是民国二十七年元旦的清晨，荪亚说他们今天应当歇息一下，老方丈也央求他们住一住。所以他们在庙里度过一个安静的早晨。

木兰想到当年逃义和团和外国兵，那时她还是个孩子，那是遥远的过去。由那时到而今，是一串何等多事的岁月呀！她的家人亲友都已东零西散：立夫和莫愁在他们前头千里之外，在遥远的中国西部四川省；陈三、环儿、黛云在陕西；她弟弟阿非、宝芬、经亚、暗香在上海。曼娘死了，虽然曼娘已经死在这场战争里，曼娘的精神还依然和她在一处，她若能有机会再和这些人重度以前的岁月，叫她付出什么她不肯付呢！最重要的，是她想儿子阿通，他和姨弟肖夫一同在军队里。在她的想象中，她觉得他俩就像在她身旁经过的大卡车上，与那些微笑的年轻的战士一样，他们去牺牲性命，后来子子孙孙才能有自由。多少亿万的中国人共同处在这伟大的史诗时代，在这伟大的史诗故事里奋斗生活，木兰觉得她自己也是其中的一分子啊！

那一天，在庙里歇息之时，她开始向阿眉说她当年逃难的经过，以及体仁和银屏的事，红玉、阿满、素云、曼娘的事，他们如今都已作古了。阿眉最爱听母亲说祖父姚老先生，他的牺牲精神似乎依然还在引领他们的生活，影响他们的生活。

木兰说这些往事，有记错的地方，锦儿就给她改正。木兰、荪亚、阿眉，三个人对时光似乎得到一种奇异的感觉，那就是，时光像一条永远流动不息的江河，雄壮伟大，而万古不变。他们觉得自己的故事就像是永不改变的古老北京的一个刹那，是时光的手指自己写下来的故事。

大约中午的时候，他们听见庙外人声鼎沸，又如雷声隆隆，自远而近。木兰一跳而起。

她喊说："来，去加入。跟他们一齐走。胖子，你可以吧？"

荪亚说："我的腿还在痛。妙想家，咱们走咱们的吧，咱们要尽快去搭火车呀。"

木兰问："还有多远？"

荪亚回答说："还要走四五天。我怕不容易雇到汽车。可是，即使雇得到一辆，又有什么用？你转眼就把车子填满了孤儿了。"

荪亚微笑着站起来，叫那个九岁的男孩子和他一齐走，锦儿抱着一岁大的那个，阿眉把那个新生的婴儿包在衣裳里背在身上走，十四岁的女孩子和他们一齐步行。他去向方丈告辞，致衷心的谢意。老方丈送他们到门口。

他很热情地问："大新年的日子，干吗走这么早？"

荪亚说："我们要尽早赶到火车站。"

老方丈又问："你们往内地要走多远哪？"

木兰回答说："现在也不知道。也许到重庆——去看我妹妹。"她想到了到重庆也会见到立夫，心里又温热起来。于是她又对老方丈说："也许到了那儿，我们再一齐走。"

老方丈站在庙门前，看着他们走下山坡。前面不远就是公路。如雷般的声音又渐渐近了。

老方丈听见木兰喊："快来，去迎他们！"他看见木兰从女儿身上抱过婴儿急忙走下去。

庙下面有几千人，男的，女的，儿童，在新年喜气洋洋的早晨，在美丽的原野上如洪流般向前移动，有军车过时，都大声欢呼。军队的歌声再度传来：

山河不重光

誓不回家乡

这歌声离他们越来越近，木兰心中涌起一阵强烈的情绪，是一种快乐感，一种光荣感，她想那是必然无疑的。她的激动为从前所未有。这种激动，只有个人融进伟大的运动中，才会感觉得到。她记得她看孙中山先生在北京的殡仪行列时，她心里有这样的激动；那时的激动像现在的感觉，但是没有这么强大，不像现在这样震动她的全身，这样震动她的心灵。使她这样激动的，不仅仅是那些士兵，还有那广大的移动中的人群，连她自己都在内的广大的人群。她感觉到自己的国家，以前从来没有感觉得这么清楚，这么真实；她感觉到一个民族，由于一个共同的爱国的热情而结合，由于逃离一个共同的敌人而跋涉万里；她更感觉到一个民族，其耐心，其力量，其深厚的耐心，其雄伟的力量，就如同万里长城一样，也像万里长城之经历千年万载而不朽。她已经听说华北、华中，全部的人口的逃亡，听说四千万的男女同胞，向中国西部迁移，是人类历史上最伟大的迁移。她觉得这四千万人是以基本上共同的韵律在移动。在难民的千千万万数不尽的艰难困苦之中，她还没听见一个人说反对中央政府的抗日政策。她看见，所有这些人，都宁愿要战争，不愿身为亡国奴，曼娘就是一个例子。虽然这场战争毁灭了他们的家，杀死了他们的骨肉，使他们一无所有了，只剩下他们的一身行李，只剩下了饭碗，只剩下了筷子，他们不悔恨。这就是人类精神的胜利。再大的灾难，人的精神都能克服，能超越，由于精神的坚强弘毅，能将之改变而成为伟大荣耀，光辉万丈。

木兰所见的外在的光景改变了，她的内心也改变了。她失去了空间和方向，甚至失去了自己的个体感，觉得自己是伟大的一般老百姓中的一分子了。过去她那么常常盼望做个普通的老百姓，现在她的愿望满足了。征服自我，她父亲是全凭静坐沉思而获得，她现在也获得了，却是由于和广大的群众，男男女女、儿童的接触。杭州城隍山上是满足她美感生活的隐居处所，现在她觉得毫无意义可言了，不能使她满足，并不够真实。而今在广大的逃难的人群之中，没有富贵，没有贫贱。战争及其掠夺蹂躏，使人人一律平等了。她曾看见一位贵妇卖她的狐皮裘，只要几块钱，只为了买食物以充饥肠。她忽然想起在松江火车站上那位穿西服戴眼镜的绅士。她知道这巨大逃难的人潮越往内地走，中国抗战的精神越坚强。因为真正的中国老百姓是扎根在中国的土壤里，在他们深爱的中国土壤里。她也迈步加入了群众，站在群众里她的位子上。

在遥远的地平线上，高耸入云的天台山巍然矗立。它在道家的神话里，是神圣的灵山，是姚老先生的精神所寄之地。在庙门前，老方丈仍然站立。他仍然看得见木兰、荪亚，他们的儿女，与他们同行的孩子们，所有他们的影子。他看了一段时间，一直到他们渐渐和别人的影子混融在一处，消失在尘土飞扬下走向灵山的人群里——走向中国伟大的内地的人群里。

（全书完）

图书在版编目（CIP）数据

京华烟云：全 2 册 / 林语堂著；张振玉译．— 长沙：湖南文艺出版社，2016.6（2024.3 重印）
书名原文：MOMENT IN PEKING
ISBN 978-7-5404-7624-3

Ⅰ．①京… Ⅱ．①林… ②张… Ⅲ．①长篇小说—中国—现代 Ⅳ．① I246.5

中国版本图书馆 CIP 数据核字（2016）第 112529 号

著作权合同登记号：图字 18-2016-128

上架建议：名家经典·长篇小说

MOMENT IN PEKING
By Lin Yutang
This edition arranged with Curtis Brown Group Ltd.
through Andrew Nurnberg Associates International Limited

JINGHUA YANYUN
京华烟云（全 2 册）

作　　者：林语堂
译　　者：张振玉
出 版 人：陈新文
责任编辑：薛　健　刘诗哲
监　　制：蔡明菲　邢越超
特约编辑：王　维
版权支持：辛　艳
营销支持：张锦涵　傅婷婷　刘斯文
装帧设计：利　锐
出版发行：湖南文艺出版社
（长沙市雨花区东二环一段 508 号　邮编：410014）
网　　址：www.hnwy.net
印　　刷：三河市天润建兴印务有限公司
经　　销：新华书店
开　　本：855mm × 1180mm　1/32
字　　数：670 千字
印　　张：25
版　　次：2016 年 6 月第 1 版
印　　次：2024 年 3 月第 13 次印刷
书　　号：ISBN 978-7-5404-7624-3
定　　价：88.00 元（全 2 册）

质量监督电话：010-59096394
团购电话：010-59320018